Martin O. Badura

Generation VRIL
Geheimprojekt T.O.M.K.E.

Generation VRIL
Band 1. Geheimprojekt T.O.M.K.E. 1. Auflage 2008
ISBN 978-3-941026-04-9
19,90 €

© Autor und
Krefelder Buchverlag G. Kirvel
Postfach 10 11 31 • 47711 Krefeld
www.Buchverlag-Krefeld.de • www.Buchdruck-kostenlos.de
Titelbild: Autor
Bild- und Textmaterial sind urheberrechtlich geschützt. Nachdruck und oder Vervielfältigung jedweder Art, auch auszugweise, bedarf der schriftlichen Zustimmung des Autors sowie des Verlages.

Martin O. Badura

GENERATION VRIL

BAND I

GEHEIMPROJEKT T.O.M.K.E.

Ausdrücklicher Hinweis!

Die vorliegende Science-Fiction-Geschichte ist frei erfunden.
An keinem der angegebenen Orte hat nach bisherigem Wissen des Autors eines der dargestellten Ereignisse tatsächlich und nachweisbar stattgefunden.
Nicht alle der handelnden Personen sind frei erfunden. Alle realen Personen können in keinen tatsächlichen Zusammenhang mit der Handlung gebracht werden.
Es handelt sich bei der Geschichte um keinen der sogenannten Tatsachenromane, welche über das normale Maß an Unterhaltung hinausgehen, um etwaige ideologische Ausrichtungen anzustreben.
Verlag und Autor distanzieren sich von derartiger Literatur mit Nachdruck.

*****

„Science-Fiction bedeutet für mich mehr als nur abenteuerliches Geschehen, das in ein modernes Gewand gekleidet ist. Der uralte Traum der Menschheit, fremde Sterne zu betreten und ihre Rätsel zu entschleiern nähert sich seiner Erfüllung. Aber diese großen Ziele erfordern gleichzeitig einen neuen Typus Mensch, der immer wieder zu beweisen hat, das er letztlich Wert ist, über den Raum hinweg die Sterne zu erreichen."

Kurt Brand (*10.05.1917 bis +08.09.1991), Pionier der deutschen Science-Fiction, Mitarbeiter an der V2 (Aggregat 4) Rakete in Peenemünde, Perry-Rhodan-Autor und geistiger Vater von Ren Dhark.

Für meine Tochter
Tomke

Dank an:

Oliver Dirk Junge
Mirko Knauer
Steffi
und dem Verlag
Jenseits des Irdischen in Krefeld

In Gedenken an Admiral Wilhelm Canaris
und Oberst Claus Schenk Graf von Stauffenberg
sowie aller weiteren Angehörigen der
Intelligenz des 20. Juli gegen die NS-Terrorherrschaft.

Dezember 2008, Martin O. Badura

Vorwort

Guten Tag! Bevor Sie diesen Report, den Sie gerade in Ihren Händen halten, zu lesen beginnen, bedarf es wohl einer kleinen Einweisung.

Nach langen Zeiten des Krieges, der Entbehrungen, Verluste und Ungerechtigkeiten haben wir jetzt, im Jahr 2035, endlich seit einigen Jahren Frieden und Ruhe. Unsere Feinde sind besiegt und unser Planet *VRILYA*, der früher einmal *ERDE* hieß, verfügt über eine geeinte und sich gegenseitig respektierende Menschheit. Trotzdem gibt es noch immer viel zu tun. Einige Gebiete unseres Heimatplaneten sind noch immer nicht ausreichend erschlossen, nach den entsetzlichen Kriegswirren wieder aufgebaut oder leiden unter der jahrzehntelangen, völlig verantwortungslosen und wahnsinnigen Umweltverschmutzung und Ausbeutung der letzten Rohstoffe. Damit verbunden gibt es Bevölkerungsschichten, die bis heute aus verständlichen Gründen weiß Gott Besseres zu tun hatten, als sich um die Geschichte ihres eigenen Planeten zu kümmern. Der pure Kampf ums Überleben war stets vorrangiger.

Ich bin zuversichtlich, dass durch unsere überlegene Technik, die nach einer durch Vernunft geeinten Menschheit erst ihre volle Entfaltung erfahren kann, diese Probleme in allernächster Zukunft völlig beseitigt werden.

Gestatten Sie bitte, dass ich mich Ihnen kurz vorstelle. Ich bin die Autorin des vor Ihnen liegenden Buches. Mein Name ist Betty Wagner von Freyburg. Ich bin 24 Jahre alt und leiste meinen Dienst bei der Raumwaffe. Seit einem halben Jahr bin ich der Erste Offizier und stellvertretende Kommandantin des neu in den Dienst gestellten schweren Schlachtkreuzers *Hindenburg*, eines 270 Meter durchmessenden, glockenförmigen Großraumschiffs mit 65 Besatzungsmitgliedern. Das Raumschiff steht unter dem Kommando von Oberst Meiko Sasori, der genialen 28-jährigen Kommandantin japanischer Abstammung.

Neben einem abgeschlossenen Studium der Geschichte habe ich Medizin studiert und übe an Bord ebenfalls die Tätigkeit der Bordärztin aus. Mein recht junges Alter für den Dienstgrad eines Majors verdanke ich neben einigen Beziehungen, die ich gar nicht leugnen möchte, hauptsächlich der modernen Politik unserer Gesellschaftsform und der Tatsache, dass ich eine *VRIL*, also ein spirituelles Medium, bin. Sollten Sie, liebe Leserschaft, mit diesem Begriff derzeit vielleicht noch nichts anfangen können, möchte ich mir an dieser Stelle eine tiefer greifende Erläuterung ersparen, da genau dazu in diesem Report noch viel gesagt werden wird.

Ich stamme aus einer Offiziersfamilie. Mein Vater, Professor Roy Wagner, eigentlich: Odin-Ritter von Wagner und Inhaber mehrerer Ehrendoktorwürden, war gegen Ende des Aldebarankrieges Generaladmiral und zweitoberster Befehlshaber der Raumwaffe.

Er wurde bereits im Jahre 2008 von der Kollektivintelligenz Tiefenpriesterin Hija-211, der Herrscherin von Akakor, zum Ritter und einige Jahre später, am Höhepunkt des Aldebarankrieges, zum Feldmarschall ernannt. Nach dem Endsieg über die außerirdischen Bestien entledigte mein Vater sich aller militärischen Ämter und Auszeichnungen und hängte sein Gewehr symbolisch gesehen, öffentlich an den Nagel. Er wurde, ganz entgegen seiner Absicht, zum Gouverneur der Nordhalbkugel und dem Gebiet Groß-Eisland, das früher einmal Antarktis hieß, gewählt und bekleidete damit eines der Ämter der fünf führenden Männer und Frauen unseres Planeten.

Bereits nach einigen Jahren aber legte mein Vater sein politisches Amt nieder. Er vertrat die Auffassung, dass Politik nicht von „alten Knochen" und Kriegsveteranen, die vielleicht unter den beschwerenden und prägenden Eindrücken der Kriegsjahre nicht immer sachlich und unvoreingenommen handeln könnten, sondern von jungen und intelligenten, tatkräftigen und in die Zukunft schauenden Menschen gemacht werden sollte. Er übergab seinen Führungstitel freiwillig seiner politischen Gegnerin, der 35-jährigen, erzkonservativen Ultrapatriotin Amir Al-Bahr Sheikh Atifah Al Kaya, da er sich nicht in der Lage sah, seine liberale Politik weiterhin durchzusetzen. Obwohl Atifah eine enge Freundin meines Vaters ist, bekämpfen beide sich auf politischer Ebene. Seitdem unterrichtet mein Vater als Professor für Geschichte und Militärtaktik an der Raumwaffenakademie.

Meine Mutter, eine *VRIL-Meisterin* und Herzogin zu Rottenstein, ehemalige Soldatin und seit dem Jahre 2011 ebenfalls durch *Hija-211* zum Odin-Ritter ernannt, ist heutzutage Sonderbotschafterin und Senatorin für Kultur und Entwicklungshilfe.

Aufgewachsen bin ich in einer intakten, stets harmonischen Familie. Das kann ich mit Gewissheit sagen. Die Einigkeit meiner Eltern untereinander ist mir stets ein Vorbild gewesen. Ich habe noch vier Geschwister und einen Halbbruder, den mein Vater als uneheliches Kind, ohne damals davon Kenntnis zu haben, mit in die Ehe brachte. Zu meinen jüngeren Schwestern Agathe, Rosa und Teelke, wie auch zu meinem um vier Jahre älteren Halbbruder Martin Wagner-Lorenz, habe ich das beste Verhältnis. Zum allergrößten Glück meiner Familie ist vor drei Monaten noch der kleine Franz geboren worden. Ein sehr später Nachwuchs meines mittlerweile sechzigjährigen Vaters und meiner um fünfzehn Jahre jüngeren Mutter.

Ich möchte Sie, verehrte Leser, aber keinesfalls mit meiner Familiengeschichte langweilen, sondern Ihnen den eigentlichen Grund dieses vielleicht etwas merkwürdig scheinenden Buches eröffnen. Wie ich schon erwähnte, bin ich neben meiner hauptberuflichen Tätigkeit als Offizier der Raumflotte auch Ärztin und Historikerin. Und genau in letztgenannter Eigenschaft haben mich meine Eltern beauftragt, dieses Buch zu schreiben.

Die unruhigen Zeiten der schrecklichen und verhängnisvollen Kriege scheinen vorbei zu sein. Vieles, in Bezug auf diese historischen Geschehnisse, musste nachermittelt werden. Geschichte hat etwas mit schichten, beziehungsweise aufschichten zu tun. Schichtet man in den Turm der Geschichte die Unwahrheit hinein, entsteht an dieser Stelle eine wackelige, schwammige Schicht, die zwangsläufig irgendwann unter der Last der Wahrheit zusammenbrechen muss. Soviel ist sicher. Geschichte muss also stets der reinen und vollen Wahrheit entsprechen. Sonst wird es sich irgendwann rächen – und wenn es Jahrhunderte dauert.

Dank der Entwicklung unserer Gesellschaft und auch dem Mitwirken und der Politik meiner Eltern, können wir heute in einem System der Freiheit ohne Manipulation, Zensur, Überwachung, Korruption, jeglicher Form von Extremismus und einem „Korrigieren" von geschichtlichen Tatsachen leben. Es gibt kein politisch unkorrektes Verhalten mehr. Es gibt nur noch Ehrlichkeit, Menschlichkeit und die reine Wahrheit, gemäß der Maxime des erhabenen Großdenkers Immanuel Kant:

„Reinste Wahrheit, und nichts, außer Wahrheit! Hat jemand es je versucht, je gewagt, so zu leben?!"

Ja, wir! Meine Eltern stehen hierfür als ideologische Vorreiter dieser Entwicklung. Die Geschichte der letzten zweieinhalb Jahrzehnte ist größtenteils und allein schon durch die exakte Führung der Kriegstagebücher weitestgehend dokumentiert; wenn auch noch nicht gänzlich analysiert. Was aber ist mit der Zeit davor? Da wird es dünn. Bedingt durch geradezu unglaubliche Zeiten, in denen sich einige wenige Veteranen, besser gesagt eine kleine Schar von Überzeugten, allein und mit äußerst bescheidenen Mitteln durchkämpfen mussten, ist nicht immer alles ordentlich dokumentiert worden. Meine Eltern haben diese Zeit als junge und aktive Kämpfer miterlebt. Und gerade jene Zeiten der Apokalypse, in der sich meine Eltern kennenlernten, ist aus oben genannten Gründen sparsam dokumentiert worden. Historisch gesehen ist sie aber hochinteressant.

Um allen Interessierten, jenen, die eigene Lücken füllen wollen und vor allem den Historikern der Zukunft diese Eindrücke der damaligen Zeit nicht gänzlich vorzuenthalten, habe ich dieses Buch geschrieben.

Es geht keinesfalls darum, irgendwelche „Heldentaten" meiner Eltern und deren Generation hervorzuheben oder aufzuwerten. Wäre dies meine Absicht gewesen, hätte ich sämtliche Rahmenhandlungen einfach weglassen und diese „Heldentaten" aneinanderreihen können.

Eine Enzyklopädie wäre eben dadurch von allein entstanden. Nein! Das sollte es aber keinesfalls sein. Im Gegenteil. Um Geschichte attraktiv zu machen, schlug mein Vater vor, dieses eigentlich rein wissenschaftliche Werk in eine Art Romanform zu bringen. Das allerdings erwies sich als nicht immer einfach, da ich keine ausgebildete Autorin, sondern Historikerin bin, die es durchaus gewohnt ist, Texte in sachlicher und wissenschaftlicher Form, aber nicht unbedingt unterhaltend zu schreiben. Das Sammeln von Quellenmaterial war eine Sisyphusarbeit und dauerte länger als ein Jahr. Vieles war nicht mehr greifbar. Durch die Kriegswirren ist zu Vieles für immer verlorengegangen. Viele Lücken mussten durch Befragen von damals Beteiligten wie auch unbeteiligten Personen, sozusagen also: vom Hörensagen gefüllt werden.

Gerade dabei war es für mich immer von allergrößter Bedeutung, der Wahrheit so nahe wie nur irgend möglich zu kommen. Widersprüche, Zahlendreher und andere Ungereimtheiten ergaben sich durch diese Art der Ermittlung zwangsläufig. Was nicht mit an Sicherheit grenzender Wahrscheinlichkeit den Tatsachen entsprechend ermittelt werden konnte, wurde weggelassen. Sie wissen schon: Die Schichtung.

In erster Linie verfügte ich aber über den glücklichen Umstand, meine lieben Eltern persönlich zu den tatsächlichen Geschehnissen befragen zu können. Größtenteils stimmten ihre Aussagen diesbezüglich auch stets überein. Von einigen Unstimmigkeiten in Bezug auf die genaue Zeit und der damals beteiligten Personen einmal abgesehen. Weitaus schwieriger erwiesen sich meine Ermittlungen in Bezug auf die Geschehnisse vor der aktiven Zeit meiner Eltern. Ich meine Jahrzehnte nochvor deren Geburt, als unser Planet schon einmal durch Hass, Wahnsinn, Imperialismus und Faschismus zwei furchtbaren Weltkriegen erlegen war. Dank der beiden einzigen noch lebenden Menschen aus dieser Zeit, den Zieheltern meiner lieben Mutter, seine Exzellenz Gralsritter Friedrich von Hallensleben, Inhaber der höchsten und einzigen je vergebenen militärischen Auszeichnung, dem Sargon-Orden, und ihrer geheiligten Eminenz, Hohepriesterin Sigrun, konnte aber auch hierzu eine ganze Menge nachdokumentiert werden. Die Tatsache, dass genannter ehrenwerte Herr mittlerweile bereits 123 Jahre und die ehrenwerte Dame sogar 134 Jahre alt sind, soll an dieser Stelle nicht weiter verwundern. Etwaige Erklärungen dazu werden im Report angesprochen.

Der Bericht springt mitunter in den Jahrzehnten hin und her, um die Geschehnisse zu verdeutlichen und trotzdem in eine ansprechende Form zu bringen. Die vielen Nächte, in denen ich das Material mit meinen Eltern zusammentrug und wobei so manches Glas Rotwein verkonsumiert wurde, bereiteten mir immer allergrößte Freude. Dazu beigetragen hat sicherlich auch der eigentümliche Humor meines Vaters, welcher sich mit dem meinigen idealerweise ergänzt (Entschuldigung hierbei an alle beteiligten und manchmal genervten Personen, die das sicherlich nicht immer nachvollziehen konnten. Aber ich habe nun mal seine Gene).

Um diesen Report in eine nachvollziehbare Form zu bringen, wurde er aus zwei Perspektiven geschrieben. Wir einigten uns darauf, den Großteil meinen Vater berichten zu lassen.

Hierbei gab ich mir größte Mühe, alles möglichst wortwörtlich zu notieren, unabhängig von der nicht immer ganz salonfähigen und direkten Wortwahl meines Vaters. Aber so ist er halt. Und bedenken Sie bitte nochmals: Die Schichtung – sollen Psychologen und andere Historiker ihre Schlüsse daraus ziehen.

Der andere Teil des Reports wird von einem unabhängigen Erzähler aus der Vogelperspektive wiedergegeben. Das ist der Teil meiner mühevollen Ermittlungen und Recherchen, zusammen mit der Hilfe und den Angaben meiner Mutter, welchen ich in dieser Form zusammenfasste.

Ein weiteres Ziel meiner Arbeit ist es, alles wertneutral wiederzugeben. Nichts soll beschönigt oder in irgendeiner Form zurechtgerückt wiedergegeben werden.

Sicherlich ist es aus heutiger Sicht auch meinen Eltern nicht in jeder Situation gelungen, moralisch einwandfrei zu handeln. Darum geht es aber in diesem Bericht auch nicht. Eine Bewertung der beteiligten Personen findet nicht statt. Jeder soll sich seine eigene Meinung zu dem Geschehen bilden können. Und eine Wertung können wir hierbei wiederum den Psychologen und Historikern der Zukunft überlassen.

Bemerkt sei, dass auch für mich nicht immer alles logisch und nach allen Maßstäben der Vernunft nachzuvollziehen war, was mir meine Eltern und die anderen Zeitzeugen mit einer Selbstverständlichkeit berichteten. Vieles mutete durchaus humoristisch an. So schien das Leben dieser Veteranen geprägt zu sein von rudimentären, militärischen Dienstgradbezeichnungen, merkwürdigen Begrüßungszeremonien, einer Art von Uniformfetischismus und eines seltsamen Loyalpatriotismus, verbunden mit einem übersteigerten Positiv-Moraldrang, der heute teilweise schwer nachempfunden werden kann. Auch deshalb wurde diese Form des Reports gewählt. Lassen wir die Beteiligten einfach selbst sprechen, um sie richtig verstehen zu können.

Lange habe ich überlegt, wie ich diesen Report beginnen sollte, bis ich auf die Idee kam, meinen Vater zu fragen, welches denn in der vorzustellenden Zeitperiode das wohl für ihn prägnanteste Ereignis gewesen sei.

Nachdem mein Vater hierauf antwortete, dass er es sein Leben lang nicht ertragen konnte, meine Mutter in Gefahr zu wissen, berichtete er mir dann aber von einem

Ereignis etwas anderer Art. Die unzähligen Gefahrensituationen, die meine Eltern gemeinsam durchlebt hatten, hatten doch stets einen anderen, eigenen Charakter.

Aber die Stunden seiner Kriegsgefangenschaft, kurz vor dem ersten aldebaranischen Krieg und unmittelbar bevor mein Vater damals durch ehemalige Kriegsverbrecher exekutiert werden sollte, erfüllten ihn von einer unbeschreiblichen Leere und Einsamkeit, so dass er mir dieses Ereignis als eines der prägensten schilderte.

So entschloss ich mich, den Report mit diesen starken Eindrücken beginnen zu lassen, schwenke aber dann sofort in die Zeit zurück, als mein Vater noch ein normaler Polizeibeamter war und nur wenige Stunden bevor sich meine Eltern durch einen unglaublichen Zufall zum ersten Mal begegneten.

Falls Sie, verehrte Leserschaft, zu diesem Report Anmerkungen, Anregungen oder gar ergänzende historische Fakten nennen können, schreiben Sie mir bitte. Ich würde mich sehr freuen. Meine Photonstrahladresse lautet:

bettywagner@2194raumwaffe.vr

Auf einem Testflug nahe des Wegasystems, im August 2035,
Prinzessin zu Rottenstein Dr. Betty Wagner von Freyburg
VRIL, 1. Offizier und stellvertretende Kommandantin
des schweren Schlachtkreuzers HINDENBURG

10. Oktober 2008 • In einer geheimen Söldnerbasis nahe Brüssel

„Wer verhaftet wurde, hat auch schuldig zu sein." (Stalin)

Mein Name ist Roy Wagner. Ich bin dreiunddreißig Jahre alt. Noch! Denn meinen vierunddreißigsten Geburtstag werde ich nicht mehr erleben. Ich bin wegen Kriegsverbrechen, Verbrechen gegen die Weltordnung, Planung und Durchführung eines Angriffskrieges, Verschwörung, Sabotage, Mitgliedschaft in einer terroristischen Vereinigung, Mord und Beihilfe zum Mord zum Tode verurteilt worden. Ich habe nur noch wenige Minuten zu leben und soll gleich gehängt werden.

Gefangengenommen wurde ich von einer schäbigen Söldnertruppe unter dem Kommando von Marschall Hieronymus de Grooth, einem skrupellosen Schwerverbrecher und unehelichem Sohn des Kriegsverbrechers Martin Bormann. De Grooth klagte mich auch an und ließ mich vor zwei Tagen von einem Standgericht zum Tode verurteilen.

Der lächerliche Pflichtverteidiger, der mir zugestanden worden war, bekam seinen Mund während der gesamten Witzverhandlung lediglich einmal auf und entband mich von dem Vorwürfen der Vergewaltigung und der versuchten Vergewaltigung.

Alles lief ab wie in einem schlechten Film.

Diese Söldnertruppe, auch Müller-Bormann-Truppe genannt, wird von den greisen und international gesuchten Kriegsverbrechern SS-Gruppenführer und Gestapo-Chef Heinrich Müller und dem ehemaligen Reichsleiter und Obergruppenführer Martin Bormann mittels eines immensen, zu Zeiten des Dritten Reichs geraubten Großvermögens finanziert, das auch noch heute auf diversen Schweizer Nummernkonten ruht. Ziel der MBT ist die totale Weltherrschaft und Versklavung der Menschheit nach faschistischem Vorbild. Und das mittels einer Supertechnik, welche die MBT mittlerweile seit dreiundsechzig Jahren vergeblich versuchen, sich anzueignen; eine Supertechnik, von der ich nicht nur Kenntnis habe, sondern die mir auch zur Verfügung steht. Auf ihrem Weg zur Neuen Weltordnung bedienen sich die MBT durch ihre nahezu unbegrenzten finanziellen Möglichkeiten noch ganz anderer Sauereien, ganz nach dem Zitat von Henry Kissinger: *„Wer das Öl kontrolliert, der kontrolliert ein Land. Wer die Nahrungsmittel kontrolliert, der kontrolliert das Volk."*

Nein, glauben Sie bitte nicht, dass ich verrückt bin. Ich bin es ganz bestimmt nicht. Gleichsam bin ich kein durchgeknallter Verschwörungstheoretiker. Ein Außenstehender würde mit meiner Kenntnis um die tatsächlichen Geschehnisse auf dieser Erde wohl komplett durchdrehen oder Amok laufen. Ich gehöre einer neutralen und unabhängigen Organisation an, die ursprünglich aus einer Geheimgesellschaft entstanden ist, die ihre Anfänge bereits in den letzten Jahren des Kaiserreiches ihren Ursprung findet. Ziel dieser Organisation ist die Sicherung des Weltfriedens von innen und außen, die Neutralität des Planeten Erde und die Abwehr von unterjochenden Verbrechern, von denen Leute wie Marschall de Grooth finanziert werden.

Ich bin guter Hoffnung, dass die tapferen Männer und Frauen, mit denen ich im Verborgenen zusammen für ein höheres Ziel gekämpft habe, auch nach meinem Ableben weiter und unerschüttert bis zum Endsieg gegen die finsteren Mächte des Universums kämpfen werden. Ich selbst kann für mich nur noch hoffen, dass meine Seele in Walhall erlöst und Göttin ISAIS mir gnädig sein wird.

Ich befand mich in einer bunkerähnlichen Zellenanlage tief unter der Erde in einem Hochsicherheitstrakt. Meine Zelle war etwa fünf Quadratmeter groß. Die Wände waren aus grauem Zement und an der Decke hing eine einzelne Glühbirne, die von Zeit zu Zeit aussetzte. Ansonsten befand sich gar nichts in der Zelle. Nicht einmal ein kleines Fenster oder eine Luke. Nicht mal einen Stuhl hatte man mir gelassen, geschweige denn ein Bett oder einen Tisch.

Ich saß in einer Ecke auf dem Fußboden, hatte die Beine an den Oberkörper angezogen, meine Arme um meine Knie geschlungen und versuchte die Schmerzen der Folterungen zu kompensieren.

Irgendwie war ich trotz meiner absolut aussichtslosen Gesamtsituation merkwürdig ruhig; so, als hätte man mir irgendwelche Medikamente oder gar Drogen gegeben.

Mir war völlig bewusst, dass es vorbei war. Es gab keinen Ausweg mehr. Ich versuchte gar nicht erst, auch nicht bei vorausgegangenen Gelegenheiten, einem der Wärter die Waffe zu entreißen oder ihn zu überwältigen. Selbst wenn mir dies gelingen sollte, hätte ich absolut keine Chance aus dieser unterirdischen Anlage herauszukommen. Ich nahm an, dass diese Anlage wahrscheinlich mit allen technischen Möglichkeiten ausgestattet war, um mich nicht entkommen zu lassen.

Meine Bewacher waren stets mindestens zu dritt, wenn nicht gar zu viert. Man wusste schließlich, mit wem man es zu tun hatte und wollte absolut kein Risiko eingehen. Pistolen, Schlagstöcke und sogar Maschinenpistolen führten sie zudem immer mit.

Ein Fluchtversuch wäre von vornherein zum Scheitern verurteilt gewesen. Seit zwei Tagen saß ich jetzt in dieser Zelle und wartete das unwiderrufliche Ende meiner physischen Existenz ab. Die Reste meiner schwarzen Uniformkombination klebten an meinem blutverkrusteten Körper. Sie hatten mich geschlagen, mit Elektroschockgeräten malträtiert, mich in eine winzige Kammer gesteckt. Sie hatten mich in einen rostigen Stahlkäfig gesperrt, der in einem widerlichen, dreckigen Schwimmbecken ewig lange unter Wasser gelassen wurde. Manchmal setzten sie dann als Höhepunkt den Käfig auch noch unter Strom. Ich bekam meinen eigenen Malmedy-Prozess und litt unter einem sadistischen Verhöroffizier vom Schlage eines Captain Shumaker. Der Grund für diese abscheulichen Folterungen war mir natürlich klar: Ich hatte detaillierte Informationen über die Hochtechnologie, die sie unbedingt in ihre Hände bekommen wollten. Und nicht nur das. Außerdem wusste ich um das Versteck eines heiligen Gegenstandes von unschätzbarem Wert, welchen die MBT um jeden Preis an sich reißen wollten.

Egal, was sie mir angetan hätten, ich würde diese Informationen niemals verraten. Als sie dann merkten, dass aus mir nichts heraus zu bekommen war, verurteilten sie mich vor zwei Tagen zum Tode.

Irgendwie konnte mich diese Tatsache seltsamerweise nicht richtig erschrecken. Ein eigenartiges Gefühl von innerer Erhabenheit legte sich über mich. Ich hatte schon in den vergangenen Monaten genug durchgemacht. Andere aber hatten es noch schwerer als ich. Meine junge Frau erlitt bei einem Kampfeinsatz gegen die MBT schwerste Verletzungen durch Granatsplitter an ihrer rechten Körper- und Gesichtshälfte. Die Heilung dauert immer noch an. Wenn ich sage, sie ist jung, so entspricht das der Realität, denn sie ist erst achtzehn Jahre alt. Vor zwei Jahren haben wir geheiratet ... In wenigen Minuten wird sie bereits verwitwet sein.

Ich wurde in meinen melancholischen Gedanken unterbrochen, denn das Quietschen der Zellentür sagte mir, dass es soweit war. Ich erhob mich. Vier Soldaten in Woodlandtarnanzügen, bewaffnet mit Maschinenpistolen und ein Mann, den ich nur allzu gut kannte, betraten die Zelle.

Der Mann war Marschall Hieronymus de Grooth, der Anführer der Söldnertruppe: etwa Mitte fünfzig, klein, fett und kahlköpfig. Ständig schwitzte er. Er war seinem Vater wie aus dem Gesicht geschnitten. Ich blickte ihn an.

In diesem Moment machte sich sein Mobiltelefon bemerkbar. De Grooth griff danach und drehte sich etwas zur Seite. Er schien aufmerksam zuzuhören. Dann sagte er im knurrenden, leisen Ton: „Ja, Vater. Ja, ich habe dich verstanden, Vater."

De Grooth steckte das Gerät wieder weg. Er trat bis auf etwa einen halben Meter vor mich und sagte ruhig, aber seine Überheblichkeit und Siegesfreude nicht völlig unterdrücken können: „Wollen Sie nicht doch sagen, wo Sie die havarierte Scheibe und das heilige Relikt versteckt haben, Rittmeister Wagner? Es würde dann in meinem Ermessen liegen, die vom hohen Kriegsgericht verhängte Todesstrafe durch den Strang in Erschießen umzuwandeln!"

Langsam, aber entschlossen antwortete ich mit leiser, sicherer Stimme: „Nein!"

„Na gut, Rittmeister", sagte der dicke de Grooth leise, wobei es ihm nicht gelang, seinen Ärger über meine knappe Antwort zu unterdrücken. „Ganz wie sie wollen. Ich hätte ihnen die unehrenhafte Exekution durch den Strang gerne erspart und Ihnen, trotz Ihrer fürchterlichen Kriegsverbrechen, den ehrenhaften Tod durch Erschießen gegönnt", wiederholte er sich.

„Was Sie mir gönnen, Marschall, weiß ich leider nur zu gut. Aber nehmen Sie bitte zur Kenntnis, dass wir Sie besiegt haben. Dass mein eigenes Schicksal damit besiegelt ist, ist zwar äußerst ärgerlich, tut global gesehen aber nicht zwangsläufig unbedingt etwas zur Sache." Ich gab mir Mühe, in einem sicheren und entschlossenem Ton zu sprechen, denn ich wollte nicht unmittelbar vor meiner Exekution auch noch zusammengeschlagen werden.

An der Reaktion von de Grooth merkte ich, dass ich ihn genau getroffen hatte. Er biss sich kurz auf die Unterlippe. Er konnte mir nicht widersprechen und hätte wohl am liebsten auf mich eingedroschen. Diese Blöße aber gab er sich auch jetzt nicht, sondern sagte nur knapp und durch die Zähne pressend: „Kommen Sie bitte mit, Rittmeister."

Sogar ein Bitte hatte er sich über die Lippen kommen lassen. Fast lächerlich klingend, für einen, der zum Galgen geführt wird. Danach drehte er sich um, gab einem der Wachen ein eindeutiges Handzeichen mich abzuführen und ging den Gang entlang zum Fahrstuhl voraus.

Der Wachsoldat trat an mich heran: „Herr Rittmeister." Daraufhin drehte er sich in Richtung Zellentür und ging voran. De Grooth war bereits mindestens zwanzig Meter entfernt. Es schien, als lief er wütend mit seinen kurzen Dackelbeinen davon. Die anderen beiden Söldner folgten mir in zwei Metern Entfernung. Die Maschinenpistolen in ihren Händen dabei auf mich gerichtet. Wie gesagt, man wollte absolut kein Risiko eingehen.

Am Ende des Ganges erkannte ich schummriges Tageslicht. Als ich im Türschott stand, sah ich einen schäbigen Hof, welcher von einer etwa fünf Meter hohen

Betonmauer umgeben war. Leichter Regen prasselte mir ins Gesicht. Die Sonne war noch nicht ganz aufgegangen. Es war so ein Morgen, wie er bilderbuchreif für eine Hinrichtung war. Jedes Klischee schien erfüllt zu sein. Etwa fünfzehn Söldner erwarteten mich vor einem Holzgestell, auf dem ein Galgen aufgebaut war. Wir gingen in Richtung des Holzgerüstes und ich blieb vor den morschen Bretterstufen, die etwa zwei Meter in die Höhe führten, stehen. Dann wurden mir meine Hände auf den Rücken gebunden. Marschall de Grooth stand schräg vor mir und sagte:

„Haben Sie noch etwas zu sagen, Rittmeister Wagner?"

Ich sah in an: „Marschall, mich haben Sie zwar erledigt, aber die Gerechtigkeit und die Wahrheit werden siegen. Diesem Naturgesetz können auch Sie sich nicht widersetzen."

Er lachte. „Führt ihn rauf!", rief er zwei mit schwarzen Sturmhauben maskierten Söldnern zu. Ich sollte die Gesichter meiner Henker wohl nicht erkennen.

Ich betrat die erste Stufe des Gerüstetes, als von rechts eine Söldnerin an mich herantrat und mir ins Gesicht spuckte. Ihr Benehmen entbehrte jeglicher intellektueller Grundlage. Sie war etwa vierzig Jahre alt und hatte eine kurze, braune Ponyfrisur.

„Dirka joppa! Ja obasu tibe nogi!" Ich verstand die vulgären Beschimpfungen in russischer Sprache. Die Frau steckte, wie alle Übrigen auch, in einem Woodlandtarnanzug. Eine Maschinenpistole hing am Trageriemen über ihre Schulter.

„Weiter!", sagte einer der maskierten Henker. Ich stieg die Treppen hoch. Der andere Henker zog ein schwarzes Tuch hervor.

„Rittmeister, möchten Sie, dass ich Ihnen die Augen verbinde?", fragte er mich in einem französischen oder flämischen Akzent. Ich schüttelte den Kopf. Dann nahm er das Tuch und legte es um meinen Hals. Ich sagte nichts mehr. Er führte mich, das schwarze Tuch um meinen Hals haltend, auf eine Bodenluke zu, direkt unter dem Galgenstrick. Mit der einen Hand das Tuch fixierend, nahm er mit der anderen den Strick und führte ihn über meinen Kopf. Er legte den Strick so zurecht, dass er auf dem schwarzen Tuch, der Henkersknoten aber an meiner linken Halsseite saß. Vorsichtig zog er die Schlaufe etwas an.

„Gute Reise, Rittmeister Wagner", hörte ich Marschall de Grooth von unten her rufen. Nun war es soweit. Es war vorbei. Rettung gab es jetzt keine mehr. Ich versuchte ein letztes Mal, mit mir selbst in Einklang zu kommen, und mich auf meinen Tod vorzubereiten. Ich dachte an meine wunderbare Frau. Vor meinem geistigen Auge sah ich ihr Gesicht. Trotz ihrer schrecklichen Verletzungen war sie wunderschön. Dann nahm ich wahr, dass der andere Henker mit der schwarzen Sturmhaube ein Handzeichen gab. Ich fiel hinab und verspürte einen ganz kurzen Ruck.

Und dann starb ich.

6. Mai 2006, zwei Jahre zuvor, Norddeutschland, mittags

Verdammt, dachte ich. *Das ist doch zum wahnsinnig werden. Bin ich denn auf einmal übergeschnappt oder hat sich der Rest der Menschheit gegen mich verschworen?!* Ich zog den Verschluss meiner Dienstpistole Sig Sauer P6 zurück und lud dadurch die Waffe fertig, was mir irgendwie ein beruhigendes Gefühl gab.

Ich war in meinem Schlafzimmer, in dem ich mich gerade meiner Privatkleidung entledigt und meine Polizeiuniform angezogen hatte. Eine CD von *Welle:Erdball* dröhnte im Hintergrund. Das kitschige Gequäke von Frl. Venus und Soraya.vc bekam mir gut. Ich kam erst vor einigen Stunden aus dem Nachtdienst. Normalerweise hätte ich den Rest des Tages frei gehabt. Da bei der Wache aber krankheitsbedingt zu viele Ausfälle zu verzeichnen waren, musste ich ab mittags wieder bis zum Abend aushelfen. In einer halben Stunde fing meine Schicht an.

Seltsamerweise hatte ich das Gefühl, auf Wache sicherer aufgehoben zu sein, als hier, in meinem kleinen Haus, das etwas zurückgesetzt an einer langen Umgehungsstraße, etwa drei Kilometer vom Stadtzentrum entfernt lag.

Seit vergangener Nacht stimmte überhaupt nichts mehr. Ich war da in etwas hineingerutscht, was ich wohl nicht mehr kontrollieren konnte. Dabei konnte ich gar nichts dafür. Ich bin rein zufälligerweise Zeuge eines schier unglaublichen Phänomens geworden, das mir in letzter Sekunde gelungen war, filmtechnisch zu dokumentieren. Und genau das sollte mir vermutlich das Genick brechen.

Die Fremden hatten mich nämlich entdeckt. Aber ich konnte entkommen. Jedenfalls vorerst. Eine Stunde nach Feierabend kam meine Freundin und Kollegin zu mir, die zufälligerweise heute auch unter Schlaflosigkeit litt. Dabei hatte ich ihr gar nichts von dem Ereignis erzählt. Ich erzählte niemandem etwas davon.

Jedenfalls gingen meine Freundin und ich gemeinsam in ein Café, um zu frühstücken. Da wir beide heute wieder ab mittags auf der Wache aushelfen mussten, setzte sie mich vor einigen Minuten wieder zu Hause ab, um dann noch in ihre Wohnung zu fahren, um sich ihre Uniform anzuziehen. Wir würden uns dann gleich auf der Wache treffen.

Sofort als ich mein Haus betrat, bemerkte ich, dass etwas nicht stimmte. Jemand hatte sich während meiner Abwesenheit hier aufgehalten. Augenscheinlich aber fehlte nichts. Einbrecher waren es demnach nicht. Doch genau dieses Faktum trug ausnahmsweise nicht zu meiner Beruhigung bei. Im Gegenteil. Sofort dachte ich wieder an das Ereignis der vergangenen Nacht und mir wurde schlagartig klar, was die Eindringlinge in meinem Haus gesucht hatten. Die Aufzeichnung. Die Aufzeichnung, die ich die ganze Zeit über bei mir trug.

Als ob ich zu dämlich wäre, zu bemerken, dass jemand hier herumgeschnüffelt hatte, sah ich dann auf dem Küchenfußboden auch noch die dilettantisch beseitigten Flecken eines heruntergefallenen Glases Erdbeermarmelade. Allmählich verstand ich rein gar nichts mehr. Die Ereignisse der vergangenen zwölf Stunden ließen an Merkwürdigkeiten nicht zu wünschen übrig.

Alles jedenfalls begann vergangene Nacht während meiner Nachtschicht, als ich allein auf Streifenfahrt war ...

Ich war zum alten Ölhafen gefahren. Als ich eben mal dort unbemerkt ins Gebüsch urinierte und dabei zufällig dieses gottverdammte Ding gesehen hatte: Diese UFO-Untertasse mit dem aufgemalten Balkenkreuz der Luftwaffe und dem „Jolly-Roger-Piratensymbol" an der Seite und aus der dieses Mädchen in der schwarzen Uniform rauskletter kam. Und damit fing dann alles an ...

Einige Stunden vorher, nachts

„Nu machma hinne hier, Heini. Wir haben auch noch mehr zu tun, als dich Schnapsdrossel die ganze Nacht zu knechten."
„Das geht nicht so schnell, Herr Wachtmeister", lallte Heini.
„Weil du wieder mal voll bis zum Stehkragen bist, du Lappen. Ich werd dir was, friedliche Bürger anzupöbeln. Los, da runter jetzt."
„Mach doch mal halblang, Herr Wachtmeister. So schnell schießen die Preußen nicht", versuchte Heini zu erwidern.
„Ich geb dir gleich Preußen, du Napf. Tu bloß nicht so, als wäre das hier dein erster Auftritt in der Ausnüchterungszelle. Eigentlich könnten wir deinen Hauptwohnsitz hier ja schon melden", fuhr Theo dazwischen.
„Wann werde ich endlich die Handschellen los, Herr Wachtmeister?"
„Unten, in der Villa Sorgenfrei. Hab keine Lust, dass du mich mit deinen Schmierpfoten auch noch anfasst und mir mein Uniformhemd vollsaust. Guck dich bloß mal an. Du blutest, wie ein abgestochenes Schwein. Und jetzt geh runter, sonst beiß ich dir den Kehlkopf raus und spucke ihn auf den Boden!"
„Ich hab ja wohl auch noch Menschenrechte, Herr Wachtmeister."
„Die enden hier. Weiter jetzt!"
Schmunzelnd bekam ich von der Küche aus den Dialog aus dem Zellentrakt im Keller der Polizeiwache mit. Meine Kollegen Hannes und Theo „verarzteten" gerade Heini Schlehmeyer. Ein revierbekannter 63-jähriger Trunkenbold, der heute Nacht mal wieder etwas viel zu tief ins Glas geschaut hatte. Eines seiner „weggeatmeten" fünfunddreißig Bierchen war wohl schlecht gewesen, so dass Heini zuhause mit seiner 87-jährigen Mutter Stunk angefangen hatte. Diese hatte ihn daraufhin aus dem Haus geworfen. Anschließend, wie immer in diesem Zustand, baggerte Heini auf der Straße alles an, was lange Haare hatte. Nur diesmal hatte sich Heini, aufgrund des übermäßigen Genusses geistiger Getränke in seinem Sehvermögen leicht eingeschränkt, etwas verkalkuliert und ausgerechnet den stadtbekannten Türsteher Jonny Krabbenbeuter mit seiner langen, braunen Haarmähne betätschelt. Jonny, gar nicht erfreut von dieser Geste, machte dies Heini auf seine Art klar. Übel zugerichtet sammelten Hannes und Theo Heini dann aus den Rabatten auf, stopften ihn in den Streifenwagen und nahmen ihn mit zum Revier.
Ich müsste nachher wohl noch mal bei Jonny vorbeifahren, um ihn auf den Topf zu setzen und ihm klarmachen, dass es absolut keinen Stil hatte, den alten, alkoholkranken Heini in seinem Zustand dermaßen eine zu verpassen. Und wie ich Jonny kannte, würde es ihm dann sogar Leid tun. Wenn Jonny nicht gerade wieder mal seine Prollphase hatte, konnte man ja meistens vernünftig mit ihm reden. Ich jedenfalls.
Theo betrat die Küche und zeigte mit dem Daumen über seine Schulter: „Wir haben deinen Kumpel mitgebracht, Roy."

Ich sah ihn an. „Was heißt denn bitteschön mein Kumpel, Theo?" Theo grinste. „Ihr ward doch neulich zusammen in der Stillen Schifffahrt Bier trinken. Streite es nicht ab Roy. Ellen und Frank sind mit dem Streifenwagen zufällig vorbeigefahren und haben euch gesehen. Und dann auch noch in der Stillen Schifffahrt, dieser Kaschemme!", betonte er abfällig. „Aber, ihr scheint euch ja prächtig amüsiert zu haben."

Ich atmete tief aus: „Als Freund und Helfer habe ich für die Sorgen und Nöte des Proletariats auch außerhalb meiner Dienstzeit stets ein offenes Ohr", versuchte ich grinsend die Situation zu retten.

„Richtig, Roy. Das stimmt. Das kann ich bestätigen. Ganz besonders der Sorgen und Nöte der weiblichen Unterschicht im Alter zwischen fünfzehn und fünfundzwanzig Jahren scheinst du dich sehr gewissenhaft anzunehmen".

Theo kam einen Schritt näher auf mich zu und fragte verschmitzt: „Sag mal, Roy. Du willst mir doch nicht ernsthaft erzählen, dass die kleine Punkerin, die du letzte Woche aus dem Che Guevara abgeschleppt hast, schon volljährig war?" Er stieß mich mit dem Ellenbogen an. „Komm schon, Roy. Mir kannst du es doch sagen. War sie gut? Ich hätte es nur gern mal gewusst. Ich hab nämlich noch nie 'ne Punkerin geknackt."

Ich legte meine rechte Hand auf die Schulter meines Kollegen: „Erstens, Theo: Das war keine Punkerin, sondern eine „Goth", du Kulturbanause. Zweitens: Ein vornehmer Herr, so wie ich, genießt und schweigt. Und drittens, Theo, sei du mal lieber ganz ruhig. Die letzte Braut, die du im Che Guevara angebaggert hast, war nämlich eine Tunte!"

Theo zuckte erschrocken zusammen und blickte schnell mit halboffenem Mund nach hinten. Dann trat er rasch noch näher an mich heran und sagte mit flüsternder Stimme: „Du hattest mir doch versprochen, das nicht weiterzutratschen."

Hallend fing ich an zu lachen. Mit hochrotem Kopf nahm Theo den Verbandskasten aus einem Schrank, füllte einen großen Plastikbierbecher mit Mineralwasser und verließ die Küche, um Heini Schlehmeyer versorgen zu können.

Gewohnheitsmäßig bekam Heini Mineralwasser gegen seinen Brand, wenn er bei uns einsaß. Diesbezüglich hatte Heini schon seinen eigenen Stammbecher bei uns.

Es war Donnerstagnacht, so gegen 02:30 Uhr. Hermann, ein älterer Kollege, der heute Nacht die Funktion des Wachhabenden übernahm, betrat die Küche, als ich gerade in ein Stück Pizza biss. Der Kollege atmete betont tief durch, bevor er sagte, worum es ging: „Roy, da kam gerade ein Anruf vom Notrufsprecher. Eine Frau Weiser teilte ziemlich aufgeregt mit, dass sie durch ihr Schlafzimmerfenster ihren Nachbarn Herrn Hillerck sehen kann. Dieser würde an der Wohnzimmerlampe baumeln. Frau Weiser war verständlicherweise am Apparat sehr aufgewühlt und erbittet nun unsere Hilfe. Fährst du bitte mit Heike dort vorbei und erledigst das Weitere vor Ort? Ach ja, Herr Hillerck hängt in der Bürgermeister-Reuter-Straße 1."

„Großartig", maulte ich, „immer dann, wenn ich mal eben was essen will. Kann der sich nicht zu einer normalen Tageszeit aufknöpfen, wie sich das gehört?!"

„Ich kann da auch hinfahren, Roy. Dann übernimmst du halt die Wache."

„Ne, ne, Hermann. Das lass man lieber. Deine besten Zeiten sind nun mal vorbei. Als du Suizidanten vom Strick abgeschnitten oder dich dienstlich in Kneipen geprügelt hast, trug man ja noch eine Pickelhaube auf dem Kopf und einen Säbel an der

Seite. Bleib' du mal lieber auf Wache und leite den Funkverkehr. Hast schließlich nur noch fünf Monate bis zu deiner Pensionierung."

Ich sah mich um. „Wo ist denn Heike? Schon wieder auf dem Trichter? Naja, ob der Macker nun noch zehn Minuten länger baumelt, ist jetzt auch egal. Hauptsache die ehrenwerte Frau ..." Ich stockte, weil ich mir den Namen der Anruferin nicht gemerkt hatte.

„Weiser", sagte Hermann. „Frau Weiser", setzte er noch mal hinzu.

„Also Grete", spöttelte ich und warf den Rest meiner Pizza ungehalten in die Spüle, so dass der Großteil des Belages gegen den Wasserhahn und die sich dahinter befindlichen Fliesen klatschte.

In diesem Moment betrat unsere Kollegin Heike Lorenz kopfschüttelnd den Aufenthaltsraum. Sie hatte eine Konservenbüchse in der Hand. Vermutlich wieder so eine supergesunde Gemüsesuppe.

Ich zeigte auf die Büchse in ihrer Hand: „Das kannst du jetzt wohl vergessen, Mäuschen. Wir müssen erst einen Einsatz wahrnehmen, einen Suizid. Georg hat jetzt Pause und Hannes und Theo verarzten gerade Heini Schlehmeyer."

Heike verzog die Mundwinkel und verdrehte die Augen: „War ja klar", entgegnete sie und stellte die Konserve weg. „Na, dann lass uns los, dann haben wir es hinter uns und können anschließend noch in Ruhe etwas essen."

Heike Lorenz war ein Jahr älter als ich, also zweiunddreißig Jahre. Sie war etwa 1,70 Meter groß und von hagerer Statur. Aufgrund von Pigmentstörungen war ihr gesamter Körper von unzähligen Sommersprossen übersät, was ideal zu ihren knallroten, leicht gewellten Haaren passte, die bis zu ihren Ellenbogen reichten. Ihre Finger wirkten manchmal fast knöchern. Sicherlich spielte auch die Tatsache eine Rolle, dass sie selten Fleisch zu sich nahm. Heike war ein liebes, äußerst bescheidenes Mädchen. Sie stammte aus sehr einfachen, besser gesagt: ärmlichen Verhältnissen. Ihr Vater war Bierfahrer für die Brauerei.

Als Heike damals sechzehn Jahre alt war, verlor ihr Vater bei einem Autounfall ein Bein, was die Familie in den finanziellen Ruin brachte. Er fand nie wieder Arbeit und Heikes Mutter litt ausgerechnet auch noch an Muskelschwund und war zeitweise an den Rollstuhl gefesselt. Heike konnte nur ihr Abitur machen, weil sie jeden Tag nach der Schule Zeitungen austrug oder irgendwo putzen ging, um mit diesem wenigen Geld etwas zu dem Lebensunterhalt der Familie beizutragen. Hätte sie damals diese Doppelbelastung nicht auf sich genommen, hätte sie wohl für den Rest ihres Lebens in der Fabrik arbeiten müssen, um Geld zu verdienen.

Ein Studium nach dem Abitur war aber einfach nicht mehr drin gewesen. Sie bewarb sich bei der Polizei, um wenigstens die Vorteile eines geregelten und festen Einkommens genießen zu können, obwohl sie viel lieber Ingenieurin geworden wäre. Manchmal machten wir mit Heikes Eltern kleinere Tagesausflüge, damit sie auch mal ein kleines bisschen Abwechslung hatten. Es war den alten Leuten stets unangenehm, wenn Heike oder ich den Scheiß dann bezahlten. Aber das musste ihnen wirklich nicht unangenehm sein, wir taten es gern.

Heike selbst wohnte in einer kleinen Einzimmerwohnung. Nicht aus finanziellen Gründen, schließlich verfügte sie mittlerweile über ein normales Beamteneinkommen, so wie wir alle. Aber sie war ganz einfach von Natur aus so bescheiden.

Außerdem wusste ich, dass sie mit dem ihr verbleibenden, restlichen Teil ihres Monatsgehaltes ihre Eltern unterstützte, wodurch diese nicht ihr kleines Häuschen verloren, was eigentlich nicht mehr als ein besseres Gartenhaus, aber die einzige Freude in deren Leben war.

Manchmal wohnte Heike eh wochenlang bei mir. Der Großteil ihrer Habseligkeiten schwirrte bei mir herum. Sie hatte schon ewig einen Schlüssel zu meinem kleinen Haus am Stadtrand.

Mit Heike und mir war es so eine Sache. Eigentlich hätte ich sie schon vor Jahren heiraten sollen. Einen größeren Gefallen hätte ich ihr wohl nicht tun können. Und besser für mich wäre es auch gewesen. Zumindest wäre ich dann mal aus meinem Lotterleben als heimlicher „Neil-Diamond-Plattenhörer" und „Schmuddelfilm-Fan" herausgekommen. Nur, ich wollte mich irgendwie auf nichts mehr einlassen. Sie war vielmehr meine beste Freundin, wäre mir aber eine gute Frau gewesen. Sie liebte mich. Das wusste ich schon lange. Außerdem war ich schon einmal verheiratet gewesen, was auch prompt in die Hose gegangen war. Oft bumsten wir zusammen. Ich war aber weiß Gott kein Kostverächter bezüglich der Damenwelt und Heike verzieh mir aber auch wirklich jedes Schurkenstück kommentarlos. Dabei konnte ich mich nicht daran erinnern, dass sie jemals einen anderen Freund als mich gehabt hatte. Ich wusste, dass ich bei ihr Narrenfreiheit besaß und manchmal überkam mich genau deswegen das Gefühl, sie irgendwie auszunutzen. Dafür schämte ich mich oft und verachtete mich dann selbst für mein beschissenes Verhalten.

Vor einiger Zeit schenkte ich ihr ein etwas teureres Armkettchen, wohl von meinem schlechten Gewissen getrieben. Da ich finanziell nichts am Hals hatte und mein kleines Haus längst abbezahlt war, konnte ich mir derartige Aktionen erlauben. Heike aber bekam das etwas in den verkehrten Hals, nahm das Armkettchen fortan nicht wieder ab und betrachtete es wohl als eine Art Verlobungsgeschenk. Ich hatte mit dieser Aktion also schon wieder Mist gebaut. Sapperlot, dabei hatte ich mir als freiheitsliebender Mensch geschworen, dass mir niemals wieder ein Weibsstück ins Hause kommen würde. Jedenfalls nicht länger als für ein paar Stunden. In dieser Nacht konnte ich nicht im Entferntesten ahnen, wie sehr sich die Ansichten in meinem Leben noch ändern würden.

Wir zogen unsere Lederjacken mit der riesigen, weißen Rückenaufschrift POLIZEI über, nahmen noch einige Ausrüstungsgegenstände und Einsatzmittel mit, gingen auf den Parkplatz, wo die beiden Streifenwagen unserer Wache standen und bestiegen einen Wagen. Ich nahm auf dem Fahrersitz Platz. Als der Motor lief, griff ich den Hörer des Funkgeräts, drückte die Sprechtaste und wollte uns beim Einsatzleitdienst für den übernommen Einsatz „Suizid Bürgermeister-Reuter-Straße" anmelden, hörte aber nur ein Knacken, anschließend nur noch ein Knistern und dann eine rauschende und sehr weit entfernt klingende Stimme.

„Na prima", meckerte ich. „Das Ding ist mal wieder im Arsch."

Ich blickte Heike an: „Einer von uns beiden wird wohl mit Hermann den Einsatz übernehmen müssen, während der Andere den Wagen im Fuhrpark tauschen muss. Lediglich ein einsatzbereiter Funkwagen ist wohl ein bisschen wenig für unser Streifengebiet."

23

„Da hast du wohl Recht", entgegnete Heike. „Da du ja nun schon mal am Steuer sitzt, fährst du wohl am besten zum Fuhrpark, um den Wagen auszutauschen."
„Okay!", antwortete ich. „Ich guck mal, wer noch auf der Wache rumlungert und fahre dann zum Einsatzort. Aber tu mir den Gefallen und rufe die Einsatzleitstelle von der Wache aus an und sage denen, dass ich den defekten Wagen jetzt austausche und für Einsätze nicht ansprechbar bin."

Heike drückte mir schnell ein Küsschen auf die Wange. „Ja, Ja. Mach ich, Roy", sagte sie, stieg aus dem Streifenwagen und ging zurück. Ich startete den Wagen, gaffte meiner Kollegin beim Wegfahren noch einmal lüstern auf ihren Hintern und machte mich dann auf.

Der Fuhrpark war weiter nördlich von der Wache aus gelegen und man brauchte so etwa eine Viertelstunde bis dort. Hätte mir damals jemand gesagt, dass diese einsame Fahrt mein gesamtes Leben verändern würde, hätte ich ihn wohl für verrückt erklärt.

I stuck around St Petersburg
When I saw it was a time for a change
I killed the Czar an his ministers
Anastasia screamed in vain (The Rolling Stones, 1968)

Ich drehte das Radio lauter. Die Straßen waren zu dieser Nachtzeit leer und nur vereinzelt kam mir ein Wagen oder ein Taxi entgegen. Ich öffnete die Cola-Dose, die als kleiner Ersatz für die Pizza herhalten musste. Mit ein paar kräftigen Schlucken trank ich die Dose leer und warf sie auf den Boden vor dem Beifahrersitz. Ich würde sie dann später im Fuhrpark entsorgen.

Der Fuhrpark war ein ehemaliges Tankstellengelände nahe dem Hafen, welches für seine neuen Zwecke umgebaut und durch einen etwa zwei Meter hohen Drahtzaun umfriedet worden war. Für den Tausch zur Nachtzeit oder an Wochenenden und Feiertagen lag in jedem Streifenwagen im Handschuhfach ein Schlüssel, womit das Tor des Drahtzauns zu öffnen war. Man fuhr den Wagen dann einfach auf das Grundstück, trug den Wagen im Fahrtenbuch aus und notierte am Rand den Grund des Tausches. Die Kollegen von der Wartung mussten dann nur am nächsten Werktag ins Buch hineinschauen und wussten sofort, was zu tun war.

Ich warf das Buch auf den Fahrersitz, ließ die Fahrzeugschlüssel im Türschloss stecken und entnahm dem verschließbaren Kunststoffbehälter an der Beifahrertür noch die Maschinenpistole sowie die dazugehörigen zwei Magazine. Danach ging ich auf die andere Seite des Gebäudes, dort, wo die Tauschfahrzeuge bereitstanden. Ich hoffte, dass dort nicht noch so eine uralte „Gurke" war, die ich nehmen musste, denn kam es an mehreren Dienststellen gleichzeitig zu einem Fahrzeugdefekt, konnte das tatsächlich schonmal vorkommen. Dann hatte man das zweifelhafte Glück, mit einem Einsatzwagen, der ansonsten kurz vor dem Verschrotten oder Ausrangieren stand, zurückfahren zu müssen. Aber ich hatte Glück. Es stand noch ein einigermaßen zumutbares Fahrzeug bereit, bei dem die Zündschlüssel, wie hier üblich, im Türschloss steckten. Ich stieg ein, verstaute die Maschinenpistole und die beiden Magazine wieder in dem dafür vorgesehenen Kunststoffbehälter, ließ den Motor an und fuhr zurück zum vorderen Trakt des Fuhrparks. Das Drahttor, das man beim Einfahren manuell öffnen musste, hatte aber eine Automatik, die es zuließ, dass sich per Lichtschranke das Tor beim Annähern selbständig öffnete und nach dem Passieren auch wieder schloss.

Somit blieb mir das Aussteigen erspart. Ich steuerte den Einsatzwagen wieder aus dem Hafengebiet heraus auf die Umgehungsstraße. Jetzt kam ich auch endlich mal auf die Idee, das Funkgerät auf seine Funktion zu überprüfen. Nicht, dass ich wegen demselben Mist gleich wieder zurück musste. Dann würde es mit einem weiteren Tauschwagen schwierig werden. Es stand nämlich nur noch ein alter Opel Corsa dort; und das musste ja nun wirklich nicht sein.

Nach der üblichen „Frage nach Verständigung nach Wagentausch", die durch den Funksprecher positiv bejaht wurde, steckte ich den Hörer wieder weg und drehte den Funk leiser, *Ten O'Clock Postman* lauter und merkte, dass ich pinkeln musste.

Verdammt, dachte ich, *das kommt von der Cola, die ich mir rein geschüttet habe.* Jetzt fiel mir auch ein, dass ich vergessen hatte, die leere Cola-Dose aus dem alten Funkwagen zu entsorgen. *Egal. Kann ich jetzt auch nicht mehr ändern. Dafür fahre ich bestimmt nicht noch mal zurück. Muss Karl dann halt entsorgen.*

Aber pinkeln musste ich trotzdem.

Es war jetzt mitten in der Nacht und die Wahrscheinlichkeit, auch noch gerade hier, auf der sogenannten Osttangente, die vom Südstrand, beziehungsweise vom Handelshafen, in Richtung Ölhafen führte, jemanden anzutreffen, war verschwindend gering. Doch schon nach wenigen Minuten Fahrtzeit bot sich mir ein Anblick, der mich meine Blasenleerung erst einmal vergessen ließ: Zwei offensichtlich verunglückte Wagen, ein uralter VW-Bus T2 und ein aufgemotzter Golf lagen jeweils in gegenseitiger Fahrtrichtung auf der Seite. Der Golf war vorn eingedrückt und auch der T2 wies massive Beschädigungen im Frontbereich auf. Überall lagen Scherben und kleinere Blechteile herum. Zwei Personen standen am Straßenrand. Ich hielt den Funkwagen an und ging zum Unfallort; schob dabei meine Schirmmütze etwas weiter die Stirn hoch, steckte mir eine Zigarette zwischen die Lippen, nahm einen kräftigen Zug und fragte ohne die Kippe aus dem Mund zu nehmen mit nuschelnder Stimme: „Wie geht das denn?"

Ein junger Mann, der Fahrer des aufgemotzten Golf, kam auf mich zu und sagte: „Jetzt reg dich bloß nicht auf, Roy. Ich fahre hier ganz normal die Osttangente entlang, als mir auf einmal Winnie mit seinem scheiß T2 entgegenkommt und gefahren ist der, wie eine offene Hose", versuchte sich der mir bekannte 19-jährige Hauke Fischer aus der Affäre zu reden. Prompt wurde er aber durch den 84-jährigen Winnie Puhvogel unterbrochen. Der war ein Anblick für sich mit seinem abgewetzten Bundeswehrparka, blauer, bis unter die Brust gezogenen Arbeitshose und olivfarbenen Gummistiefeln.

„Was heißt hier denn bitteschön scheiß T2? Aber wenn du mal wieder deinen blöden Flohmarktstand durch die Gegend kutschieren musst, dann kommst du wieder bei mir angeschissen und willst dir meinen Bully ausleihen. So etwas habe ich gern", wetterte Winnie, wobei er die Glut seiner soeben angeflammten Tabakspfeife wie immer mit seinem verrußten Zeigefinger herunterdrückte. „Schließlich kam es nur zu dem Malheur, weil du wieder mal während der Fahrt an deinem verdammten Autoradio herumgefummelt hast, anstatt dich auf den Straßenverkehr zu konzentrieren."

„Das musst du mir gerade sagen, Winnie. Du mit deinem lächerlichen Aufkleber ‚Fünfundsechzig Jahre unfallfreies Fahren' auf deiner blöden Heckscheibe."

Hauke Fischer sah mich an und zeigte mit seinem linken Daumen auf Winnie Puhvogel: „Roy, da hat er die Zeit, in der er vor Stalingrad als Gefreiter einen Panther-Panzer gefahren hat, gleich mit eingerechnet. Mit dem Ding konnte er da auch keinen Verkehrsunfall bauen. Jedenfalls hätte er nichts davon mitbekommen", spöttelte Hauke in Richtung Winnie.

„Obersturmführer, ausgezeichnet mit dem EK II, bitte immer noch, du Rotzlöffel", wurde Hauke sogleich motzend durch Winnie korrigiert. „Und selbst mit einem Panther habe ich niemals einen Unfall gebaut", beschwerte sich der alte Griesgram nochmals. Und dann, an mich gewandt: „Muss ich mir so eine Infamie gefallenlassen, Roy? Schließlich habe ich dem Bengel schon Reitunterricht gegeben, als er noch in die Windeln geschissen hat. Ich kann mich beim besten Willen nicht die ganze Nacht mit diesem rot-grün wählenden Pöbel von Jungdeutschland aufhalten, Roy."

Plötzlich knisterte es auf dem dunklen Trampelpfad einige Meter neben mir. Eine Taschenlampe leuchtete auf und mir direkt ins Gesicht. Sofort schwenkte der Strahl der Lampe dann zu den beiden Streithähnen Winnie und Hauke ab.

Es war Henk van Ackeren, der da aus der Dunkelheit kam, mit seinem uralten Rauhaardackel an der Leine. Henk war ebenso ein Unikum wie Winnie und auch im gleichen Alter. Bekleidet mit seinem gelben Friesennerz schritt er auf uns zu.

„Moin Henk, alter Knabe. Gehst du mit deiner Mumie an der Leine schon wieder mitten in der Nacht spazieren?"

„Hat mich irgendwie rausgetrieben und habe euer interessantes Gespräch noch gerade so mitbekommen." Er ging zu Winnie und legte diesem seine Hand auf die Schulter. „Du hast völlig recht, Kamerad. Dieses junge Gemüse hat einfach keinen Respekt mehr vor uns. Wo soll das bloß noch hinführen?"

Henk ließ ab und an mal durchblicken, ehemaliger Angehöriger der 34. Polizei-Grenadier-Division „Landstorm Nederland" gewesen zu sein. Ich kannte Henk schon mein Leben lang. Er hatte gleich damals nach seiner Kriegsgefangenschaft einen kleinen Bootsverleih aus dem Boden gestampft, den er noch heute mit seinen über achtzig Jahren leitet. Schon als Junge brachte Henk mir segeln, fischen, die Grundlagen der Navigation und Sternenkunde bei. Und wenn ich mich nicht irre, lehrte er mich sogar das Schwimmen. Ganz sicher bin ich mir aber nicht mehr. Jedenfalls war es auch Henk gewesen, der mir schon früh eintrichterte, im Leben nicht immer wegen jedem Pippifax so ein Theater zu machen, sondern die Sachen so hinzunehmen, wie ein richtiger Mann. Die beiden Kriegsveteranen nickten sich zu.

„So ist das nun mal heutzutage, Kamerad. Bis auf Roy. Der Bengel ist wirklich gut geraten", gab Winnie seinen Senf dazu. „Genau wie sein Großvater. Kennst du Ron Wagner noch, Henk?"

„Selbstverständlich kenne ich Ron noch, Winnie. Er war in meiner Einheit. Bis es ihn April fünfundvierzig doch noch erwischt hat. Ein prima Kerl, immer aufrichtig und anständig. Das hat Roy von Ron geerbt", sagte Henk van Ackeren und sah mich an: „Und mit deinem Namen könnte man dich fast für einen anständigen Holländer halten, Roy", ergänzte er, mir nun ebenfalls auf die Schulter klopfend. Ich zeigte Henk einen Vogel: „Ich und ein Käskopp – das fehlte noch." Die beiden alten Säcke lachten.

„Habt ihr jetzt genug bei Roy geschleimt, ihr beiden Retter der Nation?", erkundigte sich Hauke.

„Jetzt quatscht der Grünschnabel doch schon wieder dazwischen, wenn sich erwachsene Menschen unterhalten", stänkerte Henk.

„Schluss jetzt, Jungs!", trennte ich die Streithähne und blickte Hauke an. „Ihr seid beide gefahren wie die Stoffel. Das sieht doch ein Blinder mit dem Krückstock!"

Ich schaute auf die verunglückten Fahrzeuge und das langsam auslaufende Benzin auf dem Asphalt. Dann blickte ich, die Mundwinkel verziehend und den Kopf leicht schüttelnd, den Jüngeren an: „Jetzt sieh dir die Sauerei bloß mal an. Nächste Woche Donnerstag bekommen Schröders mein neues Bücherregal ins Lager. Ich habe mir extra eines vorbestellt. Kannst du mir mal bitte sagen, wie ich das Ding jetzt ohne Winnies T2 zu mir nach Hause bekommen soll, Hauke?"

„Das ist doch gar kein Problem, Roy. Mein Schwager hat doch seinen Hanomag, den kennst du doch. Damit bin ich gleich um acht Uhr morgens bei dir und dann holen wir dein Regal von Schröders ab."

„Du hast wohl ein Ei am wandern", meckerte ich. „Um acht Uhr? Das ist ja mitten in der Nacht! Du schleichst dich still und leise um halb zwölf durch meine Hintertür. Du weißt ja, die ist meistens eh nicht verschlossen. Nachdem du uns beiden zuerst in meiner Küche Muckefuck aufgesetzt hast, werden wir weitersehen."

„Geht klar, Roy. Gar kein Problem. Du weißt doch, dass du dich auf mich verlassen kannst."

Henks uralter Rauhaardackel machte komische Geräusche.

„Und wie geht es jetzt mit euren Schrottkisten hier weiter? Das sieht ja aus, wie nach einem Bombenangriff", sagte ich.

„Das ist ebenfalls kein Problem, Roy", gab jetzt Winnie Puhvogel seinen Senf dazu. „Mein Bruder ist schon mit seinem Tieflader und zwei angehängten Pritschen hierher unterwegs. Wir nehmen beide Wagen hoch und bringen die auf den Hof von Günthers Werkstatt. Der wird sie schon wieder herrichten. Außerdem arbeitet Günther für uns auch ohne Rechnung und wir brauchen keine Mehrwertsteuer zu bezahlen."

„Ja, das ist natürlich ideal", sagte ich grübelnd, setzte dann aber sofort entrüstet hinzu: „Hört auf, mir hier so eine Scheiße zu erzählen. Sonst hetze ich euch allen den Zoll auf den Hals."

Ich schnippte meine Kippe in ein Gebüsch, zog meine Schirmmütze wieder etwas tiefer in die Stirn, drehte mich in Richtung meines abgestellten Streifenwagens und sagte im Weggehen: „Wehe, ich finde hier nachher auch nur noch eine einzige Scherbe, Jungs. Dann fegt ihr beide noch mal. Und zwar unter meiner Aufsicht."

„Geht klar, Roy", sagte Hauke und Winnie fügte hinzu: „Das ist doch wohl Ehrensache, Roy".

„Ich pass' auf die beiden Schlitzohren schon auf", musste Henk natürlich das letzte Wort haben.

Wieder im Funkwagen, startete ich den Motor und fuhr unter den mich anbiedernd grüßenden Händen der drei Strategen weiter.

Mittlerweile musste ich aber noch nötiger pinkeln und bog ich nach kurzer Fahrt in eine mir bekannte und auch zur Tageszeit kaum befahrene Straße in der Nähe des

Ölhafens ein. Sie führte durch eine kleine, völlig verwilderte Grünanlage, wenn man diese noch als solche bezeichnen konnte, bevor sie dann in einer Sackgasse endete. Von hier aus konnte man zur Nachtzeit die orangefarbenen Beleuchtungen des Ölstegs erkennen, welche bei Dunkelheit die Anlage erhellten. Auch die hier in der Nähe befindliche Marineanlage wurde von denselben orangfarbenen Lichtern ausgeleuchtet. Die gesamte Atmosphäre in dieser Gegend schien dadurch irgendwie in eine besondere Stimmung zu tauchen. Auch wenn durch diese Lichtquellen die ansonsten heute pechschwarze Nacht etwas durchdrungen wurde, war es trotzdem immer noch recht dunkel hier zwischen Industriehafen und Marineanlage, bei der ich damals, direkt nach dem Abitur, für einige Jahre bei einer Einheit der Marineinfanterie meinen Dienst abgeleistet hatte.

Alles war hir sehr ruhig. Ich nutzte die Gelegenheit, um hier auch mal wieder nach dem Rechten zu sehen und durchfuhr langsam, fast im Schritttempo den Buschstreifen fast bis zum Ende und stellte den Funkwagen dann zwischen zwei etwas höheren Sträuchern, einige Meter vor dem abrupten Ende der Straße ab. Der typische Geruch von Salzwasser und Seealgen stieg in meine Nase und ließ mich tief und entspannt durchatmen. Ich konnte mir keinen schöneren, als diesen mich bereits mein Leben lang begleitenden und mich stets mit meiner Heimatstadt verbindenden Geruch vorstellen. Außer vielleicht dem Geruch des Patchouli der Gruftie-Schallplattenverkäuferin aus der Teufelsküche, der ich momentan gerade hinterherstalkte.

Ich wollte noch einige Meter zu Fuß in Richtung Wasser gehen und die mir sehr zuträgliche, nächtliche Atmosphäre im dem orangefarbenen Lichtschimmer und das leise Plätschern des Nordseewassers beim Rauch einer Zigarette genießen und dabei irgendwo im Gebüsch in aller Ruhe pinkeln. Ich ahnte ja nicht im geringsten, dass es gleich mächtigen Ärger geben würde ...

Ich stand entspannt pinkelnd im Gebüsch, die Mentholzigarette im Mund und schaute mir den Nachthimmel an. *Unendlich viele Sterne,* dachte ich. Der Große Wagen war deutlich erkennbar. Alles schien so zu sein, wie bereits vor Ewigkeiten. Nur halt doch nicht alles.

Merkwürdiger Stern ... der bewegt sich ja. Quatsch, Stern! Das ist ein Flugzeug, das wohl einen außerordentlich hohen Nachtflug macht.

Jetzt konnte ich es deutlicher sehen, es bewegte sich tatsächlich. Es musste ein Flugzeug sein, da das Ding nun auch erkennbar an Flughöhe verlor. Interessiert beobachtete ich die Maschine. Ich fragte mich beiläufig, wer denn jetzt unbedingt zu dieser Nachtzeit über der Nordsee herumfliegen musste? Es konnte sich um eine Militärmaschine handeln, die einen nächtlichen Übungsflug oder Aufklärungsflug absolvierte. Es konnte sich aber auch genauso gut um eine zivile Maschine irgendeines Industriekonzerns handeln, die vielleicht nächtliche Botenflüge für Bohrinseln oder ähnlichem tätigte. Die Maschine verlor weiter an Höhe. Seltsamerweise aber veränderte die Maschine dabei nicht die Entfernung zu mir, sondern schien vielmehr einfach abzusinken.

Vielleicht ein Senkrechtstarter. Ich schaute genauer hin. Da erblickte ich die seltsamen Konturen des Flugzeuges. Ich kniff einen Moment die Augen zu. Nicht lange. Vielleicht drei oder vier Sekunden. Ich wollte sichergehen, keiner optischen Täuschung auf den Leim gegangen zu sein. Als ich die Augen wieder öffnete, war das Flugzeug direkt über mir, in einer Höhe von etwa hundertfünfzig Metern. „Das gibt es doch nicht", flüsterte ich im Selbstgespräch. Bei dem Anblick der Maschine fiel mir vor Erstaunen die Kippe aus dem Mund. Ich schaute der Kippe wie elektrisiert nach. Sofort richtete ich meinen Blick aber wieder auf und schaute erneut auf das, was sich mir gerade darbot. Ich kam sozusagen vom Glauben ab.

Das, was gerade in etwa zwanzig Metern Entfernung auf einer kleineren Lichtung, umgeben von verrottetem und totem Geäst auf einer Schotterfläche, landete, war gar kein Flugzeug. Es war – ein UFO! Eine Flugscheibe ... oder ein Raumschiff!

Der Schweiß brach mir aus und ich merkte, dass mein Herz vor Aufregung lauter zu pochen begann. Ich sah ein merkwürdiges, rundes Gerät von etwa zwanzig Metern Durchmesser, welches unten scheibenförmig war und aussah wie ein umgedrehter Suppenteller. Nach oben hin lief das Gerät in einer Art Glockenform zusammen.

Ganz oben befand sich ein runder aber abgeflachter Aufbau, der mich an einen Geschützstand erinnerte. Jedenfalls befanden sich dort zwei Rohre, die wie Geschütze aussahen. Ähnliche Bewaffnungen kannte ich von Marineschiffen. Unter dem Geschützturm waren runde Öffnungen zu erkennen, die wie Bullaugen aussahen. Darunter befanden sich zwei Symbole: ein schwarzes Balkenkreuz der Luftwaffe mit weißen Außenrändern und daneben ein weißer aufgemalter Totenkopf, der Jolly Roger mit den beiden sich kreuzenden Knochen darunter, die auf der ansonsten marinegrau angestrichenen Maschine als eine Art von Hoheitszeichen angebracht waren.

Mit einem leicht surrenden, singenden Geräusch, das ich nie vorher gehört hatte und daher auch nicht näher beschreiben kann, landete das UFO auf vier hydraulischen Landestützen. Diese klappten wenige Meter über dem Boden gleichzeitig von innen nach außen aus und brachten das riesige Fluggerät in etwa 2,5 Meter Höhe auf der Schotterfläche zum Stehen. Die Landestützen mündeten in tellerartige Fußplatten, die sich durch die enorme Masse der Maschine beim Aufsetzen in den Boden drückten. Ich erkannte mehrere hydraulische Schläuche an den Landestützen.

Etwas zischte und dampfte. *Mein Gott*, dachte ich vor Spannung fast platzend, *das sieht aus wie ein Problem!*

Um nicht entdeckt zu werden, drängte ich mich noch tiefer ins Gebüsch und versuchte, hierbei möglichst keine Geräusche zu verursachen. Glücklicherweise hatte ich den Wagen etwas weiter zur Straße hin geparkt. Jetzt konnte ich nur noch hoffen, dass die Scheibe der Fahrerseite hochgedreht und der Funk nicht zu laut eingestellt war, damit dessen eventuell ertönendes Signal mich nicht verrieten. Auch das Autoradio lief noch ...

Der Reißverschluss meiner Hose war immer noch offen. Ich zog ihn zu. Auf gar keinen Fall wollte ich mir diese Sache hier entgehen lassen, obwohl ich zugeben muss, dass ich mich keinesfalls wohl in meiner Haut fühlte. Schließlich war ich hier ganz auf mich allein gestellt. Dann vernahm ich ein Zischen von der Unterseite des UFOs her. Es klang, als würde sich eine Maschine vom Überdruck befreien.

Ich hörte ein Geräusch, das ähnlich klang, als würde man ein Schiffsschott aufkurbeln. Nach einigen Sekunden sah ich an der Unterseite des UFOs einen runden Deckel, offenbar eine Art Luke von etwa einem Meter Durchmesser, der nach unten hin aufklappte und noch einige Male auspendelte.

Lichtschimmer drang aus der Öffnung. Dann war es für einige Sekunden ganz still. Ich wurde, von meinem Versteck aus das Geschehen beobachtend, zunehmend angespannter und hoffte, bloß nicht entdeckt zu werden. Wer weiß, was dann passieren würde. Jede einzelne Sekunde zog sich jetzt endlos lang. Die Spannung, was denn gleich passieren würde, war wirklich fast nicht mehr auszuhalten.

Nach wie vor wusste ich nicht, was ich von diesem UFO zu halten hatte. Ich erwartete, jeden Moment einen Außerirdischen aus dem Raumschiff schweben zu sehen, welcher mich vermutlich sofort mit seinen riesigen runden Augen orten und mich anschließend mit seiner Strahlenwaffe erledigen würde. Vielleicht aber würde man mich auch sofort in das UFO hineinbeamen, mich dann zu deren Heimatplaneten verschleppen und dort medizinische Experimente mit mir machen.

Großartig, dachte ich geriet so ganz allmählich in Panikstimmung. *Strahlenwaffe! Wer so ein Raumschiff bauen kann, wird sich sicherlich nicht mit einer Steinschleuder verteidigen, sondern irgendwelche Photonengewehre oder ähnliches haben.*

Plötzlich kam der ureigene menschliche Überlebensinstinkt wieder bei mir durch und ergriff die Oberhand. Ein Strahlengewehr als gleichgestellte Waffe hatte ich natürlich nicht, aber ich hatte eine Maschinenpistole. Ich hatte eine exzellente Verteidigungswaffe mit jeweils zwei gefüllten Magazinen. Damit konnte man ein ganzes Dach abräumen. Sicherlich war das besser als gar nichts und kampflos würde ich mich der UFO-Besatzung nicht ergeben. Besser die MPi als gar nichts. Es gab nur ein Problem: Die Maschinenpistole befand sich im Streifenwagen. Genau genommen: in dem dafür vorgesehenen Behälter.

Sollte ich meine Position hier aufgeben, zum Wagen laufen, die Maschinenpistole rausholen, einen Notruf über Funk absetzen und allen anderen Einsatzfahrzeugen und dem Lagezentrum Kenntnis von meiner Situation geben? Danach wieder hier in die Nähe des UFO laufen und möglichst verdeckt Aufstellung nehmen, bis Verstärkungskräfte eintrafen? Alles ziemlich viel auf einmal und zudem aufgrund der zurückzulegenden Entfernung zwischen Funkwagen und meinem jetzigen Standort wohl kaum realisierbar, ohne von den Außerirdischen dabei entdeckt und vermutlich sofort paralysiert zu werden. Hätte ich doch wenigstens das Handfunkgerät mitgenommen und nicht leichtsinnigerweise auf der Mittelkonsole im Wagen liegengelassen. Aber wer konnte denn auch so was ahnen? Schließlich wollte ich nur kurz hinter die Büsche ... Und jetzt so etwas.

Seltsamerweise und völlig aus dem Zusammenhang gerissen dachte ich in diesem Augenblick, wie weit Heike wohl zwischenzeitlich mit ihrer Leiche ist oder ob sie sich schon bereits wieder an ihrer Konserve zu schaffen machte. Weshalb mir gerade jetzt, in einer derartig prekären Situation mal wieder so ein Mist durch den Kopf ging, wusste ich auch nicht. War aber typisch für mich. Im schlechtesten Fall aber würde ich keine Gelegenheit mehr haben, ihr von der Sache hier berichten zu können.

Es ging los. Ein länglicher und gespenstisch aussehender Schatten, der aus der erleuchteten Öffnung drang, legte sich auf die Schotterfläche.

Es ist soweit. Das mit der Maschinenpistole und dem Notfunkspruch hatte sich damit auch restlos erledigt und bedurfte keiner weiteren Überlegung mehr. Eines aber blieb mir dennoch. Instinktiv fasste meine rechte Hand an den Griff meiner im

Holster steckenden Dienstpistole. Mit dem rechten Daumen löste ich routiniert den mit einem Druckknopf gesicherten Lederriemen. Ich war fest entschlossen, die Waffe als Verteidigungsmittel einzusetzen, wenn dies erforderlich werden würde.

In diesem Moment veränderte sich die Form des Schattens, der aus dem Raumschiff drang und etwas Dunkles ragte aus der Luke. Ich konnte nicht erkennen, was es war. Ich nahm mir fest vor, bei dem ersten Anzeichen von irgendwelchen merkwürdigen Aspekten oder aber auch bei einem Anschein einer Gefahr sofort direkt ins Ziel, was auch immer das sein könnte, zu halten. Ich würde das gesamte Magazin meiner Waffe leerschießen, nachladen und das zweite Magazin auch noch irgendwie sinnvoll gegen angreifende Monster entleeren.

Was dann weiter passieren würde, konnte ich beim besten Willen nicht sagen. Vermutlich hätten mich diese FlaK oder Laserstrahler, welche oben aus dem Raumschiff herausragte, dann schon längst erledigt. Ich konnte vom meinem Versteck aus immer noch nicht genau erkennen, was das Schwarze, das aus der Luke hing, genau war. Was ich allerdings dann sah, hielt mich vorerst doch davon ab, auf vermeintliche Aliens zu schießen: Keine schwarzen Reptilienmonster, keine Krakenwesen, keine kleinen Grauen mit riesigen Köpfen und großen Augen! Das, was da aus der Luke des UFO baumelte, waren nichts anderes als ein paar schwarze, geschnürte Kampfstiefel.

Von Mitternacht wird sie kommen. Unvermutet wird sie
hereinbrechen über die im Gift lebende Erdenwelt; wird mit einem
Schlage alles erschüttern und ihre Macht wird unbezwingbar sein.
Sie wird keinen fragen. Sie wird alles wissen. Eine Schar
Aufrechter wird um sie sein. Ihnen wird sie das Licht geben, und
sie werden der Welt leuchten. (Babylon)

Die Stiefel baumelten aus der geöffneten Luke heraus. Bis aufs Blut gespannt beobachtete ich das Geschehen. Ich wollte erst einmal abwarten, was jetzt passieren würde. Deswegen ließ ich meine Waffe vorerst stecken, wo sie war. Auf irgend eine Weise aber schienen diese Stiefel auf mich beruhigend zu wirken, ließen sie doch zumindest auf ein humanoides Wesen schließen, das dort aus der Luke gekrochen kam. Und man hat es doch schließlich lieber mit annähernd menschlich aussehenden Außerirdischen zu tun, als mit fliegenden, tentakelbewehrten Fischreptilien.

Selbstverständlich aber war mir auch sofort klar, dass das rein gar nichts bedeuten musste, denn dieses Raumschiff mit seinen Flugeigenschaften konnte unmöglich unserer Zivilisation zugeordnet werden. So etwas gibt es hier nicht und wird auch auf lange Sicht technisch nicht zu bewerkstelligen sein.

Plötzlich fingen die Stiefel, die immer noch aus der Luke hingen, an, sich merkwürdig zu bewegen: sie verlängerten sich quasi, besser gesagt, jetzt konnte ich die den Stiefeln zuzuordnenden Beine erkennen. Dann vernahm ich einen kurzen Schrei, ein „Huch" und dann ein „Ahhh" und der Rest des Wesens purzelte aus der Luke und krachte auf den Schotter unter dem Raumschiff. Sofort erhob sich das Wesen wieder und rieb sich dabei mit beiden Händen den Hintern.

Ein humanoid aussehendes Wesen! dachte ich. Dann konnte ich es genau erkennen – dieser Humanoid war ein Mädchen! Ein junges Mädchen mit ziemlich zotteligen, pechschwarzen Haaren. Das Mädchen steckte in einer schwarzen Uniformkombination, bestehend aus Kampfhose, Kampfjacke und Koppel. Auf ihrem linken Oberarm erkannte ich ein großes, weißes V.

Vorsichtig, so als ob sie sich vergewissern würde, dass niemand von ihrem Sturz bemerkt hatte, blickte das Mädchen in Richtung der Luke, aus der sie gerade herausgefallen war und stellte sichtlich erleichtert fest, dass es wohl keinen Zeugen für ihre Tollpatschigkeit gegeben hatte.

Ich war völlig überrascht über das, was ich zu sehen bekam. Keine schleimigen Monster, Roboter oder Aliens, sondern ein sehr junges Mädchen, purzelte, wohl aus eigener Schusseligkeit, aus einem UFO heraus; und befürchtete, dass mich mein rasender Herzschlag verraten und diese kleine Außerirdische sogleich auf mich aufmerksam machen würde. Aber genau das, durfte auf gar keinen Fall geschehen. Ich durfte jetzt keinen Fehler zu machen.

Also sehen sie doch aus wie wir Menschen. Ich hoffte inständig, dass diese Population nicht über besonders geschärfte Sinne verfügte und ich in meinem Versteck unentdeckt blieb. Aber wie ich zu meinem Erstaunen feststellte, war die kleine Außerirdische mit ganz anderen Dingen beschäftigt, als sich um sie beobachtende Erdenmenschen zu kümmern. Sie stiefelte nämlich etwas weiter von der Luke weg, in meine Richtung hin, was mich dazu veranlasste, mich noch mehr ins Gebüsch zu drücken. Eigentlich war es mehr eine Gewichtsverlagerung in Richtung des schützenden Gebüschs, da ich befürchten musste, auf irgendeinen Ast zu treten, der mich durch sein Bersten verraten könnte. Das Mädchen stand jetzt nur noch etwa drei Meter von mir entfernt. Es schien tatsächlich so, als legte sie Wert darauf, dass sich etwas Buschwerk zwischen ihr und dem Raumschiff befand. Sie griff in eine Tasche ihrer Uniformjacke und zog eine Zigarette hervor. Mit der blassen, freien Hand versuchte sie die offene Flamme des Feuerzeugs zu verdecken.

Ich erkannte ihre abgeknabberten Fingernägel, die mit schwarzem Nagellack überdeckt waren. Beim Zündeln drehte sich ihr zotteliger Kopf leicht in Richtung des Raumschiffes, so als wolle sie sich vergewissern, ob sie wirklich nicht beobachtet wurde. Und ich erkannte, dass sie eine Waffe trug. Eine altmodische Pistolentasche befand sich an der rechten Seite ihres Koppels. So eine alte, zugeklappte, wie sie früher beim Militär getragen wurde. Genüsslich paffte sie einige Züge und schien sich dabei zu entspannen. Sie meinte offenbar, hier völlig allein zu sein und ließ sich durch gar nichts stören, außer, dass sie nach einiger Zeit etwas schneller darum bemüht war, den Rest ihrer Zigarette aufzurauchen. Anscheinend befürchtete sie, dafür nicht mehr allzu lange Zeit zu haben.

Ich gab mir reichlich Mühe, bloß kein verräterisches Geräusch zu machen, was auch klappte, bis – ja bis mein Mobiltelefon klingelte.

Genau genommen klingelte es nicht, sondern das Gerät empfing eine SMS, wobei das Piepen zu dieser stillen Nachtzeit natürlich eher wie das Dröhnen einer Alarmsirene klang und Hunderte von Metern weit hallte.

Das darf doch wohl nicht wahr sein. Alles, aber nicht das! Ich hätte in dieser Sekunde vor Wut explodieren können. Ich stand hier im Gebüsch einer alten und verlassenen Hafenanlage, sah eine fliegende Untertasse landen und eine Außerirdische aussteigen, die kaum drei Meter neben mir stand und mich bisher auch noch nicht bemerkt hatte. Bis vor einer Sekunde hatte ich – drücken wir es mal wie Mr. Spock aus – die evaluierbare Chance einer Möglichkeit gehabt, hier sogar wieder heil aus der Situation herauszukommen. Bis dieses verdammte Mobiltelefon eine SMS empfing. Bis gerade eben hatte es ja auch keinen Anlass gegeben, das Gerät abzuschalten. Im Gegenteil. Aber ich konnte ja nun beim besten Willen nicht damit rechnen, hier ein UFO landen zu sehen, vor dem ich mich verstecken musste.

Nun aber war es zu spät. Das Mädchen zuckte sofort erschrocken zusammen und blitzartig drehte sich ihr Kopf in meine Richtung. Ihren Mund vor Schreck halb geöffnet und die Augen so groß wie Walnüsse, sah sie mich direkt an. Zumindest ging ich davon aus, denn sofort fiel mir ihr starker Strabismus auf.

Mein Gott, sieht die überhaupt was?, fragte ich mich in Gedanken.

Vor Schreck ließ sie ihre Zigarette fallen, machte mit ihrem rechten Fuß einen Ausfallschritt zurück und zog sofort ihre Pistole aus der altmodischen Pistolentasche. Instinktiv zog ich auch. Mit beiden Händen hielt sie die Waffe direkt mit ausgestreckten Armen auf mich. An der Art und Weise, wie sie das machte, erkannte ich sofort, dass sie im Umgang mit Handfeuerwaffen ausgebildet war. Sie zog die Waffe nicht wie irgendein Nachtwächter oder Bundeswehrsoldat auf Wachposten. Eher wie ein professionell dafür ausgebildeter Spezialist im Umgang mit Handfeuerwaffen, also ein Polizist. Sie trug eine *Dreyse 07*, Kaliber 7,65 mm. Ich kannte dieses Modell.

Wo hat sie dieses Museumsstück denn her?

Wir standen jetzt etwa zwei Meter von einander entfernt und hielten uns gegenseitig in Schach.

Sie konnte also auch nicht in Ruhe aufrauchen, ging es mir unsinnigerweise in diesem Moment durch den Kopf, wobei ich entschlossen meine Waffe auf sie richtete. Das gab mir kurz Gelegenheit, sie etwas genauer zu betrachten: *Amy. Sie sieht ja fast genau so aus, wie Amy Lynn Lee im Teenieformat.*

Sie starrte mich, offensichtlich handlungsunfähig und völlig erschrocken, an. Es war ihr anzusehen, dass sie ganz und gar nicht damit gerechnet hatte, hier auf jemanden zu treffen. Sie war tatsächlich noch sehr jung. Wenn überhaupt, dann konnte sie nicht älter als 15 oder 16 Jahre alt sein. Viel kleiner als ich, so etwa einssechzig groß. Vielleicht waren es auch 165 cm. Mehr aber auf keinen Fall. Ihre Augen waren grün, wirkten trotzdem irgendwie dunkel, aber aufgeweckt und pfiffig. Ihr Gesicht an sich sah noch sehr mädchenhaft aus. Eine fest angebrachte Zahnspange blitzte zwischen ihren Lippen hindurch. Ich konnte das deutlich erkennen, da ihr Mund immer noch vor Schreck offenstand. Sie war schlank, wirkte zierlich. Ihre pechschwarzen Haare, die in wilden Strähnen die blasse Miene hinabfielen, passten genau zu ihrer ebenfalls völlig schwarzen Uniform, die ähnlich aussah, wie die olivfarbenen Kampfanzüge der Bundeswehr. Zumindest jene, die ich noch während meiner damaligen Grundausbildung tragen musste. Sogar das Koppel war das gleiche, nur halt alles in Schwarz. Die Kragenspiegel ihrer Uniformjacke waren mit Zeichen versehen. Links befand sich ebenfalls dieses aufgestickte weiße V; wie das auf ihrem linken Oberarm. Auf ihrem rechten Kragenspiegel war eine schwarz-weiß-schwarze Fahne zu erkennen. Ihre Hautfarbe wirkte gegen das Schwarz ziemlich blass, ja geradezu käsig. Sie schien nördlicher Herkunft zu sein. Sonnenbrand- und hautallergieanfällig. So, wie ich. Ein einziges Wirrwarr durchzog meinen Kopf. Ein sehr junges Mädchen in schwarzer Kampfuniform, mit einer merkwürdigen Fahne auf ihrem Kragenspiegel, eine uralte Pistolentasche mitführend, verzauselt und ungebürstet, schielend wie Sau und mit Zahnspange stand mir gegenüber und richtete eine Dreyse-Pistole auf mich. Wenn sie jetzt noch lispeln würde, wären wirklich alle Klischees erfüllt.

Sie starrte mich immer noch erschrocken an. Dann ergriff ich die Initiative und sagte bestimmend: „Polizei, Waffe auf den Boden legen und nimm dann deine Hände hinter den Kopf. Ich nehme dich hiermit fest."

Die Antwort kam auch prompt – und als hätte ich eine Vorahnung gehabt, wurde mir mit feuchter Aussprache entgegengesprüht: „Lath dath. Thontht legen wir die Thtadt in Thutt und Athche!".

Ich dachte, ich hör nicht richtig ... Ich konnte nicht anders, musste laut loslachen. Jeder normale Mensch hätte lachen müssen.

Verärgert schielte sie mich an: „Ha ha ha. Tho witthig ist dath ja wohl auch nicht, du Flegel. Man lacht eine Dame nicht auth, bloth weil thie ein bithchen lithpelt", giftete sie mich an und entblößte dabei abermals ihre Zahnspange. Aus, Schluss, vorbei – ein spontaner Lachanfall überkam mich. Meine Hände, die meine Waffe hielten, wollten nicht mehr gehorchen und sackten einfach herunter. Mein ganzer Körper bebte irgendwie und meine Augen wurden feucht.

Wat herrlich, dieser Sigmatismus.

Eine Rotzgöre. Eine wahrhaftige Rotzgöre in Reinkultur.

Zu diesem Zeitpunkt ahnte ich natürlich noch nicht einmal annähernd, mit welch pfiffigem Geist blauen Blutes ich es zu tun hatte. Blitzartig drehte sich das Mädchen da um und rannte zurück Richtung Raumschiff. Dabei steckte sie ihre Pistole wieder in das uralte Holster. Sie stolperte im Rennen noch einmal über ihre eigenen Füße, sprang aber sofort wieder hoch und rannte weiter.

Ich glaube, ich lachte zu diesem Zeitpunkt immer noch laut hinter ihr her, riss mich dann aber zusammen und hatte eine Blitzidee. Mein Mobiltelefon. Es war so ein neuartiges Gerät, welches über eine Videoaufnahmefunktion verfügte. Hastig steckte ich meine Waffe zurück, holte das Gerät aus meiner Hosentasche, drückte den kleinen roten Sofortaufnahme-Knopf und richtete das Objektiv in Richtung des davonrennenden Mädchens.

Das turnte hastig wieder die Luke hinauf, aus der sie zuvor herausgepurzelt gekommen war. Dann schloss sich das Schott hinter ihr ...

„R a l f", rief sie. Und nochmals lauter: „R a a a l f, wo bist du?" Eilig und völlig verstört stieg sie hastig die schmale Leiter zur „Brücke" hoch, drehte sich dort einmal um ihre eigene Achse, ohne hinzusehen, ob sich jemand in unmittelbarer Nähe befand und rempelte gegen den Mann, der soeben hinter einer Konsole hervorgekrochen kam. Tief Luft holend und die Augen verdrehend, fragte er:
„Was ist denn nun schon wieder los?"
Er war etwa Mitte vierzig, mittelgroß und von normaler Statur. Er hatte volle, braune Haare, die er gescheitelt zur Seite gekämmt trug. Aufgrund seines dichten Haarwuchses fiel seine Frisur aber meistens zu einer Art schrägem Pony in die Stirn. Auf seiner Nase saß eine dunkle, etwas dickere Hornbrille. Er sah freundlich und intelligent aus. Man sah sofort, dass er ein Wissenschaftler sein musste.
„Ralf ... Ralf, mir ist was passiert", lispelte das junge Mädchen aufgeregt und wippte dabei in den Knien.
„Was nichts Neues wäre", kommentierte der Angesprochene.
„Nein, nein, das ist jetzt wirklich dumm gelaufen. Als du gerade den Magnetfeld-Impulser der *DO-STRA* repariert hattest, bin ich mal eben rausgegangen, um frische Luft zu schnappen."
„Ich weiß. Ich habe das Öffnen der unteren Luke gehört", entgegnete der Mann wie beiläufig und wischte sich dabei seine ölverschmierten Hände in einem Lappen ab.
„Und wo ist jetzt das Problem?"
„Da ist ein Mann, ich glaube ein Polizist, der muss schon die ganze Zeit irgendwie dort im Gebüsch gewesen sein und wahrscheinlich auch unsere Landung gesehen haben. Er stand direkt neben mir und als ich ihn bemerkte und er mich ansah, bin ich dann weggelaufen..." Dabei redete sie dermaßen schnell, dass ein Außenstehender wohl seine Schwierigkeiten gehabt hätte, etwas mitzubekommen. Der Mann im Arbeitsanzug hingegen war es gewohnt, dass sie in Stresssituationen quasselte, wie ein Wasserfall. Seine Zornesader schwoll an: „Tomke! Das ist nicht dein Ernst?!", unterbrach er das Mädchen mit lauter Stimme. „Ich hatte dich gefragt, ob dieser Platz hier sicher ist und als Landeplatz in Frage kommt. Wir hätten es auch noch etwas weiter geschafft, der Magnetfeld-Impulser ist lediglich heißgelaufen. Und jetzt schon wieder sowas. Aber ich vergaß, du kennst dich ja hier aus...!"
„Jetzt schimpf doch nicht mit mir Ralf! Sag lieber, was wir jetzt am besten machen sollen?", fragte das Mädchen kleinlaut und nach wie vor in den Knien wippend.
„Zuerst einmal mit dem andauernden Gewippe aufhören. Du weißt, dass mich das wahnsinnig macht, Tomke."
Oberingenieur Dr. Ralf Klein überlegte einen kurzen Moment und fuhr dann fort: „Erst einmal weg hier. Wir starten jetzt sofort. Dann müssen wir überprüfen, ob die Kameraautomatik eingeschaltet war und eventuell den Vorgang aufgezeichnet hat. Vielleicht können wir uns das Ganze dann noch einmal ansehen. Dann müssen wir auf jeden Fall sofort Friedrich informieren."
„Ralf, muss das sein?", bettelte Tomke. „Muss Friedrich denn wirklich davon Wind bekommen?"
„Was glaubt du eigentlich?", motzte Ralf, „Ich hoffe nur, dass dieser Mann nicht zufällig auch noch Fotos von der *DO-STRA* oder deinem Zottelkopf gemacht hat. Und dann ausgerechnet auch noch ein Polizist. Hast du doch gesagt, oder?

35

Womöglich wird der aufgrund seines Berufes auch noch besonders glaubwürdig eingestuft, sollte er mit möglichen Fotoaufnahmen von uns hausieren gehen."

„Ich glaube, dass es ein Polizist gewesen ist", stammelte Tomke, den Kopf nach unten gesenkt. „Jedenfalls hat er eine Pistole gehabt und wollte mich festnehmen."

„Großartig, Tomke. Wirklich wieder einmal großartig", giftete Oberingenieur Klein. „Jetzt erstmal nichts wie weg hier."

„Aber der Kerl steht da draußen doch immer noch im Gebüsch. Der sieht den Start doch dann wieder!"

„Ich kann es nicht ändern", brauste Dr. Klein auf und drehte sich dabei in Richtung der Steuerkonsole. „Jetzt los, bevor noch mehr Mist passiert und der Typ hier seine gesamte Kavallerie zur Unterstützung herholt."

Oberingenieur Dr. Ralf Klein ließ das Triebwerk des beinahe sieben Jahrzehnte alten Flugapparates anlaufen ...

*****

Ich stand nach wie vor im Gebüsch, etwa zwanzig Meter von dem UFO entfernt. Die letzten zwei Minuten hatte ich damit verbracht, mit meinem Mobiltelefon unentwegt das Geschehen aufzuzeichnen. Und damit hatte ich einen Beweis für das soeben Erlebte. Einen Beweis, der in Form einer Videoaufzeichnung existierte und mich nicht als Spinner hinstellte, falls ich tatsächlich die Möglichkeit bekommen sollte, jemals mit einem Menschen über den Vorfall hier zu sprechen.

Ehrlich gesagt, rechnete ich damit, dass die Geschütze des UFOs auf mich zielten und ihre Laserwaffen abfeuerten. Vielleicht aber würde man dann zumindest mein Mobiltelefon im Gebüsch finden und es später auswerten können. Das würde mir selbst zwar auch nicht mehr helfen, könnte aber zu einer Sachverhaltsklärung beitragen. Schließlich befand sich in unmittelbarer Nähe ja auch noch der abgestellte Streifenwagen. Den würde man nach Einleitung einer eventuellen Fahndung sicherlich in kurzer Zeit auffinden.

Ich wurde in meinen Gedanken unterbrochen. Mit einem leisen Surren, besser gesagt, dem gleichen singenden Laut, mit dem das UFO vor einigen Minuten gelandet war, hob es langsam einige Meter vom Boden ab, klappte die Landestützen zur Mitte hinein und stieg schwerfällig in den Himmel.

In einigen hundert Metern Höhe durchfuhr es einen Ruck und schoss ansatzlos wie ein Blitz in nördlicher Richtung davon.

Der beeindruckende Start dieses gigantischen Objektes untermauerte abermals meine Vermutung, dass es sich hierbei nur um außerirdische Technik handeln konnte. Nur wunderte mich hierbei ganz einfach, dass dieses Besatzungsmitglied aussah, wie ein ganz normaler Mensch. Und dann war da auch noch dieses merkwürdige Balkenkreuz an der Seite des UFO. Zufall? Oder dient es wirklich als eine Art Hoheitsabzeichen? Wie passte das nun wieder zusammen? Während ich mir über die wirren Eindrücke der vergangenen Minuten Gedanken machte, merkte ich zum ersten Mal bewusst, dass ich es tatsächlich geschafft hatte – ich hatte überlebt!

„Ich bringe uns jetzt auf die offene Nordsee und werde kurz vor der Südküste Norwegens auf einer Höhe von 12.000 Metern verweilen. Dann werden wir mal nachsehen, was du da vorhin schon wieder verbockt hast. Vorausgesetzt, dass das Videoaufzeichnungssystem richtig funktioniert hat. Dann müssten die ersten fünf Minuten nach dem Aufsetzen der Landestützen automatisch auf Band mitgeschnitten sein. Wobei sich ja bekanntlich an jeder Landestütze lediglich eine Kamera befindet und damit noch lange nicht gesagt ist, dass der starre Einstellwinkel auch zufälligerweise auf das Geschehen justiert war", fügte Dr. Klein seinen Ausführungen noch hinzu. Tomke saß ruhig, aber leicht verlegen auf dem zweiten Pilotensitz und wartete gespannt auf das, was gleich passieren würde.

„Ich geh schon mal nach unten und werde das Band zurückspulen. Hoffentlich funktioniert die Wiedergabe an dem Aufzeichnungsgerät noch. Da war sicherlich seit Jahren kein Mensch mehr dran. Ich glaube, ich habe die Kameras vor etwa fünfzehn Jahren hier eingebaut. Wer außer mir sollte sich damit auch sonst beschäftigen? Du steigst bis auf 12.000 Meter auf und gehst dann für fünf Minuten in den Schwebezustand über. Wir wollen den Magnetfeld-Impulser nicht gleich wieder überlasten. Und konzentriere dich, Tomke. Nicht, dass wir deinetwegen noch in die Nordsee stürzen!", ermahnte Ralf das Mädchen und stieg anschließend die schmale Metallleiter, welche sich in der Mitte der Kommandozentrale des UFO befand, hinunter in den Laderaum. Tomke antwortete lediglich: „Ja, mach ich!"

Sie war nicht gerade sehr erfreut darüber, dass ihr Ausbilder jetzt vermutlich die nächsten Tage auch wirklich jeden Satz mit einer spitzen Bemerkung beenden würde. Nachdem sie sich auf einer Höhe von 12.000 Metern nochmals gründlich vergewisserte, ob nicht zufälligerweise ein anderes Flugobjekt in der Nähe ihrer Koordinaten war, versetzte sie das Fluggerät in den Schwebezustand. Dadurch verschwommen technisch bedingt automatisch die äußeren Konturen der Maschine, so dass diese schwieriger zu erkennen war. Etwa so, wie das Flimmern von heißer Luft oder einer Fata Morgana ähnelnd. Dieser Effekt erhöhte nochmals die Sicherheit, hier oben wirklich in Ruhe und unentdeckt verharren zu können, jedenfalls für einige Minuten.

Ralf, der im Laderaum durch das sich veränderte Motorengeräusch selbstverständlich bereits bemerkt hatte, dass Tomke die Maschine gemäß seiner Angaben rangierte, rief ihr zu: „Jetzt komm mal hier herunter und hilf mir, die Aufzeichnung herauszufinden, welche in Frage kommen könnte. Schließlich weißt du ja am besten, wo du gestanden hast!"

Tomke stieg die Stahltreppe hinunter und stellte sich, die Arme vor der Brust verschränkend, hinter ihren Ausbilder. Dr. Klein hockte vor einem ziemlich alten Schwarz-Weiß-Monitor, dessen Bildschirm in vier Abschnitte unterteilt war. Drei dieser Anschnitte zeigten den jeweiligen Aufnahmewinkel der an den Landestützen befestigten kleinen Kameras an. Ein Feld zeigte nur Frequenzschnee. Anscheinend war die Kamera eines der Landestützen beschädigt.

„Dann wollen wir mal hoffen dass nicht gerade die Kamera defekt ist, die das Szenario hätte aufnehmen können!", bemerkte er.

Es vergingen einige Sekunden, bis Tomke sah, dass das linke, untere Feld auf dem Monitor ihren ungefähren Standort aufgezeichnet hatte. Dies war nicht ganz leicht herauszufinden, da es zum Zeitpunkt der Aufnahme schließlich dunkel und zudem die Qualität der Aufzeichnung nicht gerade die beste war. Das erste, was die Kamera

37

aufgezeichnet hatte, war Tomkes struweliger Hinterkopf, der mitten im Bild von unten kommend, auftauchte. Dann sah man sie sich mit beiden Händen den Hintern reibend. Bei diesem Anblick holte Ralf tief Luft, da er sich schon vorstellen konnte, dass ihr wieder mal ein Missgeschick widerfahren war. Als nächstes zeigte der Monitor, wie Tomke sich genüsslich eine Zigarette ansteckte und sich anschließend noch mal den Hals in Richtung der Maschine verrenkte, anscheinend um sich zu vergewissern, dass tatsächlich niemand etwas davon mitbekam. Schaute man genauer hin, konnte man jetzt auch schwache Konturen einer Person, welche direkt einige Meter neben Tomke in einem Gebüsch stand, erkennen. Jetzt sah man das Mädchen zusammenzucken und ihre Dienstwaffe hervorziehen. Der Mann zog ebenfalls seine Waffe und richtete diese auf das Mädchen.

Plötzlich ließ er seinen Arm sinken und fing an, sich zu krümmen. Es sah aus, als wäre er krank. Dann erst erkannte Dr. Klein, dass der Mann alles andere als krank war, sondern sich geradezu kaputtlachte. Natürlich konnte Dr. Klein sich vorstellen, weshalb. Man sah, wie Tomke wie von der Tarantel gestochen zurück in Richtung Maschine rannte. Der Mann, der neben Tomke gestanden hatte, trat nun einen kleinen Schritt weiter aus dem Versteck hervor und hielt einen metallenen Gegenstand in der Hand, mit welchem er in Richtung der Flugmaschine zeigte.

Er war um die dreißig Jahre alt, kräftig, ungefähr 180 cm groß und hatte dunkelblonde Haare. Er trug eine Uniform, die ihn als Polizeibeamten auswies.

Erst nach einigen Sekunden, die der Mann still vor dem Gebüsch verharrte und unentwegt diesen Gegenstand, den er in der Hand hielt, auf die Maschine richtete, wurde Dr. Klein klar, wobei es sich dabei handelte:

„Oh nein, bitte nicht auch das noch!", seufzte er. „Mir ist zwar momentan entfallen, wie diese Dinger heißen, ich weiß aber, was der da gerade macht – er filmt uns. Das darf doch alles nicht wahr sein! Er wird sicher anderen von seinem Erlebnis erzählen wollen. Und dann kann er seine Behauptungen auch noch mit Filmmaterial untermauern. Womöglich bekommt noch das Fernsehen davon Kenntnis. Das durfte nicht passieren, Tomke!"

„Mobiltelefon", entgegnete Tomke, „So heißen die Dinger."

„Ach so, ja", murmelte Dr. Klein nachdenklich. „Ich überlege gerade, wie das jetzt weitergehen soll." Nach einigen Sekunden fuhr er fort: „Tomke, das nützt nun einmal alles nichts. Wir müssen die Filmaufzeichnung oder besser noch, dieses Mobiltelefon haben. Sonst kann das jede Menge Ärger für uns bedeuten. Stell dir nur mal vor, wenn auch noch die Medien diese Aufzeichnung in die Finger bekommen. Du weißt, dass wir unentdeckt bleiben müssen. Was meinst du, was los ist, wenn die Aufzeichnung von diesem Mann im Fernsehen in den Nachrichten gesendet wird? Die Reporter und Journalisten würden sich doch um so etwas reißen, zumal es auch noch von einem Polizisten gefilmt wurde. Die Geheimdienste der Welt würden verrückt spielen und wir laufen Gefahr, irgendwann für eine Nation erpressbar zu werden. Das darf nicht geschehen!"

„Und wie stellen wir das jetzt am besten an?", fragte Tomke.

„Ich weiß es noch nicht. Zuerst müssen wir diesen Mann wiederfinden. Das dürfte eigentlich nicht so schwierig sein. Als Polizist wird er ja irgendwie aufzutreiben sein. So viele Polizeistationen wird es ja wohl in dieser Hafenstadt nicht geben. Dann müssen wir ihm das Mobiltelefon abnehmen. Wie genau, sage ich dir, wenn ich es selbst weiß. Vermutlich wird er heute morgen frei haben, da er die Nacht über gearbeitet hat", überlegte Dr. Klein. „Hast du zivile Kleidung dabei, möglichst unauffällige?", wandte er sich dann an Tomke.

„Ja, habe ich. Ganz gemäß Dienstanweisung für Flüge außerhalb des eigenen Hoheitsgebietes", erwiderte Tomke stolz.

Dann pack deine Klamotten in einen wasserdichten Sack, zieh dir deinen Badeanzug an und mach dich fertig. Ich versenke die *DO-STRA* einige hundert Meter vor der Küste in der Nordsee und wir tauchen durch die Schleuse raus. Dann schwimmen wir ans Ufer, ziehen uns zivile Kleidung an und machen uns auf den Weg, die Polizeistation zu finden. Dann müssen wir nur noch das unglaubliche Glück haben, genau diesen Polizisten nach Feierabend die Station verlassend anzutreffen und irgendwie an das Mobiltelefon gelangen. Wenn es nicht anders geht, müssen wir ihn ganz einfach ansprechen und unter Androhung von Gewalt ihm das Mobiltelefon abnehmen. Abhängig von der Situation, die sich uns dann bietet, müssen wir ihn mitnehmen und in unserer Station bei Norwegen mit Medikamenten behandeln, welche sein Gedächtnis der vergangenen Stunden löschen. Danach setzen wir ihn wieder hier ab. Damit wäre das Problem aus der Welt.

Tomke, du kennst das doch. In den letzten Jahren blieb es unserer Organisation leider manchmal nicht erspart, so handeln zu müssen. Wir haben deswegen schon vor Jahrzehnten, als an dich noch keiner gedacht hat, eine derartige Droge entwickelt, die keine Nachwirkungen hat und ganz einfach oral eingenommen werden kann. Ich hoffe nur, dass der Mann bis dahin nicht schon irgendwelche Aktionen gestartet hat. Ich vermute aber, dass er sich erstmal von seinem Schrecken erholen wird. Normalerweise posaunt man solch ein Erlebnis nicht sofort herum, sondern versucht vorerst etwas Abstand zu gewinnen, um seine eigenen Gedanken zu sortieren. Ich hoffe, das trifft auf diesen Mann auch zu. Sonst haben wir ein Problem."

„Deine Idee ist wirklich prima, Ralf. Nur können wir die Sache mit dem Auftauchen nicht irgendwie anders regeln?", bettelte Tomke, „ich erkälte mich bestimmt wieder dabei und kann dir dann keine große Hilfe mehr sein."

Wieder quasselte sie schnell wie ein Wasserfall, woran Ralf erkannte, dass sie in Panikstimmung war. „Du machst mir vielleicht Spaß. Schließlich hast du uns ja in diese Verlegenheit gebracht. Soll jetzt vielleicht auch noch die *DO-STRA* irgendwo im Park stehend entdeckt und womöglich an einen Schrotthändler verkauft werden?", erwiderte Ralf, der sehr genau wusste, dass Tomke eine panische Angst vor dem Tauchen hatte. Darauf konnte er aber jetzt keine Rücksicht nehmen. Sie musste sich dann eben mal zusammenreißen.

„Und was habe ich eigentlich zum Thema Rauchen gesagt? Hast du etwa noch mehr von diesen schrecklichen Dingern dabei? Wo hast du die eigentlich her? Wehe, wenn ich herausfinde, dass du die irgendwo geklaut hast, Hoheit! Bin mal gespannt, was Friedrich dazu sagen wird. Das Tauchen wird deinen verpesteten Lungen ganz gut tun. Den Rest vom Teer wirst du später auch noch abtrainieren. Hast wohl gedacht, dass ich darauf jetzt nicht mehr eingehen würde, Fräulein?"

Tomke vermisste bisher tatsächlich einen Einlauf in Bezug auf die Tatsache, dass ihr heimliches Rauchen nun doch noch herausgekommen war.

„Nein, Ralfi. Das stimmt so nicht. Ich hatte nur noch eine einzige Zigarette. Und geklaut habe ich die ganz bestimmt nicht. So etwas würde ich nie machen", fügte sie wahrheitsgemäß hinzu. „Ich hatte noch etwas Geld und habe mir vor einigen Wochen, als ich mal wieder raus durfte, einige Zigaretten besorgt. Aber das ist jetzt ja auch erledigt."

Dr. Klein sah sie eindringlich an. Da er durch die neue Situation momentan andere Sorgen hatte, als sich um das Fehlverhalten der jungen Auszubildenden zu kümmern, bohrte er diesbezüglich auch nicht weiter.

„Nun gut. Vorerst zumindest. Aber das letzte Wort ist darüber noch nicht gesprochen. Also, flieg uns zurück an die Küste und sieh dir schon mal von oben eine passende Stelle zum Versenken an. Und sag mir dann Bescheid, wenn wir landen können. Versuche das bloß nicht auf eigene Faust. Ich habe absolut keine Lust, mit dem Teil hier auch noch zu havarieren und die Selbstzerstörung aktivieren zu müssen. Friedrich dreht uns eigenhändig den Hals um, wenn wir eine seiner geliebten, tatsächlich noch existierenden, raren Haunebus zersägen. Nicht, dass das wieder so endet, wie neulich, als wir deinetwegen fast in die Wolga gestürzt wären."

„Ich sollte doch mit der V7 eine Wasserung üben, Ralf", verteidigte sich Tomke. „Ich habe nur gemacht, was du mir gesagt hattest."

„Ich kann mich nicht daran erinnern, dir gesagt zu haben, fünf Meter über der Wasseroberfläche das Triebwerk abzuschalten, Tomke".

„Das war auch lediglich ein kleiner Fauxpas. Ich habe aus Versehen den verkehrten Hebel erwischt. Kann doch schließlich jedem mal passieren."

„Ich glaube vielmehr, dass du wieder mal nicht richtig gesehen hast, Hoheit und deine Augen schon wieder durchdrehen. Und so ein Mist dann auch noch ausgerechnet über russischem Hoheitsgebiet. Wir können froh sein, dass wir deinetwegen nicht beide unter Spionageverdacht in Gefangenschaft geraten sind. Und jetzt Schluss damit. Also, ich packe jetzt schon mal einige Ausrüstungsgegenstände zusammen. Du rufst mich dann, wenn wir runtergehen können!"

Tomke stieg wieder die schmale Eisenleiter hoch, die vom unteren Deck bis zum Ende des Geschützturmes einmal vertikal genau durch die Zentralachse des Haunebus verlief, zurück in die Kommandozentrale. Diese war rund und befand sich unterhalb des drehbaren Geschützturmes. Größer als ca. 15 qm war die „Brücke" aber nicht. Direkt hinter der Eisenleiter befand sich ein Periskop, das man nach oben schieben konnte und das dann aus dem Geschützturm herausragte. Der ganze Raum erinnerte irgendwie an das Innere eines U-Bootes, was in erster Linie natürlich an dem Periskop lag. Aber auch sonst gab es durchaus Parallelen zu der Ausstattung eines U-Boot-Kommandostandes und der „Brücke" dieses Fluggerätes.

Tomke setzte sich auf einen der beiden Pilotensessel, fuhr sich mit der Hand durch ihre zauseligen Haare und schaltete die Stillschwebefunktion aus. Sie manövrierte das Gerät geschickt zurück in die Richtung, aus der sie vorhin gekommen waren. Sie hoffte inständig, dass Ralfs Plan aufgehen würde und fing schon bei dem Gedanken an zu frösteln, gleich im Badeanzug durch die eiskalte und pechschwarze Nordsee tauchen zu müssen. Taucheranzüge oder gar Druckflaschen, die diesen Akt erleichtert hätten, hatten sie keine dabei. „Hoffentlich gibt es dort keine großen Fische, die mich ärgern", dachte das hübsche Mädchen, während die Küste allmählich in Sichtweite kam.

Ich verweilte noch einige Sekunden. Besser gesagt, ich benötigte diese, um wieder einigermaßen die Fassung zurückzugewinnen. Von dem UFO war nichts mehr zu sehen. Die verlassene Gegend hier beim alten Industriehafen wirkte wieder völlig ruhig. Alles schien in bester Ordnung zu sein. Es war so, als ob diese gespenstische Erscheinung niemals hier gewesen wäre. Ich sah mich noch einmal gründlich um. Die orange leuchtenden Straßenlaternen der Osttangente tauchten die einsame Hafenlandschaft, ebenso wie die der Ölstegs nach wie vor in ein merkwürdiges Licht. Hatte ich mir das alles nur eingebildet? Oder war hier, vor nicht einmal einer Minute tatsächlich ein UFO vor meiner Nase gestartet?

Ich war zu aufgewühlt, um mir die hoffentlich brauchbare Aufzeichnung des Mobiltelefons anzusehen. Ich ging in Richtung des UFO-Landeplatzes. Deutlich konnte ich die tellerförmigen Abdrücke der vier Landestützen im Schotter erkennen. Dann ging ich zurück zu dem geparkten Funkstreifenwagen, setzte mich hinein und zündete mir eine Zigarette an, in der Hoffnung, dass ich diesmal tatsächlich in Ruhe rauchen konnte. Denn gerade dabei gestört zu werden, dafür schien dieser Ort ja irgendwie prädestiniert zu sein. Aus dem Autoradio erklang passenderweise „In The Year 2525". Ich drehte leiser, schaute auf die Digitalanzeige des im Wagen eingebauten Funkgerätes und erkannte an dem aufleuchtenden blauen Punkt, dass ich mich mit der Leitstelle in Verbindung setzen sollte. Konnte der Funksprecher eine Wagenbesatzung nicht über das Funkgerät erreichen, da diese vielleicht gerade außerhalb des Wagens eine Kontrolle durchführte, sendete er einfach den blauen Punkt und man wusste Bescheid. Ich nahm also den Hörer aus der Mittelkonsole und meldete mich: „Robbe von Robbe 1137!"

„Hier Robbe", antwortete der Funksprecher.

„Ich habe einen nervigen blauen Punkt", sagte ich kurz angebunden.

„Richtig, Roy. Ich habe mehrmals versucht, dich zu erreichen. Setz dich mal bitte mit deiner Wache in Verbindung!"

„Ja ja, mach ich, Björn", antwortete ich und griff in die Mittelkonsole, um das Handfunkgerät, welches ich gerade bei meinem Erlebnis dringend gebraucht hätte, zu entnehmen.

Das Ergebnis des erbetenen Funkrufes zu meiner Wache war nicht gerade brisant. Heike wollte lediglich wissen, was denn nun sei und ob sie mir etwas von ihrer Gemüsesuppe übrig lassen sollte: „Ich hätte es ja nur gern gewusst, Roy. Bist ja gar nicht mehr zu erreichen? Sag mal, was machst du eigentlich so lange? Machst du schon wieder mutterseelenallein irgendwelche Verkehrskontrollen, oder...?"

Heike unterbrach sich, setzte dann aber nach: „Ach so, ich verstehe schon. Die junge Verkäuferin aus der Teufelsküche. Pöterst du mit der etwa gerade herum?"

Ich atmete tief und genervt durch: „Nein, Heike. Ich pötere gerade nicht mit der herum. Ich hatte ganz andere Probleme am Hals, du eifersüchtiges Mädchen."

Heike schwieg einige Sekunden. Sie kannte mich einfach zu gut, um nicht an meinem Tonfall zu erkennen, dass ich tatsächlich in Schwierigkeiten war.

„Alles in Ordnung, Roy?", fragte sie dann misstrauisch.

„Alles klar Mäuschen. Mach dir keine Sorgen", schwindelte ich, „ich muss aber noch etwas erledigen und komme später rein", versuchte ich die Situation zu retten. Ich hatte jetzt keine Lust auf Heikes Neugier, geschweige denn, auf irgendwelche

Diskussionen. „Ach ja, ich will deine doofe Suppe nicht!", blaffte ich unwirsch in das Handfunkgerät und beendete ohne ein weiteres Wort zu verlieren das Gespräch. Tatsächlich hatte ich natürlich gar nichts mehr zu erledigen. Ich wollte lediglich noch etwas Ruhe haben, um die Geschehnisse in meinem Kopf sortieren zu können. Ich konnte es jetzt nicht wirklich gebrauchen, die Wache anzufahren, mir Heikes Gesabbel anzuhören oder gar irgendeinen blöden Einsatz zu fahren. Ich dachte darüber nach, ob die Aufzeichnung mit meinem Mobiltelefon etwas geworden war. Es fehlte mir aber momentan ganz einfach an Entschlussfähigkeit, dies an Ort und Stelle zu überprüfen. Also steckte ich das Gerät in die Innentasche meiner Lederjacke und lenkte den Wagen zurück auf die Osttangente in Richtung Norden. Bei einer ausgiebigen Fahrt auf dieser verlassenen Umgehungsstraße wollte ich noch einmal über das soeben Erlebte nachdenken, auch in der Hoffnung, nicht schon gleich wieder einer fliegenden Untertasse zu begegnen ...

„Schau mal bitte, Ralf", rief Tomke die Eisenleiter hinunter. „Ich glaube, hier sieht's ganz gut aus!" Die 16-jährige Auszubildende hatte den Flugpanzer zurück zum Küstenverlauf der Nordsee gesteuert und ließ das Gerät jetzt in fünfhundert Metern Höhe nur einige Kilometer von der Stelle entfernt, an der sich das Desaster vorhin ereignet hatte, schweben. Sie befanden sich etwa 150 Meter vom Ufer entfernt. Ein scheinbar ewig lang gezogener Deich war einige Meter hinter der Küstenlinie zu erkennen. Gebäude oder ähnliches waren hier keine. Nur Deich, Weide und Wälder. Lediglich ein einzelner, halb zerfallener Schuppen befand sich auf einer Weide. Hier gab es momentan augenscheinlich nicht einmal Schafe, welche den Deich abweideten. Also konnte man hier recht sicher landen und die Haunebu unter Wasser verstecken.

„Ja, gut. Ich komme schon", rief Dr. Klein von unten herauf und stand wenig später auch schon auf der Brücke. Durch die Bullaugen verschaffte er sich einen Überblick und nickte anschließend zustimmend: „Das sieht gut aus. Ich hoffe, ich habe nichts an wichtiger Ausrüstung vergessen. Ich habe nämlich nicht vor, die „Glocke" vor beendeter und hoffentlich erfolgreicher Mission noch einmal zu betreten. Am Besten wäre es sowieso, wenn das ganze Theater in einigen Stunden zu unseren Gunsten erledigt wäre. Und jetzt ab in deinen Badeanzug. Und pack dir in deinen Plastiksack die Zivilklamotten ein und was du sonst noch so brauchst. Aber nur das absolut Notwendige. Denk daran, dass wir alles mit uns herumschleppen müssen."

Tomke stieg die Eisenleiter hinunter und kam nach einigen Minuten in ihrem schwarzen Badeanzug, der auf der Vorderseite ebenfalls mit einem großen weißen „V" verziert war, wieder herauf. Zwischenzeitig hatte sich auch Dr. Klein eine Badehose angezogen und war gerade dabei, die „Glocke" im eiskalten Nordseewasser zu versenken. Tomke blickte zu den Bullaugen und sah, dass diese gerade vom Meerwasser überflutet wurden. Nach einigen Sekunden durchfuhr ein leichter Ruck die Maschine, woran zu erkennen war, dass das Fluggerät auf dem Meeresgrund aufgesetzt hatte. „Na also", sagte Dr. Klein, „Das hat ja schon mal geklappt. Und jetzt runter zur Schleuse. Wir steigen aus."

Die Schleuse war nicht größer als eine Telefonzelle, welche aber waagerecht am unteren Teil der Maschine angebracht war. Man musste also hineinkriechen. Für gewöhnlich stieg jeder für sich allein aus. Sonst wurde es zu eng. Man konnte auch pro Durchgang lediglich einige Ausrüstungsgegenstände mitnehmen. Für mehr war kein Platz. Tomke hatte ihre wasserdichte Plastiktasche mit privater Kleidung vollgestopft. Mehr Sachen nahm sie nicht mit. In ihrer Uniformkombination konnte sie unmöglich in der Öffentlichkeit herumlaufen.

Dr. Klein hingegen trug an Bord eine graue, neutrale Arbeitskombination ohne irgendwelche Rang- oder Hoheitsabzeichen. Er war schließlich auch kein Uniformträger wie Tomke, sondern Techniker und Wissenschaftler. Man könnte seinen Anzug am ehesten als „Blaumann" bezeichnen, wenn er nicht grau wäre.

Dr. Klein verließ als erster die Brücke und begab sich in den Schleusenraum. Er überprüfte einige Manometer an dem Gerät. Dann sah er zur Leiter und schüttelte den Kopf. Er sah, wie Tomke gerade umständlich die dünnen, runden Sprossen der Eisenleiter herabkletterte, die ihren nackten, schneeweißen Füßen offensichtlich weh taten. Es sah aus, als würde sie auf heißen Kohlen stehen. Dr. Klein wurde bei diesem Anblick irgendwie an einen überdimensionalen Frosch erinnert, da Tomke auch so seltsam breitbeinig und in ihren Knien geknickt die Leiter heruntersteig. Seltsame Geräusche machend, benötigte sie einige Zeit für den Abstieg. Als sie unten war, fragte Dr. Klein leicht genervt: „Hast du es endlich geschafft, die Leiter herunter zu steigen, ohne deinen Nagellack zu beschädigen?"

„Witzig, Ralf. Hätte ich geahnt, auf diesem Ausbildungsflug auch noch barfuß durch die *DO-STRA* turnen zu müssen, hätte ich mir wenigstens meine Flip-Flops mitgenommen!"

„Deine was?"

Erklärend lächelte sie zu Ralf: „Na, diese Badelatschen, die du mir neulich aus Wien mitgebracht hast."

„Ach so", sagte er abwinkend. Für derartigen Blödsinn war jetzt wahrhaftig nicht der richtige Zeitpunkt. Er zeigte auf die von Tomke gepackte Plastiktasche:

„Was schleppst du da eigentlich alles mit dir herum? Ich bat dich, lediglich das Notwendigste mitzunehmen. Hast du etwa irgendwelche Waffen eingepackt? Lass das bloß sein! Wir haben schon genug Ärger am Hals. Nicht, dass du aus Versehen noch jemanden erschießt."

„Quatsch, Waffen!", entgegnete Tomke, die tatsächlich nicht eine einzige Sekunde daran dachte, irgendwelche Waffen mit an Land zu nehmen. Aber selbst wenn, wäre das eigentlich ihre Angelegenheit gewesen, denn schließlich war sie offiziell als Sicherheitsorgan zuständig für die Sicherheit der Flugmaschine und der Besatzung. Die Realität zeigte jedoch, dass Tomke noch deutlich unter „Welpenschutz" stand und dass Dr. Klein auf die Unteroffiziersanwärterin öfter ein wachsames Auge hatte, auch wenn er Zivilist war. Und Tomke würde den Teufel tun, ihm dann zu widersprechen. Sie wusste genau, wenn dann etwas schief ging, würde es mächtigen Ärger mit ihrem Ziehvater geben. Und letztendlich war Ralf einer ihrer Ausbilder, wenn auch nicht für den militärischen Bereich, aber für die Technik und Flugausbildung zuständig.

„Mehr ist da ja auch gar nicht drin, als halt das Notwendigste", verteidigte sich das Mädchen.

„Naja, du musst das ja schließlich schleppen und nicht ich", entgegnete der Wissenschaftler. „Und jetzt rein da", dabei zeigte er auf die Schleuse. „Vergiss nicht, dir die Kali-Patronen-Maske anzulegen. Sonst musst du ziemlich lange die Luft anhalten. Und erschreck dich nicht vor dem Wasser. Es ist zwar kalt, aber nicht so kalt, das es für die paar Minuten eine ernsthafte Gesundheitsgefahr für uns darstellt. Schließlich haben wir auch nicht Winter. Wir sind in etwa acht Metern Tiefe und ungefähr 150 Meter vom Ufer entfernt. Das Ganze ist also nur eine Frage von Minuten. Wenn Eure Hoheit jetzt also gnädigerweise ihren königlichen Hintern in die königliche Schleuse bequemen würde…"

Dr. Klein machte eine einladende Geste, unterstrichen mit einer leichten Verbeugung. Etwas an Farbe verlierend, kroch Tomke in die enge Schleuse. Der Oberingenieur reichte ihr anschließend ihre Plastiktasche hinein. Sie zog sich die Kali-Patronen-Maske über Mund und Nase. Die kleine Druckpatrone lieferte ihr für einige Minuten Sauerstoff. Ihr war allerdings auch bewusst, dass das Ausschleusen gar nicht mal das größere Übel darstellte. Weitaus unangenehmer würde sich später das Einschleusen erweisen. Schließlich mussten sie dazu erst einmal acht Meter tief tauchen, von außen die Schleuse öffnen, mit dem Gepäck dann hineinkriechen und sich dann „umtopfen" lassen. Den notwendigen Sauerstoff, welchen die Patrone lieferte, würde sie also beim Einschleusen dringender brauchen. Jetzt, beim Ausschleusen, zog sie die Maske lediglich aus Sicherheitsgründen über, falls bei dem Vorgang etwas Unvorhergesehenes passieren sollte und sie in Sauerstoffnot bringen könnte. Theoretisch brauchte sich nur ein Teil der Ausrüstung irgendwo verhaken oder das Schleusenschott verklemmte sich, was aber tatsächlich noch nie passierte. Also würde sie auf jeden Fall versuchen, gleich so lange wie eben möglich die Luft anzuhalten.

Ziemlich unbeholfen wirkend, blickte Tomke aus der Schleuse. Sie konnte nicht verbergen, dass diese Aktion rein gar nichts für sie war. In Höhen der oberen Atmosphäre fühlte sie sich erheblich wohler. Aber diese Taucherei hasste sie.

Tomke schmollte.

„Jetzt guck mich doch nicht an wie ein Haifisch. Du wirst während deiner Tauchausbildung auch noch durch Torpedorohre aus einem unserer Riesen-U-Boote hinaustauchen müssen. Ich komme doch sofort nach, sobald du draußen bist", sagte Dr. Klein und streichelte kurz über ihren wuscheligen Kopf, bevor er die Schleuse verschloss. Danach flutete er diese manuell. Als er das Rauschen des flutenden Meerwassers vernahm, hörte er einen kurzen Aufschrei. Vermutlich war das Wasser wohl doch kälter, als er angenommen hatte. Dr. Klein konnte sich ein leichtes Grinsen nicht verkneifen. Nach einigen Sekunden öffnete er das Außenschott, um Tomke möglichst schnell aus ihrer Situation zu befreien. Nachdem er hörte, das sie die Schleuse verlassen hatte, schloss er das Außenschott wieder und machte die Schleuse für sich bereit. Er musste bei seinem Durchgang die Schleusenkammer selbst von innen verschließen, was er Tomke ersparen konnte. Die Pumpen taten ihre Arbeit und Dr. Klein kroch anschließend nun selbst in die enge Röhre. Seine Plastiktasche hatte er vor seiner Brust verstaut. Er zog sich ebenfalls die Maske mit der Kali-Patrone übers Gesicht und verschloss das Schott. Dann drehte er das Rad auf, das für das Fluten der Kammer zuständig war und sofort klatschte das Wasser in die enge Röhre, wodurch er etwas durchgeschüttelt wurde. Das Unangenehme war neben dem kalten Wasser, das beim Fluten ein nicht gerade leises Geräusch verursachte, auch die Tatsache, dass es stockfinster in der Schleusenkammer war. Die wenigen Hebel, welche es zu bedienen galt, kannte der Ingenieur natürlich in- und auswendig und konnte diese auch „blind", in völliger Dunkelheit bedienen.

Das Fluten der Kammer dauerte nicht länger als ungefähr zehn Sekunden. Die „Kleine" musste zwischenzeitig schon längst an der Wasseroberfläche sein. Nun öffnete auch er das Schott und drang in die Nordsee ein. In dieser Tiefe war hier gar nichts zu erkennen. Bei Nacht schon gar nicht. Mit kräftigen Schwimmbewegungen tauchte der Oberingenieur an die Wasseroberfläche. Seine Tasche hatte er an einem Trageriemen um seinen Hals gehängt. Beim Auftauchen konnte so die Tasche nicht verlorengehen. Dr. Kleins Kopf schoss aus dem dunklen Wasser der Nordsee und sofort holte er erst einmal Luft, da er es, genau wie Tomke auch, vermieden hatte, an der Kali-Patrone zu saugen, um sich ebenfalls die Luft für den Wiedereinstieg in die *DO-STRA* aufzusparen.

In etwa zwanzig Metern Entfernung sah er Tomke, die augenscheinlich auch alles

gut überstanden hatte. Sie winkte ihm zu und rief: „Raaalfi, hiiier bin ich!"
„Schrei hier nicht so rum", zischte Dr. Klein sie scharf an und schwamm ebenfalls Richtung Ufer. Dabei versuchte er, sich die Stelle der versenkten Flugglocke genau einzuprägen. Zudem war eine kleine Boje in einer Kammer am Geschützturm der „Glocke" befestigt, welche sich löste und an die Wasseroberfläche stieg, wenn Ralf die Fernbedienung hierfür betätigte, die er in seinem Gepäck mitführte. Diese Fernbedienung war etwa halb so groß, wie eine Streichholzschachtel und hatte lediglich zwei Knöpfe. Wenn man den linken drückte, sendete die kleine Batterie einen Impulsstrahl aus, der den kleinen Motor an der Kammer aktivierte und den Verschlussdeckel öffnete. Dadurch konnte die Boje, die auch nicht größer als eine Pampelmuse war, ungehindert aufsteigen und die genaue Position der *DO-STRA* markieren.

Ralf hatte diese Einrichtung, genau so wie die Schleuse, nachträglich vor einigen Jahren in die Maschine eingebaut. Bei ihrer ursprünglichen Fertigung im Jahre 1943 sollte das Dornier-Stratosphärenflugzeug, beziehungsweise der Kampfflugkreisel *Haunebu II*, wie diese Baureihe genannt wurde, für rein militärische Aufgaben, sprich, Kampfeinsätze in der Luft, der Stratosphäre oder gar unter Wasser eingesetzt werden. Damals konnte nun wirklich noch keiner ahnen, dass diese super geheime Waffe Jahrzehnte später auch für humanitäre Aufgaben eingesetzt werden wird. Ein Verlassen der Maschine, gar unter Wasser, war damals also noch nicht vorgesehen. Daher gab es auch nur zwei normale Einstiegsluken an der Maschine. Eine oben auf dem Geschützturm und eine weitere unter der Maschine.

Nach einigen Minuten erreichten beide das Ufer und krochen aus dem kalten Wasser heraus. Pustend schleppte die junge Auszubildende und bekennende Sporthasserin ihre große Tasche an Land.

„Zuerst schnell abtrocknen. Und dann da vorn in diesen alten Schuppen. Dort können wir uns umziehen", sagte Ralf und zeigte dabei auf den alten, halb zerfallenen Bretterschuppen, der in einigen hundert Metern Entfernung stand und sich ideal als Zufluchtsort eignete.

„Ich habe das Ding schon von oben gesehen", setzte er noch hinzu.

Beide öffneten ihre Taschen und entnahmen ihre Handtücher, um sich abzutrocknen. Anschließend trug Ralf die Gepäcktaschen zu dem leerstehenden Schuppen. Er hatte sein Handtuch um den Hals und Tomke das ihre zu einer Art Turban auf ihrem Kopf zusammen gewickelt.

Die erste Vermutung von Dr. Klein, dass der Schuppen sich als Schlupfwinkel eignete, bestätigte sich. Der Schuppen war nicht größer als etwa 10 qm, hatte ein kleines Fenster, bei dem die Glasscheibe längst eingeschlagen war und eine klapprige Holztür. Das Dach war alles andere als dicht. Niemanden würde es hier freiwillig hinziehen. Und darauf kam es schließlich an. Vermutlich hatte diesen Schuppen seit mehreren Jahren keine Menschenseele mehr aufgesucht. Das dürfte dann ja nach allen Regeln der Wahrscheinlichkeit in den nächsten Stunden, denn länger wollte man sich in diesem Erdteil eh nicht aufhalten, ja auch wohl so bleiben.

„Jetzt zügig umziehen, damit wir uns nicht doch noch was wegholen", sagte der Wissenschaftler und holte aus seiner Tasche seine zivile Kleidung heraus. Auch Tomke zog sich um. Dr. Klein trug eine normale, dunkle Cordhose, ein rotes Holzfällerhemd und darüber eine graue Strickjacke. Er war dabei, sich mit seinem Handtuch seine noch klammen, dichten braunen Haare abzurubbeln, als sein Blick in Tomkes Richtung ging. Als er sie sah, fiel ihm vor Schreck die Kinnlade herunter. Schockiert fragte er: „Mein Gott, wie siehst du denn aus?"

„Was hast du denn, Ralfi? Das ist totschick. Das trägt man so...!", verteidigte sich das Mädchen. Sie wurde aber von ihrem Gegenüber prompt unterbrochen:

„Ja, in der Geisterbahn, um die Leute zu erschrecken!"

„Wann hab ich denn schonmal die Gelegenheit, normale Kleidung zu tragen? Ich muss ja schließlich immer meine Uniform anziehen", jammerte Tomke.

„Hast du gerade wirklich normale Kleidung gesagt?", spöttelte der Ausbilder, „Habe ich dich nicht vorhin gebeten, möglichst unauffällige Kleidung mitzunehmen? Deinetwegen werden wir auffallen wie bunte Hunde!"

Mit seinen Händen abwinkend und den Kopf schüttelnd, verstaute er seine nasse Badehose, sein Handtuch und einige Ausrüstungsgegenstände in seine Plastiktasche. Tomke hatte Folgendes fertiggebracht: Sie trug lange, rot-schwarz geringelte Strümpfe, die bis zu den Oberschenkeln reichten, einen Minirock im blauen Schottenmuster und dazu ein schwarzes Oberteil, das lediglich aus großen Maschen bestand. Darunter ein schwarzes, dünnes T-Shirt, auf dem ein großer, lilafarbener Jolly Roger aufgedruckt war. Lediglich ihr Schuhwerk war unauffällig. Hierbei handelte es sich nämlich um ihre ganz normalen Schnürstiefel, die sie sonst auch immer zur Uniform trug. Ihre Haare hatte sie sich zu einem zotteligen Pferdeschwanz zusammengebunden.

Erst jetzt bemerkte Dr. Klein, dass sie ihre pechschwarzen Haare oberhalb des linken Ohres auf ungefähr zwei Millimeter abrasiert hatte. Das konnte sie noch nicht allzu lange so tragen. Er hatte es aber während der vergangenen Tage gar nicht bemerkt, da sie ihre wuscheligen Haare ja immer offen trug.

„Jetzt wird mir das auch mit deinem schwarzen Nagellack klar", kommentierte er seine Beobachtung. „Komischer Trip, auf dem du da jetzt bist!" Tief holte er Luft, winkte mit den Händen ab und wechselte das Thema. „Verhaltensregeln, Tomke. Zuerst: Wenn wir in Kontakt mit den Einheimischen kommen, was ich mal abgesehen mit einem Taxifahrer oder ähnlichem vermeiden will, bin ich offiziell dein Onkel und wir sind Besucher aus Österreich, die hier Urlaub machen wollen. Hast du deinen Notsender dabei?"

„Ja, sicher."

„Falls wir aus irgendwelchen Gründen getrennt werden sollten oder einer von uns in Gefahr gerät, dann musst du ihn betätigen. Mit sofortiger Hilfe ist dann zwar nicht zu rechnen, aber Friedrich kann uns zumindest orten und weiß dann, dass wir in Schwierigkeiten stecken. Ich hoffe, du hast auch deinen österreichischen Reisepass eingesteckt. Es kann sein, dass wir in irgend eine behördliche Kontrolle geraten und dann wirst du denen wohl kaum erklären wollen, woher wir kommen und wer wir wirklich sind. Mal ganz abgesehen davon, würde man dich dann in Anbetracht deiner Kleidung wohl sowieso erst einmal in eine Irrenanstalt einweisen", konnte er sich die Bemerkung nicht verkneifen.

„Hier hast du etwas Geld. Das, was ich zur Verfügung habe, wird redlich unter uns aufgeteilt. Aber gib nach Möglichkeit nicht allzu viel davon aus. Du weißt, wir haben alles Mögliche, aber nicht diese dummen Zahlungsmittel, die wir ja, Odin sei Dank, sonst auch normalerweise gar nicht brauchen. Und wehe, du kaufst davon wieder Zigaretten!", fügte er mit Oberlehrer-Ton an.

„Schon klar, Ralf", sagte Tomke und verstaute ihren Badeanzug ebenfalls in ihrem Plastikbeutel. Dr. Klein zeigte auf einen Holzstapel in einer Ecke des Schuppens.

„Dort drunter verstauen wir unsere Taschen."

Anschließend verließen beide den Schuppen. Es würde bis zum Hellwerden nicht mehr lange dauern. Der Wissenschaftler sah sich sorgfältig die Küstenlandschaft an.

„Wir müssen wohl in diese Richtung." Dabei zeigte er mit ausgestrecktem Arm nach Süden. „In dieser Richtung liegt die Stadt. Also los, machen wir uns auf den Weg".

Er wollte sich gerade in Bewegung setzen, als er merkte, dass Tomke ihn seltsam anblickte und schon wieder in den Knien wippte.

„Was ist denn nun schon wieder?", fragte er.

„Ich muss noch mal", gestand Tomke.

Seufzend zeigte Ralf auf den Schuppen und sagte: „Dahinter, aber bitte zügig. Es wird bald hell."

„Ich beeile mich", entgegnete sie und lief schnell davon. Hinter dem Schuppen plätscherte Tomke sich aus und kam nach einigen Minuten sichtlich erleichtert zurück. Beide gingen über das große Feld auf eine scheinbar endlos lange Allee zu, die anscheinend zum Stadtkern führte. Durch das Mondlicht warfen die gespenstisch wirkenden Besucher unheimliche und riesig erscheinende Schatten auf die Straße ...

Von merkwürdigen, zerstreuten Gedanken durchzogen und wohl etwas geistesabwesend wirkend, lief ich nach einiger Zeit wieder die Wache an und verkrümelte mich mit der Bemerkung, dass es mir nicht gut ginge in eine entlegene Schreibstube. Dort setzte ich mich an den uralten Schreibtisch, legte mein Mobiltelefon auf die Tischplatte und zündete mir eine Zigarette an. Das Gerät klingelte. Ein Blick auf die Digitalanzeige verriet mir, dass Björn von der Einsatzleitstelle anrief.

„Hallo Björnemann, ehrlich gesagt, habe ich momentan keine Sprechstunde", sagte ich knapp und gedankenverloren.

„Kein Problem, Roy. Ich wollte nur kurz wissen, ob du Samstag auch frei hast. Wollen wir nicht abends ins Bunkertor 7 gehen? Vielleicht können wir ein paar Gruftie-Miezen aufreißen."

„Gruftie-Miezen aufreißen ...? Klingt nicht schlecht, wie du das sagst, Björn", wiederholte ich brabbelnd mit der Zigarette im Mund, augenblicklich wieder hellwach. Ich war wirklich fasziniert von dieser, wie ich fand hervorragenden Idee, so dass ich doch glatt für einen kurzen Moment mein Erlebnis vergaß. Nach zwei bis drei Sekunden aber holte mich die nüchterne Realität wieder ein.

„Aber nur Grobplanung, Björn! Grobplanung! Erstmal sehen, ob der Russe durchbricht. Ich melde mich!"

„Alles klar, Roy. Bis dann", beendete mein Freund und Kollege das Gespräch.

Ich legte das Gerät wieder auf den Schreibtisch zurück. Für heute reichte es mir. Zum Glück war in zwei Stunden Feierabend. Ich dachte gerade darüber nach, die Zeit bis zum Feierabend zu verkürzen und jetzt schon einfach nach Hause zu gehen. Schließlich hatte ich in der Wachstube bereits kundgetan, dass ich mich etwas angeschlagen fühlte. Mit keiner Silbe erwähnte ich etwas von meinem Erlebnis. Mir würde ja eh keiner Glauben schenken. Und blamieren wollte ich mich auch nicht unbedingt. Wie es jetzt weitergehen sollte, wusste ich selbst nicht. Ich blickte zum Mobiltelefon: *Hoffentlich ist das etwas geworden*, dachte ich. Schließlich war es Nacht, glücklicherweise aber Vollmond. Ich brachte es einfach nicht fertig, das Gerät in meine Hand zu nehmen, und mich jetzt an Ort und Stelle davon zu überzeugen, ob die Aufzeichnung etwas geworden war und als Beweis vorgelegt werden konnte. Wahrscheinlich wäre die Enttäuschung bei einem negativen Ergebnis zu bitter gewesen. Vielleicht aber auch fürchtete ich mich auch gerade davor, das Erlebte durch den nüchternen Beweis der Technik als tatsächlich erlebt hinnehmen zu müssen. Von einem Narrenspiel meiner Wahrnehmung konnte dann nicht mehr die Rede sein. Egal, ob die Aufzeichnung etwas geworden war oder nicht, ich hatte erst einmal kräftig etwas einzustecken.

Ich wurde in meinen Gedanken unterbrochen. Die Tür zur Schreibstube ging auf. Herein kam Heike. Sie verharrte einen Moment, während sie mich anblickte und sagte dann: „Hier hast du dich also versteckt, Roy. Was ist denn los? Willst du nicht lieber nach Hause gehen, wenn es dir nicht gutgeht? Hat doch dann heute gar keinen Sinn mehr, sich hier rumzuquälen. Soll ich dich fahren?"

Ich atmete tief durch: „Wäre ich doch bloß zur ..."

„... Fremdenlegion gegangen. Ich weiß, ich weiß Roy. Dann müsstest du dich jetzt wenigstens nicht mit nervigem Weibsvolk herumärgern, nicht wahr!?", unterbrach sie mich, meinen typischen Schnack zitierend. Sie kam näher und setzte sich auf die

Kante des Schreibtisches. Wieder bohrte sie: „Was hast du denn? Bist ja mit deinen Gedanken völlig abwesend und siehst aus wie ein übergossener Pudel."

Ich wusste, dass Heike mir sowieso anmerkte, dass irgendwas nicht stimmte. Deswegen versuchte ich auch gar nicht erst, ihr was vorzuspinnen. Ich sah sie an und zählte in Gedanken die Sommersprossen auf ihrer Nase. Dann sagte ich ruhig, aber mit ernstem Unterton, direkt in ihre grünen Augen blickend: „Nicht jetzt, Heike. Bitte nicht jetzt. Sei so lieb und lass mich einfach in Ruhe. Ich muss nachdenken. Hat garantiert nichts mit dir zu tun, Süße. Aber ich habe jetzt einfach keine Sprechstunde!"

„Ist ja schon in Ordnung, Roy. Ich geh dann mal wieder. Bis später!" Sie drückte mir ein Küsschen auf und verließ die Schreibstube.

Ich hatte Glück, dass Heike ganz einfach Verständnis für meine Bitte hatte und nicht noch weiter bohrte, um aus mir herauszulocken, was mich denn so nachdenklich stimmte. Aber generell war Heike ein Mensch, der andere einfach in Ruhe lassen konnte und selten mal rumnervte. Neugierig war sie sowieso nicht. Sie kümmerte sich größtenteils um ihre eigenen Belange und mischte sich prinzipiell nicht in die Angelegenheiten anderer Leute ein. Bloß in Bezug auf meine Person war das halt etwas anderes. Uns verband da schon etwas mehr. Aber sie hatte es begriffen. Abgesehen davon, war ich mir eh nicht sicher, ob es richtig wäre, Heike einzuweihen. Vermutlich würde sie mir wieder irgendeine schelmische Aktion, für welche ich bekannt war, vorhalten und die Sache gar nicht weiter ernstnehmen. Nein, es musste noch eine andere Möglichkeit geben, jemandem, das heißt einer kompetenten Stelle, Kenntnis über den Vorfall zu geben, ohne dass ich mich selbst lächerlich machte oder gar in Schwierigkeiten kam. Nur was oder wer? Darüber musste ich mir noch Gedanken machen.

Für die beiden „Besucher" war es nicht sonderlich schwierig, herauszufinden, wo sich die örtliche Polizeistation befand. Nachdem sie die Stadtgrenze erreicht hatten, stiegen sie einfach in ein Taxi, das gerade frei vor einer Kneipe stand und auf Fahrgäste wartete. Sie ließen sich in der Nähe der Station absetzen. Gegenüber des alten Polizeigebäudes, welches aus roten Klinkersteinen bestand, befand sich eine kleine Imbissstube. Als Tomke den Imbiss erblickte, wandte sie sich an Dr. Klein und sagte: „Du, ich würde so gern eine Kleinigkeit essen und vor allem was trinken. Können wir da nicht kurz Pause machen?"

„Ja, klar, Tomke. Damit haben wir so ganz nebenbei auch noch die Ausfahrt des Polizeireviers im Blick. Das ist ja ideal. Hoffen wir nur, dass sich dann auch in absehbarer Zeit etwas tut, ich meine, dass wir den Mann auch antreffen."

Das Polizeigebäude war ein älteres Gemäuer, das sicherlich schon viele Jahrzehnte dort stand und augenscheinlich früher mal als Kaserne gedient hatte. Es war durch einen etwa zwei Meter hohen Maschendrahtzaun umgeben. Die Zufahrt zum Gelände wurde durch einen Schlagbaum abgegrenzt, welcher sich automatisch öffnete, wenn Fahrzeuge das Gelände verlassen wollten. Rechts neben dem Schlagbaum befand sich eine Fußgängerpforte. Man konnte also ohne weiteres von außen das Gelände einsehen, wenn man gegenüber im Imbiss stand.

„Prima", sagte Tomke. „Ich kann auch so allmählich nicht mehr!"

„Ich möchte mal gern wissen, wie du deine Pflichtmärsche bestanden hast, wenn du jetzt schon kaputt bist? Schließlich laufen wir mal gerade erst etwas über eine Stunde", bemerkte Dr. Klein.

„Das kann ich dir sagen, Ralf. Beim letzten Pflichtmarsch über fünfundzwanzig Kilometer, hatte ich mir dummerweise eine halbe Stunde vor Abmarsch einen Zeh verstaucht. Somit konnte ich gar nicht mit."

„Sowas hätte ich mir auch denken können, du Schlingel. Aber du wirst den Marsch sowieso nachholen müssen. Dieser „Kelch" wird auch an dir nicht vorübergehen. Friedrich und Mara wird das bei passender Gelegenheit schon wieder einfallen."

„Wenn du sie nicht künstlich daran erinnerst, kann das aber noch eine Weile dauern", sagte Tomke.

„Das habe ich auch gar nicht vor. Ich bin für deine flugtechnische Ausbildung zuständig, aber nicht für die Militärische."

Sie betraten die Imbissstube. Außer ihnen waren nur zwei ältere Herren anwesend. Vermutlich Schichtarbeiter, die früh raus mussten und hier ihren Kaffee tranken und Zigaretten rauchten. Dr. Klein fragte sich, warum so alte Männer noch arbeiten müssen und nicht ihren wohlverdienten Ruhestand am heimischen Kamin genießen konnten? Die wirtschaftliche Situation in diesem Land schien wohl nicht die Beste zu sein.

Tomke flüsterte ihrem Ausbilder etwas ins Ohr. Dieser schüttelte daraufhin seinen Kopf und sagte: „Nein, Tomke. Hier gibt es keine Erdbeeren. Das ist eine Imbissstube und kein Obstladen."

Dr. Klein bestellte für sich Tee und Tomke bekam eine Cola. Er wusste, dass sie dieses ungesunde Getränk sehr mochte. Außerdem bestellte er noch zwei Käsebrötchen und Tomke bekam noch – Kaugummi ...

Ziemlich schnell hatte Tomke ihr Brötchen verschlungen und setzte gerade an, den Rest ihrer Cola auszutrinken, als sie sich vor Schreck fast verschluckte. Sie starrte aus dem Fenster der Imbissstube. Mit weit aufgerissenen Augen stieß sie ihrem Ausbilder mit dem Ellbogen in die Seite, um ihn aufmerksam zu machen. Sagen konnte sie nichts, da sie sich gierig viel zu viel von dem Getränk hineingeschüttet hatte und besagte dunkle Flüssigkeit gerade aus ihrem Mund herausschäumte.

„Was ist denn?", fragte der Angestoßene, der es einfach nicht verstehen konnte, dass man den Mund so vollnehmen konnte, dass man aber auch keine einzige Silbe mehr herausbrachte. Tomke benötigte einige Sekunden und machte merkwürdige, verrenkende Kopfbewegungen, um herunterzuschlucken. Nach hastigem Luftholen quasselte sie: „Da, der große blonde Mann dort mit den schwarzen Lederklamotten und der Sporttasche. Ich bin mir sicher, dass der es ist!"

Dr. Klein blickte in die von der jungen Auszubildenden gezeigte Richtung: „Bestimmt, Tomke? Bist du dir ganz sicher? Das darf jetzt nicht danebengehen!"

„Ganz bestimmt, Ralf. Ich erkenne ihn ganz eindeutig wieder. Er ist es. Was machen wir denn jetzt?", schoss es aus dem Mädchen heraus.

„Du, gar nichts, du Dreikäsehoch! Du hast schließlich schon für genug Schlamassel gesorgt, kleine Hoheit. Du bleibst hier und überlässt das Weitere mir. Ich bin sofort wieder da. Und du bleibst hier, Tomke. Ist das klar?", fügte Ralf in bestimmendem Ton hinzu. Tomke nickte. Sie wusste nicht, was er jetzt vor hatte. Und dann noch allein!? Sie wünschte, er hätte sie in seine Pläne eingeweiht. Behielt er ihr mit Absicht etwas vor oder ist ihm tatsächlich gerade spontan etwas eingefallen und es blieb einfach keine Zeit mehr, lange zu reden, da sonst die Chance vertan wäre, an den Mann heranzukommen? Sie wollte mal von der zweiten Möglichkeit ausgehen. Ansonsten würde das ja bedeuten, dass er ihr nicht vertrauen würde oder sie gar für unfähig hielt, seine Pläne nachvollziehen zu können. Das konnte sie sich aber beim besten Willen nicht vorstellen.

Mit Ralf ist sie immer schon gut ausgekommen. Früher war er tatsächlich mal so etwas, wie ihr Onkel. Er spielte schon mit ihr, als sie noch ein kleines Kind gewesen war. Sie mochte ihn sehr und hatte Respekt vor ihm. Dazu kam noch, dass er in dem Gesellschaftssystem, aus dem sie kamen, als geradezu genial bezeichnet wurde. Er war einer der wenigen wertvollen Wissenschaftler, welcher oft schon „wahre Wunder" in letzter Sekunde vollbracht hatte. Wenn er jetzt einfach so wortkarg allein loszog, wird das sicher schon seinen Grund haben.

Dr. Klein ging langsam in Richtung des Schlagbaumes. Er konnte erkennen, dass der Mann, auf den es ankam, in einen dunkelblau metallicfarbenen Audi 80 stieg und Anstalten traf, vom Hof zu fahren. Er steuerte auf den Schlagbaum zu. Etwa zwei Meter davor sorgte die Lichtschranke dafür, dass er sich automatisch öffnete.

Dr. Klein befand sich jetzt etwa zwei Meter vom linken Kotflügel des Wagens entfernt. Er konnte den Mann im Wagen deutlich sehen und versuchte, sich sein Äußeres gut einzuprägen. Dann tat er es: er ging auf die Fahrertür des Wagens zu, bückte sich und gab mit seiner linken Hand dem Fahrer ein Zeichen, die Fensterscheibe herunterzukurbeln. Das tat dieser auch.

Sofort sagte Ralf mit einer überschwänglichen Freundlichkeit: „Entschuldigung, mein Herr. Würden sie mir bitte sagen ob dies der Eingang zur Polizeistation ist? Ich bin hier ortsfremd!"

„Einfach geradeaus durch die Pforte und dann gleich das erste Gebäude auf der rechten Seite. Dort, wo in großen weißen Buchstaben Polizei dran steht", antwortete der Mann auf dem Fahrersitz und schüttelte über diesen Trottel leicht den Kopf.

Freundlich nickend und sich gleich zweimal bedankend klopfte Dr. Klein noch mal kurz auf den Holm der Fahrertür als Geste für eine angenehme Fahrt und tat so, als ob er durch die Eingangspforte das Gelände betreten wollte.

Der den PKW nun endlich heimsteuernde Polizist Roy Wagner fuhr los. Er konnte nicht ahnen, dass der „Trottel" soeben einen Miniaturpeilsender am Türholm seines Wagens befestigt hatte.

*****

Ich lenkte meinen Wagen durch die noch dämmrigen Straßen der Stadt. *Lucifer* dröhnte aus den Radioboxen. Allmählich kam der erste Berufsverkehr ins Rollen. Ab und an sah man Lieferwagen und andere Autos. Viele Bürger der Stadt, die berufstätig waren und einem normalen Alltagsleben nachgingen, schienen sich um diese Zeit in Bewegung zu setzen. Es war ja auch bereits nach sechs Uhr morgens und wer nicht den Vorzug genießen konnte, selbständig zu sein und sich somit seine Arbeitszeiten frei einteilen konnte, war bereits auf den Beinen. Nur, dass ich meine Arbeit schon getan hatte und in den Feierabend fuhr.

Ich wurde von schweren Gedanken gequält. Während ich fuhr, zündete ich mir abermals eine Zigarette an, inhalierte tief den Rauch und blies ihn anschließend wieder gemächlich aus. Ich bildete mir ein, dass mir dies beim Nachdenken helfen würde. Aus den Augenwinkeln sah ich aus Richtung des Kaiser-Wilhelm-Denkmals eine junge, sehr schlanke Frau auf einem Fahrrad fahrend in meine Richtung winken. Zuerst konnte ich sie nicht zuordnen. Dann aber erkannte ich sie.

„Damla", nuschelte ich. Es war Damla Karaman, die 25-jährige Mathematikstudentin mit ihren langen, blondgefärbten Haaren. Ich mochte blond nicht besonders gern. Schließlich war ich selbst blond. Das reichte.

In der kurzen Zeit, in der ich mit Damla zusammen war, vögelte ich sie dermaßen oft und heftig, dass es mich heute noch wundert, sie nicht geschwängert zu haben. Scherzhaft nannte ich Damla oft nur „Ayran", da sie dieses Zeug unentwegt trank und mich mit dieser Sucht ebenfalls angesteckt hatte. Ihr Vater war der beste Döner-Mann der ganzen Stadt und ein guter Kumpel von mir. Vielleicht würde ich Damla irgendwann doch noch mal heiraten. Ihrem Vater würde ich zumindest einen riesigen Gefallen damit tun. Hatte er doch bisher vergeblich so manches mal versucht, mich mit Ouzo abzufüllen und mir seine Tochter anzudrehen.

Und schließlich war Damla ein wunderbares Mädchen. Ich versuchte ein krampfhaftes Lächeln und winkte kurz zurück. Ich hatte jetzt wirklich keinen Nerv auf Damla. Weit hatte ich es nicht bis nach Hause. Mein kleines Häuschen befand sich lediglich vier Kilometer von meiner Dienststelle entfernt. Nach einigen Minuten Fahrt hatte ich bereits meine Grundstücksauffahrt erreicht. Ich fuhr auf den schmalen Kiesweg, welcher zu meiner Garage führte, parkte den Wagen allerdings vor dem verschlossenen Garagentor. Ich hatte jetzt keine Lust mehr auszusteigen und das Garagentor zu öffnen, um meinen Wagen hineinzufahren.

Meine Garage befand sich gut dreißig Meter rechts neben meinem Haus. Zwischen beidem lag eine größere Rasenfläche, die mit Büschen durchsetzt war. Mein Garten machte im Allgemeinen einen ungepflegten Eindruck. Der Rasen war hoch und teilweise zertrampelt. Einzelne Büsche standen wild herum. Mein Grundstück an sich war von hohen Büschen und einem Zaun abgegrenzt. Ich kümmerte mich nicht viel um Gartenarbeit. Ich war bekannt dafür, keine Lust auf derartige Arbeiten zu haben. Wichtiger war es mir, abgeschieden und in Ruhe wohnen zu können. Die nächsten Nachbarn waren zum Glück einige hundert Meter weit entfernt. Man ließ sich gegenseitig in Ruhe, ging aber freundlich miteinander um.

Ich stieg aus und verschloss meinen Wagen. Auf meinem Grundstück war es finster. Tief atmete ich die angenehme, kühle Morgenluft ein und richtete meinen Blick gen Himmel, in der Hoffnung, dass das nicht schon wieder in die Hose gehen würde und ich noch ein UFO erblickte. Das passierte aber zum Glück nicht.

Wie sollte es denn jetzt weitergehen? Sollte ich wirklich jemandem von meinem Erlebnis berichten und die Videoaufzeichnung eventuell sogar veröffentlichen? Sicherlich ließe sich der Mitschnitt auch brillant an die Zeitung verhökern. Aber ich war alles andere als geldgierig und verfolgte diesen Gedanken nicht weiter. Ich hatte ganz andere Sorgen! Dies war sicher keine Angelegenheit für die örtliche Polizei. Logischerweise versucht man ja stets immer zuerst, Sachverhalte in den eigenen Kreisen abzuklären. Aber diesmal ging es wohl nicht. Damit hatte die Polizei originär nichts zu tun. Aber wer denn sonst? Ich hatte einen guten Draht zu Rita Müller, der Staatsanwältin. Sicherlich würde Rita mich ernstnehmen. Dafür kannte man sich schließlich schon zu lange und hat so manches Mal zusammengearbeitet. Rita war immer nützlich, Beschlüsse nachzureichen, obwohl der eigentliche Einsatz schon längst durchgeführt wurde. So manches Mal hatte sie damit nachträglich etwas gerade gebogen, so dass keiner in Schwierigkeiten kam. Aber, was sollte eine Staatsanwältin schon bei einem gelandeten UFO ausrichten? Also doch nicht Rita.

Sollte ich vielleicht vielmehr den Kommandeur der Marinebasis informieren? Nein, bloß das nicht! Bloß nicht das Militär einschalten! Eventuell den Militärischen Abschirmdienst? Ist auch Militär. Oder den Verfassungsschutz oder den Bundesnachrichtendienst? Der Gedanke gefiel mir nicht, da doch keiner so richtig wusste, wer denn von denen nun eigentlich wen bespitzelt.

Da steckt doch keiner richtig drin. Alles nur ein einziger, dreckiger Sumpf, zerfressen durch Korruption und Arschkriecherei an höchsten Stellen von Politik und Industrie. Nachher geht meine Meldung womöglich noch nach hinten los und die Geheimdienste wollen mir etwas anhaben. Kämen dann die Männer in schwarz zu mir und verpassten mir einen Maulkorb? So ging es also nicht.

Dann fiel es mir ein: General Ulrich Wegener. DER Elitepolizist, der schon 1977 den Terroristen bei der Operation Feuersturm in Mogadischu den Garaus machte. Uli bildete mich, Jahre nach seiner aktiven Dienstzeit, als jungen Angehörigen des Bundesgrenzschutzes in Anti-Terror-Taktik aus, wodurch ich kurzfristig zu einer von übersteigertem Selbstbewusstsein mutierten Kampfmaschine wurde. Das war, bevor ich dann von der Bundespolizei zur Länderpolizei wechselte. Wenn es überhaupt jemanden gab, der Verbrechern klarmacht, was passiert, wenn die Exekutive der Bundesrepublik Deutschland ihre Stimme erhebt, dann General Wegener. Nebst meiner Wenigkeit natürlich.

Aber, sollte ich den mittlerweile über 70-jährigen Mann damit noch belästigen? Wohl war mir nicht dabei. Es sah fast so aus, als ob der Vorfall tatsächlich an der örtlichen Polizei hängen blieb. Also: an mir.

Ich entschloss mich, vorerst niemandem von meiner UFO-Sichtung zu berichten. Solange, bis ich an eine wirklich kompetente Person geraten würde.

Mein Gott, es gibt aber auch wirklich niemanden, der dafür in Frage kommen könnte! Ich bräuchte jemanden wie ... ja genau, wie: Canaris.

Ein Mann wie Canaris. Superintelligent, mächtig und unabhängig. Der Mann, der mit seiner ABWEHR quasi einen eigenen Staat im Staate geschaffen hat. Handlungskompetent, vernünftig, patriotisch, menschlich und gerecht. Ein Mann, dem man auch mal etwas anvertrauen konnte, ohne dass er anschließend gleich damit beim obersten Politbüro hausieren ging, um Lorbeeren zu ernten. Leider gibt es Menschen mit wirklichem Rückgrad heute kaum noch.

Zu dem Zeitpunkt, als ich diesen nostalgischen Gedanken nachhing, konnte ich nicht ahnen, wie sehr der Rest meines Lebens noch mit dem genialen Abwehrchef Admiral Wilhelm Canaris und der Intelligenz des 20. Juli, verbunden sein wird. Vor allem, dass mein Erlebnis bereits in direktem Zusammenhang zu dem Wirken dieses Mannes stand.

*****

Ich schloss meine Haustür auf und schaltete das Licht im Flur an. Hinter mir verschloss ich meine Wohnungstür wieder. Ich ging daraufhin in mein Badezimmer und wusch mir Hände und Gesicht. Danach holte ich meine Uniform aus der mitgeführten Sporttasche und legte die Sachen über das Bett in meinem Schlafzimmer. Meine Dienstwaffe legte ich in meinen Nachttisch. Ich zog mir lockere Kleidung an, welche ich manchmal beim Kung-Fu-Training trug, wenn ich einige Freunde unterrichtete. Früher war ich auf diesem Gebiet einmal sehr aktiv und erfolgreich gewesen. Mehr als anderthalb Jahrzehnte studierte ich diverse Künste. Jetzt gab ich nur noch sporadisch Privatunterricht an einige „Auserwählte".

Ich hatte einfach keine Lust mehr irgendwelchen Leuten, die nicht zu schätzen wissen, was sie eigentlich gezeigt bekommen, stundenlang sensitives Reflextraining beizubringen und mich abzumühen. Diese Zeiten des Perlen-vor-die-Säue-Werfen hatte ich schon vor längerer Zeit beendet. Die schwarze Trainingshose und das dazugehörige schwarze T-Shirt mit dem aufgestickten, goldenen Emblem auf der Brust, das mich als einen höheren Lehrergrad auswies, waren aber sehr bequem und deswegen zog ich im privaten Bereich halt gern diese Kleidung an.

Wieder mal bemerkte ich, dass das T-Shirt etwas enger geworden war. Ich hatte doch in den vergangenen Monaten etwas zugelegt. In diesem Zusammenhang fiel mir wieder Heikes Gemüsesuppe ein. Vielleicht sollte ich sowas doch demnächst Pizza, Jägerschnitzel, Currywurst oder orientalischer Imbisskost vorziehen. Tatsächlich aber war es mir eigentlich völlig egal, ob ich etwas zugenommen hatte oder nicht. Schließlich war ich einunddreißig Jahre alt und keine zwanzig mehr!

Ich ging in die Küche und holte hinter der Küchentür eine Flasche Jever aus dem Kasten hervor. Sofort stellte ich die Flasche aber wieder zurück. Ich öffnete meinen

Kühlschrank und entnahm diesem eine bereits angebrochene Flasche mazedonischen Kadarka. Ich füllte einen großen Plastikbecher randvoll mit dem köstlichen Rebsaft. In einem Zug trank ich den Becher leer, schenkte mir nochmals randvoll nach und begab mich dann in mein Wohnzimmer. Dort schaltete ich die Stereoanlage ein und ließ eine Scheibe von Joy Division laufen, während ich in meinem Sessel versank. Einige Sekunden dachte ich nach. Dann stellte ich den Becher auf meinen Couchtisch, stand auf, ging in den Flur und holte das Mobiltelefon, das neben der Eingangstür auf einer kleinen Kommode lag. Mit dem Gerät ging ich dann zurück ins Wohnzimmer und legte es auf den Couchtisch. Längere Zeit sah ich das Gerät nur an, nahm noch einen Schluck aus dem Becher. Langsam umschlossen meine Finger das Mobiltelefon. Dann drückte ich die Kombination der Knöpfe, um an die Aufzeichnung heranzukommen. Angezeigt, dass die Aufzeichnung zwei Minuten und achtundvierzig Sekunden lang war, ließ ich die Aufzeichnung abspielen.

Mein Herzschlag erhöhte sich. Zuerst waren verwackelte Bilder und Grünzeug zu erkennen. Dann fing das Objektiv etwas Schwarzes ein, das sich sehr schnell bewegte. Erst im letzten Augenblick konnte man erkennen, dass dies ein weglaufender Mensch, zumindest ein humanoid aussehendes Wesen, war. Das war diese kleine dunkelhaarige und schielende Schönheit mit dem Sprachfehler. Einen winzigen Augenblick konnte ich deutlich dieses weiße V auf dem linken Oberarm ihres Kampfanzuges erkennen. Flink wie ein Wiesel turnte die Kleine vom anderen Stern durch das geöffnete Schott unterhalb des Raumschiffes und verschloss schnell die Luke. Dann dauerte es etwa zwei Minuten bis sich das Raumschiff einige Meter vom Boden abhob. Deutlich war dieses surrende und singende Geräusch zu hören.

Ich hielt den kleinen Bildschirm noch näher an mein Gesicht, konnte aber weder Turbinen, noch Düsen oder gar Propeller erkennen, welche das UFO in die Luft brachten. Es gab keine. Lediglich einige rundliche Auswüchse befanden sich unter dem UFO, welche mir vorhin gar nicht aufgefallen waren.

Wieder sah ich dieses Balkenkreuz der Luftwaffe, wie es noch heute bei der Bundeswehr benutzt wird und die aufgemalte Jolly-Roger-Piratenflagge auf dem Geschützturm ... *Unheimlich ...*

Langsam und schwerfällig gewann das Raumschiff an Höhe. Als es etwa einige hundert Meter angestiegen war, schoss es plötzlich und ansatzlos davon. Sofort danach war es dann verschwunden. Dann endete die Aufzeichnung.

Ich legte das Mobiltelefon zurück auf den Tisch. Meine Stirn war nass, mein Herz raste. Die Videoaufzeichnung legte Zeugnis darüber ab, dass ich nicht einer Fata Morgana oder Ähnlichem auf den Leim gegangen war. Alles war tatsächlich so passiert. Aber genau vor diesem Moment hatte ich Angst. Denn es hieß ja wohl zumindest, einige Sachen im Leben zu überdenken. Wir waren also definitiv nicht allein. Es gab sie. Die Außerirdischen! Roswell, Kenneth Arnold, AREA 51, George Adamski, Truman Betherum, Eduard Meyer, Zeta Reticuli, Semjase ... alles wahr? Und dann dieser Ausspruch von dem Mädchen in der schwarzen Uniform: „...oder wir legen die Stadt in Schutt und Asche."

Ich zweifelte nicht daran, dass sie das wirklich konnten.
Mein Gott. Das ist ja Wahnsinn!
Mit einemmal überfiel mich eine unglaubliche Müdigkeit. Obwohl ich aufgeregt

war, merkte ich, dass ich gerade an meine körperlichen und geistigen Grenzen geriet. Ich musste schlafen. Schließlich hatte ich eine komplette Nachtschicht hinter mir. Und heute Mittag ging es schon wieder los. Ich ließ alles stehen und liegen, machte lediglich noch die Stereoanlage und das Licht im Wohnzimmer aus und ging in mein Schlafzimmer, warf meine Sportkleidung achtlos über das Bettgestell meines französischen Bettes, legte mich dann hinein und knipste die Nachttischlampe aus. Nach einigen Sekunden schloss ich die Augen und versuchte zu schlafen.

And as the days grow old, the nights grow cold.
I wanna hold her near to me, yeah, I know she's dear to me.
And only time can tell and take away this lonely hell.
I'm on my knees to Eloise. (Barry Ryan, 1968)

München, 18.11.1919, Spätherbst

Auch das restliche Laub, das noch an den kargen Bäumen hing, fiel jetzt allmählich endgültig zu Boden. Diese Jahreszeit hatte es in sich. Sie war einfach magisch. Die Luft, die Farben, einfach die gesamte Atmosphäre war unbeschreibbar schön. Es roch bereits nach Winter. Der Herbst war eine goldene Jahreszeit.

Für sie müsste es nur den Herbst geben. Andere Jahreszeiten hatten für einen derart spirituell veranlagten Menschen wie sie absolut keine Bedeutung. Ihre sensitiven Fähigkeiten entfalteten sich in einer für sie selbst noch ungeahnten Art und Weise durch die Einwirkung der Natur in dieser Jahreszeit. Sie saugte geradezu die Naturenergien aus ihrer Umgebung in sich auf. Sie könnte Bäume umarmen und mit deren Energie zusammen verschmelzen. Und genau das tat sie auch. Dieser Spätherbst gab ihr ein besonderes Gefühl der Leichtigkeit, des absoluten Freiseins, des Teilhabens an einer universellen, kosmischen Energie und göttlichen Urkraft, die seit unendlich langen Zeiten wieder aufzublühen strebte.

Sigrun ging gemächlich die lange Allee entlang, welche etwas abseits der vielbefahrenen Straße durch einen Park führte. Rechts und links des Weges standen wunderschöne, große Pappeln, welche ruhig im milden Wind wippten. Trotz der Jahreszeit wirkte die Luft auf Sigrun irgendwie warm. Wahrscheinlich aber fühlte sie die Luft gar nicht an ihrer Temperatur gemessen sondern vielmehr erzeugte die Luft eine innere Wärme und ein Gefühl des Wohlbehagens in ihr. Es ging ihr gut. Es ging ihr sogar sehr gut. Die Umgebung der Natur sorgte bei ihr nicht nur für ein körperliches Wohlbefinden sondern auch für eine ausgesprochen gute seelische Verfassung und Leichtigkeit, verbunden mit einem unbestimmten Gefühl von intellektueller Erhabenheit. Sie war allein auf dieser Parkallee. Bald würde es dunkel werden. Noch zeigte der Himmel aber ein wunderschönes Rot. Sigrun drehte sich einmal mit ausgestreckten Armen im Kreis. Gemächlich inhalierte sie dabei abermals die Luft in ihre Lungen und versorgte sich mit kosmischem Urstoff. Dann rannte sie einem in einigen Metern Entfernung stehenden Baum entgegen, umarmte kurz den Stamm und lachte den Baum an und sagte: „Hallo, lieber Baum. Auch dir wünsche ich einen schönen Tag!" Sie benahm sich merkwürdig.

Außenstehende, welche nicht wussten, was mit ihr tatsächlich los war, könnten wahrlich den Eindruck gewinnen, dass die junge Dame an einer Gemütskrankheit leiden könnte. Sigrun selbst störte es absolut nicht, was umstehende Personen über sie dachten. Sie fühlte sich in jeder Hinsicht frei. Vielleicht vermuteten einige Beobachter sogar, dass sie irgendwelche Drogen zu sich genommen hätte. Genau dass aber tat sie garantiert nicht. Sie wusste sehr genau, dass jede Einnahme von Drogen jeglicher Art ihre sensitiven Fähigkeiten negativ beeinflussen und niemals verstärken würden. Die Einnahme von Drogen oder bewusstseinsverändernden Medikamenten ging stets gegen das universelle Prinzip der göttlichen Schöpfung und käme niemals für sie in Frage.

Sigrun war gerade achtzehn Jahre alt. Sie hatte eine Körpergröße von nicht mehr als 3,6 Ellen und war von ausgesprochen dünner Statur. Sie war geradezu hager. Ihr Gesicht war schmal und von zarten, sehr weiblichen Zügen durchzogen. Sie hatte graugrüne Augen, welche eine besondere Art von Klarheit, aber gleichzeitig auch von Arroganz und Überheblichkeit widerspiegelten. Ihr Haar war pechschwarz und glatt zu einem Pferdeschwanz zusammengebunden, der dermaßen lang war, das er fast bis zu ihren Knöcheln reichte. Sie liebte ihre langen Haare abgöttisch und verbrachte zwangsläufig jeden Tag viel Zeit mit ihrer Pflege. Wie sonst auch, trug Sigrun gewohnheitsmäßig dunkle Kleidung. Sie fühlte sich in dunkler Kleidung am wohlsten und war der Meinung, dass dies am ehesten zu ihrem spirituellen Charakter passen würde.

Sigrun stammte aus einer mittelständischen Beamtenfamilie. Ihr Vater war Zollinspektor. Ihre Mutter war Lehrerin an einer Mittelschule. Während des Krieges diente ihr Vater bei der Kaiserlichen Infanterie und wurde im Kampfeinsatz durch feindliches Giftgas verwundet. Noch immer litt er unter anhaltenden Kopfschmerzen. Er stammte aus einer alten, aber längst nicht mehr wohlhabenden Adelsfamilie, brachte aber trotzdem noch etwas Wohlstand mit. Deswegen wurde Sigrun manchmal auch als „verzogene Göre" bezeichnet, was sie aber nicht sonderlich interessierte. Vor einiger Zeit hatte sie das Abitur auf einem renommierten Münchener Mädchengymnasium absolviert. In einigen Wochen würde sie ihr Studium der Medizin beginnen. Bis dahin hatte sie aber noch etwas Zeit, um ihre Gedanken und Empfindungen zu sortieren.

Diese spontanen Anfälle von Glücksgefühl kamen in letzter Zeit wieder gehäuft bei ihr durch. Ein seltsamer Mensch, der sich in vielem von „normalen" Menschen unterschied, war sie schon immer gewesen. Bereits als Kind zeigte sie Züge des „Andersseins" und hatte Schwierigkeiten, mit anderen Kindern zu spielen oder mit ihnen auszukommen. Irgendwie waren ihr zeitlebens andere Menschen immer etwas zu dumm und sie mied den Umgang mit vielen. Dass diese Eigenart zu einer gewissen Art von Kontaktlosigkeit führte, hatte Sigrun niemals wirklich ernsthaft gestört. Im Gegenteil, sie verbrachte ihre Zeit lieber in Bibliotheken, las dort okkulte Schriften, die sonst keinen normalen Bürger wirklich ernsthaft interessiert hätten oder machte ausgiebige Spaziergänge in der freien Natur. Vor allem im Herbst, welcher sie aufblühen lies. Hitze konnte Sigrun absolut gar nicht vertragen. Deshalb hasste sie den Sommer, der sie mit seinen unerträglichen Temperaturen körperlich und vor allem auch seelisch beeinträchtigte.

Manchmal, wenn die sommerlichen Temperaturen ihr ganz einfach viel zu warm waren, blieb sie tagelang in der Wohnung. Die dicken, alten Mauern boten dann noch den besten Schutz vor unerträglicher Hitze. Auch konnte sie den Anblick der sommerlich gekleideten Menschen nicht ertragen. Die liefen dann mit bunten Kleidern oder gar kurzen Hosen und lächerlichen Hüten auf ihren Köpfen herum, verzogen ihre dümmlichen Gesichter unter dem Einfluss der Sonnenstrahlung und grinsten dämlich drein. Aber daran braucht sie im Moment noch nicht zu denken.

Ihre Zeit fing ja vor einigen Wochen erst an. Jetzt kam die Zeit der Ausflüge, Fahrradtouren und Spaziergänge. Auch heute war sie wieder unterwegs. Und heute schien sogar ein ganz besonderer Tag zu sein. Der Himmel war klar gefegt. Die Sterne funkelten und grüßten aus einer unendlich weiten Ferne. Der warme Wind spielte mit den Zweigen der Büsche und fuhr über das Gras hinweg. Sogar die Luft schien irgendwie von gewissen Botschaften erfüllt zu sein. Botschaften aus fernen, nicht sichtbaren Dimensionen.

Den Vormittag hatte Sigrun damit verbracht, Gedächtnisprotokolle über einige okkulte Bücher zu fertigen. Nach dem Mittagessen schrieb sie einige Aufzeichnungen in ihr Tagebuch. Nach dem eingenommenen Tee am Nachmittag, als sie aus dem Fenster des Wohnzimmers der typischen großen Münchener Wohnung ihrer Eltern blickte und die rot- und orangefarbene Natur sah, hielt sie nichts mehr in den sicheren Mauern.

Mittlerweile war Sigrun bereits schon etwas über eine ganze Stunde unterwegs. Sie konnte wieder mal kein Ende finden und bis zum Dunkelwerden hatte sie ja auch noch eine halbe Stunde Zeit. Sie hob den Kopf und schaute mit weit geöffneten Augen in den Himmel. Abermals holte sie dabei tief Luft, geradezu andächtig.

Sigrun genoss diese entspannte Atmosphäre.

Nichts sollte sie aus der Ruhe bringen.

Tatsächlich nichts? Sigrun schreckte kurz zusammen. Irgendwas schien sie zu stören. Sie blieb stehen und sah sich um. Als sie sich vergewissert hatte, allein zu sein, horchte sie aufmerksam in sich hinein. Dabei zog sie mit ihrer rechten Hand den Kragen ihres schwarzen Mantels etwas zusammen, so als könne sie sich dann besser konzentrieren. Ging es schon wieder los? Versucht schon wieder jemand oder irgendetwas auf ihre Gedanken Einfluss zu nehmen?

Bereits seit frühester Kindheit hatte sie manchmal diese besondere Wahrnehmung. Sie war nicht in der Lage, dies näher zu beschreiben. Seit einem heftigen Fieberanfall verbunden mit kräftigen Halluzinationen im Alter von fünf Jahren, bei dem sie fast gestorben wäre, hat sich etwas in ihren Verstand eingepflanzt. Es war eine Art innere Stimme, welche auf telepathischem Wege auf sie Einfluss nehmen wollte. Manchmal hörte sie diese „Stimme", die natürlich keine Stimme im herkömmlichen Sinne war, längere Zeit nicht. Seit kurzem aber trat sie wieder häufiger auf. Dieses Phänomen stand ihr in ihrem Leben bisher keinesfalls im Weg. Im Gegenteil, sie hatte manchmal sogar das Gefühl, durch diese sensitive Gabe Vorteile gegenüber anderen Menschen zu haben. Unter anderem bildete sie sich ein, unter Einwirkung dieser inneren Stimme gut lernen zu können. Wahrscheinlich hatte sie es nicht nur ihrer besonderen Intelligenz, ihrem Fleiß und ihrer Willensstärke zu verdanken, sondern latent wohl auch dieser „inneren Stimme", stets eine gute Schülerin gewesen zu sein. Auch sonst ließ diese „Stimme" sie öfter den richtigen Weg einschlagen und bewahrte sie vor so manchem „Fettnäpfchen". Jetzt schien die „Stimme" aber gezielt auf sie einwirken zu wollen.

Krampfhaft versuchte Sigrun zu verstehen, was sie ihr mitteilen wollte. Normalerweise empfing sie ja eher Empfindungen, Eindrücke oder Richtungen, die sie einschlagen sollte. Jetzt aber glaubte Sigrun, dass sich Buchstaben in ihrem Kopf bildeten, die sie zu einem Wort oder gar mehreren Wörtern zusammensetzen sollte. Sigrun verstand es nur noch nicht richtig.

Sie schloss die Augen, um sich besser konzentrieren zu können; ließ sich Zeit, bis sie sicher war, dass sie den Anfang der medial empfangenen Botschaft entschlüsselt hatte. Die ersten beiden Buchstaben, welche sie empfing, waren ein M und ein A. Danach bildete sich eine Lücke von zwei bis drei Durchgaben, die sie einfach nicht verstehen konnte. Dann folgte allerdings wiederum ein A. Sie meinte, dass das neue Wort mit einem O anfangen würde. Danach folgten im selben Wort die Buchstaben

R, T und I. Ein weiteres Wort setzte sich aus den Buchstaben G, R, L, S, S, R, A, S und E zusammen. Wobei Sigrun den dritten, sechsten und zehnten Buchstaben nicht richtig verstand. Anschließend folgte aber eine Zahl, die Sigrun sehr gut empfangen konnte. Nämlich die Zahl 13. Sigrun holte aus ihrer Manteltasche einen Notizblock und notierte die empfangenen Botschaften:
MA..A ORTI... GR.LS.RAS.E 13
Mit den ersten zwei Wörtern konnte sie noch nicht so richtig etwas anfangen. Das dritte Wort hingegen stach ihr geradezu in die Augen und dann die Zahl 13. Das erkannte ein Blinder! Nur was sie mit dieser Anschrift anfangen sollte, war dem jungen Mädchen völlig schleierhaft. Sie kannte nicht einmal eine Straße in München, die Gralstraße hieß. Sicherlich würde es diese Straße aber irgendwo in München geben. Und dann diese Nummer. Mit der „13" war dann ja wohl definitiv gemeint, dass in dem Haus der Gralstraße Nr. 13 jemand wohnt, der in ihrem Leben eine wichtige Rolle spielt oder spielen wird. Sicherlich handelt es sich bei dem Sinn der Durchgabe darum, dass sie diese Anschrift aufsuchen soll. Nur wer konnte dort wohnen? Mehr als „MA..A ORTI..." wusste Sigrun nicht über diesen Menschen.

Wenn mit diesen bruchstückhaft durchgegebenen Buchstaben überhaupt ein Name gemeint ist. Es konnte auch alles Mögliche bedeuten. Vielleicht handelt es sich bei dieser Adresse auch um ein Geschäft. Sigrun merkte sehr bald, dass es gar keinen Sinn machte, sich weiterhin Gedanken über diese Durchgabe zu machen.

Nachdenklich steckte sie das Büchlein in ihre Manteltasche und ging nach Hause.

Sie benötigte für den Heimweg etwa gute zwanzig Minuten. Sie hatte sich doch ziemlich weit von zu Hause entfernt. Wenn sie erst einmal so ins Spazieren kam, vergaß sie schnell mal Raum und Zeit und marschierte einfach so drauflos. Überall hier in der Gegend kannte sie sich durch ihre Ausflüge sehr gut aus.

Mittlerweile dämmerte es stark. Der rötliche Himmel war der faszinierenden Schwärze der Nacht gewichen, was auf Sigrun eine nicht minder starke Anziehung ausübte. Vor der Eingangstür des Hauses, in dem sie wohnte, war die Haushälterin gerade dabei, Körbe mit eingekauften Lebensmitteln in die zweite Etage, welche Sigrun mit ihren Eltern bewohnte, hoch zu schleppen. Es war eines der typischen Münchener Monumentalbauten. Die alte Martha bewohnte ein Zimmer unter dem Dach. Sie war schon vor Kriegsausbruch als Haushälterin bei der Familie tätig und kümmerte sich bis heute um alles. Eigentlich kam Sigrun recht gut mit ihr aus. Sie hasste allerdings ihre Neugier. Sigrun konnte Neugier nicht ertragen. Sie hasste es auch, wenn die alte Martha manchmal über ihre vegetarische Kost lästerte. Einmal bekam sie mit, dass die Alte sich mit der Haushälterin der Nachbarn auf der Straße unterhielt. Dabei lästerte sie: „Das junge Fräulein Sigrun, dass kann ich ihnen sagen, die isst ja nur so ein Grünzeug. Ich kann dann jeden Vormittag für das arrogante Fräulein das Gemüse putzen!" Erst als die alte Martha damals bemerkte, dass Sigrun während ihrer Lästerattacke direkt hinter ihr stand und jedes Wort mitbekommen hatte, hielt sie abrupt den Mund, bekam einen hochroten Kopf, grüßte Sigrun übertrieben freundlich und tat so, als sei nichts gewesen.

Jetzt, da Sigrun die Alte die Einkaufskörbe in die zweite Etage schleppen sah, ließ sie es sich nicht nehmen, den letzten übrig gebliebenen Korb mit nach oben zu tragen. Damit blieb es der Alten erspart, wegen einem einzigen Korb noch einmal hinunterlaufen zu müssen. Die alte Martha, welche sich bereits zwei Körbe aufgeladen hatte, war lediglich einige Stufen auf der Treppe und bemerkte, dass Sigrun sich den letzten Korb aufgeladen hatte.

Wohlwollend sagte sie: „Lassen sie doch nur, Fräulein Sigrun. Das ist doch meine Aufgabe!" Kommentarlos und Martha aus Gründen der Höflichkeit nur kurz zulächelnd folgte Sigrun ihr mit dem Korb, wollte sie doch nicht schon wieder als arrogante Ziege dastehen.

In der Wohnung angekommen, stellte Sigrun den Korb auf dem Küchentisch ab. Sodann machte sie sich auf den Weg in ihr Zimmer. Sie wollte jetzt, wie so oft, allein mit ihren Gedanken sein. Sie stellte sich an ihr großes Zimmerfenster, ganz so, wie heute Nachmittag, als sie beschloss, ihren Spaziergang anzutreten. Nur, jetzt war es mittlerweile dunkel geworden in der Stadt. Trotzdem gaben die unzähligen Straßenlaternen, Lichter, die aus den Wohnungen drangen und die Droschken und Automobile genügend Licht ab, um die Stadt immer noch lebendig erscheinen zu lassen. Es war ja auch erst neunzehn Uhr. Es liefen noch jede Menge Bürger durch die Stadt.

Sigrun holte aus ihrem Sekretär einen Stadtplan und schlug in auf, um die Gralstraße zu finden. Schnell wurde sie fündig. Die Gralstraße lag am anderen Ende der Stadt in einer Gegend, in der sie nur äußerst selten mal was zu tun hatte. Sigrun wusste zwar, dass es sich bei dieser Gegend um ein Wohngebiet handelt, dass mit ihrem vergleichbar war, nur lag es weiter weg. Nochmals hörte sie tief in sich hinein. Vergeblich. Sie konnte keinerlei ergänzende Botschaften mehr wahrnehmen.

Sie setzte sich in ihren Sessel und goss sich Limonade in ein Glas, das neben einem höheren Stapel verschiedener Bücher auf einem kleinen Tisch neben ihrem Sessel stand. Überhaupt bestand die Einrichtung ihres Zimmers größtenteils aus riesigen Bücherregalen, die randvoll mit diversen Werken gefüllt waren.

Einige Staffeleien waren ebenfalls in ihrem Zimmer. Ab und an genoss sie es, zu malen. Sie beschloss, am nächsten Tag die ihr übermittelte Adresse aufzusuchen. Nach dem Abendbrot würde sie ein ausgiebiges Kräuterbad nehmen und sich dann mit angenehmer Lektüre zurückziehen. Sie stellte ihr Glas mit Limonade auf den kleinen Tisch, lehnte sich entspannt in ihrem Sessel zurück und schloss kurz ihre Augen. Dann erhob Sigrun sich und spielte noch einige Zeit auf ihrer Violine.

Am nächsten Tag stand Sigrun bereits gegen neun Uhr morgens auf. Das war für sie recht früh, da sie ausgiebige Schlafphasen sehr schätzte – frühes Aufstehen hingegen überhaupt nicht. Und um diese Uhrzeit aufstehen zu müssen, kostete sie doch etwas Überwindung und Selbstdisziplin. Trotz der aufregenden Gedanken in Bezug auf den gestrigen Vorfall und ihrer für heute geplanten Unternehmung hatte sie es geschafft, einigermaßen selig zu schlafen.

Nach einem ausgiebigen Frühstück zog sie sich warm an und begab sich auf die Straße. Auch an diesem Morgen hatte die Natur wieder diese magische Ausstrahlung. Sigrun ging mit Absicht einen kleinen Umweg zur Droschkenstation. Dieser Umweg führte sie wieder auf die von Pappeln gesäumte Allee, welche in unmittelbarer Nähe ihrer elterlichen Wohnung ihren Anfang nahm. Sigrun wollte noch in dem riesigen Park ein „Laubbad" nehmen. Mit nach oben ausgestreckten Armen begab sie sich bei der Durchquerung des Parks absichtlich an den rechten Rand der Allee, um möglichst viel herabfallendes Laub aufzufangen.

Ein älterer Herr zog höflich kurz seinen Hut und grüßte Sigrun freundlich lächelnd. Er schien der jungen Dame den Spaß ganz einfach zu gönnen und konnte sich über die Unbeschwertheit ihrer Jugend mitfreuen. Sigrun nickte dem alten Herrn ebenfalls freundlich zu. Ihr Weg führte sie noch einige hundert Meter weiter. Nichts ahnend, vernahm sie auf einmal ihren Namen. Nur diesmal keinesfalls aufgrund höherer Wahrnehmung, sondern tatsächlich ausgesprochen. Der Ruf kam von einem Mädchen, dass in ihrem Alter war. Ebenso wie Sigrun war dieses Mädchen nicht besonders groß und auch von schlanker Statur. Im Gegensatz zu Sigrun aber hatte sie mittellange, blonde, lockige Haare, die auf ihrem Hinterkopf zu einem Dutt zusammengebunden waren. Einzelne Haarsträhnen hingen links und rechts an ihrem Gesicht herab.

„Sigrun", rief das Mädchen erneut. „Warte doch mal kurz! Das ist ja ein Zufall, dass ich dich hier treffe. Hast du schon was vor? Wollen wir ins Cafe gehen? Ich würde dich gern zu Kaffee und Kuchen einladen!"

Oh nein, dachte Sigrun, bitte nicht jetzt!

„Dorothea, ich habe dich gar nicht gesehen. Es tut mir sehr leid. Ich finde das freundlich von dir, aber ich mag weder Kaffee noch Kuchen. Außerdem habe ich einen dringenden Termin wahrzunehmen. Bitte entschuldige mich. Ich muss noch eine der Droschken erwischen", versuchte Sigrun ihre ehemalige Abiturmitstreiterin und Verehrerin möglichst freundlich abzuwimmeln.

„Schade, Sigrun. Ich hätte mich so gern mal wieder mit dir getroffen. Ich habe einige neue Bücher gelesen, welche ich gern mit dir besprechen würde."

Dorothea holte aus ihrer Manteltasche eine Tüte mit Schokoladenlinsen: „Bitte, Sigrun, darf ich dir etwas davon anbieten?"

„Vielen Dank, Dorothea!" Sigrun sprach bewusst und mit voller Absicht jedes Mal ihren kompletten Namen aus, würde sie sich doch nicht die Blöße geben, sie einfach nur „Doro" zu nennen. Sigrun hasste Kosenamen jeglicher Art. „Ich mag auch keine Schokolade. Und nun entschuldige mich bitte nochmals. Ich werde mich demnächst mal bei dir melden. Ich muss jetzt wirklich los, sonst komme ich wieder mal zu spät. Wie zu Schulzeiten! Dann heißt es wieder, ich wäre unzuverlässig."

Dorothea lachte. Sigrun gab sich reichlich Mühe, wenigstens zu grinsen. Dorothea umarmte Sigrun kurz beim Verabschieden und beide gingen ihrer Wege.

So war Sigrun nun einmal. Einfach aus Gründen der Höflichkeit würde sie nicht auf die Idee kommen, irgendetwas zu essen oder zu trinken, was sie nicht mochte. Und diesen ungesunden Kram konnte sie eh nicht vertragen. Ihr war es schleierhaft, weshalb die meisten Menschen andauernd so etwas wie Kaffee in sich hineinschütten mussten und wenn diese Flüssigkeit nicht an jedem Ort und zu jeder Zeit für sie greifbar war, unerträglich reagierten und nicht mehr in der Lage waren, simpelsten Tätigkeiten nachzugehen.

„Das war knapp", murmelte Sigrun halblaut vor sich her. Dorothea Weißherbst konnte sie jetzt wirklich nicht gebrauchen. Ein nettes Mädchen war sie schon. Aber Sigrun gegenüber verhielt sie sich stets etwas zu aufdringlich. Sigrun wusste, dass Dorothea sie nur allzu gern zur Freundin gehabt hätte. Sigrun aber hatte keine Freunde. Zudem war ihr Dorothea ganz einfach etwas zu „sparsam verkabelt". Dorothea schaffte gerade so mit Hängen und Würgen ihr Abitur, wäre wegen Latein fast durchgefallen, obwohl Sigrun ihr oft Nachhilfe gegeben hatte. Schon damals hatte Sigrun irgendwie das Gefühl, dass es Dorothea mehr darum ging, in ihrer Nähe zu sein und nicht tatsächlich Latein zu lernen. Manchmal machte sie beim Lernen Anstalten, sich an Sigrun ankuscheln zu wollen. Hoffentlich würde Dorothea sie künftig etwas mehr in Ruhe lassen.

Bücher, die Dorothea las, konnten Sigrun eh nicht wirklich interessieren. Womöglich waren es sogar Liebesromane, Kriminalgeschichten oder ähnlicher Gehirnschlonz. Mit wem sollte Sigrun denn bitte schön über die Werke diskutieren, die sie gewohnheitsmäßig las? Eigentlich kannte sie keinen, der dafür geeignet wäre. Und Dorothea Weißherbst schon gar nicht. Nicht einmal Sigruns Philosophielehrerin konnte ihr bisweilen folgen. Soweit Sigrun sich erinnern konnte, wollte Dorothea doch ein Studium der Pädagogik beginnen und Lehrerin werden.

„Hoffentlich nicht für Latein", dachte Sigrun, die sich bei diesem Gedanken ein leichtes, zynisches Grinsen nicht verkneifen konnte. Dorotheas wohl einziger Vorteil war ihre Sportlichkeit. Im Turnunterricht konnte sie sich wirklich sehen lassen. Im Gegensatz zu Sigrun. Diese hasste Sport wie nichts anderes auf der Welt und sah nicht den geringsten Sinn in dieser Art der körperlichen Ertüchtigung. Daraus machte sie auch keinen Hehl. Sigrun empfand es schon als mittelschwere Körperverletzung, wenn sie aus ihren normalen Kleidern heraus und einen Damenturnanzug anlegen musste. Zudem hasste sie es, zu schwitzen.

Sigrun hatte die Droschkenstation erreicht. Zielgerichtet ging sie einem bereitstehenden Wagen entgegen. Als der Fiaker Sigrun auf sich zukommen sah, stieg er ab und öffnete die Tür zum Wagen. Dabei nahm er seine Mütze vom Kopf und verbeugte sich leicht mit den Worten: „Schönen guten Tag, gnädiges Fräulein. Bitte steigen Sie ein. Zu Ihren Diensten."

„Fahren Sie mich bitte in die Gralstraße, jene im Südwesten der Stadt. Wissen Sie, wo ich meine, Herr Kutscher?"

„Ja, natürlich, meine Dame. Das ist aber eine ganz schöne Strecke. Bitte machen Sie es sich bequem", sagte der Droschkenlenker und half Sigrun ins Gefährt hinein.

„Ich danke Ihnen", entgegnete Sigrun und stieg ein.

Die Fahrt führte quer durch München. Nach etwa dreißig Minuten öffnete der Kutscher ein kleines Fenster, durch welches er in den Wagen sehen konnte und sagte:

„Wir sind gleich da, junge Frau. Die Gralstraße ist gleich rechts, die nächste Straße."

„Dann halten sie bitte gleich hier. Ich möchte den Rest zu Fuß gehen", antwortete Sigrun, die nicht direkt vor dem Haus mit der Nummer 13 halten und aussteigen wollte.

Die Droschke hielt an, Sigrun zahlte die Fahrtkosten und gab dem Kutscher noch ein anständiges Trinkgeld. Dieser bedankte sich freudig und fuhr in die Richtung davon, aus der sie gerade gekommen waren.

Es sah hier tatsächlich ähnlich aus wie in der Gegend, in der sie wohnte. Tatsächlich aber wusste Sigrun, dass sich in unmittelbarer Nähe dieses Stadtviertels eines der vielen Vergnügungsviertel Münchens befand. Gerade jetzt in diesen schlechten Zeiten, ein Jahr nach dem verlorenen Krieg, blühten Kriminalität und Prostitution wieder auf. Die ehemals kaiserliche Polizeitruppen, welche ebenso wie der Großteil der Bürger des Reiches an einer Art von Orientierungslosigkeit und Perspektivlosigkeit litten, taten auch nur noch das Notwendigste. Nicht allen Menschen ging es in diesen Zeiten so gut wie ihr. Sie genoss tatsächlich noch den Luxus, sich ihren privaten Interessen hingeben zu können. Diese bestanden in erster Linie in dem Studieren von okkulten und philosophischen Büchern, Spaziergängen in der Natur und orientalischen und asiatischen Meditationspraktiken. Durch direkte Anlehnung an das „Nachtjackenviertel" hatte auch dieser Stadtteil einen etwas bitteren Beigeschmack.

Sigrun ging weiter, vorbei an einer schäbigen Wirtschaft. Davor saß ein Mann, besser gesagt, das, was von ihm übrig geblieben war. Er trug den Rock eines Unteroffiziers der kaiserlichen Infanterie. Erst beim Näherkommen erkannte Sigrun, dass der Mann keine Beine mehr hatte. Er saß auf einem Brett, an dem vier Räder montiert waren. Als der Mann Sigrun wahrnahm, zog er das Bettelschild, das vor ihm lag, unter seinen Rock. Augenscheinlich schämte er sich gegenüber einer so wunderschönen jungen Frau, wie Sigrun es war, zu betteln. Der arme Mann tat Sigrun sofort Leid. Als sie auf einer Höhe mit ihm war, blieb sie kurz stehen. Sie griff in ihre Manteltasche und holte etwas Geld hervor. Niemals würde sie sich die Blöße geben, dem Mann einfach das Geld hinzuwerfen, deshalb fragte sie ihn:

„Erlauben Sie, dass ich Ihnen eine Kleinigkeit gebe, Herr Unteroffizier?"

Der Mann wurde rot. Die Situation war ihm unangenehm. Er schien noch keine vierzig Jahre alt zu sein. Beschämt nahm er seine Schirmmütze von seinem Kopf und verbeugte sich leicht. An seinem Uniformrock baumelte ein Eisernes Kreuz, welches ihm vermutlich für besondere Tapferkeiten verliehen wurde.

„Vielen Dank, gnädiges Fräulein. Ich danke Ihnen vielmals."

Sigrun drückte ihm das Geld in die Hand:

„Verlieren Sie bitte nicht ihren Mut, Herr Unteroffizier. Tapferen Frontsoldaten wie Ihnen ist es zu verdanken, dass mein Vater den verdammten Krieg einigermaßen heil überstanden hat und noch für seine Familie sorgen kann. Dafür danke ich Ihnen, Herr Unteroffizier."

Sigrun ging weiter. Sie bog in die Gralstraße ein und schaute auf die Hausnummern. Dann rechnete sie sich aus, wo ungefähr das Haus Nr. 13 sein musste. Sie beschloss, erst einmal unauffällig daran vorbeizugehen und dabei auf die Namensschilder zu achten. Das Haus Nummer 13 war jetzt nur noch etwa fünfzig Meter von ihr entfernt. Es handelte sich auch hierbei um einen Block, welcher mit diesen typischen, übergroßen Münchener Wohnungen ausgestattet ist, welche teilweise sogar über zwei Etagen reichten. Sigrun sah sich das Haus genau an. Sechs Wohnungen gab es. Sigrun war gespannt, ob sich mit den ihr übermittelten Buchstaben etwas anfangen ließe. Sie sah einfach mal auf alle Klingelschilder. Wenn das zu keinen weiteren Erkenntnissen führte, würde sie wohl in der Stadtbibliothek in Bezug auf die Gralstraße recherchieren müssen.

Sigrun näherte sich dem Eingang. Tatsächlich befanden sich sechs Namen auf den kleinen goldenen Namensschildern neben der großen, aus dunklem Holz bestehenden Eingangstür. Bei dem obersten Namen rechts fror sich ihr Blick sofort fest. Ein leichter Schauer durchlief Sigrun. Sie hatte nicht damit gerechnet, tatsächlich sofort beim ersten Mal fündig zu werden. So wie es aussah, landete sie einen Volltreffer. Da gab es wohl kaum noch Zweifel. Auf dem Klingelschild der obersten Wohnung rechts stand: Dr. Maria Ortisch.

„MA..A ORTI..., dass war es doch", sagte Sigrun leise vor sich hin. Bloß ... was sollte sie bei dieser Frau? Sie kannte ihren Namen nicht. Hatte niemals etwas von ihr gehört. Kurz überlegte Sigrun, die ganze Angelegenheit einfach wieder zu vergessen und nach Hause zu fahren. Im selben Moment hatte sie wieder die Wahrnehmung, dass eine innere Stimme ihr quasi befahl, einzutreten. Sigrun konnte der Eingebung dieser Stimme in ihrem Kopf nicht widerstehen. Wie fremdgesteuert drückte sie die Eingangstür auf, durchschritt das Entrée und ging in einem dunklen Treppenhaus in Richtung der nach oben führenden Treppe.

Sigrun ging, ohne darauf selbst richtig Einfluss nehmen zu können, die dunklen Treppen hinauf. Als sie vor der Wohnungstür stand, wurde ihr irgendwie unbehaglich. Schließlich wusste kein Mensch, wo sie sich derzeit eigentlich genau aufhielt. Somit konnte ihr auch niemand behilflich sein, wenn sie hier in Schwierigkeiten geraten würde. Einzig und allein das Vertrauen auf ihre „innere Stimme" veranlasste sie, nicht einfach umzudrehen und das Haus zu verlassen.

Einige Sekunden stand Sigrun vor der großen Wohnungstür aus Eichenholz. Sie griff an den goldenen Türklopfer der Eingangstür und schlug damit gegen die ebenfalls goldene Metallplatte dahinter. Das Geräusch des schlagenden Türklopfers ließ Sigrun kurz zusammenzucken. Bereits nach einigen Sekunden hörte leise Schritte.

Sie nahm wahr, das jemand die schwere Wohnungstür langsam öffnete. Als Sigrun die Person hinter der Tür erblickte, erschrak sie fürchterlich.

Vor ihr stand eine Frau. Eine junge, blonde Frau, augenscheinlich nur wenige Jahre älter als sie. Sie war nur wenig größer als Sigrun, ebenso schlank und hatte ein zierliches, sehr weibliches Gesicht mit großen, blaugrauen Augen, die eine unendliche Güte und Weisheit ausstrahlten.

Sofort erkannte Sigrun, dass diese Frau ebenso lange Haare hatte, wie sie selbst. Sie hatte diese ebenfalls zu einem langen Pferdeschwanz zusammengebunden, der bis zu den Kniekehlen herunterhing. Nur halt blond und nicht pechschwarz, wie Sigruns Haare.

Diese Augen, dachte Sigrun, die wie unter Schock stand. Sie verspürte einen kurzen, merkwürdig stechenden Schmerz in ihrer Brust. Sigrun rang etwas nach Luft. Was war mit ihr los? Es kam ihr vor, als würde sie einem Geist gegenüberstehen. *Diese Augen*, dachte sie abermals. *Woher kenne ich diese Augen?* Sigruns Lippen zitterten leicht. Sie war sich absolut sicher, die Frau zu kennen, die ihr gegenüberstand. Aber sie konnte sich nicht daran erinnern, ihr jemals begegnet zu sein. Trotzdem schien sie ihr auf eine merkwürdige Art vertraut. Plötzlich meldete sich ihre „innere Stimme". So klar und so deutlich, wie noch niemals zuvor in ihrem Leben: „Du hast es geschafft, liebe Sigrun. Du bist wieder zu Hause!"

Wie paralysiert starrte Sigrun die junge blonde Frau an. Sie hatte eine unglaubliche Aura. Ein geradezu andächtiger Schauer lief Sigrun über den Rücken. Bisher hatte noch keine der beiden Frauen etwas gesagt. Ihr Gegenüber musterte Sigrun einen Moment. Erst jetzt gelang es ihr wieder, einigermaßen die Fassung wieder zu erlangen. Sigrun schätzte die Frau auf vierundzwanzig Jahre. Freundlich lächelte die Frau Sigrun an und ergriff als erste die Initiative:

„Guten Tag, du wirst es wohl kaum ahnen können, aber ich erwarte dich bereits seit geraumer Zeit. Man hat mir angekündigt, dass du mich aufsuchen wirst. Ich freue mich unendlich, dass du hier bist. Bitte tritt ein. Ich habe dir soviel mitzuteilen", sagte die Frau mit warmer und angenehm ruhig klingender Stimme. Dabei trat sie bereits zur Seite, um Sigrun Einlass zu gewähren.

Diese aber war über die spontane Begeisterung der jungen Frau derart überrascht, so dass sie mit leiser Stimme stammelte: „Entschuldigung. Ich habe mich wohl in der Adresse geirrt. Eigentlich wollte ich ganz wo anders hin. Entschuldigen Sie bitte, Frau Dr. Ortisch."

Damit drehte sich Sigrun um und machte Anstalten, in Richtung der Treppe zu gehen, um das Haus wieder zu verlassen.

„Sigrun", rief die Frau ihr nach. „So heißt du doch, richtig?"

Sigrun erschrak und drehte sich langsam wieder um: „Ja, das ist richtig. So heiße ich", stammelte sie verlegen, „Aber woher kennen Sie meinen Namen?"

„Alles zu seiner Zeit", sagte die Frau und ging auf Sigrun zu. Behutsam legte sie einen Arm auf Sigruns Schulter und machte Anstalten, sie in die Wohnung zu führen: „Jetzt komm erst einmal herein und lege ab. Ich werde uns Tee zubereiten und dann werde ich dir von Anfang an erzählen, was das Ganze auf sich hat. Ganz gewiss wird dir nichts geschehen. Im Gegenteil. Es geht um etwas ganz anderes. Aber das werde ich dir der Reihe nach berichten."

Gemeinsam betraten sie die große Wohnung. Die blonde Frau zeigte nach links: „Dort ist mein Wohnzimmer. Bitte nimm Platz und fühle dich wohl. Ich gehe nur in die Küche, um den Tee aufzusetzen. Bitte entschuldige mich einige Minuten. Ich bin gleich wieder bei dir."

Sigrun fragte sich, wann sie zuletzt eine derart freundliche Person hatte sprechen hören. Sie trat einen Schritt in das Wohnzimmer, blickte dann zu der blonden Frau und sagte: „Ja, danke, Frau Dr. Ortisch."

„Maria", entgegnete diese, „bitte sag doch einfach Maria zu mir."

Sigrun nickte. Sie sah sich im Wohnzimmer von Dr. Maria Ortisch um. Es war ziemlich groß. Die Decke war hoch, augenscheinlich wie in der ganzen Wohnung. Das Erste, was ihr auffiel, war die äußerst geschmackvolle Einrichtung. Die hohen Möbel bestanden aus dunkler Eiche. Zwei komplette Wände waren mit Bücherregalen verkleidet, die randvoll mit unzähligen Werken gefüllt waren. Allein das wirkte auf Sigrun schon heimisch. Ein angenehmer Geruch lag in der Luft. Schon beim Öffnen der Wohnungstür war ihr dieser Geruch aufgefallen. Er schien von Dr. Ortisch auszugehen.

Was für eine wunderbare Frau, dachte Sigrun.

Mit einemmal war alle Scheu abgelegt und Sigrun betrachtete anerkennend die Rücken einiger Werke. Eines der Bücher, es handelte von Schamanismus, entnahm Sigrun dem Regal. Sie setzte sich auf einen Sessel, neben dem ein geschmackvoller kleiner Lesetisch stand und blätterte vorsichtig in dem Werk. Maria trat herein und hielt ein Tablett mit dem Teeservice in der Hand. Die stilvolle Teekanne dampfte. Sigrun stand auf und blickte auf das Buch in ihrer Hand. „Entschuldige bitte, Maria", sagte sie. „Dieses Buch stach mir quasi in die Augen. Ich durfte es mir doch ansehen, oder?"

„Aber natürlich", entgegnete Maria freundlich. Dabei sah sie auf den Titel des Buches, das Sigrun noch in der Hand hielt: „Aha, so etwas habe ich mir gedacht! Der Inhalt des Buches passt ja genau auf dein Spezialgebiet, Sigrun. Wundert mich nicht, dass es dir aufgefallen ist. Ich habe unzählige Werke mehr davon. Es ist nämlich auch mein Fachgebiet. Wenn Du möchtest, kannst du alle meine Bücher lesen. Schließlich ist auch das mit ein Grund für unser Zusammentreffen."
„Bist du Wissenschaftlerin?", fragte Sigrun anerkennend.
„Sozusagen, ja", nickte Maria, „Ich habe Germanistik und Psychologie studiert. Außerdem bin ich Privatdozentin für Theosophie und Theologie. Hauptberuflich arbeite ich als Übersetzerin für alte germanische Runen und orientalische Schriften. Das tangiert aber lediglich die Gebiete, für die ich mich in erster Linie interessiere. Sigrun, aber nimm doch wieder Platz. Ich möchte gern anfangen, dir zu erzählen, um was es eigentlich geht."
Maria wies auf das gemütlich wirkende Sofa und schenkte Tee ein. Sie sah Sigrun noch einmal aus allernächster Nähe direkt in die Augen. Sigrun hatte den Eindruck, als sähe Maria durch ihre Augen hindurch direkt in ihre Seele. Wieder geriet sie in einen leichten Bann. Nach einigen Sekunden löste Maria ihren Blick und nickte zufrieden. Dann sagte sie: „Sigrun, ich bin das, was man ein spirituelles Medium nennt. Ich brauche dir nicht zu erzählen, was das ist. Denn, du bist ebenfalls ein Medium. Dessen bist du dir selbst sehr genau und schon lange bewusst. Ich gehöre einer Sekte an, welche im absoluten Einklang mit der kosmischen Ur-Energie, dem VRIL, steht. Ich bin eine VRIL-Meisterin. Und das ist der Grund für unser Zusammentreffen. Es geht um wahrlich Großartiges. Ich möchte dich ebenfalls zu einer VRIL-Meisterin ausbilden, liebe Sigrun. Wir müssen zusammenarbeiten."

„So ganz habe ich das jetzt noch nicht verstanden, Maria", sagte Sigrun.
Maria lächelte. „Du hast wunderschöne Haare."
„Du aber auch, Maria", erwiderte Sigrun fasziniert.
„Darf ich dich berühren, junge Sigrun?"
„Ja, Maria. Natürlich", antwortete die Angesprochene leicht verwundert.
Dr. Maria Ortisch beugte sich leicht vor und nahm Sigruns langen Pferdeschwanz in ihre rechte Hand. Danach ergriff sie ihren eigenen, und nahm diesen in die Linke.
„Erschrick nicht", sagte sie und führte die beiden Haarenden einander zu, ohne dass sich diese berührten. Als der Abstand noch etwa zehn Zentimeter betrug, schossen plötzlich grüne Blitze von einem Haarende zum anderen. Es knisterte wie bei einer elektrischen Entladung. Sigrun zuckte zusammen und machte große Augen:
„Was ... was ... war das, Maria?"
„Sozusagen ein Kurzschluss. Es hat mit der allumfassenden kosmischen Energie zu tun, von der ich dir berichtet habe, Sigrun. Es ist die *MA-KA-A-RA Schwingung*. Eine interkosmische, durch den Äther wirkende Energie, die in der Überlappungsebene von Diesseits und Jenseits ihren Ursprung findet und sich in den Enden von gewissem Frauenhaar bündelt. Deine Haare dienen sozusagen als Empfänger. Verstehst du jetzt, Sigrun?"
„Ja, Maria. Ich glaube, ja. Irgendwie habe ich immer das Gefühl gehabt, dass meine Haare etwas Besonderes in meinem Leben darstellen."

„Siehst du, Sigrun. Genau so ist es. Du musst sie als eine Art Apparat betrachten. Sie sind ein Empfangsteil zwischen der jenseitigen Welt und dem Diesseits. Außerdem können sie zu einer Kontaktaufnahme mit den Sternenmenschen vom Aldebaran dienen."

„Sternenmenschen?", fragte Sigrun erstaunt. „Aldebaran? Meinst du etwa den 20,83 Parsec entfernten Alpha Tauri, dem Teil des Wintersechsecks, dem Herz des Stiers, der den Plejaden folgt ...?"

Maria lächelte. „Ja, Sigrun. Ich lobe deine astrologischen Fachkenntnisse, meine Liebe", sagte sie anerkennend.

„Dort gibt es also wirklich Sternenmenschen?"

„Ja, es sind unsere Vorfahren, die einst den sagenumwobenen Kontinent Atlantis bevölkerten, bevor eine entsetzliche außerirdische Macht alles vernichtete."

Dr. Maria Ortisch sah ihre junge Besucherin eindringlich an, was bei dieser wiederum nicht den allergeringsten Zweifel an der Ernsthaftigkeit der unglaublichen Worte ihrer neuen Tutorin aufkommen ließ.

„Die Sternenmenschen vom Aldebaran und wir sind nicht allein im Universum, Sigrun. Es gibt noch mehr Intelligenzen. Bestialische und abgrundtief böse Geschöpfe, die als einziges Ziel die absolute Unterwerfung aller humanoiden Wesen in unserer Galaxis und somit die totale Versklavung anstreben. Sie kommen ursprünglich aus einem Paralleluniversum. Wir nennen sie die ‚Schatten'. Zwischen ihrer und unserer Daseinsebene gibt es ein Dimensionsfenster im Sternbild Stier, welches seit Äonen tapfer von den aldebaranischen Raumstreitkräften verteidigt wird. Gelingt den Aldebaranern der Endsieg, wird ewiges Licht und ewiger Friede unser Universum erhellen und das unsichtbare Licht der Schwarzen Sonne für immer in uns alle hineinscheinen und einen ewigen, brüderlichen Bund zwischen unseren Kulturen, beruhend auf dem gemeinsamen Genmaterial zwischen Erdenmenschen und Aldebaranern, schließen. Verlieren sie, sind wir für alle Zeiten verdammt und nicht nur alle Erdenmenschen werden versklavt werden und einem entsetzlichem Holocaust zum Opfer fallen, sondern das ganze Universum."

Sigrun war einzige gespannte Aufmerksamkeit. Die wunderschönen, von niemals zu befriedigender Wissensgier und geradezu übermenschlicher Güte strahlenden Augen des 18-jährigen Mädchens hätten Dr. Maria Ortisch am liebsten geradezu verschlungen. Diese kam näher an Sigrun heran und nahm ihre Hand:

„Es liegt an dir, den Endsieg für unseren Planeten und die gesamte Menschheit zu gestalten, allerliebste Sigrun."

An diesem Abend kam Sigrun erst spät nach Hause. Lange hatte sie sich mit Dr. Maria Ortisch unterhalten und sich von ihr in die Geheimnisse der *VRIL* einweihen lassen. Kaum zu Hause angekommen, klopfte die alte Martha an ihre Zimmertür und sagte: „Fräulein Sigrun, ihr Herr Vater wünscht sie im Gesellschaftsraum zu sprechen."
„Ist gut Martha. Sagen sie ihm bitte, ich komme gleich herunter."
Nach einigen Minuten begab sich Sigrun in den Gesellschaftsraum der Familie. Dort wurde sie von ihrem Vater und ihrer Mutter erwartet. Beide, vor allem aber ihr Vater, sahen ihr freudig entgegen.
„Guten Abend, meine Tochter. Es tut mir leid, dass du deine Lektüre unterbrechen musstest und wir dich aus deinem Mausoleum entführen ließen", spöttelte ihr Vater grinsend, „Ich möchte dich bitten, mir kurz zuzuhören."
Er steckte sich eine Zigarre an: „Mutter und ich sind sehr stolz auf dich. Du hast das Abitur mit hervorragenden Zensuren absolviert und du wirst demnächst dein Studium der Medizin beginnen ...ach, entschuldige, mein Schatz ...", unterbrach sich ihr Vater selbst und tippte sich an die Stirn. „Möchtest du ein Glas Wein?"
Sigrun schüttelte den Kopf: „Nein danke, Vater. Vielleicht später. Ich habe noch einige wichtige Gedanken zu Papier zu bringen. Wein könnte meine Spiritualität hierbei negativ beeinträchtigen. Ich hätte aber gern ein Malzbier."
„Gerne, mein Schatz."
Und nachdem er ihr ein Glas des Gewünschten gereicht hatte:
„Danke, Vater." Sigrun nahm das Glas entgegen. „Du wolltest etwas mit mir bereden?", drängte Sigrun, die nicht verheimlichen konnte, dass sie gedanklich eigentlich ganz wo anders war.
„Richtig, Sigrun. Eigentlich wollten Mutter und ich dir lediglich sagen, dass wir dich in jeder Hinsicht unterstützen werden. Wie du weißt, sind wir finanziell weitestgehend unabhängig, da Großvater uns eine nicht gerade geringe Summe und einiges Immobilienkapital vermacht hat. Diesen Umständen verdanken wir es auch, in diesen schlechten und elendigen Zeiten, direkt nach dem uns aufgezwungenen Krieg und der Schande des Versailler Vertrages anders zu leben, als der Großteil der bedauernswerten Bevölkerung. Nur eines macht mir und Mutter etwas Sorgen, mein Kind." Er stockte kurz, fuhr dann aber fort: „Und das ist deine Kontaktarmut. Ich selbst habe dafür zwar noch einigermaßen Verständnis. Ich hatte mein Leben lang auch niemals mehr als zwei Freunde. Du scheinst aber tatsächlich niemanden zu haben, meine Tochter. Wir wollen uns keinesfalls in dein Leben einmischen. Du wirst schon wissen, was du tust. Aber du bist ein richtiger Einsiedlerkrebs. Früher hast du dich doch wenigstens hin und wieder noch mit dieser Mitschülerin getroffen. Wie hieß sie noch gleich?"
„Dorothea", antwortete Sigrun ausatmend und die Augen verdrehend.
„Naja, ist ja schließlich auch deine Sache. Wir wollen dir da gar nicht reinreden. Jedenfalls hast du bis zum Studium noch etwas Zeit. Vielleicht hast du ja doch mal Lust, mit einer Mitschülerin auszugehen ..." Mit diesen Worten begab er sich an eine Kommode, öffnete eine Schublade und holte einen Kuvert hervor.
„Ich habe hier einen Umschlag mit etwas Geld. Das ist für dich, Sigrun. Es soll dir die Zeit bis zum Studium versüßen und ist für dein Vergnügen da." Der Vater reichte Sigrun den Umschlag.

Verwundert schüttelte Sigrun den Kopf: „Das ist sehr nett von euch. Aber ich brauche doch gar kein Geld. Ich möchte euch keinesfalls vor den Kopf stoßen, aber bitte legt das Geld doch wieder zur Seite oder gebt es Menschen, die hilfebedürftig sind", versuchte Sigrun vorsichtig ihren Eltern zu erklären. Ihre Mutter, die während der ganzen Zeit noch nichts gesagt hatte, ergriff nun das Wort: „Sigrun, bitte nimm die kleine Geldsumme, die für dich gedacht ist, an. Wir würden uns sehr freuen, wenn in dein Leben etwas Abwechslung kommt."

„Wenn ihr es denn so wünscht." Sigrun nahm den Umschlag entgegen und bedankte sich bei ihren Eltern. Sie nahm sogar beide in den Arm. Eine „Ehre", der selbst Sigruns Eltern selten zuteil kamen. „Da fällt mir gerade ein, ich habe heute eine junge Dame, eine Wissenschaftlerin kennengelernt und mich sehr nett mit ihr unterhalten. Sie ist eine sehr gebildete Frau und trotz ihres relativ jungen Alters sehr weise und lebenserfahren", bemerkte Sigrun in Bezug auf ihre heute gemachte Bekanntschaft mit Dr. Maria Ortisch. „Wir werden uns jetzt regelmäßig treffen und zusammen philosophieren."

„So habe ich das eigentlich nicht gemeint", seufzte der Vater. Hast du eigentlich noch nicht bemerkt, dass sich sämtliche junge Herren auf der Straße die Köpfe verbiegen, wenn du ihnen über den Weg läufst. Du bist wunderschön, Sigrun."

„Natürlich habe ich das bemerkt, Vater. Ich bin ja nicht dämlich. Aber ich kann mit diesen ungebildeten und einfältigen Kerlen nichts anfangen, Vater. Bitte nötige mich zu nichts", bat Sigrun knapp.

„Natürlich nicht, meine Tochter. Trotzdem hoffen wir, dass du nach deinem Studium und einer angemessen Zeit des Praktizierens irgendwann auch deine eigene Familie gründen wirst", gab ihr Vater die Hoffnung nicht auf.

„Wir werden sehen", beendete Sigrun die Debatte. „Nochmals vielen Dank für das Geld. Wenn ihr mich jetzt bitte entschuldigen würdet. Vater, Mutter. Ich habe noch zu schreiben. Darf ich bitte gehen?"

„Natürlich, mein Schatz", antwortete ihr Vater. „Natürlich doch. Bekommen wir dich heute noch zu sehen, mein Kind?"

„Das kann ich dir nicht versprechen, Vater. Ich habe noch zu studieren. Ich wünsche euch eine angenehme Nacht."

Mit diesen Worten ging sie wieder auf ihr Zimmer und legte den von ihren Eltern erhaltenen Umschlag, ohne hineinzuschauen, in ihren Sekretär. Dann setzte sich in ihren bequemen Sessel und versuchte, ihren Kopf von störenden Gedanken und Außeneinflüssen freizumachen und sich auf die erste von Maria heute schon erlernte, Lektion zu konzentrieren.

Nach einigen Minuten waren ihre Gedanken und ihr Astralkörper weit entfernt. Sehr weit entfernt. In einer anderen Bewusstseinsebene.

Herbst 1944, auf einem geheimen Versuchsgelände in Brandenburg

„Mein Schatz, wenn das Unternehmen heute ein Fehlschlag wird, dürfte es wohl sehr böse mit uns enden", sagte Dr. Maria Ortisch zu Sigrun, die sich gerade auf ihre große Mission vorbereitete. Aller Wahrscheinlichkeit nach dürfte es bis dato wohl auch die größte Mission der Menschheitsgeschichte, neben der Fahrt der Arche Noah, sein.

„Ich weiß, Maria. Und ich kann für den Erfolg nicht garantieren."

Niedergeschlagen blickte Maria Sigrun an: „Meine Beziehungen habe ich alle ausgespielt. Der freundliche Unterscharführer, du weißt schon, dieser aufgeweckte junge Polizist der Schutzstaffel, hat mir vorhin gesteckt, dass Polizisten vom Reichssicherheitshauptamt verständigt sind. Man glaubt gar nicht erst an einen tatsächlichen Erfolg deiner Mission und will dich nach der Landung sofort festnehmen."

Dr. Maria Ortisch atmete tief durch: „Sigrun, die werden dich in ein Konzentrationslager stecken und mich unter Hausarrest stellen."

„Ich weiß", nickte die 43-jährige Sigrun abermals. Ihre Miene verfinsterte sich: „Ich habe mir so etwas schon gedacht. Unsere Zeiten sind wahrlich längst vorbei. Wir haben versagt. In erster Linie ich!"

„Hör bitte auf, dich zu grämen", sagte Maria. „Du weißt genau, dass das so nicht stimmt. Angezettelt habe schließlich immer noch ich die ganze Sache. Ich trage damit die Verantwortung."

„Nein, Maria", erwiderte Sigrun, „Unser Zusammenkommen damals war kein Zufall, sondern das Einwirken einer weit überlegenen, universellen Macht. Das weißt du genauso gut wie ich. Alles sollte so kommen, wie es gekommen ist. Wir stehen abermals vor einer großen Prüfung, welche es zu meistern gilt. Wir dürfen jetzt den Kopf nicht hängenlassen. Auch, wenn wir große Niederlagen und viele Verluste hinnehmen mussten."

Maria Ortisch sah ihre ehemalige Meisterschülerin respektvoll an: „Deine Worte sind sehr weise, Sigrun."

Sigrun trug eine eng anliegende, schwarze Fliegerkombination der Luftwaffe. Die schweren, geschnürten Kampfstiefel verliehen der kleinen Frau einige Zentimeter mehr an Körpergröße. Sie trug die Rangabzeichen eines Leutnants der Luftwaffe. Die Luger-Wehrmachtspistole schien für die zierliche Frau viel zu schwer zu sein. An ihrer Uniformjacke baumelte das Eiserne Kreuz 2. Klasse.

Das heutige Unternehmen, wie auch alles andere um die *VRIL-Antriebsforschung*, in der unter anderem Sigrun wie auch Maria direkt involviert waren, konnte ohne Zweifel als das absolut Geheimste vom Geheimsten eingestuft werden, was jemals erdacht worden war.

Sigrun war nach außen hin eine völlig unbekannte Person, von der niemals jemand etwas gehört hatte. Nicht einmal ihr Nachname war Außenstehenden zugänglich. Lediglich in Fliegerkreisen war sie bekannt. Dort aber auch nur in ihrer Eigenschaft als leidenschaftliche Privatfliegerin. Wer sie wirklich war, wusste auch dort niemand. Auch in der Presse wurde nie über sie berichtet, wenn sie wieder einmal fliegerische Kunststücke und Meisterleistungen in Bezug auf Neuentwicklungen von Prototypen herkömmlicher Flugzeugtechnik vollbrachte.

Alles unterlag strenger militärischer Geheimhaltung. Nur einmal, nachdem sie das Eiserne Kreuz 2. Klasse verliehen bekam, wurde ein kurzer Wochenschaubericht von etwa sechzig Sekunden mitgeschnitten. Dort wurde sie allerdings nicht unter ihrem richtigen Namen vorgestellt. Gezeigt wurde in dem kurzen Film aber die wirkliche Sigrun, wie sie gerade eine umgebaute *Ju 87 Stuka* landete. Im Nachhinein konnte sie aber in letzter Sekunde verhindern, dass dieser Mitschnitt öffentlich im Rahmen der Wochenschau gezeigt wurde. Es durfte keine Fotos von ihr geben und schon gar kein Filmmaterial! Bei diesem Ereignis wurde tatsächlich auch nur gefilmt, da die Vorzeigepilotin dieser Zeit, Flugkapitänin Hanna Reitsch, bei der Verleihung anwesend gewesen war. Man sah Sigrun in dem Bericht noch ein drittes Mal, kurz nach der Verleihung, als sie neben Hanna Reitsch stand und bereits das Eiserne Kreuz 2. Klasse den linken Brustbereich ihrer Fliegerkombi zierte. Die eigentliche Verleihung durch den Chef der Luftwaffe, Generalfeldmarschall Hermann Göring wurde nur fehlerhaft mitgeschnitten, da zufälligerweise die Kamera an dieser Stelle hakte.

Sigrun ärgerte es aber, dass der Orginalstreifen und vermutlich auch noch einige Kopien in irgendwelchen Archiven lagerten. Zu gern hätte sie alle Exemplare vernichtet. Was niemand wusste, war zudem die Tatsache, dass in Wirklichkeit Sigrun die Fluglehrerin von Hanna Reitsch war und keinesfalls umgekehrt. Ohne Sigrun wäre die Reitsch nicht einmal annähernd das, was sie heute verkörperte. Natürlich durfte das offiziell niemand wissen. Und tatsächlich wussten es auch nicht mehr als eine Handvoll eingeweihter Personen.

Sigrun war die Beste, durfte aber nicht die Beste sein. Bei so manchem Testflug, der offiziell durch Hanna Reitsch geflogen wurde, saß in Wirklichkeit Sigrun in der Pilotenkanzel.

Derartige Projekte allerhöchster Geheimhaltung unterstanden neben der Luftwaffe dem Chef der Abwehr, Admiral Wilhelm Canaris. Einer der ganz wenigen Personen, die über alle Geschehnisse und Kontaktpersonen in Bezug auf Sigrun, der *VRIL-Gesellschaft* und deren bahnbrechende Erkenntnissen Bescheid wussten. Als einer von weniger kannte der geniale Geheimdienstchef Admiral Canaris auch die wahre Identität und wirkliche Lebensgeschichte von Sigrun, welche ihm völlig vertraute.

Sigruns Selbstopfereinsatz bestand an diesem Herbsttag im Jahre 1944 darin, mit der unter strengster Geheimhaltung entwickelten Flugmaschine der Baureihe *VRIL 7*, die den Arbeitstitel *GEIST* trug, einen Testflug zu absolvieren. Dabei handelte es sich keinesfalls um einen normalen Testflug mit einem neu entwickelten Flugzeug oder einer Rakete der V-Klasse. Die *VRIL 7* war ein 45 Meter durchmessendes Rundflugzeug, das keine Flügel hatte und auch keine benötigte. Es sah aus, wie zwei Suppenteller, die man an ihren Rändern aufeinander geklebt hatte. An ihrer Oberseite hatte die *VRIL 7* einen ringförmigen Zylinder, welcher der eigentliche Kommandostand war. Die Metalllegierung des Fluggerätes hatte eine dunkle Farbe. Das Balkenkreuz der Luftwaffe war an dem zylinderförmigen Kommandostand außen deutlich sichtbar als Hoheitsabzeichen angebracht. Das einmalige an diesem Flugapparat war aber nicht nur seine äußere Form und Größe.

Kleinere Rundflugzeuge und sogenannte Flugscheiben oder auch Luftscheiben waren bereits seit einigen Jahren in der Entwicklung und Prototypen wurden ebenfalls schon vereinzelt eingesetzt. Diese Luftscheiben allerdings wurden mit herkömmlicher Antriebskraft, das heißt, entweder durch Propellertechnik, Düsenantrieb, Raketenantrieb oder atomarem Antrieb ausgestattet. Nicht aber die *GEIST*. Dieses Raumschiff erzeugte sein eigenes Schwerefeld. Der Antrieb des Großraumschiffes beruhte auf den Grundlagen der Implosionstechnik. Wissenschaftler arbeiteten schon seit Anfang der zwanziger Jahre in Deutschland daran, diese Form der Energiegewinnung für einen nutzbaren Antrieb zu gewinnen.

1919 wurde dann die *VRIL-Gesellschaft* gegründet, die, genau genommen, den entscheidenden Teil zu der Realisierung dieser neuartigen, von Brennstoffen unabhängigen und umweltschonenden Form der Energiegewinnung beitrug.

Maria umarmte ihre Gefährtin Sigrun zum Abschied. Maria war einer der ganz wenigen Menschen, von denen sich Sigrun überhaupt anfassen und sogar umarmen ließ. Zärtlich strich Maria über Sigruns Wange. Traurig sahen sich beide an.

„Versuche bitte mit mir in medialem Kontakt zu bleiben, wenn du oben bist", bat Maria. „Wir sollten jetzt keine großen Worte mehr verlieren, liebste Sigrun. Du weißt selbst, was du mir bedeutest. Wenn es dich nicht mehr gibt, ist nur noch Traute als letztes Vollmedium und *VRIL-Meisterin* da, um unser Ziel zu verwirklichen. Ich würde dich bei dem Flug so gern begleiten, aber du weißt ja, die Herren vom Reichssicherheitshauptamt trauen uns nicht mehr für fünf Pfennig über den Weg. Die befürchten, dass wir uns mit der *GEIST* absetzen könnten. Ich diene denen sozusagen als Geisel, bis du wieder da bist. Und jetzt erfülle bitte deine Mission, liebe Sigrun. Du weißt, dass ich auf meine Art stets bei dir bin."

Raumschiffkapitänin Sigrun nickte und sah unglaublich traurig aus.

„Ich tue es ganz gewiss nicht für die Regierung oder die Partei. Ich tue es für Deutschland. Für die ganze Welt. Für alle Menschen. Für das Universum", sagte Sigrun und bestieg die *GEIST*, ohne zu wissen, ob sie den Erdenboden jemals wieder und dazu noch lebend betreten würde.

Kurz darauf wurde der große Landepuffer aus Beton auf der Rampe nach oben gefahren. Die Metallschotten, die den unterirdischen Hangar von der Außenwelt abschotteten und die zur Tarnung mit Gras bepflanzt waren, waren bereits geöffnet. Die *VRIL 7 - GEIST* erblickte das Tageslicht des Nachmittags. In einigen Kilometern Entfernung wurde das gesamte Areal von Truppen der Schutzstaffel abgeriegelt. Man wollte auf jeden Fall vermeiden, dass irgendein Landwirt, Wanderer oder sonst irgendwer den Start des geheimen Gerätes beobachten konnte.

Niemand durfte Kenntnis davon haben. Selbst die Wachmannschaften der Schutzstaffel und der Großteil der Polizisten vom SD waren nicht über Einzelheiten dieses Testfluges eingeweiht. Lediglich der Adjutant vom Chef der Luftwaffe und einige Ingenieure hatten detaillierte Kenntnis von diesem Unternehmen. Hierzu zählte auch ein noch junger General der Schutzstaffel, Friedrich von Hallensleben mit Namen. Er war der Projektleiter der „Schutzstaffelentwicklungsstelle 4", kurz SS-E-4, für welche die *VRIL-Gesellschaft* verpflichtet wurde.

Raumschiffkapitänin Sigrun bestieg die Brücke. Vorsichtig, aber äußerst professionell, betätigte sie die Steuerapparaturen. Die *Schumann-Levitatoren* taten ihre Arbeit. Langsam hob die riesige Flugscheibe mit einem merkwürdig singenden Geräusch von ihrem Betonsockel ab. In einigen Metern Höhe verharrte das monströs wirkende Fluggerät auf der Stelle. Die *VRIL 7* trat die wohl geheimste und fantastischste

Mission aller Zeiten an und wurde lediglich von einer Person geflogen, der *VRIL-Meisterin* Sigrun, die über Fähigkeiten verfügte, die wohl einzigartig auf dem Erdball waren. Fähigkeiten, die ihrer Zeit um mindestens einige hundert Jahre voraus waren.

Die Testpilotin war mittlerweile dreiundvierzig Jahre alt. Durch ihre besonderen Lebensumstände aber wirkte sie äußerlich zehn bis fünfzehn Jahre jünger. Sie war bei der Reichsregierung und den zuständigen Vertretern schon längst in Ungnade gefallen. Dieser Testflug des Großraumschiffes war gleichzeitig ein Himmelfahrtskommando, welches sie freiwillig auf sich nahm.

Entweder es glückte oder sie würde als Märtyrerin in Walhall eingehen. Vorbereitet war sie auf alles. Sie hatte alles gründlich mit ihrer Gefährtin und Mentorin, Maria Ortisch, besprochen. Beiden war klar, dass es keine andere Möglichkeit gab, als den Flug zu riskieren. Sigrun war eine begnadete Fliegerin. Bereits mit 21 Jahren erhielt sie den Pilotenschein. Eigentlich aber war sie Ärztin. Nur hatte sie niemals hauptberuflich praktiziert, da die besonderen Umstände in ihrem Leben dies nie zugelassen hatten. Bei der Geisteswissenschaftlerin Dr. Maria Ortisch promovierte Sigrun außerdem in Psychologie, Theosophie und Theologie. Zudem hatte sie während ihrer Zusammenarbeit mit dem Reichsluftfahrtministerium Ingenieurswissenschaften studiert und als Diplom-Ingenieurin abgeschlossen. Die letzten Jahre allerdings widmete sie sich zwangsläufig wieder einer Tätigkeit, mit der sie bereits 1919 im Alter von 18 Jahren, kurz nachdem sie mit dem Medium Maria Ortisch in Kontakt gekommen war, zu. Nämlich den transmedialen Durchgaben vom Sternensystem Aldebaran und wahrscheinlich direkten Transkontakten aus dem Walhall.

Nachdem es im Jahre 1924 nach einem wahnsinnigen Experiment zu einem folgenschweren Unfall kam, an dem nicht nur sie, sondern auch Maria Ortisch und einige andere Personen eine nicht wieder gut zu machende Schuld traf, ging man mit derartigen Transkontaktversuchen äußerst vorsichtig um. Schließlich nahm damals bei einem Experiment, das in einem Fiasko endete, ein Mensch einen folgenschweren Schaden, welcher absolut irreparabel war. Seit diesem Tag trug Sigrun die schwere Schuld für diesen Unfall mit sich herum. Zeit ihres Lebens kam sie von Schuldgefühlen nicht mehr los.

Schließlich betraf der Unfall nicht nur in erster Linie ihre damals unter dramatischen Umständen verunglückte Freundin und VRIL-Anwärterin Gesine, sondern indirekt auch die gesamte Menschheit, die sie durch den Fehlschlag des Experimentes in Gefahr gebracht hatte. Vielleicht konnte sie durch diesen waghalsigen Testflug einen kleinen Teil ihrer Schuld wieder gutmachen.

Ihr Auftrag lautete konkret: Sigrun sollte die *VRIL 7 - GEIST* hoch gen Himmel steuern. Durch die Erdatmosphäre und den Van-Allen-Gürtel hindurch in das Weltall vorstoßen und in einen lichtgeschwindigkeitsunabhängigen Dimensionskanal eindringen. Danach sollte sie ihre Position bestimmen, zurückkommen und wieder auf dem Testgelände in Brandenburg landen ...

Epilog I: Die Büchse der Pandora

Seit jenem Novembertag im Jahre 1919 in München fing für die junge Sigrun ein komplett neues Leben an. Fast täglich besuchte sie Maria, um von ihr alles zu lernen, was diese ihr beibringen konnte. Sigrun benötigte zuerst einige Zeit, um zu verstehen, worum es eigentlich wirklich ging. Nach und nach weihte Maria sie in ihr großes Geheimnis ein.

Maria war, ebenso wie Sigrun, ein Mensch mit starker medialer Veranlagung. Ihre sehr ausgeprägten, sensitiven Fähigkeiten erlaubten den Damen neben telepathischen und teilweise sogar telekinetischen Fähigkeiten auch eine interkosmische Möglichkeit der Transkommunikation. Es war eine medialtechnische Verwirklichung audiovisueller Kontakte mit autonom erscheinenden intelligenten Strukturen unbekannter Seinsbereiche.

Glaubte man zunächst, die Jenseitssphären des Walhall selbst angezapft zu haben, war man später vielmehr davon überzeugt, Kontakte zum fernen Sternensystem Aldebaran zu haben, das sich 68 Lichtjahre von der Erde im Sternbild Stier befindet.

Ein Teil der dort lebenden Sternenmenschen, die Aldebaraner, seien für die Besiedlung des legendären Kontinents Atlantis verantwortlich, was diese zu unseren direkten Vorfahren macht. Transmediale Durchgaben in Form von runenartigen Symbolen wurden seit 1919 regelmäßig vom Aldebaran, so vermuteten es die *VRIL-Schwestern* jedenfalls, durchgegeben. Aufgrund derartiger Durchgaben von dort wurde Dr. Maria Ortisch auch von der Existenz des Mediums Sigrun unterrichtet. Maria selbst versuchte dann nach diesen „Angaben von drüben" telepathischen Kontakt zu Sigrun zu knüpfen, was erfolgreich gelang.

In der folgenden Zeit wurde unter zu Hilfenahme einiger Okkultisten der damaligen Zeit, die geheime *VRIL-Gesellschaft* gegründet, die wahrlich für das neue, beginnende Wassermann-Zeitalter praktisch umsetzbaren Okkultismus in höchster Form anstrebte. Das Studium von diversen Geheimlehren, Magie, Astrologie, Okkultismus und verborgenen Überlieferungen von asiatischen Geheimlogen gehörte ebenso zum Beschäftigungsbereich dieser Gesellschaft, wie die geheimen Offenbarungstexte der Tempelritter und der aus den Lehren der marcionischen Templergesellschaft hervorgegangenen *Herren vom Schwarzen Stein*. Man bediente sich der Bezeichnung *VRIL* im Sinne der absoluten, universellen, kosmischen Naturenergie, welche auf ihre Art undefinierbar, aber stets dem Logischen und Positiven verpflichtet ist.

Im Jahre 1922 begann man mit der Verwirklichung der wohl fantastischsten Idee der Menschheitsgeschichte, nämlich dem Bau eines technischen Gerätes, das bis in die Sphären des Jenseits vordringen und von dort wieder zurückkehren sollte. Nach transmedialen Bauanleitungen mietete die *VRIL-Gesellschaft* in der Nähe von München einen Schuppen an und begann mit dem Bau dieser Maschine die aus drei Scheiben bestand, wobei die mittlere 8 Meter, die obere 6,5 Meter und die untere 7 Meter Durchmesser hatten. In der Mitte der Scheiben befand sich jeweils ein 180 cm großes Loch in welchem der kegelförmige Antriebszylinder steckte, der am unteren Ende spitz zulief und in dem darunter liegenden Kellerraum in einem riesigen Pendel mündete. Betätigte man den Anlasser in Form eines hochenergetischen Spezialkondensators, beziehungsweise wurde die Maschine hochgefahren, drehten sich die obere und die untere Scheibe in gegenläufige Richtungen und erzeugten dadurch ein elektromagnetisches Rotationsfeld, das bei maximaler Stärke im Raum unabhängig von universellen Kräften wie Gravitation, Elektromagnetismus, Strahlung und Materie einen Dimensionskanal und somit die Öffnung eines Hyperraumes oder den jenseitigen Sphären, entstehen ließ.

Dieses Gerät, das anfänglich Jenseitsmaschine, aber nach einiger Zeit in Jenseitsflugmaschine umbenannt wurde, testete man unter strenger Geheimhaltung bis zum Jahre 1924, demontierte es anschließend und lagerte es in den Messerschmitt-Werken in Augsburg ein, nachdem es in diesem Jahr zu einem tragischen Zwischenfall kam. Ein junges *VRIL-Halbmedium*, das nur schwach medial veranlagt war, wurde bei einem Test der Maschine schwer verletzt. Die damals erst 17-jährige Gesine, eine direkte Schülerin der bis dahin zur *VRIL-Meisterin* herangereiften Sigrun, schlich sich nachts heimlich und allein zu der Maschine und fuhr diese hoch. Sigrun hatte ihr versprochen, aktiv an den Experimenten mitwirken zu dürfen, obwohl sie wusste, das die mediale Veranlagung ihrer jungen „Schwester" noch sehr gering war. Sie konnte nicht genau einschätzen, ob Gesine die paranormalen Eindrücke, die entstehen, wenn man den Dimensionskanal öffnet, verarbeiten konnte.

Um ihrer Meisterin Sigrun zu beweisen, dass sie durchaus in der Lage ist, mit den besonderen Wahrnehmungen umzugehen, ohne den Verstand zu verlieren, machte Gesine einen heimlichen Selbsttest. Gesine steuerte die Maschine aber falsch aus, zapfte Schwingungsebenen negativster Herkunft aus einem Paralleluniversum an und wurde vom Thornstrahl getroffen. Dabei verlor Gesine sofort und für immer ihren Verstand. Selbst Maria gelang es nicht, sie auch nur ansatzweise von ihrer Geisteskrankheit zu heilen. Fortan war das *VRIL-Halbmedium* Gesine nichts weiter als ein von extrem spastischen Zügen und stets sabbernder, geisteskranker Mensch, dem der pure Wahnsinn ins Gesicht geschrieben stand.

Einige Jahre gelang es noch, Gesine in den eigenen Reihen zu pflegen und sich um sie zu kümmern. Später aber kam sie in ein spezielles Sanatorium für Geisteskranke in Mitteldeutschland und einige Zeit später in ein Konzentrationslager in der Nähe von Hannover. Dort wurde sie im März 1943, nachdem primitive und sadistische Aufseher der Totenkopfverbände sie mehrmals vergewaltigten, einfach zur Belustigung aller an einem Fleischerhaken erhängt. Selbst zwei Stunden nach ihrem Exitus vergingen sich noch nekrophil veranlagte Wächter und Wächterinnen an ihrem Leichnam. Anschließend wurden Gesines sterbliche Überreste im hauseigenen Krematorium verbrannt. Ihre Asche wurde in einen kleinen Bach in der Nähe des Konzentrationslagers gestreut. Nichts ist von Gesine übriggeblieben.

Dieses Verbrechen wurde bis heute nicht gesühnt. Mit dem tragischen Schicksal der jungen Gesine aber war es in Bezug auf den Unfall im Jahre 1924 noch nicht getan.

Geistwesen aus einem negativen Paralleluniversum drangen durch den Dimensionskanal in unseren Daseinsbereich. Insgesamt drei Wissenschaftler der „Schatten", wie die Wesen aus dem anderen Universum genannt wurden, versuchten fortan in unserer Welt sesshaft zu werden, um eine Großinvasion ihrer Kriegsflotte vorzubereiten. Erst nach einiger Zeit und einem waghalsigen Unterfangen gelang es den *VRIL-Meisterinnen*, die Entitäten der drei Wissenschaftler einzufangen und in einen Kristall zu sperren, der an einem geheimen Ort im Teutoburger Wald deponiert wurde.

In den letzten Jahren des Krieges geriet die *VRIL-Gesellschaft* zunehmend unter Erfolgsdruck. Die Okkultisten der zwanziger Jahre gerieten in einen Bruch mit den politischen Machthabern. Es kam zu einer Zäsur.

Die geheime *VRIL-Gesellschaft* nahm seit 1919 nach außen hin den Decknamen Alldeutsche Gesellschaft für Metaphysik an und nannte sich später, nachdem Anfang der vierziger Jahre sämtliche okkulten Vereinigungen verboten wurden, nur noch Antriebstechnische Werkstätten. Um nicht mit einer sofortigen Verhaftung rechnen zu müssen, wurde die ehemalige *VRIL-Gesellschaft* unter Androhung von Verhaftung, Inhaftierungen in Konzentrationslager und Folter durch die Gestapo genötigt, mit der SS-E-4 zusammenzuarbeiten und ihren Teil an den Forschungsergebnissen beizutragen. Die SS-E-4 hingegen sah die faszinierende Technologie der *VRIL-Gesellschaft* als willkommene neue Waffentechnik. Die Flugscheiben sollten in Jäger, Aufklärer und sogar Angriffsbomber umgewandelt werden.

Man entwickelte auf Grundlage der *VRIL-Technik* sogenannte Donar-Kraftstrahlkanonen, die kurz D-KSK oder auch „Todesstrahlen" genannt wurden und mühelos faustdicken Stahl durchdringen konnten. Mit diesen D-KSK, sozusagen den ersten Laserwaffen, wollte man die neu entwickelten Flugscheiben bestücken. Im Falle eines Fehlschlages warf man der *VRIL-Gesellschaft* einfach Sabotage vor.

Nachdem der geniale Chef der deutschen Abwehr, Admiral Wilhelm Canaris, verhaftet wurde, was größtenteils mit seinen engen persönlichen Kontakten zur *VRIL-Gesellschaft* zusammenhing, fingen noch weitaus schwerere Zeiten für diese Organisation an, da Canaris fortan nicht mehr seine schützende Hand über diese halten konnte. Warf man Canaris vor, im Widerstand gewesen zu sein, wussten nur wenige Eingeweihte von dem eigenen Patriotismus des Abwehrchefs, welcher sich wohl nicht immer bis absolut gar nicht, mit dem der Regierung deckte.

Sein absolutes Glanzstück war der sogenannte „Zukunftsplan". Dieser beinhaltete, nach dem Krieg zusammen mit einer neuen *VRIL-Gesellschaft* wahrhaftig Großes zu begründen, wovon aber nicht mehr als eine Handvoll Personen wusste.

Nachdem der *VRIL-Meisterin* Sigrun im Herbst 1944 tatsächlich mit dem neu entwickelten Raumschiff *VRIL 7 - GEIST* von dem Versuchsgelände in Brandenburg der Sprung durch den Dimensionskanal geglückt war, was um Haaresbreite in einem Fiasko geendet wäre, bekamen die Damen vorerst etwas mehr „Luft". Sigrun schaffte es, mit der *VRIL 7* auf eine Erdumlaufbahn zu gelangen und von dort aus mit der neuartigen Antriebstechnik den lichtgeschwindigkeitsunabhängigen Dimensionskanal zu öffnen und sich für ganze neun Sekunden darin aufzuhalten.

Danach befand sie sich in der Nähe der Marsumlaufbahn, verharrte eine gewisse Zeit dort und berechnete den Kanalsprung zurück zur Erde. Dabei kam es zu einem Zwischenfall, der in letzter Sekunde durch Sigrun selbst ausgemerzt werden konnte. Durch allergrößte Anstrengungen funktionierte der Rücksprung dann doch noch.

Für Sigrun, die mit diesem Testflug in Bereiche vorgedrungen war, in denen niemals zuvor ein Mensch gewesen ist, vergingen zwischen Start und Landung lediglich ganze 2,5 Stunden. In der Realzeit war Sigrun aber sechs Wochen unterwegs gewesen. Niemand, außer Maria, glaubte noch an eine Rückkehr oder an den erfolgreichen Abschluss des Testfluges der Risikopilotin. Nach der Landung im Testzentrum in Brandenburg sah das Raumschiff *GEIST* allerdings stark verändert aus.

Es machte den Eindruck, als hätte man es mit einem mindestens hundert Jahre alten Gefährt zu tun. Dadurch musste noch an einigen Feinheiten in Bezug auf einen erneuten Flug im Dimensionskanal gearbeitet werden, was den *VRIL*-Schwestern auf der einen Seite etwas mehr persönlichen Freiraum verschaffte, auf der anderen Seite aber wiederum noch mehr Druck von oben bedeutete.

Anfang Januar 1945 wurde Dr. Maria Ortisch auf der Wewelsburg, einem Schulungszentrum für führende Persönlichkeiten der Schutzstaffel in der Nähe von Paderborn, im „Hexenkeller" des Südturmes in Haft genommen und nach einigen Tagen dort erschossen. Ein Augenzeuge berichtet, dass er gesehen habe, wie ein Scharführer der SS, die Zigarette im Mundwinkel, die Zelle von Maria mit den Worten betreten hatte: „Ich habe den Befehl, dich, verdammte Hexe, endgültig auszuschalten."

Dabei zog er seine Schusswaffe und entsicherte. Er machte sich während der ganzen Zeit nicht die Umstände, seine Kippe aus dem Mund zu nehmen.

„Schade, dass wir dich nicht standesgemäß auf einem Scheiterhaufen verbrennen können, wie es sich für deinesgleichen gehört. Aber leider haben wir für derartige Spielereien im Moment keine Zeit mehr", soll der Scharführer geäußert haben.

„Und nun, Hexe, bist du gleich da, wo du hingehörst", brüllte er Maria begleitet von einer Alkoholfahne entgegen. Er richtete seine Dienstpistole auf Maria. Diese hingegen ging langsam und völlig ruhig auf den Mann zu und stellte sich direkt vor seinen ausgestreckten Arm, mit dem er die Pistole hielt. Dann rückte sie noch einige Zentimeter näher heran, so dass ihre Stirn den Lauf der Pistole berührte. Sie sah ihrem Peiniger kurz in die Augen, holte noch einmal gemächlich Luft und schloss mit einem unbeschreiblichem Ausdruck der Glückseeligkeit ihre Augen ... für immer.

Der Scharführer drückte ab. Der Schuss setzte sich genau mittig in ihre Stirn und trat am Hinterkopf wieder aus, wodurch der Schädel von Maria aufgerissen wurde und Stücke ihres Hirns nach hinten gegen die Zellenwand spritzten.

Dr. Maria Ortisch war auf der Stelle tot und sackte zu Boden. Gesagt habe Maria während der ganzen Zeit keine einzige Silbe, so dass ihre letzten Worte nicht bekannt sind. Mit der Äußerung: „So, das hat doch richtig Spaß gemacht", soll der SS-Mann seine Pistole wieder eingesteckt und anschließend seine Zigarette auf den Boden gerotzt haben. Der Augenzeuge berichtete weiter, dass der Scharführer noch einen letzten Blick auf den Leichnam von Dr. Maria Ortisch warf und auf einmal kreidebleich wurde. Der ganze Leichnam wurde plötzlich von einem grünlich schimmernden Licht überzogen, das für einige Sekunden anhielt, bevor es sich wieder auflöste.

Schluckend und sichtbar verängstigt ging der Scharführer einige Meter rückwärts, drehte sich dann in Richtung Tür und verließ die Zelle – weiß wie eine frisch gekälkte Wand. Auf dem Gang hörte man ihn brüllen: „Schröder, Gehlhaar, Liebich. Schafft diese verdammte Hexe endlich weg. Ich will die hier nicht mehr sehen!"

„Jawohl, Scharführer", antwortete einer von den Angesprochenen.

Der Leichnam von Maria wurde in einem Krematorium verbrannt und ihre Asche in einer Urne in einem geheimen Versteck der Wewelsburg eingemauert. Dort befindet sie sich noch heute. In dem Moment, in dem Maria erschossen wurde, sackte Sigrun wie vom Schlag getroffen in einigen Hundert Kilometern Entfernung zusammen und wurde ohnmächtig. In dieser Ohnmachtsphase (ähnlich einem Traum) sah sie das ganze Drama vom Ableben Marias wie in einem Film.

Fortan war Sigrun neben Traute die einzige *VRIL-Meisterin*, denn alle anderen Damen der Gesellschaft, wie Gudrun und Heike waren nur sogenannte „Halbmedien" mit relativ schwacher medialer Veranlagung. *VRIL-Meisterin* Traute Anderson aber war eine andere Aufgabe zugedacht.

Sigrun hielt sich fortan versteckt. Es gab auch nur noch einen einzigen Menschen, dem sie vertrauen konnte und welcher sich schon mehr als einmal loyal ihr gegenüber verhalten hatte. Das war der Projektleiter vom Versuchsgelände in Brandenburg, der junge SS-General Friedrich von Hallensleben. Er hatte den militärischen Dienstgrad eines Obergruppenführers der Schutzstaffel und war Angehöriger des Generalsstabes. Er war einige Jahre jünger als Sigrun, geboren 1912 in Thüringen. Friedrich war ein direkter Adjutant des Sonderoffiziers Obergruppenführer Dr.-Ing. Hans Kammler, ebenfalls General der Schutzstaffel und wohl einer der ganz wenigen Männer, welche außer dem Regierungsoberhaupt selbst keinem direkten Vorgesetzten unterstellt waren, um eine größtmögliche Unabhängigkeit zu haben. Natürlich war Kammler in so gut wie alles eingeweiht.

Kammler war Hauptverantwortlicher was die durch die SS-E-4 gebauten, etwa fünfundzwanzig Meter durchmessenden glockenförmigen Flugscheiben betraf, die einen Antigravitationsantrieb hatten, dem sogenannten *Thule-Tachyonenkonverter*, einem Magnetfeld-Impulser, der auf den Grundlagen des *VRIL-Antriebes* beruhte. Diese Flugglocken, Flugpanzer oder auch Kampfflugkreisel und Raumflugkreisel genannt, wurden unter der Oberbezeichnung V7 und in Zusammenarbeit mit der Firma Dornier als strengstes Geheimprojekt und künftige Wunderwaffe gebaut und tatsächlich in einigen Prototypen hergestellt. Die Werksbezeichnung dieser Flugglocken lautete Dornier-Stratosphärenflugzeug, wobei es drei tatsächlich gebaute Typen gab, welche man in die *Haunebu I, Haunebu II* und dem einzigen, jemals erbauten 71 Meter durchmessenden Prototyp *Haunebu III- THORN* unterschied.

Obergruppenführer Dr.-Ing. Hans Kammler ließ Friedrich von Hallensleben ziemlich große Handlungsfreiheit was die Entwicklung dieser neuen Wunderwaffen betraf, die eh noch nicht eingesetzt werden konnten, da sie noch nicht in angemessener Stückzahl gebaut und erprobt worden waren. Kammler setzte sich zu diesem Zeitpunkt vorrangig für die Vergeltungswaffenentwicklung und Raketentechnik in Peenemünde ein. Durch ihre Kontakte zu General von Hallensleben wusste Sigrun ihn einzuschätzen. Sie hoffte, dass er sie nicht im Stich lassen würde und ihr bei der Flucht vor den Schergen helfen könnte. Es gab dabei aber noch ein weiteres Problem. Sigrun wusste absolut nicht, wohin sie flüchten sollte. Eigentlich gab es nur eine Möglichkeit für sie – Spanien. Abwehrchef Admiral Wilhelm Canaris hatte ihr schon vor einigen Jahren spanische Ausweispapiere besorgt. Dieser geniale Mensch sah bereits damals die Entwicklung um die ehemalige *VRIL-Gesellschaft*, die *VRIL-Technik* und den Verlauf des Krieges voraus, obwohl er über keinerlei mediale Veranlagungen verfügte.

Sigrun konnte sie sich jederzeit als Nadina Marie de Gomez-Heydmann ausweisen, Tochter einer Spanierin und eines deutschen Diplomaten. Canaris hatte durch seinen schon fast übermenschlichen Intellekt an wirklich alles gedacht. Irgendwie hatte Sigrun das Gefühl, dass es mit der Person Canaris auch in Zukunft noch nicht getan sein würde. Irgend etwas hatte er sicherlich noch ausgeheckt. Dessen war sie sich sicher. Trotz seiner Verhaftung und Einweisung ins Konzentrationslager Flossenbürg. Und wenn es noch Jahre oder gar Jahrzehnte oder sogar Jahrhunderte dauern sollte, bis sich sein Wirken zeigen würde ...

6. Mai 2006, Norddeutschland, morgens gegen 05:30 Uhr

Oberingenieur Dr. Ralf Klein kam in die Imbissstube zurück und steuerte die Ecke mit der großen Fensterscheibe an, durch die man direkten Blick zur Polizeistation hatte. Tomke blickte ihm erwartungsvoll entgegen.

„Jetzt frag mich bloß nicht, warum ich dir nicht gesagt habe, was ich vorhatte." Ohne Tomkes Reaktion abzuwarten erklärte Klein leise: „Ich habe mich kurz an ihn herangemacht und dabei einen kleinen Peilsender an seinem Wagen befestigt. Wenn der jetzt nicht weiß Gott wo wohnt, müssten wir ihn orten können."

Dr. Klein holte aus seiner Jackentasche ein kleines Etui, was nicht größer als eine Streichholzschachtel, aber mit einem Bildschirm versehen war. Er klappte das Etui auf und drückte auf den einzigen vorhandenen Knopf. Nach einigen Sekunden erschien auf dem Miniaturbildschirm die Abbildung eines Koordinatensystems, auf dem ein kleiner grüner Punkt blinkte.

„Hab' ich vor einiger Zeit mal in der Mittagspause gebaut", bemerkte Dr. Klein stolz. „Simpelste Technik und eigentlich nur Spielerei, aber wie du siehst, es funktioniert." Tomke nickte kommentarlos.

Mit Hilfe dieses kleinen Peilgerätes war es möglich, den Polizisten aufzuspüren und dann dass zu erledigen, was erledigt werden musste. Die beiden verließen die Imbissstube und machten sich auf den Weg, die Spur des Peilsenders zu verfolgen.

Ralf Klein lief ziemlich schnell. Zu schnell für Tomke.

„Nun komm schon, du kleiner Frosch", sagte Ralf. „Wir fallen deiner komischen Klamotten wegen eh schon auf wie Weihnachtsmänner. Ich möchte, dass uns so wenig Leute wie möglich sehen."

Der Weg führte die beiden vom Polizeirevier, das sich nur einige hundert Meter vom Stadtkern befand, durch die Altstadt. Einige größere Hauptverkehrsstraßen passierend, kamen sie über eine kleine Allee in ein Wohngebiet. Nach etwa einer halben Stunde Fußmarsch hatten sie es geschafft: Vor einer Garage, die rechts neben einem kleinen, zurückgesetzten Haus stand, erblickten sie den abgestellten Wagen des Polizisten. Ralf Klein hielt Tomke, die durch die zurückgelegte Strecke reichlich aus der Puste gekommen war, kurz an der Schulter fest, was Tomke zum Stehenbleiben veranlasste. Er wollte sich aus sicherer Entfernung erst einmal einen Überblick verschaffen und nicht einfach in sein eventuelles Unheil rennen. Nach einigen Sekunden blickte er zu Tomke und sagte leise: „Wir begeben uns auf sein Grundstück. Hinter diesem Bretterstapel im Gebüsch können wir uns verschanzen, Hoheit."

„Ja gut, so machen wir es", stimmte Tomke zu.

Leise schlichen sich die beiden auf das Grundstück des Polizisten und liefen rechts an dem geparkten Wagen und der dahinter befindlichen Garage vorbei über den matschigen Rasen. Hinter einem etwa kniehohen Holzstapel grenzte ein Gebüsch wohinter sich ein Graben zog, der wiederum das Grundstück begrenzte.

Damit war die Fluchtmöglichkeit in Richtung Osten eingeschränkt. Aber das Gebüsch hinter dem Holzstapel bot eine gute Deckung. Beide ließen sich dort nieder. Tomke fröstelte in ihrem kurzen Rock und ihren Ringelstrümpfen. Es war ja auch noch recht kalt am frühen Morgen.

„Ich hatte dich gebeten, vernünftige Sachen anzuziehen. Du hättest besser gleich in deiner Uniform bleiben können. Vermutlich hätte es ausgereicht, wenn du deine Abzeichen gelöst hättest. Dann wären wir weniger aufgefallen und gefroren hättest du in deiner Uniform jetzt auch nicht", meckerte Ralf noch ein bisschen, allerdings mehr, um sich die Zeit zu vertreiben. Tomke ging darauf nicht weiter ein, sondern steckte sich noch einen Kaugummi in den Mund.

Nach etwa fünfzehn Minuten ging das Licht in der Diele des Hauses aus. Augenscheinlich legte der Observierte sich jetzt schlafen. Dr. Klein beschloss, noch etwa eine Stunde abzuwarten und dann erst zu handeln, um sicherzugehen, dass der Mann auch tatsächlich allein war.

Als sie gerade beschlossen, sich der Haustür zu nähern und bereits einige Meter in diese Richtung zurückgelegt hatten, hörten beide plötzlich das Klappen einer Autotür und Sekunden später das Quietschen des ungeölten Grundstücktores. Schnell sprangen beide in ihre Deckung zurück. Eine Person ging den schmalen Steinweg rechts am Haus entlang und ging auf die Haustür zu. Tomke und Ingenieur Klein erkannten eine etwa 30-jährige Frau von sehr schmaler Statur mit langen, roten, leicht gewellten Haaren. Die Frau drückte den Klingelknopf. Als niemand öffnete, kramte sie in ihrer rechten Jackentasche herum, angelte ein Schlüsselbund hervor und schloss selbst die Haustür auf, um sich Zutritt zu verschaffen.

„Das war knapp", seufzte Ralf. „Hätte nicht viel gefehlt und wir wären wie Amateure in unser Verderben gerannt."

Die rothaarige Frau verschloss hinter sich die Haustür. Einen Moment später sahen die Beobachter abermals das Licht der Diele hinter dem verschlossenen Vorhang angehen. Gespannt auf das Kommende, verblieben beide in ihrer Deckung und warteten ab, was passieren würde.

*****

Instinktiv streckte ich meine linke Faust nach vorn und griff mit meiner rechten Hand an meine Hüfte, um meine Pistole zu ziehen. Erst jetzt bemerkte ich, dass ich gar keine Uniform und auch keine Waffe bei mir trug. Ich war hochgeschreckt und orientierungslos. *Kamen sie schon? Hatten sie wirklich vor, mich „kaltzumachen", war es jetzt soweit?*

Ich wusste nicht, wie lange ich geschlafen hatte. Als richtigen Schlaf konnte man das auch wohl kaum bezeichnen. Unruhig und schwitzend wühlte ich im Halbschlaf einige Zeit im meinem Bett herum und hatte wirre Gedanken. Ich träumte von gelandeten UFOs, die mich verfolgten, weil ich sie gesehen hatte. Unwirkliche, bizarre Traumfetzen hatten mich während dieser seltsamen Halbschlafphase gequält. Oft erschien plötzlich über mir, egal wo ich mich befand, dieses UFO. Und wie es dann bei derartigen Träumen halt immer so ist, kommt man nicht vom Fleck, wenn man versucht, zu fliehen oder irgendwo in Deckung zu gehen. Die Anderen sind stets schneller und kommen von Sekunde zu Sekunde näher, während man selbst nur in Zeitlupe oder wie im Wasser laufend, vondannen kommt.

Nach einer Schrecksekunde und nachdem ich wahrnahm, dass ich keine schleimige Alienhand auf meinem Kopf hatte, holte ich erst einmal tief Luft und versuchte, mich zu beruhigen. Vor dem, was vor mir an meinem Bett stand und mir über die

Stirn streichelte, um mich zu wecken, brauchte ich gewiss keine Angst zu haben. Ganz im Gegenteil. Es war Heike. Sie blickte mich verdutzt an.

„Mein Gott, was ist mit dir denn los? Du bist ja kreidebleich und völlig durch den Wind", sagte sie fürsorglich. „Hast du einen von deinen italienischen Lucio Fulci-Splatterfilmen nicht richtig vertragen? Kein Wunder! Es ist ja auch nicht das richtige für einen erwachsenen Menschen, sich nur mit Gruftie-Musik, parapsychologischen Büchern, Horrorfilmen und Edgar Allen Poes Bostoner Deliriumsgeseiere zu beschäftigen. Dabei muss ja auf die Dauer alles da oben zu Bruch gehen. Und mit was für komischen Vögeln du dich immer herumtreibst!"

„Ach, Heike, du bist es!", antwortete ich erleichtert.

„Was hast du denn gedacht, Roy? Oder hast du schon wieder irgendwelchen Weibern, mit denen du rumvögelst deinen Haustürschlüssel gegeben?"

„Ganz bestimmt nicht", entgegnete ich.

Heike hob drei Bücher auf, die neben meinem Bett lagen und betrachtete die Titel. Es waren Battlefield Earth im englischen Original von L. Ron Hubbard, Klingsors letzter Sommer von Hermann Hesse und UFOs-Wahn oder Wirklichkeit…? von Gerd Kirvel. Sie schüttelte den Kopf und legte die Bücher wieder auf den Boden.

„Es ist wohl besser, wenn ich mal wieder eine Zeitlang hierbleibe, damit du aus deinem Gammel herauskommst."

„Aber nur nackig, du rothaarige Schönheit", entgegnete ich verschmitzt.

Heike grinste:: „Meinetwegen, mein Schatz. Weißt du, ich konnte nach dem Dienst nicht schlafen. Habe mir über dein seltsames Benehmen heute Nacht Gedanken gemacht. Wollte mal bei dir nach dem Rechten sehen und habe mir gedacht, ob wir nicht zusammen irgendwo frühstücken sollten. Ich glaube, für dich ist die Nacht doch auch gelaufen, oder?"

„Ja, das sieht wohl so aus. Ist lieb von dir. Aber tu mir bitte einen Gefallen und stelle mir keine blöden Fragen, Mäuschen", bat ich sie.

„Kein Problem, du kennst mich doch, Roy."

„Machst du uns bitte Milchkaffee, Süße?", fragte ich Heike. „Ich muss mich erstmal ein bisschen frischmachen."

Sie nickte und ging in die Küche, um den Milchkaffee zuzubereiten.

Nach etwa zehn Minuten kam ich aus dem Badezimmer zurück und ging zu Heike in die Küche. Heike hockte gerade mit dem Rücken zu mir vor dem Vorratsschrank und suchte etwas. Was sie suchte, wusste ich nicht. Es war mir auch egal. Dafür erblickte ich etwas ganz anderes – ihren dunkelroten Stringtanga nämlich, der aus ihrer schwarzen Jeanshose hervorlugte.

Ich trat an sie heran und zog an dem dünnen Bändchen des Tangas. Heike reagierte nicht darauf. Langsam schob ich meine rechte Hand in ihre Hose und ertastete ihren Hintern. Von schräg hinten konnte ich erkennen, dass Heike grinste als sie sagte: „Dir scheint es ja schon wieder recht gut zu gehen!"

„Du hast doch gesagt, ich soll mal wieder an was anderes denken", verteidigte ich mich, wobei ich meine Hand wieder zurückzog, ihre Hüfte umfasste und Heike hochzog. Fest presste ich sie an mich. Heike zog die Luft lustvoll ein und legte ihren Kopf so in den Nacken, dass er auf meine Schulter fiel. Sie schloss ihre Augen. Ich öffnete den Knopf ihrer Hose, zog diese samt ihres weinroten Stringtanga einfach herunter. Mit ihren Füßen, die in schwarzen Söckchen steckten, befreite sie sich selbst von ihren noch zwischen ihren Knöcheln liegenden Kleidungsstücken. Danach dirigierte ich Heike vor mir auf den Küchentisch zu, legte sie vornüber gebeugt darüber und hob ihr linkes Knie auf die Tischkante. Anschließend ging ich in die Hocke und biss ihr leicht in die linke, mit Sommersprossen übersäte Pobacke. Heike stöhnte sinnlich.

Also wieder rasiert ... Anschließend vögelte ich sie von hinten auf dem Küchentisch. Der ganze Akt war dann auch schon wieder nach etwa fünf Minuten vorbei und wir kamen endlich dazu, bei den Klängen von *The Sisters Of Mercy* den von Heike gefertigten Milchkaffee zu trinken. Anschließend fuhren wir mit ihrem Wagen in die Innenstadt, um in einem Café zu frühstücken.

„Du, die kommen raus", flüsterte Tomke aufgeregt. Tatsächlich ging die Haustür auf und das Polizistenpärchen verließ das Grundstück. Sie fuhren mit dem Wagen der Frau davon. Tomke und Dr. Klein beobachteten, dass es der Mann auf dem Weg zum Auto nicht sein lassen konnte, der Frau einen ausgiebigen Klaps auf ihren Hintern zu geben, was diese augenscheinlich als nicht ungewöhnlich empfand, da sie es kommentarlos hinnahm.

„Das ist unsere Chance", sagte Klein. „Wenn wir Glück haben, finden wir zumindest das Mobiltelefon des Polizisten. Was wir dann mit ihm machen, entscheiden wir, wenn wir wissen, was er aufgezeichnet hat. Komm, Tomke. Wir haben nur wenig Zeit. Wer weiß, wann die beiden zurückkommen. Wir gehen ins Haus und suchen nach dem Gerät. Vielleicht haben wir ja Glück."

„Wie willst du denn da reinkommen?", fragte Tomke.

„Das sag' ich dir, wenn wir an der Haustür sind", antwortete der Wissenschaftler kurz angebunden.

Vor der Haustür nahm er das Türschloss kurz in Augenschein und sagte: „Das bekomme ich mit dem kleinen Finger auf, wenn es sein muss."

„Oh Gott", entgegnete Tomke. „Da brauchen wir einen Erste Hilfe-Kasten!"

„Brauchst du nicht, du kleiner Quälgeist. Ich habe ja mein Taschenmesser dabei."

Geschickt öffnete Dr. Klein die Haustür bereits nach kurzer Zeit, ohne irgendwelche Beschädigungen dabei anzurichten. Langsam drückte er die Tür auf, trat ein und verschaffte sich einen ersten Überblick. Er war in einem kleinen Flur, von dem mehrere Räume abgingen. Links befand sich das Wohnzimmer und rechts die Küche. Am Ende des Flures gingen noch zwei weitere Türen ab, die allerdings geschlossen waren. Zwischen beiden befand sich eine Treppe, die in die erste Etage führte.

„Gut, Tomke, komm rein. Du siehst hier unten und im Keller nach und ich gehe nach oben. Wonach wir suchen, weißt du ja. Wenn du das Mobiltelefon finden solltest, dann ruf mich, bevor du daran rumfummelst. Aber leise", ordnete Dr. Klein an. Tomke nickte und begab sich ins Wohnzimmer.

Ihr Begleiter ging nach oben, um in den Räumen der ersten Etage nachzusehen.

Tomke betrat das Wohnzimmer, das irgendwie zweigeteilt zu sein schien. Im vorderen Teil befanden sich eine Couchgarnitur aus schwarzem Leder mit Couch- und Lesetisch, während der hintere Teil eher einer Bibliothek glich, deren Bücherregale mit geradezu unzähligen Werken vollgestopft waren. Es mussten mehrere hundert Werke aus diversen Zeiten sein. Einige schienen schon hundert Jahre oder älter zu sein, da die Buchrücken bereits völlig vergilbt waren. Tomke warf kurz einen Blick auf einige Inhalte dieser Regale an. Die Bände schienen in irgendeiner Art und Weise sortiert zu sein. Sie meinte zu erkennen, dass die Bücher in verschiedene Themenbereiche wie Geschichte und Romane, Metaphysik, Parapsychologie, Esoterik und Psychologie unterteilt waren. Auf eine gewisse Weise strahlten diese Bücher eine Anziehungskraft auf sie aus. In einer anderen Ecke befand sich ein großes Regal, in welchem unzählige CDs lagerten. Auf den ersten Blick schätzte Tomke, dass es einige Tausend Stück sein mussten. Wie magisch angezogen ging Tomke zu diesem Regal und sah sich den Inhalt an. Sie konnte sich nicht daran erinnern, jemals zuvor in ihrem Leben so viele CDs auf einmal gesehen zu haben. Einige Exemplare nahm Tomke in die Hand. Halblaut kam es über ihre Lippen:

„*Joy Division, The Sisters Of Mercy, The Birthday Massacre* ... hm ... und was ist das hier? *Welle:Erdball* – Optionen, die man nicht benutzt, besitzt man nicht!", las Tomke von der Rückseite der CD ab.

„Hab' noch nie davon gehört. Klingt aber gut!" Gespannt und den Rest der Welt vergessend, schien Tomke etwas ganz Bestimmtes zu suchen, was ihr nicht gerade leichtgemacht wurde, da die nicht unbeachtliche Sammlung offenbar nicht alphabetisch, sondern nach anderen, für Tomke bisher noch nicht nachvollziehbaren Kriterien sortiert war. Nach einigen Minuten schien sie aber fündig geworden zu sein. „Ach, hier", kam es über ihre Lippen. *„Kraftwerk"*, fügte sie hinzu, da sie diese Musikgruppe als eine der wenigen aus der enormen Sammlung von Roy Wagner kannte und zudem sehr mochte.

„Ich glaube, es hackt!", zischte Dr. Klein, der plötzlich hinter ihr stand, „lass gefälligst die Sachen von dem Polizisten in Ruhe. Wir sind nicht hier, um in seinem Privatleben herumzuschnüffeln. Jetzt stell das Ding zurück ins Regal und sag mir, ob du bisher etwas gefunden hast!"

„'Tschuldigung, Ralfi. Ich war nur so fasziniert von den ganzen Sachen, die hier liegen. Davon hätte ich auch gern mal ein bisschen was", sagte Tomke, leicht geknickt über ihr Schicksal und zu ihrer Verteidigung.

Dr. Klein, dem sie jetzt fast schon wieder leidtat, so, wie sie, wie ein kleines Kind vor dem Weihnachtsbaum, dastand, hatte seine scharfen Worte auch schon wieder bereut. Zudem hatte sie ihn „Ralfi" genannt, was sie selten genug tat, er es hingegen gern von ihr hörte.

„Ich weiß. Oben ist ein Raum, in dem lagern bestimmt einige Tausend Videokassetten, DVDs und Tonbänder", sagte er beschwichtigend, so, als hätten seine Worte von gerade schon keine Gültigkeit mehr. „Ich habe das Mobiltelefon aber noch nicht gefunden. Wenn du hier auch nichts gefunden hast, schau bitte in der Küche nach. Ich schau mal, ob es hier einen Dachboden gibt", sagte er und verließ das Wohnzimmer.

Tomke sah zunächst aber im Keller nach. Der Eingang befand sich hinter der Treppe, die nach oben führte. Der Keller bestand aus mehreren Räumen. Getränkekisten und Konserven lagerten hier. In dem größten Raum befand sich ein seltsam aussehendes Holzgerüst, das mit starken Schrauben an der Wand verankert war. Tomke wusste nicht, dass es sich um eine Holzpuppe oder einen sogenannten Wooden Dummy handelte. Erst als sie die unzähligen Urkunden, Pokale, Medaillen und auf Holz gesetzte, metallene Auszeichnungstafeln entdeckte, ahnte das Mädchen, dass es sich wohl um eine Art Übungsraum des Hauseigentümers handelte. Sie betrachtete sich einige der Urkunden genauer. Auf manchen war ein kleines Foto in der Größe eines Passbildes vorhanden. Sofort erkannte Tomke den Mann darauf wieder. Dann las sie den Namen. „Roy heißt du also. Roy Wagner." Tomke bemerkte sofort, dass manche der Fotos wohl schon nicht mehr ganz aktuell waren. Dann fiel ihr auf, dass auf vielen der Urkunden vor dem Namen des Mannes der Zusatz Sifu, Shihan, Guro oder Meister stand. Tomke war klar, dass es sich hierbei um die Anreden eines Lehrmeisters für Kampfkünste handelt. Unzählige Zeitungsartikel, welche den Sifu vor größeren Gruppen von Kampfkunstschülern, offenbar als Lehrgangsleiter oder zusammen mit anderen Persönlichkeiten zeigten, bestätigten sie in ihrer Annahme. An der entgegengesetzten Wand befanden sich diverse Rahmen mit Bildern, auf denen der Mann, von dem sie nun wusste, dass er Roy Wagner hieß, entweder alleine oder mit anderen Personen abgebildet war. Sie sah ihn in der Fleckentarnuniform mit schwarz-rot-goldener Hoheitsfahne der Bundesrepublik Deutschland auf den Oberarmen. Auf seinem Kopf saß ein blaues Barett und auf seinen Schultern wiesen die Rangabzeichen den Mann als Unteroffizier der hoheitlichen Marinekampftruppen aus. Ein anderes Bild zeigte ihn in der gleichen Uniform mit einem Stahlhelm auf dem Kopf, das Gesicht mit Tarnschminke verziert auf einem Feld liegend, gerade eine Panzerfaust abfeuernd. Auf anderen Fotos trug er eine dunkelblaue Marineuniform mit weißer Schirmmütze. Eines zeigte ihn vor einem hellblau angestrichenen, leichten Marineartilleriegeschütz. Auf einem wohl etwas neueren Foto hockte er zusammen mit zwei jungen Kolleginnen auf einem grünen Panzer des Bundesgrenzschutzes. Alle trugen grüne Einsatzanzüge der Bundespolizei. Polizeischutzhelme baumelten an ihren Koppeln. Auf ihren Köpfen trugen alle das grüne Polizeibarett. Auf einem Foto aus neuerer Zeit, datiert aus dem Jahr 1999, stekkte er bereits in der Polizeiuniform der Länderpolizei und nahm gerade eine Auszeichnung für die gewonnenen Landeshandfeuerwaffenmeisterschaften entgegen. Daneben hing ein Foto, das den Mann so darstellte, wie sie ihn in der vergangenen Nacht unfreiwillig kennengelernt hatte. Das Foto zeigte ihn und eine rothaarige, mit unendlich vielen Sommersprossen übersäte Polizistin in seinem Alter.

Beide hatten die vier Sterne als Rangabzeichen eines Polizeihauptmeisters auf ihren Schulterklappen. Eng umschlungen standen sie da und küssten sich.

Tomke war klar, das dieser Roy Wagner nicht zu unterschätzen war.

Sie verließ den Keller und begab sich in die Küche. Auf der Spüle standen zwei benutzte Becher mit Resten von weißem Schaum darin. Aber außer einigen Vorrats- und Geschirrschränken konnte Tomke nichts Auffälliges entdecken. Schon gar nicht das gesuchte Mobiltelefon. Tomke vermutete langsam, dass der Polizist das Ding bestimmt bei sich trug, wovon schließlich von Anfang an auszugehen war. Trotz allem aber verstand sie die Maßnahme von Ralf, die Gelegenheit zu nutzen und eben in Roy Wagners Haus nachzusehen. Schließlich war es eine einmalige und vor allem sehr subtile Möglichkeit, das eigentliche Problem, sprich: das Mobiltelefon mit der Videoaufzeichnung des Flugpanzers aus der Welt zu schaffen. Denn, wenn Wagner keinen Beweis in Form einer Aufzeichnung mehr hatte, war schonmal ein Großteil des Einsatzes erledigt.

Bei einem erneuten Kontakt musste ihm also zuerst das Mobiltelefon abgenommen werden und dann musste man sich mit seiner Erinnerung an das Geschehene befassen. Diese musste aus der Welt. Und das zwar ziemlich schnell, denn die *DO-STRA* war lediglich einige hundert Meter vom Ufer in der Nordsee versenkt und da gab es durch die Gezeiten bedingt Ebbe und Flut.

Tomke sah sich weiter in der Küche um, ohne noch ernsthaft nach dem Mobiltelefon zu suchen, da sie an einen Erfolg nicht mehr glaubte. Hinter der Tür stapelten sich mehrere leere Kartons, in denen augenscheinlich Pizzen transportiert worden waren. Rechts neben der Küchentür befand sich ein Kühlschrank. Tomke konnte es nicht sein lassen, die Kühlschranktür zu öffnen, um nachzuschauen, was sich wohl darin befand. Ihr Blick fiel auf diverse Lebensmittel: sehr viel Käse, Joghurts,

Soßenflaschen, Senf und einige andere Sachen, die der Eigentümer wohl bevorzugte. Dann sah Tomke ein Glas, das wie magisch auf sie wirkte. Mit ihrer rechten Hand griff sie in das mittlere Fach des Kühlschranks und holte von ganz hinten ein Einmachglas hervor, in dem sich eine rote Substanz befand. Tomke schraubte den Verschluss auf.

„Mmhh, Erdbeermarmelade", schwärmte sie und steckte ihren Zeigefinger in das Glas, um zu naschen. Genüsslich leckte sie ihren mit Marmelade überzogenen Finger ab und steckte ihn sogleich nochmals in das Glas.

„Tomke!", herrschte Dr. Klein sie an, der erneut von ihr unbemerkt hinzugekommen war. Erschrocken zuckte sie zusammen.

„Aahh!" Tomke hatte vor Schreck das Marmeladenglas auf den Küchenboden fallenlassen, wo es sofort zersprang und sein Inhalt gute zwei Quadratmeter des Bodens versaute.

„Prima, Tomke. Du Dösel. Jetzt haben wir den Salat. Jetzt schau dir diese Sauerei an. Kann man dich denn keine zwei Minuten allein lassen?", schimpfte Dr. Klein.

„Warum erschreckst du mich auch so?!", beschwerte sich Tomke kleinlaut mit hochrotem Kopf. Sie sah sich hastig nach Lappen oder ähnlichem um, damit sie die von ihr angerichtete Schweinerei wieder bereinigen konnte.

Neben dem Herd entdeckte Tomke eine Rolle Küchenpapier und machte sich an die Arbeit.

„Jetzt beeil' dich bloß. Das Mobiltelefon ist hier nicht im Haus. Wahrscheinlich hat er es doch mitgenommen und trägt es bei sich. Was ehrlich gesagt, auch nicht anders zu erwarten war. Aber wir wollen keine noch so kleine Möglichkeit ungenutzt lassen. Hoffentlich erzählt der zwischenzeitlich nicht seiner Freundin, Kollegin oder wer immer diese junge, rothaarige Frau vorhin auch gewesen sein mag, von seinem Erlebnis. Ich glaube aber nicht, dass er das machen wird. Er wird sicherlich vorerst versuchen, alles allein zu verarbeiten. Komm jetzt, Tomke! Wir müssen hier wieder raus. Der Polizist kann jeden Moment zurück kommen. Ich möchte auf gar keinen Fall, dass der uns hier in seinem Haus erwischt. Schon gar nicht in Begleitung dieser Frau. Dann haben wir nämlich das Drama und müssten tatsächlich gewaltsam vorgehen. Das will ich aber auf gar keinen Fall. Schließlich kann der Mann ja nichts dafür, dass er unseren Raumkreisel zufällig gesehen hat. Wir können ihn dafür nicht bestrafen. Schmeiß den Kleckerkram in den Mülleimer dort. Wir gehen zurück in unser Versteck und warten ab, bis er zurückkommt", beschloss Dr. Klein.

„Und dann?", fragte Tomke.

„Erzähl' ich dir draußen, kleiner Tollpatsch."

Zusammen bereinigten sie noch schnell Tomkes „Unfall" in der Küche und begaben sich anschließend wieder in ihr Gartenversteck, etwa dreißig Meter von der Haustür entfernt, hinter dem Holzstapel. Es vergingen noch etwa zwei Stunden, bis Tomke sich geduckt zu Ralf heranpirschte. Ralf hatte sie etwas weiter vor zur Grundstückseinfahrt geschickt und ihr aufgetragen, ihn sofort zu informieren, wenn sich etwas regen würde: „Vor dem Haus hat gerade ein Wagen angehalten. Der Polizist und die rothaarige Frau sitzen drin und sind am Knutschen. Ich glaube, die Frau hat nicht vor, ihn noch mit ins Haus zu begleiten. Sonst hätten die ja auch drinnen weitermachen können", kombinierte Tomke.

89

„Gut gemacht, Hoheit", lobte der Wissenschaftler die Auszubildende und begab sich in geduckter Haltung selbst einige Meter weiter vor, um sich von Tomkes Meldung zu überzeugen. Er konnte erkennen, dass es sich tatsächlich um die beiden handelte, auf die sie gewartet hatten. Offensichtlich gehörte der Wagen, in dem die beiden saßen, der jungen Frau: ein Volkswagen, älteres Modell.

Nach einigen Minuten stieg Roy Wagner aus, nachdem er die rothaarige Frau nochmals ausgiebig geküsst hatte, ging dann in Richtung Haus und schloss auf. Offensichtlich hatte er Dr. Klein und Tomke nicht bemerkt. Ralf schlich zurück zum Bretterstapel, wohinter Tomke gespannt wartete.

„Und jetzt, Ralfi?", fragte Tomke flüsternd.

„Jetzt warten wir noch eine halbe Stunde ab, dann gehen wir rein."

„Einfach so? Was wollen wir denn sagen?"

„Lass das nur mich machen. Halte dich immer kurz hinter mir und spiel einfach mit. Und vor allem: bleib bitte ruhig und wippe nicht wieder in den Knien!", setzte der Wissenschaftler hinzu.

„Versprochen, Ralfi", nickte Tomke.

Dr. Klein strich der jungen Tomke geradezu zärtlich über den Kopf.

Nach etwa dreißig Minuten gab er Tomke das Zeichen, dass es losgehen würde. Beide verließen ganz einfach ihre Deckung und gingen zielstrebig auf die Haustür zu. Dort angekommen, bemerkte Dr. Klein erst jetzt das Metallschild, auf dem ROY WAGNER stand. Bei ihrem ersten Hausbesuch vorhin war ihm das Schild gar nicht aufgefallen. Er blickte Tomke noch einmal an, um sich davon zu überzeugen, dass sie bereit war. Dann drückte er mit dem Zeigefinger seiner rechten Hand gegen den Klingelknopf ...

12. April 1945, Norddeutschland, Wilhelmshaven

„Und ich dachte schon, ich hätte einen an der Klatsche", brummte Hauptscharführer Kurt Müller und nahm seinen Feldstecher wieder herunter. Zum zweiten Mal in den letzten fünf Minuten beobachtete er von seinem Alarmposten aus hoch über der Nordsee ein seltsam blitzendes, metallenes Objekt. Zuerst dachte er an eine optische Täuschung seiner überanstrengten Augen, jetzt aber war er sich sicher, in etwa dreitausend Metern Entfernung tatsächlich etwas äußerst Merkwürdiges am Himmel zu erkennen. Er griff zum neben ihm stehenden Feldtelefon und drehte an der Kurbel. Nach einigen Sekunden nahm die Gegenstelle ab: „Schmadtke."

„Hier Müller. Sie sollten sich mal etwas ansehen, Untersturmführer."

„Ja", kam als kurze Antwort des 24-jährigen Leutnants und leitenden Offiziers der sechs Mann starken Sondergruppe der 18. Polizei-Infanterie-Reservedivison Nordend. Lediglich zwei Minuten benötigte der junge Offizier, um die wenigen hundert Meter von der provisorischen Baracke, die ihm als Büro und Wachstube diente, bis zum von Müller besetzten Alarmposten. Der um einige Jahre ältere Oberfeldwebel erwartete seinen Vorgesetzten bereits. Schmadtke bestieg den ausgehobenen Graben. Müller reichte ihm den Feldstecher und zeigte mit ausgestrecktem Arm in nordwestliche Richtung: „Schauen Sie sich mal dieses merkwürdige Osterei an. Es ist vor einigen Minuten plötzlich über der Nordsee aufgetaucht und verändert in unregelmäßigen Abständen seine Position. So ein Ding habe ich im Leben noch nicht gesehen."

Schmadtke blickte mit zusammengekniffenen Augen durch den Feldstecher.

„Verdammt", fluchte er. „Ausgerechnet, wenn ich leitender Offizier bin."

„Was ist das?", fragte Müller. „Eine gegnerische Geheimwaffe?"

In diesem Moment vollzog das seltsame Objekt über der Nordsee ein phantastisches Flugmanöver in Form eines Hakens.

„Sehen Sie. So kann weder ein Flugzeug, noch ein Ballon oder Zeppelin fliegen. Nicht einmal eine unserer modernen Raketen wäre dazu in der Lage. Das gibt es doch gar nicht", fügte Müller hinzu.

Schmadte blickte ihn an. „Hat außer Ihnen noch jemand das Ding gesehen, Müller?"

„Nein, ich machte Ihnen unverzüglich Meldung."

Schmadtke nickte. „Dabei wird es auch bleiben. Kein Wort zu irgendjemandem. Lassen Sie die vier Kameraden um Himmels Willen schlafen und halten Sie Ihren Mund."

„Ja, aber wieso denn…?", wollte Müller noch fragen, wurde aber durch einen kurzen Blick in Richtung Meer unterbrochen, wobei er sich mit weit aufgerissenen Augen verschluckte. In etwa dreihundert Metern Entfernung und lediglich dreißig Metern Höhe tauchte von einer Sekunde zur anderen das unbekannte Flugobjekt auf. Es musste mit unglaublicher Geschwindigkeit die etwa drei Kilometer irgendwie ansatzlos überbrückt haben. Müller schien es so, als hätte sich das bedrohliche Objekt über dem Meer einfach aus- und unmittelbar vor dem Alarmposten wieder eingeblendet. Die beiden Infanteriepolizisten gingen instinktiv in Deckung.

Jetzt hatten sie die Gelegenheit, das Objekt aus der Nähe zu betrachten. Es durchmaß wohl etwa fünfzehn Meter, war glänzend silberfarben und diskusförmig. Sein unteres Drittel glich irgendwie einem Suppenteller, an dessen Peripherie zackenförmige Auswüchse zu erkennen waren. Nach oben hin lief das utopisch aussehende Gerät in mehreren Ringen spitz zusammen. Auf seiner Kuppel gipfelte in vielleicht acht Metern Höhe ein merkwürdiger Pol.

Plötzlich schoss ein gelblicher Lichtstrahl mittig von der Unterseite des Objektes auf den Boden und manifestierte sich in einem etwa fünf Quadratmeter großen Lichtkegel, der sich irgendwie suchend oder abtastend, langsam, aber unaufhaltsam dem Alarmposten näherte. Müller verlor die Nerven, griff zu seiner MPi und feuerte mehrere Salven gegen das riesige Flugobjekt.

„Hauptscharführer! Hören Sie auf herumzuballern wie ein Geisteskranker", brüllte Schmadtke stinksauer. Er wäre Müller für diese Aktion am liebsten an die Gurgel gegangen. Im gleichen Augenblick erlosch der Lichtstrahl und der kleine, kuppelförmige Pol auf dem Scheitelpunkt des metallenen Objektes begann zu pulsieren.

Schmadtke riss in einer bösen Vorahnung seine Augen auf.

„Raus hier. Los, sofort raus hier. Hinter den kleine Hügel dort. Los, komm schon, Müller!" Fluchtartig verließen die beiden Männer den Graben und sprangen hinter einem in unmittelbarer Nähe befindlichen kleinen Erdhügel in Deckung.

Kurz nacheinander schossen zwei bläuliche Lichtblitze von dem Pol des schwebenden Ungetümes und verwandelten das, was soeben noch den Alarmposten dargestellt hatte, innerhalb einer Sekunde in einen etwa fünf Meter tiefen und etwa ebenso breiten Krater. Dreck und Schutt flogen den beiden Männern selbst hinter ihrer Deckung noch um die Ohren und es roch entsetzlich nach verbrannter Erde.

„Genau sowas wollte ich vermeiden", grollte Schmadtke. Er wollte noch etwas hinzufügen, wurde aber prompt durch einen seltsam singenden Laut, welcher von hinten, also landwärts kam, unterbrochen. Beide Männer sahen sich mit offenen Mündern um. Majestätisch schwebte über dem kleinen, völlig verwilderten Wäldchen ein weiteres Objekt heran, das dem ersten in verblüffender Weise ähnelte, aber doch nicht gleich aussah.

Beiden stockte erneut der Atem. Es war ihnen klar, das sie einen Angriff von dem zweiten fliegenden Objekt gnadenlos ausgeliefert waren und nicht überleben konnten. Das Objekt schwebte in nur etwa zehn Metern Höhe kurz über den Baumkronen. Wie selbst nach Deckung suchend, näherte es sich leise surrend den beiden Männern. Es war von kupferner Farbe, hatte die Form einer abgeflachten Glocke und einen Durchmesser von wohl etwas mehr als fünfundzwanzig Metern.

Deutlich erkannten Schmadtke und Müller einen Geschützturm im oberen Teil der Maschine. Unterhalb dieser fantastisch anmutenden, fliegenden Scheibe waren mehrere runde Auswüchse zu erkennen. Aber was sie dann sahen, ließ sie fast völlig den Verstand verlieren: Neben dem Geschützturm befand sich ein Hoheitsabzeichen – das Balkenkreuz des Militärs der eigenen Streitkräfte!

Plötzlich und völlig unerwartet ergriff das andere Flugobjekt die Flucht in Richtung offenes Meer, wobei es sich mit unglaublicher Geschwindigkeit entfernte, fast wie ein Blitz. Ebenso ansatzlos nahm das glockenförmige Flugobjekt die Verfolgung auf. Es schien so, als würde die fliegende Glocke das metallene Ungetüm geradezu jagen. Es dauerte auch nicht länger als eine Sekunde, als in einigen Kilometern Entfernung mehrere bläuliche Blitze vom Pol des fliegenden Monstrums in Richtung der verfolgenden fliegenden Glocke zuckten. Ob sie das Gerät trafen, konnten Schmadtke und Müller nicht erkennen, denn fast zeitgleich jagte ein rötlicher Blitz, ausgehend vom Geschützturm der fliegenden Glocke, auf das andere Objekt. Der rötliche Blitz traf genau, denn unter einer gewaltigen Detonation explodierte das Objekt, wodurch ein riesiges, pilzförmiges Etwas aus dichtem, dunklem Qualm und Rauch am Horizont entstand. Unmittelbar danach flog die Glocke Richtung Norden, grobe Richtung Skandinavien. Der Spuk war vorbei.

„Was war das denn jetzt?", fragte Müller, wobei er Schmadtke wie ein übergossener Pudel ansah. Dieser sagte nichts, sondern stand auf und ging in Richtung des soeben neu entstandenen Kraters. Müller folgte ihm langsam, sich dabei mehrmals umdrehend und in den Himmel schauend.

Aus dem Krater dampfte es noch. Müller holte aus der Brusttasche seiner Uniformjacke zwei Zigaretten. Eine steckte er an und reichte sie Schmadtke, der sie mit leicht nervösen Händen dankbar annahm.

Die andere Zigarette gönnte Müller sich selbst.

„Haben sie die Hoheitsabzeichen an der zweiten Maschine gesehen? Waren das etwa unsere Streitkräfte?"

Müller bekam keine Antwort von seinem jungen Vorgesetzten. Statt dessen griff dieser in die Innentasche seiner Uniformjacke und holte einen versiegelten Briefumschlag hervor.

„Das Ding, das uns beschossen hat, dürfte wohl kaum irgendeiner irdischen Macht zuzuordnen sein", sagte Schmadtke, nicht auf Müllers Frage eingehend.

Müller schluckte: „Sie meinen ... Außerirdische?", fragte Müller entsetzt.

Schmadtke warf seine Kippe in den Krater.

„Betrachten Sie es doch einmal aus einer anderen Perspektive, Müller. Stellen Sie sich vor, Sie wären ein Außerirdischer und verfügten über eine derartige Technik. Würden Sie sich nicht auch fragen, weshalb auf einmal halb Europa in Schutt und Asche liegt? Da wird man ja wohl mal nachsehen dürfen, ob die lieben kleinen Erdenmenschen einen an der Waffel haben, oder?"

Müller schlucke erneut nervös und Schmadtke sah in den Himmel.

„Und Sie glauben doch wohl nicht wirklich, dass alles, was wir tatsächlich an neuen Errungenschaften hervorgebracht haben, in der V2 gipfelt!?"

„Haben Sie da etwa nähere Kenntnisse?", fragte Müller."

Schmadtke schüttelte den Kopf: „Nein, alles was ich habe, ist ein mündlicher Befehl und diesen versiegelten Umschlag hier. Und genau der ist bei Zwischenfällen mit fremdartig aussehenden Flugobjekten mit unbekannten oder gar gänzlich fehlenden Hoheitsabzeichen und futuristischen Flugeigenschaften zu öffnen. Ein solcher Fall ist ja jetzt wohl eingetreten."

Schmadtke löste das Siegel und riss den Umschlag auf. Diesem entnahm er nochmals ein Kuvert, dessen Inhalt er las.

Neugierig blickte Müller auf das Papier und sah zuerst die beiden Stempelabdrücke: **Geheime Kommandosache – Nur durch Offizier zu öffnen!**

„Es ist ein Sonderbefehl von der Leitung der technischen Entwicklungstelle 4",

nuschelte Schmadtke. „Bei derartigen Fällen ist unverzüglich der Bevollmächtigte der SS-E-4, ein gewisser Obergruppenführer Friedrich von Hallensleben zu benachrichtigen. Alle Zeugen des Geschehnisses sind unter Strafandrohung wegen Hochverrates zur absoluten Verschwiegenheit zu vergattern.
Na also, Müller. Sie haben es gehört."
Schmadtke atmete hörbar tief durch. „Ich muss jetzt wohl diesem Obergruppenführer von Hallensleben Meldung machen."
Müller sah Schmadtke an, dass der sich Besseres vorstellen konnte.
„Haben Sie Bedenken?", frage er.
Schmadtke zuckte mit den Schultern.
„Denken sie doch daran, wie das ist: was zwei wissen, wissen drei zuviel!"
Müller tippte Schmadtke kameradschaftlich gegen den linken Oberarm: „Auf mich können Sie sich verlassen, Hardy."
„Natürlich, Kurt. Selbstverständlich weiß ich das!", entgegnete Schmadtke und biss sich kurz auf die Unterlippe. Dann ging er in Richtung Bretterbude, blieb nach einigen Metern aber wieder stehen und drehte sich zu Müller um:
„Beruhigen Sie bitte unsere Männer, Kurt. Die werden sicherlich jeden Moment hier auftauchen und fragen, was die Herumballerei hier zu bedeuten hatte. Sagen Sie ihnen, wir hätten uns mit einem gegnerischen Aufklärer auseinandergesetzt und die hätten uns dann ein Ei ins Nest gelegt."
„Ja, Hardy", bestätigte Müller. „Sie können sich auf mich verlassen."

26. April 1945, Flugplatz Berlin-Gatow

Die Landung auf dem Flughafen Berlin-Gatow war eine fliegerische Meisterleistung. Unter dem FlaK-Feuer der feindlichen Verbände setzte der Pilot, der sich als einziger in der Fieseler Storch befand, auf der Landebahn auf. Starkes Abwehrfeuer einiger zerstreuter Wehrmachts- und SS-Einheiten, zusammen mit einer Volkssturmgruppe, bildeten die „Kampfgruppe Pflücke", welche unter dem Kommando von SS-Obersturmführer Karl Joseph Pflücke stand und die für die notdürftige Versorgung, wenn man davon zu diesem Zeitpunkt überhaupt noch sprechen konnte, der Reichshauptstadt verantwortlich war, indem er den ausdrücklichen Befehl erhalten hatte, den Flugplatz Gatow um jeden Preis so lange wie möglich zu halten.

Man sagte ihm aus „erster Hand", dass es nur noch wenige Tage dauern konnte, bis die neuen „Wunderwaffen" einsatzbereit wären. Dann würde sich die Kriegslage mit einem Schlag völlig ändern.

Pflücke gab sich reichlich Mühe, daran zu glauben und versuchte, seine wenigen Leute so gut wie möglich zu motivieren. Das Kleinflugzeug war sicher gelandet und zum Stillstand gekommen. Der Pilot in der schwarzen Uniform der Schutzstaffel verließ sofort die kleine Maschine, setzt seine Schirmmütze auf und begab sich mit wehendem, schwarzen Umhang zu Pflücke, der in einigen Metern Entfernung auf ihn wartete.

Der Mann, der sich Pflücke näherte, war ziemlich groß. Er führte eine Aktenmappe mit sich. Pflücke schätzte ihn fast einsneunzig groß. Außerdem war er sehr hager und etwa Mitte dreißig. Man konnte sein Alter nur sehr schwer einschätzen. Für den hohen Dienstgrad, den er bekleidete, war er allerdings noch recht jung. Er hatte sehr volle, blonde, leicht gewellte Haare, die nach hinten gekämmt waren. Sein hageres Gesicht wurde von zwei wasserblauen Augen und einer Hakennase geprägt. Der Mann machte einen sehr intelligenten und selbstbewussten Eindruck.

Ein Hauptgefreiter der Wehrmacht sorgte dafür, dass die des wichtigen Gastes im bombensicheren Hangar des Flughafens untergebracht wurde. Schließlich hatte man ja auch nicht mehr allzu viele davon.

Pflücke ging dem Piloten entgegen, blieb etwa einen Meter vor ihm stehen und grüßte. Obergruppenführer und General Friedrich von Hallensleben erwiderte den Gruß und reichte Pflücke die Hand.

„Würden sie mich bitte begleiten? Ein Kraftfahrzeug steht für sie bereit!"

„Danke, Pflücke", sagte der ranghohe Offizier kurz.

Beide begaben sich in Richtung Hangar. Dort angekommen, sah Pflücke den General an und sagte: „Obergruppenführer, der Sanitätspanzer steht für Sie bereit und wird Sie unverzüglich ins Führerhauptquartier bringen. Drei Soldaten werden Sie begleiten. Wenn man einen kleinen Umweg in Kauf nimmt, verfügen wir noch über einen einigermaßen sicheren Weg zur Reichskanzlei. Ich hoffe, Sie werden keine Schwierigkeiten haben."

„Danke, Pflücke. Viel schlimmer kann es sowieso nicht mehr kommen."

In einer Ecke des Hangars stand ein umgebauter Ford Maultier, vor dem drei Soldaten standen und rauchten. Einer von ihnen, ein Feldwebel der Wehrmacht, warf seine Kippe weg, als der die beiden SS-Offiziere erblickte und rief: „Aaachtung!"

Er und die anderen beiden Soldaten, welche ebenfalls ihre Zigaretten wegwarfen, standen auf und nahmen Haltung an.

Pflücke wandte sich an General Friedrich von Hallensleben:
„Das ist Feldwebel Dietrich. Er wird sie zusammen mit diesen beiden Gefreiten ins Führerhauptquartier und zurück zu uns bringen, Obergruppenführer."

Der General nickte den drei Soldaten zu: „Stehen sie bequem, meine Herren!"

Die drei Soldaten rührten sich.

„Dietrich, Sie haben doch wohl einiges an Waffen und Munition dabei, falls Sie in Kampfhandlungen verwickelt werden? Ich gebe Ihnen den ausdrücklichen Befehl, für das Wohl des Obergruppenführers zu sorgen!", wandte sich Pflücke an Dietrich.

„Natürlich, Obersturmführer", antwortete der Feldwebel.

General von Hallensleben übernahm seine Mappe wieder von Pflücke und stieg in den Wagen: „Ich hoffe, dass ich in zwei Stunden wieder hier bin, Pflücke. Dann werde ich auch sofort wieder starten und Ihnen nicht länger auf die Nerven gehen."

Einer der Gefreiten schloss die Luke hinter dem General, ohne dass Pflücke noch etwas sagen konnte. Als der Sanitätspanzer anfuhr, grüßte Pflücke vorschriftsmäßig, bis der Wagen an ihm vorbeifuhr, zündete sich anschließend eine Zigarette an und murmelte: „Als ob wir nicht schon genug am Hals hätten!"

26. April 1945, Kanzleibunker

„Ich verbitte mir diesen schlotterigen Ton, Hallensleben."
„Spielen Sie sich doch nicht so auf, Bormann. Ich habe, genau wie Sie, ebenfalls Generalsrang und außerdem keine Angst vor Ihnen. Wenn Sie mich nicht begreifen wollen, kann ich es nicht ändern. Ich habe Ihnen lediglich mitgeteilt, wie die Sachlage ist."

Reichsleiter Martin Bormann war gereizt. In erster Linie gar nicht mal über das direkte Auftreten von Obergruppenführer Friedrich von Hallensleben, sondern vielmehr wegen seiner Uneinsichtigkeit in Bezug auf streng geheime militärische Belange des Reiches. Er stand von seinem Schreibtischstuhl auf und stellte sich demonstrativ vor den ihn um einiges überragenden General der Schutzstaffel. Dieser steckte sich eine Zigarette an.

„Wie weit sind Sie denn nun tatsächlich mit der Fertigung des Tromsdorff-Kosmo-Atomers?", fragte Bormann, wobei er versuchte, ruhig und sachlich zu klingen.

„Wie ich Ihnen bereits mitteilte: Wir benötigen noch einige Wochen."

Von Hallensleben atmete tief durch: „Können Sie mir bitte auch nur annähernd erklären, was Sie mit dem Gerät genau bezwecken?" Von Hallensleben blickte an eine Wand des Arbeitszimmers, so, als ob dort ein Fenster wäre.

„Hören Sie sich doch das Artilleriefeuer an! Die Russen sind nur einige Straßen weiter. In wenigen Tagen ist hier doch alles vorbei. Das wissen Sie genau so gut wie ich! Wollen Sie das Tromsdorff-Gerät etwa in Berlin zünden? Im Umkreis von Hunderten von Kilometern würde es hier innerhalb von Sekunden aussehen, wie in der Wüste. Denken Sie doch an die Zivilisten!", sinnierte Hallensleben.

„Ich glaube kaum, dass diese Entscheidung in Ihren Zuständigkeitsbereich fällt, Hallensleben. Das überlassen Sie gefälligst dem Führer. Wir benötigen die Super-Strahlwaffe mehr als dringend. Der Führer klammert sich mit aller Hoffnung daran. Ihr Chef, Obergruppenführer Kammler, hat ebenfalls diverse Schwierigkeiten mit der Einsatzbereitschaft einer A9/A10-Amerikarakete. Wir müssen den *Kosmo-Atomer* also mit einer Ihrer Luftscheiben über New York zünden."

Obergruppenführer Friedrich von Hallensleben drückte seine Zigarette aus.

„Wahnsinn! Kompletter Wahnsinn!", sagte er. „Auch der Rest unserer Luftscheiben, vorhandenen V-Waffen und Siegeswaffentechnologie muss sofort aus dem Reich gebracht und in Neu-Schwabenland, in unseren Andenbunkern und im norwegischen U-Boot-Bunker „Fjordlager" deponiert werden. Denken Sie an die Außerirdischen mit ihren Strahlschiffen!"

Reichsleiter Martin Bormann winkte ab: „Hören Sie mir doch um Himmels Willen auf mit Ihrer außerirdischen Bedrohung, Hallensleben. Es steht doch noch nicht einmal hundertprozentig fest, ob diese beiden seltsamen Kreaturen, die die Küstenjäger der Division Brandenburg vor zwei Jahren am Bodensee aus dem Wrack dieser komischen Flugmaschine geborgen haben, nicht doch irgendwelche asiatischen Zwitterwesen sind. Und soweit ich weiß, ist es ihnen bisher nicht gelungen, die Technik dieses Apparates vollständig zu durchblicken. Wir können uns den Luxus Ihrer *Asgard-Staffel* nicht länger leisten. Der Führer braucht neue Waffen, damit Europa den Krieg gewinnen und den Kommunismus besiegen kann."

„Sie wollen es einfach nicht begreifen, Bormann. Meine Flugscheiben-Abfangjägerstaffel hat mehrere Sichtungen pro Monat. Noch vor zwei Wochen habe ich selbst mit einer *Haunebu* ein Strahlschiff über der Nordsee abgeschossen, ehe es einen Polizei-Infanterieposten auslöschen konnte. Jetzt stellen Sie sich doch nur mal vor, wenn es dieser Macht gelingen sollte, ein umfassendes Netzwerk mit ihrer Technologie um die Erde zu spannen …!"

„Auch deswegen benötigen wir dringend den *Kosmo-Atomer*", unterbrach ihn Bormann. Obergruppenführer Friedrich von Hallensleben winkte ab:

„Sie wollen es einfach nicht verstehen. Wenn diese außerirdische Macht unseren Planeten übernimmt, ist es aus mit Ihrem 1000-jährigen Reich. Erzählen Sie doch keinen Blödsinn, Reichsleiter. Die halbe Welt führt Krieg gegen uns. Halb Europa ist ein Trümmerhaufen. Die Alliierten stehen quasi kurz vor Ihrem Badezimmer. Sie wissen ganz genau, dass man dafür Sie und Ihre Parteigenossen zur Verantwortung ziehen wird. Sie bekommen jetzt den ganzen Dreck ab …!"

„Es reicht, Hallensleben. Wissen Sie eigentlich, was Sie da sagen? Sie sind Polizeigeneral der Schutzstaffel. Das ist Hochverrat. Sie haben wohl zu lange mit Canaris und dieser Sippschaft von der *VRIL-Sekte* paktiert. Außerdem wissen Sie selbst ganz genau, dass Churchill uns, nicht wir England, den Krieg erklärten."

„Ich bin mal gespannt, ob die Alliierten Ihnen zuhören werden, Bormann."

„Ich könnte Sie auf der Stelle verhaften und erschießen lassen!", geiferteBormann.

„Tun Sie es doch, Bormann. Ich weiß ganz genau, dass Sie mich noch nie leiden konnten. Aber ich bin mal gespannt, wie der Führer reagiert, wenn durch meine Verhaftung der *Kosmo-Atomer* nicht mehr fertigwerden würde."

Bormann schluckte: „Sie sind ein Offizier ohne Ehre, Hallensleben. Es ist mir schleierhaft, wie ein Mann Ihres Schlages jemals diese Position besetzen konnte. Sie und diese *VRIL-Sekte* mit ihren okkulten Fantastereien haben uns von Anfang an sabotiert. Fernab jeglicher Realität konnten Sie damit vielleicht okkulte Spinner wie Hess oder Himmler und meinetwegen auch noch diesen vollgefressenen Popanz von Luftwaffenfantast Göring begeistern. Allem Übel voran geht dieses gottverdammte Fräulein Si…"

„Obwohl ich Ihre Konversation nicht mitbekommen habe, meine Herren, bin ich mir doch sicher, dass es um diese ehemalige Agentin der Abwehr, dieser Testpilotin und Ingenieurin von Blohm & Voss geht, deren Name mir gerade entfallen ist", betrat in diesem Augenblick der Reichskanzler Bormanns Arbeitszimmer.

General von Hallensleben nahm Haltung an. Bormann brauchte als „Sekretär" natürlich keinerlei Sperenzchen zu machen. Der „Alte" reichte ihm die Hand.

„Sie meinen das Fräulein Sigrun, mein Führer", erlaubte sich von Hallensleben den Kommentar. Der Reichskanzler nickte zustimmend.

„Ja, Fräulein Sigrun heißt diese treulose Verräterin dieses okkulten *VRIL-Zirkels*. Schon damals, im Jahre 1919, als ich mit diesem lesbischen Weiberverein von Kräuterhexen die ersten Kontakte hatte, waren sie mir nicht geheuer."

Der Mann strich sich mit zittriger Hand eine schwarze Haarsträhne aus dem Gesicht.

„Wie weit sind Sie mit der Absatzbewegung, Hallensleben?"

„Auftragsgemäß durchgeführt", antwortete dieser. „Die Bunker in Neu-Schwabenland, den Anden und Norwegen sind bis zum Stehkragen voll mit Technik und Mannschaften, Männern, Frauen und Kindern. Die Wissenschaftler haben unsere kompletten Entwicklungsstellen dorthin verlegt und arbeiten akribisch an den Siegeswaffentechnologien, allem voran, dem *Tromsdorff-Kosmo-Atomer*. Es ist nur noch eine Frage von Wochen."

„Gut, Hallensleben. Gut, gut!"

Der „Alte" atmete tief durch. „Im Moment läuft nicht alles ganz planmäßig, Hallensleben. Steiner hat mit seiner Armeegruppe, dem 3. Panzerkorps, keinen Angriff von Norden her starten können. Trotzdem bin ich zuversichtlich. Wenck wird mit der 12. Armee eine Entlastungsoffensive von Osten her starten und den Feind in einem alles vernichtenden Schlag aus Berlin wegfegen. Gleichzeitig macht Dönitz im Norden des Reiches zusammen mit Resteinheiten der SS mobil. Aber seien Sie unbesorgt, Hallensleben: Skorzeny hat dafür Sorge getragen, dass im Ausland zwölftausend rekrutierte Söldner als SS-Sondereinsatzgruppe Viking und zudem an sieben verschiedenen Standorten jeweils eine Staffel moderner vierstrahliger *Heinkel-Düsenbomber* als „Letztschlagwaffe" bereitstehen. Skorzeny wird sich mit Peiper vereinen und die Westfront verteidigen.

Haben Sie Vertrauen, Hallensleben. Skorzeny und Peiper sind ganz ausgezeichnete Männer. Sobald Skorzeny und Peiper einsatzklar sind, werden Sie mit Ihrem enormen Kampfscheiben-Potenzial vom Südpol aus alarmiert und zusammen mit den Kräften der SS-Sondereinsatzgruppe Viking und den Heinkel Düsenbombern in Gruppenstärke einen endgültigen Schlag gegen die Alliierten durchführen. Denken Sie daran, was ich schon vor Jahren gesagt habe, Hallensleben: Wenn wir vom Feind überrannt werden sollten, muss der Krieg halt vom Ausland aus gewonnen werden. Und nun berichten Sie, Hallensleben."

General Friedrich von Hallensleben nickte und gab dem Alten den aktuellen Stand der Dinge bekannt: „Vergangenen Herbst ist die *VRIL-ODIN* mit Meisterin Traute Anderson und der Spezialbesatzung auf dem Weg zum Aldebaran gestartet. Mit einer Rückkehr der *VRIL-ODIN* ist vor Mitte der sechziger Jahre nicht zu rechnen. Desweiteren startete die *Haunebu III-THORN* am 20. April mit Ingenieuren und einigen japanischen Wissenschaftlern und Angehörigen der SS zum Mars, um das geheime aldebaranische Waffenlager ausfindig zu machen. Wenn die *THORN* im meterdicken Marsstaub havariert, hat sie mit Hilfe nicht mehr zu rechnen. Falls die Expedition positiv verläuft, wovon ich ausgehe, habe ich der *THORN* den Befehl gegeben, mit der aldebaranischen Waffentechnoloige direkt Neu-Berlin in Neu-Schwabenland anzulaufen.

Das Führerraumschiff *VRIL 7 GEIST* ist in der geheimen Atombunkeranlage, tief unter der Alpenfestung. Dort ist das Führerraumschiff für immer unentdeckt und steht Ihnen für alle Zeiten zur Verfügung, falls Sie den Planeten verlassen müssen."

„Gut, Hallensleben. Sehr gut. Falls die Expedition der *VRIL-ODIN* negativ verläuft, ist die Besatzung bei ihrer Rückkehr Mitte der sechziger Jahre sofort zu verhaften. Außerdem wünsche ich, dass diese treulose Person, dieses Fräulein Sigrun, auf der Stelle verhaftet und erschossen wird. Sorgen Sie mir dafür, Hallensleben."

„Das Fräulein Sigrun ist seit einigen Tagen auf der Flucht. Sie wird nicht weit kommen. Ich werde mich der Sache persönlich annehmen."

„Gut, Hallensleben. Man sieht, Sie denken mit! Jetzt entschuldigen Sie mich. Ritter von Greim und das Fräulein Reitsch sind heute ebenfalls unter abenteuerlichen Umständen hier eingetroffen. Ich habe noch wichtige Formalitäten zu regeln. Ich wünsche Ihnen alles Gute, Hallensleben. Wir werden uns wiedersehen. Dessen bin ich mir sicher."

Der Alte verließ Bormanns Büro wieder. Von Hallensleben sah den Reichsleiter zufrieden und provozierend an. Erst jetzt bekam Bormann seinen Mund wieder auf. Er gab sich keine Mühe mehr, zu verbergen, dass er frustriert war. Diese Runde ging eindeutig an General von Hallensleben. Das wussten beide. Bormann baute sich vor Friedrich von Hallensleben auf und sagte: „Ich erwarte von Ihnen, dass mein Führungsbüro in Neu-Berlin jederzeit zur Verfügung steht, Hallensleben. Falls doch etwas daneben gehen sollte, sehe ich mich gezungen, mit dem Führer zusammen Berlin zu verlassen. Also, Sie wissen, was ich von Ihnen erwarte, Hallensleben."

Der Angesprochene lachte: „Was ist das denn jetzt, Bormann? Hochverrat? Sie kennen doch die geheime Funkfrequenz von Neu-Berlin. Aber nehmen sie die richtige. Nicht, dass ich Sie versehentlich abschießen lasse. Und nun entschuldigen Sie mich. Ich muss nämlich die Befehle des Führers ausführen. Schließlich kann ich mich nicht auf Ihr Niveau begeben."

Von Hallensleben ließ Reichsleiter Martin Bormann einfach stehen, ging hinaus und begab sich zum Funkraum des Kanzleibunkers.

Ein Mann saß vor den Apparaturen. Er hatte den Rang eines Oberscharführers, eines Feldwebels der Schutzstaffel. General von Hallensleben kannte den Mann.

„Misch, machen Sie mir bitte eine Verbindung zu meinem Büro. Von dort aus soll man Sie zu meinem Privathaus durchstellen", ordnete er an.

„Jawohl", bestätigte der Angesprochene, der im Kanzleibunker als Einziger eine Pistole tragen durfte. Obergruppenführer Friedrich von Hallensleben zündete sich eine Zigarette an. Der „Alte" erwähnte ja gerade, dass er etwas mit Ritter von Greim und Hanna Reitsch zu besprechen hätte. Also konnte er auch ungestört rauchen. Gern hätte er Hanna auch noch einmal gesehen. Er kannte sie gut. Aber das war jetzt nicht mehr möglich.

„Bitte sehr", sagte Rochus Misch, Telefonist und Leibwächter des Reichskanzlers und schaltete die Verbindung in einen Nebenraum, damit der General ungestört telefonieren konnte. Dort nahm Obergruppenführer Friedrich von Hallensleben den Hörer in die Hand und drehte sich noch einmal um, um wirklich sicher zu sein, dass niemand in seiner Nähe war.

„Hallo", sprach er leise in den Hörer. Es vergingen einige Sekunden. Dann sagte eine weibliche Stimme leise: „Ja. Ich höre."

„Sigrun, ich bin es, Friedrich."

„Friedrich, Gott sei Dank. Du lebst."

„Na klar, Sigrun. Und ob ich lebe. Und du auch. Schmeiß deine Zyankalikapsel weg. Ich drücke meine auch gleich in den Eimer. Wir brauchen sie nicht mehr. Sigrun, der Alte hat es doch tatsächlich gefressen", sprach er leise, aber freudig erregt in den Hörer, „ich soll den Rest unserer Scheiben nach Neu-Schwabenland bringen und dich vorher erschießen. Packe bitte sofort deine Koffer, Sigrun. Wir fliegen heute noch ab. Es geht los."

Epilog II - Die Dritte Macht

Noch in der Nacht zum 27. April 1945 gelang es Obergruppenführer Friedrich von Hallensleben das Fräulein Sigrun, das bereits seit mehreren Wochen in seinem Privathaus versteckt wohnte, vor einer Festnahme und dem Erschießen durch die Gestapo zu entziehen und in den geheimen U-Boot-Bunker Fjordlager in Norwegen zu bringen. Von dort aus wurde die letzte noch lebende *VRIL-Meisterin*, abgesehen von Traute Anderson, die faktisch aber nicht greifbar war, mit der in Norwegen bereitstehenden U-Boot-Flotte der neuartigen Klasse XXI über Südamerika zum Südpol gebracht. Am 7. Mai 1945 kapitulierte die Wehrmacht unter dem Befehl des Oberbefehlshabers der Wehrmacht und letztem Reichspräsidenten Großadmiral Karl Dönitz, was einzelne fanatische Polizei- und Marinespezialeinheiten nicht davon abhielt, weiterzukämpfen.

Wochen und Monate vergingen. Für General Friedrich von Hallensleben lief alles planmäßig. Er hatte es geschafft. Es war ihm tatsachlich geglückt, alle zu täuschen, um den geheimen und vor der Regierung streng behüteten Zukunftsplan von Admiral Canaris durchsetzen zu können. Obergruppenführer Friedrich von Hallensleben und das Fräulein Sigrun waren die Erben des Zukunftsplans von Canaris. Dieser Zukunftsplan oder *„Canaris-Befehl"*, wie er auch genannt wurde, verlief in mehreren Stufen und beinhaltete folgende Kernpunkte:
• Sicherung aller techno-magischen Errungenschaften der *VRIL-Sekte* ins Ausland, beziehungsweise in die annektierten, geheimen Hoheitsgebiete des ehemaligen deutschen Reiches und Schutz vor kommunistischem Zugriff;
• die Aufrechterhaltung des Asgard-Geschwaders als UFO-Abfangjägerstaffel;
• die Garantie der „Menschheitsreserve" nach einem bevorstehenden atomaren Supergau zwischen den Ost- und Westmachten in den atombombensicheren Bunkeranlagen am Südpol sowie im Andensytem von Akakor;
• die Sicherung des *„Canaris-Koffers"* mit Geheimdokumenten und weiteren Zukunftsbefehlen;
• die Verwahrung der heiligen Reliquien;
• das Weiterbestehen der *VRIL-Sekte* und Medien nach dem Untergang Deutschlands zwecks einer dauerhaften Kontaktmoglichkeit zum Aldebaran;
• die Aufstellung eines auf den technisch-magischen *VRIL-Okkultismus* vereidigten polizeilich-militärischen Sicherheitsorgans sowie die absolute Unwiderrufbarkeit des *„Canaris-Befehls"* für eine Zeitspanne von dreihundertsechsundsiebzig Jahren.

Unter dem Vorwand, zusammen mit dem Elitepolizisten der SS-Jagdverbände, Obersturmbannführer Otto Skorzeny, dem Kommandeur des 1. SS-Panzerregiments Leibstandarte Standartenführer Joachim Peiper und zwölftausend im Ausland rekrutierten Söldnern die SS-Sondereinsatzgruppe Viking bereitzustellen, um mit den streng geheimen Siegeswaffen das Reich zurückzuerobern, konnte Obergruppenführer Friedrich von Hallensleben den auf ihn vererbten Zukunftsplan praktisch realisieren. Mehrere tausend Männer, Frauen und Kinder wurden in die riesigen unterirdischen Städte von Akakor in den Anden, sowie in die beachtlichen unterirdischen

Bunkeranlagen Neu-Berlins auf dem deutschen Hoheitsgebiet Neu-Schwabenland in die Antarktis gebracht. Canaris' Rechnung ging auf. Selbstverständlich ging sie auf. Nur eines blieb aus – der angekündigte geheime Funkspruch von Skorzeny und Peiper. Sie konnten ihn auch gar nicht absenden, da Skorzeny am 15. Mai 1945 in der Steiermark und Peiper am 28. Mai 1945 bei Schliersee in alliierte Kriegsgefangenschaft gerieten. Reichsleiter Obergruppenführer Martin Bormann und Gestapo-Chef Gruppenführer Heinrich Müller konnten aus Berlin entkommen und begehrten vergeblich Einlass in die von Obergruppenführer Friedrich von Hallensleben administrierten Absatzgebiete. Langsam aber sicher wurde Bormann sein immenser Fehler bewusst. Er hatte von Hallensleben unterschätzt.

Und nicht nur ihn, sondern das gesamte und nicht mehr wegzudenkende Potential der *VRIL-Sekte* und die außerirdische Bedrohung. Die Supertechnik, die er nun dringend benötigte, um mit den zwölftausend in Syrien stationierten Männern der SS-Sondereinsatzgruppe Viking das Reich zurück zu erobern, war für ihn fortan nicht mehr greifbar. Bormann konnte sein Vorhaben zumindest momentan nicht realisieren, verfügte aber dennoch über die Stärke der SS-Sondereinsatzgruppe und über das auf Schweizer Bankkonten unerschöpfliche Kapital der ehemaligen Partei.

Das Dritte Reich gab es nicht mehr und Bormann warf General Friedrich von Hallensleben vor, daran die alleinige Schuld zu tragen. Der ehemalige Reichsleiter bezichtigte Obergruppenführer von Hallensleben des Hoch- und Landesverrates und verurteilte ihn in Abwesenheit zum Tode.

Kommissarisch gründete Martin Bormann zusammen mit Gestapo-Müller die Dritte Macht, stellvertretend für die derzeit nicht funktionsfähige Regierung des Dritten Reiches und nannte seine aus zwölftausend Mann bei Damaskus bereitstehende Privatarmee, die ehemalige SS-Sondereinsatzgruppe Viking, fortan die Müller-Bormann-Truppen, als militärisches Terrororgan der Dritten Macht.

Im Herbst 1945 gründete General Friedrich von Hallensleben das neutrale und unabhängige Fürstentum Eisland. Die Südpolbasis Neu-Berlin auf dem Hoheitsgebiet Neu-Schwabenland wurde in Horchposten I umbenannt und in den folgenden Jahren weiter zu einem riesigen, unter dem meterdicken ewigen Eis der Antarktis sicher versteckten Riesenbunker ausgebaut. Das noch weitaus größere Hoheitsbebiet des Fürstentums Eisland hingegen befand sich tief unter der Erde in einem gigantischen Tunnelsystem der Anden in Südamerika und trug den Namen *Akakor*. Weitere kleinere geheime und getarnte Anlagen, wie der U-Boot-Bunker Fjordlager an der Barentssee in Norwegen, sowie eine Plattform in der Nordsee wurden zu internationalen Sperrzonen als verminte und kontaminierte Gebiete erklärt.

Eine Spezialplexiglasröhre auf dem Grund des Teufels-Dreiecks, auch Bermuda-Dreieck genannt, sowie eine etwa fünfzig Meter lange und zehn Meter breite Röhre aus Sonderstahl, *Helgoland II* genannt, die allerdings nicht dauerhaft bemannschaftet wurde, sondern vielmehr als Außenposten und Außenlager der ganz speziellen Art für Geheimmaterial diente und bereits 1944 auf der dunklen Seite des Mondes unter Extrembedingungen gebaut wurde, unterstanden ebenfalls dem Fürstentum Eisland. Und lediglich dieser neutrale und unabhängige Kleinststaat war durch seine technisch-magischen Geräte in der Lage, jederzeit den Erdtrabanten zu erreichen.

Nicht aber die *Dritte Macht* unter der kommissarischen Reichsregierung von

Martin Bormann und Gestapo-Müller und nicht irgendeine andere zum Höhepunkt des Kalten Krieges atomar aufrüstenden Supermächte von Ost und West. Nein, dazu war tatsächlich nur er in der Lage: Der 33-jährige, ehemalige Obergruppenführer und General der Polizei, Friedrich von Hallensleben. Und er war sich seiner immensen Verantwortung bewusst.

Somit wurden im Herbst 1945 auserwählte Freiwillige aller drei Teilstreitkräfte sowie Polizei- und Raketenpersonal durch Friedrich von Hallensleben von ihren Fahneneiden entbunden und einzig und allein auf den Canaris-Befehl neu und für immer vereidigt. Als alleiniges, militärisches und polizeiliches Sicherheitsorgan wurde am 15. November 1945 die hochmotivierte und moralisch einwandfreie Truppe der *Jihad-Polizisten* und Sturmlegionäre zur Sicherung und Durchsetzung des Zukunftsplanes bis zum Jahre 2321, dem Jahr, in dem Admiral Wilhelm Canaris seinen eigenen Berechnungen zur Folge nach dem nächsten Durchlauf seiner Reinkarnationskette das einundzwanzigste Lebensjahr vollendet haben und seine Amtgeschäfte wieder eingenverantwortlich aufnehmen wird. Friedrich von Hallensleben entband sich selbst von dem Dienstgrad eines Obergruppenführers und nannte sich fortan nur noch General, als höchste militärische Instanz. Und der ärgste, zumindest irdische Erzfeind des Fürstentums Eisland konnte klar beim Namen genannt werden: Die *Dritte Macht* und die MBT unter der kommissarischen Reichsregierung von Martin Bormann und Gestapo-Müller. General Friedrich von Hallensleben würde seine Gegner nicht unterschätzen.

Im letzten Moment gelang es dem Fürstentum Eisland das Führerraumschiff *VRIL GEIST* aus den Katakomben der Alpenfestung und die Gruppe der vierstrahligen *Heinkel-Düsenbomber*, der Letztschlagwaffe aus den Externstützpunkten zu bergen und in das eigene Hoheitsgebiet in Sicherheit zu bringen, bevor es in die Hände der Dritten Macht fiel. Die wohl fantastischste Herausforderung seines Lebens stand vor ihm: die Sicherung des Planeten Erde und der Schutz der gesamten Menschheit. Nach innen und außen. Und er machte sich an die Arbeit. Denn, es gab nur noch ihn. Und das Fräulein Sigrun.

6. Mai 2006, mittags, Norddeutschland

Ich hörte es an meiner Haustür klingeln. Heike hatte vermutlich etwas vergessen. *Warum schließt die denn nicht selbst auf? Sie musste doch wissen, dass ich mich gerade fertig machen würde ...*
In einer Stunde würde unsere Dienstschicht beginnen. Danach hatten wir dann endlich mal ein paar Tage dienstfrei. Ist schon übel, nach einer Nachtschicht anschließend schon wieder einen Tagesdienst machen zu müssen. Zum Glück kam das nur selten vor. Ich band gerade noch meine Krawatte zurecht, die zu meinem Uniformhemd gehört, öffnete mit der linken Hand die Haustür und drehte mich in der Bewegung bereits wieder um, sicher davon ausgehend, dass meine Freundin eintreten wollte. Zu meinem Erstaunen aber hörte ich eine männliche Stimme:
„Herr Wagner?"
Ich drehte mich zur Haustür. Dort stand ein Mann.
„Ja", antwortete ich. „Bitte sehr, was kann ich für Sie tun?", fragte ich, während ich ihn instinktiv genau musterte. Irgendwo hatte ich diesen Kerl schon einmal gesehen. Ich konnte ihn momentan nicht zuordnen, was aber nicht weiter verwunderlich war. Schließlich hatte ich es in meiner Eigenschaft als Polizeibeamter jeden Tag mit unzähligen Menschen zu tun. Nach einigen Sekunden fiel es mir aber wie Schuppen von den Augen. Das war doch der Mann, der mir heute Morgen vor den Wagen gerannt war, als ich gerade vom Polizeipräsidium abfuhr! Richtig, das war er. Was wollte der denn hier? Was für ein merkwürdiger Zufall. Ich musterte ihn genauer.
Er wirkte sehr selbstsicher, intelligent und freundlich. Es war ihm anzumerken, dass er nicht ohne Grund vor meiner Haustür stand und mit Sicherheit kein Vertreter oder Ähnliches war. Als ich nichts sagte, ergriff er die Initiative:
„Gestatten sie bitte, dass ich mich Ihnen kurz vorstelle, Herr Wagner? Mein Name ist Klein. Dr. Ralf Klein. Ich bin hier, weil ich sie in einer sehr wichtigen Angelegenheit persönlich sprechen muss." Er räusperte sich kurz und fuhr fort: „Ich möchte auch gleich zur Sache kommen. Mein Anliegen hängt unmittelbar mit ihrem Erlebnis der vergangenen Nacht zusammen!"
Mich traf fast der Schlag und das Blut stieg mir in den Kopf. Woher wusste der denn davon? Erst jetzt fiel mir auf, dass ich seit einiger Zeit gar nicht mehr so intensiv an die Sache gedacht hatte, wie heute Nacht noch. Heike hatte es tatsächlich geschafft, mich auf andere Gedanken zu bringen. Wie schnell man doch etwas verdrängen konnte. In den letzten Stunden gelang es mir tatsächlich, mich etwas abzulenken. Und jetzt wieder so etwas. Ich wurde nervös, versuchte aber, mir nichts anmerken zu lassen. Wurde er vielleicht von dieser UFO-Besatzung geschickt? Ich versuchte, mich zu beruhigen. Was der Mann natürlich bemerkte, aber er ließ mir noch eine kleine Verschnaufpause. Dann:
„Ich bin nicht allein, Herr Wagner. Darf ich ihnen meine Kollegin vorstellen?" Dabei zeigte er mit seiner rechten Hand zur Seite.
Verdammt, da ist also noch jemand neben der Haustür ... Ich sah einen Schatten, der von einer Person geworfen wurde, die unmittelbar neben diesem Dr. Klein stehen musste. Dann bewegte sich der Schatten. Irgend jemand kam näher. Und schon stand jene Person neben diesem merkwürdigen Kerl und füllte den Rest meiner

Eingangstür aus. Als ich sie sah, zuckte ich vor Schreck zusammen. Denn vor mir stand das freche, schielende Mädchen aus dem UFO! Die lispelnde Rotzgöre mit feuchter Aussprache. In Gruftie-Aufmachung!

„Es tut mir Leid, Herr Wagner. Lassen sie mich und meine Kollegin bitte herein. Wir möchten nicht von anderen Leuten zufälligerweise erneut beobachtet werden", sagte dieser Dr. Klein höflich. Ohne weitere Nachfrage wich ich langsam rückwärtsgehend zurück.

Ich war noch zu verwirrt, um auch nur in irgendeiner Weise handeln zu können. Die beiden „Besucher" traten in meinen Flur. Die kleine Jungschnecke verschloss die Eingangstür, da sie hinter diesem Dr. Klein hereinkam.

„Wir gehen davon aus, dass außer ihnen keine weitere Person in ihrem Haus ist?"

„Das ist richtig", antwortete ich, der krampfhaft versuchte, die Fassung zu bewahren, was mir durch die Schweißtropfen auf meiner Stirn, die aus meinen Poren ausgetreten waren und die ich nicht verbergen konnte, nur schwer gelang.

„Um Sie und uns vor einer Art Kurzschlussreaktion Ihrerseits zu bewahren, möchte ich Sie bitten, in meine Hand zu schauen." Er hob demonstrativ seine rechte Hand und zeigte mir einen etwa zehn Zentimeter langen dunklen Metallzylinder, etwa daumendick, an dessen oberem Ende ein Druckknopf zu sein schien.

„Wenn ich diesen Knopf drücke, Herr Wagner, sind Sie in weniger als zwei Sekunden ein toter Mann. Was ich hier in der Hand halte ist ein Acidodruckdetonator, welcher ein sofort wirkendes und absolut tödliches Nervengift im Umkreis von fünfunddreißig Metern versprüht. Und falls Sie jetzt auf die logische Schlussfolgerung kommen sollten, dass wir ja schließlich auch durch das austretende Gift in Mitleidenschaft gezogen würden, lassen sie mich bitte gleich dazu äußern, dass in unseren Blutbahnen ein Gegengift fließt, das uns vor dem tödlichen Verbrennen der Lungenflügel schützt und uns lediglich einige Tage Reizhusten beschert. Weiterhin sage ich Ihnen auch gleich, dass Sie keinerlei Angst um ihre Person haben müssen. Wir haben nämlich überhaupt nicht vor, Ihnen etwas anzutun. Falls Sie uns aber Knüppel zwischen die Beine werfen sollten oder irgendwie unseren Anordnungen entgegenwirken könnten, werden wir allerdings mit aller Entschlossenheit für den positiven Ausgang unserer Mission sorgen und können dann für Ihre Gesundheit nicht mehr garantieren."

Ich war baff. Das ging jetzt doch alles ein bisschen zu schnell. Was waren das bloß für Typen? Was für merkwürdige Waffen führen die mit sich? Nach dem Erblicken des UFOs und dem Auftreten der beiden jetzt, rechnete ich mit allem. Instinktiv dachte ich an meine durchgeladene Dienstpistole in meinem Holster.

Plötzlich zuckte die Jungschnecke, die bisher noch keinen Ton gesagt hatte, leicht zusammen und ging einige Meter auf mich zu. So, als hätte sie meine Gedanken an meine Waffe lesen können, sagte sie:

„Nimm bitte sofort, aber langsam, deine Hände hoch. Ich möchte deine Pistole an mich nehmen."

Dieser Dr. Klein sah das Mädchen kurz an, ohne sich einzumischen. Er hielt immer noch diese Giftgaspatrone in seiner Hand und spielte mit dem Daumen auf dem Auslöseknopf. Die Rotzgöre kam auf mich zu, fixierte mit ihrer linken Hand meinen Ellbogen und öffnete mit der rechten Hand den Knopf des Lederriemens, der meine

Waffe im Holster hielt. Dann zog sie die Pistole heraus, ging einige Meter zurück und entnahm das Magazin. Sie legte ihre linke Hand auf den Verschluss der Waffe, drehte diese nach unten, so dass das Griffstück nach oben zeigte, zog den Verschluss zurück und ließ die sich im Patronenlager befindende Patrone in ihre linke Handfläche fallen. Woher dieses Küken derart fachmännisch mit einer Sig Sauer P6 umgehen konnte, war mir schleierhaft.

„Gib mir bitte auch dein Reservemagazin. Ich habe gesehen, dass du es links an deinem Koppel trägst. Und dann sage mir auch, was das für ein Zerstäuber ist, den du dort noch bei dir trägst. Ist das ein Reizgasspray?", fragte sie mich. Sie schien tatsächlich nichts zu übersehen.

„Fast", antwortete ich. „Es ist Pfefferspray."

Sie streckte ihre Hand aus. Ich überreichte ihr das Geforderte; hatte keine andere Wahl und musste mich von diesen unheimlichen „Besuchern" komplett entwaffnen lassen. Gegen dieses Giftgas aus dem Zerstäuber, den dieser Mann nach wie vor in der Hand hielt, hatte ich nicht die geringste Chance. Aber wenigstens hatte ich noch meinen Mund. Und, um nicht als kompletter Idiot handlungsunfähig vor diesen Leuten zu stehen fragte ich ganz einfach: „Was wollen Sie?"

Ich richtete meine Frage an den Mann, denn diese Rotzgöre war mir erst recht nicht geheuer. Der Angesprochene holte tief Luft:

„Zwei Sachen, Herr Wagner. Zum einen Ihr Mobiltelefon mit der Aufzeichnung, die Sie in der vergangenen Nacht gemacht haben. Wir wissen davon und möchten Sie bitten, uns das Gerät jetzt auszuhändigen."

Das dachte ich mir. Die Aufzeichnung schien tatsächlich von größter Wichtigkeit für sie zu sein. Ich griff in die rechte Hosentasche meiner Diensthose, holte das kleine Gerät heraus und reichte es dem Mann. Dieser nahm es nickend entgegen.

„Gibt es weitere Aufzeichnungen oder Vervielfältigungen von der Aufzeichnung oder haben sie irgend jemandem, vielleicht ihrer rothaarigen Freundin davon erzählt?"

Woher wussten die denn jetzt bitteschön von Heike? Anscheinend hatten die beiden mich tatsächlich schon die ganze Nacht auf dem Kieker.

„Sie scheinen sich ja wirklich gut vorbereitet zu haben, Dr. Klein", sagte ich.

„Bitte beantworten Sie meine Frage, Herr Wagner."

„Nein, es gibt keine Kopie von der Aufzeichnung. Sie halten das einzig existierende Original in ihren Händen", antwortete ich wahrheitsgemäß.

Er nickte: „Ich glaube Ihnen, Herr Wagner", sagte er dann, obwohl er doch gar nicht wissen konnte, ob ich tatsächlich die Wahrheit sagte. Aber ich war immer schon ein sehr schlechter Lügner gewesen. Vermutlich konnte ein Blinder mit Krückstock mir ansehen, ob ich die Wahrheit sagte oder log. Er ging nicht weiter darauf ein. Stattdessen fragte ich: „Und zweitens?"

Er zog die Augenbrauen hoch: „Ja genau, ich muss Ihre Frage ja noch komplett beantworten, Herr Wagner."

Er zeigte auf mich. „Sie. Wir wollen Sie. Aber lediglich für ein paar Stunden. Wir wollen Sie sozusagen ausleihen. Den Grund dafür werde ich Ihnen auch gleich nennen, bevor Sie selbst danach fragen. Es verhält sich nämlich folgendermaßen: Sie haben viel zuviel gesehen, nämlich unser Fluggerät, welches Sie vermutlich als UFO bezeichnen würden. Außerdem hatten sie direkten Kontakt mit uns, was sich ja schließlich nicht vermeiden ließ, da wir sie ja aufsuchen mussten. Aus bestimmten Gründen, welche von außerordentlicher Wichtigkeit sind, müssen wir sicherstellen, dass Sie niemals jemandem von Ihren Erlebnissen erzählen."

„Und wenn ich Ihnen verspreche, niemandem davon zu berichten und ab jetzt auch keinerlei weitere Fragen zu stellen? Das Mobiltelefon mit der Aufzeichnung können Sie meinetwegen behalten und vernichten. Ich mache mir eh nicht viel aus diesen Dingern."

Der Kerl mit seiner Hornbrille lachte kurz und holte tief Luft, was für mich schon eine eindeutige Aussage war.

„Herr Wagner", setzte er an. „Sie glauben doch wohl nicht tatsächlich, dass wir so naiv sind und uns darauf verlassen werden? Sicherlich mögen Sie ein ehrenhafter Mann sein, aber dieses Risiko können wir auf keinen Fall eingehen. Ich möchte Ihnen jetzt erklären, wie es weitergeht. Wir werden gleich alle drei zusammen Ihr Haus verlassen und uns zu unserem Anlaufpunkt begeben, an dem wir etwas versteckt haben, das wir noch abholen müssen. Anschließend begeben wir uns an einen geheimen Ort, der mehrere hundert Kilometer von hier entfernt ist. Dort werden wir Ihnen ein Medikament verabreichen, das ihren Gedächtnisinhalt der letzten zwanzig Stunden löschen wird. Sie brauchen keine Angst zu haben. Die Verabreichung dieses Mittels ist ungefährlich und es reicht eine einfache orale Einnahme. Anschließend müssen Sie noch ein bis zwei Stunden unter Aufsicht bleiben, damit wir eine nachträgliche allergische Reaktion bei Ihnen ausschließen können. Unter Einwirkung des abklingenden Mittels werden wir Sie hierher, das heißt, in die Nähe der Stadt zurückbringen und wieder heil absetzen. Sie werden von all dem nichts merken und uns im Nachhinein nicht in Schwierigkeiten bringen können."

Er sah mich eindringlich an: „Können wir uns darauf einigen, dass Sie nicht versuchen werden, Dummheiten zu machen? Wir haben eigentlich keine Lust, Ihnen ständig mit Zwangsmaßnahmen zu drohen. Und da ich Sie für einen intelligenten Mann halte und Ihnen klar sein sollte, dass wir am längeren Hebel sitzen, hoffe ich doch auf Ihre konstruktive Mitarbeit. Ihre Gegenstände erhalten sie natürlich später wieder zurück", schwafelte er diplomatisch.

Ich winkte ab: „Darum geht es doch überhaupt nicht. Sie machen mir vielleicht Spaß. Zuerst dringen sie in mein Haus ein…"

„Oh, oh, das ist so nicht richtig. Wir haben geklingelt und um Einlass gebeten, welchen Sie uns auch gewährten", unterbrach er mich.

„Nun streiten Sie doch nicht ab, dass Sie während meiner Abwesenheit vorhin bereits in meinem Haus gewesen sind. Jetzt ist mir natürlich auch endgültig klar, warum." Ich schaute die Rotzgöre an. Ihr Mund war zur Hälfte geöffnet. Wieder erblickte ich diese Zahnspange, die mich wie ein Krake fesselte. Ich konnte erkennen, dass sie dickliche, weiße Speichelfäden an dem silbernen Metall zwischen ihrer oberen und unteren Zahnreihe zog. Sie schien konzentriert zu sein. Ich versuchte ein Spiel, indem ich nicht auf die beiden einging, sondern reizte aus, wie weit ich bei denen gehen konnte. Auf diese Art und Weise konnte ich deren Entschlossenheit überprüfen. Leider wurde ich aber sofort durchschaut. Es war irgendwie schwierig, diesen Leuten etwas vorzumachen.

„Aber Herr Wagner! Ich wusste nicht, dass sie diesen leider untauglichen Versuch zur Habhaftwerdung des Geräts bemerkt hatten. Sie sollten uns das nicht übelnehmen. Leider ist in Ihrer Küche ein kleines Missgeschick passiert, was Sie vermutlich aufmerksam werden ließ. Und jetzt unterlassen Sie es bitte, uns in die Irre führen zu wollen. Wir wissen, dass Sie Polizist und in den Grundlagen der Psychologie geschult sind. Dagegen sind wir allerdings immun", fügte er hinzu.

„Also unangreifbar", bemerkte ich spöttisch. Das Gesicht dieses Dr. Klein wurde ernster. Jetzt übernahm die schielende Rotzgöre in den Gothic-Klamotten wieder das Wort und richtete demonstrativ meine Dienstpistole gegen mich. Dann lispelte sie:

„Los jetzt. Mach, was wir dir gesagt haben, sonst knallt es gleich. Wir haben nicht ewig Zeit."

Erst entpuppt sie sich letzte Nacht am Ölhafen als heimlich rauchender Tennie und lässt mich in aller Seelenruhe das UFO filmen und jetzt droht sie mir mit meiner eigenen Dienstwaffe in meinem Haus! Das Unangenehme war bei der ganzen Situation halt, dass ich diese Leute beim besten Willen nicht einzuschätzen wusste. Meine ganze Menschenkenntnis half mir momentan recht wenig weiter. Die Leute taten höflich, handelten aber wiederum sehr entschlossen. Und wenn man nicht mitzog, wurde einem eben mit Gewalt gedroht. Inwiefern diese Androhungen, sei es mit Nervengift oder unter Awendung von Schusswaffen, tatsächlich realisiert werden würde, vermochte ich nicht zu sagen. Ich beschloss, es nicht darauf ankommen zu lassen und gehorchte fortan. Ich blickte der Rotzgöre in die Augen und nickte:

„In Ordnung. Ich habe es begriffen. Ich werde euch keine Schwierigkeiten machen. Ich will einzig und allein nur lebend wieder aus dieser Sache herauskommen."

„Gut", sagte sie. „Dann mach jetzt bitte, was Dr. Klein dir sagt."

Ich sah sie jetzt zum ersten Mal aus aller Nähe gezielt an. Sie war tatsächlich noch im Teenageralter. Irgendwie sah sie jetzt ganz anders aus als vergangene Nacht in ihrem schwarzen Kampfanzug. Ihre Kleidung war frech. Ich konnte mir absolut nicht vorstellen, weshalb sich dieses merkwürdige Mädchen vom anderen Stern oder woher auch immer diese Typen kamen, ausgerechnet wie ein Gothic-Mädchen kleidete. Was sollte das? Frech hatte sie sich ihre Haare gebunden. Diese anrasierte Stelle über ihrem linken Ohr; ich hatte sie in ganz anderer Erinnerung, was vermutlich damit zusammenhing, dass sie gestern noch eher wie eine zauselige Heugabel aussah. Sie blickte mich an ... und schielte dabei so extrem niedlich. Sie war so süß.

„Vorweg müssen wir noch einige Formalitäten klären, Herr Wagner", sagte Dr. Klein. Er strich sich über sein bartloses Kinn: „Sicherlich sind Sie in Ihrer Stellung als Polizeibeamter in der Lage, sich einfach für einen oder mehrere Tage telefonisch krankmelden zu können, ohne dass jemand diesbezüglich großartig nachfragt?"

„Natürlich", antwortete ich. „Ein Anruf genügt und ich habe zumindest für heute Ruhe", bestätigte ich und gab mir dabei Mühe, kooperativ zu wirken.

„Rufen Sie jetzt bitte ihre Dienststelle an und melden Sie sich für heute und morgen krank. Was ist mit Ihrer Freundin, dieser rothaarigen jungen Frau? Käme sie auf die Idee, Sie privat aufzusuchen? Eventuell, um sich nach Ihrem Wohlergehen zu erkundigen?"

„Davor ist man bei ihr nie ganz sicher. Sie ist aber eigentlich gar nicht meine Freundin, sondern meine Arbeitskollegin. Privat stehen wir uns allerdings manchmal ziemlich nahe. Sie wird sich aber nichts dabei denken, wenn ich mich bei der Dienststelle krankmelde und trotzdem nicht zu Hause bin, falls sie mich nach der Schicht oder während ihrer Streifenfahrt aufsuchen würde. Sie weiß, dass ich theoretisch mal wieder überall stecken kann und nicht zwangsläufig in meinem Haus sein muss. Das ist sie schon gewohnt. Die Schlüssel hat Frau Lorenz auch. Wenn sie mich im Haus nicht antrifft, wird sie versuchen, mich über das Mobiltelefon zu erreichen", erläuterte ich.

„Das klingt alles recht unkompliziert", stellte Dr. Klein fest.

Ich tätigte den mir auferlegten Anruf bei meiner Dienststelle und meldete mich vorerst krank.

„Jetzt bitte ich Sie, uns zu begleiten. Wir fahren jetzt mit Ihrem Auto zu dem erwähnten Versteck in der Nähe der Stadt. Kommen Sie bitte. Bedingt durch die Gezeiten hier an der Küste sind wir etwas in Zeitdruck", forderte Dr. Klein mich auf und dirigierte mich in Richtung Eingangstür. Die Rotzgöre folgte uns und verließ als Letzte mein Haus.

Draußen war es still. Niemand schien uns zu bemerken, so dass wir ungehindert über mein Grundstück zur Garage gelangen konnten. Davor stand mein Audi. Ich hatte ein fürchterliches Gefühl des Unbehagens. Was passierte mir jetzt wirklich? Würde ich tatsächlich, so wie dieser Dr. Klein es versprach, nach einigen Stunden wieder auf freiem Fuß gesetzt? Und diente diese Entführung tatsächlich nur dazu, meine Erinnerung an das Geschehen zu löschen? Oder steckte viel mehr dahinter und ich würde bei nächstbester Gelegenheit um die Ecke gebracht werden? Irgendetwas musste mir doch einfallen. Ich konnte mich meinen Gegnern doch nicht tatsächlich widerstandslos ergeben! Aber, eine Gelegenheit musste es doch geben ...?!

Hoffentlich!

„Sie fahren den Wagen und ich setze mich auf den Beifahrersitz", wies Dr. Klein an. „Und vergessen Sie bitte nicht, dass sich in meiner rechten Jackentasche der Acidodruckdetonator befindet und mein Daumen ständig auf dem Auslöseknopf liegt. Zudem ist meine Kollegin auf der Rückbank und wird Sie während der Fahrt in Schach halten. Ich möchte mir weitere Drohungen ersparen, Herr Wagner", sagte er weiterhin diplomatisch bleibend.

„Ja ja", seufzte ich. „Ich habe es ja schon begriffen."

Ich setzte mich hinter das Steuer. Meine beiden Entführer nickten sich kurz zu, um sich wohl zu verstehen geben, dass es keine Unklarheiten in Bezug auf das weitere Vorgehen gab. Beide bestiegen ebenfalls meinen Wagen. Dr. Klein gab die Richtung aus seiner Erinnerung heraus an.

Als wir die alte Bundesstraße erreicht hatten, die Richtung Norden in Küstennähe verlief, fragte er mich:

„Kennen Sie diesen alten zerfallenen Schuppen, etwa drei Kilometer nördlich von hier auf einer Weide, einige hundert Meter vom Ufer entfernt?"

„Natürlich", antwortete ich sofort. „Da hab ich schon als Kind drin gespielt. Und in späteren Jahren diente er so manches Mal als Notbehelf für diverse andere Dinge."

Ich konnte diese Bemerkung nicht unausgesprochen lassen.

„Wie auch immer", sagte Dr. Klein. „Dort müssen wir jedenfalls hin."

Ich saß in der Tinte. Und das ganz gewaltig. Das Schlimmste an der Situation war die Tatsache, dass niemand etwas von meinem Schicksal wusste. Absolut niemand!

Black is Black
I want my baby back
It's grey, it's grey
Since she went away, Ooh-Ooh
What can I do
Cause I'm feelin' blue (Los Bravos, 1966)

Während der Fahrt versuchte ich mich zu beruhigen und gelassen auf meine Entführer zu wirken. Denn nichts anderes waren beide, rein strafrechtlich betrachtet.
Irgendwie hatte ich trotzdem das Gefühl, dass diese beiden komischen Vögel keine besonders gewalttätigen Menschen waren. Wenn sich alles wirklich so verhielt, wie dieser Dr. Klein es gesagte hatte, dann würde ich in ein paar Stunden, mit gelöschten Erinnerungen an vergangene Nacht und den gerade laufenden Geschehnissen wieder hier abgesetzt werden. Wenn nicht, dann saß ich tüchtig in der Patsche. Denn kein Mensch wusste etwas von meinem Erlebnis am Ölhafen. Nicht einmal Heike hatte ich etwas gesagt. Zum ersten Mal dachte ich darüber nach, vielleicht doch nicht richtig gehandelt zu haben. Hätte ich doch bloß jemandem davon berichtet!
Und wenn es nur ein anonymer Hinweis an die Presse gewesen wäre. Aber, ich hatte ganz einfach die Befürchtung gehabt, mich zu blamieren. Wer hätte mir die Geschichte mit dem UFO denn auch glauben sollen? Nun war es zu spät. Ich hatte keine Lust, mir wieder meine eigene Pistole vor die Brust halten zu lassen oder sogar dieses Giftgas aus dem kleinen Zerstäuber, den der Macker zweifelsohne tatsächlich in der Außentasche seiner Jacke in der Hand hielt und jederzeit auslösen konnte, einzuatmen. Ich war ja nicht lebensmüde. Und deshalb befolgte ich die Anweisungen meiner Entführer.
Nachdem ich mich in der vergangenen Nacht schließlich selbst von der überragenden Technik dieser Leute hatte überzeugen können, womit ich dieses gigantische Raumschiff meine, hatte ich keine Zweifel mehr am Wahrheitsgehalt ihrer Angaben. Wer weiß, was mich in den nächsten Stunden noch alles erwarten würde und was ich noch alles zu sehen bekomme, wovon ich aber niemandem jemals berichten kann, wenn meine Erinnerung erst einmal gelöscht ist. So ganz ohne wollte ich mich aber dennoch nicht geschlagen geben. Vielleicht gelang es mir ja, unbemerkt einige Aufzeichnungen zu machen, wenn ich irgendwie an einen Bleistift und ein Stück Papier käme. Wenn es mir gelang, diese Aufzeichnungen dann unter meiner Kleidung zu verbergen und bei meiner Rückkehr in einigen Stunden immer noch bei mir trug, wurde ich vielleicht von selbst darauf aufmerksam, dass während der vergangenen Stunden, von denen mir meine Erinnerung völlig fehlen würde, irgendetwas passiert sein musste, was über einen Saufabend ohne Erinnerung und dem totalen Verlust der Muttersprache hinausging.
Heike, diese Ökotante, hatte vor einiger Zeit mal ein Fernstudium in Hypnose belegt. Vielleicht gelingt es ihr, gewisse Gedächtnisinhalte bei mir aufzuspüren, welche selbst durch die Technik dieser Außerirdischen nicht komplett gelöscht werden konnte. Ich musste es auf jeden Fall versuchen. Jede noch so kleine Information kann von äußerster Brisanz sein. Ich wusste nicht viel über meine Entführer. Waren es tatsächlich Außerirdische? Oder kamen sie aus einer anderen Dimension? Aus einer

anderen Zeit vielleicht sogar? Aus einer fernen Zukunft? Oder gar aus einer fernen Vergangenheit, in welcher es noch Hochtechnologie gab, wie einige Forscher ernsthaft behaupteten? Ich glaube an derlei Dinge. Jedenfalls bin ich nicht so naiv, alles gleich als Blödsinn abzutun, was nicht in das normale, uns auferlegte Bild der Geschichte und Schulweisheit passt. Und die Technik, die ich zu sehen bekam, sprach für sich. Kein Fluggerät der Welt konnte ohne irgendwelche sichtbaren Antriebe fliegen und sozusagen von Null auf Hundert beschleunigen! Einfach ansatzlos wie ein Blitz davonschießen, wie es dieses UFO letzte Nacht gemacht hatte.

Ich durfte jetzt nur keinen Fehler machen. Vielleicht gelang es mir sogar tatsächlich, nicht nur mit heiler Haut davon zu kommen, sondern zudem etwas von diesen technischen Errungenschaften zu ergattern. Dies könnte für die Bundesrepublik von äußerster Brisanz sein.

Schließlich war ich Beamter und würde alles dransetzen, diesen Terroristen entgegenzuwirken. Und mit den entsprechenden Beweisen würde ich sicherlich sogar beim BND oder dem Verfassungsschutz Gehör finden. Auch wenn man mir dann vermutlich einen Maulkorb verpassen würde. Aber, es nützte nichts. Ich hatte mich für die Belange der Bundesrepublik einzusetzen. Und nichts anderes würde ich tun. Und Terroristen müssen bekämpft werden. Da gab es keine Debatte. Also betrachte ich mich in meiner momentanen Situation quasi als einzigen Vertreter in dieser Angelegenheit.

Ich drehte das Autoradio an. Nacheinander liefen *Orzowei*, *Oxygene IV* und *Time Is Tight*, obwohl ich mir eigentlich eher vorkam wie Joachim Witts *Goldener Reiter*. Ich machte mir weiterhin Gedanken über die Geheimdienste der Bundesrepublik Deutschland und blickte dann sporadisch durch den Rückspiegel zu der Rotzgöre. In diesem Moment durchfuhr sie ein Ruck. Ihr Kopf zuckte und sie sah misstrauisch und konzentriert in meine Richtung.

Ich konnte mir das nicht erklären. Hatte ich vielleicht, ohne es zu merken, vor mir hingebrabbelt? Ich schielte zur Seite und nahm wahr, dass dieser Dr. Klein augenscheinlich nichts bemerkt hatte, sondern entspannt aus dem Fenster sah. Ganz in der Gewissheit, dass ich gemäß Vereinbarung keine Faxen machen würde.

Merkwürdig. Genau wie vorhin im Haus, als ich einen Moment lang mit dem Gedanken spielte, meine Dienstpistole aus dem Holster zu reißen. Irgendwas stimmte mit der Rotzgöre nicht. Ich hatte doch gar nichts gesagt, sondern lediglich etwas gedacht!

Ich blickte wieder in den Rückspiegel. Die Rotzgöre sah mich an, als würde sie schon das Kotzen kriegen, wenn ich lediglich an Institutionen wie den BND oder den Verfassungsschutz dachte. Vorsichtshalber verwischte ich meine Gedanken an eine eventuelle Flucht und Sicherung der Interessen der Bundesrepublik und lenkte mich ab, indem ich mir vorstellte, das ich die kleine Rotzgöre doch eigentlich unter ganz anderen Umständen viel lieber kennengelernt hätte. Und während ich sie dabei für einige Sekunden im Rückspiegel fixierte, meinte ich, abermals eine Reaktion ihrerseits bemerkt zu haben – sie wurde rot.

„Wir leisten uns den Luxus, eine eigene Meinung zu haben."

(Otto von Bismarck)

Nach etwa fünfzehn Minuten erreichten wir die von Dr. Klein genannte und mir bekannte Örtlichkeit, ohne, dass es während der Fahrt zu irgendwelchen weiteren erwähnenswerten Zwischenfällen kam. Ich sollte meinen Wagen hinter einer Buschreihe, etwa 50 Meter von dem alten Schuppen, abstellen. Daraufhin stiegen wir alle aus und gingen wortlos in das zerfallene kleine Gebäude.

Dr. Klein und die Rotzgöre sahen sich kurz in dem kleinen Schuppen um und holten hinter einem Holzstapel einige Sachen hervor, welche sie anscheinend bei ihrer Ankunft letzte Nacht hier deponiert hatten. Dr. Klein ging dann zu dem Mädchen und flüsterte ihr zu:

„Ich hole jetzt die *Glocke*, der Tauchgang bleibt dir dadurch erspart. Du hast die Sache hier ja im Griff. Ich werde mich beeilen. Du weißt, was du zu tun hast!"

„Alles klar, Ralf", sagte die Rotzgöre und kam auf mich zu:

„Jetzt gib mir bitte deine Handschellen aus deiner kleinen Gürteltasche. Ich muss dich vorsichtshalber fesseln. Nicht, dass ich dich sofort erschießen muss, falls du Dummheiten machst."

Seufzend übergab ich ihr meine Handschellen, die sie mir an meinen Handgelenken auf dem Rücken anlegte. Jetzt schien es tatsächlich ernst zu werden.

Dr. Klein verließ den Schuppen, offenbar um dieses Raumschiff zu holen.

Langsam wurde ich nervös. Das Mädchen stand jetzt neben der Eingangstür, etwa drei Meter von mir entfernt und ließ mich keine Sekunde aus den Augen. In der rechten Hand hielt sie demonstrativ meine Dienstwaffe, ohne diese allerdings auf mich zu richten. Dass sie mit dem Ding umgehen konnte, hatte sie bereits vorhin in meinem Haus bewiesen. Ich überlegte. Vielleicht konnte ich jetzt wenigstens die Gelegenheit nutzen und während der Abwesenheit von Dr. Klein noch einige Informationen aus ihr herauszubekommen. Denn nach wie vor wusste ich nichts von diesen Leuten. Sie waren mir gegenüber recht schweigsam, aber keinesfalls unfreundlich. Ich konnte keinen von beiden auch nur annähernd durchschauen. Ich ließ es auf einen Versuch ankommen und fragte die Rotzgöre in ihrer fantastischen Aufmachung einfach: „Wer bist du eigentlich?"

Das quirlige Mädchen sah mich einen Moment an und sagte dann:

„Ich bin Tomke. Herzogin zu Rottenstein Tomke von Freyburg."

„WAS? Das klingt nicht besonders außerirdisch. Ich dachte, ihr kommt von einem anderen Planeten oder so. Wieso sprecht ihr eigentlich so gut unsere Sprache?"

Jetzt verengten sich leicht die schielenden Augen von dem Mädchen namens Tomke und ihr Gesicht bekam einen Ausdruck, als hätte sie meine Frage nicht richtig verstanden: „Wie, Planet? Und wieso Sprache? Und was heißt denn hier außerirdisch?", fragte sie. „Ich stamme aus dem Fürstentum Eisland und spreche unter anderem selbstverständlich deutsch", erklärte sie dann in einem Tonfall, als sei ihre Antwort eine der normalsten Sachen der Welt.

„WAS?", stieß ich abermals schockiert hervor. „Keine Nation der Welt verfügt über eine derartige Technik wie ihr sie habt. Und was zum Teufel ist das Fürstentum Eisland und vor allem wo? Das geht doch gar nicht! Woher kommt ihr denn genau?", prasselten die Fragen aus meiner Kehle. „Davon habe ich noch nie etwas gehört. Und was heißt hier eigentlich *Herzogin zu* … was war das noch …? Du Rotzgöre bist doch nicht wirklich eine echte Herzogin. Da lachen ja die Hühner!"

„Du scheinst mich nicht richtig verstanden zu haben", sagte sie ruhig. „Die Technik, über die wir verfügen, gehört uns. Ihre Entwicklung stammt aus Zeiten, in denen weder Du noch ich gelebt haben. Jetzt verwaltet sie das neutrale und unabhängige Fürstentum Eisland. Ach ja, das ist ein Gebiet am Südpol, innerhalb eines großen Sektors, der früher einmal Neu-Schwabenland hieß und 1938 von Deutschland annektiert wurde. Es liegt in der Antarktis. Wir sind aber viel zu wenige, um das verwalten zu können und beschränken uns auf ein kleineres Gebiet, welches wir zum Fürstentum erklärten, da wir uns als freie und unabhängige Bürger dieses Planeten betrachten. Außerdem gebe ich dir gleich Rotzgöre! Ich bin tatsächlich eine Herzogin. Dein Gedächtnis reicht ja nicht aus, dir meinen Adelstitel vollständig zu merken." Sie schüttelte ihren Kopf. „Wie kann man nur so schwer von Kapee sein? Also dann noch mal zum Mitmeißeln: Ich bin Herzogin zu Rottenstein und heiße Tomke Freyja Edda von Freyburg. Und damit du es gleich weißt, du Flegel, die Anrede Hoheit kannst du dir sparen, sag einfach Tomke zu mir. Das passt schon."

Ich schluckte. Die Lütte faltete mich eben einfach mal so zusammen und ich musste nun zusehen, die Situation noch einigermaßen zu retten. Ich schluckte nochmal. Unzählige Fragen kamen sofort in mir auf und ich gab mir Mühe, nicht noch einmal ins Fettnäpfchen zu treten.

„Was ist denn da nun in der Antarktis?", fragte ich.

Sie atmete tief durch: „Dort befindet sich einer unserer Stützpunkte. Genau genommen, unser Hauptstützpunkt, genannt Horchposten I. Früher hieß der mal Neu-Berlin, glaube ich zumindest. Das war aber alles lange vor meiner Zeit. Deshalb interessiert es mich auch nicht so besonders. Damit habe ich nichts zu tun. Wir haben das Ding dann jedenfalls in Horchposten I, unserem Hauptquartier, umbenannt. Das war, glaube ich, Ende 1945. Ich kann dir das jetzt ruhig sagen, da dein Gedächtnisinhalt diesbezüglich sowieso in einigen Stunden gelöscht sein wird und du somit nichts weitererzählen kannst."

Starker Tobak. Ich merkte, dass meine Stirn feucht wurde. Wie immer, wenn ich aufgeregt war, schwitzte ich leicht. Was diese kleine, nach Kernseife und Speick riechende Herzogin so beiläufig und in einem Tonfall erzählte, als wenn sich jemand mit seiner Nachbarin über das Wetter unterhielt, ließ mich wahrscheinlich dumm wie einen Schellfisch aus der Wäsche glotzen. In diesem Moment war ich mal wieder froh darüber, dass man sich in manchen Situationen nicht selbst sehen konnte: „Und ich dachte, ihr seit Außerirdische."

Das Mädchen Tomke lachte und schüttelte ihren Kopf. „Habe mir schon gedacht, dass du so etwas annimmst. Wie heißen noch gleich diese Dinger, die ihr für außerirdische Raumschiffe haltet?", fragte sie mich.

„Meinst du UFOs? Das steht für unbekannte Flugobjekte."

„Ja, richtig. UFOs. Ich kann mir das Wort nie merken." Wieder lachte sie. „Ihr liegt damit auch gar nicht mal so verkehrt. Es gibt Außerirdische. Aber die haben ganz bestimmt keine glockenförmigen Flugpanzer und Raumflugkreisel, so wie wir, sondern Strahlschiffe. Die sehen allerdings tatsächlich so ähnlich aus.

„Wer ist denn wir?", fragte ich. „Was machst du eigentlich bei diesen Leuten? Du bist doch noch ziemlich jung."

„Ich bin Polizistin, wenn du so willst. Naja, noch nicht ganz. Ich bin sozusagen noch in der Ausbildung, werde aber jetzt bald abschließen", erläuterte sie in einer wohl für sie typisch beiläufigen Art.

„Jetzt schlägt es aber 13! Du und Polizistin?", fragte ich misstrauisch.

„Aber natürlich!", fuhr sie selbstsicher fort, ohne sich auch nur annähernd durch mich provozieren zu lassen. „Mein Dienstgrad lautet Brigadier-Corporal."

„Äh, wie bitte? Brigadier-Corporal?" Ich musste schmunzeln. „Das klingt irgendwie, wie Obergefreite."

Giftig sah sie mich an und schimpfte wie ein Rohrspatz: „Na hör mal, du respektloser Kerl! Das ist zwar das gleiche wie eine Obergefreite, aber Brigadier-Corporal klingt ja wohl angemessener, als Obergefreite. Außerdem bin ich die Ziehtochter eines Generals und werde, wenn ich erst einmal Unteroffizier geworden bin, irgendwann sogar Offizier werden. Schließlich bin ich eine Adlige und muss mich als Herzogin mit den Führungsaufgaben meines Fürstentums vertraut machen."

Vermutlich verfiel sie immer, wenn sie sich aufregte, in eine feuchte Aussprache. Genau, wie letzte Nacht am Ölhafen. Leider waren meine Hände gefesselt, so dass ich mir Tomkes Ergüsse nicht aus meinem Gesicht wischen konnte. Wieder musste ich schmunzeln: „Ist ja schon gut, Prinzesschen. Ich wollte dich doch gar nicht beleidigen. Aber, du musst doch verstehen, dass du mir hier von absolut unglaublichen Sachen berichtest. Das muss man ja erst einmal verdauen."

Wir blickten uns an. „Was ist denn deine Aufgabe bei der ganzen Sache?", bohrte ich weiter.

„Ich bin eine *Jihad-Polizistin* der Sturmlegionäre. Die Sturmlegionäre sind unser Sicherheitsorgan, welches für alle polizeilichen, als auch militärischen Belange zuständig ist.

„Sicherheitsorgan …? Militärische Belange …? He? Und was heißt denn bitte *Jihad*? Das bedeutet doch sinngemäß soviel wie ‚heiliger Krieg'?" Ich runzelte die Stirn: „Wie seid ihr denn drauf? Spinnt ihr? Das geht ja wohl gar nicht!"

„Du wiederholst gerne alles, nicht wahr", provozierte mich die Herzogin und konnte dabei ihre Schadenfreude nicht ganz verbergen. Ich erkannte es daran, da mich schon wieder ihre blitzende Zahnspange einkrakte. Da fuhr sie aber auch schon fort: „Nun gut. Ich will versuchen, es dir in Kurzform zu erklären. Aber unterbrich mich nicht. Ich habe keine Lust, dir jede deiner blöden Fragen x-mal zu beantworten."

Ich nickte.

„Das Manifest der Sturmlegionäre und *Jihad-Polizisten* liegt in rein humanitären Aspekten. Würde es uns nicht seit mittlerweile 61 Jahren geben, wäre der Weltbevölkerung wohl so manche Schweinerei, die wir in letzter Sekunde verhindern konnten, nicht erspart geblieben. Wir haben es uns zur Aufgabe gemacht, einer internationalen Vereinigung von Terroristen entgegenzuwirken, ohne wie die Wahnsinnigen hinter denen herzuballern. Vergiss nicht, wir befinden uns im Krieg, wenn auch in anderer Form. Und du bist mein Kriegsgefangener. Du kannst das natürlich nicht verstehen. Jemand der nicht weiß, wie es tatsächlich um die Menschheit bestellt ist, wird logischerweise so manche Begriffe anders definieren, als wir. Es ist also stets von der Seite des Betrachters abhängig. Durch die euch beherrschenden Meinungsfabriken und dem damit verbundenen totalen Identitätsverlust, wird es euch niemals gelingen, in einer tatsächlich freien und pazifistischen Form zu existieren, so wie wir. Du bist doch wieder mal das beste Beispiel, wie du gerade eben selbst bewiesen hast. Bekommst ja schon hektische Flecken im Gesicht, wenn du Begriffe wie meinen Dienstrang oder meinen heiligen, humanitären Auftrag, den *Jihad*, nur hörst. Du kannst es auch nicht akzeptieren, dass diese Begriffe, wie jede Menge andere Begriffe in der idealen Gesellschaftsform, in welcher wir leben, ganz und gar anders definiert werden und somit einen komplett anderen Stellenwert haben. Aber lassen wir das jetzt lieber, bevor ich mich noch weiter hineinsteigere", erklärte die kleine Tomke von Freyburg – und mich damit erneut zusammenfaltend.

Unabhängig davon, dass ich ihre Ausführungen so schnell gar nicht alle nachvollziehen konnte und erst recht nicht widerspruchslos teilen wollte, da meine mir ureigene liberale Grundeinstellung so leicht nicht durch ein paar billige Phrasen zu verwerfen war, bemerkte ich abermals, das ich es mit einem sehr merkwürdigen Mädchen zu tun hatte. Mal wirkte sie so tollpatschig und unbeholfen wie ein kleines Kind. Dann wiederum drückte sie sich wie eine intellektuelle und in vielerlei Hinsicht gebildete, reife Frau aus.

Ich steck da nicht drin.

Tomke ließ mir, vermutlich absichtlich, einige Sekunden Verdauungspause. Dann fuhr sie, wohl mehr aus Gründen der Höflichkeit, fort: „Ach ja, ich hatte deine Frage ja noch nicht zu deiner Zufriedenheit beantwortet. Wir führen genau genommen schon seit Ewigkeiten in einer bestimmten Form, aber spätestens seit dem Jahr 1924 einen *Jihad* gegen die dunklen und dämonischen Mächte des Universums, die außerirdischen Schatten. Und das im heiligen Auftrag und mit Unterstützung der Kraft der *Schwarzen Sonne*, des unsichtbaren, allumfassenden, göttlichen Lichtes, das ins Innere des Menschen hineinleuchtet."

Ich starrte sie nur an, ohne auf ihre Ausführungen einzugehen, sondern fragte:

„Und verrätst du mir auch noch, wie alt du denn nun bist, du kleine Pseudo-Philosophin?"

„Fünfzehn. Nein, Quatsch. Sechzehn. Ich hatte ja vor einigen Wochen Geburtstag."

Ich holte tief Luft: „Na dann, alles Gute nachträglich", hörte ich mich sagen und resümierte kurz in Gedanken über die Geschehnisse der vergangenen zwölf Stunden:

Eigentlich doch alles ganz einfach – Wütend die Pizza in die Spüle werfen, weil Grete Weiser meldet, dass ihr Nachbar sich aufgeknöpft hat - Heike schnappen und merken, dass das Funkgerät in Dutt ist - sie dann da allein hinfahren lassen und den dämlichen Streifenwagen im gottverlassenen Fuhrpark tauschen - dringend pinkeln müssen und dabei ein UFO landen sehen - kleine außerirdische Gruftieschnecke mit meinem Mobiltelefon filmen und mir dadurch jede Menge Ärger einhandeln - vergessen, jemandem davon zu erzählen und Heike von hinten auf dem Küchentisch vögeln - von den Aliens entführen lassen und feststellen, dass das gar keine Aliens sind, sondern komische Weltpolizisten vom Südpol - die kleine Gruftieschnecke ist auch keine normale Jugendliche, sondern Angehörige komischer Heilsarmisten, welche heilige Kriege führen - gleich geht's ab zu einem Geheimversteck und dann wird mein Gedächtnis gelöscht - damit ich nichts ausquatschen kann - ab mit dem UFO in die Verbannung oder was weiß ich, wohin und fertig ist die Marie - ich sehe nur noch komische Fahnen, Kapitän Flints Jolly-Roger-Piratenflagge und seltsame Hoheitsabzeichen vor mir, so wie auf dem UFO und Tomkes Uniform - und jetzt steht diese kleine Kampfmaus vor mir, ist supersüß und ich krieg schon wieder salonunfähige Gedanken, obwohl ich doch eigentlich ihr Kriegsgefangener bin - alles klar? - Logisch! - Wieso auch nicht?

„Im Grunde ist es gar nicht so schwierig", sagte Tomke von Freyburg. Es gibt im Universum zwei Riesenarschlöcher, welche es bis aufs Blut zu bekämpfen gilt."

„Zwei nur?", warf ich ein. „Dann habt ihr aber ein ziemlich angenehmes Leben. Ich kann dir aus dem Stehgreif mindestens zwanzig Arbeitskollegen aufzählen, welche schwimmbeckengroße Riesenarschlöcher sind und welche es bis aufs Blut zu bekämpfen gilt. Dagegen sind lediglich zwei doch wohl kaum der Rede wert!"

Das Mädchen grinste: „Nun, ganz so einfach ist es wohl doch nicht. Es verhält sich nämlich folgendermaßen: der eine Teil der Riesenarschlöcher kommt nämlich gar nicht aus unserem Universum, sondern aus einem Paralleluniversum. Wir wissen nicht viel über sie. Nur, dass sie hier alles plattmachen wollen."

„Und das zweite Riesenarschlosch?", fragte ich.

„Das zweite Riesenarschlosch ist ein ganz normaler Mensch. Jedenfalls muss man ihn wohl als solchen bezeichnen. Er ist ein Söldnerkommandeur. Sein Name ist Hieronymus de Grooth."

Und dann begann die 16-jährige Obergefreite, äh: Brigadier-Corporal Herzogin zu Rottenstein Tomke Freyja Edda von Freyburg in der nächsten Viertelstunde, die noch verblieb, bis Dr. Klein mit dem Fluggerät kam, weitere Details aus dem Nähkästchen zu plaudern, welche ich mir an dieser Stelle ersparen möchte, detailliert wiederzugeben. Es sei ausdrücklich bemerkt, dass ich mir jedes Weshalb, Warum, Wie ersparte und sie nicht unterbrach. Stärkeren Tobak hatte ich in meinem ganzen Leben nicht gehört. Ein Hammer kam nach dem nächsten. Aber, wie sich erst viel später herausstellen sollte, hatte sie in allem Recht und ihre Angaben entstammten ausnahmslos geheimen, bis dato noch nicht für die Öffentlichkeit zugänglichen, historischen Tatsachen. *„Herzogin Rotz"* erzählte mir etwas von einem seit Urzeiten herrschenden Kampf zwischen Gut und Böse im Universum, von Mächten, die sich bekämpfen und doch von einander abhängig sind, vom Stern Aldebaran, außerirdischen Gefährten der Erdenmenschen, dem versunkenen Atlantis, einem Geheimwissen der Ritter der Schwarzen Sonne und Überlieferungen durch die Tempelritter, schimpfte dann wie ein Rohrspatz über die Schande des Versailler Vertrages (sie spie dabei verächtlich auf den Boden), berichtete mir über eine geheime *VRIL-Gesellschaft* und schwärmte von einer *MA-KA-A-RA-Schwingung* in den Enden von langem Frauenhaar, fantasierte dann von einem tragischen Unfall mit einer Jenseitsflugmaschine im Jahr 1924 und einer Gesine, die dabei draufging, aber durch eigene Dusseligkeit, mittels dieser Maschine drei Geistwesen aus einem bösen Paralleluniversum herüberkommen ließ, welche vorhatten, ihre Kriegsflotte heranzuholen, um hier alles zu vernichten; berichtete mir von komischen Kristallen, in denen die bösen Entitäten im Teutoburger Wald verbannt wurden, schwafelte von Implosionstechnik und Rundflugzeugen, himmelte den Widerstandskämpfer Admiral Wilhelm Canaris an und sabbelte von einem Kapitän Alfred Ritscher, der 1938 eine Antarktisexpedition veranstaltete, erwähnte irgendwas von Geister-U-Booten, ihrem Ziehvater, Friedrich von Hallensleben, der ehemaliger General der Waffen-SS war, hob drohend und beschwörend ihre Faust und verteufelte bis aufs Blut eine geheime Organisation namens *Die Dritte Macht* bzw. Kommissarischer Reichsregierung; behauptete doch tatsächlich, das Martin Bormann und Gestapo-Müller noch lebten und diese Terrororganisation mit diesem von ihr vorhin bereits erwähnten Söldnerchef Hieronymus de Grooth als Sohn Martin Bormanns leiten würden und beschwerte sich letztlich herzzerreißend darüber, dass am Südpol keine Erdbeeren wuchsen.

Tomke von Freyburg schilderte mir alles derart selbstsicher und überzeugend, dass ich es zwar nicht fassen konnte, ihr irgendwie aber tatsächlich jedes Wort abnahm, obwohl ich das ihr gegenüber nicht zugegeben hätte. Wie gern hätte ich mir jetzt eine Zigarette angesteckt. Wenn mich nicht alles täuschte, „Herzogin Rotz" ebenfalls.

„Und du glaubst auch tatsächlich an all das, was du mir gerade berichtet hast?", erkundigte ich mich mal ganz vorsichtig.

„Das ist keine Frage des Glaubens. Das ist eine Frage der eigenen Identität und die Rechtfertigung für jede einzelne Handlung in unserem Leben. Sozusagen, der Sinn und der Zweck unseres Daseins."

Ich musterte sie genau. Dann nickte ich ihr zu: „Nun gut", sagte ich. „Ich will mich nicht in Sachen einmischen, von denen ich keine Ahnung habe."

Plötzlich ertönte ein singendes Geräusch, das von oben zu kommen schien.

Ich kannte dieses Geräusch bereits. Letzte Nacht, als dieses UFO genau neben mir landete, hörte ich es ebenfalls. „Herzogin Rotz" trat einen Schritt zur Seite, öffnete einen Spalt breit die morsche Holztür des Schuppens und schaute nach draußen. Dann gab sie mir mit der Hand, in der sie nach wie vor meine Dienstpistole hielt, einen eindeutigen Wink und sagte:

„Komm bitte. Es geht los und es muss schnell gehen, damit wir nicht schon wieder von jemandem gesehen werden."

Ich machte, was sie sagte, begab mich zur Schuppentür und schaute nach draußen und merkte, dass ich schlagartig blass wurde, als ich das Ding sah. Vor mir stand, lediglich etwa fünfzehn Meter entfernt, das UFO, das ich vergangene Nacht zum ersten Mal erblickte. Deutlich konnte ich die Landestützen erkennen, das Balkenkreuz und die Kanonen. An der unteren Seite von diesem gewaltigen Ding wurde von innen die Luke geöffnet, aus der Tomke letzte Nacht herausgepurzelt kam. Dr. Ralf Klein steckte seinen Kopf heraus und winkte hastig in unsere Richtung. Dabei rief er leise: „Jetzt macht schon und kommt rein! So wie es aussieht, haben wir schon wieder ein ganz gewaltiges Problem!"

Es nützte nichts. Mir wurde nochmals klargemacht, dass es für mich kein Entkommen aus meiner misslichen Situation mehr gab. Die Herzogin half mir beim Einstieg über die schmale Eisenleiter durch die Luke, hinein in das Innere des UFOs. Dabei schob sie mich an, da meine Hände ja mit meinen eigenen Handschellen auf dem Rücken gefesselt waren. Mit sehr großen Widerwillen und nochmals meinen Protest ausdrückend, betrat ich nun diese futuristische Flugmaschine. Ich flog nicht besonders gern, sondern stand lieber mit beiden Beinen fest auf dem Boden. Jetzt sollte ich auch noch mit so einem Teufelsding an einen unbekannten Ort geflogen werden ... *Schrecklich. Einfach fürchterlich!*

Aber nun war es wohl zu spät.

Dabei fiel mir wieder ein, dass es mir irgendwie gelingen musste, einige Aufzeichnungen zu fertigen, um mein großes Vorhaben durchzusetzen. Von dieser Räuberpistole von Rotzgöre Tomke war ich so fasziniert, dass ich alles weitere tatsächlich erst einmal aus dem Kopf verloren hatte. Als ich in dem Ding drin war, stockte mir geradezu der Atem. Ich erblickte eine Art Frachtraum. Überall waren Maschinen und Instrumente zu erkennen. Sofort erinnerte mich die Ausstattung an ein U-Boot, zumal sich in der Mitte eine schmale Eisenleiter befand, die offenbar ein Deck höher führte. Willkürlich dachte ich irgendwie an *Yellow Submarine*. Hinter der Leiter war ein Rohr zu erkennen, das an ein Periskop erinnerte und vermutlich auch eines war. Das ganze Raumschiff sah irgendwie – von außen wie auch von innen – sehr fremdartig, aber auf eine gewisse Art auch wiederum irgendwie vertraut aus.

Es gab hier, entgegen meiner Erwartung, keine „3D-Bildschirme" oder hochmoderne Computer, sondern vielmehr jede Menge Druckanzeiger und andere Messinstrumente, welche eigentlich gar nicht auf den ersten Blick mit einem Raumschiff in Verbindung gebracht werden konnten, sondern vielmehr an den Maschinenraum eines Schiffes erinnerten. Augenscheinlich funktionierte hier viel auf mechanischer Basis, beziehungsweise auf Hydraulik. Auf jeden Fall, und so hochtechnisiert es hier zweifelsfrei war, sah es auf seine Art uralt aus.

Es ist einfach nicht möglich, meine Eindrücke so zu beschreiben, dass ein Dritter damit etwas Brauchbares anfangen kann. Ich erblickte sozusagen eine futuristische Hochtechnologie von vorgestern. Anders kann man es wohl nicht ausdrücken. Jeder Schraube, jeder Mutter, jeder Klemme, jeder Metallschelle, jedem Rohr und jedem Kabel, sogar dem Ton der oliv-grauen Farbe, in welcher hier an Bord fast alles gehalten war, sah man das Alter an. Tatsächlich schien dieses Gerät Anfang der vierziger Jahre oder sogar bereits Ende der dreißiger Jahre gebaut worden zu sein.

Ein sehr merkwürdiges Gefühl von Nostalgie und Ehrfurcht ergriff mich. Naiv, wie ich damals noch war, begann ich mich zu fragen, weshalb man nie etwas von diesen Dingen erfahren hatte. Einen kleinen Moment und wahrscheinlich unter den enormen Eindrücken der Situation stehend, fragte ich mich zum ersten Mal in meinem Leben, ob mit der Welt, welche ich gestern noch kannte, denn tatsächlich alles so in Ordnung war.

Tomke von Freyburg, die sofort begriffen hatte, dass durch die Panikmache ihres Kollegen irgendetwas nicht stimmte, bugsierte mich weiter in den Frachtraum des Raumschiffes, verschloss anschließend die Bodenluke und blickte zu Dr. Klein, der vom oberen Deck zu ihr herunterschaute und Tomke bereits erwartete.

„Bitte schnalle Herrn Wagner an und komme dann sofort zu mir auf die Brücke", sagte er kurz angebunden. Er schien Ärger zu haben. Tomke zeigte in Richtung eines Sitzes, der an der Innenwand im Frachtraum des Raumschiffes befestigt war und bat mich, dort Platz zu nehmen. Die Handfesseln nahm sie mir nicht ab.

Ich nahm widerspruchslos auf dem Sitz Platz und „Herzogin Rotz" legte mir einen Anschnallgurt um die Hüfte. Damit war sie einerseits vor eventuellen Attacken meinerseits in Sicherheit und zweitens hatte die Gewissheit, dass ich während des vermutlich gleich erfolgenden Starts des Raumschiffes nicht aus dem Sitz gerissen wurde.

„Du bleibst hier einfach ruhig sitzen und entspannst dich. Passieren kann dir gar nichts. Wir werden jetzt sofort starten und uns auf eine Höhe von 60.000 Metern bringen. In dieser Höhe sind wir eigentlich vor allem sicher. Ich gehe jetzt auf die Brücke. Wenn du ein Problem hast, ruf einfach laut. Einer von uns wird sich dann um dich kümmern!", sagte sie. Und so, wie sie es sagte, klang es irgendwie fürsorglich. Ich nickte lediglich, vermutlich bereits blass geworden, als ich von den 60.000 Metern Höhe hörte. Daran konnte nicht einmal die Tatsache etwas ändern, dass ich, während sich die reizende Tomke von Freyburg die schmale Eisenleiter zur Brücke hochhangelte, einen ausgiebigen Blick unter ihren kurzen, karierten Schottenrock genehmigen durfte, der ihren kleinen Hintern bedeckte. Und das sollte bei mir schon etwas heißen!

*****

Die Herzogin betrat die Brücke des Raumschiffes. Dr. Klein erwartete sie mit ernster Miene. Das Fluggerät befand sich bereits in der Startphase, was im Inneren kaum spürbar war, da es sein eigenes Schwerkraftfeld erzeugte.

„Wir haben während unserer Abwesenheit einen Notruf von Horchposten I bekommen". Er zeigte auf das kleine rote Lämpchen, das regelmäßig aufblinkte, um die Dringlichkeit zu verdeutlichen.

„Ich weiß nicht, ob du wieder irgendwie an unserer Pechsträhne schuld bist, jedenfalls scheinen die Ereignisse seit zwei Tagen kein Ende mehr zu nehmen. Ich möchte zu gern wissen, was nun schon wieder los ist. Denn ich hatte noch keine Gelegenheit, mich zu melden. Wir müssen erst sehen, dass wir hier wegkommen", sagte er zu Tomke, sichtlich nervös und ohne sie dabei anzusehen, da er parallel mit dem Start des unheimlichen Fluggerätes beschäftigt war.

„Ach du Scheiße", kam es über Tomkes Lippen.

„Jetzt weißt du schonmal Bescheid, dass es eventuell mächtigen Ärger geben kann. Geh jetzt bitte wieder hinunter und sieh nach, ob unser Gast den Start gut überstanden hat. Nicht, dass der noch an Weltraumkrankheit leidet. Ich teile dir dann nachher mit, was Sache ist", sagte Dr. Klein.

„Ja, gut, Ralf. Bis gleich dann. Ich ziehe mich erst einmal um und gehe dann zu ihm", antwortete Tomke und verschwand von der Brücke.

Nachdem das Raumschiff eine angemessene Höhe erreicht hatte, betätigte der Ingenieur die Stillschwebefunktion und begab sich dann zum Kommunikator, einem Hochleistungsfunkgerät, das mit einem Videobildschirm verbunden war und auf einer streng geheimen und nicht zu entschlüsselnden Frequenz arbeitete. Mit unwohlen Gefühl schaltete Dr. Klein den Kommunikator ein und versuchte, eine Verbindung zum Südpol herzustellen. Nachdem sich das erste Flackern des Monitors, der in Schwarz/Weiß übertrug, gelegt hatte, vergingen noch einige Sekunden, bis der Kopf eines Mannes auf dem Bildträger sichtbar wurde: Der Kopf eines sehr alten Mannes. Eines Greises. Er hatte aschgraue, aber volle, ganz leicht gewellte Haare, die nach hinten gekämmt waren, ein sehr hageres Gesicht und eine leichte Hakennase. Seine ebenfalls aschgrauen Augen strahlten Intelligenz, Weisheit und eine unglaubliche Lebenserfahrung aus. Er schien der Typ Mensch zu sein, vor dem jeder sofort Respekt hatte. Er trug die gleiche schwarze Uniformkombination wie Tomke. Auch seinen rechten Kragenspiegel zierte das schwarz/weiß/schwarze Hoheitsabzeichen und an seinem linken Kragenspiegel, wie auch an seinem linken Oberarm war das weiße, aufgestickte V zu erkennen. Hätte ihm jemand gesagt, dass er eine gewisse Ähnlichkeit mit dem 1993 verblichenen, genialen englischen Schauspieler Sir Peter Cushing hatte, vornehmlich in seiner Rolle als Admiral Tarkin im allerersten Star Wars Film von 1977, würde er dies wohl kaum abstreiten können.

Dr. Klein erkannte am ernsten Gesichtsausdruck des alten Mannes sofort, dass es ein ernsthaftes Problem gab und sagte: „Mein Gott, Friedrich. Bitte, was können wir denn für dich tun?"

„Gott sein Dank, Ralf, sei gegrüßt. Wir versuchen schon seit einer halben Stunde, euch zu erreichen", sagte der alte Mann.

„Wir hatten an der Nordsee noch einen kleinen Einsatz zu erledigen, der etwas Zeit in Anspruch nahm. Es ließ sich dabei leider nicht vermeiden, einen Gefangenen zu machen, der uns zu nahe kam. Wir wollten eigentlich jetzt zum Fjordlager fliegen und sein Erinnerungsvermögen der letzten 12 Stunden löschen lassen, damit wir ihn anschließend wieder zurückbringen können", erstattete Dr. Klein einen kurzen Lagebericht.

Einige Sekunden blieb es ruhig. Dann sagte der alte Mann: „Ihr müsst sofort nach Norden fliegen, Richtung Eismeer. Die Lage ist mehr als ernst, Ralf. Ich habe den Verteidigungsfall ausgerufen. Wir werden angegriffen!"

„Was?", fragte Dr. Klein entsetzt.

Der Alte Mann mit dem markanten Gesicht nickte mit todernster Miene:

„Von den MBT der Dritten Macht. Die Lage ist Folgende, Ralf: Wir haben seit etwa einer Stunde keinen Funkkontakt mehr zu unserem U-Boot Bunker Fjordlager in Norwegen. Ich weiß nicht, was da los ist. Aber, vorerst viel wichtiger: Wir empfingen gerade einen verschlüsselten Funkspruch von Lyda Salmonova. Lyda hat mal wieder Kopf und Kragen riskiert, um uns diese Mitteilung zu machen. Aus dem Funkspruch geht hervor, dass sich in der Barentssee ein U-Boot der Dritten Macht mit einem atomaren Sprengkopf befindet, welches von Söldnertruppen der MBT gesteuert wird. Mit dem Atomsprengkopf soll unser U-Boot Bunker gesprengt werden. Noch ist das U-Boot im Eismeer und für einen Angriff zu weit weg. Nach den uns hier vorliegenden Kursangaben hat es aber in ungefähr einer Stunde seine Angriffsposition erreicht ..."

Dr. Klein wurde blass.

„Ralf, es geht um jede Minute. Startet sofort in Richtung Eismeer und torpediert das feindliche U-Boot. Sonst gibt es eine Katastrophe. Diese Wahnsinnigen bringen es fertig und kontaminieren in ihrem Hass die gesamte Nordsee mit ihrem dreckigen Sprengkopf. Durch den plötzlichen Funkkontaktabbruch zu unseren Leuten im Fjordlager seit ihr jetzt die einzige erreichbare und einsetzbare Einheit da oben im Norden."

Der alte General verstummte einen Moment, ehe er fragte:

„Wo seid ihr jetzt eigentlich genau?"

„Höhe Wilhelmshaven", antwortete Dr. Klein.

„Da war ich 1943 mal einige Zeit stationiert", sagte der Alte, „Egal jetzt."

Er winkte ab, um deutlich zu machen, sich jetzt nicht festzuquatschen, da die Zeit drängte. „Wie viele Kampftruppen hast du denn an Bord, Ralf?"

Dr. Klein machte dicke Backen: „Friedrich, von Kampftruppen kann nicht die

121

Rede sein. Lediglich eine Einzige! Eigentlich wollte ich die Atropintour mit einem Ausbildungsflug verbinden."

„Das ist nun wirklich nicht gerade viel", sagte General von Hallensleben knapp und biss sich nachdenklich auf die Unterlippe. „Aber wieso schleppst du Mara mit auf einen Ausbildungsflug? Mara ist doch selbst Ausbilderin. Naja, ich will euch da nicht hineinreden. Wird schon seinen Grund haben. Aber auf Mara ist Verlass. Sie ist eine ausgezeichnete Kanonierin und wird das U-Boot torpedieren. Dann sehen wir weiter", redete sich der alte General die Situation schön. Er dachte nämlich dabei sofort an die 24-jährige Sturmlegionärin Sergent Mara Winter, einer ausgebildeten Kampfpolizistin und Ausbilderin der jungen Tomke von Freyburg.

„Ich spreche nicht von Mara", sagte Ralf mit ernstem Ton.

Der Alte runzelte die Stirn: „Aber wer sonst …?"

General von Hallensleben verlor schlagartig den letzten Rest Farbe aus seinem Gesicht und seine Miene verdüsterte sich noch mehr. Dann nuschelte er mit ernstem Ton durch die Zähne: „Ich verstehe die Problematik. Das ändert die Situation natürlich ganz erheblich." Und nach einem tiefen Atemzug:

„Bring Tomke bitte vor den Bildschirm. Ich habe unter diesen besonderen Umständen selbst ein paar Worte mit dem Fräulein zu sprechen."

Dr. Klein nickte und sah sich um. Tomke kam gerade aus der Verpflegungslast und hatte drei Flaschen Mineralwasser in der Hand.

„Tomke, Friedrich möchte dich sofort sprechen", rief er ihr entgegen. Tomke legte die Flaschen auf den Navigationssitz. Sie hatte sich zwischenzeitig umgezogen und trug jetzt wieder ihre schwarze Uniform der Sturmlegionäre, bewaffnet mit ihrer Dreyse-Pistole. Schließlich gab es an Bord einen Kriegsgefangenen zu bewachen.

Sie nickte und holte aus der rechten Beintasche ihrer Uniformhose ein schwarzes Barett, das sie sich leicht schräg auf den Kopf setzte, so dass ihre zauseligen Haare, die sie jetzt wieder offen trug, an den Seiten etwas abstanden. An der linken Seite ihres Baretts blitzte ein silbernes V als Barettabzeichen. Es war das gleiche Symbol, das ihren linken Kragenspiegel und ihren linken Oberarm zierte. Dann begab sie sich vor den Bildschirm. Als sie General von Hallensleben erblickte, schlug sie ihre Hacken zusammen, nahm Haltung an und grüßte den General militärisch mit der Hand an der Schläfe: „Brigadier-Corporal Tomke von Freyburg. General, ich melde mich wie befohlen", brach sie sich einen ab.

„Lass den Blödsinn, Tomke. Wir sind hier weder auf einem Kostümfest, noch bei der Formalausbildung. Stell dich vernünftig hin", schnaubte der General das Mädchen an. Er dachte jetzt natürlich gar nicht daran, ihren Gruß zu erwidern, auch wenn er ihr damit einen riesigen Gefallen getan hätte. Das eigentümliche Mädchen aber bestand auf korrektes militärisches Verhalten. Das war nun einmal auch ihre Art von Humor. Deswegen mochte den kleinen Schelm ja auch jeder.

„So, mein Schatz. Jetzt höre mir mal ganz genau zu, was ich zu sagen habe."

Dann unterrichtete der Alte seine Ziehtochter kurz und knapp, aber informativ über den Sachverhalt. Tomke von Freyburg hörte ihm aufmerksam und mit halboffenem Mund zu.

„Hast du alles verstanden, Tomke?"

„Ja, ich hab das begriffen", antwortete das Mädchen.

„Ralf bekommt gleich von mir die genauen Koordinaten und dich möchte ich dann damit beauftragen, das Atom-U-Boot in deiner Eigenschaft als Kanonierin zu torpedieren. Zum Glück hat diese alte V7 ja zwei kleine Implosionstorpedos geladen."

„Dat weeß ick doch, Paps!", sagte Tomke ungehalten. „Ich schieß den Vogel schon ab", fügte sie aber sofort versöhnlich hinzu. Der General nickte.

„Eines noch, Tomke: wehe, wenn das in die Büx geht. Reiß dich bitte zusammen und mach, was Ralf dir sagt."

„Aber Paps. Du weißt doch ganz genau, dass du dich auf mich verlassen kannst!" Sie wippte schon wieder in den Knien. Ein Zeichen, dass sie ungeduldig war.

„Wenn ich das nicht wüsste, würde ich jetzt ganz bestimmt nicht meine kostbare Zeit damit vergeuden, mit dir hier so lange herumzuquasseln. Und noch etwas: Passt mir auf diesen Mann auf, den ihr gefangen genommen habt. Ich wünsche nicht, dass ihm irgendetwas passiert. Schließlich kann er für die Situation nichts. Und nun führt meinen Befehl aus. Die Zeit rennt uns unter den Nägeln davon. Habt meinen Segen. Jetzt gib mir Ralf bitte nochmal", schloss General Friedrich von Hallensleben das Gespräch mit seiner Ziehtochter. Diese nickte ihm zu, drückte mit den Worten: „Tschüß Paps" einen frechen Schmollmundkuss auf den Monitor, welcher dadurch an dieser Stelle beschlug und ging dann zum Kommandostand der V7, an dem Dr. Klein stand und das Gerät in Richtung Norden steuerte.

„Friedrich will dich noch mal kurz sprechen, Ralfi", sagte die junge Kampfpolizistin in Ausbildung und setzte sich auf den Sitz des Co-Piloten, um das Steuer zu übernehmen.

Dr. Klein begab sich zum Kommunikator, um die letzten Anweisungen seines Chefs entgegenzunehmen. Dieser wiederum sprach mit leisem, verschwörerischem Ton: „Ralf, du weißt, was du für eine kostbare Fracht an Bord hast. Du weißt, was mit ihr los ist. Es darf ihr nichts passieren. Unser Fortbestehen kann davon abhängen. Auch, wenn sie davon noch gar nichts ahnt. Kommt heil zurück", sagte der 93-jährige General geheimnisvoll zu Oberingenieur Dr. Klein.

„Klar, Friedrich. Ich weiß genau, was du ansprichst. Ich bringe sie dir wieder. Mein Wort darauf."

Der Alte lächelte Ralf leicht gezwungen entgegen und schaltete dann die Kommunikatorverbindung ab. Der Wissenschaftler ging zurück zum Kommandostand und wies Tomke an: „Hol bitte Herrn Wagner auf die Brücke und schnall ihn auf dem Funkersitz fest. Wenn wir im Gefecht sind, möchte ich ihn stets im Auge haben. Allein schon, um auf seine Sicherheit aufpassen zu können."

Irgend etwas tat sich da oben. Jedenfalls hatte ich das so im Gefühl. Da erblickte ich von meinem Sitz „Herzogin Rotz", die gerade die schmale Eisenleiter heruntergestiegen kam. Zuerst hatte ich sie gar nicht erkannt, bis mir auffiel, dass sie jetzt wieder dieselbe schwarze Uniform trug, wie vergangene Nacht, als ich sie heimlich beobachtete. Auf ihrem Kopf trug sie ein schwarzes Barett, unter dem ihre zauseligen Haare zur Seite abstanden, was mich irgendwie an den Anblick einer Partisanenkämpferin erinnerte. Ihre Uniform stand ihr irgendwie perfekt und schien wie maßgeschneidert zu sein.

Abrupt wurde ich aus meinen Gedanken gerissen. Denn Tomke griff plötzlich an das Pistolenholster an ihrer Koppel und zog ihre Waffe heraus, welche sie demonstrativ durch Zurückziehen des Verschlusses fertig lud. Ich erschrak.

„Wie? Jetzt doch Exekution? Das passt zu euch komischen Terroristen", sagte ich.

„Quatsch doch nicht so blöd rum", fuhr sie mich an. „Steh auf und komm mit auf die Brücke. Wir bekommen gleich Ärger und bleiben alle zusammen. Außerdem sind wir keine Terroristen. Auch das sagte ich bereits."

Sie steckte ihre Waffe wieder zurück ins Holster. „Ich mache dir jetzt die Handschellen ab und werde dir die Hände vor dem Körper wieder zusammenbinden, damit du die Leiter zur Brücke hochsteigen kannst. Ich habe keine Lust, dir, wie vorhin beim Besteigen der V7 wieder in den Gürtel greifen zu müssen, um dich hochzuschieben. Du bist mir nämlich zu schwer."

„V7?", fragte ich stirnrunzelnd.

„Vergeltungswaffe 7 bedeutet das", sagte „Herzogin Rotz" unwirsch und winkte abfällig mit ihrer linken Hand ab, so, als hätte ich von rein gar nichts eine Ahnung.

„Ist doch jetzt völlig egal", fügte sie in genervtem Ton hinzu und fesselte meine Hände wieder vor meinem Körper. „Jetzt komm schon und steig die Leiter zur Brücke hoch. Und mach keine Dummheiten, sonst knall ich dir ein Loch in deinen Sack", fügte die adlige Rotzgöre noch hinzu.

„Hoheit! Es reicht! Benehmt Euch bitte Eurer blaublütigen Herkunft nach standesgemäß", vernahm ich von oben die mahnende Stimme Dr. Kleins. Das Mädchen wurde knallrot und ich stieg, ihr vorausgehend, die Leiter zur Brücke hoch. Dort angekommen, kam ich erneut aus dem Staunen nicht heraus.

„Setze dich dort bitte hinein", sagte das Mädchen zu mir und zeigte auf einen drehbaren, am Boden festmontierten Sessel vor einer Konsole. Ich nahm Platz und sie legte mir einen Anschnallgurt um. Dabei blieb es nicht aus, dass sie mir ziemlich nahe kam. *Sie riecht so gut.* Sie roch gar nicht so wie junge Frauen sonst riechen, sondern irgendwie anders. Schon vorhin war mir dieser Geruch an ihr aufgefallen.

Wahrscheinlich riecht die von Natur aus immer so gut.

Da geschah schon wieder etwas Merkwürdiges: Plötzlich blickte Tomke mich fragend an, senkte ihren Blick und betrachtete sich kurz selbst. Dann schien sie betont intensiv einzuatmen, blickte mich dann wieder an und wurde schon wieder rot. Sie nahm die drei Wasserflaschen, die auf einem anderen Sessel lagen, reichte eine davon diesem Dr. Klein, der vor einer Art Steuereinrichtung saß, schraubte eine weitere Flasche auf, die sie mir entgegenhielt: „Du hast doch bestimmt Durst?", fragte sie mich, als ob dies eine Selbstverständlichkeit wäre.

„Ich jedenfalls habe ständig Durst", fügte sie hinzu.

„Danke. Ich kenne das Problem. Ich leide auch schon mein Leben lang unter ständigen Durstattacken."

„Das ist Mineralwasser", informierte sie mich.

Ich nickte und trank. Sie auch. Dabei musterte sie mich sehr genau. Sie trank aus der Flasche wie ein kleines Baby, welches das Fläschchen bekommt und sein Gegenüber dabei genau im Auge behält. Ich glaube, ich grinste sie sogar kurz an, löste dann aber meinen Blick von ihr und sah mich auf der Brücke dieses überwältigenden Raumschiffes um. Besonders groß war es hier nicht. Vielleicht sechs bis acht Quadratmeter, schätzte ich. Hier sah es ebenfalls aus, wie im Leitstand eines U-Bootes. Fast alles war auch hier in diesem militärischen oliv-grauen Farbton gehalten. Jede Menge Schaltpulte, Druckanzeiger, Messuhren, Rohre, Schläuche, seltsame hydraulische Geräte, mehr als unten.

Mehrere Bullaugen zogen sich um die ganze Raumschiffbrücke herum und gaben den Blick nach draußen frei. Merkwürdigerweise dachte ich erst jetzt wieder daran, dass wir uns ja hoch oben in der Luft befinden mussten. Davon war aber absolut nichts zu merken. Da ich nun weiß Gott alles andere als ein hobbymäßiger Flugpionier war, fragte ich einfach nach:

„Fliegen wir tätsachlich? Man merkt ja gar nichts."

Das Mädchen nahm gerade wieder einen Zug aus ihrer Wasserflasche und verschluckte sich fast, da sie über meine vermutlich dilettantisch klingende Frage lachen musste. Dabei lief ihr Mineralwasser aus dem Mund und tröpfelte auf ihre Uniformjacke, was sie offenbar gar nicht bemerkte.

„55.587 Höhenmeter." sagte sie beiläufig nach einem Blick auf ein Schaltpult neben sich. Ich schluckte.

„So genau wollte ich das nun auch wiederum nicht wissen ... Womit fliegt dieser Vogel hier eigentlich?", nervte ich weiter.

„Mittels eines *Magnet-Feld-Impulsers*. Das ist ein Elektro-Turboantrieb, der auf den Grundlagen der *VRIL-Technik* beruht, von der ich dir vorhin berichtete."

„Ach so", sagte ich. Anerkennend ließ ich meinen Blick erneut in die Runde schweifen. „Na, das hätte ich mir ja auch gleich denken können."

Wiederum grinste mich das Mädchen in der schwarzen Uniform und dem Barett auf dem Kopf frech an und ging dann zu dem Wissenschaftler. Staunend nickte ich und sah mich weiter in dem UFO-Leistand um. Ich schaute nach oben. Die schmale Eisenleiter und das Periskop, wenn es sich denn tatsächlich dabei um ein solches handelte, verliefen noch weiter nach oben. Anscheinend gab es noch eine weitere Etage oder kleinere Zelle oberhalb der Brücke. Ich konnte von meinem Sitz aus nicht erkennen, wie es dort aussah. Es schien dort aber irgendwie enger zu werden.

Ich erinnerte mich jetzt wieder an diese gewaltigen Geschütze, welche ich oben am UFO bemerkt hatte. Vermutlich befand sich dort eine Art Kampfstand.

Das Mädchen und dieser Wissenschaftler tauschten irgendwelche Informationen aus. Dabei ließen sich beide durch mich nicht stören. Nach etwa fünf Minuten kam Dr. Klein zu mir, während das freche, aber außerordentlich hübsche Mädchen anscheinend die Steuerung des Raumschiffes übernahm.

„Es tut mir sehr leid, Herr Wagner. Wir kommen im Moment aus den Schwierigkeiten nicht mehr heraus. Brigadier-Corporal von Freyburg hat mir berichtet, dass sie

Sie über den weiteren Verlauf in Bezug auf Ihre Person informiert hat. Leider lässt sich dieses Unterfangen jetzt aufgrund einer neuen Situation nicht mehr planmäßig durchführen. Die Organisation, für die Brigadier-Corporal von Freyburg und meine Wenigkeit arbeiten und leben, befindet sich seit einer Stunde im Verteidigungszustand. Unser Staatsoberhaupt, General von Hallensleben, hat von unserem Hauptquartier aus den Verteidigungsfall ausgerufen und wir müssen vorab erst einen Kampfeinsatz übernehmen. Unangenehmerweise sind sie ja noch als Gast an Bord. Wir wollten Sie da garantiert nicht mit hineinziehen. Die Umstände erfordern es aber, dass sie nun unfreiwilliger Zeuge, beziehungsweise, Beiwohner dieses Kampfeinsatzes werden. Ich kann Ihnen das nicht ersparen, Herr Wagner und bitte Sie höflichst um Verständnis", sagte dieser Dr. Klein in seiner typischen, überhöflichen Art. Irgendwie hatte er es fast geschafft, durch sein korrektes Auftreten einige Sympathiepunkte bei mir zu gewinnen. Die beiden waren doch ein merkwürdiges Duo.

Ich musste mir innerlich einen Ruck geben, da ich zu diesem Zeitpunkt zum ersten Mal merkte, dass das Stockholm-Syndrom langsam griff. Ich sah den Wissenschaftler an. Obwohl er schon Mitte vierzig sein musste, sah er aus wie ein großer, ewiger Schuljunge.

„Ich bin wohl kaum in der Lage, zu widersprechen", sagte ich.

„Das sehe ich genauso", mischte sich „Herzogin Rotz" dazwischenrufend ein.

„Du hältst dich da heraus, Hoheit", zischte Dr. Klein zurück.

„Nun gut, Herr Wagner. Ich stehe dann noch in der Pflicht, einfach aus Gründen der Fairness, Ihnen kurz mitzuteilen, worum es geht. Eigentlich wollten wir mit Ihnen nach Norwegen fliegen. Dort haben wir einen geheimen U-Boot-Bunker, der Fjordlager genannt wird und sich in einem Sperrgebiet befindet. Jetzt aber müssen wir noch etwas weiter hinaus. Ins Eismeer. In die Barentssee. Dort befindet sich ein U-Boot unserer Erzfeinde, das einen Atomsprengkopf geladen hat. Dieses U-Boot müssen wir torpedieren."

„Atomsprengkopf … torpedieren …?!?" Ich musste schon wieder schlucken und merkte, wie mein Kiefer herunterfiel.

„Wiederholst du schon wieder alles für unseren Blitzmerker?", mischte sich „Herzogin Rotz" erneut dazwischen.

„Tomke!", ermahnte Dr. Klein sie auch ein weiteres Mal scharf.

„Ich kann Ihnen versichern, dass Sie keinerlei Bedenken haben müssen, Herr Wagner. Sie befinden sich in der *GRAF SPEE*, einer V7-Variante eines Dornier-Stratosphärenflugzeuges der Baureihe *Haunebu 2*. Das Gerät ist zwar schon über sechs Jahrzehnte alt und wird eigentlich nur noch zu Übungszwecken benutzt, ist trotzdem seiner Zeit aber immer noch um Hunderte von Jahren voraus. Mit der Kampfkraft der *GRAF SPEE* können wir eine ganze Armee außer Kraft setzen. Zudem ist Herzogin zu Rottenstein eine ganz hervorragende Kanonierin."

Ich glaubte nicht richtig gehört zu haben.

„Was? Jetzt sag mir nur noch, dass die Lütte dieses U-Boot torpedieren wird!", schoss es mir heraus, wobei ich ihn aus Versehen duzte.

„Aber natürlich", antwortete er mir. „Das ist ihre Aufgabe. Ich bin nur Techniker, beziehungsweise, Ingenieur. Für die Sicherheit an Bord ist originär Herzogin zu Rottenstein in ihrer Eigenschaft als Brigadier-Corporal der Sturmlegionäre zuständig. Genau genommen bin ich nicht einmal Pilot. Nur kenne ich an dieser V7 jede einzelne Schraube in- und auswendig und habe an dem Elektro-Turboantrieb schon so oft herumgeschraubt, dass ich diese Flugpanzer, wie alle anderen Fluggeräte, über die wir zudem noch verfügen, sozusagen blind fliegen kann und mittlerweile deswegen sogar hin und wieder als Fluglehrer fungiere."

Jetzt dachte ich wieder an die vergangene Nacht und an Tomkes Worte: „ ... oder wir legen die Stadt in Schutt und Asche ...!"

Sie konnten es. Wenn sie es wirklich wollten, konnten sie es. Daran zweifelte ich keine Sekunde mehr.

„Ralf, kommst du bitte? Wir müssten nach den Koordinaten von Friedrich in der Nähe von dem U-Boot sein. Wassern kannst du den Vogel hier selbst. Sonst meckerst du wieder mit mir herum, wenn was schiefgeht und dann heißt es wieder, ich sei gelandet wie Lappen aus dem Arsch gezogen", hörte ich „Herzogin Rotz" sagen.

„Lass bloß deine dünnen Finger davon und unterstelle mir bloß nicht deine unkultivierte Ausdrucksweise, Hoheit", antwortete Dr. Klein und übernahm die Steuerung des Raumschiffes.

Es ging also los. Ich mochte gar nicht daran denken.

Mann, hatte ich wieder mal ein Glück! Nicht genug damit, dass ich von diesen komischen Vögeln aus meiner idyllischen Heimatstadt an der Nordsee entführt wurde und mein Gedächtnis in einem geheimen U-Boot Bunker, versteckt in den Fjorden Norwegens, gelöscht werden sollte. Nein! Mit diesem fantastischen UFO hier sollte ich jetzt auch noch auf Tauchgang gehen und gegen ein U-Boot, das einen Atomsprengkopf mitführte, kämpfen.

Verrückt. Absolut verrückt! Was kommt denn noch alles auf mich zu?

Wie sollte ich damals auch ahnen, dass ich lediglich mit der Spitze eines Eisberges konfrontiert wurde und wie sich mein bis dahin eher normales Dasein fortan und für den Rest meines Lebens ändern würde?!

Das Mädchen kam zu mir: „Wir werden jetzt ins Eismeer eintauchen. Du verhältst dich bitte absolut ruhig, damit wir von dem feindlichen U-Boot nicht geortet werden können. Mach dir keine Sorgen. Ich habe alles fest im Griff", sagte die Rotzgöre selbstsicher, setzte ihr Barett ab, rollte es zusammen und steckte es in die rechte Beintasche ihrer Kampfhose. Dann holte sie aus ihrer Hosentasche ein Gummiband, mit dem sie sich ihre Haare hinter dem Kopf zusammenband. Wieder sah ich ihre kahlrasierte linke Kopfhälfte, die aber absolut nicht zu erkennen war, wenn sie ihre Haare offen trug. Dann ging sie zu einem etwa hüfthohen Blechschrank, der einige Meter neben dem Sessel stand, auf dem ich immer noch gefesselt dasaß. Das Mädchen öffnete den Schrank und entnahm ein schwarzes Dreiecktuch, das sie sich um den Hals band. Anschließend griff sie erneut in den Schrank hinein und holte ein Sprechgeschirr in Form eines kleinen Kopfhörers mit einem kleinen Mikrophon hervor, setzte sich das Headset auf Kopf und rückte das kleine Mikrophon zurecht. Erneut griff sie in den Schrank und holte nun einen Stahlhelm und ein paar schwarze Lederhandschuhe hervor. Als sie den Stahlhelm aufgesetzt hatte, sa ich, dass der auch schon so sein Alter hatte; mit der typischen Form, wie sie schon in den Weltkriegen und neuerdings auch wieder bei der Bundeswehr getragen wurden. Vermutlich stammte dieser Helm noch aus derselben Zeit, in der dieses fantastische

Fluggerät gefertigt worden war. Tomke zog sich die Handschuhe über. Als ich durch die Bullaugen nach draußen sah, konnte ich erkennen, dass sich das UFO im Sinkflug befand und mit einemmal klatschte dunkelgrünes Meerwasser gegen die Bullaugen. Das UFO versank in den Fluten ...

Naja, besser hier unten, als da oben in fünfundfünfzigtausendschlagmichtot Meter Höhe ... Ich sah zu der 16-jährigen Kampfpolizistin herüber. Sie krabbelte die Eisenleiter eine Etage höher. Ich hatte es mir fast schon gedacht. Dann war von ihr nichts mehr zu sehen. Nach einigen Sekunden hörte ich ihre Stimme aus einem Lautsprecher lispeln, der neben der Steuerkonsole angebracht war:

„Okay, Ralf. Hörst du mich? Ich bin jetzt im Kampfstand. Sieht alles gut aus. Ich werde zuerst versuchen, das Mistding mit einem Implosionstorpedo ins Jenseits zu befördern. Wenn das nicht klappt, brat ich die aber mit meiner D-KSK zusammen. Ich will bloß kein Seebeben damit verursachen."

„Ich verstehe dich gut, Tomke. Du wirst das schon mit dem Torpedo schaffen. Wir wollen hier nicht auch noch Flurschaden anrichten. Ich habe das Hydrophon angeschaltet. Ich hoffe, wir hören das U-Boot irgendwo. Wenn ich den Sonar anschalte, verraten wir dadurch unsere eigene Anwesenheit und Position. Das würde ich gerne vermeiden, damit haben wir nämlich den Überraschungseffekt auf unserer Seite."

Einige Minuten vergingen. Dann hörte ich erneut die Stimme von Dr. Klein:

„Ich hab es, Tomke. Es ist in nur zweitausend Metern Entfernung. Ich gehe Steuerbord an das Boot heran. Mal sehen. Ah, ja. Ich glaube, die ändern ihre Position auch gerade. Die haben uns natürlich ebenfalls geortet und gehen auf Angriffskurs. Wahrscheinlich öffnen die jetzt ihre Torpedoklappen."

„Was glaubst du wohl, was ich gerade mache, Ralfi?"

„Achtung, Tomke, die feuern auf uns. Zwei Torpedos rasen auf uns zu. Moment ... noch achtzehn Sekunden bis zum Einschlag."

„Verstanden", antwortete Tomke.

Oh Mann, dass darf doch nicht wahr sein. Zwei Torpedos rasen auf uns zu und ich sitze hier im kurzen Hemd, gefesselt mit meinen eigenen Handschellen!

So ganz allmählich ging ich jetzt aber wirklich mit den Nerven auf dem Zahnfleisch. Ich konnte sehen, dass der Doktor konzentriert auf die Apparaturen blickte. In Gedanken rechnete ich die Sekunden bis zum Einschlag der Torpedos mit. Achtzehn sollten es sein. Bei sechzehn war ich schon. Blieben also noch zwei beschissene Sekunden. Augenscheinlich haben die beiden Vögel wohl irgendeinen taktischen Fehler gemacht.

Panisch wartete ich auf den Einschlag der Torpedos und ich fragte mich, ob ich davon wohl überhaupt etwas mitbekommen würde? Naiv dachte ich, ob das wohl weh tun könnte. *Wie das wohl sein wird, zu explodieren? Hoffentlich riss es mich gleich komplett auseinander. Nicht, dass ich hier noch irgendwie verletzt rumoxidierte. Sollte ich meine Augen schließen oder lieber meinem Schicksal entgegenblicken?*

Ich kam nicht mehr dazu, weiter darüber nachzudenken, denn mittlerweile war ich bei siebzehneinhalb. Plötzlich verspürte ich einen kleinen Ruck und sofort danach zerriss eine gewaltige Explosion die relative Stille. Das UFO wurde durchgeschüttelt. Alles schwankte und vibrierte. War das der Torpedoeinschlag?

Irgendwie wohl nicht, denn die Explosion hatte zwar stattgefunden, aber es hatte das UFO nicht zerrissen. Da fiel es mir wie Schuppen von den Augen: Dieser Dr. Klein hatte doch tatsächlich die feindlichen Torpedos bis auf eine halbe Sekunde vor Einschlag herankommen lassen, um dann mittels dieser mir völlig fremden Triebwerkstechnik, über die das UFO verfügte, einfach einen „Sprung nach oben" gemacht, so dass die Torpedos wohl in irgendeine Felsenwand hinter uns gedonnert sind und dort beim Aufprall explodierten.

„Tomke, es geht los. Wir nähern uns auf 1.200 Meter an. Brauchst du die genauen Koordinaten oder willst du manuell zielen und den Maulwurf abschicken?"

„Bei 1.200 Meter brauch ich keine Koordinaten, Ralf. Das mach ich mit der manuellen Zieleinrichtung."

„Noch 10 Sekunden, Tomke. Ich gehe jetzt horizontal auf deren Steuerbordseite zu ... acht ... sieben ... sechs…"

„Bin im Ziel", rief Tomke durch die Lautsprecher. „Drei, zwei, eins, Maulwurf ab!", rief Dr. Klein ins Mikro

„Ist ab", bestätigte stolz „Herzogin Rotz".

„Noch vier Sekunden, dann knallt es, Tomke."

„Verstanden, Ralfi."

Urplötzlich wurden die Bullaugen der vorderen UFO-Front von einem hellgelben Blitz eingenommen, welchem eine ohrenbetäubende Explosion folgte.

„Volltreffer!", rief Dr. Klein dem Mädchen zu. Deren Stimme hörte man sogleich aus dem Lautsprecher prahlen: „Veni, vidi, vici!"

„Angeberin!", kommentierte Dr. Klein diese Bemerkung.

„Wo ich bin, kann kein anderer sein!", setzte das Mädchen sofort noch einen drauf!

„Jetzt hör aber auf, Schnackerl", sagte Dr. Klein lachend. „Kannst wieder runterkommen. Das Ding ist hinüber."

Ich sah, wie Ihre schwarzen, geschnürten Kampfstiefel die oberen Stufen der Eisenleiter betraten. Das Bild erinnerte mich schon wieder an gestern Nacht, als sie aus dem UFO purzelte und ich sie zum ersten Mal sah. Auf der Brücke angekommen, entledigte sie sich als erstes ihres Stahlhelms und der anderen Ausrüstung. Danach ging sie mit schnellen Schritten zur Steuerkonsole hinüber, an der Dr. Klein saß. Mit stolzem Blick stand dieser auf und umarmte seine Auszubildende Rotzgöre von Freyburg mit den Worten: „Das hast du prima gemacht, mein Schatz."

Die Explosion war vergangen, aber das aufgewühlte Wasser war nicht zu übersehen. Unmengen von Wrackteilen waren erkennbar. Dann blickten beide in meine Richtung: „Alles in Ordnung bei Ihnen, Herr Wagner? Die Gefahr ist vorerst vorbei. Wir haben den Gegner vernichtet", sagte der Wissenschaftler.

Demonstrativ legte ich ein Bein über das andere, lehnte mich zurück, nahm eine entspannte Haltung ein und antwortete: „Natürlich. Alles bestens. Warum fragen Sie? Was soll denn sein?"

Der Wissenschaftler konnte sich ein leichtes Grinsen nicht verkneifen, schien meine Art von Humor aber zu verstehen. Ich war klatschnass und sah wohl aus, wie ein übergossener Pudel. Tomke lachte lauthals auf, als sie mich sah, holte das Mineralwasser und reichte es mir an: „Ich glaube, das brauchst du jetzt."

Auch sie öffnete ihre Flasche und nahm eine kräftigen Zug. Es folgte ein „Bäuerchen" und anschließend, was auch sonst, ein roter Kopf. Sie war fantastisch.

Bereits nach etwa zehn Minuten befanden wir uns kurz vor dem Ziel. So bekam ich es jedenfalls mit. Soweit ich verstanden hatte, befand sich dieser U-Boot-Bunker Fjordlager logischerweise in unmittelbarer Küstennähe, aber dennoch versteckt.

Dr. Klein und Tomke saßen beide auf ihren Sitzen vor Kommandostand und Ortung. Ich sah, dass das Mädchen an einem Gerät herumfummelte. Wie sich herausstellen sollte, handelte es sich hierbei um ein einfaches Funkgerät.

„Fjordlager für die *GRAF SPEE*! Alles klar bei euch?", versuchte sie eine Kontaktaufnahme mit der Basis. Es kam aber keine Reaktion.

„Hey, ihr Schlafmützen. Meldet euch doch endlich", sagte Tomke von Freyburg nochmals. Dann drang tatsächlich eine Stimme aus dem Funkgerät:

„*GRAF SPEE*, hier Fjordlager. Wir hören euch. Wollt ihr herunterkommen?"

„Ja, sicher. Glaubst du etwa, wir fliegen hier stundenlang durch die Gegend und landen dann nicht einmal kurz? Außerdem muss ich dringend für kleine Mädchen. Sag mal, kriegt ihr eigentlich gar nichts mehr mit? Beinahe gäbe es euch jetzt schon nicht mehr, wenn wir euch nicht in letzter Sekunde die Hintern gerettet hätten. Warum meldet ihr euch nicht für Friedrich?", verlangte die Brigadier-Corporal eine erste Erklärung. Wieder vergingen einige Sekunden, bis die Antwort kam.

„Wir hatten einen totalen Stromausfall und den Schaden erst jetzt gerade wieder in den Griff bekommen!"

„Ach so. Na dann, bis gleich", sagte das Mädchen leicht verdutzt und zog dabei fragend die Augenbrauen hoch.

Sie brachte das Raumschiff in Landeposition. Die Landung selbst aber übernahm wiederum Dr. Klein. Ich konnte durch die Bullaugen erkennen, dass das UFO in einer Art Krater, der sich in einem riesigen Felsen befand, herunterging.

„Ich habe so ein komisches Gefühl, Ralfi", sagte die junge Auszubildende.

„Ja? Hast du das?", fragte Dr. Klein leicht nervös wirkend, wobei er sie merkwürdig ansah. Sie nickte und tastete überflüssigerweise an ihre rechte Hüftseite, so, als ob sie sich vergewissern wolle, dass ihre Dienstpistole noch an Ort und Stelle war. Danach kam sie zu mir: „So, es ist soweit. Wir sind in unserem geheimen Norwegenstützpunkt gelandet und werden dich sogleich zur San-Station bringen, damit du behandelt wirst. Anschließend bringen wir dich zurück. Du wirst dann niemals wieder etwas von uns sehen oder hören", erklärte sie mir und der Gedanke, die quirlige Tomke von Freyburg tatsächlich niemals wiedersehen zu werden und mich nicht einmal an sie erinnern zu können, passte mir seltsamerweise gar nicht so richtig ins Programm.

Wie bereits erwähnt: Das Stockholm-Syndrom griff. Ich nickte lediglich.

Sie wirkte irgendwie angespannt.

„Besonders glücklich siehst du aber nicht gerade aus. Ist deine Blase kurz vor dem Platzen oder denkst du daran, dass sich unsere Wege nachher für immer trennen werden?", konnte ich meinen Mund wieder mal nicht halten. Sie schien das überhört zu haben und sah mich nachdenklich an.

„Komisch, soweit ich weiß, hat doch meine Freundin Eileen McGregor heute Funkwache. Was haben die denn da für einen Macker eingesetzt? Ich kenne die Stimme am Funk gar nicht."

„Äh, was bitte?", fragte ich.

Abwesend sah sie mich entgeistert an: „Eileen. Meine Freundin, Landwehrfeldwebel Eileen McGregor", antwortete Tomke nur ohne weitere Erklärungen.

Das Raumschiff landete. Ich sah gespannt durch die Bullaugen nach draußen. Wir befanden uns in einem riesigen Hangar, in dem seltsame Maschinen und Geräte herumstanden. Nur Menschen sah ich keine. Das Mädchen löste die Gurte meines Sitzes. Ich stand auf und ging neugierig einen Schritt näher an eines der Bullaugen heran, um hindurchzuschauen. Das schien auch weder Dr. Klein noch Tomke von Freyburg zu stören. Und jetzt sah ich aus einiger Entfernung doch jemanden. Es war eine männliche Person, die hinter einem kleinen hölzernen Schuppen, der mich an eine Funkbude oder ein kleines Hafenbüro erinnerte, hervorkam. Er trug die gleiche Uniform wie Tomke von Freyburg, winkte uns entgegen und machte anschließend eine drehende Handbewegung neben seinem linken Ohr. Dann verschwand der Mann sofort wieder hinter dem Holzschuppen.

„Schon wieder Funkausfall?", fragte Dr. Klein. „Dann ist es ja gut, dass ich gerade hier bin. Ich muss mir das Gerät wohl mal ansehen. Das mache ich am besten sofort, während du mit Herrn Wagner zur „San Station" gehst, Tomke. Vermutlich ist die gesamte Basisbesatzung gerade mit irgendwelchen Reparaturarbeiten beschäftigt. Lass uns aussteigen."

Er ging in Richtung Eisenleiter, verharrte aber einen Moment später wieder. Nachdenklich wandte er sich wieder zu Tomke und mir um...:

„Sag mal, Tomke. Hast du den Kollegen gerade erkannt?"

Die Herzogin schüttelte den Kopf. „Ne, hab ich nicht. Er war viel zu weit weg und es ging alles viel zu schnell. Von der Statur her aber könnte es Eric gewesen sein."

Fragend blickte Dr. Klein das Mädchen an: „Eric? Ich weiß nicht, wen du meinst!"

„Na, Eric halt. Der Sergent, der so lange in Akakor stationiert und so froh war, als er endlich wieder nach Norwegen versetzt wurde."

„Ach so. Eric. Logisch! An den habe ich jetzt gar nicht gedacht. Aber der da vorne hatte gerade, jedenfalls, so weit ich es erkennen konnte, kurze, braune Haare. Und Eric ist blond und würde sich auch niemals von seiner langen Haarmähne trennen", bemerkte der Dr. Klein.

„Stimmt. Der da hat so 'ne beschissene Stoppelfrisur. Sieht aus wie ein scheiß Ami", stutzte nun auch die Herzogin zu Rottenstein.

„Tomke, es reicht!", ermahnte Dr. Klein das Mädchen zum x-ten Mal.

„Der Kollege kann immer noch rumlaufen, wie er will. Das nimmst du ja für dich schließlich auch in Anspruch, wie ich beispielsweise letzte Nacht mit Schrecken feststellen musste. Wie auch immer, lasst uns jetzt aussteigen. Ich möchte gern noch etwas schaffen. Und wie es aussieht, gibt es jede Menge zu tun."

Ich quälte mich mit meinen immer noch gefesselten Händen zuerst die schmale Eisenleiter und anschließend noch mal die Leiter der Einstiegsluke unter dem Raumschiff hinunter. Kurz darauf standen wir drei in dem riesigen Hangar der geheimen Station. Von diesem Anblick, der sich mir hier bot, war ich sofort fasziniert. Irgendwie erinnerte mich dieser riesige, hohle Felsen an einen dieser uralten James-Bond-Schinken, in dem sich der Bösewicht wieder einmal in einem Vulkan einquartiert hatte. Es war hier menschenleer. Kein Schwein schien uns zu erwarten.

„Na, was soll's", sagte der Wissenschaftler achselzuckend. „Ich gehe dann mal in

131

die Funkbude und sehe mir den Schaden an. Du bringst Herrn Wagner schon mal in den San-Raum. Wir wollen das hier nicht künstlich in die Länge ziehen. Und vergiss nicht, dich leerzupinkeln, Tomke!" Sprach's und ging einige Schritte voraus in Richtung Funkhäuschen.

Plötzlich – ein lauter Knall. Ein Schuss. Dr. Klein fiel zu Boden. Augenscheinlich tödlich getroffen! „NEEEIIN", schrie das Mädchen auf.

Der Schuss hatte Dr. Klein in den Oberkörper getroffen. Das hatte ich gerade noch erkennen können, da er durch die Wucht des Treffers zur Seite gerissen wurde, bevor er auf den Boden fiel und reglos liegenblieb.

„RALF! Raaalf, nein. Neeeiin, ihr Verbrecher!", schrie Tomke außer sich. Ich stand mitten im Geschehen, bis ich begriffen hatte, dass der Schuss vermutlich aus Richtung der Funkbude kam, die sich in etwa zwanzig Metern Entfernung befand.

Tomke von Freyburg schien das ebenfalls wahrgenommen zu haben, zog sofort ihre Pistole und schoss das ganze Magazin in Richtung des unbekannten Feindes leer, ohne dabei natürlich einen gezielten Treffer landen zu können. Instinktiv duckte ich mich ab, sah aus den Augenwinkeln den vermutlich toten Dr. Klein am Boden liegen und fasste kurz entschlossen eine einsame Entscheidung: Ich sprang zu ihm hinüber, griff mit meinen gefesselten Händen in seinen Gürtel und zog ihn hinter ein Raupenfahrzeug, das in unmittelbarer Nähe zu uns stand und hinter dem die Brigadier-Corporal ebenfalls Deckung gesucht hatte.

Wieder krachten Schüsse, wobei ich zuerst nicht wusste, wer da schoss, der feige Gegner oder die junge Auszubildende. Als ich merkte, dass mir einige Kugeln fast um die Ohren flogen, wusste ich, dass es das Mädchen nicht war.

Tomke wechselte gerade ihr leergeschossenes Magazin aus, ohne dabei ihre Dreyse aus dem Ziel zu richten. Das leere Magazin ließ sie einfach auf dem Boden liegen, in der Gewissheit, dass nichts so unwichtig ist, wie ein leeres Magazin.

Sie schien sofort die Situation zu begreifen, handelte professionell und gab mir Feuerschutz. Mir gelang es, den Doktor und mich hinter die Deckung zu bringen. Ich atmete kurz durch und wandte mich dann zu dem Geborgenen. Blut lief ihm aus dem Mund. Sein gesamter Oberkörpe war ein einziger, großer Blutfleck. Seine Augen waren geöffnet und er schien ohne Bewusstsein zu sein. Aber er atmete. Zwar nur sehr schwach, tot aber war er nicht. Noch nicht. Ich blickte zu Tomke auf, die soeben nochmals einige Schüsse mit ihrer Pistole abgegeben hatte, und die mich jetzt kreidebleich, mit zitterndem Kinn und tränenden Augen ansah.

Sie schob Panik. Und zwar richtig.

„Er lebt", sagte ich knapp zu ihr. „Er scheint zwar aufs Übelste verletzt, aber er lebt. Aber ich weiß nicht, wie lange er noch durchhält. Er muss sofort behandelt werden. Er verliert viel zu viel Blut", ergänzte ich eilig.

Meine Worte, dass Dr. Klein noch lebte, schienen auf das Mädchen wie eine Familienpackung Aufputschmittel zu wirken. Heftig nickte sie mir zu, wischte sie sich mit ihrem Ärmel ihre klitschnasse Stirn ab und sah mich seltsam an. Erst in diesem Moment wurde mir bewusst, was ich eigentlich gerade tat – Ich half meinen Entführern!

Es war besser, nicht darüber nachzudenken, ob es sich bei den Angreifern eventuell um ein Spezialkommando der Polizei gehandelt haben könnte. Dann jedenfalls würde ich in ziemliche Erklärungsnot kommen. Sofort aber schloss ich aus, dass ein

Polizist grundlos einen finalen Rettungsschuss auf einen unbewaffneten Täter abgegeben hätte.

„In die *GRAF SPEE* können wir nicht mehr, ohne dass die uns abknallen", rief Tomke von Freyburg mir – mich speichelsprühend – zu. Sie biss sich kurz auf die Unterlippe und entnahm einer Tasche ihrer Uniformkombination mit ihrer linken Hand hastig ein Gerät, das etwas kleiner als eine Zigarettenschachtel war. Sofort drückte sie mit dem Daumen auf einen Knopf, ohne mit ihrer rechten Hand, welche die Pistole führte, aus dem Zielbereich herauszugehen. Dann blickte sie sich um und schaute auf das in etwa zehn Metern Entfernung hinter uns stehende Raumschiff. Ich sah, dass die Bodenluke – vermutlich durch Betätigung des kleinen Gerätes – automatisch hochgezogen wurde.

Genau in diesem Moment krachte es in unmittelbarer Nähe zu uns. Es gab einen entsetzlichen Knall und irgendetwas flog uns erneut um die Ohren, ohne allerdings jemanden von uns zu verletzen.

„Großartig! Du weißt, was das eben war?", rief ich Tomke zu.

„Bin doch nicht dämlich. Eine Handgranate", keuchte „Herzogin Rotz" und drückte dabei wieder weitere Knöpfe an ihrer kleinen Fernbedienung, wobei sie konzentriert die Spitze ihrer Zunge zwischen ihre bespangten Zähne schob. Dann vernahm ich aus Richtung des Raumschiffes ein surrendes Geräusch und die Luft um das monströse Fluggerät herum begann zu flimmern.

„So", sagte sie hastig. „Ich habe den Magnet-Feld-Impulser aktiviert. Nun kann keiner an die V7 heran. Das Ding wirkt quasi wie ein Schutzschild."

Eine Maschinenpistolensalve klatschte gegen das uns Deckung bietende Raupenfahrzeug. Das Mädchen lugte vorsichtig an der Deckung vorbei und schoss abermals ihr Magazin leer und wechselte es umgehend wieder gegen ein volles. Dann zeigte sie nach links. „Los, da rein. Ich gebe euch Feuerschutz!" Sie zeigte auf eine gelb lackierte Stahltür, die sich etwa fünf Meter neben uns befand. Ich begriff, nickte dem Fräulein zu und nahm in geduckter Haltung das linke Handgelenk des schwerverletzten Dr. Klein in meine nach wie vor mit meinen eigenen Handschellen gefesselten Hände. Eilig zog ich ihn die kurze Entfernung zu der Panzertür hinüber.

Die Brigadier-Corporal gab mir mit vier Schüssen Feuerschutz, was funktionierte. Seltsamerweise zählte ich die Schüsse instinktiv mit; schlug sofort den schweren Eisenhebel der Panzertür um, riss diese auf und zog den Doktor in den flurartigen Gang dahinter. Dabei fiel mir auf, dass der Fußboden aus einer glatten Legierung bestand, wodurch ich den verletzten Wissenschaftler relativ gut trotz meiner eingeschränkten Bewegungsfreiheit ziehen konnte.

„PLATZ DA!!!", schrie Tomke von Freyburg, wobei der Maschinenpistolenhagel dicht an ihrem Kopf vorbei pfiff, und sprang nun ebenfalls in den Flur hinter der schützenden Panzertür, wo sie gegen mich prallte. Einige Geschosse des gegnerischen Feuers drangen in den Flur ein und verursachten Querschläger, die uns allerdings nicht verletzten.

Flink wie ein Wiesel sprang Tomke wieder auf ihre Beine, zog sofort die Panzertür zu und legte den massiven Eisenriegel um. Keine Sekunde zu früh, denn genau in diesem Moment detonierte eine weitere Handgranate vor der Panzertür. Die junge Kampfpolizistin sicherte die Tür von innen, so dass keiner hereingelangen konnte.

Sie lehnte sich mit dem Rücken gegen die Tür und atmete hastig durch, wobei ihr, genau so wie mir auch, der Schweiz von der Stirn lief. Jetzt erst sah sie zu mir und dann zum bewusstlos am Boden liegenden Dr. Klein. Dabei hielt sie immer noch ihre Dienstpistole in der rechten Hand und deutete damit auf eine weitere Tür ... die einzige Tür, die von diesem kleinen Flur abging.

„Da hinein", sagte sie. Ich öffnete die Tür und sofort flammte die durch einen Bewegungsmelder ausgelöste Beleuchtung auf. Ein etwa zwanzig Quadratmeter großer Raum befand sich hinter der Tür. Ich zog den Doktor unter gebührender Vorsicht in den Raum hinein. Tomke von Freyburg folgte uns und verschloss sofort wieder die Tür hinter uns. Vorsichtig und erschöpft legte ich den Wissenschaftler auf den Boden ab, bemerkte dann in einigen Metern Entfernung aber einen Tisch, um den mehrere Stühle mit Kissen herumstanden. Ich nahm eines der Kissen und legte es dem Verletzten unter den Kopf. Tomke von Freyburg sah sich im Raum um. Wie es aussah, kannte sie sich hier aus, da sie etwas Bestimmtes zu suchen schien.

Hastig zeigte sie da auf einen Schrank: „Schnell", sagte sie. „Da drinnen befindet sich ein San-Koffer."

Wortlos und keine Zeit verlierend, holte ich einen großen schwarzen Koffer heraus, auf dem sich ein rotes Kreuz befand.

„Nimm die blaue Injektion mit dem kreislauffördernden Präparat heraus und verabreiche es ihm."

Ich sah in den Koffer und wusste schon, was sie meinte. Es kam nur eine Spritze in Frage, die auch bereits aufgefüllt war und eine blaue Markierung trug. Vermutlich brauchte man die Einwegspritze nur noch aus der Verpackung zu nehmen und dem Verletzten zu injizieren. Ich riss die Verpackung auf und hielt das Ding in der Hand.

„Und nun?", fragte ich. „Ich bin doch kein Arzt. Weiß der Teufel, wie das richtig gemacht wird. Kümmere dich am besten selbst um Dr. Klein."

„Du kannst die Spritze einfach in seinen Oberarm jagen und abdrücken. Das reicht. Aber mach schnell. Wir haben noch mehr zu tun" erwiderte Tomke.

Ich zuckte mit den Schultern, stach die Nadel einfach in einem flachen Winkel in den Oberarm von Dr. Klein und jagte ihm das Serum unter das Muskelfleisch. Anschließend legte ich die leere Spritze zur Seite und sagte:

„Er muss jetzt aber erstmal verbunden werden."

„Mach du das bitte", sagte das Mädchen. Ich sah sie an. *Jetzt habe ich die Faxen aber dicke! Da steht die Göre mit ihrer Pistole in der Hand vor mir und kommandiert mich wie einen dummen Jungen durch die Gegend ...*

Ich stand auf und stellte mich breitbeinig vor ihr hin: „Sag mal, du kleines Kampfküken. Jetzt ist aber so allmählich Schluss mit lustig! Wen willst du eigentlich zuerst erschießen? Mich oder eure Freunde da draußen, die wohl gerade krampfhaft überlegen, wie sie diese Panzertür öffnen können? Ich bin ja auch nicht dämlich und weiß ganz genau, dass du in deiner Dreyse noch genau drei Schuss hast. Sieben gehen da rein. Vier davon hast du gerade verballert. Einen benötigst du mindestens, um mich zu erschießen ... nein, sagen wir mal zwei. Zumindest bei diesem Kaliber. Denn, ich bin ein ziemlich zäher Knochen. Dann bleibt dir wohl nicht mehr viel, oder sehe ich das falsch, ehrenwerte Kommandöse? Aber das müsste für die Jungs mit ihren 9 mm-Schnellfeuerwaffen völlig ausreichen. Na denn…!"

Sie schluckte und ich erkannte, dass ich allmählich zumindest annähernd ein gleichberechtigter Verhandlungspartner wurde und nutzte die Gunst der Stunde.

„Na gut", stammelte sie. „Ich nehme dir die Handschellen ab. Aber ich warne dich. Mach keine Dummheiten. Sonst knallt es!", überschlug sich ihre Stimme.

„Jetzt hör auf, so dumm zu sabbeln und mach endlich diese Dinger ab. Dein Kumpel hier muss nämlich dringend verarztet werden."

Die Herzogin löste mit misstrauischem Blick die Handschellen von meinen Handgelenken, griff dann aber sofort wieder ihre Pistole, ohne diese allerdings auf mich zu richten.

Ich machte mich kommentarlos am San-Koffer zu schaffen und entnahm das nötige Verbandszeug, um den Doktor zu versorgen.

Nachdem ich dessen Oberkörper freigelegt hatte, wickelte ich provisorisch einen dicken Verband um seine Brust. Er war noch immer bewusstlos, atmete aber regelmäßig. Die Blutung schien momentan gestoppt zu sein. Ich beeilte mich.

Tomke von Freyburg ging derweil an einen anderen Schrank, einem Waffenschrank und entnahm diesem eine Maschinenpistole und mehrere gefüllte Magazine verschiedenen Kalibers, die sie auf einen Tisch legte. Dann steckte sie ein 20er Magazin an die MPi und lud diese fertig.

„Da hast du dir aber ganz schön was vorgenommen", spottete ich. In Wirklichkeit bewunderte ich aber ihre Entschlossenheit und ihre Schlagfertigkeit trotz ihres jungen Alters.

„So wie es aussieht, könntest du wohl Hilfe gebrauchen. Oder denkst du tatsächlich, du hättest allein auch nur eine winzige Chance gegen die da draußen?"

„Ich will hier raus", sagte sie. „Und zwar schnell. Außerdem kann das Schutzschild der V7 nicht mehr lange aufrechterhalten bleiben, ohne dass der Elektro-Turboantrieb ernsthaften Schaden nimmt und uns, wenn er sich völlig überhitzt, um die Ohren fliegt. Und wenn das Ding hochgeht, kannst du hier im Umkreis von drei Kilometern alles vergessen. Und Ralf muss dringend zum Arzt."

Sie strich sich mit verzweifeltem Gesichtsausdruck durch ihre zauseligen Haare.

„Verdammt, ich muss sofort nach Hause, zum Südpol." Sie wippte in ihren Knien. Einen Moment lang befürchtete ich, dass die Kleine gleich alles hinschmeißt und anfing, zu plärren. Das tat sie jedoch nicht. Ich hingegen spielte mein Spiel weiter:

„Natürlich, Ehrenwerteste. Zum Südpol. Darf ich um Ihren Arm bitten, Hoheit", provozierte ich absichtlich, verbeugte mich übertrieben vor ihr und reichte ihr doch tatsächlich meinen angewinkelten, rechten Arm entgegen. Sie sah mich an und ich erkannte, dass sie in diesem Augenblick weder vor noch zurück wusste. Dann streckte ich ihr wortlos meine rechte Hand mit der Handfläche nach oben entgegen.

Es folgte ein kurzer Blick, doch dann legte sie stumm ihre Pistole in meine Hand.

„Na also. Es geht doch. Das hätten wir also schon mal", sagte ich und steckte die Waffe unter meinen Gürtel.

„Es ändert nichts an der Tatsache, dass du nach wie vor mein Kriegsgefangener bist, wie ich dir vorhin bereits erklärte. Ich habe hier das Sagen und unsere Mission bleibt weiterhin aufrechterhalten, auch wenn sich ungeahnte Schwierigkeiten ergeben haben. Ich werde dich, falls wir hier lebend herauskommen sollten, sofort zum Südpol in unser Hauptquartier bringen. Notfalls auch mit Gewalt…!"

Ich unterbrach sie: „Jetzt hör auf zu quasseln wie ein Pfarrer, gib mir lieber was von deiner Munition ab. Mit den drei Schuss hier kommen wir nämlich nicht weit, wenn das Drama gleich losgeht."

Schmollend begab sie sich abermals zum Waffenschrank und holte noch einige Munitionsschachteln heraus.

„Die sehen auch auf der ganzen Welt gleich aus", dachte ich. Beschissen zu öffnen und die Patronen stecken dann in dieser weißen Plastikschablone.

Tomke von Freyburg riss ein Päckchen auf, kam zu mir und kippte die Patronen in meine linke Hand. Ich nahm vier Stück und schob sie ins Magazin. Den Rest der atronen ließ ich in meiner Hosentasche verschwinden. Dann warf ich ihr ihre Pistole wieder zu: „Hier, Mädchen. Das ist ja schließlich deine Knarre. Ich wollte mich gerade nur davon überzeugen, dass du mich richtig verstanden hast."

Sie sah mich prüfend an und nickte: „Okay, Roy. Ich denke, das habe ich. Ich vertraue dir."

Zum ersten Mal, dass Tomke mich mit meinem Namen ansprach. Also tat ich es ihr fortan gleich: „Das kannst du auch, Tomke. Ganz gewiss sogar."

Das Mädchen drehte sich um und entnahm dem Waffenschrank eine weitere MPi. Demonstrativ hielt sie mir die Waffe hin: „Weißt du, was das ist, Roy?"

„Das?", fragte ich und schüttelte den Kopf, „nein, noch nie gesehen. Kenne ich nicht", ergänzte ich in sarkastischem Ton. „Woher soll ich denn auch wissen, dass du da einen Pfefferstreuer, also eine Maschinenpistole MPi 5 von Heckler & Koch, Kaliber 9 mm, mit einer maximalen Schussweite von 1.500 Metern und einer effektiven Reichweite von 100 Metern bei einer Mündungsgeschwindigkeit von 400 m/s, Baujahr vermutlich so um 1979, in der Hand hältst?"

„Schon gut, Roy. Ich hab begriffen!", nickte Tomke, „Hier nimm und stopf dir die Taschen mit Munition und mindestens zwei weiteren gefüllten Magazinen voll."

„Das hatte ich eh gerade vor", entgegnete ich leicht gereizt, da sie es immer noch nicht sein lassen konnte, mich wie einen Dilettanten zu behandeln.

Aus dem Waffenschrank holte sie dann noch eine Pistole, gab sie mir und ich steckte sie mir in meinen Gürtel.

„Haben wir noch weitere Waffen hier?, Eventuell sogar Infanterie-Nahkampfwaffen?", fragte ich.

„Nein, zwei Maschinenpistolen und zwei Pistolen Kaliber 7,65. Das ist die übliche Ausstattung für einen Waffenschrank dieser Art."

Es war Tomke anzumerken, dass ihr Hirn auf Hochtouren arbeitete.

„Ich verstehe nicht, wo unsere Leute alle sind?", sagte sie nachdenklich.

„Wie viele müssten denn hier sein?", fragte ich.

„Zwölf. Die Basiskommandantin Rittmeister Hege Rasmussen, ihr Adjutant, Premier-Lieutnant Roger van der Linden und zehn weitere Leute. Darunter auch meine Freundin, Landwehrfeldwebel Eileen McGregor."

„Soll ich dir mal was sagen, junges Fräulein? Nicht, dass ich dir den Spaß jetzt völlig versauen will, aber so wie es aussieht, haben deine Leute sich wohl mit Stumpf und Stiel überrumpeln lassen."

Entsetzt sah sie mich an, wohl befürchtend, dass ich mit meiner These gar nicht so verkehrt liegen könnte. Dann sinnierte ich weiter:

„Hier wird es doch wohl irgendwo eine ABC-Schutzmaske geben und ihr seit doch eh mit einem Gegenmittel geimpft."

Tomkes Augen verengten sich. Sie schien nicht zu verstehen, wovon ich redete.

„Das Gas, Tomke. Das Giftgas!"

„Was für ein Giftgas?", fragte sie verwundert.

„Na, du weißt schon. Dieser kleine Zerstäuber, mit dem ihr mich vorhin genötigt habt, mein Haus zu verlassen."

Tomke winkte ab: „Den gibt es doch gar nicht. Das war doch alles nur Kappes. Das Ding ist doch nichts anderes als ein kleiner Notsender, der auch als Kugelschreiber benutzt werden kann. Habe mich sowieso schon gewundert, dass du auf diesen Blödsinn hereingefallen bist."

Ich war wie vor den Kopf gestoßen und lief vor Ärger rot an.

„Frechheit", motzte ich und hätte am liebsten auf den Boden gespien. „Mich so aufs Kreuz zu legen. Olle Zippe! Was glaubt ihr eigentlich, wen ihr vor euch habt? Bin ich etwa Till Eulenspiegel? Hab ich Glöckchen an der Mütze, oder was?"

Ich schmollte. Und das Mädchen lachte mich aus.

„Irgendwie mussten wir dich ja schließlich überreden, mitzukommen. Und da fiel Ralf halt dieser Kokolores mit dem Giftgaszerstäuber ein. Ich habe schon wieder vergessen, wie er das Ding genannt hat. Ich selbst wusste davon auch nichts. Das kam für mich genauso überraschend!", klärte sie mich auf, wobei sie sich ein Grinsen trotz der prekären Situation nicht verkneifen konnte.

„Ach, lass mich doch in Ruhe", moserte ich ungehalten und verschränkte beleidigt die Arme vor meiner Brust. Die Kleine boxte mir leicht in die Rippen.

„Komm schon Dicker. Man muss auch mal eine Niederlage einstecken können!"

Ich sah sie an: „Na, wenn du das sagst."

Aber einen setzte sie trotzdem noch drauf und sagte selbstironisch: „Das kommt halt davon, wenn man sich über kleine lispelnde Kampfpolizistinnen mit feuchter Aussprache lustig macht!"

„Dann wären wir ja jetzt quitt", sagte ich, „und jetzt lass uns mit diesem Döntjes hier lieber aufhören. Schließlich gibt es noch ein paar fast unlösbare Probleme zu lösen, Tomke." Ich hielt es für weitaus angebrachter, sich wieder auf die gegenwärtige Situation zu konzentrieren. Wir hatten einen Schwerverletzten dabei und mussten unbedingt wieder zu diesem komischen UFO gelangen, bevor da was durchbrannte. Draußen aber waren diese Typen mit ihren Schnellfeuerwaffen und Handgranaten. Die Lage war nicht gerade rosig. Soviel stand fest. Zumindest war ich selbst jetzt wieder einigermaßen handlungsfähig und fühlte mich nicht mehr in erster Linie als Gefangener. Und bewaffnet war ich jetzt auch. Tatsächlich aber kam ich nicht eine einzige Sekunde auf die Idee, meine Waffen gegen Tomke einzusetzen. Im Gegenteil. Erstens könnte ich ihr gar nichts antun, verspürte vielmehr eine Art Beschützerinstinkt in mir und zweitens war ich sogar auf sie angewiesen. Ohne sie würde ich hier schließlich nie wieder herauskommen.

Und außerdem war sie ja wohl auch die Einzige, die jetzt noch in der Lage war, dieses UFO zu fliegen.

Alles zum Verrücktwerden. Mein Gott, was hatte ich in den letzten Stunden doch alles miterlebt!

Tomke hob ihren Kopf, so, als hätte sie einen Geistesblitz: „Warte mal. Warum bin ich da nicht eher drauf gekommen ...?" Sie sah sich um und zeigte auf die weitere Tür des Raumes.

„Wohin führt diese Tür?", fragte ich.

„Nirgendwo hin", antwortete sie. „Lediglich in einen kleinen Aufenthaltsraum der Wachmannschaft. Aber interessant ist etwas ganz anderes. In dem Aufenthaltsraum müsste ein Monitor stehen, der mit einer Überwachungskamera gekoppelt ist, die unter anderem auch den Hangarbereich zeigt."

„Großartig", meckerte ich. „Hast du vielleicht noch die eine oder andere weitere Kleinigkeit übersehen, welche hilfreich sein könnte, uns hier aus dieser Situation zu befreien?", sagte ich stänkernd.

„Mach mir doch jetzt keine Vorwürfe, Roy. Ich mach sowas hier ja schließlich auch nicht jeden Tag mit. Außerdem bin ich sehr besorgt um meine Leute und vor allem um Ralf!", verteidigte sie sich und augenblicklich bereute ich meine völlig unüberlegte Bemerkung. Ich besann mich darauf, dass ich mich selbst alles andere als wohl in meiner Haut fühlte und schließlich nicht voraussetzen konnte, dass die junge und durchaus mutige Auszubildende über eine Einzelkämpferausbildung verfügte, so wie ich aus früheren Tagen. Erst viel, viel später würde ich feststellen, dass ich Tomke von Freyburg, diesem merkwürdigen Mädchen, in fast keiner Hinsicht auch nur annähernd jemals das Wasser hätte reichen können.

„Schon gut, Tomke", sagte ich also beschwichtigend.

Sie ging voran und öffnete die Tür. Ich stand einen guten Meter hinter ihr und hörte sie plötzlich aufschreien. Sofort stieß ich sie bei Seite und richtete meine MPi in den Raum hinein. Auch mich traf der Anblick, welcher sich mir bot, wie ein Hammerschlag. Ich ließ die Waffe wieder sinken. Die brauchte ich hier nicht mehr. Mir drehte sich augenblicklich der Magen um. Es war entsetzlich: In dem Raum lagen genau zwölf übel zugerichtete Leichen. Zehn Männer und zwei Frauen. Alle trugen die schwarzen Uniformen mit der schwarz-weiß-schwarzen Fahne und dem weißen V auf den Kragenspiegel.

Tomke wurde kreidebleich, hielt sich schnell die Hand vor ihren Mund, krümmte sich, würgte und kotzte mir dann auf meine Schuhe. Ich nahm sie zur Seite, damit sich ihr Blick von dem entsetzlichen Stillleben lösen konnte und sich nicht „festbrannte". Dann kramte ich ein Papiertaschentuch aus meiner Hosentasche, das sie dankbar entgegennahm.

„Verdammt", dachte ich. *Jetzt kommt es aber ganz dick.*

Ich stand vor ihr und legte meine Hände auf die Schultern des kleinen Fräuleins. Dann hob ich mit meinem Zeigefinger vorsichtig ihr Kinn an.

„Tomke. Sieh mich bitte an. Ich weiß, dass das hier alles absolut entsetzlich ist. Aber trotzdem muss ich dich bitten, Empfindungen jetzt zurückzustellen und dich wieder zu konzentrieren. Wir sind aufeinander angewiesen, denn die Verbrecher da draußen werden ja auch vor mir kein Halt machen. Denen ist doch schließlich vollkommen egal, wer ich bin. Wir müssen jetzt weiterarbeiten, verstehst du?"

Ihre schielenden und von Tränen geröteten Augen sahen mich an. Das Mädchen schluckte, wischte sich mit dem Ärmel ihrer Uniformjacke über das Gesicht und nikkte mir dann zu.

Sachte klopfte ich ihr auf die Schultern und sagte: „Okay, Tomke." Dann betrat ich den Raum. Tomke schien sich tatsächlich wieder gefangen zu haben und folgte mir. Vor dem zerschossenen Leichnam einer etwa 30-jährigen Frau, die einige Meter vor den anderen Leichen lag, blieb sie stehen. Die tote Frau war etwa so groß wie Tomke, ebenfalls sehr schlank, hatte aber blonde, schulterlange Haare, die so gerade eben hinter dem Kopf zusammengebunden werden konnten. Tomke schluckte abermals und mir war klar, dass sie die Tote kannte.

„Wer ist das, Tomke", fragte ich.

„Ich muss dich leider korrigieren, Roy. Richtig würde es heißen: Wer war das?", sagte sie und gab sich reichlich Mühe, ihre Stimme sicher klingen zu lassen: „Das war Hege. Hege Rasmussen, die Basiskommandantin." Tomke schüttelte langsam und sichtlich mitgenommen den Kopf: „Ich verstehe das nicht, Roy. Hege hätte das hier niemals zugelassen. Hege war in allem, was sie tat, immer so vorbildhaft. Sie hätte keinen der ihr unterstellten Leute einer Gefahr ausgesetzt, ohne selbst zuerst voranzugehen."

Ich schaute mich um. Direkt hinter der toten Basiskommandantin lag der ebenfalls zerschossene Körper eines sehr großen und leicht korpulenten Mannes, der mich sofort an Raimund Harmstorf erinnerte.

„Aber Tomke. Sieh doch hin. Genau das hat sie doch auch getan. Sie HAT sich vor ihre Kameraden gestellt als es ihnen an den Kragen ging. Sie liegt doch ganz vorn und man kann doch sogar noch sehen, dass sie ihre Arme wie schützen wollend, ausgebreitet hat."

Tomke nickte. Dann brannte sich ihr Blick an „Raimund Harmstorf" fest. Ich sah sie fragend an.

„Das war Roger van der Linden. Der Stellvertreter und Adjutant von Hege. Ein prima Kerl. Er ist, genau wie Hege, immer für seine Leute dagewesen".

Tomkes Blick schweifte weiter über ihre gefallenen Kameraden und blieb bei einer jungen Frau haften, die etwas weiter hinten lag. „Mein Gott, Eileen", stammelte sie, zwang sich aber dann dazu, ihren Blick dem Schreibtisch zuzuwenden, der sich an der rechten Wand des kleinen Raumes stand. Ich sah, dass der Monitor, von dem Tomke gesprochen hatte, auf dem Pult stand.

Tomke strich sich tief durchatmend durch ihre zotteligen Haare, wischte sich noch einmal mit ihrem Ärmel über's Gesicht und ging dann zum Pult, schaltete den Monitor ein und fingerte an einigen Knöpfen und kleinen Hebeln herum. Der Ausschnittwinkel der Kamera manifestierte sich auf dem Bildträger. Gespannt beugte ich mich neben sie und starrte auf das Geschehen. Man erkannte den riesigen Hangar und das UFO, das etwa mittig darin stand. Tomke stieß mit den Knöcheln ihrer rechten Hand gegen meinen Oberarm und deutete dann unten links auf den Monitor: „Sieh her, Roy. Verdammt, dass habe ich mir fast gedacht!" Sie zeigte auf einen hinkenden Mann, der neben der Funkbude hockte und an einem Gerät auf dem sich eine Antenne befand, hantierte. Es sah aus wie ein Funkgerät. Der Mann trug die mir mittlerweile bekannte schwarze Uniform. Dann aber sah ich, dass er lediglich die Jacke davon trug. Sein Hose schien zwar ebenfalls schwarz zu sein, lag aber viel enger an seinen Beinen an. Zudem war sie nass. So jedenfalls sah es aus. An einem Tragegurt baumelte eine Waffe, eine Uzi.

139

Mir wurde nun ebenfalls klar, dass es sich um den Mann handelte, der uns vorhin aus der Funkbude heraus kurz begrüßt hatte. Tomkes Miene nahm eiserne Züge an. Dann sagte sie: „Kampfschwimmer! Es sind doch tatsächlich Kampfschwimmer in die Basis eingedrungen!"

„WAS? Kampfschwimmer!" fragte ich. „Dann haben wir aber ganz schön was am Hals, Fräulein!" Ich wusste um die enorme Kampfkraft eines ausgebildeten Schwertfisches und mir war vollkommen klar, was das bedeuten würde: Ein Kampfschwimmer war praktisch eine Waffe, gegen die man sich nur sehr schwer verteidigen konnte.

„Hier sind noch zwei Froschmänner", sagte Tomke und zeigte erneut auf den Monitor. Es wunderte mich nicht, dass Tomke den altmodischen Begriff „Froschmänner" benutzte. Das passte irgendwie zu ihr.

Ich sah die beiden ebenfalls. In Neopren-Tauchanzügen mit Kopfhauben. Einer verstaute irgendwelche Gegenstände in einen fast sarggroßen Behälter und ein weiterer war verzweifelt damit beschäftigt, sich irgendwie am UFO zu schaffen zu machen, was ihm aber offenbar nicht zu gelingen schien. Beiden Männer waren mit Uzis bewaffnet, die an Trageriemen diagonal über ihre Oberkörpern hingen. Und dann sah ich noch etwas. Nämlich das Raupenfahrzeug, hinter dem wir vorhin Deckung gesucht hatten und das jetzt vor der gelben Panzertür stand und diese versperrte. Ein Herauskommen war also nicht mehr möglich. Das schwere Gerät würden wir niemals zur Seite drücken können.

Sie hatten also gar nicht vor, uns noch weiter anzugreifen, sondern waren vielmehr damit beschäftigt, in aller Eile irgendwelche geplünderten Sachen zusammenzusuchen. Und jetzt konnten sie auch sicher sein, von uns nicht mehr attackiert zu werden.

„Wenn ich bloß wüsste, ob die wirklich nur zu dritt sind und ob die noch weitere Waffen mitschleppen?", sagte Tomke, den Bildschirm genau beobachtend.

„Kampfschwimmer operieren immer nur in sehr kleinen Gruppen, Tomke. Vergiss nicht, dass du es nicht mit normalen Soldaten zu tun hast, sondern mit Spezialisten. Zudem schleppen Kampfschwimmer normalerweise immer nur leichte Waffen mit. Ich gehe also davon aus, dass die tatsächlich nur ihre Uzis dabei haben", erläuterte ich.

„Warte mal", sagte das Mädchen, „mir fällt gerade noch etwas ein."

Sie drückte wieder an einigen Knöpfen vor dem Monitor herum. Dieser wechselte sein Bild und zeigte nun ein riesiges Wasserbecken, das sich offenbar inmitten einer länglichen Bunkeranlage befand. Das Becken war schätzungsweise dreihundert Meter lang und achtzig Meter breit. An seiner linken Seite lagen einsam und still zwei monströse U-Boote, die der Größe der *KURSK* wohl in nichts nachstanden, ja, sogar noch etwas größer als diese schienen. Sie waren pechschwarz lackiert und an ihren Türmen war wieder dieser weiße Jolly Roger des Kapitän Flint aufgemalt.

Sofort konnte ich diese riesigen, geisterhaften U-Boote irgendwie diesen UFO-Polizisten um Tomke herum zuordnen. Das Wasser im Becken war dunkelgrün. Der Anblick an sich wirkte irgendwie düster und unheimlich. Tomke verriet mir, dass es sich um einen Eintauchkanal für U-Boote handelte und das Becken zudem als Werft benutzt werden konnte. Am Rand des Beckens standen drei Dräger-Tauchgeräte.

„Also wirklich nur drei", sagte Tomke. „Die wiegen sich natürlich jetzt in Sicherheit. Wenn wir sie angreifen ist alles was wir haben, der Überraschungseffekt."

„Angreifen?!? Wie sollen wir das bitte machen? Wir stecken doch hier drin fest! Oder gibt es noch irgendeine Möglichkeit, hier jemals wieder herauszukommen?", fragte ich.

„Nein." antwortete Tomke kopfschüttelnd, „normalerweise nicht!"

„Was heißt denn jetzt bitte normalerweise? Könntest du dich etwas deutlicher ausdrücken?"

Tomke stand auf, drehte sich um und trat einen Aktenwagen, der hinter ihr an der Wand stand, ganz einfach zur Seite. Dahinter befand sich ein etwa sechzig Quadratzentimeter großes Gitter, das einen Schacht abdeckte.

„Siehst du das?", fragte sie mich.

„Ich bin ja nicht blind", entgegnete ich und begriff natürlich, was sie vorhatte: „Wohin führt der Schacht, Tomke?"

„Direkt in den Flur vor der Funkbude. Und vorher vorbei an der Waffenkammer!"

„Und du bist wirklich absolut sicher, dass du dich hier auskennst, Tomke?", fragte ich vorsichtshalber noch einmal, da ich ihr jetzt schon einige Minuten am Hintern klebend, in dem engen und stockfinsteren Luftschacht hinterherkroch. Dabei nahm ich mir fest vor, eben jetzt keinen Anfall von Klaustrophobie zu bekommen.

Ich hasste ja schon Fahrstühle ..!

„Klar, Roy. Vertrau mir. Ich hab hier als Kind schon immer Verstecken gespielt."

„Na dann", entgegnete ich pustend und stieß mir gerade zum dreizehnten Mal den Kopf. Tomke verharrte ihn ihrer Bewegung und gab mir mit ihrer Handfläche das taktische Zeichen dafür, ebenfalls nicht weiterzukriechen.

Vorsichtig lugte sie durch das Gitter vor ihr. Dann schob sie es einfach zur Seite und sprang in den sich dahinter befindenden Raum. Ich kroch ebenfalls bis zur Öffnung vor und sah, dass Tomke geduckt und mit ihrem rechten Knie auf dem Boden aufgesetzt, mit ihrer MPi den Raum in Richtung der einzigen Tür sicherte. Zügig quetschte ich mich ebenfalls durch die Öffnung in den Raum hinein. Hier standen jede Menge Blechschränke und Regale aus Metall, in denen die unterschiedlichsten Ausrüstungsgegenstände gelagert wurden.

Tomke öffnete einen der Schränke und biss sich auf die Unterlippe, als sie den Inhalt sah. Dann griff sie hinein und holte eine Stielhandgranate hervor, die sie mir demonstrativ vor die Nase hielt.

„Jetzt frag mich bloß nicht schon wieder, ob ich weiß, was das ist, Tomke."

Sie grinste: „Ne, Roy. Schon klar."

Tomke entnahm dem Magazin, in dem die Handgranaten lagerten, zwei weitere Exemplare und wollte mir diese zureichen.

Ich schüttelte den Kopf: „Lass mal. Das hier ist mehr mein Spielzeug und der Feuerzauber damit dürfte sich in der Bekämpfung eines Schwertfisches wohl als sehr effektiv erweisen." Dabei nahm ich die etwa dreißig Zentimeter lange, gelb-oliv-farbene Kunststoffpatrone mit dem braunen, eingeklappten Abzugsmechanismus in die Hand. Die rote Beschriftung zeigte, dass es sich um eine scharfe Patrone mit einem Phosphorbrandkörper handelte. „Oh", sagte Tomke, „eine Handflammpatrone. Ich muss zugeben, du hast Geschmack, Roy."

Zwei dieser Patronen steckte ich unter meinen Gürtel. Tomke deckte sich mit einigen Handgranaten ein. Ich widmete mich erneut dem Waffenschrank und entdeckte eine mir bekannte, sehr wirkungsvolle Waffe: Eine Heckler & Koch HK69A1 für 40-mm-Granaten. Diese waren zwar nicht so effektiv wie Tomkes Stielhandgranaten, hatten aber den Vorteil, dass man zielend und aus einer Deckung heraus feuern konnte, während die gemeine Handgranate lediglich grob geworfen werden musste, dafür aber über eine größere Sprengwirkung verfügte.

„Vergiss es, Roy. Weniger ist mehr. Die klobige GraPi macht uns nur unbeweglich."

Ich nickte und musste ihr Recht geben. Es hatte gar keinen Sinn, sich mit allen möglichen Waffen einzudecken. Ganz nach dem Prinzip der Schwertfische. Man sollte sich besser auf wenig beschränken und stets beweglich bleiben. Erst recht, wenn man nicht in freier Natur operierte. Ich legte den Granatwerfer wieder zurück.

„Komm Roy. Wir müssen uns beeilen. Wir dürfen Ralf in seinem Zustand nicht solange allein lassen und weiß der Teufel, was diese kaltblütigen Mörder da draußen noch alles aushecken. Wir müssen die so schnell wie möglich ausschalten und dann sofort zum Südpol."

„Eines nach dem anderen, junges Fräulein. Am Südpol bist du noch lange nicht. Erst einmal haben wir es hier mit den drei Schwertfischen zu tun. Vergiss nicht, es gibt nichts gefährlicheres, als einen Kampfschwimmer!"

„Doch", sagte die Kleine und schulterte ihre MPi. „Mich! Diese Mörder werden ihrer gerechten Strafe nicht entgehen. Vorher haue ich hier nicht ab." Damit drehte sie sich um und marschierte Richtung Eisentür.

„Pass auf, Roy. Die Tür führt in einen etwa zehn Meter langen Gang, der dann nach links verläuft und in den Hangar führt. Ansonsten gibt es keine weitere Tür zum Hangar. Die Funkbude ist etwa fünf Meter vor dem Hangareingang."

Ich nickte ihr zu.

Langsam und geräuschlos öffnete sie einen Spalt breit die Tür und schaute hindurch. Dann winkte sie mich heran. Leise, aber zügig schlichen wir, unsere Maschinenpistolen in Vorhalte, bis zum Linksknick des Ganges. Dort lugte Tomke vorsichtig um die Ecke und zog ihren Kopf ziemlich schnell wieder zurück.

„Ich habe einen Schatten in der Funkbude gesehen. Das ist bestimmt dieser verletzte Kampfschwimmer. Der fummelt da an irgendetwas herum und scheint beschäftigt zu sein. Wir können ihn überraschen. Der rechnet doch gar nicht mit uns."

Sie strich sich eine Haarsträhne aus der Stirn.

„Kriegst du den schlafengelegt, Roy? Oder soll ich das machen?"

„Du?", fragte ich. „Wie denn? Auf Zehenspitzen? Oder willst du eine Leiter mitschleppen?" Ich zog meine Augenbrauen hoch. „Natürlich bekomme ich den schlafengelegt, wenn er der Einzige da drinnen ist."

„Davon gehe ich aus. Die anderen beiden scheinen ja noch im Hangar beschäftigt zu sein. Jetzt ist der richtige Augenblick, Roy. Wir können nicht länger warten und müssen es riskieren."

„Ok, dann lass uns anfangen. Um so schneller haben wir es hinter uns", sagte ich.

Noch einmal blickte Tomke kurz um die Ecke und spurtete dann leise und in geduckter Haltung los. Ich hinterher. Etwa fünf Meter vor dem Eingang zum Hangar geschah es natürlich. Tomke stolperte, konnte sich im Fall ein „Huch" nicht verkneifen und krachte mit ihrer MPi auf den harten Steinboden, wodurch sie zudem ein kratzendes, lautes Geräusch verursachte.

Ganz großer Sport. Jetzt ist die Lütte doch schon wieder auf die Nase gefallen.
Der Schatten in der Funkbude zuckte zusammen und einen Augenblick später sah ich den in unsere Richtung gehaltenen Lauf einer Uzi und die rechte Gesichtshälfte einer Person, die hinter dem Türrahmen hervorlugte.

„Deckung, Tomke", brüllte ich. Diese ließ sich sofort auf den Boden fallen und rollte sich nach links an die Wand des Ganges heran. Ich ging ebenfalls in Stellung, gerade noch rechtzeitig, um von den Geschossen der Uzi, die über mich hinwegpfiffen, nicht getroffen zu werden. Sofort feuerte ich eine Salve aus meiner MPi ab. Tomke schoss ebenfalls, sprang dann aber blitzartig auf und rannte, sich dabei selbst Feuerschutz gebend, bis an das Ende des Ganges, drückte sich dann mit dem Rücken an die rechte Wand und zog eine Handgranate aus ihrem Gürtel.

Ich dachte, nicht richtig zu sehen. Was sie machte, war saugefährlich und ich verspürte im selben Moment einen unglaublichen Drang, ihr links und rechts eine in die Backen zu hauen, denn glücklicherweise schoss ich in dem Moment, als sie meine Schusslinie ohne Vorwarnung kreuzte, gerade nicht. Wie in Zeitlupe sah ich dann von einen Arm, der aus der Tür zur Funkbude herausragte und dessen Hand ebenfalls eine Handgranate hielt. Ich schoss. Ich schoss mit der MPi einfach in Richtung des kurz ausholenden Armes des Gegners.

Und ich traf. Wodurch dem Angreifer beim Wurf die Granate aus der Hand rutschte und knapp einen Meter neben Tomke auf den Boden fiel. Mir blieb der Atem stehen. Tomke schien die Situation sofort zu begreifen, sprang auf die Granate zu, riss sie hoch und warf sie einfach wie einen kleinen Ball durch die Tür der Funkbude. Sofort ging sie wieder in Deckung. Eine ohrenbetäubende Detonation mit durch die Bauart dieser enormen Anlage mehrfachen Echoeffekt ließ alles um mich herum beben. Ich presste mit meinen Armen mein Gesicht auf den Betonboden und hoffte inständig, dass Tomke ihre waghalsige Handlung überlebt hatte.

Als ich vorsichtig mein Gesicht etwas vom Boden abhob, erblickte ich einen zauseligen Hinterkopf, dessen Vorderseite neugierig in Richtung der nahezu total in sich zusammengebrochenen Funkbude schaute. Dann drehte sich der Wuschelkopf um und Tomke starrte mich mit halboffenem Mund an. Zum Glück hatte ich damit aber auch endgültig Gewissheit, dass dem Mädel nichts passiert war. Sofort sprang sie auf nd sicherte den Eingang zum Hangar, da sich schließlich noch zwei weitere Kampfschwimmer dort befanden, die nun gewarnt waren. Ich rannte zu ihr und kam pustend an. Tomke aber ging es auch nicht besser, wie ihre durch Schweiß durchnässten Haare an ihren Schläfen erzählten. Sie schaute mich kurz an. Ich wischte mir den Schweiß aus der Stirn und zeigte ihr einen Vogel.

„Du spinnst wohl. Latsche niemals wieder durch mein Mündungsfeuer. Ich hätte dich beinahe erschossen. Ab jetzt gehe ich vor!"

Sie grinste frech und sah ganz schön fertig aus: „Hat doch geklappt, Roy. Ich wusste schon, dass du mich nicht aus Versehen erschießt."

Ich winkte ab: „Hast du die anderen beiden Halunken gesehen, Tomke?"

„Ne, hab ich nicht. Die müssen weiter hinten im Hangar in Deckung gegangen sein und wundern sich vermutlich, was hier abgelaufen ist. Es war goldrichtig von dir, die Handflammpatronen mitzunehmen. Wir müssen damit jetzt nämlich für die richtige Stimmung sorgen, damit die beiden Arschlöcher aus ihrer Deckung herauskommen!"

Ganz vorsichtig schaute das Mädchen um die Ecke in den Hangar hinein. Sofort krachte gegnerisches Dauerfeuer in unsere Richtung.

„Das wollte ich sehen", sagte Tomke. „Die beiden haben sich hinter dem Raupenfahrzeug verschanzt, hinter dem wir vorhin in Deckung gegangen sind. Da kann man mal sehen, wie schnell die Fronten wechseln können. Okay, Roy. Ich gehe hinter den zerlegten Schuppen. Dann haben wir zwei Kampfpositionen", sagte die junge Herzogin, zog gleichzeitig an der Schnur einer ihrer Stielgranaten, warf diese um die Ecke in Richtung des Gegners und sprang doch tatsächlich unter dem Beschuss der Uzis hinter die Trümmer der etwa drei Meter entfernten Funkbude.

Mit vorwurfsvollem Blick sah ich Tomke kopfschüttelnd an. Diese zuckte nur kurz mit den Schultern. Ich musste also ebenfalls einen Blick um die Ecke wagen, um mich auf die neue Kampfsituation einstellen zu können. Ich sah das Raupenfahrzeug in etwa zwanzig Metern Entfernung und nahm eine Handflammpatrone, die unter meinem Gürtel steckte.

Ich setze mein linkes Knie auf den Betonboden. Dann klappte ich die Abzugeinrichtung der Einwegwaffe heraus und nahm diese in meine linke Hand, die ich durch zusätzlichen Druck gegen meine Hüfte verstärkte. Meine rechte Hand legte ich dann von oben auf das Ende der Patrone, spähte um die Ecke und feuerte die Waffe ab. War man unvorsichtig, oder wusste man mit einer Handflammpatrone nicht richtig umzugehen, klatschte einem die leere Patrone durch den starken Rückstoß des Brandsatzes ins Gesicht.

Der Phosphorbrandsatz prallte gegen das Raupenfahrzeug und blendete die beiden sich dahinter befindenden Kampfschwimmer. Augenblicklich zog sich eine etwa fünfzehn Meter breite Flammenfront vor das Fahrzeug. Die Temperatur von 1.300 Grad, die so ein Brandkörper verursacht, aktivierte im nächsten Augenblick die Sprenkleranlage des gesamten Hangars. Die beiden Schwertfische konnten ihre Stellung nicht länger halten und gingen nun in die Offensive. Sie rannten hinter dem brennenden Raupenfahrzeug hervor, schossen wie die Bekloppten mit ihren Uzis in unsere Richtung und wurden dabei von ausschweifenden Feuerzungen des Phosphorbrandes erwischt.

„Sofort die Waffen runter, ergebt euch", brüllte Tomke.

Das war für Kampfschwimmer natürlich ein Fremdwort. Sie dachten auch gar nicht daran, aufzugeben, sondern rannten stumpf und ballernd auf uns zu. Ich blickte kurz zu Tomke herüber und sah, dass sie gerade eine Handgranate warf. Diese landete unmittelbar vor den beiden heraneilenden Kampfschwimmern zu Boden, detonierte und schleuderte die Angreifer mit brachialer Gewalt zu Boden ...

Nach einige Zeit war der Brand im Hangar gelöscht und für einen ganz kurzen Moment kehrte Stille ein. Die beiden Kampfschwimmer regten sich nicht mehr. Trotzdem war keiner von uns beiden verrückt genug, jetzt einfach ins Verderben zu laufen.

„Du den rechten, ich den linken", sagte Tomke. Ich wusste sofort, was sie meinte. Beim Näherkommen war mir klar, dass ich den zu sichernden Kampfschwimmer nicht mehr zu fürchten hatte. Seine Verletzungen sprachen für sich. In diesem Moment fielen von links drei schnell hintereinander abgefeuerte Schüsse. Einzelfeuer, das Tomke aus ihrer MPi abgab. Der Arm des vor ihr liegenden Kampfschwimmers, der die Uzi hielt, fiel auf den Beton zurück und die Waffe rutschte ihm aus der Hand. Ich schaute zu Tomke, zog die Augenbrauen hoch und sagte: „Schwertfisch halt."

„Hoffentlich kennst du diese Typen nicht gesellschaftlich, Roy!", kommentierte sie.

Der Rest der Rettungsaktion um den verletzten Dr. Klein verlief ohne weitere Zwischenfälle. Nachdem ich es endlich hinbekam, das angekohlte Raupenfahrzeug richtig zu bedienen, fuhr ich es einfach beiseite und Tomke kroch den Luftschacht zurück, um die Panzertür von innen zu öffnen. Am Zustand des Doktors hatte sich zwischenzeitlich nichts geändert. Vorsichtig trugen wir ihn in das Innere des UFO, das uns glücklicherweise durch das vorhin von Tomke betätigte Schutzschild nicht um die Ohren geflogen war. Nachdem wir eingestiegen waren, verriegelte Tomke das Fluggerät und stieg schnell die Eisenleiter zur Brücke hinauf. Beim Hochklettern rief sie mir zu: „Legst du Ralf bitte auf die Liege dort und schnallst ihn an? Ich bringe uns erstmal hier raus."

Ich nickte und legte den Doktor vorsichtig auf eine Liege, die herunterklappbar einige Meter neben dem Bodenschott an der Seitenwand eines größeren Blechschrankes hing. Es vergingen etwa zwei Minuten, bis ein Ruck durch die Flugmaschine ging. Durch die Bullaugen konnte ich sehen, dass wir vom Boden abhoben. Aber nicht vertikal nach oben, wo sich die Öffnung dieser gewaltigen Krateranlage befand, sondern nach schräg links oben, geradewegs auf die massive Felsmauer des Basishangars zu! Mir blieb fast das Herz stehen. Im letzten Augenblick, praktisch im letzten Augenblick und nur wenige Meter von der Kollision mit der Felsendecke entfernt, verharrte das UFO plötzlich in der Luft im Stillschwebezustand, verlor dann ruckartig wieder einige Meter an Höhe, korrigiere etwas die Position nach rechts und hob dann schwerfällig in den Himmel.

Schweißdurchtränkt bestieg ich, mich gut festhaltend, die Brücke. Dort sah ich Tomke, mit dem Rücken zu mir stehend vor einem Armaturenpult und in den Knien wippend, stehen, wobei sie das Fluggerät konzentriert manövrierte. Ich ging zu ihr und spähte durch die Bullaugen: „Was war das denn eben?", fragte ich. „Ich denke, du kannst das Ding hier fliegen? Sagtest du nicht, dass du eine Fluglizenz für das Gerät hast?"

„Hab ich auch", verteidigte sie sich, fügte dann aber kleinlaut hinzu: „Nur noch keine Lande- und Startlizenz. Ich habe halt den falschen Pinökel erwischt."

„Na großartig! Wir werden alle sterben", merkte ich theatralisch an.

„Jetzt mach mich nicht auch noch wahnsinnig, Roy. Schließlich habe ich bei unzähligen Starts und Landungen oft genug zugesehen und unter Anleitung von Ralf auch schon einige selbst durchgeführt." Dabei sprach Tomke, wie immer, ziemlich schnell. Ich hatte wohl keine andere Wahl, als das einfach so hinzunehmen.

„Schon gut, Tomke. Reg dich nicht gleich wieder auf. Du wirst das schon machen", versuchte ich positiv auf sie einzuwirken.

„Ich nehme jetzt Kurs Richtung Südpol. Wir müssen also fast von einem Pol zum anderen. Das dauert selbst mit einer V7 etwas. Ich kann den Elektro-Turboantrieb nicht voll aussteuern. Irgendetwas stimmt mit dem Ding nämlich nicht. Und schließlich haben wir ja schon genug Ärger am Hals", sagte Tomke.

„Prima", fügte ich hinzu. „Dann kannst du mich ja auf dem Weg zum Südpol sicherlich eben zu Hause absetzen. Ich denke, mehr kann ich nämlich nicht mehr für euch tun. Meine Leute vermissen mich sicherlich schon. Außerdem kommt heute Abend Ekel Alfred im Fernsehen. Das darf ich auf gar keinen Fall verpassen. Also, Hoheit. Ist ja nicht einmal ein Umweg."

Sie schaute mich mit hilflosem Blick an, wobei ihr Mund wie immer zur Hälfte offen stand. Ich musterte sie und abermals konnte ich mich nicht daran erinnern, jemals ein derart hübsches Mädchen gesehen zu haben.

Tomke von Freyburg schluckte: „Das kann doch jetzt nicht dein Ernst sein, Roy. Du weißt genau, dass ich das nicht darf. Ich dachte, wir hätten da vorhin eine klare Vereinbarung getroffen. Außerdem brauche ich dich doch. Einer muss sich um Ralf kümmern. Und die V7 fliegen kann ja schließlich nur ich."

„Bravo", sagte ich. „Ich hatte es mir fast gedacht. Und was bitte habe ich dann bei euch zu erwarten? Wann kann ich wieder zurück und wie bitte schön, geht es dann mit mir weiter?"

„Jetzt mach dir doch nicht so viele Gedanken, Roy. Ich gebe dir mein Ehrenwort als Herzogin, dass dir bei uns nichts geschehen wird. Wir werden schon eine Lösung für dich finden und dich ganz gewiss nicht länger als unbedingt nötig aufhalten. Jetzt mach mir doch keine Schwierigkeiten. Ich hab hier schon genug am Hals. Außerdem muss ich Friedrich so schnell wie möglich Meldung machen." Ihr Blick wurde noch ernster und sie fuhr sich durch ihre wuscheligen Haare: „Oh Mann, ich weiß gar nicht, was ich ihm sagen soll. Ralf muss so schnell wie möglich zu unserer Chefärztin am Südpol."

Ich stöhnte tief auf und musste mich wohl oder übel mit der Situation vorerst abfinden. Irgendwie brachte ich es einfach nicht fertig, sie hängenzulassen. Nachdenklich verzog ich mein Gesicht: „Was hast du eben gesagt? Chefärztin? Klingt nicht schlecht, wie du das sagst."

Ich grinste Tomke schelmisch an: „Ist die auch so hübsch wie du?"

Tomke lief rot an und ich gönnte mir den Spaß.

„Sie ist hübsch, sogar sehr hübsch. Und sie ist im besten Alter. Für dich, Roy, aber wohl etwas zu alt."

„Schade", sagte ich. „Naja, kann man nichts machen. Wie alt ist eure Chefärztin denn?"

Jetzt war Tomke an der Reihe und grinste: „Übertreiben wollte ich auch nicht. So alt ist sie nun wiederum doch noch nicht. Grad mal erst 104 ..."

„WAS?" Ich dachte, nicht richtig zu hören. „Wie geht das denn? 104 Jahre?"

Ich schaute Tomke ungläubig an: „Aber die praktiziert doch nicht mehr, sondern sabbert im Rollstuhl herum, oder?"

Tomke grinste immer noch: „Das glaubst auch nur du. Unsere Chefärztin ist unter anderem auch noch Testpilotin und dafür verantwortlich, jede Neuerung an unseren Flugscheiben abzunehmen. Und ich glaube, wenn du sie auf die Palme bringst, wird sie dich an der Uhrkette tragen!", fügte der kleine Satan genüsslich hinzu.

Ich atmete tief durch: „Na, da bin ich aber mal gespannt. Werdet ihr etwa alle so alt? Habt ihr irgendwelche Perry-Rhodan-Pillen, oder wie geht so etwas?"

Jetzt war es Tomke, die fragend dreinschaute:

„Was für Dinger? Na egal, ich kann mir schon vorstellen, was du meinst. Nein, natürlich nicht. Nur unsere Chefärztin und Friedrich, also General Friedrich von Hallensleben, unser aller Chef, sind so außergewöhnlich alt. Wobei ich gar nicht genau sagen kann, ob es nicht noch einige andere gibt. Alles erzählt man mir schließlich auch nicht. Jedenfalls ist der General auch erst 94 Jahre alt."

„Erst 94 Jahre alt?", entgegnete ich, „Weißt du eigentlich, was du da erzählst?"

„So ganz genau nicht, um ehrlich zu sein. Bei uns wird aber nicht immer alles hinterfragt. Soweit ich weiß, sind die beiden, ich glaube, es war im Jahre 1947, durch Einwirkung eines tibetanischen Schamanen zu 6-fach verlangsamter Alterung verzaubert worden", erklärte Tomke beiläufig, als wäre so etwas selbstverständlich.

„Mein Gott, dann können die ja ewig leben", machte ich die naive Feststellung.

„Könnte man wohl so sagen", kommentierte Tomke. „Müssen die aber auch. Sie sind die wichtigsten Menschen in unserer Gesellschaft und mit ihnen steigt und fällt alles. Ein Weiterexistieren des Fürstentums Eisland wäre ohne die beiden nicht vorstellbar."

„Das verstehe ich nicht."

„Roy, ich kann dir das jetzt unmöglich alles erklären. Es steckt so unheimlich viel dahinter. Ich muss jetzt zusehen, dass ich die *Haunebu* Richtung Süden lenke. Wir fliegen über Europa, dem atlantischen Ozean und nehmen dann direkten Kurs auf die Antarktis. Vorerst aber muss ich jetzt wirklich Friedrich dringend Meldung machen. Der sitzt bestimmt schon wie auf heißen Kohlen!"

Sie wendete sich irgendwelchen Apparaturen zu. Ich starrte ein Gerät an und ärgerte mich, dass ich es nicht sofort als normales Radargerät erkannt hatte. Hier gab es halt ein unglaubliches Gemisch aus konventioneller wie auch unkonventioneller Technik. Ich sah genauer auf das Radar und erkannte plötzlich sechs kleine Dreiecke, die sich uns offenbar näherten. Ich tippte Tomke an die Schulter.

„Fräulein, sieh dir das mal an. Ich glaube, das sind Flugzeuge. Die kommen doch auf uns zu."

Tomke sah auf das Radar, riss ihre Augen auf und wurde schlagartig blass.

„Scheiße", stieß sie hervor. „Das sind bestimmt Angriffsjäger von Marschall de Grooth und der MBT. Roy, es geht schon wieder los. Ich glaube, dass mit deinem Fernsehabend heute doch nichts."

„Ich bringe uns jetzt auf eine Höhe von 24.000 Metern und beschleunige die V7 kurzfristig auf 6.000 km/h. Damit hängen wir die locker ab, Roy", stammelte Tomke in atemberaubender Geschwindigkeit.

„Falls sie uns dann immer noch lästig werden sollten, setze ich mit meiner *D-KSK* den Himmel unter Todesstrahlen und werde die Dinger einfach zusammenbraten."

Sie hantierte an einigen Hebeln herum. Ich nahm mir vor, nicht darüber nachzudenken, gleich einer Geschwindigkeit von 6.000 km/h ausgesetzt zu sein.

Tomke sah mich kurz an: „Du brauchst dir keine Gedanken zu machen. Wir sind in einem Fluggerät, dass sein eigenes Schwerefeld aufbaut. Du wirst von der Geschwindigkeit nichts spüren." Ich nickte und schluckte. Dann warf das Mädchen erneut einen Blick auf das Bordradar und überzeugte sich davon, dass die Flugzeuge mittlerweile bedrohlich nahe an uns herangekommen waren. Sie griff jeweils einen Hebel und zog beide gleichmäßig und langsam zu sich heran.

Ein merkwürdiges, surrendes Geräusch drang von unten, aber es passierte nichts. Tomke machte große Augen, Panik stand ihr ins Gesicht geschrieben. Sofort verfiel sie in ihre eigentümlichen, wippende Kniebewegungen.

„Nein, bitte nicht jetzt", kam es leise, aber deutlich über ihre Lippen.

„Was ist denn nun schon wieder?", fragte ich.

„Der *Magnet-Feld-Impulser*! Das alte Scheißding spinnt schon wieder. Wir hatten soetwas die letzten Tage bereits mehrmals. Das war nämlich auch der Grund für die Zwischenlandung vergangene Nacht in Wilhelmshaven, bei der du uns gefilmt hast."

„Und womit ich mir das ganze Schlamassel eingebrockt habe!", unterbrach ich sie.

„Verdammt, wir kommen so nicht weg. Bei unserer momentanen Höchstgeschwindigkeit kann ich den Flugzeugen nicht entkommen. Ich kann nur versuchen, sie durch geschickte Flugmanöver abzuhängen. Mit ein paar rechtwinkeligen Haken wäre das schon möglich. Jedoch ist der Himmel zu klar. Ich kann uns nicht einfach in irgendwelchen Wolkenbänken verstecken. Und einen Durchbruch in die Erdumlaufbahn kann ich mit einem fehlerhaften Elektro-Turboantrieb auch nicht wagen."

„WAS? Erdumlaufbahn? Du spinnst wohl! Jetzt sag bloß noch, dass man mit diesem Ding hier auch noch ins Weltall fliegen kann?"

Die 16-jährige Herzogin blickte mich an: „Natürlich, was hast du denn wohl gedacht? Ich kann dich unter normalen Umständen auch auf dem Mond absetzen. Wir vom Fürstentum Eisland haben da übrigens eine kleine Außenbasis, welche momentan allerdings nicht besetzt ist. Ein Dornier-Stratoshpärenflugzeug der Baureihe *Haunebu 2*, gefertigt 1942 in Augsburg, so wie unsere *GRAF SPEE*, auf der du dich gerade befindest, sind zu 100% weltalltauglich. Nur kann ich mit dem schadhaften Antrieb nicht den Durchbruch durch den *Van-Allen-Gürtel* wagen. Die Dreischott-Victalen-Legierung dieses Kampfflugpanzers ist zwar äußerst robust und hält sogar den Wiedereintritt in die Erdatmosphäre locker aus, aber ich kann das Gerät durch den Schaden am *Magnet-Feld-Impulser* nur kurzfristig auf ein dementsprechend hohes Energieniveau bringen, so dass sich das Schutzschild aufbauen kann. Aber lassen wir das jetzt. Bis jetzt haben die Flugzeuge uns lediglich auf ihren Radargeräten geortet, so wie wir sie. Aber in wenigen Sekunden werden wir Sichtkontakt haben. Wir befinden uns noch über der Nordsee. Wenn sie uns zu nahe kommen, ist es vorbei mit ihnen."

„Kannst du es denn tatsächlich mit sechs solcher Flugzeuge aufnehmen, Tomke?"

„Normalerweise ja. Nur fehlt mir die zweite Hand dabei. Ich kann nicht beides machen: fliegen und die *Donar-Kraftstrahlkanone* bedienen. Wir werden vorerst versuchen, einfach unseren Kurs beizubehalten und zu entkommen. Wenn die uns wirklich folgen, bleibt mir nur die Möglichkeit, die Glocke entweder auf automatische Steuerung oder auf Stillschwebezustand zu bringen und die Flugzeuge zu bekämpfen."

„Können die uns denn gar nichts anhaben? Die werden doch wahrscheinlich auch bewaffnet sein."

„Normalerweise nicht. Jedenfalls nicht mit ihren herkömmlichen Bordwaffen. Dafür ist die Panzerung der *GRAF SPEE* zu massiv. Es sei denn, die haben Marschflugkörper dabei, also Cruise Missile. Aber darauf werde ich es nicht ankommen lassen. Kommen die uns zu nahe, knallt es. Mit diesen Subjekten kuschel ich erst gar nicht!" Tomke zeigte zum Radar: „Es wird wieder mal ernst, Roy. Ich schlage jetzt einige Haken. Mal gucken, wie die reagieren." Tomke bediente einige Hebel und ich konnte mich erneut über die unglaublichen Flugeigenschaften dieses Raumschiffes überzeugen. Es ließ sich doch tatsächlich so steuern, dass es möglich war, rechtwinkelige Haken zu schlagen, ohne, dass davon im Innern etwas zu merken war oder gar jemand mit der Bordwand kollidierte. Ich konnte mir dieses Phänomen nur durch die seltsame Antriebstechnik dieses UFOs erklären, die ich aber nicht verstand.

Das Gerät war herkömmlicher Flugtechnik haushoch überlegen und wahrhaftig mit nichts zu vergleichen, das irgendeine Nationen auf der Erde vorweisen konnte.

„Jetzt reicht es mir!", bemerkte Tomke nach einigen Manövern. „Die Jungs scheinen es nicht zu begreifen. Die verfolgen uns, so gut es denen mit ihren doofen Flugzeugen halt möglich ist." Sie biss sich auf die Unterlippe.

„Ich stelle jetzt die Flugautomatik an und gehe in meinen Kampfstand, um den Dingern einzuheizen. Anders schnallen die es ja nicht." Dabei zeigte sie auf die Bullaugen vor dem Kommandostand.

Jetzt konnte auch ich die sechs Düsenflugzeuge sehen, die uns in einigen hundert Metern Entfernung folgten.

„Siehst du, wir haben schon wieder drei links und drei rechts von uns. Mich wundert nur, dass die solange warten, um uns anzugreifen. Allerdings kann ich keine Raketenbewaffnung unter den Tragflächen erkennen. Ich bin mir aber völlig sicher, dass das eine bewusste Finte ist. Sobald sie den Augenblick für günstig halten, werden sie uns mit ihren MGs beschießen. Das Risiko werde ich nicht eingehen. Ich knall die jetzt ab." Tomke hantierte an einigen Armaturen herum, ergriff dann eilig ihren Stahlhelm, setzte ihn auf und stieg hastig nach oben in den Drehturm, wo dieser Kampfstand des UFOs war.

Ich blickte gespannt durch die Bullaugen. Plötzlich fiel es mir wie Schuppen von den Augen: „Tomke, nein, warte. Sieh doch genau hin. Das sind alles Eurofighter der Luftwaffe. Die kannst du doch nicht abschießen!"

„Es ist mir völlig egal, wer da in den Maschinen sitzt. Und was heißt hier eigentlich Luftwaffe? Auch die sollen sich bloß nicht einbilden, mir zu nahe zu kommen. Außerdem können da genau so gut die Kerle von de Grooth drin sitzen", rief Tomke von oben herunter.

„Nein, Tomke, dass kann ich mir nicht vorstellen. Sieh doch auf die Hoheitszeichen. Das sind Kampfjets der Bundeswehr. Ich kann mir schon vorstellen, was hier abläuft. Die haben natürlich die Explosion des U-Boots vorhin geortet und sollen jetzt einen Aufklärungsflug machen. Deswegen haben die auch keine Raketen dabei. Außerdem sind die hier selbst im fremden Hoheitsgebiet und handeln vermutlich aufgrund irgendwelcher internationaler Abkommen. Die wollen uns doch nichts. Die wissen doch gar nicht, woher das Fluggerät stammt, mit dem wir hier fliegen und denken doch logischerweise genau so wie ich vergangene Nacht, dass die hier auf ein UFO mit Außerirdischen gestoßen sind."

„Das interessiert mich herzlich wenig, Roy. Genau genommen ist es noch viel schlimmer, wenn andere Streitkräfte als die von de Grooth uns aufspüren. Dem sind wir nämlich als existierende Organisation und Erzfeind hinreichend bekannt, deiner komischen Bundeswehr aber schließlich nicht. Ich knall die jetzt ab und aus, Maus."

„NEIN!", brüllte ich hoch. „Das kannst du doch nicht machen! Das sind doch deutsche Piloten der Bundeswehr. Die tun uns doch nichts. Es sind doch unsere Leute. Du kannst doch nicht ernsthaft gegen die Luftwaffe der Bundesrepublik Deutschland kämpfen! Tomke, ich glaube einfach nicht, was du da vorhast. Komm doch mal klar, Kleine. Du bist doch auch Deutsche. Die machen doch nur ihren Job!"

„Höre bitte auf, diese widerlichen Anglizismen zu versprühen, Roy. Außerdem glaube ich, dass du da etwas in den verkehrten Hals bekommen hast. Ich bin keine Deutsche, sondern Staatsbürgerin des Fürstentums Eisland. Lediglich unsere Amtssprachen sind Deutsch und Spanisch. Und das ist auch schon alles."

Jetzt brach bei mir langsam aber sicher Panikstimmung aus. Was sollte ich nur machen? Ich konnte keinesfalls zulassen, das Tomke von Freyburg die Eurofighter einfach abschoss. Dazu war sie in der Lage, das wusste ich. Mit der Bewaffnung dieses Fluggerätes könnte sie eine ganze Staffel in null Komma nichts eliminieren. Das hatte ich bereits vorhin, bei der Verteidigung gegen das U-Boot begriffen. Mir war aber auch klar, das dass Mädchen aus purer Verzweiflung und Wut, insbesondere über den Verlust ihrer ermordeten Kameraden handelte, und gerade dabei war, aus falscher Rache eine unglaubliche Torheit zu begehen.

Ich griff mir eine der angetrunkenen Mineralwasserflaschen und wollte mich selbst in den Kampfstand begeben, Tomke die Flasche Mineralwasser über den Kopf gießen und sie nötigenfalls von dort oben herunterziehen, da das Fräulein ja momentan gerade die Pfanne heiß hatte. Ein Blick durch die Bullaugen und ein weiterer auf das Bordradar ließ mich von meinem Vorhaben aber wieder Abstand nehmen: Die Eurofighter verzogen sich gerade in Richtung Südwesten.

„Tomke, kannst deine Teufelskanonen wieder einfahren und herunterkommen. Das Problem hat sich von allein gelöst. Die sind eben alle abgedreht. War dem Schwarmführer wohl zu heiß."

Danach stieg ich die Eisenleiter hinunter, um nach dem verletzten Doktor zu sehen. Er schlief nach wie vor auf seiner Liege. Ich legte ihm meine Hand auf die Stirn, um seine Körpertemperatur zu fühlen. Diese schien erhöht zu sein. Er schwitzte zudem. Ein fiebersenkende Mittel wäre nicht schlecht, aber weil mich weder hier unten, noch im gesamten Fluggerät natürlich nicht auskannte, rief ich Tomke zu:

„Tomke, der Doktor hat zu hohe Körpertemperatur. Du solltest ihm besser ein Medikament verabreichen. Ist es möglich, dass du diese riesige Suppenschüssel mal auf Automatik stellst und mir hier mal zur Hand gehen kannst?"

„Klar, Roy. Ich komme sofort herunter. Wir sollten Ralf sowieso besser an einen Tropf hängen. Sag mal, hast du auch so einen Durst? Ich bringe uns noch was zum Trinken mit", rief sie zurück.

„Das ist eine ausgezeichnete Idee", antwortete ich.

Irgendwas raschelte da oben und dann sah ich Tomke auf den ersten Stufen der schmalen Eisenleiter. In beiden Händen, jeweils zwischen Daumen und Zeigefinger, hielt sie eine Flasche Mineralwasser, so dass sie sich lediglich mit ihren Mittelfingern an den Sprossen der Leiter festhalten konnte. Der Abstieg sah dadurch ganz schön akrobatisch aus. Auf halben Weg rutschte ihr – natürlich – eine Flasche aus der Hand.

„Huch!", machte Tomke und verdrehte sich den Hals, um der heruntergefallenen Flasche hinterher zu schauen, stieg dabei aber, ohne sich darauf zu konzentrieren, eine weitere Sprosse der Leiter herab, verfehlte diese mit ihrem linken Fuß, rutschte ab, stürzte nun selbst von der Leiter und knallte, kurz vor dem Aufprall auf den Boden, mit ihrem Kopf gegen den Schiebegriff des eingezogenen Periskops, das sich direkt hinter der Leiter befand. Bewusstlos blieb sie am Boden liegen.

„Ne näh?", kam es über meine Lippen. „Dat is jetz nich wahr, oda?" Einen Augenblick später war ich aber auch schon neben dem Mädchen und stellte fest, dass sie „nur bewusstlos" war, da sie atmete. Die würde an ihrem Zottelkopf eine gewaltige Beule kriegen. Ich kniete mich vor sie hin und nahm ihren Kopf in meine Hände. „Tomke", rief ich. „TOMKE! Hey, Kleine. Na los, werde schon wach! Lass mich jetzt bloß nicht im Stich. TOMKE!"

Keine Chance. Die Lütte war weg. Und ich hatte jetzt ein gottverdammtes Problem. Außer mir gab es an Bord dieser fliegenden Untertasse kein weiteres Lebewesen mehr, das bei Bewusstsein war. Der Doktor war durch seine schwere Verletzung weggetreten und jetzt auch noch diese kleine Schönheit hier. Die ließen mich einfach alle hängen. Dabei war ich doch eigentlich der Gefangene.

Großartig! So etwas kann auch wieder nur mir passieren – und ich war in tausend Nöten. Die Flasche! Die Wasserflasche, die Tomke fallengelassen hatte, könnte sich jetzt als nützlich erweisen. Sie lag nur wenige Meter neben mir. Ich griff danach, öffnete den Verschluss und spritzte Tomke das Wasser ins Gesicht, in der Hoffnung, dass sie dadurch das Bewusstsein wiedererlangen würde – Nüscht!

Das war alles was für den Arsch. Keine Reaktion.

„Scheiße", sagte ich im Selbstgespräch vor mich hin. Ich schaute mich um. Neben der Liege, auf welcher der Doktor lag, befand sich eine weitere, hochgeklappte. Die klappte ich nun herunter, schnappte mir die süße Tomke von Freyburg und legte sie ganz behutsam darauf ab. Dann schnallte ich sie um ihre Hüfte an, damit ihr bloß nichts passierte. Mir musste jetzt unbedingt etwas einfallen, sonst würde ein Drama sondergleichen passieren. Ich befand mich in wasweißich für einer Höhe und bewegte mich mit wasweißich für einer Geschwindigkeit in einem unbekannten Raumschiff, von dem ich nicht die geringste Ahnung hatte, wie es funktionierte. Selbst wenn ich Ahnung davon gehabt hätte, würde es mir sicherlich auch nicht viel bringen. Vermutlich hätte ich sogar Pilot sein können und käme mit diesem Ding wohl selbst dann auch nicht klar. Das war doch mit nichts zu vergleichen, was es an herkömmlicher Technik gab!

Ich schaute mich verzweifelt um. Dabei streifte mein Blick erneut über die beiden Liegen: „Ich glaub das nicht. Jetzt hab ich beide hier liegen", konnte ich mir den Kommentar nicht verkneifen. Mit einemmal kam mir die Idee, doch einfach das Funkgerät zu benutzen und diesem „alten Knochen", ihrem Ziehvater, Bescheid zu sagen. Also stieg ich die Leiter wieder hoch auf die Brücke, begab mich an die Funkkonsole. Zuerst schaute ich mir alles ganz genau an. Kurz blickte ich auf und sah durch die Bullaugen. Irgendwie befürchtete ich, im nächsten Augenblick vor ein Hindernis zu prallen. Es passierte aber nichts. Die automatische Steuerung, welche Tomke kurz vor ihrem Sturz noch aktivierte, schien zu funktionieren. Nur, wer konnte schon sagen, wie lange noch? Wieder glitt mein Blick über die Funkstation und irgendwie kam ich mir vor wie Hans Lothar in dem Film „Flug in Gefahr". Dann drehte ich einfach an ein paar Knöpfen herum und legte einige Schalter um. *Verdammt noch mal. Das Teil musste doch irgendwie zu bedienen sein. So schwer kann das doch gar nicht sein!* Und tatsächlich; plötzlich ging der Bildschirm an und nach dem ersten Flackern sah ich eine junge Frau, etwa in meinem Alter, die braune und unendlich viele, kleine, spiralförmige Haare hatte, die kunstvoll zu einem Dutt zusammengebunden und mit mehreren Haarnadeln zusammengesteckt waren. Die Frau hatte ein schmales Gesicht, trug eine kleine runde Nickelbrille und steckte in der gleichen Uniform wie Tomke sie trug, las in einem Buch und nahm mich zunächst gar nicht wahr. Daher ergriff ich die Initiative, klopfte mit dem Knöchel meines rechten Zeigefingers gegen den Bildschirm:

„Darf ich mal kurz stören?", fragte ich höflich.

Die junge Frau erschrak und zuckte zusammen. Sie sagte nichts, sondern starrte mich mit großen Augen entsetzt an. Dabei konnte ich zufälligerweise einen Blick auf den Umschlag des Buches werfen, das sie in ihrer Hand hielt. Es war ein alter Schinken. Sofort stach mir das Wort Konstantin und weiter unten, wo normalerweise der Buchtitel geschrieben steht, das Wort Perkons, in die Augen. Der Rest war aufgrund des Alters und der Abnutzung des Buches nicht mehr zu erkennen. Da ich in jungen Jahren mal ein paar Semester Psychologie studiert hatte, war mir natürlich sofort klar, das es sich hierbei um das Werk Die Memoiren des Sylvester Perkons von Dr. Konstantin Raudive, offensichtlich in der ersten, deutschen Orginalausgabe von 1947, handelte. Ich konnte natürlich einen Kommentar diesbezüglich nicht unterdrücken: „Oh, Sie lesen Raudive. Wie geschmackvoll!"

„Wer sind Sie?", kamen da ihre ersten Worte stammelnd über ihre Lippen.

„Gestatten, Wagner. Aber meine Freunde können einfach Roy zu mir sagen. Das ist nämlich mein werter Herr Vorname. Und mit welch reizendem Geschöpf habe ich es zu tun, Gnädigste?", fragte ich frech.

„Ich bin Kornett Tessa Czerny und möchte jetzt sofort wissen, wie sie auf diesen Kanal kommen und was sie wollen!", sagte sie nach einem sichtbaren Moment des Gedankensortierens.

„Oh, eine Offiziersanwärterin also. Reizend. Wirklich reizend. Kommen wir mal zur Sache. Ich muss nämlich sofort euren Friedel sprechen. Und wenn ich sage sofort, dann meine ich auch sofort!"

„Wie bitte?! Meinen sie etwa General von Hallensleben?"

„Ja habt ihr da denn etwa mehrere?", motzte ich unwirsch. „Ist das denn so schwierig, allerliebste Oberfähnrich Tessa? Ich befinde mich hier in einer äußerst prekären Situation und habe eigentlich keine einzige scheiß Sekunde länger Zeit, mit Ihnen hier zu palavern. Wenn ich das hier aber überleben sollte, werde ich Sie gerne zum Essen einladen. In der Hoffnung, dass Sie meine einfache Polizeiuniform nicht stört. Ich bin nämlich nicht so ein Superlegionär oder Sturmfeger oder wie ihr Jungs und Mädels euch alle nennt."

Kommentarlos blickte sie zur Seite und drückte mit dem Zeigefinger ihrer linken Hand auf die Taste einer Gegensprechanlage. Irgendwie bot sich mir jetzt mehr das Bild einer Sekretärin, die ich beim Fingernagelfeilen gestört hatte und welche widerwillig ihren Chef aus einer Konferenz herausholen musste.

„Friedrich, sei bitte so nett und komm zügig herauf. Wir haben da wohl ein Problem." Ohne die Antwort abzuwarten, wandte Kornett Tessa Czerny sich mir, beziehungsweise, dem Bildschirm wieder zu und verschränkte die Arme vor ihrer

Brust. Sie gab sich reichlich Mühe, ernst zu wirken, sagte aber kein einziges Wort mehr, sondern musterte mich unentwegt. Frech legte ich meinen Kopf etwas schräg, zog meine Augenbrauen hoch und grinste sie mit Absicht dämlich übertrieben und mit dem Kopf leicht nickend an, wobei ich meine Zähne zeigte. Leider ließ sie sich nicht weiter provozieren, sondern blickte mich weiterhin mit starrer Miene an.

Es verging etwa eine Minute, bis ein Mann neben ihr auf dem Bildschirm erschien, wovon ich zunächst aber nur den Hüftbereich erkennen konnen, bzw. ich sah seinen Lederkoppel, an dem ein Handfunkgerät klemmte. Augenscheinlich trug der Mann die gleiche Uniform wie Tomke und Tessa. Dann neigte sich der Oberkörper des Mannes nach vorn, wobei er, aus welchen Gründen auch immer, seine linke Hand am ausgestreckten Arm auf die Kante des Monitors legte, so, als wolle er den Bildschirm besser für sich zurechtrücken. Ich konnte erkennen, dass seine Hände riesig waren.

Jetzt füllten Oberkörper und Gesicht des Mannes in der hier wohl typischen, schwarzen Uniform mit dem schwarz-weiß-schwarzen Hoheitsabzeichen und dem weißen V aus. Der Mann war ein Greis. Er schien uralt zu sein. Das konnte er nicht verbergen. Aber irgendwie strahlte er eine ganz enorme Vitalität aus. Er wirkte zwar alt, aber trotzdem gesund und alles andere als klapprig. Im Gegenteil. Er war sehr hager, riesengroß, wirkte kräftig und stark. Seine graublauen Augen, mit denen er mich musterte, ließen mich innerlich in Hab-Acht-Stellung gehen. Ich konnte mich nicht daran erinnern, jemals in meinem Leben einen Menschen gesehen zu haben, welchem ich, ohne, dass er auch bisher nur ein Wort gesagt hatte, einen derart großen Respekt zollte.

Sekundenlang sah er mich an, dann: „Nennen Sie mir bitte Ihren Namen und Ihre Bedingungen. Ich akzeptiere, obwohl ich nicht weiß, wie es Ihnen gelungen ist, meine beiden Besatzungsmitglieder festzusetzen. Ich bestehe darauf, sofort zu erfahren, ob meine Leute am leben sind!", sagte er mit steinerner Miene.

„Was? Ich glaube, sie haben da jetzt etwas missverstanden, Herr General. Mein Name ist Roy Wagner. Ich bin deutscher Polizeibeamter. Eigentlich aber bin ich zur Zeit gerade Kriegsgefangener Ihrer Leute. Bloß ... die schlafen gerade beide und ich bin hier irgendwo in der Luft, grobe Richtung Südpol."

Entsetzt sah mich der Alte an: „Wie bitte, was heißt denn, die schlafen? Wären Sie bitte so freundlich, mir das alles etwas näher zu erklären, Herr Beamter Wagner?"

„Ich will es versuchen, möchte Sie aber höflichst darauf aufmerksam machen, dass ich unter gewissem Zeitdruck stehe. Dieses UFO, ich glaube sie nennen es *Haunebu*, fliegt nämlich momentan mit automatischer Steuerung. Ihr kleines Kampfküken sagte aber, bevor sie sich schlafenlegte, dass das nur begrenzt möglich sei. Und da ich meine UFO-Fluglizenz leider zu Hause vergessen habe, sieht es so aus, als hätte ich jetzt ein ziemliches Problem."

„Allerhand", äußerte der Alte entsetzt und schien vom Glauben abzukommen.

„Aber nunmal etwas konkreter, General. Bis vor kurzer Zeit waren wir auf Ihrem Norwegenstützpunkt. Ihr Erzfeind, dieser Marschall de Grooth, hat, das muss ich Ihnen leider mitteilen, Ihre gesamte Besatzung dort plattgemacht. Sie sind alle tot."

Der alte General wurde schlagartig blass und sein Mund öffnete sich spaltweit. Es schien ihn wie ein Schlag zu treffen. Er schluckte. „Mein Gott. Das darf doch nicht wahr sein. Ist das wirklich so?", fragte er betroffen.

„Leider ja. Es tut mir sehr Leid", antworte ich wahrheitsgemäß. Er gab sich Mühe gefasst zu wirken. Jedenfalls nach außen hin. „Dr. Klein wurde angeschossen. Er ist verletzt, aber nicht unbedingt lebensgefährlich. Jedenfalls ist er seitdem ohne Bewusstsein. Da ich gerade, in meiner Eigenschaft als Kriegsgefangener Ihrer Leute, nichts Besseres zu tun hatte und sich das öde Dasein eines solchen als nicht gerade sehr abwechslungsreich und abendfüllend herausstellte, sah ich mich genötigt, Ihrer kleinen Kampfmaus hilfreich unter die Arme zu greifen und habe mich mal eben mit einigen Kampfschwimmern angelegt, wodurch ein Konflikt entstand, den ich zu meinen Gunsten entscheiden musste. Anschließend haben wir uns mit dieser überdimensionalen Suppenschüssel, an der momentan wohl nicht einmal mehr der Zigarettenanzünder richtig funktioniert, verkrümelt. Vor einigen Minuten aber purzelte Ihr kleiner Frechdachs von der Leiter und ist auf ihren süßen kleinen Hintern gefallen. Sie meinte wohl, jetzt ein Nickerchen abhalten zu müssen. Ich bekomme sie jedenfalls nicht wieder wach."

Der General machte einen ärgerlichen Gesichtsausdruck: „Ich glaube Ihnen jedes Wort, Herr Wagner", nuschelte er leise durch seine Zähne.

„Ich wollte Sie ja auch gar nicht lange aufhalten, aber vielleicht haben Sie ja noch einen Tipp in allen Lebenslagen, was denn jetzt am besten zu tun ist? Genau genommen wollte ich mich auch mal nach dem Wetter am Südpol erkundigen. Ich hab nämlich meine Schneeuniform gar nicht dabei."

„Mein Gott, haben Sie Nerven!"

„Nein, General. Habe ich nicht. Ich tu bloß so. Etwas Wortwitz in zerfahrenen Situationen hat noch nie geschadet."

„Hören Sie bitte, Herr Wagner. Sie müssen unter allen Umständen versuchen, Herzogin zu Rottenstein wach zu bekommen. Sie können eine V7 nicht allein und nur durch meine Anweisungen fliegen. Das endet in einem Fiasko.

„Da habe ich auch nicht im Traum dran gedacht, General. Nur, sagen Sie doch bitte, wie ich dies bewerkstelligen soll? Ich habe doch schon alles versucht. Ihr kleines Kampfküken pennt und mehr kratzt die nicht."

Der Alte überlegte: „Herr Wagner. Ich kenne nicht die Gesamtumstände Ihrer Situation. Ich bin aber sicher, dass meine beiden Kameraden Sie anständig behandelt haben. Ansonsten werde ich denen nachträglich noch die Kragen hochkrempeln. Ebenso wenig weiß ich das Geringste über Sie persönlich. Ich möchte Sie aber von ganzem Herzen bitten, nur alles Erdenkliche zu tun, um Sie selbst und meine beiden Kameraden aus der Misere zu befreien. Es soll nicht zu Ihrem Nachteil sein, Herr Wagner. Ich werde Sie reichlich dafür entschädigen. Es ist so extrem wichtig, dass sie alle heil hier ankommen."

Er unterbrach sich kurz und kaute auf seiner Unterlippe herum, ehe er fortfuhr:

„Herr Wagner, ich kann das jetzt nicht näher erklären, aber es befindet sich noch eine ganz besondere Fracht an Bord, die unter gar keinen Umständen verlorengehen darf. Zudem kann es zu einer Katastrophe kommen, wenn ein *V7-Flugpanzer* einfach abstürzt. Durch den *Magnet-Feld-Impulser*, also dem Anti-Schwerkraft-Antrieb, kann bei einem Aufprall oder einem Absturz der Maschine ein überdrehendes Wurmloch entstehen, was nicht auszudenkende Folgen mit sich führen würde.

Herr Wagner, bitte begeben Sie sich zurück in den Hangar. Etwa fünf Meter neben der Einstiegsluke befindet sich ein Schrank, auf dem ein blaues Kreuz aufgemalt ist. Das ist der Medo-Schrank. Im Schrank befinden sich im dritten Fach von unten, auf der rechten Seite, rote Einwegspritzen. Nehmen Sie bitte vorerst eine und jagen Sie diese der Herzogin in den Armmuskel. Wenn das nichts hilft, nehmen Sie bitte auch noch eine zweite. Aber denken Sie daran, es müssen die roten sein. Keinesfalls die grünen oder gar die blauen. Und wenn Brigadier-Corporal von Freyburg wieder bei Bewusstsein ist, möge sie sich bitte sogleich bei mir via Kommunikator melden."

„Jawohl! Hab' ich schon begriffen, die Roten. Und dann gleich bei Ihnen vorsprechen. Na, dann wollen wir mal sehen, was sich machen lässt. Soll ich auflegen oder bleiben sie in der Leitung, General?"

„Halten Sie die Kommunikatorverbindung aufrecht, Herr Wagner. Und jetzt beeilen Sie sich bitte. Es kann auf jede Sekunde ankommen."

„Okay, General. Ich will mich hier auch nicht länger als unbedingt nötig aufhalten."

„Herr Wagner, einen Moment bitte noch", fügte er noch rach an, als ich mich bereits umdrehte, um mich in Richtung der Mittelleiter zu bewegen. Der Alte sah mich seltsam hilflos an: „Ich danke Ihnen vielmals!"

Die Einwegspritze, die der General meinte, war schneller gefunden als ich zuerst gedacht hatte. Mit der „bewaffnet", rüber zu Tomke, die nach wie vor auf ihrer Liege schlief. Ein Blick zu Dr. Klein verriet mir, dass sich an seiner Situation auch nichts geändert zu haben schien. Ich nahm Tomkes linken Arm und krempelte den Ärmel ihrer schwarzen Uniformjacke hoch. Der „alte Knochen" hatte gesagt, ich soll ihr die Injektion ins Muskelfleisch drücken. Also krempelte und schob ich ihren linken Ärmel noch etwas weiter an ihrem blassen Arm hoch, um in den Bereich ihres Oberarmes zu gelangen. Dabei sah ich, dass sich auf ihrem linken Oberarm ein tätowiertes, rotes V befand. Unter diesem V waren die Zahlen 05021990 tätowiert. Vermutlich handelte es sich um Ihr Geburtsdatum. Ich injizierte ihr den Inhalt der Einwegspritze. Nach einigen Sekunden schien auch schon von Tomke die erste Regung zu kommen: Sie fing an zu knurren.

„Mhhhmmm ... Lass mich noch schlafen, ich hatte gerade einen so schönen Traum", brabbelte sie im Halbschlaf und traf Anstalten, sich einfach wieder umzudrehen.

„Mein Gott, ist das ein Theater", motzte ich vor mich hin, ging mit meinem Gesicht näher an ihres heran und brüllte – „TOMKE!"

Mit Erfolg. Jetzt machte sie wenigstens die Augen auf. Trotzdem schien sie noch neben der Spur zu sein.

„Hallo Roy ... Ich bin wohl eingeschlafen?", sagte sie so niedlich, so als sei es das Normalste von der Welt, durch mich und meine Brüllerei geweckt zu werden. Sie hatte den Gesichtsausdruck eines Kätzchen, das man beim Schlafen gestört hatte.

Langsam richtete sie ihren Oberkörper auf, schloss dann aber schmerzerfüllt die Augen und fasste sich mit einer Hand an ihre linke Schläfe.

„Au ... aua ... au ... autsch", kam es über ihre Lippen. „Was ist denn passiert? Ich habe solche Kopfschmerzen. Und, mein Gott, ich habe einen Bärenhunger", fügte sie gähnend hinzu.

„Na, das passt doch. Ich wollte dir sowieso gerade Bescheid geben, dass das Essen angerichtet ist. Muss nur noch mal eben wissen, wo das Maggi steht, deshalb musste ich dich leider wecken."

„Maggi? Was weiß ich denn!? Wusste gar nicht, dass wir Maggi an Bord haben. Mit solchen Zuteilungen ist Wilfried doch normalerweise immer so geizig."

Dann drehte sie ihren Kopf in meine Richtung und sah mich fragend an: „Was hast du denn eigentlich für Essen gezaubert? Hier sind doch lediglich einige EPa-Rationen an Bord. Ich verstehe jetzt gar nichts mehr."

„Das merke ich", kommentierte ich. „Kriegst du eigentlich noch irgendwas mit? Weißt du eigentlich, was in den letzten Stunden passiert ist?"

Jetzt sah sie sich, ihre Beule reibend, im Hangar um, erblickte den verletzten und wie schlafend daliegenden Dr. Klein auf seiner Liege und kniff nachdenklich ihre dunklen Augen zusammen. Einige Sekunden überlegte sie. Dann wurden ihre Augen plötzlich größer: „Verdammt, Scheiße. Ja, Roy. Jetzt fällt mir alles wieder ein. Ich hatte wohl eine kleine Gedächtnis-Dysfunktion. Jetzt kommt es mir!"

„Um Himmels Willen. Doch nicht hier und unter diesen Umständen. Das sollten wir auf ein anderes Mal verschieben, Hoheit", konnte ich meinen dummen Mund schon wieder nicht halten, worauf Tomke aber nicht einging.

„Wer fliegt die V7 eigentlich gerade? Ralf liegt doch immer noch auf seiner Liege. Geht es ihm, den Umständen entsprechend, gut? Hat sich an seiner Situation etwas verändert? Wie lange war ich eigentlich weg?"

„Fangen wir mal von hinten an", sagte ich.

„Wie, von hinten?", fragte sie. „Hast du eigentlich immer nur Schweinkram im Kopf?"

„Mit der Beantwortung deiner Fragen, meinte ich. Du scheinst immer noch nicht so richtig da zu sein. Aber, es bleibt dabei: von hinten. Erstens: Ja, ich habe tatsächlich immer nur Schweinkram im Kopf. Zweitens: Du warst etwa eine halbe Stunde im Schneewittchenschlaf und hätte diese Aufbauspritze nicht bei dir angeschlagen, hätte ich wohl tatsächlich versucht, dich wachzuküssen. Drittens: Ja, es geht dem Doktor den Umständen entsprechend gut und an seiner Situation hat sich nichts geändert. Jedenfalls nicht im negativen Sinn. Er schnarcht seit einiger Zeit. Viertens: Die V7 oder wie der Vogel hier heißt, wird gerade von niemandem geflogen. Wer sollte es auch bitteschön machen? Ihr beiden habt euch ja ganz geschickt aus der Affäre gezogen, während ich Todesängste erleide und mit eurem grauhaarigen Häuptling über Funk konferiert hatte", erläuterte ich der adligen Rotznase ausführlich.

„WAS? Es ist niemand am Steuer? Ist die Automatik etwa immer noch geschaltet?" Sie fasste sich an den Kopf. „Bist du denn wahnsinnig?!"

„ICH?" Ich zeigte mit meinen Zeigefingern auf meine Brust. „War ja vollkommen klar, dass ich mal wieder Schuld bin. Das fängt hier schon an, wie mit meiner Ex-Frau. Das kenn ich gar nicht anders. ICH habe das Ding doch nicht eingestellt, sondern DU!", verteidigte ich mich.

„Aber doch nur für fünf bis zehn Minuten und nicht für eine halbe Stunde!", konterte sie aufgeregt. Sie sprang hoch und kletterte schnell wie ein Wiesel die Eisenleiter zur Brücke hoch. Zum Glück fiel sie nicht erneut herunter.

Dort angekommen rannte sie sofort zum Kommandostand, löste die automatische Steuerung, korrigierte manuell den Kurs und die Höhe, strich sich anschließend die verschwitzten, pechschwarzen Haarsträhnen aus dem blassen Gesicht und begab sich dann zum immer noch eingeschalteten Monitor des Funkgerätes.

Auf dem Bildschirm war niemand zu sehen. Man sah lediglich eine Art Wachraum und den Funktisch, an welchem vorhin diese Schnepfe und der „alte Knochen" gesessen hatten.

Tomke legte einen Schalter um: „Horchposten I für die *ADMIRAL GRAF SPEE.*" Sofort erschien der Alte im Bild: „Tomke. Gott sei Dank, du lebst. Wie geht es Ralf und Herrn Wagner? Er hat mich nach deinem Unfall ausführlich über den Sachverhalt informiert. Ist mit der *DO-STRA* alles in Ordnung und wo seid ihr jetzt?"

„Alles soweit in Ordnung, Paps. Mach dir keine Sorgen. Ralf ist erst einmal versorgt und Roy steht neben mir." Dann ging sie mit ihrem Kopf näher an den Monitor heran und flüsterte: „Er hat uns den Arsch gerettet, Paps!"

Ich sah, dass der Alte nickte. Dann fügte sie flüsternd nochmal hinzu: „Ist ganz schön peinlich, was hier abgelaufen ist", und ergänzte dann in normaler Lautstärke:

„Ich hab nur 'ne kleine Beule. Wir sind schätzungsweise kurz vor Malta, der Magnet-Feld-Impulser spinnt irgendwie. Wir kommen nur im Schneckentempo voran und benötigen sicher noch einige Stunden, bis wir bei euch sind."

„Deine Beule hab ich schon bemerkt. Deiner gewohnten Ausdrucksweise entnehme ich, dass es dir so schlecht nicht mehr gehen kann, meine Tochter. Pass bitte auf, dass dir sowas während der restlichen Reise nicht noch einmal passiert. Ich brauche dir wohl nicht zu sagen, dass du im Moment die Einzige bist, die einen Flugpanzer manövrieren kann. Erinnere mich nicht daran, dass du das eigentlich noch gar nicht darfst. Ich weiß sehr genau, dass du noch keinen Lande- und Startschein hast."

„Och Paps, das passt schon. Kannst dich auf mich verlassen."

„Das hoffe ich, mein Schatz. Das hoffe ich sehr. Und jetzt gib mir bitte noch mal Herrn Wagner vor den Monitor. Ich möchte gern noch kurz mit ihm reden. Und ihr meldet euch zwischendurch nochmal. Wenn es Schwierigkeiten gibt, dann meldet ihr euch gefälligst sofort. Ich habe jetzt jede Menge voll zu tun, muss sofort eine Notmannschaft zusammenwürfeln und nach Norwegen schicken, mich um die Angehörigen kümmern und, und, und ..."

„Paps, du weißt es also schon?!" Tomke schluckte und ihre Stimme wurde zittrig. „Hege, Eileen, Roger und die anderen. Sie sind alle tot. Hingerichtet von Froschmännern der MBT. Es ist so schrecklich."

„Ich weiß, Tomke. Es ist fürchterlich. Herr Wagner hat mich auch darüber bereits informiert", sagte der General sichtlich betroffen. „Und jetzt macht bitte, was ich gesagt habe."

Tomke ging zur Seite und gab mir ein Handzeichen. Ich stellte mich vor den Monitor. Der Alte sah mich an.

„Ich habe mitgehört, General. Was kann ich für Sie tun?"

„Für mich, lieber Herr Wagner eigentlich gar nichts mehr. Sie haben schon mehr getan, als man jemals von Ihnen erwarten konnte. Ich möchte Sie lediglich bitten, auch für den Rest der Reise dieser Linie treu zu bleiben und uns, beziehungsweise der Herzogin zu Rottenstein, weiterhin zu helfen. Es ist, wie ich bereits bei unserem vorangegangenen Gespräch erwähnte, von unglaublicher Wichtigkeit. Bitte, Herr Wagner, helfen sie uns!"

„Machen sie sich mal keine Sorgen, General. Ich habe momentan eh nichts anderes zu tun und eigentlich hatte ich auch gar nicht vor, hier 'ne Meuterei anzuzetteln.

157

Ne, ne, Sie können schon allein deshalb gewiss sein, weil ich doch mit ihrer Latrine hier gar nicht klarkomme. Und wenn der Lütten was passiert, werde ich doch mein Lebtag nicht mehr froh!"

Der Alte nickte mir vertrauensvoll zu, bedankte sich noch einmal und schaltete dann den Empfang ab.

Tomke saß mit Schmollmund auf dem Kommandantensessel und war irgendwie angefressen.

„Was hast du denn"?, fragte ich.

„Hunger, einen verdammten Scheißhunger hab' ich", antwortete sie.

„Ach, Kleine. Wie gern würde ich dich jetzt in ein Ristorante zum Pizzaessen einladen. Und anschließend würde ich dir eine riesige Schüssel mit gezuckerten Erdbeeren servieren".

Tomke sah mich komisch an: „Würdest du das jetzt wirklich gerne tun?"

„Es gäbe nichts, was ich jetzt lieber tun würde", antwortete ich wahrheitsgemäß.

„Ich könnte für Erdbeeren sterben, Roy!"

„Das weiß ich mittlerweile, Tomke."

Sie schien nachzudenken: „Ach, Roy, höre bitte auf, von Pizza zu reden. Sonst beiße ich gleich in meine Socken. Wir bekommen so etwas nämlich nur ganz selten!"

„Was, Pizza? Warum denn?", fragte ich erstaunt.

Tomke nickte: „Soll ja nicht so gesund sein", antwortete sie. „Wir bekommen immer nur so einen gesunden Krusch. Andauernd gibt es Kohlsuppe, Eintopf, Spinat, Fisch und Gemüseteller. Fleisch kriegen wir nur manchmal. Einmal konnte ich das Zeug einfach nicht mehr sehen und bin nachts heimlich in die Küche schlawinert und hab' mir so 'ne richtig geile Pizza zusammengeschustert. Leider hat mich dann Elke Neumann, die Hilfsköchin, auf frischer Tat ertappt. Die kann mich sowieso nicht riechen, weil sie zu dämlich ist und niemals bei den Sturmlegionären eingemustert wurde. Die ist bis heute nur in der Reserve. Mich da beim Brutzeln zu erwischen, war natürlich ein gefundenes Fressen für die dumme Gans. Die hat mich dann natürlich gleich am nächsten Morgen bei dem dicken Ludwig verpetzt und der hat dann einen riesigen Hallas daraus gemacht!"

„Wer zum Teufel ist denn der dicke Ludwig nun schon wieder?", fragte ich amüsiert.

„Ludwig Hesse, ein Premier-Lieutnant und der Adjutant von Friedrich. Eigentlich ein netter Kerl. Der war dann aber sauer auf mich und meinte, dass eine Angehörige der Sturmlegionäre, und zudem eine Adlige, so etwas Unehrenhaftes nicht tun darf. Dabei weiß ich ganz genau, dass der selber einen Zweitschlüssel zur Kombüse hat. Was meinst du wohl, weshalb der so dick ist? Der wuselt selbst ein paarmal die Woche nachts heimlich da rum. Der hat noch mehr auf den Rippen, als du. Ich konnte nun wirklich nicht ahnen, dass Ludwig wegen so einer Bagatelle ein Riesenfass aufmacht. Naja, jedenfalls hat er mich dann zur Strafe und als erzieherische Maßnahme die nächsten zwei Wochen zum Küchendienst verdonnert und ich musste die Kantine aufräumen, abwaschen und andere Schuftereien ausführen. War ganz schön bitter. Zumindest aber saß ich während dieser Zeit mal an der Quelle und vertrat penetrant die Meinung, dass die Vorratskammer stets ganz besonders gründlich gesäubert und hygienisch gehalten werden sollte. Ich wusste natürlich, warum.

Am zehnten Tag ist der dicke Ludwig dann selbst mit 'ner Taschenlampe bewaffnet, in der Vorratskammer herumgetigert und hat diese mit einer Mettwurst unterm Arm und einem Schälchen Erdbeeren in der Hand wieder verlassen. Er konnte natürlich beim besten Willen nicht ahnen, dass ich gerade eine Nachtschicht machte, da ich in dieser Nacht nicht einschlafen konnte. Durch mich in flagranti bei seiner schändlichen Tat ertappt, machte ich ihm noch vor Ort Vorhaltungen, dass ein Offizier der Sturmlegionäre so etwas erst recht nicht tun darf!"

„Und? Was hatte er dann zu seiner Verteidigung hervorgebracht? Hat er gestanden?", fragte ich dazwischen.

„Denkste. Einen feuchten Dreck hat er! Das Ganze endete wie das Hornberger Schießen. Er versuchte sich dann mit hochrotem Kopf damit rauszureden, eine nächtliche Kontrolle durchzuführen. Auf die Tatsache, dabei eine Mettwurst und vor allem noch geraubte Erdbeeren an seinen Fingern kleben zu haben, ging er nicht weiter ein. Jedenfalls wurden die restlichen vier Tage meiner Strafe am nächsten Tag auf einmal zur Bewährung ausgesetzt, ohne dass ich einen Antrag auf Amnestie bei der obersten Heeresleitung stellen musste. So schnell ging das auf einmal. Da steckst man echt nicht drin. Jetzt weißt du, wie bei uns Politik gemacht wird."

„Klar", sagte ich schmunzelnd. „Durch Korruption, wie früher beim dicken Hermann Meier."

Tomke sabbelte weiter: „Na, klar. Von dem Drecksack haben wir es ja schließlich in den Genen stecken. Man muss halt alles immer heimlich machen!"

„So, wie rauchen?", bemerkte ich.

„Ach du Schande. Erinnere mich bitte nicht an dieses Drama. Alles unter dem Aspekt der Volksgesundheit. Heute so und morgen so. Oder dann Friedrich. Er hat mir erst vor einem halben Jahr erlaubt, meine Dienstpistole fortan mit auf meine Stube zu nehmen. Ich muss sie jetzt nicht mehr jedes Mal zu Wachbeginn vom diensthabenden Offizier abholen und zum Ende wieder dort abgeben, sondern kann sie tragen, wann und wo ich will. Naja, aber auf was soll man denn in der Antarktis auch bitteschön schießen? Mehr als Pinguine gibt es da ja nicht, und Erdbeeren ..."

Ich lachte laut los und unterbrach das Schnackerl dadurch in ihren herrlichen Ausführungen.

Fragend sah sie mich an: „Was ist denn, Roy?"

„Nichts, Tomke. Gar nichts. Ich dachte nur gerade darüber nach, ob du momentan eine geniale Solovorstellung abgibst oder ob du immer so bist. Und ich glaube fast, du bist tatsächlich immer so", gab ich ihr zur Antwort und lachte weiter.

„Na klar bin ich immer so. Was meinst du denn, wie ich bin, wenn ich richtig sauer werde?", fügte sie hinzu, musste über ihre Kalauer allerdings selbst schon grinsen.

Schon der Wahrscheinlichkeit nach war eher nicht davon auszugehen, dass die nächsten Stunden ohne irgendwelche Zwischenfälle verliefen. Ich war auf weitere Angriffe durch Atomwaffen oder Spezialeinheiten gefasst. Doch diesmal irrte ich. Es gab tatsächlich keine derartigen Zwischenfälle mehr. Lediglich einmal schien Tomke, aus einem mir seinerzeit noch unbekannten Grund leicht verwirrt und orientierungslos zu sein. Dem äußeren Anschein nach könnte man meinen, sie litt an einem kurzzeitigen Anfall von Geisteskrankheit. Einen Auslöser dafür kannte ich da noch nicht. Ich fragte auch nicht nach, wusste ich doch schließlich einfach zu wenig über diese Menschen und die Dinge, die sie beeinflussen konnten. Ich entschloss mich, nicht den Hobby-Anthropologen zu spielen und ließ das merkwürdige Verhalten, das Tomke für etwa zwei Minuten an den Tag legte und bei dem es mir schien, als würde sie in sich hinein lauschen oder gar eine Art innere Stimme vernehmen, einfach auf sich beruhen.

Abwechselnd schauten wir nach Dr. Klein, der während des ganzen Fluges gut verpackt im Hangar lag und versorgten ihn. Einmal schien es, als ob er aufwachen würde. Doch dabei blieb es vorerst. Tomke und ich unterhielten uns ab und an weiter und so manches Mal fragte ich mich, wann ich zuletzt jemanden derart schräg sabbeln hörte.

Erwähnenswert ist dann eigentlich nur noch die Tatsache, dass Dr. Klein, etwa zwei Stunden bevor wir nach Tomkes Angaben unser Ziel erreichen würden, für kurze Zeit doch noch das Bewusstsein erlangte. Ich war es, der Dr. Klein leicht stöhnen hörte, begab mich in den Hangar und sah, dass er augenscheinlich unter großen Schwierigkeiten versuchte, auf die Beine zu kommen. Es gelang ihm aber nicht.

Ich beugte mich über seinen Kopf und sah ihn an. Er benötigte einige Sekunden, um mich wahrzunehmen. Dann aber sprangen seine Augen plötzlich groß wie Walnüsse auf und er zuckte leicht zusammen. Mir war natürlich klar, dass er sich ganz einfach nicht erklären konnte, wieso ICH ihn quasi in Empfang nahm. Und das auch noch, ohne gefesselt zu sein und ohne Aufsicht dieser kleinen Hexe.

„Sie brauchen sich keine Sorgen zu machen, Doktor. Sie wurden durch einen Schuss auf ihrer Basis in Norwegen verletzt. Tomke und ich sind aber bereits seit einigen Stunden wieder mit ihrem Osterei in der Luft und soweit sie mir mitteilte, werden wir in Kürze ihr Hoheitsgebiet in der Antarktis erreichen. Ihrem Häuptling, diesem steinalten General, haben wir auch schon Meldung gemacht. Und wie Sie sehen, hat Ihre ehrenwerte Jungschnecke von Herzogin mittlerweile meinen bedauernswerten Status als Kriegsgefangener annulliert."

Ich hoffte, ihn nicht zu sehr zu strapazieren und erwähnte mit Absicht nichts von dem Gemetzel und dem Exitus seiner Leute im U-Boot-Bunker. Er schien meine Worte zu verstehen und seine Gesichtszüge nahmen wieder andere Züge an.

Ich musste daran denken, dass er ganz offensichtlich ein überaus intelligenter und einfühlsamer Mensch war, dem manchmal halt wenige Worte reichten, um zu verstehen. Trotzdem rief ich Tomke zu uns herunter und bat sie, sich um Dr. Klein zu kümmern, aber besser ebenso nichts von den Geschehnissen in Norwegen zu erwähnen. Wahrscheinlich würde ein Mann seines Standes sowieso wissen, dass da irgendwas nicht ganz koscher war. Tomke jedenfalls begriff die Situation sofort.

„Ralfi, ich freue mich so, dass es dir wieder etwas besser geht. Hab' mir riesige

Sorgen um dich gemacht. Wir sind in ungefähr einer Stunde zuhause. Mach dir keine Sorgen, ich hab hier alles im Griff. Die Landung bekomme ich auch hin. Sei aber froh, dass du bei meinem Start bewusstlos gewesen bist, sonst hättest du noch einen Schlaganfall gratis hinzu bekommen. Und mache dir keine Sorgen wegen Roy. Das tut nun wirklich nichts zur Sache und ich kann dir auch die Umstände jetzt nicht näher erläutern, aber es sei nur eben erwähnt, dass er dich aus der Schusslinie des feindlichen Maschinenpistolefeuers gezogen und mir später auch noch den Arsch gerettet hat. Aber – Der Mann ist mit gefesselten Händen einfach nicht brauchbar. Jetzt schlaf schön weiter, Ralfi. Sollst dich nicht gleich wieder überanstrengen."

Dr. Klein versuchte, leicht zu nicken. Ich stand einige Meter abseits, und obwohl Tomke leise sprach, konnte ich alles mithören. Der Doktor machte dann Anstalten, mit seiner rechten Hand in meine Richtung zu zeigen. Ich verstand die Geste und begab mich noch einmal zu ihm. Wiederum ging ich mit meinem Kopf nahe an sein Gesicht heran, um seine Worte hören zu können. Er schien aber wohl immer noch nicht in der Lage, sprechen zu können. Stattdessen tippte er mit seinen Fingern leicht auf meine Hand, mit der ich mich auf der Liege aufstützte, damit ich mich zu ihm hinunterbeugen konnte. Langsam nickte er mir zu. Ich deutete seinen Blick richtig:

„Ist schon gut, Doktorchen. Sie können mir vertrauen. Die Rechnung schicke ich dann per Post. Schlafen Sie jetzt besser wieder."

Kurz schien es mir, als ob er entweder versuchte zu grinsen oder dies tatsächlich tat. Er schloss dann aber auch schon wieder seine Augen und schlief ein und ich ging zu Tomke zurück auf die Brücke.

6. Mai 2006, später Nachmittag, Neu-Schwabenland – Antarktis

„Wir sind bald da, Roy." Ich sagte nichts, sondern blickte gespannt durch die Bullaugen. Nach einiger Zeit atmete Tomke hörbar tief ein. Sie hatte einen glückseligen Blick in ihren Augen: „Sieh nur, Roy. Diese unendlichen Schneemassen und diese Berge. Sieh dir den Himmel an. Ich kann die Schneeluft förmlich riechen. Wir sind da, Roy. Hier ist meine Heimat. Hier ist der absolut schönste Platz der Erde. Hier ist das Paradies!"

Ich hatte zwar keinesfalls etwas gegen Schnee und Winter und der Herbst waren auch für mich immer schon die angenehmsten Jahreszeiten, da ich Sonne und Hitze ebenfalls nicht vertrug, aber als ich durch die Bullaugen genauer hinaussah, fiel mein Blick wirklich nur auf gigantische Eisberge, Gletscher und vor allem: auf Schnee. Auf unendlich viel Schnee! Der Anblick war überwältigend. Ich musste ihr irgendwie Recht geben. Auf eine ganz merkwürdige, fremde Art schien es hier wirklich wunderschön zu sein. Bloß, das konnte man halt keinem auch nur annähernd erklären, der diesen Anblick nicht vor Augen hatte. Niemals hätte ich mir träumen lassen, einmal an diesen Flecken der Erde zu gelangen. Bisher gab es dafür ja auch schließlich keinen Anlass.

„Bist du denn wirklich hier geboren, Tomke?"

„Aber natürlich. Am 5. Februar 1990 in der Antarktis auf unserem Hoheitsgebiet Horchposten I, der zentrale Super-Atombunker des Fürstentums Eisland, als Herzogin zu Rottenstein Tomke Freyja Edda von Freyburg."

Sie trat sie an die Funksprechanlage, die, wie ich mittlerweile wusste, Kommunikator genannt wurde und schaltete das Gerät ein. Ein Surren und Rauschen ertönte, dann flackerte das Bild und dann erschien eine Person auf dem Bildschirm, die ich bereits kannte: Die Schnepfe von Kornett, beziehungsweise Oberfähnrich Tessa Czerny fing augenblicklich an zu strahlen, als sie Tomke via Monitor erblickte und rief hocherfreut: „Tomke!"

Tomke, nicht minder begeistert: „Tessa!"

Sofort nahm Tomke übertrieben erkennbar Haltung an, um militärisch zu grüßen.

„Brigadier-Corporal Tomke von Freyburg. Ich grüße dich, ehrenwerte Kornett und melde dir: die *ADMIRAL GRAF SPEE* zur Landung bereit."

Ich konnte erkennen, dass diese Krähe vor dem Monitor leicht grinste und Tomke ebenfalls grüßte. Beide Mädchen fingen sofort danach an zu gackern.

Alberne Gänse. Typisch Weiber!

„Tomke, komm runter auf Ebene Fünf. Wie Friedrich mir sagte, braucht Ralf sofort medizinische Versorgung. Hier steht schon alles für euch bereit. Schön, dass ihr wieder zuhause seid. Wir freuen uns sehr!", sagte Oberfähnrich Arrogant.

„Danke für deine lieben Worte, Tessa. Ich schaue später bei dir vorbei und werde dir alles erzählen. Wie lange bist du noch OvD?"

„Oh, noch die ganze Nacht, Tomke. Ich freue mich sehr auf dich. Bis später. Und jetzt viel Glück bei der Landung. Ich weiß doch, was los ist und das du den Schein noch gar nicht hast. Aber du machst das schon. Hast ja schließlich oft genug geübt und zugesehen, wie man eine *V7* landet."

Der weibliche OvD sah kurz über die eigene linke Schulter, so, als ob sie sich vergewissern wolle, dass ihr niemand zuhört. Dann kam sie mit ihrem Kopf näher an den Monitor heran: „Friedrich rennt schon aufgeregt und wie von der Tarantel gestochen die ganze Zeit hier herum und hat vorsichtshalber schon mal den Löschtrupp in Bereitschaft gebracht!", sagte sie leise.

Beide Mädchen gackerten wieder los.

Tomke beendete das „wichtige" Gespräch, damit sie sich auf ihre Landung vorbereiten konnte. Bereits einige Minuten später manövrierte sie die Flugmaschine über einen gigantischen Eisberg, der enorme Ausmaße zu haben schien. Ich konnte erkennen, dass sich unter uns ein gewaltiges Schott aus Stahl öffnete, das einen riesigen Krater freigab, der in das Innere des Eisberges führte, vergleichbar mit dem U-Boot Bunker in Norwegen. Nur, dass das Stahlschott hier etwa dreimal so groß war.

Tomke setzte zur Landung an. Ich schluckte, weil ich mich noch zu genau an ihren Start erinnerte. Wie es natürlich kommen musste, driftete Tomke einmal gewaltig zur Seite ab. Nur knapp verfehlte sie mit der Flugmaschine dabei den Außenrand des gewaltigen Stahlschottes, konnte die Flugmaschine im letzten Moment aber wieder auffangen. Ich sah, dass einige Menschen, die sich in dem Hangar aufhielten, die Flucht ergriffen oder in Deckung sprangen. Selbst mir war klar, dass Tomkes Landemanöver keinesfalls bilderbuchreif ablief. Konzentriert und in den Knien wippend, schaffte sie aber eine einigermaßen brauchbare Notlandung.

Diesen Anschein machte der Vorgang jedenfalls auf mich als Laie. Sie schaltete die Maschine ab, atmete tief durch, wischte sich durch ihre schweißnassen Haare und drehte sich dann in meine Richtung. Glücklich und erleichtert sah sie mich an.

„Geschafft, wir sind zuhause. Ich hätte auch nicht viel länger durchgehalten!" Dann kam sie auf mich zu und boxte mir mit der Faust leicht in die Rippen:

„Du, Dicker! Ich wollte nochmal was loswerden."

„Was denn? Werde ich jetzt, wo die Geschichte zum Guten und zu euren Gunsten ausgegangen ist, doch hingerichtet oder ins ewige Eis verbannt?", fragte ich.

„Quatsch. Ich möchte nur, dass du weißt, dass ich deine Doofmänner von der Bundeswehr vorhin sowieso nicht abgeschossen hätte. Ich wollte dem Schwarmführer nur ein paar vor den Bug pfeffern. Der kam mir nämlich ein bisschen ZU nahe. Und sowas mag ich gar nicht." Irgendwie war ich erleichtert, als sie das sagte.

„Du hast dich verdammt tapfer geschlagen. Nicht schlecht für einen Zivilunken."

„Ich bin kein Zivilist", verteidigte ich mich. Tomke grinste mich frech an, zog mich an meiner Schulter zu sich herunter und drückte mir einen frechen Schmatzer auf die rechte Wange. Jetzt war wohl ich der, der rot wurde.

„Komm, hilf mir bitte. Ralf muss sofort in ärztliche Behandlung", sagte sie anschließend und stieg die Leiter zum Hangar hinunter. Mit hochrotem Kopf und weichen Knien kletterte ich hinterher. Tomke öffnete die Bodenluke und ließ die Leiter herunter. Sofort kamen zwei Frauen und zwei Männer über die Leiter zur Flugmaschine herauf. Eine der Frauen trug einen weißen Kittel. Sie war etwa so alt wie ich und offenbar eine Ärztin. Die anderen drei trugen die schwarze Uniformkombination wie Tomke. Die Frau im weißen Kittel kam als erste an Bord und sah Tomke an. „Mein Gott, Tomke. Wo ist denn Ralf?"

„Hallo Kerstin. Gut dass ihr so schnell hier seid. Ralf liegt da vorn auf dem Klappbett. Schaust du bitte schnell nach ihm?"

„Selbstverständlich, Tomke", antwortete die Frau und begab sich an die Liege des Verletzten. Die anderen drei Personen nickten Tomke freundlich zu und gingen der Ärztin hilfreich zur Hand.

„Wer ist das, Tomke?", fragte ich leise.

„Das ist Kerstin, eine Assistenzärztin. Die anderen drei sind Kameraden von mir. Wie du an ihrer Uniform erkennst, alles *Jihad*-Polizisten."

Ich nickte.

Nach etwa zwei Minuten nahmen die Vier die Liege aus ihrer Halterung und bugsierten den verletzten Dr. Klein durch die Bodenluke. Vermutlich brachten sie ihn zur weiteren Behandlung auf eine Krankenstation, falls es so etwas hier im ewigen Eis geben sollte.

„Es ist wohl noch mal gutgegangen. Er muss aber sofort operiert werden!", sagte die Assistenzärztin im Vorbeigehen aufatmend zu Tomke.

„Gott sei dank!", erwiderte Tomke. Sie wandte sich zu mir und gab mir einen Wink: „Komm, Roy. Lass uns aussteigen. Ich will dich meinen Leuten vorstellen. Du brauchst keine Bedenken zu haben."

„Habe ich auch gar nicht", schwindelte ich. Natürlich war mir keinesfalls wohl. Ich wusste doch absolut nicht, wie es jetzt weitergehen würde. Ich hatte nicht die geringste Ahnung, wie ich mit diesen Menschen umgehen sollte. Alles war mir doch völlig fremd. Würden die mich jemals wieder gehen lassen? Oder wird jetzt gleich mein Erinnerungsvermögen an alles gelöscht und ich werde anschließend wieder zuhause abgesetzt? Ich mochte gar nicht daran denken, was zwischenzeitlich dort wohl schon alles abgelaufen war. Was wohl in Heike vorging? Ich beschloss, diese Gedanken erst einmal zu verdrängen und mich auf die jetzige Situation zu konzentrieren. Ich durfte jetzt keinen taktischen Fehler machen, denn eines war mir natürlich völlig klar – ich war diesen Leuten auf Gedeih und Verderb ausgeliefert.

Tomke krabbelte die Leiter hinunter. Ich folgte ihr, bereit, meinen ersten Schritt auf ein mir völlig neues und fantastisches Territorium zu setzen, von dem ich lediglich wusste, dass es Fürstentum Eisland hieß. Ein weiteres Mal fand ich mich in einem riesigen Hangar wieder, in dem sich die ungewöhnlichsten Maschinen befanden, von denen ich bei einigen nicht mal ahnte, wozu sie dienen könnten. Außerdem sah ich noch einige weitere Fluggeräte, die der Flugmaschine, mit der ich hierher gebracht worden war, ähnlich sahen. Trotzdem erkannte ich, dass es andere Modelle waren. Auffällig jedenfalls war, dass fast alle die scheibenförmige Form hatten, wenn sie auch von unterschiedlicher Größe waren. Weiter entfernt in dem riesigen Hangar sah ich noch einige Flugzeuge herumstehen. Alles ältere Modelle, wie sie im zweiten Weltkrieg benutzt worden waren und normalerweise nur noch in Museen ausgestellt sind. Diese Dinger hier aber sahen verdammt einsatzklar aus. Andere merkwürdige, dreieckige Fluggeräte, welche gar nicht mal so groß waren und mich unwillkürlich irgendwie an die Raumjäger aus Spielfilmen wie Buck Rogers oder Kampfstern Galactica erinnerten, standen neben einigen Wehrmachts-Panzern.

Seltsame Geschütze, die augenscheinlich der Artillerie zuzuordnen waren, aber keine herkömmlichen Geschützrohre besaßen, sondern eher eine Art von dicker Antenne hatten, standen in einer anderen Ecke des Hangars. Der Hangar selbst war etwa dreißig Meter hoch und so groß wie ein halber Fußballplatz.

„Laserkanonen", dachte ich. „Die Dinger sehen aus wie Laserkanonen." Vermutlich konnte ich mein Erstaunen nicht verbergen. Das versuchte ich auch gar nicht erst. Ich nahm mir vor, mich so natürlich wie möglich zu geben. Etwa fünfzehn Männer und Frauen in den schwarzen Uniformen, Blaumännern, anderen Arbeitsanzügen und auch in Zivilkleidung standen in ummittelbarer Nähe herum, wohl, um irgendwie hilfreich zu sein. Niemand starrte oder glotzte mich blöde an. Alle wirkten irgendwie völlig normal und machten sofort einen hochzivilisierten Eindruck auf mich. Jeder grüßte Tomke freundlich. Einige strichen ihr im Vorbeigehen über die Haare oder klopften ihr auf die Schulter.

Mir fiel sofort auf, dass sie überall sehr beliebt zu sein schien. Durch eine Tür, die sich in etwa dreißig Metern Entfernung befand, kam ein großer Mann in schwarzer Uniform schnell auf uns zugelaufen. Er sah, dass die Assistenzärztin mit ihren Helfern gerade den verletzten Doktor Klein abtransportierte, hielt diese kurz auf und beugte sich kurz über die Liege ... schien den Verletzten zu begutachten. Ich konnte erkennen, dass er kurz ein paar Worte mit der jungen Medizinerin wechselte. Sicherlich wollte er sich nach dem Zustand des Doktors erkundigen. Dann kam eine zweite Person durch die Tür, die sich ebenfalls nach Dr. Kleins Zustand erkundigte.

Ich konnte erkennen, dass es eine Frau war, die auch die schwarze Uniform dieser UFO-Polizisten, aber an ihrem linken Oberarm eine Armbinde trug, auf der ein blaues Kreuz abgebildet war. Ich ging davon aus, dass es sich ebenfalls um eine Ärztin handeln würde. Der kurz zuvor aufgetauchte Mann und sie wechselten dann ein paar Worte, anschließend kam der große Kerl auf uns zu. Als Tomke ihn erblickte, rannte sie freudig auf ihn zu und rief: „Friedrich!!!"

Sie sprang dem Mann in seine ausgebreiteten Arme und er drehte sich mit ihr einmal im Kreis, wobei er sie, wie man es mit kleinen Kindern gern macht, wie einen Propeller einen Meter durch die Luft gleiten lässt, so dass ihre Beine fast waagerecht zum Boden schwebten. Erst jetzt erkannte ich, dass es sich bei dem Mann um den General, also um diesen Friedrich von Hallensleben handelte. Er war überglücklich, Tomke in die Arme nehmen zu können. Das konnte er nicht verbergen.

Die beiden wechselten kurz ein paar Worte und dann sahen sie in meine Richtung. Der General kam auf mich zu. Erst als er wenige Meter vor mir stand, konnte ich seine enorme Größe von etwa zwei Metern und seine überaus stattliche Erscheinung richtig einschätzen. Kaum zu glauben, dass er wirklich schon 94 Jahre alt sein sollte. Er sah alt aus, aber doch überaus vital. Seine Haltung war nur leicht nach vorn gebeugt. Ich vermutete aber, dass er auch schon seit frühen Jahren diese leichte Beugung nach vorn hatte, weil er halt so groß war. Er war von sehr hagerer, aber kräftig wirkender Statur. Mit seinen wasserblauen Augen sah er mich freundlich an und nickte mir zu: „Guten Tag. Sie sind dann wohl Herr Wagner, der Polizeibeamte aus Wilhelmshaven?"

Ich nickte ihm ebenfalls zu: „Ja, das ist richtig, General."

Er reichte mir seine riesige Hand, und ich spürte seinen kräftigen und herzlichen Händedruck.

„Bitte lassen Sie sich erst von unserer Ärztin untersuchen, Herr Wagner. Wir möchten ausschließen, dass Sie durch die Gesamtumstände irgendeine Beeinträchtigung erlitten haben. Anschließend würde ich mich dann gerne mit Ihnen unterhalten.

Vorerst aber danke ich ihnen für ihre Hilfe, die ich keinesfalls als selbstverständlich betrachte. Ich freue mich sehr, dass sie alle relativ wohlbehalten hier angekommen sind. Betrachten Sie sich bitte als Gast. Entschuldigen Sie mich bitte, Herr Wagner. Ich muss mich dringend um einige Formalitäten kümmern. Herzogin zu Rottenstein wird sich nach ihrer ärztlichen Untersuchung wieder um Sie kümmern."

Ich nickte ihm zu und er ging mit großen Schritten auf einige Männer in orangefarbenen Arbeitsanzügen, vermutlich Mechaniker oder ähnlich fungierenden Mitarbeitern zu, welche bereits dabeiwaren, das gelandete UFO mit dicken Kabeln und Schläuchen zu verbinden. Vermutlich musste die Maschine irgendwie aufgeladen werden.

Tomke rannte schon wieder davon und sprang einer Frau in die Arme, die Tomke gleichermaßen herzlich umarmte und sie auf die Wangen küsste. Nachdem sie sich eine kurze Weile unterhalten hatten, drehten sich ihre Köpfe in meine Richtung. Tomke ging dann durch eine Tür, die das Hangar von anderen Bereichen abgrenzte und war verschwunden. Wogegen die andere Frau nun auf mich zukam, wobei ich erkannte, dass es sich um die Ärztin handelte, jene, mit dem blauen Kreuz auf dem linken Oberarm.

ÄRZTIN?!? Mir fiel es wie Schuppen von den Augen: Tomke hatte mir doch vorhin etwas von einer Ärztin erzählt. Einer Chefärztin, die, genau wie der General, schon so steinalt sein sollte ...

Die Frau war klein. Höchstens einsfünfundsechzig groß. Nicht nur schlank, sondern hager. Auch ihre schwarzen, geschnürten Kampfstiefel machten sie nicht unbedingt größer. Sie hatte etwa die Statur von Tomke und ein sehr schmales Gesicht; stechende, kristallklare Augen und eine perfekt geformte Nase. Sie kam kerzengerade und sehr leichtfüßig auf mich zu. Sie latschte nicht – sie ging. Ihre Haare waren pechschwarz und, was mich sofort beeindruckte, so lang, wie ich es noch niemals zuvor in meinem Leben gesehen hatte. Sie trug sie zu einem gewaltigen Pferdeschwanz zusammengebunden, der bis zu ihren Fußknöcheln reichte.

Ihre schwarze Uniform mit den üblichen Hoheitsabzeichen stand ihr wie angegossen. Und als ob das nicht schon alles genug wäre, kam noch ein ganz besonderer Aspekt in bezug auf ihre Person und auf ihre äußere Erscheinung hinzu: Sie war altersmäßig absolut nicht einzuschätzen. Ebenso wenig wie dieser General. Hätte diese Frau mir gesagt, sie sei vierzig Jahre alt, hätte ich es ihr zweifelsfrei geglaubt. Wenn meine Vermutung aber stimmte, war diese Frau nicht mehr weit davon entfernt, im dreifacher Alter zu sein ... – eine übervitale Greisin.

Sie musste in jungen Jahren ausgesprochen hübsch gewesen sein. Das sah man ihr noch heute an. Und auch jetzt ging von ihr noch immer noch eine ganz besondere Anziehungskraft aus, welche ich noch niemals zuvor bei einem Menschen derart verspürt hatte. Und sie hatte, trotz ihres immensen Alters, noch immer eine perfekte Figur.

Mein Gott. Diese Spinatwachtel ist jetzt wirklich 104 Jahre alt ..?

„Es tut mir wirklich leid, dass ich deinem Schönheitsideal nicht mehr entspreche, aber falls du jemals mein Alter erreichen solltest, wirst du auch nicht mehr so aussehen, wie jetzt. Es ist aber höchst unwahrscheinlich, dass du das schaffen wirst."

Ich erschrak entsetzlich.

Sie musterte mich von oben bis unten: „Du hast genau 15,7 Kilo Fett zuviel auf den Rippen. Außerdem bist du annähernd nikotinsüchtig und trinkst zu viel Alkohol."

Mit ihrem linken, dünnen Zeigefinger zog sie einfach und ohne mich zu fragen, mein rechtes Augenlid herunter und unterzog mein Auge einem prüfenden Blick: „Naja, so halbwegs", sagte sie in überheblichem Ton. Dann gab sie mir einen kleinen Stoß gegen meine linke Schulter, so, dass ich ganz leicht ins Taumeln kam. Dabei beobachtete sie meine Augen ganz genau.

„Du hast nicht nur Höhenangst, sondern auch Flugangst. Und außerdem eine Entzündung in deinem rechten Fußknöchel."

Was geht denn hier ab? Kann sie etwa Gedanken lesen? Woher weiß die das denn alles? Ich staunte nicht schlecht ...

„Sie kann!", bestätigte sie in ihrem arroganten Tonfall. „Ich bin nicht nur Testpilotin, sondern auch Psychologin und Ärztin und möchte dich in letztgenannter Eigenschaft jetzt auf deine körperliche und psychische Verfassung hin untersuchen. Natürlich nur, wenn es dem gnädigen Herrn denn genehm ist", schloss sie mit dieser spitzen Bemerkung.

„Mitkommen", befahl sie dann in schroffem Ton und drehte sich, ohne ein weiteres Wort zu sagen, um. Ich wagte gar nicht erst, zu widersprechen oder etwas zu sagen und folgte ihr kommentarlos, wie ein begossener Pudel.

Nach einigen Metern blickte sie im Weitergehen zu mir herüber und sagte in ihrer wohl typischen, oberlehrerhaften Tonlage: „Ach ja, entschuldige bitte, dass ich mich noch nicht bei dir vorgestellt habe. Mein Name ist Sigrun."

10. Mai 2006, Horchposten I, Neu-Schwabenland

„Oh Fortuna" klang aus dem Lautsprecher der Kantine. Man genoss hier anscheinend das Mittagessen mit gedämpfter, klassischer Musik. Jedenfalls heute.
„Hmm. Das ist geil! Wagner!", schwärmte Tomke und zeigte in Richtung des Lautsprechers, der in der Decke des Raumes eingebaut war. Ich blickte sie an. Sie saß mir gegenüber und löffelte genüsslich ihren Vanillepudding, den es als Nachtisch zum Bohneneintopf gab.
„Wie ...? Was ist? Ach so ... nicht ich. Ich meine, nein ... nicht Wagner. Orff."
„Wer? Kannst du dich auch mal klar ausdrücken oder träumst du?", fragte Tomke.
„Orff", sagte ich abermals. „Carl Orff. *Oh Fortuna* ist nicht von Richard Wagner, sondern von Carl Orff."
„Ach so. Ja klar. Den meine ich ja auch", log Tomke und wurde natürlich knallrot. Ich saß mit ihr allein an einem Tisch. Ein paar andere Leute hielten sich ebenfalls noch in der Kantine auf. Die Stoßzeit aber schien vorbei zu sein. Es sah hier genau so aus, wie früher in der Mensa oder später in den Kantinen der Bundeswehr, des Bundesgrenzschutz oder der Polizei: Tische, Stühle, Glastresen, Tablettrückgabewagen, Menschen, die allein irgendwo saßen oder andere, die sich mit Kollegen unterhielten und das entsprechende Kantinenpersonal in weißen Kitteln. Ein gewohntes Bild für jemanden wie mich, der sein Leben lang mehr oder weniger durch behördliche Kantinen verpflegt wurde.
Ein Leben in Kantinen – ich sollte ein Buch darüber schreiben ...
Selbst hier schien es genau so penetrant weiterzugehen. Seit einigen Tagen war ich nun hier am Südpol interniert. Offiziell hatte ich den Status eines Gastes. Inoffiziell stand ich natürlich unter Arrest, was aber faktisch keinerlei Auswirkungen auf mich hatte. Denn, wo sollte ich schließlich auch hin? Ich befand mich so ungefähr auf dem 72 Längengrad, auf der Höhe des Mühlig-Hofmann-Gebirge, inmitten der Antarktis, etwa hundert Kilometer vom Atlantischen Ozean entfernt. Mehr als Schnee, riesige Eisberge, ab und zu sogar schneefreie Gebirgsflächen und ganz selten Tundra, gab es hier nicht. Aber dafür unzählige Pinguine. Ich hieß weder Luis Trenker noch Toni Kurz; noch riss ich mich um eine mögliche Hauptrolle in einer neuen Version von *„Soweit die Füße tragen"*, so dass ich mich dazu entschloss, einen vorübergehenden Status als strafversetzt anzunehmen und trotzdem das Beste aus meiner neuen Situation zu machen. Der Grund, weshalb ich seit mehreren Tagen hier auf dem geheimen Hauptquartier dieser UFO-Weltpolizisten mit ihrer Supertechnik rumoxidierte, war mehr simpel als zweckmäßig. Man wusste einfach nichts mit mir anzufangen. Aus einer auf einige Stunden beschränkten Entführung zwecks Beeinflussung meines Erinnerungsvermögens war ja nun einmal nichts geworden und mittlerweile war es für einen derartigen Eingriff auch zu spät, wie mir diese Intelligenzbestie, diese Ärztin mit dem wunderschönen, altdeutschen Mädchennamen Sigrun, gestanden hatte. Das ging selbst mit der überragenden Technik dieser Leute hier nicht.
Ansonsten war ich gesund wie ein Fisch im Wasser. Wenn man mal von den Meckereien und spitzen Bemerkungen der alten, selbstherrlichen Krähe absah.
Mittlerweile habe ich auch etwas mehr durchblicken können, wie der Laden hier

eigentlich läuft. Nicht nur dieser Vitalgreis von General, sondern auch diese Sigrun haben hier wohl gleichberechtigt das Sagen. Auch Tomke von Freyburg bestätigte mir, dass diese Sigrun eine ganz außergewöhnliche und einmalige Stellung in ihrer Gesellschaft inne hatte. Nur, auf was bezogen, wusste ich bisher noch nicht.

Jedenfalls machte sie den Anschein eines Genies. Das konnte man irgendwie sofort wahrnehmen. Außerdem verfügte sie über eine besondere Veranlagung: Sie konnte tatsächlich die Gedanken von Menschen in ihrer unmittelbaren Nähe lesen und zumindest zeitweise gezielt steuern. Aber, es musste noch mehr dahinterstecken. War es tatsächlich nur die Tatsache, genau wie der alte General, nicht auf normale Art und Weise altern zu können? Auch dieses Faktum wurde von allen anscheinend einfach so hingenommen. Auch Tomke sah sich nicht in der Lage, mir mehr über dieses Nichtaltern zu sagen. Sie gab an, dass sie selbst nicht mehr darüber wisse, als das, was sie mir bereits berichtet hatte. Ansonsten wurde ich von allen hier freundlich aufgenommen.

Einige Male schon habe ich mich mit General von Hallensleben unterhalten und auch bereits einige andere Menschen hier kennengelernt. Äußerst nett fand ich eine junge Unteroffizierin, ein Rang, der hier Sergent genannt wurde, namens Mara Winter, die eng mit Tomke zusammenarbeitete und augenscheinlich auch dafür verantwortlich war, deren Ausbildung zur Unteroffizierin voranzutreiben. Mara erinnerte mich etwas an Heike, obwohl sie ihr, bis auf die langen, roten Haare, nicht besonders ähnlich sah und zudem einige Jahre jünger als Heike war. Ich glaube, Mara erwähnte mir gegenüber einmal, vierundzwanzig Jahre alt zu sein. Auch hatte ich zwischenzeitig mit der Kornett Tessa Czerny zumindest einen Waffenstillstand vereinbart. Die war eigentlich auch ganz nett und sehr bewandert in klassischer Literatur.

Oberingenieur Dr. Ralf Klein ging es zwischenzeitig wieder etwas besser. Er war, wie Tomke mir berichtete, schon wieder auf den Beinen, sollte sich aber noch einige Tage schonen. Ralf hatte den Wunsch geäußert, mich am Nachmittag sprechen zu wollen. Ich musste nachher also noch die Krankenstation aufsuchen. Ich selbst war in einem eigenen Zimmer untergebracht, wie es jeder andere hier auch hatte. Etwa zwanzig Quadratmeter groß mit angrenzender Nasszelle. Ich konnte mich hier völlig frei bewegen. Mehrmals nutzte ich die Gelegenheit, mir die merkwürdigen Geräte und Maschinen dieser Leute anzusehen.

Das alles hier, was Horchposten I genannt wurde, befand sich in einem riesigen ausgehöhlten Eisfelsen. Wie man mir erzählt hatte, begann man mit dem Planen dieser Anlage bereits 1937 und in den darauf folgenden Jahren wurde das Unternehmen erwirklicht. Aber erst nach den Kriegswirren, jedenfalls, den offiziellen Kriegswirren, wurde die Anlage noch weiter ausgebaut und mit Supertechnik versehen, welche bis 1945 in Deutschland unter allerstrengster Abschirmung entwickelt wurde und von der bis heute nur wenig bekannt ist oder die bewusst von den Geheimdiensten verschwiegen wird. Unzählige Männer, Frauen und Kinder befinden sich hier auf dem Südpolstützpunkt, der zusammen mit weiteren, riesigen Außenbasen in einem gigantischen Höhlensystem in den Anden und einigen weiteren kleineren Basen und Stützpunkten das Fürstentum Eisland bilden.

Vom Koch bis zum Techniker, Arzt und Schreiner, Lehrer oder Schweißer ist alles vorhanden. Nur halt absolut versteckt und geheim. Natürlich vermutete ich, dass gewisse Geheimdienste zumindest eine Ahnung von der Existenz dieser gewaltigen Organisation oder nennen wir es besser: *Kleinstaat* haben. Wenn auch nur ansatzweise und in gewissen Teilgebieten. Eines jedoch war mir vollkommen klar: Mit ihren Superwaffen und Raumschiffen hätten sie jederzeit allen Militärs der Welt ganz schön einen einschenken können, wenn sie es nur gewollt hätten. Und das nicht erst seit gestern. Tomke sagte mir aber, dass sie sich als neutrale, im Geheimen operierende Macht verstehen, welche gemäß eines unwiderruflichen Geheimbefehls, einem Zukunftsplan, der auch Zukunftsbefehl oder *Canaris-Befehl* genannt wurde, für immer an die Aufrechterhaltung der ständigen Bereitstellung einiger immens wichtigen Menschheitspflichten vergattert seien. Was immer das auch im Detail heißen mochte.

Und da war er wieder: der Name Canaris. Hatte ich nicht vor einigen Tagen noch an diesen Mann gedacht?! Kurz, nachdem dieses UFO neben mir gelandet war?

Mein Gott. Was steckt denn noch alles in diesem Mann? Ein Genie. Ein Übermensch. Ein Gigant! Es hätte mich vermutlich nicht einmal gewundert, wenn die Tür zur Kantine aufgegangen und Abwehrchef Adimiral Wilhelm Canaris einfach so hereingekommen wäre, uns allen eine angenehme Mahlzeit gewünscht hätte und dann bescheiden, mit einem Teller Bohneneintopf und Vanillepuding in den Händen, gefragt hätte, ob an unserem Tisch noch ein Platz frei wäre ...

Eine Lautsprecherdurchsage riss mich aus meinen Gedanken.

„Brigadier-Corporal von Freyburg bitte sofort bei mir melden."

Es war die Stimme des Generals von Hallensleben. Tomke schaufelte noch schnell den Rest ihres Vanillepuddings in ihren Mund und verdrehte dabei ihre Augen gen Kantinendecke: „In diesem Schuppen kann man nicht mal in Ruhe aufessen. Möchte gern wissen, was Friedrich jetzt schon wieder auf dem Zettel hat?"

Sie stand auf und stellte ihr Tablett in den Abräumwagen.

„Warte, Tomke. Ich komme mit. Ich weiß sonst nicht, was ich hier allein machen soll!", rief ich ihr hinterher.

„Von mir aus, Roy."

Kurze Zeit später hatten wir das Arbeitszimmer des Generals erreicht. Dieser erwartete Tomke bereits und schien auch gar kein Problem damit zu haben, dass ich sie begleitete. Er sah das Mädchen an: „Ich habe eine neue Aufgabe für dich, meine Tochter. Einen Einsatz, den ich dir anvertrauen möchte."

Tomke nickte und sah ihren Ziehvater neugierig an.

„Aufgrund der Geschehnisse der vergangenen Tage, besonders in Bezug auf die entsetzliche Niederlage in Norwegen, habe ich eine Großübung im Bereich des Bermuda-Dreiecks angeordnet. Diese Übung wird mit dem Großteil unserer einsatzbereiten Luftwaffe und der von Akakor zusammen stattfinden. Verständlicherweise bedarf es einer Unmenge von Aufklärungs- und Abschirmungseinheiten um das Übungsgebiet herum, was bedeutet, dass Mara und Tessa ebenfalls eingespannt sind. Kurzum: Die allzeit bereiten Abfangjäger werden für die Dauer der Übung ebenfalls in den Atlantik verlegt. Für die Dauer der Großübung stehen Horchposten I, aber dennoch einige *VRIL 11-Amöben* als äußerste Reserve bereit. Reservisten stehen als Piloten für die Maschinen zur Verfügung.

„Reservisten!", rief Tomke entsetzt dazwischen und irgendwie klang es, als drehte sich ihr bei diesem Wort bereits der Magen um. „Ich kann doch wohl schließlich die *VRIL 11-Amöben* als Staffellführer übernehmen."

„Nein, meine Tochter. Da brauchen wir gar nicht weiter zu reden. Staffelführer ist Landwehrfeldwebel/-R- Zaneta Szcipio."

„Zaneta??? Die ist Mechanikerin …"

„Und ausgebildete Kampfpilotin der Reserve, Tomke. Und jetzt hör auf, hier herumzupaulen. Für dich habe ich schließlich einen ganz anderen Auftrag. Ich möchte dich bitten, die nächsten zwölf Stunden einen festen Beobachtungsposten am Fuße des Nordhanges von Horchposten I zu übernehmen. Ich teile dir noch drei andere Kräfte zu und möchte dir die Funktion des Gruppenführers übergeben, Tomke."

Aufmerksam hörte ich den Ausführungen des Generals zu und innerlich musste ich grinsen, da er natürlich versuchte, seine 16-jährige und unter Welpenschutz stehende Ziehtochter zu besänftigen, indem er sie von der Wichtigkeit irgendeiner Pseudo-Bewachungsmaßnahme zu überzeugen versuchte. Das hatte ich natürlich sofort durchschaut. Und es schien zu funktionieren denn Tomke nickte mit wichtigem Blick: „Klingt sehr interessant, was du da sagst, Paps. Sicherlich sprichst du von dieser freien Schneise in etwa dreißig Kilometern Entfernung, richtig?"

„Genau, Tomke. Diese Schneise inmitten der niedrigen Gebirgskette stellt die einzige einigermaßen befahrbare Zuwegung zu Horchposten I dar und kann aufgrund der Bodenbeschaffenheiten radarmäßig nur schlecht überwacht werden."

„Schon klar, Paps. Ich nehme mir einen Spezialamphibienpanzer, pflanze einen Hector-5b-Donar-Todesstrahler und zwei 88-mm PaK drauf. Und Rachel muss natürlich auch mit. Und…"

General von Hallenleben hob die Hand: „Jetzt hör aber mal auf, mit dem Hintern Luft zu holen, Tomke. Erstens: Nein, du wirst dir keinen Spezialamphibienpanzer nehmen, sondern bekommst ein neu überholtes Spezialpanzerfahrzeug *Mark 4/I*."

„Ein *Maultier*?", fragte Tomke entsetzt und verzog das Gesicht. „Dann brauche ich noch einen Mann dazu, der unterwegs die Schrauben an dem guten Stück wieder festdreht", maulte die junge Herzogin mit verschränkten Armen vor der Brust.

„Eben darum geht es mir, Tomke. Ich möchte wissen, inwieweit diese alten Geräte noch für kleinere Einsätze zu gebrauchen sind. Schließlich habe ich sie vor einiger Zeit generalüberholen lassen. Ach ja, zweitens: Du wirst dir keine 88-mm PaK und schon gar keine *Hector-5b* unter den Nagel reißen, sondern führst normale MPi, meinetwegen noch einige Infanterieknacker und damit die liebe Seele ihre Ruhe hat, noch ein paar Phosphorpatronen mit. Aber, ich warne dich, Tomke: Fang da ja nicht wieder den dritten Weltkrieg an. Du sollst die Aufrechterhaltung eines Beobachtungspostens gewährleisten und eventuelle Wahrnehmungen unverzüglich an uns per Funk weiterleiten. Ludwig oder ich sind ständig in der Zentrale zu erreichen. Ach ja und Drittens: wer zum Teufel ist Rachel?"

„Rachel, Paps! Mein Freundin Rachel."

General von Hallensleben schaute seine Ziehtochter ungläubig an: „Bist du noch bei Sinnen, Tomke? Die kleine Varrelmann ist doch noch eine Schülerin und lediglich in der Jugendgruppe für angehende Jihad-Polizisten tätig. Die ist nicht älter als 12!"

„Dreizehn, Paps. Außerdem ist sie meine Freundin und würde sich bestimmt

171

freuen, mal mitmachen zu dürfen. Schließlich geht es doch nur um eine Beobachtungsmaßnahme und ich kann mich absolut auf Rachel verlassen. Sie ist in Ordnung. Aus ihr wird später noch mal richtig was."

„Das du jetzt nicht selber grinsen musst, Tomke. Du hast wohl vorhin zu heiß geduscht! Du redest nur so gut von ihr, weil sie dich sehr verehrt. Ich weiß ganz genau, dass du das Vorbild von der kleinen Varrelmann bist. Jeder hier weiß das und alle halten sich schon die Bäuche vor Lachen. Neuerdings kämmt sich das Mädchen sogar so komisch ihre Haare, wie du. Marke – durchgedrehter Handfeger. Wenn du im Badeanzug den Südhang runterrollen würdest, käme die kleine Varrelmann hinterher."

„Wir sind Freundinnen!", verteidigte Tomke sich schmollend und bereits wieder etwas an Farbe im Gesicht gewinnend. Der General schüttelte ungläubig den Kopf.

„Nun gut, wir haben Wichtigeres zu tun. Meinetwegen also. Aber pass auf die Kleine ja auf. Desweiteren wird Elke Neumann in deiner Gruppe sein."

„WAS?", stieß Tomke entsetzt hervor. „Elke Neumann?! Willst du mir den ganzen Tag versauen? Warum denn ausgerechnet Elke Neumann? Das kann doch nicht dein Ernst sein! Ich komme vom Glauben ab. Mit dieser blöden Ziege soll ich zusammen einen Einsatz übernehmen?! Das ist ja lebensgefährlich. Bei ihrer letzten Reserveübung musste ich sie in diversen Panzerknackern schulen. Die hat es fertiggebracht, die RM-PB54 beim ersten Mal doch tatsächlich verkehrt herum zu halten."

„Reg dich doch bitte nicht erst auf, Töchterchen. Elke hat zumindest eine militärische Grundausbildung genossen."

„Großartig", meckerte Tomke. „Die hat doch nicht einmal einen Dienstgrad und außerdem den tiefen Teller eh nicht erfunden."

„Also, Tomke! Damit du klarsiehst: Wenn du dich weigerst, Elke in deine Gruppe aufzunehmen, dann bleibt sie halt hier. Stattdessen fahre ich dann selbst mit hinaus."

Wieder wurde Tomke rot. Ich merkte, dass sie damit nicht gerechnet hatte.

Beschwichtigend sagte sie dann kleinlaut: „Du spinnst wohl, Paps. Bleib du hier im Bonker."

Ich stieß Tomke kurz an: „Bunker, Tomke! Bunker, nicht Bonker."

Sie blickte zu mir hoch: „Roy, willst du nicht mitkommen? Auf dich kann ich mich wenigstens verlassen."

Ich nickte. Irgendwie ritt mich der Teufel: „Ich hatte gerade vor, diesen Vorschlag zu machen, Tomke. General? Vielleicht kann ich mich ein bisschen nützlich machen und muss mich hier nicht länger einfach so durchfuttern. Lassen Sie mich doch auch mitgehen. Sicher kann ich den Mädels irgendwie zur Hand gehen. Und eine besonders gute Figur machen Sie momentan wirklich nicht gerade. Wenn sie schon Küchenhilfen und Schülerinnen aus der Pfadfindergruppe rekrutieren, hätten Sie doch mit mir zumindest einen ausgebildeten Infanteristen."

Der General sah mich an, als hätte er nicht richtig verstanden.

„Wie bitte? Das kommt überhaupt nicht in Frage. Sie sind Gast bei uns und nicht Sturmlegionär!"

Ich winkte ab: „Ach, was ich hier bei euch schon alles war: Entführungsopfer, Kriegsgefangener, unfreiwilliger Helfer, jetzt Gast. Ändert sich ja ständig immer alles bei euch. Langweilig wird es jedenfalls nicht."

Jetzt mischte sich Tomke wieder ein: „Paps, das ist doch eine großartige Idee. Mit Roy hab ich doch schon prima zusammengearbeitet. Das funktioniert!"

„Aber Tomke, ich bitte dich. Das war doch unter ganz anderen Umständen und aus der Not heraus. Ich kann Herrn Wagner doch beim besten Willen nicht gezielt für einen Einsatz einsetzen. Wo kommen wir da denn hin? Nichts für ungut, Herr Wagner. Wir haben Ihnen einiges für Ihre Unterstützung in der Notsituation neulich zu verdanken. Aber, Sie sind doch schließlich keiner von uns. Was wissen Sie denn schon von uns und unseren Idealen? So geht das doch nicht! Zudem möchte ich auch gar nicht behaupten, dass die momentane Gesamtsituation besonders rosig aussieht."

„Da würden auch die Hühner lachen", kommentierte ich.

„Mensch, Paps. Muss denn bei uns immer alles nach Dienstvorschrift laufen? Kann denn nicht einfach mal eine spontane, sinnvolle Entscheidung getroffen werden?", gab Tomke ihren Senf dazu.

„Also gut. Ich habe nicht vor, euch jungen Leuten die Motivation zu rauben. Aber macht mir hinterher keinen Vorwurf, wenn etwas in die Hose gegangen ist."

„Sie können sich auf mich verlassen, General", sagte ich und nickte ihm zu.

Er nickte zurück. „Tomke wird Ihnen einen Kampfanzug und alles weitere zuteilen. Aber macht mir keinen Blödsinn, Kinder!"

Überraschenderweise freute sich Tomke über die Tatsache, dass ich ihrer Gruppe angehörte, mehr, als ich erwartet hatte. Sie umarmte ihren Ziehvater, zog ihn zu sich herunter und drückte ihm einen fetten, feuchten Schmatzer auf die Wange. Dieser verzog augenblicklich genervt das Gesicht und wischte sich mit dem Ärmel seiner Uniformkombination über Tomkes Hinterlassenschaft. Dann trat Tomke nahe an mich heran und flüsterte: „Jetzt passt das schon, Roy. Und mit ein bisschen Glück liegen da draußen noch ein paar alte unentschärfte Minen, Relikte des ehemaligen MBT-Sperrgürtels, herum. Elke Neumann ist so schusselig und latscht da garantiert hinein."

„TOMKE", ertönte die mahnende Stimme des Generals. „Ich erwarte korrektes Verhalten von dir!"

Was tat ich bloß? Wie kam ich auf die hanebüchene Idee, mich schon wieder für diese seltsamen UFO-Polizisten einzusetzen, die mich ursprünglich doch sogar unter Androhung von Gewalt entführt hatten? Merkwürdige, zwiespältige Gefühle schwirrten in meinem Kopf herum. Langsam, aber sicher verschwand mein bisher gefestigtes Weltbild von Gut und Böse und ich wurde wie von einem Wurmloch von dem mir Fremden und Unentdeckten angezogen, welches sich mir irgendwie instinktiv als ethisch und moralisch übergeordnet, einleuchtend und immer logischer werdend, erschien. Und dann war da noch etwas. Ein ganz latenter Grund, meinen Aufenthalt hier krampfhaft noch in die Länge ziehen zu wollen:

Dieser Grund war etwa 165 cm klein, hatte Haare wie eine Vogelscheuche, bekam keinen einzigen Satz ohne Lispeln und feuchter Aussprache heraus und sah durch Extremschielen ständig an mir vorbei ...

7. Mai 2006, Wilhelmshaven

Die 32-jährige Polizeihauptmeisterin Heike Lorenz zog sich einen schwarzen Lederhandschuh über und öffnete vorsichtig die Fahrertür des verlassenen dunkelblaumetallicfarbenen Audi 80.

Sie ging sehr akribisch und professionell vor. Heike betrachtete die Position des Rückspiegels, die Sitzstellung des Fahrersitzes und die Stellung der Außenspiegel. Sorgfältig besah sie den Rückspiegel auf mögliche Fingerabdrücke. Auf den ersten Blick konnte sie keine Auffälligkeiten feststellen.

„Roy ist gefahren", dachte sie. Sie blickte auf die Rückbank und sah ein langes, pechschwarzes Haar auf der Kopflehne. „Der war doch niemals alleine hier drin. Hier waren doch insgesamt zwei oder sogar drei Personen im Wagen."

Sie nahm ihr Handfunkgerät aus der Brusttasche ihrer schwarzen Lederjacke, um Meldung zu machen: „Hermann, hörst du mich?"

„Ja, Heike. Was gibt es?"

„Ich habe Roys Wagen gefunden. Er ist verlassen und der Motorblock kalt. Kampfspuren oder ähnliches sind für mich nicht erkennbar. Von Roy fehlt jede Spur."

„Wo steht der Wagen denn, Heike?", drang es aus ihrem Funkgerät.

„Ziemlich am Ende der Osttangente, in nördlicher Richtung. Kurz, bevor der Deich diesen Knick in Richtung des alten Fischerhafens macht. Roys Wagen steht etwas abseits auf einer Grünfläche neben diesem alten Bretterschuppen."

„Ich weiß, wo du meinst, Heike. Hast du denn schon mal die nähere Umgebung abgesucht? Würde mich nicht wundern, wenn Roy dort irgendwo stink besoffen im Gebüsch liegt und mit irgendeiner Punkerin rumvögelt. Wäre schließlich weiß Gott nicht das erste Mal, dass Roy uns derartige Aktionen bieten würde. Und wenn das mal wieder der Fall ist, dann lad ihn gleich ein und sperr ihn in die Ausnüchterungszelle. Sein Benehmen ist manchmal schlimmer als das von Schimanski!"

„Hab ich schon gemacht, Hermann. Negativ. Roy ist hier nirgendwo." Heike atmete angespannt durch.

„Wer weiß, mit was für schrägen Vögeln er sich da draußen wieder getroffen hat? Gehst du von einem Kapitalverbrechen aus, Heike?"

„Schwer zu sagen, Hermann. Roy ist ehemaliger Einzelkämpfer der Bundeswehr. Außerdem ist er Kampfkunstspezialist und Inhaber mehrerer Meistergrade im Kung Fu. Roy passiert so etwas nicht; ihm kann so etwas nicht passieren! Hier muss irgendetwas ganz anderes gelaufen sein. Anders kann ich mir das nicht erklären. Schick mir bitte die Spurensicherung heraus. Ich erkläre das hier zum Tatort."

„Mach ich, Heike", bestätigte ihr Kollege über Funk.

Heike Lorenz öffnete den Kofferraum des Streifenwagens und holte eine Rolle Absperrband heraus, mit dem sie den Tatort großläufig umzog. Dann setzte sie sich hinter das Steuer des Funkwagens und sah mit ernster Miene zum verlassenen Audi von Roy Wagner hinüber.

„Der ist doch nicht etwa tatsächlich Hals über Kopf zur Fremdenlegion gegangen? Das hatte er doch jedesmal bei passender Gelegenheit erwähnt. Sollte er wirklich...?", dachte sie.

Nach einigen Sekunden begann ihr Kinn zu zittern, ihre Augen glänzten feucht und ein schmaler Tränenstrang lief ihr über die linke Wange. Kopfschüttelnd und nachdenklich stammelte sie im Selbstgespräch: „Du kannst mich doch nicht einfach allein lassen, Roy! Ich liebe dich doch!"

Behutsam legte die Polizistin ihre rechte Handfläche an ihren Bauch: „Ich habe dir doch noch gar nichts davon erzählt."

10. Mai 2006, abends, Horchposten I

Natürlich wusste ich davon nichts. Woher denn auch? Und auch die nächsten Jahre sollte ich noch nichts davon erfahren. Und bei der Legion war ich auch. Zwar nicht bei der Fremdenlegion, aber bei der Sturmlegion gegen außerirdische und irdische Terrorattacken. Eigentlich war ich momentan mit mir und der Welt recht zufrieden. Mir ging es derweil gar nicht mal so schlecht. Herzogin zu Rottenstein schien es prächtig zu gefallen, dass ich bei dem Einsatz ihrer Gruppe angehörte. Das merkte ich ihr an. Demzufolge war sie auch voller Eifer und Tatendrang dabei, das Panzerfahrzeug, das wir benutzen sollten, aufzurüsten. Es handelte sich hierbei um ein Halbkettenfahrzeug, einem mobilen Granatwerfer, einem *„Maultier"*, mit 10 Rohren für jeweils 150-mm Geschosse mit einer Reichweite von sechs Kilometern. Es war ursprünglich ein altes Modell von *Opel*, erbaut als Spezialpanzerfahrzeug *Mark 4/I* für die schwere mobile Artillerie und aufgrund seiner speziellen Federung ausgezeichnet für dieses unwegsame Gelände geeignet.

Wir packten gerade einige Infanterienahkampfwaffen zusammen, als ein Schott aufging und ein kleines Mädchen eilig ins Hangar stolziert kam.

Sofort wusste ich, dass es sich um die 13-jährige Rachel Varrelmann handeln musste, der Schülerin aus der Jugendgruppe der *Jihad-Polizisten*, welche uns begleiten sollte. Sie trug ebenfalls die schwarze Kampfkombination der Sturmlegionäre.

Rachel war etwa 150 cm groß, von normaler Statur und sah halt aus wie ein 13-jähriges Mädchen nun einmal so aussieht. Sie kam direkt auf Tomke zugerannt und grinste von einem Ohr bis zum anderen. Es war nicht zu übersehen, dass sie sich reichlich Mühe gab, Tomke nachzueifern. Die kleine Rachel versuchte sogar, ihre Haare genauso zottelig zu gestalten, wie Tomke sie trug. Ich konnte mir ein Grinsen ganz einfach nicht verkneifen, als ich sah, dass sie sich, genau wie Tomke, über ihrem linken Ohr dilettantisch herumrasiert hatte. Auf der rechten Seite ihres Kopfes fiel schulterlanges, offenbar schwarz gefärbtes, zotteliges Haar herunter.

Man konnte sofort sehen, dass das Mädchen in Wirklichkeit blonde Haare hatte und nicht pechschwarze, so wie Tomke.

„Ist das deine kleine Schwester, Tomke?, spöttelte ich leise.

„Sei bitte ruhig, Roy. Das ist Rachel, meine Freundin und Schülerin. Sie ist doch noch nicht so alt. Lass sie doch!", antwortete Tomke unauffällig, die natürlich gleich wusste, worauf ich anspielte.

Vor ihrem großen Idol angekommen, knallte das Mädchen ihre Hacken zusammen und legte strahlend ihre rechte Hand zum militärischen Gruß an die Schläfe:

„Jungschütze Rachel Varrelmann! Ehrenwerte Brigadier-Corporal, ich melde mich wie befohlen zum Dienst."

„Rühren, Jungschütze."

Beide Mädchen fielen sich freudig in die Arme und gaben sich Küsschen auf die Wangen. Der Anblick war doch irgendwie zu süß. Danach stellte Tomke mir das Mädchen namentlich vor.

Nach einigen Minuten ging das Schott zum Hangar erneut auf und eine Frau kam herein. Sie war schätzungsweise Ende zwanzig und von etwas kräftiger Statur, ohne dabei dicklich zu wirken. Die Frau war einen Kopf größer als Tomke und hatte dunkelblonde, strähnige Haare, die zu einem kurzen Pferdeschwanz zusammengebunden waren. Auch sie trug die schwarze Kampfuniform, wie wir alle.

Bei ihr wusste sofort, dass es sich um die Küchendame Elke Neumann handelte, von der Tomke so „geschwärmt" hatte. Vom Sehen in der Kantine war sie mir ebenfalls bereits bekannt.

Sie kam auf Tomke zu, die sich wegdrehte und so tat, als habe sie ihr Kommen gar nicht bemerkt. Elke schien wohl doch nicht so dämlich zu sein, wie Tomke erzählte und verhielt sich sogar diplomatisch.

„Hallo, Tomke. Würdest du dich bitte kurz zu mir umdrehen, weil ich dir etwas zu sagen habe. Ich habe durchaus gemerkt, dass du dich gerade absichtlich von mir abgewendet hast."

„Ach! Hallo Elke. Ich habe dich wirklich nicht kommen sehen!", log Tomke.

„Glaub ich dir nicht, Tomke. Ist mir aber genau genommen völlig egal. Ich kann auch nichts dafür, dass Friedrich mich ausgerechnet in deine Gruppe gesteckt hat. Ich kann mir auch Besseres vorstellen. Nun ist es aber einmal so gekommen und ich möchte das Beste daraus machen. Bekanntlich gehen wir beide uns ja so gut wie möglich aus dem Weg. Jetzt geht es aber nicht anders. Ich möchte dir mitteilen, dass ich ein Recht darauf habe, als Reservistin meinen Teil zum Dienst beizutragen. Nichts anderes will ich hier machen. Du kannst mit mir in jeder Hinsicht voll rechnen. Private Diskrepanzen spielen dabei keine Rolle."

„Eigentlich wollte ich dir das Gleiche sagen, Elke. Friedrich sagte mir, dass er von mir korrektes Verhalten in jeder Hinsicht erwartet. Damit heiße ich dich selbstverständlich in meiner Gruppe willkommen. Wie du selbst richtigerweise erwähntest, unabhängig von persönlichen Angelegenheiten. Ich will auch gar nicht großartig betonen, dass Friedrich mich für diesen Einsatz zum Gruppenführer ernannt hat. Du befindest dich also in der Gruppe von Freyburg."

„Damit habe ich kein Problem, Tomke."

„Na, dann ist ja alles in Ordnung. Und nun lass mich dir unseren neuen Kameraden vorstellen. Das ist Roy. Sicherlich hast du schon von ihm und seiner besonderen Situation gehört. Rachel kennst du ja."

„Ja, natürlich. Hallo Roy. Ich bin Elke." Sie reichte mir freundlich die Hand, welche ich selbstverständlich annahm. Bloß weil sie mit Tomke nicht klarkam, sah ich doch nicht ein, mich ihr gegenüber unfreundlich zu verhalten. Mir hatte sie ja schließlich nichts getan. Wir räumten dann weiter die erforderlichen Ausrüstungsgegenstände und Einsatzmittel zusammen und rückten eine Stunde später, pünktlich zu der von General Friedrich von Hallensleben vorgegebenen Einsatzzeit aus, um den Beobachtungsposten zu übernehmen, während der Beginn der Großübung im atlantischen Ozean immer näherrückte.

Über unseren schwarzen Kampfuniformen trugen wir Mäntel im Schneetarnmuster, um uns vor der eisigen Kälte und dem Schneefall zu schützen, der hier völlig spontan und unregelmäßig einsetzen konnte. Der Wind schien sogar durch die Ritzen des Panzerfahrzeuges zu pfeifen. Zu viert saßen wir im Spezialpanzerwagen. Elke Neumann fuhr das Gerät, Tomke saß wie Graf Koks in ihrer Eigenschaft als Gruppenführerin auf dem Beifahrersitz, und ich quetschte mich direkt hinter sie. Links neben mir hatte Rachel Platz genommen.

Tomke holte eine ihrer Tonbandkassetten hervor und steckte diese in das eingebaute Abspielgerät, so dass wir durch *Hang Up, Maneater* und ähnlichem Kinderkram beglückt wurden.

Nachdem wir etwa fünfzehn Minuten durch einen Tunnel des riesigen Eisbunkers gefahren waren, kamen wir ans Tageslicht. Die Sonne schien grell durch die engen, mit Spezialglas versehenen Schlitze des Fahrzeuges. Es war helllichter Tag. Das Wetter war, für Verhältnisse in der Antarktis, ausgesprochen gut, äußerte Tomke. Wir hatten klare Sicht. Nach etwa einer halben Stunde Fahrt durch weiße Täler und Schluchten erreichten wir den kleinen Felszug, den wir besetzen sollten. Er sah in etwa wie ein überdimensionaler Deich aus Schnee und Eis aus, in dessen Mitte sich eine mehrere hundert Meter lange, natürlich entstandene Unterbrechung befand, welche quasi das Eingangsportal zu Horchposten I bildete.

Idealerweise war die Landschaft durch kleinere Hügel durchzogen, so dass das *Maultier* durch die natürlichen Gegebenheiten und zudem durch ein Schneetarnnetz getarnt aufgestellt werden konnte. Einige hundert Meter hinter uns befand sich dieser kleine, in den Boden eingelassene Gruppenbunker, der, wie ich erfuhr, etwa zehn bis fünfzehn Personen notfalls als Schutzraum dienen konnte. Vor uns, in nördlicher Richtung, erstreckte sich eine felsige, aber dennoch relativ flache Eislandschaft. Eine merkwürdige Tundra, die sich etwa hundert Kilometer bis zur Eisküste des Südatlantiks zog. Tomke informierte uns darüber, dass vor einiger Zeit etwa fünfundsiebzig Meter vor uns ein kleiner Alarmposten ausgehoben worden war, der als Beobachtungsposten von zwei Mann besetzt werden konnte.

Sie bat Elke Neumann, sich mit einem Handfunkgerät, einem Feldstecher und mit dem Panzerschreck zu bewaffnen, diese Stellung vorerst einzunehmen und den nördlichen Sektor zu beobachten.

Tomke lief mit einer schwarzen Ski-Sonnenbrille herum, in deren Gläser sich alles spiegelte, so dass man sich stets selbst sah, wenn man Tomke anblickte.

Gerade als Elke dabei war, zur Ausrüstung zu greifen, horchte ich auf. Hatte ich mich getäuscht oder hörte ich tatsächlich aus weiterer Entfernung ein merkwürdiges Geräusch? Ich sah zu Tomke. Diese verstand sofort, nickte mir zu:

„Ich habe es auch gehört, Roy!"

Es klang wie weit entfernte Motorengeräusche. Mein Blick hob sich suchend dem Himmel entgegen. Nichts. Von einem Flugzeug schienen die Geräusche wohl nicht zu kommen. Tomke gab mit ihrer rechten Hand das taktische Zeichen herunterzugehen und legte zudem ihren Zeigefinger vor ihre Lippen.

Jetzt waren die Geräusche abermals und für jeden klar vernehmbar. Es schien, als kämen sie aus nördlicher Richtung. Aus Richtung Atlantik.

Tomke griff zu ihrem Feldstecher und kletterte vorsichtig den etwa fünf Meter hohen Eishügel hinauf, hinter dem das *Maultier* getarnt Stellung bezogen hatte. Nach etwa zwei Minuten kam Tomke wieder herunter. Irgendwie sah sie blass aus. Noch blasser, als gewöhnlich.

„Was ist denn nun, Tomke? So sag doch etwas", bohrte ich. Das Mädchen schielte mich an. Ihr Mund stand wie fast immer einen Spalt breit offen, ihre Sonnenbrille steckte jetzt in ihren Haaren und ihre Zahnspange blitzte im Sonnenlicht der Eiswüste. Sie zog ihre Handschuhe aus und hielt mir ihren Feldstecher entgegen, so

179

dass ich den kleinen eingebauten Digitalbildschirm in Augenschein nehmen konnte. Mit ihren käsigen Fingern, welche in abgeknabberten und abgerissenen Fingernägeln endeten, drückte die junge Herzogin den Knopf für den Abspielvorgang.

„Hier, theh thelbst", lispelte sie. Elke und Rachel drängten sich, selbstverständlich nicht minder gespannt, neben mich. Der kleine Bildschirm flackerte. Man konnte sehen, dass Tomke die Tundra absuchte. Einen Moment lang zeigte die Aufzeichnung dann lediglich Tomkes pechschwarze Haare, die der Wind vor das Gerät wehte. Dann wurde die Aufzeichnung offenbar durch Tomkes erneutes Justieren kurz unscharf und begann zu pulsieren, bis sich auf einmal klar und deutlich der Grund des merkwürdigen Geräusches auf dem Miniaturmonitor manifestierte.

„Was ist das denn?", fragte ich.

„Keine Ahnung", antwortete Tomke. „Vermutlich irgendein Schneepanzer. Die lassen ab und an die Motoren warmlaufen. Daher kommen die Geräusche."

„Jedenfalls ist das ein ziemlich dicker Brocken", sagte ich. Ich erkannte einen gewaltigen Panzer von mindestens 200-Tonnen. Das Monstrum war schätzungsweise zehn Meter lang und dreieinhalb Meter hoch. Auf seinem Chassis befand sich ein bedrohlich aussehendes, riesenhaftes Artilleriegeschütz. Der Panzer selbst war mit weiss-grauem Tarnanstrich versehen. Ein kurzer Blick zu meiner Rechten verriet mir, dass die kleine Rachel ihre Angst nicht verbergen konnte.

„Was ist das für eine Riesenflinte, Tomke?"

„Dürfte wohl eine 15-cm Haubitze sein, Rachel."

„Ja, und mit dem Ding können die hier alles kurz und klein schießen", kommentierte ich. „Bist du sicher, dass das keines von euren Geräten ist, Tomke?"

„Natürlich, Roy. Solche Blockhäuser haben wir nicht. Die spionieren hier doch in aller Ruhe etwas aus. Die müssen mit einem U-Boot-Frachter unter dem Eis durchgetaucht sein und haben diese Stahlansammlung dann an Land gebracht!"

„Der ist euren Sicherheitssystemen also glatt durch die Lappen gegangen!"

Tomke zuckte mit ihren Schultern: „Bei dem ganzen Getümmel während der Großübung kann das wohl vorkommen, Roy. Und wie du siehst, betreiben die MBT auch Aufklärung. Sonst macht es ja auch keinen Spaß, oder nicht, Roy?" Tomke grinste mich frech an und zog dabei dickliche Speichelfäden zwischen ihren Zähnen.

„Na, du hast Humor. Und wie geht es jetzt weiter?"

„Richtig, Tomke. Könntest du bitte endlich klare Anweisungen geben", mischte sich jetzt auch Elke Neumann in unser Gespräch ein.

„Zunächst einmal die Ruhe bewahren. Das Geräusch verrät mir, dass die momentan stehen. Und das, schätzungsweise, in einer Entfernung von dreitausend Metern. Mit etwas Glück drehen die auch von allein wieder ab. Wenn nicht, haben wir ein Problem!"

„Verstehe ich nicht ganz, Tomke. Warum geben wir nicht einfach sofort eine Lagemeldung über Funk und hauen dann hier ab? Und wenn dieser Riesenpanzer versucht, in unser Hoheitsgebiet einzudringen, werden die *VRIL 11-Amöben* vom *Asgard*-Abfangjägergeschwader die Nazis erledigen."

Tomke nickte Elke zu: „Mit der sofortigen Funkmeldung hast du natürlich Recht, Elke. Rachel, mach das bitte sofort vom *Maultier* aus. Gib der Leitstelle Kenntnis."

„Ja, Tomke", sagte die junge Pionierin aus der Jugendgruppe und kletterte zügig in das Panzerfahrzeug.

„Ich will es dir erklären, Elke. Wir können hier nicht unbemerkt weg, ohne dass die es merken würden und mit ihrer 15-cm Haubitze wie die Wahnsinnigen hinter uns herballern. So wie es aussieht, dürfte dieser Riesenpanzer wohl weitaus schneller sein, als wir mit unserem Fahrzeug. Die würden uns und unseren Hutschefidel jagen, wie Kapitän Ahab den weißen Wal. Und verstecken können wir uns hier auch nicht. Es ist zum Knochenkotzen. Dreihundertsechzig Tage im Jahr schneit es hier Hunde und Katzen. Aber ausgerechnet heute ist hier Frühlingswetter. Die könnten unseren Spuren sofort und problemos folgen. Verstehst du jetzt, Elke? Solange die da hinten herumlungern, ist bis zum Eintreffen der Amöben alles in Ordnung. Nur wenn sie Fahrt Richtung zu uns aufnehmen, wird es ernst. Und zwar so richtig."

„Schon klar, Tomke", sagte Elke. „Nur …", Elke wurde durch ein aufgeregtes Zwischenrufen der jungen Rachel Varrelmann unterbrochen.

„TOMKE, komm mal bitte schnell. Ich verstehe das nicht. Entweder ist das Funkgerät kaputt oder der Funk wird gestört. Hier geht gar nichts."

Tomke fiel erkennbar fast der Unterkiefer herunter.

„Genau das darf jetzt nicht passieren, Rachel", sagte sie und begab sich rasch gedeckt zum Panzerfahrzeug und Rachel. Nach einigen Sekunden hörte ich sie nicht gerade hoheitlich schimpfen: „Verdammte Inzucht! So eine Sauerei."

Tomke kroch mit rotem Kopf aus dem Panzerwagen.

„Was ist denn, Tomke? Ist das Funkgerät defekt?", fragte ich.

„Nee, defekt nicht. Aber, ich kriege kein Relais. Von dem Riesenpanzer muss irgend ein Störsignal ausgehen. Wie neulich in Norwegen, als wir unseren U-Boot-Bunker von der *GRAF SPEE* aus nicht erreichen konnten. Weißt du noch, Roy? Dafür war bestimmt dieses Atom-U-Boot verantwortlich. Und jetzt haben wir den gleichen Dreck hier schon wieder. Was haben die MBT sich da wieder für eine Teufelei einfallen lassen …?"

Eine kurze Überprüfung ergab, dass unsere Handfunkgeräte dennoch funktionierten. Ich horchte auf. Diesmal war ich es, der die Hand hob, um allen klarzumachen, dass sich etwas tat.

„Warte, Tomke. Ich seh mir das mal an", sagte ich und kletterte den Eishügel, hinter dem wir unser Lager aufgebaut hatten, hinauf. Was ich durch den Feldstecher dann erblickte, ließ alle Hoffnungen auf einen positiven Ausgang des Unternehmens gegen Null sinken. Vorsichtig kroch ich wieder hinunter und ging zu Tomke, Elke und Rachel, die nach wie vor geduckt hinter dem *Maultier* hockten.

„Nicht, dass ich euch den Spaß verderben will, Mädels. Aber, nur zu eurer Information: der Riesenpanzer hat seine Fahrt in unsere Richtung aufgenommen!"

„Houston, we've had a problem!"
        (Captain James Lovell, 13.Apollo- Mission, 13. April 1970)

„Jetzt haben wir den Salat! Elke, schleich dich in den Alarmposten und mache den Panzerschreck klar. Von dort vorne hast du den besseren Ausblick. Du musst uns ständig Lagemeldungen machen!"

Die Reservistin pustete. „Wenn's denn sein muss. Ich schlage mich dort hinten weiter rechts durch die Wallachei durch. Dort habe ich bessere Deckung!"

„Gut, aber jetzt beeil dich."

181

Elke Neumann bückte sich, um den schweren Panzerschreck aufzunehmen, als es krachte. Nicht, weil der gegnerische Riesenpanzer womöglich von seiner fürchterlichen 15-cm Haubitze Gebrauch machte. Nein. Es krachte zu diesem denkbar ungünstigen Zeitpunkt wieder einmal zwischen Tomke und Elke.

„Mensch, Elke. Ziehe den Panzerschreck nicht an seiner Abzugseinrichtung hoch! Willst du uns alle umbringen? Auch wenn die Waffe nicht geladen ist, gibt es Sicherheitsbestimmungen zu beachten. Ich dachte, ich hätte dir das vor einiger Zeit beigebracht. Oh Mann. Wie kann ein Mensch alleine nur so schwer von Kapee sein? Jetzt mach schon hin! Bis du wachgeworden bist, ist der Krieg vorbei!", meckerte Tomke. Die Reservistin lief vor Ärger rot an und warf die RM-PB54 unwirsch in den Schnee.

„Jetzt hab ich aber die Schnauze voll davon, mich von dir immer behandeln zu lassen, als sei ich völlig dämlich. Du pickst dir ja die Rosinen geradezu heraus. Komm dir bloß nicht so wichtig vor. Du kannst mir gegenüber immer nur arrogant auftreten. Ist ja aus deiner Position heraus auch nicht besonders schwierig. Bist immer wohlbehütet bei Friedrich und Sigrun auf dem Sonnendeck aufgewachsen und konntest bereits mit fünfzehn Jahren dein Abitur machen. Ich aber bin nun einmal etwas anders gestrickt als du und maße mir auch gar nicht an, über deine Bildung und deine Intelligenz zu verfügen. Deswegen bin ich aber wohl kein schlechterer Mensch als du! Bloß, weil ich es nie zu den Sturmlegionären geschafft habe, sondern nur in der Reserve bin und sonst in der Küche arbeite. Wenn ich nicht wäre, hättest du nicht jeden Tag etwas zu essen. Geschweige denn, deine scheiß Erdbeeren …"

Elke kotzte sich in dieser Richtung hin noch weiter aus. Die kleine Rachel stand neben mir, zupfte zweimal an meinem Ärmel, sah ängstlich zu mir hoch und zeigte dabei mit ihrem linken Daumen über ihre Schulter, in Richtung Norden.

„Schluss jetzt! Ihr spinnt wohl, euch jetzt hier zu fetzen. Das dürfte wohl kaum der richtige Zeitpunkt für eine Grundsatzdiskussion sein, meine Damen."

„Stimmt, Roy. Friedrich reißt mir nämlich den Kopf ab, wenn dieses Ungetüm die Zufahrtsrampe von Horchposten I verwüstet", sagte Tomke und zeigte Rückgrat, indem sie die Bazooka aufhob und Elke reichte: „Ich konnte nicht ahnen, das du so leicht aus der Fassung zu bringen bist, Elke. Lass dich von mir nicht weiter nervös machen und begib dich jetzt bitte in Dreiteufelsnamen auf Alarmposten."

Einen Moment lang sah die Reservistin Tomke merkwürdig an. Dann setzte sie sich ihren Stahlhelm auf, verschloss den Kinnriemen, ergriff den Panzerschreck und eilte geduckt zwischen kleineren Eiserhebungen auf die ihr vorgegebene Position. Die 13-jährige Jungpionierin Rachel Varrelmann mit dem für sie viel zu großen Stahlhelm zog es derweil vor, Tomke am „Rockzipfel" zu hängen. Diese nahm gerade ihre Sonnenbrille aus dem Haar und pflanzte ebenfalls ihren Stahlhelm auf. Ich tat es ihr gleich. Dann strich sie ihrer jungen Freundin über die Wangen:

„Du brauchst keine Angst zu haben, mein Schatz. Mach immer nur, was ich dir sage."

Rachel nickte. Tomke griff nach ihrem Funkgerät: „Lagemeldung Elke!"

„In cirka zweitausendfünfhundert Meter Entfernung. Direkt in unsere Richtung." Die junge Herzogin kaute kurz auf ihrer Unterlippe herum.

„Jetzt zählt jede Minute. Es geht nicht anders. Wir müssen sofort mit unseren 150-mm-Werfern angreifen. Bevor die uns zuerst entdecken und uns einheizen."

„Verlass dich bloß nicht darauf, dass die Granaten diesen Riesenpanzer zwangsläufig stoppen. Die 150-mm-Granaten sind als schwere Artillerie zweckmäßig gegen feindliche Stellungen und ideal zur Bekämpfung von Infanterietruppen, aber doch nicht gegen so ein Ungetüm!"

„Das weiß ich selber, Roy. Aber vielleicht gelingt uns ein Trick und die drehen ab. Schließlich können sie nicht wissen, mit wem sie es zu tun haben. Ich hoffe, die wollen es nicht darauf ankommen lassen."

„Hoffen wir, dass deine Rechnung aufgeht, Tomke."

Sie spielte hoch. Verdammt hoch. Dennoch war es die einzige Chance. In den nächsten Minuten würde uns der Riesenpanzer die Seele aus dem Leib schießen. Die einzige Möglichkeit schien tatsächlich in einem direkten Angriff zu liegen, in der Hoffnung, den Gegner dadurch einschüchtern zu können. Elke wurde kurz per Handfunk informiert. Rachel sollte weiter hinten in Deckung gehen. Tomke justierte in aller Eile und unter größtmöglicher Deckung die zehn Rohre des 150-mm-Werfers des *Maultiers* aus und blickte noch einmal irgendwie schelmisch hilflos zu mir herüber. Dann begann das Inferno. Gleich einer Stalinorgel schossen innerhalb der nächsten zwölf Sekunden zehn Panzergranaten dem feindlichen Gerät entgegen. Nun war es geschehen. Unsere Position war verraten. Die Detonationen waren beachtlich und ließen einen zusammenzucken. Allein dem Krach der einschlagenden Granaten nach, konnte man davon ausgehen, dass sie einen beträchtlichen Schaden anrichteten.

„Elke, siehst du etwas?"

„Negativ, Tomke. Aber in etwa zweitausend Metern ist die Hölle los. Die Panzergranaten haben hier sowas wie einen Schneesturm verursacht. Ich sehe gar nichts mehr, nur noch Schneenebel."

Ich blieb in meiner Deckung und Tomke krabbelte vorsichtig den Eishügel neben uns hinauf, um sich einen Überblick zu verschaffen. Die junge Herzogin lag auf dem Scheitelpunkt des Eishügels. Ich sah die Sohlen ihrer schwarzen Kampfstiefel; und ich sah, dass sie ihren Feldstecher ansetzte ...

Plötzlich schrie sie wie von der Tarantel gestochen auf und sprang den Hügel kurzerhand herunter. Nur eine halbe Sekunde später krachte es entsetzlich. Sofort war mir klar, was passiert war: Die 15-cm Haubitze des Riesenpanzers hatte den Eishügel, der uns bislang als Deckung und Ausguck diente, mit einem einzigen Schuss einfach ausgelöscht. Es gab ihn schlichtweg nicht mehr. Irgendetwas krachte gegen meine rechte Schulter und meine Schläfe. Ich verspürte dort einen dumpfen Druck und merkte, dass Blut mein Gesicht herunterlief und mein Gehör betäubt schien.

Das schlimmste aber war – Tomke war weg!

„Gott hat Urlaub. Sigrun macht Vertretung"
(Zitat: Premier-Leutnant Ludwig Hesse, Mai 2006)

General Friedrich von Hallensleben blickte auf die große, elektronische Weltkarte, die sich in der Leitstelle in Horchposten I befand. Einige Meter neben ihm stand Ludwig Hesse, sein wohlbeleibter Adjutant im Rang eines Oberleutnants. Die Tür zur Leitstelle ging auf und Sigrun kam mit schnellen Schritten herein.

„Friedrich, bist du sicher, dass alles in Ordnung ist? Wie geht es Tomke mit ihren Leuten? Wann hattest du zuletzt Funkkontakt?", sah sie Friedrich fragend an.

„Ungefähr vor einer halben Stunde, Sigrun", antwortete dieser ruhig. „Tomke hatte mir gemeldet, dass sie ihren Beobachtungsposten wie vorgegeben erreicht hätten und dass alles in bester Ordnung sei. Warum fragst du?"

Sigrun blickte ihn ernst an: „Ich empfange chaotische Gedankenimpulse von Tomke. Stell bitte sofort eine Funkverbindung her. Ich muss wissen, was da los ist."

„Sicher, Sigrun. Mach' ich sofort." General von Hallensleben betätigte das stationäre Funkgerät und versuchte vergeblich, die Gruppe von Freyburg zu erreichen. Nach einer Weile schüttelte er den Kopf: „Das Funkgerät ist tot, Sigrun. Ich verstehe das nicht."

Er sah hoch. „Wir haben doch vorhin noch gefunkt."

Ludwig kam hinzu und sah mit zusammengekniffenen Augen auf das Gerät. Dann blickte er auf den Monitor des Radars, in der Hoffnung, dass es durch die Beschaffenheit der Landschaft an dieser Stelle momentan etwas Brauchbares anzeige. Im selben Moment wurden seine Augen so groß wie Walnüsse. Er tippte Friedrich an die Schulter: „Sieh dir das an, Friedrich. Da ist irgendein Riesending unmittelbar vor unseren Leuten."

Friedrich zuckte zusammen und glaubte seinen Augen nicht zu trauen: „Wie konnte das denn schon wieder geschehen? Das muss ein ziemlich großer Panzer oder ähnliches sein!" Er schluckte.

„Vermutlich stört das Ding auch den Funk." General von Hallensleben fuhr sich hastig mit der Hand durch seine dichten Haare: „Abfangjäger starten. Sofort!"

Premier-Leutnant Ludwig Hesse drückte auf einen Schalter neben sich.

„Achtung: Asgard eins bis sechs! Alarmstart, Kampfrichtung Nordnordost. Feindliches Objekt gesichtet. Weiteres folgt sofort."

Es vergingen keine zwei Minuten, als die aufgeregt klingende Stimme eines Mannes aus dem Funkgerät hallte.

„Ich verstehe das nicht, Leitstelle. Hier geht nichts. Gar nichts. Nicht eine einzige der *VRIL 11-Amöben* funktioniert. Keine Maschine springt an."

Entsetzt sah der dicke Ludwig zu seinem Chef herüber. In dessen Kopf schien es auf Hochtouren zu rotieren. Seine Augen funkelten hektisch. Weder er, noch Ludwig bemerkten, dass Sigrun in diesem Moment aus der Leitstelle rannte.

„Himmel, Arsch und Zwirn", schimpfte der Alte und stampfte ungehalten mit dem rechten Fuß auf. „Kein Funk, kein Elektro-Turboantrieb, der funktioniert. Was für eine Teufelei steckt da wieder hinter?! Genau wie neulich, als in Norwegen der Funk zusammengebrochen ist und der Magnet-Feld-Impulser der *GRAF SPEE* machte, was er wollte. Da steckt System dahinter, Ludwig. Schnell! Was haben wir noch spontan zur Verfügung? Wenn die *VRIL 11-Amöben* nicht funktionieren, dann sind vermutlich die Haunebus ebenfalls in Mitleidenschaft gezogen."

Ludwig nickte und tippte hektisch in eine kleine Tastatur. Seine Stirn war schweissdurchnässt. „Ein *Omega-Diskus* mit leichter FlaK", antwortete er nach einigen Sekunden.

„Ludwig, du übernimmst hier alle weiteren Maßnahmen. Ich nehme den Omega-Diskus und werde unsere Leute evakuieren. Dann müssen wir uns etwas einfallen lassen. Stell sofort einen Kontakt zu der zweiten Asgard-Staffel auf der Schwimmplattform im Südatlantik her. Zwei Schwärme sollen sofort Kurs Heimat nehmen. Sigrun! Kannst du bitte in der Zwischenzeit ..."

Friedrich von Hallensleben drehte sich um und musste feststellen, dass sich Sigrun gar nicht mehr in der Leitstelle befand. „Verdammt. Jetzt ist die auch noch weg", fluchte er.

In diesem Moment klappte der Mundwinkel von Oberleutnant Hesse herunter. Ein Piepton signalisierte ihm, dass sich das Schott von Schneise 3 öffnete.

Die Antarktisbasis Horchposten I verfügte über insgesamt drei Einflugkanäle, den Schneisen, welche es herkömmlichen Flugzeugen ermöglichte, in der Basis zu landen oder von dort zu starten, da diese drei Kanäle waagerecht verliefen. Flugscheiben konnten senkrecht starten. Dazu reichte es aus, einfach das riesige Stahlschott, das den Hangar nach oben hin verschloss, zu öffnen. Das half aber Flugzeugen recht wenig. Es sei denn, man verfügte über Senkrechtstarter.

Ludwig traute seinen Augen nicht. Wiederum stieß er Friedrich an und deutete dabei auf den Bildschirm der Überwachungskamera, die auf Schneise 3 gerichtet war. Majestätisch schoss eine *Messerschmitt ME 262-A*, ein sogenannter Sturmvogel, mit Turbostrahltriebwerk und zwei angehängten 227 kg Bomben durch den Startkanal.

„Wer haut denn da jetzt einfach mit einem Sturmvogel ab? Macht hier eigentlich neuerdings jeder, was er will?", fluchte General Friedrich von Hallensleben mit ungläubigem Blick. Entsetzt und mit den Worten: „Mein Gott", fasste er sich sodann an seine linke Wange. Ludwig sah genauer auf den Bildschirm, beugte seinen Kopf etwas näher an diesen heran, so, als ob er dann besser das Geschehen erkennen konnte und nuschelte in merkwürdigem Ton: „Gott hat Urlaub. Sigrun macht Vertretung."
Die Augen des 94-jährigen Generals verengten sich zu engen Schlitzen, dann kam es böse über seine Lippen: „Ich hasse es, wenn sie so etwas macht. Aber mir hat sie aktive Kampfbeteiligungen generell verboten. Immer ihre Extratouren. Seit vierundsechzig Jahren ärgere ich mich schon schwarz darüber ..."

*****

Sigrun konnte keine Sekunde länger zögern. Sie musste jetzt in Eigenregie handeln, sonst würde sich ein Drama sondergleichen abspielen und die Arbeit von über sechzehn Jahren war über den Haufen geworfen. Tomke von Freyburg hatte zwar bisher nur schwache mediale Fähigkeiten, die sich noch richtig entfalten mussten, aber es reichte aus, um Sigrun wahrnehmen zu lassen, dass sie sich in allergrößter Not befand. Tomke von Freyburg war ebenfalls eine *VRIL*. Sie war sogar noch viel mehr. Sie war die allerletzte *VRIL*. Neben Sigrun natürlich. Nur, dass Tomke halt einer neuen Generation angehörte. Sie musste zur *VRIL-Meisterin* heranreifen. Das war ihre Bestimmung. Sollte Sigrun etwas zustoßen, war Tomke die Letzte und musste ihr gewaltiges Erbe antreten. Tomke selbst wusste nichts davon. Noch nicht. Ihr telepathischer „Notruf" war ihr nicht bewusst. Sie handelte instinktiv, so, als wenn ein kleines Kind in höchster Not nach seiner Mutter ruft.

Die 104-jährige Vitalgreisin beschleunigte den Sturmvogel in Richtung Norden und konzentrierte sich auf das Mädchen. Es musste ihr gelingen, zu Tomke eine telepathische Brücke herzustellen. Sie musste Tomke warnen, bevor sie die beiden 227 kg Bomben abwarf. Sigrun wusste, dass sich Tomke mit ihrer Gruppe in unmittelbarer Nähe zum kleinen Gruppenbunker befand. Diesen musste die Gruppe unverzüglich aufsuchen.

„Komm schon, mein Schatz. Jetzt konzentriere dich auf mich. Dann wird das schon funktionieren", sagte Sigrun halblaut vor sich hin, während sie die *ME 262-A* weiter Richtung Norden steuerte.

Was war mit Tomke? Wo war sie? Verschüttet? Oder durch den Geschützeinschlag gar getötet? Welch schrecklicher Gedanke. Ich verwarf ihn sofort wieder. „TOMKE! He, Kleine. Wo steckst du?" Nichts. Ich bekam keine Antwort. Es dauerte etliche Sekunden, bis der Schneenebel sich einigermaßen gelegt hatte. Ich wurde nervös. Die Sorge um die junge Herzogin, die ich doch erst seit so kurzer Zeit kannte, war mir einfach unerträglich. Dann vernahm ich etwas. Einige Meter neben mir ... und glaubte, nicht richtig zu hören: ein Niesen und gleich noch einmal. Dann strampelte Tomke sich unter einem Schneeberg hervor. Sie war klitschnass. Von ihren Haaren tropfte Wasser herunter. Sie schielte mich an, nieste nochmals und lispelte dann: „Tho eine Thauerei."

Dann vernahm ich ein „Hicks", gleich darauf noch ein zweites. Tomke hatte vor Schreck Schluckauf bekommen. Aber ich war überglücklich.

„Bist du verletzt, Prinzesschen?", rief ich ihr zu.

„Ja, aber nicht von dem Geschoss. Hicks. Ich glaube, ich habe mir bei dem Sprung gerade den rechten Knöchel verstaucht. Ich kann nicht mehr aufstehen. Das tut höllisch weh. Hicks. Aber, du bist doch selbst verletzt, Roy ..."

Ich winkte ab: „Ach, scheiss doch auf die paar Kratzer. Hauptsache du lebst, Tomke. Ich wäre sonst durchgedreht", sagte ich und merkte im selben Moment, dass ich mich wie ein verknallter Teenager benahm. Am liebsten hätte ich sie jetzt an mich gedrückt.

„Deine Worte sind sehr lieb, Roy. Hicks. Aber jetzt müssen wir zusehen ..."

„Tomke, der Panzer hat Kampfposition in ungefähr tausendfünfhundert Metern aufgenommen", meldete Elke über Handfunk. Im gleichen Moment schlug eine weitere Ladung der 15-cm Haubitze in unserer Nähe ein.

„Ich höre es, Elke. Hicks. Er ist dennoch zu weit entfernt für die *RM-PB54*. Wir müssen ihn auf dreihundertfünfzig Meter herankommen lassen, um ihn zu knacken. Ich hoffe nur, dass der nicht vorher hier alles auseinander nimmt. Bleib unten, Elke. Hicks. Er darf nicht wissen, wo wir genau sind." Tomke schreckte auf: „Wo ist eigentlich Rachel", fragte sie.

„Ach du meine Güte", dachte ich. Die kleine Rachel hatte ich ja völlig vergessen.

„Ich bin hier", rief das Mädchen aus einiger Entfernung. Ich sah, dass sie sich an einer Handflammpatrone festklammerte.

„Gott sei Dank", stieß Tomke erleichtert aus. „Bleib dahinten in Deckung, Rachel. Hicks."

„Roy, wir haben nur zwei Panzerfäuste und die *RM-PB54* mit sechs Granaten. Außerdem noch zwei Handflammpatronen. Eine davon hat Rachel sich bereits unter den Nagel gerissen. Aber, keine Angst. Hicks. Auch dreizehnjährige Mädchen aus der Pioniersgruppe können bei uns schon mit so etwas umgehen. Wenn der Panzer nahe genug herangekommen ist, müssen wir zuerst die *RM-PB54* einsetzen. Dann erst als letzte Instanz die beiden Panzerfäuste. Aber von zwei Positionen aus. Ich bleibe, wo ich bin. Ich kann mich nicht fortbewegen. Du greifst dir eine der P30 aus dem Wrack von dem Maultier und nimmst eine westliche Position ein, um den Panzer damit zu bekämpfen." – Hicks!

„P30!", sagte ich entsetzt. „Soll das etwa heißen, das die Kampfentfernung für das Ding maximal dreizig Meter beträgt? Für diese Landschaft hier wären Panzerfäuste mit einer effektiv weiteren Reichweite wohl angebrachter gewesen."

„Es ist genau das drin, was draufsteht, Roy. Keiner konnte wohl damit rechnen, hier auf so einen Riesenpanzer zu treffen. Also ..."

Ganz plötzlich durchfuhr Tomke ein Ruck. Sie verharrte, legte ihren Kopf schräg und zuckte merkwürdig. Ihre Arme machten unkontrollierte Bewegungen. Nach wie vor saß sie mit ihrem verletzten Knöchel auf dem Boden, nur dass sie jetzt zu verkrampfen schien.

Ich sah Tomke an. Die schien völlig abwesend zu sein. In ihren Augen, die aufgrund ihres starken Schielens normalerweise schon verdreht genug aussahen, flammte auf einmal auch noch der Wahnsinn. Sie gab merkwürdige Laute von sich und Sabber lief aus ihrem Mund. Ihr Anblick erinnerte mich spontan an eine Mischung aus dem Mädchen Regan, der vom Teufel besessenen Protagonistin aus dem Kinofilm *Der Exorzist* und dem unvermeidbaren Woodstock-Auftritt von Joe Cocker und Ian Curtis in Höchstform. Ich fasste sie an ihren Schultern und schüttelte sie.

„Tomke, Tomke, was ist denn los?"

Sie reagierte nicht. Ich wusste nicht, ob es sich um einen epileptischen Anfall oder gar einen Schlaganfall handelte. Tomke verkrampfte sich weiterhin und zeigte spastische Züge. Ich sah an ihr herunter. Ihre Kampfhose verdunkelte sich im Schritt – sie hatte reingepinkelt.

„Verdammt, jetzt auch noch sowas."

Es dauerte einen Moment, bis Tomke plötzlich schluckte und anschließend ihren Kopf schüttelte: „ ... Bonker ... Hicks", stammelte sie leise und mit zittriger, apathischer Stimme. „Bonker, sofort alle in den Gruppenbonker. Hicks", setzte sie im selben, abwesenden Wortlaut hinzu.

„Tomke, noch einmal. Das heißt Bunker und nicht Bonker."

„Egal, jedenfalls alle sofort rein da. Hicks."

Mir war schon klar, was sie meinte. Der kleine Gruppenbunker war nur einige hundert Meter von uns entfernt. Einige hundert Meter, die wir der 15-cm Haubitze des Riesenpanzers auf Gedeih und Verderb ausgesetzt waren. Ein weiterer Einschlag detoniere in unserer Nähe, was meine Befürchtungen unterstrich. Rachel könnte es schaffen. Elke auch, obwohl sie noch weiter vorne, Richtung Front lag. Aber der Gegner wusste noch nichts von ihrer Position und der Weg zurück bot Elke gute Deckung. Ich wurde erneut aus meinen Gedanken gerissen. Wieder einmal durch ein Geräusch. Dieses aber kam definitiv nicht von dem gegnerischen Panzer, sondern aus der Luft. Aus südlicher Richtung, also aus Richtung Horchposten I flog uns etwas entgegen. Ein Flugzeug.

„Ist das eine Maschine von euch?"

Tomke nickte: „Ja, das ist eine *Messerschmitt ME 262-A* – ein *Sturmvogel*. Der bombt hier gleich alles kurz und klein. Ihr müsst sofort in den Gruppenbonker. Schnell, bevor es zu spät ist. Ich gebe euch mit der Handflammpatrone Feuerschutz."

„Und wo willst du bitteschön hin, Tomke?"

„Ich verkrieche mich unter dem *Maultier*. Das passt schon."

„Du spinnst wohl, Fräulein. So wie das aussieht, hat die Messerschmitt doch sicherlich mindestens eine 200 kg Bombe an Bord."

„Zwei mal 227 kg, Roy. Und jetzt führe bitte meinen Befehl aus!", sagte Tomke und schob ihren etwas ins Gesicht gerutschten Stahlhelm wieder nach hinten. Sie nahm ihre 9-mm aus dem Holster ihres Koppels, lud die Waffe fertig und steckte sie wieder zurück. Danach überprüfte sie das Magazin ihrer umgehängten MPi und griff nach der zweiten Handflammpatrone, wobei sie unter sichtbaren Schmerzen vorzurobben versuchte.

Ein Blick nach oben zeigte mir, dass das Flugzeug offenbar eine letzte Aufklärungsschleife flog. Es würde sogleich angreifen. Glück im Unglück war für uns, dass der feindliche Riesenpanzer der Messerschmitt eine Salve entgegenjagte, was für uns eine Entlastungspause bedeutete. Ich schnallte nicht, was Tomke im Schilde führte. Sie konnte doch unmöglich so naiv sein und glauben, unter dem *Maultier* in Deckung gehen zu können, während die Messerschmitt ihre tödliche Bombenlast abwarf!

„Tomke", rief ich. „Was machst du? Komm! Ich trage dich doch logischerweise. Ich gehe nicht ohne dich."

Sie drehte ihren Kopf zu mir herüber: „Sei bitte vernünftig, Roy. Du kannst mich nicht zum Gruppenbonker tragen. Hicks. Vorher erwischt uns beide die Haubitze. Aber allein könntest du es schaffen. Falls mir doch etwas zustoßen sollte, überleg dir doch einfach mal, bei uns zu mustern, Roy. Leute wie dich, können wir brauchen."

Sie grinste mich an. „Les jeux sont faits. Das Spiel …"

„… ist aus, Tomke. So schlecht ist mein Französisch nun auch wieder nicht." Ich glaubte, nicht richtig zu hören. Mir war, als würde mir jemand standrechtlich etwas an den Kopf hauen. Die meinte das doch tatsächlich ernst. Ich war in Panik. Niemals würde ich die kleine Maus hier allein lassen. Was bildete die sich eigentlich ein? Ich wusste nicht weiter und traf aus meiner Verzweiflung heraus eine Entscheidung – hob meine Maschinenpistole hoch und richtete sie gegen Tomke.

„Du bist hiermit deines Kommandos enthoben. Ab sofort übernehme ich die Führung der Gruppe. Du stehst unter Arrest!"

Tomke sah mich an und fing doch tatsächlich an zu lachen.

„Ich meine das ernst, du Rotzgöre. Ich versohle dir gleich den Hintern", sagte ich erneut entschlossen. *Mein Gott! Was gäbe ich darum, auch nur ein Zehntel von ihrer Nervenstärke und ihrer Entschlussfähigkeit zu besitzen!*

„Roy, womit willst du einer Märtyrerin denn noch drohen? Ich bin die Gruppenführerin und werde nicht zulassen, dass ein Mitglied meiner Gruppe einer Gefahr ausgesetzt wird, die ich selbst abfangen kann. Das kannst du mir nicht nehmen, Roy. Dann musst du jetzt halt schießen."

Genau in diesem Moment meldete sich Elke über Handfunk: „Tomke, Roy! Ich weiß zwar nicht, wo der Sturmvogel da oben auf einmal herkommt, aber der Panzer hat sich wieder in Bewegung gesetzt, um eine taktisch ungünstige Angriffsfläche zu bieten. Wenn der Sturmvogel seine Ladung hier ablädt, bleibt von uns aber auch nichts mehr übrig. Der Panzer ist nur noch etwa vierhundert Meter entfernt."

„Setze die *RM-PB54* ein, Elke. Und dann gib den Alarmposten sofort auf und renn wie vom Teufel getrieben in den Gruppenbonker hinter uns. Hicks."

„Verstanden, Tomke", bestätigte Elke.

Einige Sekunden später krachte eine 88-mm Granate aus dem Panzerschreck und schlug in die linke Seite des Panzers etwas oberhalb der Kette ein. Das Gerät kam zum Stehen. Das Geschütz richtete sich neu aus und feuerte nun eine Salve in

Richtung des Alarmpostens. Diesen hatte Elke zum Glück einen Augenblick vorher fluchtartig verlassen und rannte nun geduckt und ohne ihr Gerödel in unsere Richtung. Das 15-cm Geschoss traf genau in den Alarmposten und zerstörte diesen komplett. Kein Mensch, der sich zu diesem Zeitpunkt dort drinnen aufgehalten hätte, hätte einen solchen Volltreffer überleben können. Der Panzer wurde durch den Beschuss aus Elkes *„Ofenrohr"* zwar getroffen, war aber trotzdem noch manövrierfähig. Ein einzelner Glückstreffer reichte gegen so ein Monster halt nicht aus. Ich drehte mich um. „Rachel, wo steckst du?"

„Hier, Roy", hörte ich in etwa zehn Metern Entfernung die Stimme der 13-Jährigen.

„Wirf mir deine Handflammpatrone zu. Schnell." Das Mädchen tat es.

„Wenn ich los sage, rennst du wie der Teufel zu dem Gruppenbunker. Hast du verstanden, Rachel?"

„Ja, Roy", antwortete das Mädchen ängstlich.

Die Messerschmitt schlug offenbar einen letzten Haken, um dann anzugreifen. Es wurde Zeit – höchste Zeit. Ich eilte zu Tomke, die nach wie vor einige Meter vor mir auf dem Bauch lag und die Abzugseinrichtung ihrer Handflammpatrone bereits herausgeklappt hatte. Natürlich wusste sie, wie man diese Waffe bedienen musste und quälte sich unter Schmerzen in eine hockende Position, um die Waffe fest fixieren zu können, während sie diese abfeuerte. Tomke schoss.

„Los, Rachel. Jetzt. Hau ab!"

Ohne ein weiteres Wort zu verlieren, rannte das Mädchen davon. Die Feuerwand, die der Phosphorbrandsatz vor uns entstehen ließ, gab ihr hierbei Feuerschutz und Deckung zugleich. Währenddessen ging ich neben Tomke in die Hocke, zog Rachels HaFla DM34 aus meinem Koppel, klappte die Abzugseinrichtung heraus, fixierte die Waffe und schoss.

Die leere Patrone ließ ich achtlos zur Seite fallen, griff unverzüglich mit einer Hand in Tomkes Koppel und mit der anderen ihren Kragen und warf mir unsere eigensinnige, gerade erst 16-jährige Gruppenführerin einfach über meine linke, nicht verwundete Schulter.

Um sie unter den Umständen meiner eigenen Verletzung besser tragen zu können, wollte ich ihre Taille gegen meine Schulter drücken, damit sie mir nicht wieder abrutschte. Etwas zu schwungvoll klatschten dabei meine Hände auf ihren durchnässten Hintern, was sich in einem dementsprechenden Geräusch äußerte.

„Aua", beschwerte Tomke sich temperamentvoll.

„Ich hab doch gerade gesagt, dass ich dir den Hintern versohlen werde", sagte ich, während ich mit letzten Kräften und dem „Schnackerl" in Richtung Gruppenbunker rannte. Elke und das Rachel waren uns schon ein ganzes Stück voraus. Beide rannten wie von Furien gehetzt in Richtung des schützenden Gemäuers. Der Riesenpanzer mit seiner 15-cm Haubitze jagte eine Salve hinter uns her, schoss blind durch die Feuerwand hindurch. Ich rannte wie von Sinnen. Die kalte Luft schmerzte in meiner Lunge. Meine Kräfte ließen nach. Ich schwitzte, obwohl es eiskalt war. Mir ging die Luft aus. Ich konnte nicht mehr. Trotzdem gab ich alles. Ich riss mich tierisch zusammen. Meine Einzelkämpferausbildung aus Zeiten der Bundeswehr zahlte sich jetzt wieder einmal mehr aus. *Das bleibt halt doch irgendwie stecken,* dachte ich und stellte fest, dass es wohl nur noch knapp zwanzig Meter bis zu dem kleinen, runden Schott im Eisboden waren, dem Bunkereingang. Rachel und Tomke waren bereits angekommen. Ich sah, dass sie das Schott öffneten und zu mir herüberschauten. Rachel rannte doch tatsächlich wieder zurück in unsere Richtung und griff an Tomkes rechter Hüftseite in deren Koppel, um sie daran hochzustützen, da sie mir abzurutschen drohte.

Wir erreichten den Bunkereingang und Elke nahm Tomke in Empfang. Danach bestieg sie zuerst die Eisenleiter, die etwa fünf Meter in die Tiefe führte und stützte Tomke dann derart vor die Leiter, so dass Tomke sich an den Sprossen festhalten und mit ihrem gesunden Fuß Sprosse für Sprosse hinunterhinken konnte, ohne Gefahr zu laufen, dabei von der Leiter zu stürzen.

Ich schickte die kleine Rachel sofort hinterher. Flink wie ein Wiesel ließ sie sich an der Leiter herunter. Als letzter war ich noch an der Oberfläche. Einen Moment lang stützte ich mich schwer atmend auf dem Betonsockel ab und warf mit zusammengekniffenen Augen einen Blick zurück.

Der Riesenpanzer hatte unser ehemaliges Lager längst passiert und wahrscheinlich zerlegt. Die Motorgeräusche verrieten mir, dass das feindliche Gerät in unmittelbarer Nähe von uns war. Jeden Augenblick würde es in meinem Blickfeld auftauchen müssen. Ich verlor keine weitere Sekunde und drehte meine Beine in die Zugangsluke des Schutzraumes hinein, griff dann mit meiner linken Hand fest an den Verriegelungsgriff und zog das schwere Schott herunter. Das Letzte, was ich sah, war die Messerschmitt, die wie ein Pfeil vom Himmel schoss und das Rohr der Haubitze, die sich auf ihrem riesigen Chassis in diesem Moment zwischen zwei Eishügeln auf uns zu wälzte. Mit einem Ruck ließ ich das Schott herunterknallen und verriegelte es von innen.

Hastig stieg ich die Leiter in den Schutzraum hinab. Der Bunkerraum war etwa zwanzig Quadratmeter groß und die Beleuchtung schaltete sich durch einen Bewegungsmelder automatisch ein. Tomke wurde durch Elke auf ein bereitstehendes Feldbett gelegt und ihr verletzter Fuß hochgelagert. Der Angriff der *ME 262-A* war nicht zu überhören. Die Triebwerksgeräusche sprachen für sich. Jedem war klar, dass es in den nächsten Sekunden krachen würde.

„Keine Angst!", sagte Tomke mit gequälter Stimme. „Über uns sind drei Meter fünfzig Stahlbeton." Ich ging zu ihr. Sie sah mich mit finsterer Miene an: „Du wirst dich wegen Missachtung eines Befehls während des Verteidigungsfalles vor dem Kriegsgericht zu verantworten haben", lispelte sie mir entgegen.

„Mir egal", entgegnete ich. Dann fing Tomke an zu grinsen und ihre Zahnspange blitzte mir wieder entgegen. Sie steckte ihre Arme nach mir aus. Ich ging an sie heran und sie drückte mich kurz an sich: „Danke, Dicker."

Ich bekam einen dieser klatschnassen Schmatzer auf meine rechte Wange, was diesmal MICH knallrot anlaufen ließ. Dann brach die Hölle los.

Das entsetzliche, ohrenbetäubende Heulen einer Sirene setzte ein. Tomke fasste mich am Ärmel und blickte mit fiebrigen und zugleich strahlenden Augen nach oben, so, als ob sie durch die Bunkerdecke hindurchsehen könne. Irgendwie erinnerte sie mich an ein Kind, das einen Weihnachtsbaum anhimmelte. Sie flüsterte:

„Hörst du das, Roy? Das ist die Jericho-Trompete des Sturmvogels."

„Ich dachte, die gehört an das Fahrwerk einer *Junkers Ju 87*, Tomke."

„Stimmt Roy, regulär gehört die *Jericho-Trompete* an die StuKa. Aber irgendjemand hat sich den Spaß gegönnt und das Ding an eine Me 262-A gebastelt. Das wäre irgendwie typisch Sigruns Humor."

Das Heulen der Sirene wurde entsetzlich lauter, und selbst hier unten im Bunker war das beängstigende Geräusch kaum zu ertragen.

Tomke griff jetzt noch stärker in meinen Ärmel: „Jetzt Roy, jetzt geht es los. Der Sturmvogel bombt jetzt alles kurz und klein – fantastisch!"

Mein Gott, ist die durchgeknallt. Die hat tatsächlich nur Militärquatsch im Kopf. Etwas anderes interessiert die überhaupt nicht.

Abrupt wurde ich in meinen Gedanken unterbrochen, denn ein Harmagedon gleich *Dantes Inferno* brach los: Ein, nein, zwei aufeinander folgende, mächtige Detonationen erschütterten den bescheidenen Schutzraum. Alles krachte und bebte. Elke und ich hielten die Hände vor unsere Ohren und die kleine Rachel warf sich vor Angst auf den Boden und drückte ihren Kopf inklusive ihres viel zu großen Stahlhelms mit beiden Händen auf den Boden. Nur Tomke riss ihre Arme in die Höhe und rief: „Volltreffer!"

Die beiden 227 kg-Bomben der ME 262-A Sturmvogel waren unmittelbar vor unserem kleinen Bunker detoniert.

Nachdem sich der ohrenbetäubende Lärm gelegt hatte, bat Tomke mich, nachzusehen, wie es oben aussah. Behutsam stieg ich die Sprossen der Eisenleiter hoch, wartete vorsichtshalber noch einen Moment ab und öffnete dann vorsichtig das Schott einen Spaltbreit. Ein einziger Blick genügte mir, um mich aufatmen zu lassen. Nur etwa zwanzig Meter vor dem Eingang des Gruppenbunkers befand sich das Wrack des Riesenpanzers. Die beiden Bomben der Messerschmitt hatten ganze Arbeit geleistet. Die Reste des Panzers brannten aus, dunkler Qualm hüllte die Umgebung ein. Überlebt haben konnte das niemand!

„Alles gut, Leute. Dieses unsympathische Gerät ist in siebentausend Einzelteile zerlegt. Wir haben es überstanden."

Unten wurde gejubelt. Alle nahmen sich kurz in die Arme. Sogar Tomke und Elke. Rachel Varrelmann wäre ihrem großen Vorbild Tomke von Freyburg wohl am liebsten wie ein Äffchen an die Hüfte gesprungen, läge diese nicht verletzt auf einer Liege. Ich blieb gleich oben und kletterte in freudiger Stimmung gänzlich aus dem Bunker. Die anderen beiden halfen Tomke beim Aufstieg. Als wir wieder alle an der Oberfläche waren, sah Tomke in den Himmel, in Richtung des Kampfflugzeuges, das noch eine abschließende Aufklärungsrunde über dem Areal flog, und zog ihr Handfunkgerät hervor:

„Sturmvogel für Führer Gruppe *von Freyburg*. Erbitte Lagemeldung!", sagte sie etwas großkotzig. Offenbar war Tomke ihren Schluckauf los. Nach einigen Sekunden und einem Frequenzrauschen drang eine sarkastisch klingende Stimme aus dem Lautsprecher an Tomkes Funkgerät: „Oh, Hoheit. Es tut mir leid, dass ich ohne Euren ausdrücklichen Befehl eigenmächtig eingegriffen habe. Ich hoffe, dafür nicht zu hart bestraft zu werden."

Tomke wurde schlagartig knallrot: „Si-si-sigrun ... Ich wusste doch nicht, dass du da oben bist ... äh, vielen Dank, meine ich ... äh, ist alles in Ordnung bei dir ... äh, uns geht es gut ... äh, sollen wir jetzt zurückkommen?", stammelte Tomke verlegen.

Ludwig holte uns mit einem Gruppenpanzer ab und fuhr uns zurück zur Basis. Im Hangar erwartete uns bereits General Friedrich von Hallensleben und die Assistenzärztin Kerstin. Zwei weitere Männer in Uniformen der *Jihad-Polizei* hielten für Tomke eine Krankentrage bereit. Damit sie ihren Knöchel nicht unnötig belasten musste, trug ich die junge Frau vom Panzerfahrzeug zum Hangar. Sofort trat der General näher an uns heran. Als Tomke ihn kommen sah, breitete sie ihre Arme nach ihm aus und drückte ihn anschließend.

„Mein Schatz, Gott sei Dank! Wie geht es euch? Sind noch mehr von euch verletzt?"

„Nee, Paps. Hab mal wieder nur ich hinbekommen. Du weißt doch, ich bin manchmal etwas ungeschickt. Mein Knöchel ist nur verstaucht."

Ich legte Tomke auf die Trage: „Hallo Kerstin. Ich hab Arbeit für dich."

„Na, Tomke. Wieder mal hingefallen oder umgeknickt?"

„Nee, Kerstin. Nicht ganz. Eher von einem zirka fünf Meter hohen Eisberg runtergesprungen und ungelenk aufgekommen. Hicks." Tomkes Schluckaufpause hatte nicht lange angehalten. Zu groß war noch die Aufregung, dass Sigrun den taktischen Turbostrahlbomber geflogen hatte.

Die junge Assistenzärztin schob langsam ein Stück der Hose an Tomkes verletztem Bein hoch. Dann verzog sie das Gesicht: „Viel Spaß beim Ausziehen deines Stiefels. Der ganze Fuß ist ja schon blau und angeschwollen. Wenn es gar nicht geht, müssen wir den Stiefel aufschneiden."

Tomke zog eine Grimasse. Ihre pechschwarzen Haare waren völlig durchgewuschelt und erinnerten mehr an einen Antennenhaufen.

„Heute bleibt mir auch gar nichts erspart. Hicks", meckerte sie, während die beiden *Jihad-Polizisten* sie auf der Trage hinaustransportierten.

Der General wandte sich den anderen beiden Mädchen zu und wechselte kurz ein paar Worte mit ihnen. Anschließend verließen Elke und Rachel den Hangar. Dann drehte sich der „Alte" zu mir um und kam in meine Richtung. Unmittelbar vor mir blieb er stehen und tippte mit seinen riesigen Handflächen kurz gegen meine Oberarme: „Junge, ist alles in Ordnung bei dir?"

„Ja, General. Alles in bester Ordnung. Lediglich kleine Splitterwunden an Schulter und Schläfe. Wir haben in letzter Sekunde noch alles heil überstanden. War zwar ganz schön knapp, aber etwas anderes hätte ich hier ja auch nicht erwartet."

Er lachte und klopfte mir nochmals väterlich gegen die Oberarme: „Lass dir aus der Kleiderkammer eine neue Uniformkombination geben, mein Junge, damit du aus den aufgeweichten Klamotten rauskommst. Dann lässt du dich durch Kerstin oder Sigrun auf der Krankenstation behandeln. Tomke wird später einen Bericht anfertigen. Eventuell habe ich an euch alle noch Fragen zu dem Einsatz. Aber dazu später. Ruh dich erstmal aus!"

Ich tat, was er mir sagte. Also holte ich mir aus der Kleiderkammer einen neuen Kampfanzug, entsorgte den alten, begab mich auf meine Stube, um zu duschen, suchte dann die Krankenstation auf und hatte Glück, dass die junge Assistenzärztin mich in Augenschein nahm und nicht diese alte Kräuterhexe Sigrun. Als Kerstin mich verarztet hatte ging ich zurück auf meine Stube und fiel totmüde auf mein Bett. Hunger hatte ich zwar auch, beschloss aber dennoch, später zu essen.

Ich hatte nicht die geringste Idee, wie es mit mir weitergehen sollte, dachte kurz an Tomke und daran, wie wunderbar sie doch war – und schlief mit diesem Gedanken selig ein.

Bereits nach zwei Tagen war Tomkes Knöchel durch die Behandlung mit einem eigenartigen Strahlungsgerät, das mit sogenannten *VRIL-Medo-Strahlen* therapierte, wieder fast vollständig verheilt. Man sagte mir, dass Sigrun dieses Gerät vor langer Zeit entwickelt hätte. Zum Glück gehörte auch Tomkes dämlicher Schluckauf nun endgültig der Geschichte an.

Das Wrack des *Maultiers* und der Rest der Ausrüstung wurden geborgen. Auch Oberingenieur Dr. Ralf Klein ging es in der Zwischenzeit viel besser. Ich suchte ihn einen Tag nach unserer überstandenen Schlacht auf der Krankenstation auf. Als ich den Raum betrat, sah er mir freundlich entgegen: „Guten Tag, Herr Wagner."

Ich nickte ihm zu und irgendwie war ich erfreut, ihn zu sehen. Er bot mir einen Stuhl neben seinem Krankenbett an. Ich nahm Platz und erkundigte mich nach seinem Befinden. Er winkte ab: „Nicht weiter der Rede wert. Es geht schon wieder. Die Schussverletzung war zwar knapp an der Grenze, aber ich habe Dank Ihres uneigennützigen Handelns alles gut überstanden. Die meisten Schwierigkeiten bereitet mir die Tatsache, hier untätig herumliegen zu müssen."

Natürlich wurde Dr. Klein über die Geschehnisse der vergangenen Tage laufend informiert.

„Wissen Sie eigentlich schon, wie es mit Ihnen weitergeht, Herr Wagner?"

„Nein, Doktor. Bisher hatte noch niemand Zeit für mich. Es kam immer etwas dazwischen. Ich bin ja bisher nicht einmal richtig zur Ruhe gekommen. Irgend etwas war ja immer los."

„Ich weiß, Herr Wagner. Tomke hat mir alles ausführlich berichtet. Damit wären wir eigentlich auch schon bei der Sache. Herr Wagner. Obwohl wir Sie schließlich ursprünglich aus ihrer Heimatstadt, nennen wir es ruhig mal „entführt" hatten, ergriffen Sie in unvorhersehbaren Situationen für uns Partei, wodurch nicht nur ich Ihnen meine Gesundheit verdanke, sondern auch Tomke und der Rest ihrer Einsatzgruppe. Herr Wagner, ich möchte mich in aller Form bei Ihnen bedanken, und hoffe, mich irgendwie erkenntlich zeigen zu können …"

Ich winkte ab: „Hören Sie bitte auf, Doktor. Ich tat halt, was ich für richtig hielt. So bin ich nun einmal. Und als ich mich davon überzeugt hatte, dass Sie keine Terroristen sind, nahmen die Dinge halt ihr eigenes Leben an."

„Terroristen? Um Himmels Willen, nein! Wir sind viel mehr genau das Gegenteil. Wenn überhaupt, dann wäre die Bezeichnung „Anti-Terroristen" wohl passender. Dennoch bestehen wir darauf, autonom und unabhängig zu bleiben, was ein weiteres größtmögliches Operieren im Verborgenen voraussetzt, damit wir uns für keine Macht der Welt erpressbar machen. Aber … eigentlich wollte ich Sie etwas ganz anderes fragen. Herr Wagner, darf ich Sie fragen, wie alt Sie sind?"

„Einunddreißig", antwortete ich.

„Schauen Sie, ich bin vierundvierzig und damit der Ältere von uns beiden. Wollen wir nicht die formale Anrede einfach weglassen?"

„Klar, kein Problem. Ich heiße Roy", sagte ich und reichte ihm die Hand.

„Ralf", entgegnete er freundlich und schlug ein.

Ich unterhielt mich noch eine Weile mit ihm und ging hinüber in Tomkes Stube. Ich wollte sie abholen, damit wir gemeinsam essen gehen konnten. Als ich gerade an ihre Tür klopfen wollte, wurde diese schlagartig von innen aufgerissen. Musik drang heraus. Marschmusik. Dann hörte ich die junge Herzogin schimpfen:
„Ich glaub', mein Schwein pfeift, Leute. Nicht in meiner Stube. Ihr spinnt wohl!"

Tomke kam barfuß aus ihrer Stube und hatte links und rechts jeweils einen schnatternden und heftig schimpfenden Pinguin unter ihre Arme geklemmt. Sie ging schnurstracks auf ein Schott zu, von dem ich mittlerweile wusste, dass es in einen angrenzenden Reparaturhangar führte, in dem für gewöhnlich schon genug dieser Artgenossen herumrannten. Tomke setzte die Tiere dort aus, zeigte ihnen nochmals den Vogel und watschelte dann zurück. Ich musste lachen.

„Das ist manchmal eine richtige Plage mit den Viechern, Roy. Jetzt krabbeln die schon durch die Belüftungsschächte und machen es sich in meinem Bett bequem."
Sie blieb vor mir stehen: „Kommst du, um mich zum Essen abzuholen?"

„Genau, Tomke."

„Fein", sagte sie und begleitete mich zur Kantine, wobei sie vergaß, sich ihre Socken und Stiefel anzuziehen. In der Kantine dauerte es keine zwei Minuten, bis es schon wieder Ärger gab. Tomke machte am Tresen Theater, weil es keine Erdbeeren zum Nachtisch gab und überwarf sich deswegen wieder mal mit Elke Neumann. Es gab Eintopf und mal wieder Vanillepudding, welcher dann auch sofort zum zweiten Anlass für einen weiteren Disput zwischen den Mädchen wurde, da Tomke sich einbildete, einfach gleich zwei Schälchen von dem begehrten Nachtisch auf ihr Tablett zu stellen. Damit konnte sich die gewissenhafte Köchin natürlich nicht so ohne weiteres einverstanden erklären und verlangte sofort eine Erklärung für Tomkes Benehmen. Tomke wiederum wurde sofort giftig, bezeichnete Elke als spießige, geizige Gans. Etwas beruhigt, setzte sie sich danach zu mir an den Tisch, von dem aus ich das kindische Drama mit angesehen und angehört hatte, da ich der peinlichen Situation weitestgehend aus dem Weg gehen wollte.

Wir löffelten unseren Eintopf.

„Du kannst meinen Pudding noch haben, Tomke. Ich mach mir aus dem Zeug eh nicht viel."

„Oh, ja. Du weißt halt nicht, was gut ist, Roy." Sie griff nach dem kleinen Puddingschälchen auf meinem Tablett und bunkerte es auf ihre Seite. Sie war heute wieder so süß. Kam wohl gerade vom Duschen. Ihre Haare waren noch feucht und ganz struwwelig. Ich sah sie so gern an.

„Sag mal, Tomke. Hast du das eigentlich ernstgemeint?"

Mit fragender Miene schaute sie mit ihrem superniedlichen Silberblick zu mir: „Was ernst gemeint?"

„Du sagtest mir vorgestern in einer Situation, an welche ich nicht gern zurückdenke, dass ich mir doch überlegen soll, für immer bei euch zu bleiben."

Einen Moment schien sie zu überlegen. Schulterzuckend sagte sie wie beiläufig: „Ja, warum denn nicht, Roy?", wobei sie ihren Pudding weiterlöffelte. Plötzlich aber blickte sie auf und schaute mich erschrocken an: „Sag bloß, du willst schon wieder gehen?"

„Hab ich doch gar nicht gesagt, Tomke. Aber kannst du denn nicht verstehen, dass ich einfach gar nicht weiß, wo ich hingehöre. Du musst bedenken, dass ihr mich schließlich aus meinem Alltag herausgerissen habt. Wie soll ich denn mit dem, was ich jetzt alles weiß, jemals wieder ein normales und halbwegs bürgerliches Leben als Polizeibeamter führen können? Na gut, mein Leben war bisher sicher auch alles andere als bürgerlich, aber ich denke, du weißt schon was ich meine. Außerdem würde ich dich bestimmt ganz doll vermissen. Ich würde wohl jede Nacht traurig in meinem Garten oder am Deich stehen und darauf lauern, dass du mit einer Haunebu landest und mich zurückholst."

„Würdest du das wirklich, Roy? Aber du kennst mich doch gar nicht richtig!"

„Das, was ich bisher kennengelernt habe, reicht mir, um sagen zu können, dass ich dich sehr vermissen würde. Ich wäre bestimmt ganz betrübt, wenn ich nicht mehr bei dir sein könnte."

Verlegen, mit funkelnder Zahnspange und Speichelfäden ziehend, sah Tomke von Freyburg mich mit halboffenem Mund an: „Dann bleib doch einfach hier, Roy. Ich kann dir alles zeigen und dich ausbilden. Außerdem …"

„Moment mal bitte, Tomke. So einfach geht das doch nicht. Ich muss doch wohl zumindest irgendwo einen Antrag stellen oder jemanden fragen. Sag mir bitte nicht, dass du darüber zu entscheiden hast?"

„Ach Quatsch, Antrag. Wir gehen zu Friedrich und *aus Maus*." Abrupt stand sie auf.

„Wie, etwa jetzt sofort?", fragte ich verwundert.

„Was, bekommst du jetzt doch auf einmal weiche Knie?"

„Wenn, dann sowieso nur deinetwegen, Tomke", schäkerte ich.

Die junge Herzogin faste mich einfach am Ärmel meines Armes und zog mich hastig aus der Kantine, so dass ich nur knapp einem Sturz über den neben der Tür stehenden Mülleimer entging. Sie platzte ohne anzuklopfen ins Arbeitszimmer von General von Hallensleben herein. Kein Wunder, sie gehört ja schließlich zur Familie. Durch Tomke mitgerissen, stolperte ich aber ins Büro hinein und wäre um ein Haar hingefallen. Der General saß an seinem großen Schreibtisch und blätterte in einigen Akten herum. Offenbar ließen ihn die Ereignisse der letzten Tage und Wochen nicht zur Ruhe kommen. Er hob den Kopf und sah uns an. Ich glaubte, zu erkennen, dass er über unsere Herumtoberei leicht amüsiert wirkte.

„Na, was habt ihr beiden denn schon wieder ausgeheckt? Wollt ihr etwa heiraten?", fragte er grinsend. Ich schluckte: „Alles der Reihe nach, General", antwortete ich ruhig. Tomke quasselte einfach los: „Paps, Roy wollte …"

Ich gab ihr einen kleinen Stoß mit dem Ellenbogen, beugte mich etwas zu ihr hinunter und flüsterte ihr leise ins Ohr: „Würdest du jetzt bitte meinen Ärmel loslassen und vor allem, mich selber zu Wort kommen lassen, Tomke? Ich komme mir hier vor wie ein kleines Kind."

Sie tat es kommentarlos und lümmelte sich einfach im Schneidersitz auf einen in der Ecke stehenden großen Ledersessel des Generals. Man merkte, dass sie in diesem Raum schon als kleines Kind gespielt hatte. General von Hallensleben sah ihr kurz nach, blickte dann zu mir und einen Lidschlag später erneut wieder zu Tomke, indem er sie grantig aufforderte: „Würdest du bitte deine Drecksfüßchen vom Sofa nehmen, Hoheit. Wir sind hier nicht im Urwald."

Traurig genug, dass du wieder mal ignorierst, das wir eine Kleiderordnung haben."
Fragend blickte Tomke an sich herunter: „Oh, habe gar nicht gemerkt, Paps."
„Das glaube ich dir, Stoffelchen."
Der Alte trat hinter seinem Schreibtisch hervor und gab mir mit eindeutiger Geste zu verstehen, mich doch zu setzen. Ich wollte mich aber gar nicht setzen, sondern viel lieber gleich zur Sache kommen.
„General, es geht um eine private Angelegenheit. Darf ich frei sprechen?"
„Sicher, Junge. Sicher. Obwohl ich mir schon denken kann, was du mir zu sagen hast. Aber bitte, was kann ich für dich tun?"
Ich warf einen Blick zu Tomke hinüber, vielleicht, um durch ihren Anblick noch einmal Entschlossenheit zu tanken. Sie lächelte mich ganz süß an und knabberte zwischenzeitlich Nüsse, die sie in einer Schale auf dem Sofatisch erspäht hatte. Sie schien sich hier in dem Büro des Oberbefehlshabers tatsächlich wie zu Hause zu fühlen. Ich sah den Alten wieder an: „General, ich möchte Sie um Erlaubnis bitten, im Fürstentum Eisland bleiben zu dürfen. Lassen Sie mich das bitte erklären …"
„Brauchst du nicht, Junge. Brauchst du nicht zu erklären. Ich habe mir so etwas bereits gedacht. Die Sache bedarf keiner großen Diskussion, Roy. Du weißt, dass ich dir nicht viel bieten kann. Du hast dich sehr loyal gezeigt. Selbst, als du noch den Status eines Gefangenen hattest und Tomke und Ralf in Schwierigkeiten geraten sind, hattest du nicht daran gedacht, ihnen entgegenzuwirken, sondern eigenmächtig aktiv zu unseren Gunsten gehandelt. Wir brauchen Menschen wie dich, dringend sogar! Aber über zwei Sachen solltest du dir im Klaren sein. Erstens: Es gibt dann kein Zurück mehr für dich. Bist du einmal bei uns aufgenommen, werden wir dich für den Rest deines Lebens nicht mehr freigeben. Dafür erhältst du aber auch meine volle Unterstützung in jeder Beziehung; und zweitens: Du musst dich unseren Kampftruppen der Sturmlegionäre anschließen, dich als *Jihad-Polizist* ausbilden und auf den *Canaris-Befehl* vergattern lassen."
Ich nickte: „General. Ich erbitte die Einmusterung", war alles, was ich zu seinen Ausführungen sagte.
Er nickte mir wohlwollend zu und sagte: „Ist gewährt. Dann darf ich dich in deinem neuen Zuhause nochmals und offiziell herzlich willkommen heißen."
Ich nahm die mir gereichte Hand des Generals entgegen. Tomke sprang aus dem großen Ledersessel heraus und rannte auf uns zu.
„Das ist ja geil, danke Paps", freute sie sich lauthals. Sie drückte ihrem Ziehvater einen von ihren berühmten Sabber-Schmatzern auf die Wange, welchen dieser mit leicht genervtem Gesicht am Ärmel seiner Uniformkombination wieder abwischte und setzte sofort mit dem Paraphrasieren ein.
„Dann muss ich Roy jetzt alles zeigen. Ich fange sofort an …"
„Du beruhigst dich bitte erst einmal wieder, Hoheit, und denkst über deine geile Ausdrucksweise nach. Allerdings wirst du dich tatsächlich in den nächsten Wochen um Roy kümmern. Weise ihn in alles ein. Mach ihm klar, dass es hier bei uns keine Geheimnisse gibt. Roy muss lernen, die Freiheiten, die er hier genießen kann, auch richtig und effektiv einzusetzen."
Dann sah er mich wieder an: „Roy, du wirst dir eine ganze Menge anlesen müssen. Keine Bibliothek der Welt verfügt über das Wissen der Wahrheit, welches nicht

197

zurechtgebogen, gelogen und verfälscht wurde. Die absolute, reine Wahrheit, die den Tatsachen entspricht, findest du nur in unserer Bibliothek!"

„Endlich wieder etwas lesen. Das kommt mir sehr gelegen. Darauf freue ich mich schon ganz besonders. Sie können sich auf mich verlassen, General. Ich werde meine Hausaufgaben machen."

Der Alte lachte: „Davon bin ich überzeugt, Junge. Ach ja, du musst ja schließlich irgendeine Stellung bekleiden. Es ist spontan schwierig für mich einzuschätzen, welcher Dienstrang für dich angemessen wäre. Darüber muss ich mir noch Gedanken machen. Vorerst wirst du den Rang eines Sturmjunkers bekleiden, damit bist du Offiziersanwärter im Rang eines Unteroffiziers. Und nun, macht was ihr wollt, Kinder. Ich habe noch zu arbeiten."

Wir begaben uns zur Tür. Kurz davor blieb ich stehen und drehte mich nochmal zum General um. „Eines noch!" sagte ich. „Mir ist bei einer Sache noch nicht so ganz wohl."

Er sah mich stirnrunzelnd an.

„Die Ärztin, Sigrun. Ich weiß doch ganz genau, dass sie eine der wichtigsten Persönlichkeiten hier bei euch, Verzeihung, bei uns ist. Hätte ich sie ebenfalls fragen sollen, ob sie mit meinem Asylantrag einverstanden ist, General?"

„Darüber brauchst du dir keine Gedanken zu machen, Roy. Wie ich vorhin schon sagte, habe ich mit deinem Gesuch bereits gerechnet und mich auch schon diesbezüglich mit Sigrun kurzgeschlossen. Es ist alles in Ordnung."

Ich nickte und wollte den Raum verlassen. Diesmal jedoch hielt mich der Alte auf: „Roy, bleib bitte noch kurz. Jetzt habe ich nämlich noch etwas."

Ich blieb stehen und sah ihm entgegen.

„Wie du weißt, sind wir nicht besonders viele. Wir gehen alle sehr behutsam miteinander um. Von einigen Zankkrähen und Küchendamen einmal abgesehen." Damit spielte er natürlich auf die ständigen Diskrepanzen zwischen Tomke und Elke an.

„Warum also immer so förmlich. Oder habe ich dir etwas getan?", fragte der General überflüssigerweise. „Du kennst doch sicher meinen Vornamen."

Ich lächelte ihn kurz an: „Natürlich, Friedrich. Ich danke dir."

„Na also, das war doch gar nicht so schwer und hat bestimmt auch nicht wehgetan, oder?!", nickte er zufrieden.

Wir verließen sein Büro. Aus der Kleiderkammer besorgten wir für mich noch weitere Uniformteile und aus der Waffen- und Gerätekammer die persönliche Ein-Mann-Ausstattung und die zwei persönlichen Waffen, welche jedem *Jihad*-Polizisten zugeteilt wurden, nämlich eine Pistole und eine MPi. Wir verstauten meine ganzen Sachen in drei große olivfarbene Seesäcke und schleppten alles auf meine Stube.

„Mein Gott", sagte ich pustend. „Wie oft habe ich das jetzt schon im Leben durchgemacht. Bundeswehr, BGS, Polizei und jetzt hier. Und eigentlich ist es überall dasselbe: Essen in Kantinen, Stuben beziehen, Spind einräumen, ABC-Schutzausstattung zusammensetzen und so weiter und so fort."

Tomke räumte währenddessen meinen Spind ein. Ich legte meine Uniformteile zusammen und verstaute sie ebenfalls darin.

„Zieh noch mal deine Jacke aus, Roy."

„Warum? Was hast du denn damit vor, Tomke?"

„Wirst du schon sehen." Sie ging zu meinem Spind und holte aus der untersten rechten Schublade ein kleines Säckchen. Es handelte sich um Nähzeug. Jetzt verstand ich, was sie vor hatte. Sie nahm Nadel und Faden und nähte die schwarz-weiß-schwarze Fahne auf die Kragenspiegel meiner Uniformjacke.

„So, jetzt siehst du auch endlich mal aus wie ein anständiger Mensch."

Ich zog meine Jacke wieder an. Tomke reichte mir mein schwarzes Barett mit dem blitzenden V aus Silber als Barettabzeichen. „Das gehört ..."

„Zusammengerollt in die rechte Beintasche. Ich weiß, Tomke. Das ist bei jedem Rödelverein der Welt gleich."

Die MPi verstaute ich auch noch in meinem Spind. Meine Dienstpistole, einer alten Gewohnheit gemäß, in der Schublade meines Nachttisches. Als Tomke das sah, lachte sie mich aus: „Hast du etwa Angst, hier überfallen zu werden? Ich kann dich beruhigen. Dieser Riesenbonker hier ist sogar atombombensicher!"

„Bunker, Tomke! Bunker! Bunker! Außerdem hat jeder seine Gewohnheiten, Süße. Bist du bitte so nett und räumst den Rest von meinen Klamotten noch ins Spind? Ich habe noch etwas zu erledigen."

„Na dann, verlauf dich bloß nicht."

Mir war, obwohl Friedrich mir zwar gesagt hatte, dass er bereits mit Sigrun über meine Absicht, hierzubleiben, gesprochen hatte, trotzdem nicht ganz wohl bei der Sache. Also beschloss ich, die „alte Krähe" aufzusuchen. Vermutlich würde ich sie auf der Krankenstation antreffen und klopfte dort auch zuerst an.

„Herein", wurde mir auf mein Klopfen geantwortet. Ich trat ein. Sigrun stand vor einem Labortisch. Ihre Hände steckten in Einweghandschuhen. Sie gönnte mir lediglich einen kurzen Blick und arbeitete einfach weiter. Ich ging näher an sie heran. Vermutlich spürte sie mein Unbehagen dabei. Ich versuchte nicht noch einmal, ihr etwas vorzumachen.

„Nun, ich höre!", kam es über ihre Lippen, ohne dass sie mich dabei ansah. Sie trug, wie immer, ihre schwarze Uniformkombination der Sturmlegionäre und darüber ihren weißen Laborkittel.

„Liebe Sigrun, ich möchte dich gern darüber informieren, dass ich vorhabe, hier bei euch zu bleiben und euch meine Dienste zur Verfügung zu stellen. Friedrich äußerte, dass ihr bereits mit einem derartigen Gesuch meinerseits gerechnet und darüber konferiert hättet. Das Ergebnis soll schon im Vorfeld für mich positiv ausgefallen sein. Ich war vorhin bei Friedrich, der mir das auch schon mitteilte ..."

„Das sehe ich, Sturmjunker!"

„Nun, liebe Sigrun ..."

„Einmal Liebe reicht, auch das sagte ich dir bereits vor einiger Zeit. Oder willst du mir Honig ums Maul schmieren?"

„Entschuldige, Sigrun. Ich werd's mir merken". Mein Gott, ich hatte vielleicht Muffe vor der Alten. Hatte ja schon ewig keiner mehr hinbekommen, mich auch nur annähernd dermaßen einzuschüchtern. Dabei tat sie mir überhaupt gar nichts. Es war ihre verdammte Überheblichkeit und dieses Gefühl, das sie einem entgegenbrachte: nämlich den Rest der Welt einfach für komplett dämlich zu halten.

Und irgendwie hatte ich das Gefühl, dass sie sich genau in dieser Position sah.

„Entschuldige dich nicht andauernd. Das ist ein Zeichen von Schwäche. Jacke ausziehen und die rechte Schulter freimachen!" Ich tat, wie mir befohlen.

„Ich wollte dich bezüglich meines Gesuches nur keinesfalls übergehen", erklärte ich. Sigrun betrachtete derweil prüfend meine Schulter, kniff ihre dunklen Augen leicht zusammen, zog ihre Einweghandschuhe aus und fingerte an meiner Wunde herum. Dann griff sie hinter sich und zog eine Spritze auf, deren Inhalt sie mir in die Schulter jagte. Sie ging auf meine Frage immer noch nicht ein und meinte: „So, das war's für heute. Du kannst gehen. Übermorgen wirst du zur Nachschau bei mir vorstellig, verstanden?"

„Ja, Sigrun. Aber würdest du jetzt bitte einmal auf meine Bitte eingehen? Ich stehe in deiner Gegenwart schon wieder rum, wie ein dummer Junge."

„Was heißt denn wie?", sagte die Alte doch glatt. Sie legte die benutzte Einwegspritze zur Seite und sah mich an. Ich war mindestens zwei Köpfe größer als Sigrun. Trotzdem hatte ich irgendwie das Gefühl, dass ich zu ihr aufblicken würde und nicht sie zu mir. Fast möchte man sich ihr gegenüber kleiner machen wollen oder sich zumindest hinunterbücken, um ihr den gebührenden Respekt entgegen zu bringen.

Dann sahen mich ihre strengen, dunklen Augen an:

„Du scheinst dich benehmen zu können, junger Sturmjunker. Und ich schätze gutes Benehmen über alles."

Danach drehte sie sich einfach um, ließ mich stehen und begab sich zu ihrem Labortisch, um die Arbeit fortzusetzen, der sie sich vor meinem Eintreten gewidmet hatte. Nach einigen Sekunden, und mir den Rücken weiterhin dabei zudrehend, sagte sie wie beiläufig: „Meinen Segen sollst du haben!"

*****

Die nächsten Wochen vergingen wie im Fluge. Sie waren geprägt von nicht zu beschreibender Faszination und Erstaunen, extremer Wissbegierde, mehreren Fast-Nervenzusammenbrüchen, da ich nun wusste, dass ich bisher gar nichts wusste, und einer sich weiter steigenden Zuneigung gegenüber der jungen Herzogin, die mich gewissenhaft auf allen Gebieten unterrichtete, was ihr offenbar ebenfalls Freude bereitete. Selbst die mir bisher stets so verhasste Fliegerei wurde mir immer sympathischer, erst recht, als ich selbst in die Technik der Flugscheibe *MÜNCHEN* eingeweiht wurde.

Als Mensch, der dem Metapysischem und Grenzwissenschaftlichem gegenüber immer aufgeschlossen war, begeisterten mich insbesondere die universellen, praktisch umsetzbaren Philosophien des *VRIL-Okkultismus*, beziehungsweise der *VRIL-Esoterik*, die weitaus mehr als nur eine Pseudo-Religion oder Sektenlehre war, sondern tatsächlich funktionierte. Sie war sozusagen die Ur-Religion, die theologische Ur-Suppe, die dort anfing, wo andere Weltreligionen an ihre Grenzen stießen, da sie niemals mehr sein konnten, als ein künstliches Konstrukt und Kontrollorgan einer unterworfenen und geknechteten, bewusst dumm und uneinig gehaltenen Weltbevölkerung, die sich entweder durch weltimperialistische Supermächte, alles zerfressende, geisteskranke und menschenverachtende kommunistische Systeme oder religiöse Großfanatiker in regelmäßiger Penetranz der Weltgeschichte auf fast schon reinigende Art und Weise selbst vernichteten. Die geschichtlichen Hintergründe diesbezüglich fraß ich geradezu in mich hinein und ich merkte zunehmend, das Ansätze des *VRIL-Okkultismus* in meinem bisherigen Leben erstaunlicherweise instinktiv keinesfalls neu zu sein schienen, sondern mir vielmehr durch eine Art von eigennütziger und satanischer Hand unterdrückten, zwangsansozialisiertem Atheismus aufgedrängt wurden. Ich wurde in allen möglichen Fachgebieten unterrichtet und geschult. Fast den ganzen Tag hatte ich zu meiner Freude die 16-jährige, liebreizende Tomke von Freyburg an meiner Seite, die sich Mühe gab, mir alles Wissen beizubringen.

So auch heute.

„Wer ist das, Tomke?", fragte ich das Mädchen und hielt dabei ein etwa DIN A4 großes, verschwommenes und in bläulichen Farben gehaltenes Foto in der Hand, das in einem Regalfach in Tomkes Stube gelegen hatte. Das Foto zeigte einen schätzungsweise mindestens zwei Meter großen Mann in meinem Alter. Er hatte pechschwarze, lange und glatte Haare und eine markante Nase, die mich irgendwie an Tessa Czerny erinnerte. Seine Hautfarbe wirkte im Kontrast zu seinen Haaren extrem blass. Er steckte in einer hellblauen Uniformkombination, die an den Seiten mit einem gelben Streifen verziert war. Auf seinen Kragenspiegel waren seltsame Zeichen, offenbar Rangabzeichen. An seiner linken Seite befand sich, mit dem Griffstück nach vorn zeigend, eine seltsam aussehende Pistole, vermutlich eine Strahlenwaffe.

„Das ist Großadmiral Conté Yamato Bismarck, der Oberbefehlshaber der aldebaranischen Raumflotte. Ich habe das Bild selbst mittels Videorückkopplung nach dem Schreiber'schen Schwingungsverfahren eingespielt. Ist doch gut geworden?"

„Ja ja, Tomke. So sehen die Sternenmenschen vom Aldebaran also aus. So wie wir. Wie Erdenmenschen halt." Mir war klar, dass wir nichts weiter als ein weit entfernter Ableger dieser Superrasse vom Aldebaran waren.

Der Nachkomme-Menschheit – dumm, degeneriert, sich dauernd selbst vernichtend. Fast schon beschämend! Ich nahm weitere Bilder in die Hand, die Strahlschiffe der bösartigen außerirdischen Intelligenzen, Schatten genannt, zeigten.

„Eines habe ich noch nicht so ganz begriffen, Tomke. Wie unterscheide ich denn nun die UFOs, also die Schatten-Strahlschiffe, von unseren eigenen Flugscheiben?" Die Herzogin atmete durch: „Na, dann sieh doch mal genau hin, Roy. Betrachte dir mal das Foto von diesem Strahlschiff. Sieh dir den Suppenteller an. Etwa fünfzehn Meter Durchmesser. Diese zackenförmige Peripherie und diese spitz nach oben zulaufenden Ringe. Dann der Pol auf dem Scheitelpunkt. Fällt dir nichts auf? Und jetzt hier: Sieh dir im Vergleich dieses Foto einer *Haunebu 1* und einer *VRIL 2* von 1944 an. Oder hier: Betrachte mal ganz genau unsere modernen *Haunebu 2-F,* unsere *Kaulquappen*. Sehen sie nicht einfach irgendwie *menschlich* aus? Im Gegensatz zu diesem undefinierbaren Strahlschiff der außerirdischen Intelligenzen, meine ich?"

„Ich weiß jetzt, was du meinst, Tomke. Eine *Haunebu* sieht irgendwie aus wie ein Panzer. Ein fliegender Panzer halt. Ein Gerät, das von Menschen konstruiert ist. An diesem Strahlschiff hingegen kann man rein gar nichts definieren. Es ist fremdartig. Unmenschlich, außerirdisch, ja böse", nickte ich bestätigend.

„Genau, Roy. Du hast es erkannt." Zahnspange grinste mich schelmisch an. „Komm, Roy. Jetzt zeige ich dir unsere Luftwaffe. Die fantastischste Luftwaffe der Erde. Ach, was rede ich – des ganzen Sonnensystems und noch weiter. Etwas Vergleichbares wirst du in einem Radius von 68 Lichtjahren nicht finden.

Wahrhaftig. Ich kam in den nächsten Stunden aus dem Staunen nicht mehr heraus. Tomke führte mich durch riesige Hangars, die mit den seltsamsten Fluggeräten vollgestopft waren, die man sich überhaupt nur vorstellen konnte. Davon gab es hier im Fürstentum Eisland reichlich. Ich erfuhr, dass es sich bei den *Dornier-Stratosphärenflugzeugen*, kurz *DO-STRA* genannten fliegenden Glocken namens *Haunebu*, eigentlich um uralte, in den dreißiger und vierziger Jahren gebaute, streng geheime Prototypen handelte, die heutzutage normalerweise nur noch zu Ausbildungszwecken benutzt wurden. Zwei Exemplare des Typs *Haunebu 1* und sieben des Typs *Haunebu 2* wurden damals unter strengster Abschirmung der Öffentlichkeit gebaut, wobei beide Typen in ihrer Glockenform annähernd gleich aussahen und deren Durchmesser zwischen etwa fünfundzwanzig und zweiunddreißig Metern variierten.

Einen einzigen Prototypen der einundsiebzig Meter durchmessenden gigantischen Flugglocke Haunebu 3 mit der Bezeichnung *THORN* wurde noch im Frühjahr 1944 gebaut. Außerdem konstruierte man bereits einige Jahre zuvor kleinere diskusförmige Panzerjäger der Typen *VRIL 1, VRIL 2* und *VRIL 9*, welche zwischen zehn und zwölf Metern im Durchmesser betrugen und je nach Einsatzart mit ein bis drei Mann Besatzung bestückt werden konnten. Zwei weitere Exemplare von *Super-VRIL-Disken* wurden gebaut: die fünfundvierzig Meter durchmessenden Großraumschiffe *VRIL 7-GEIST* und die *VRIL-ODIN*.

Als absolutes Prunkstück der damaligen Geheimtechnologie konstruierte man zwei zigarrenförmige Riesenraumschiffe, die sogenannten Andromedageräte *ANDROMEDA 1* und *ANDROMEDA 2*, die einhundertneununddreißig Meter lang waren und wahrhaft nicht nur aus damaliger Sicht gigantischer und größenwahnsinniger anmuteten, als es jemals zu beschreiben möglich gewesen wäre. Eine dieser beiden Riesenzigarren lagerte in der unterirdischen Anden-Basis Akakor in Südamerika und das zweite Exemplar tief im Krater der Mondbasis *Helgoland III*, die in den sechziger und siebziger Jahren fertiggestellt wurde.

Alle diese in den dreißiger und vierziger Jahren unter strengster Abschirmung in Europa konstruierten, weltallfähigen, fantastischen Fluggeräte verfügten über den Elektro-Turboantrieb in verschiedenen Ausführungen und waren zudem mit den schon damals den Laserwaffen ähnlichen *Donar-Kraftstrahlkanonen* oder auch Todesstrahlen bestückt. Antrieb wie auch Bewaffnung waren ihrer Zeit um Jahrhunderte voraus. Das Fürstentum Eisland, das diese Supertechnologie an sich nahm, um einen Missbrauch für immer zu unterbinden, entwickelte die Technologie nach und nach weiter, so dass die ursprünglichen Prototypen heutzutage in den sogenannten Museumshangars tief im Innern des atombombensicheren Riesenbunkers Horchposten I lagerten und nur ausnahmsweise noch das Tageslicht erblickten, gleichwohl sie noch funktionsfähig waren und weiterhin gewartet wurden.

Tomke von Freyburg erzählte mir, dass die *VRIL-ODIN*, das Duplikat der *VRIL 7-GEIST* Ende 1944 mit seiner Besatzung, bestehend aus Angehörigen der Schutzstaffel, einer Sondergruppe der canarisschen Division Brandenburg und der *VRIL-Meisterin* Traute Anderson nebst einigen *VRIL-Halbmedien* zu einer fantastischen Odyssee zum fernen Stern Aldebaran aufbrach und seitdem als verschollen gilt, während die *Haunebu 3-THORN* am 20. April 1945 mit seiner deutschen und japanischen Besatzung zu einer geheimen Mission zum Mars aufbrach, dort nach einigen Wochen

Weltraumflug im meterdicken Marsstaub havarierte und erst Ende der siebziger Jahre durch das Fürstentum Eisland mit toter Besatzung geborgen werden konnte.

„Was ist das denn, Tomke?", fragte ich erstaunt über eine ganze Gruppe von beeindruckend aussehenden Flugzeugen, die in einem Nebenhangar standen.

„Das sind vierstrahlige *Heinkel-Düsenbomber*, Roy. Du siehst die sogenannte Letztschlagwaffe von Hermann Göring vor dir. Diese damals neuesten Entwicklungen der konventionellen Flugzeugtechnik sollten den Vorgängern der MBT, der SS-Sondereinsatzgruppe Viking als schlagkräftige, wenn auch vermutlich nur psychologische Waffe dienen."

Ich nickte und schaute mir die Maschinen anerkennend an. Jede Menge anderer, bis vor Kriegsende 1945 konstruierter und futuristisch anmutender, größenwahnsinniger Krimskrams oxidierte hier im Museumshangar ebenfalls vor sich hin. So die konventionell angetriebenen Prototypen von Flugscheibenentwicklungen der Konstrukteure Ing. Rudolf Schriever, Ing. Otto Habermohl, Dr.-Ing. Heinrich Richard Miethe, Ing. Joseph Andreas Epp und dem ehemaligen italienischen Wirtschaftsminister und Aerodynamikgenie Prof. Giuseppe Belluzzo.

Mir wurden die unglaublichen Entwicklungen der Dreieck- oder Deltaflugzeuge *DM-1* bis *DM-4* von Dr. Alexander Lippisch und die genialen, rumpflosen Nurflügler und somit allerersten, durch die Gebrüder Reimar und Walter Horten ab 1933 erbauten Tarnkappenflugzeuge, welche wohl in der *Horten Ho XVIII* mit ihren sechs Junkers Jumo-Strahltriebwerken und mit einer Spannweite von fast dreiundvierzig Metern das weltweit absolut einzigartige Königsstück der damaligen Nurflügler darstellte, gezeigt. Noch viele andere, bizarr aussehende, geheime Waffen wie die von den Firmen Rheinmetall, Skoda und Hanomag ab 1943 entwickelten DüKa-Düsenkanonen für die Marine mit 28-cm Atommunition und der allererste, 1944 durch den Österreicher Dr. Eugen Sänger und die Ingenieuerin Dr. Irene Bredt konstruierte Mach 18 schnelle Silbervogel, der auch Stratosphären-Springer genannt wurde, ließen mich andächtig erschaudern. Diese Vierziger-Jahre- Raumfähre trug auch die bösartige Bezeichnung *Amerikabomber*, da sie, genau wie unter anderem auch der *Horten Ho XVIII*, die *Arado Ar 555* mit ihren sechs BMW-Strahlrohren oder auch die V7 der geplanten Mission Götterdämmerung, also der totalen Zerstörung New Yorks, Washingtons und der amerikanischen Ostküste durch 4,5t-Uranbomben des Innsbruck-Typs, 30t-A-Bomben und dem Einsatz des der damals 26-jährigen Atomphysikerin und Ingenieurin Gudrun von Tromsdorff im April 1945 fertiggestellten Tromsdorff-Kosmo-Atomer mit einer Wirkung von 3000 Hiroshimabomben für den 11. September 1945 zugeteilt waren.

Hierbei erwähnte Tomke ausdrücklich, dass das geplante Menschheitsverbrechen des Einsatzes der *Von-Tromsdorff-Bombe* einzig und allein durch die Intervention von General Friedrich von Hallensleben und Sigrun nicht vereitelt werden konnte, da Abwehrchef Admiral Wilhelm Canaris bereits durch die Gestapo verhaftet worden war und handlungsunfähig im Konzentrationslager Flossenbürg einsaß. Die Entstehung einer künstlichen, alles vernichtenden Atomsonne blieb der Menschheit erspart.

Tomke von Freyburg zeigte mir desweiteren die zweistufige, unbemannte Version einer A9/A10 Interkontinental-Rakete von 26 Metern Länge, die einen Atomsprengkopf rund um die Erde transportieren konnte, sowie auch die bemannte A9/A10 Version, die erstmals im Dezember 1944 in der Tucheler Heide, nahe der polnischen Grenze einen Raumfahrer der Schutzstaffel in die Stratosphäre schoss.

Ein Erfolg, der in der Entwicklung der absolut geheimen A-15 Sechsstufen-Mars-Superrakete gipfelte. Tomke erklärte hierbei, dass die Sichtung der Geisterraketen-Welle von Oktober 1944 bis Kriegsende über dem norwegischen Luftraum durch derartige Geheimgroßraketenprojekte zu erklären sei. 1946/47 wären dann die Kommunisten durch erbeutete und geraubte Prototypen von A-4/V2-Raketen-weiterentwicklungen für eine zweite Welle der gefürchteten Geisterraketen über dem skandinavischen Luftraum verantwortlich gewesen.

Ich erinnerte mich, davon bereits vor einigen Jahren in der Presse gelesen zu haben. Dann zeigte mir die *Jihad-Polizistin* einen weiteren riesigen Hangar, der mit einer ganzen Gruppe von UFO-ähnlichen Flugobjekten gefüllt war, die einen schwarz-grauen Tarnanstrich hatten. Mir fiel auf, dass sie den alten Flugpanzern des Typs *Haunebu 1* und *Haunebu 2* täuschend ähnlich sahen und etwa auch dieselbe Größe besaßen.

Die Herzogin erklärte mir, dass es sich um neuartige Flugpanzer des Typs *Haunebu 2-F*, den sogenannten *Kaulquappen* oder auch *Vernichtern* handelte, einem serienmäßigen, weltalltauglichen Nachfolger der alten H1 und H2 Maschinen aus dem Museum, die flug- und kampftechnisch aber ihren Vorgängern durch modernste Technik weit überlegen waren. Dann wurden mir ebenfalls Neuerungen der alten Flugdisken *VRIL 1* bis *VRIL 9* demonstriert, die *VRIL 11-Amöben*, die einen zweisitzigen Hochleistungsallzweckjäger darstellten, die zusammen mit den *Shamballah-Nurflüglern* und den *Tat-Tvam-Asi-Deltaflüglern*, auch einfach nur *TTAs* genannt, die allezeit bereite *Asgard-Abfangjägerstaffel* bildeten, die als schlagkräftige UFO-Abfangjäger und Einsatzmaschinen gegen innerplanetarische Bedrohungen bereitstanden. Die rumpflosen Shamballah-Nurflügler waren hierbei ein- bis dreisitzige Weiterentwicklungen von alten Horten-Maschinen, hatten eine Spannweite von sechzehn Metern und einen Raketenantrieb, während die *TTAs* äußerlich den alten *DM-Lippisch-Maschinen* nacheiferten. Sie waren kleine, einsitzige Jäger und genau wie der Urtyp von 1944, der teilweise bereits damals mit einem Schumann-Levitator-Vriltriebwerk ausgestattet war, verfügten die modernen *TTAs* entweder über einen Raketen- oder Elektro-Turboantrieb.

Ein weiteres Prunkstück der neuesten Entwicklungen des Fürstentums Eisland wurde mir im Klein-Interceptor präsentiert: ein sechzehn Meter langer Allzweckjäger in Form einer Rakete, die senkrecht starten oder auch wie eine Rakete auf einer Rampe in den Himmel geschossen werden konnte. Der Klein-Interceptor war die geniale Erfindung meines neuen Freundes Dr. Ralf Klein: Äußerlich glich die spitznasige, vierflossige Rakete irgendwie einer alten *V2*, erinnerte mich mit ihren schnittigen Flügeln ebenfalls an eine amerikanische *X-15*, eines der drei jemals erbauten Superstratosphärenflugzeuge, mit dem Testpilot Captain Neil Armstrong bereits 1960 am Sternentor kratzte. Der Klein-Interceptor war zweisitzig und hatte einen schwarz-grauen Tarnanstrich, wie die *H2-F-Kaulquappen*. Das Gerät war ein Meisterwerk universeller Einsetzbarkeit und war durch seine Druckkabine auch für den außerplanetarischen Flug geeignet.

Er konnte wahlweise durch einen chemischen Antrieb, der so gut wie alles vertrug, selbst Helium, wie auch durch einen Ionenantrieb außerhalb der Atmosphäre, also im freien Weltraum, betrieben werden. Zudem verfügte der Allzweckjäger über einen atomaren Antrieb und einen Elektro-Turboantrieb. Sein Waffenpotenzial war ebenfalls sehr beeindruckend, da der Klein-Interceptor neben zwei 7,92-mm-MGs mit zwei 30-mm-MK und einem modernen *D-KSK-Partikelstrahlnadler* ausgestattet war und außerdem noch diverse Marschflugkörper und andere Waffen laden konnte.

Mehrere Stunden führte mich die 16-jährige Herzogin durch die tief unter der Erde liegenden Hangars des Fürstentums Eisland, bis sich irgendwann meine Neugier in Erschöpfung und Aufnahmeunfähigkeit wandelte. Zu phantastisch war das alles, was Tomke von Freyburg mir mit einer Selbstverständlichkeit erzählte und wobei sie akribisch detaillierte Informationen zu allem gab, was sie mir mit gewissem Stolz auf diese Technologien, erklärte. Ich war zwar als Kind schon absoluter Captain-Future-Fan und Curtis Newton war sicherlich ebenfalls ein Vorbild aus Jugendtagen, was ich hier allerdings geboten bekam, konnte sich tatsächlich fast mit der *COMET* messen.

Plötzlich blieb das hübsche Mädchen stehen und schaute auf ihre kleine Armbanduhr: „Hahhh, es gibt Abendbrot, Roy. Komm! Lass und wieder nach oben und in die Kantine gehen. Ich möchte unbedingt noch etwas von der Käseplatte abbekommen, bevor Ludwig alles weggefuttert hat."

„Das passt mir gut, Tomke. Für heute reicht es mir auch. Ich glaube, heute Nacht träume ich von wahnsinnigen Superwaffen."

Tomke nickte mir bedächtig zu: „Wenn du sonst nichts hast, wovon du träumen kannst Roy, wünsche ich dir viel Spaß dabei!", entfuhr es ihr schelmisch und wahrscheinlich mit zig Hintergedanken.

„Es ist, wie es ist."
(Zitat: Herzogin zu Rottenstein Brigadier-Corporal Tomke Freyja Edda von Freyburg,
August 2006)

Tage später, Fürstentum Eisland

Ich half Ralf beim Herumschrauben am sich immer wieder fehlerhaft zeigenden Magnet- Feld-Impulser des Flugkreisels *ADMIRAL GRAF SPEE*. Wir befanden uns in einem kleinen Nebenhangar, der für derlei Reparaturarbeiten genutzt wurde. Für mich war es eine willkommene Gelegenheit, etwas dazuzulernen. Ralf trug seinen grauen Blaumann, in dessen Brusttasche jede Menge Schraubenzieher und andere Werkzeuge steckten. Ich hatte mir die Ärmel meiner schwarzen Uniformkombination hochgekrempelt und mich schon ganz schön mit Öl eingesaut. Seit etwa zwei Stunden waren wir jetzt dabei, das ausgebaute, defekte Teil des Impulsers auf einer großen Werkbank durchzumessen und zu überprüfen, in der Hoffnung, endlich den tatsächlichen Fehler des Gerätes zu finden.

Tomke kam hinzu und machte ein wichtiges Gesicht. Sie stellte sich neben mich und tat so, als ob sie die Schrauberei irgendwie interessieren würde, was ihr aber eh niemand abnahm. Ich wischte mir mit dem Handballen meiner linken Hand den Schweiß von der Stirn und bemerkte, dass meine Uniformkombination ebenfalls durchnässt war: „Ich glaub ich riech' nach Schweiß", kam es über meine Lippen.

„Du stinkst schon die ganze Zeit wie ein Iltis!", nickte Tomke und blickte mich an.

„Warum hast du denn nicht mal eher was gesagt, Tomke?!", entgegnete ich kopfschüttelnd. Sie hob mit desinteressiertem Blick die Schultern:

„Warum denn? Es stört mich doch überhaupt nicht."

Ich winkte ab und verdrehte meine Augen. Als sie das sah, nutzte sie dies wohl als willkommenen Anlass, ihre Langeweile zu unterbrechen und fing wie immer lispelnd an zu quasseln: „Dath kommt, weil du ein kleiner Dickmopth bitht. Anthtatt dath iht immer thum Authbildungththport muth, thollten wir diht da lieber hinthchicken, thontht bleibtht du irgendwann noch mal in einer *VRIL 1* thtecken!"

Tomke lachte mich übermütig aus. Sie war auf Blödsinn gebürstet. Ihre Zahnspange blitzte im Neonlicht der Röhre über dem Arbeitstisch. Ich kniff meine Augen zusammen, nahm langsam einen ölverschmierten Lappen, der neben mir lag und knüllte diesen in meiner rechten Faust zusammen.

„Na warte, du kleine freche Hexe!" Ich holte aus. Tomke riss die Augen auf und wich einige Meter zurück: „Das wagst du nicht, Roy!?"

„So, bist du dir da wirklich sicher? Na dann pass mal auf." Ich warf den Lappen und traf Tomke mitten ins Gesicht. Diesmal war ich derjenige, der köstlich amüsiert laut loslachte. Tomkes Spieltrieb dadurch ausgelöst, amüsierte sich nicht minder prächtig. Aber sie wollte natürlich Rache und knüllte jetzt ihrerseits den Lappen zusammen.

„Jetzt ist aber gut, Tomke. Lass das. Nein …"

Ich wich zurück und suchte, nachdem ich sah, dass sie doch tatsächlich zum Wurf ausholte und den Lappen nach mir warf, hinter einem Werkzeugregal Deckung. Dort, wo ich eben noch gestanden hatte, öffnete sich die Tür zum Flur. Friedrich kam herein – und der Lappen klatschte ihm genau ins Gesicht. Abrupt blieb der Getroffene stehen und ließ den Lappen an seinem Kinn hinunterrutschen, bevor dieser mit einem platschenden Geräusch zu Boden fiel. Tomke stand wie zur Salzsäule erstarrt und natürlich mit hochrotem Kopf etwa vier Meter vor Friedrich und hielt sich beide

Hände vor den Mund. Ralf schaute lediglich einmal kopfschüttelnd zu uns herüber. Er war viel zu beschäftigt, um sich von dem Affentheater hier beeindrucken zu lassen und schraubte weiter an seinem geliebten Magnet-Feld-Impulser herum.

„Aufheben!", befahl Friedrich in unmissverständlichem Ton. Er streckte seine rechte Hand vor, um Tomke zu verstehen zu geben, dass sie ihm den Lappen aushändigen sollte. Allerdings bewies der Alte nun Humor. Er nahm den Lappen und quetschte diesen ebenfalls in seiner riesigen Hand zusammen.

„Jetzt werde ich dir zeigen, wie ein preußischer Offizier im altgermanischen Öllappenkampf ausgebildet wurde!" Er holte aus. Tomke quiekte auf und rannte davon. Friedrich hinterher. Und wie es denn halt so ist, wenn einmal der berühmte Wurm in einer Sache steckt, passierte das gleiche Malheur natürlich prompt noch einmal. Das Geschehen verlagerte sich auf die andere Seite des Reparaturhangars: Friedrich rannte weiter mit ausholendem Arm hinter Tomke her und warf. Tomke warf sich auf den Boden. Im gleichen Augenblick kam Sigrun um die Ecke und der Flug des dreckigen Öllappens fand nun in ihrem Gesicht ein jähes Ende.

Tomke und ich zuckten zusammen.

„Ach du große Scheiße!", nuschelte ich durch die Zähne.

Diesmal war es Friedrich, der kreidebleich wurde: „Oh, Gott", flüsterte er. „Lieber fünfundsechzig Jahre nichts zu Weihnachten, aber nicht das."

Sigrun zog den Lappen aus ihrem Gesicht, faltete diesen zusammen und legte ihn auf eine Werkzeugbank. Dabei verzog sie, wie immer, keine Miene.

„Wer ist für diese Sauerei hier verantwortlich?", fragte sie dabei in ruhigem, aber bestimmendem Ton. Ich wollte mich jetzt nicht drücken und trat einen Schritt vor.

„Ähm, liebe Sigrun. Ich habe mit der Werferei angefangen ..."

„Stimmt doch so gar nicht", unterbrach mich Tomke. „Roy und ich haben herumgetobt und dabei hat Friedrich den Lappen ins Gesicht ..."

„Schluss jetzt, Kinder", mischte sich Friedrich ein. Er trat ebenfalls einen Schritt vor, als stünde er vor dem Kriegsgericht: „Sigrun, ich trage für diese schändliche Tat die volle Verantwortung. Bist du mit einer Verbannung meiner üblen Person für fünfundzwanzig Jahre in den *Gulag* einverstanden?"

Sigrun kniff ihre Augen zusammen: „Nein, so billig kommt ihr mir nicht davon. Ich werde euch alle gleichermaßen bestrafen." Dabei blickte sie jeden einzelnen von uns an und fuhr fort: „Eigentlich bin ich gekommen, um euch mitzuteilen, dass bei euch allen die Grippeimpfung aufgefrischt werden muss."

Die kleine Frau verschränkte die Arme vor ihrem Körper. „Und genau diesbezüglich fällt mir gerade ein, dass ich noch ziemlich alte und große Injektionsnadeln aus meiner Studienzeit in meiner Schublade liegen habe. Ihr werdet euch nachher alle zwecks Behandlung bei mir melden. Und jetzt entschuldigt ihr mich wohl, meine Herrschaften. Denn, wie nicht zu übersehen ist, bin ich genötigt, mich jetzt zu reinigen und meine Uniform zu wechseln."

Sigrun ging. Friedrich, Tomke und ich machten dicke Backen.

„Auweia", sagte Tomke, „das kann ja nachher was werden ..."

Ralf, der während seiner Reparaturarbeiten das ganze Szenario nur beiläufig mitbekommen hatte, kam als letzter aus Sigruns Behandlungsraum und sah, dass Friedrich, Tomke und ich uns alle an der gleichen Stelle die Hintern rieben.
„Versteh ich nicht", sagte er ungläubig. „Ich habe von der Injektion gar nichts gemerkt." Er öffnete die Tür zum Korridor, um sich wohl wieder in Richtung des Reparaturhangars zu begeben und mit seiner Arbeit fortzufahren, als gleichzeitig Kornett Tessa Czerny durch die Tür herein kam. Sie hielt Stift und Schreibmappe in ihren Händen und notierte beim Laufen etwas. Völlig vergeistigt sah sie uns mit ihrem typisch arroganten und intellektuellem Blick an.

„Wir waren frech und Sigrun hat uns allen die Hintern versohlt", sagte der Alte todernst zu Tessa und bewies seinen Galgenhumor.

Tessa hingegen interessierte Friedrichs Bemerkung offensichtlich nicht weiter. Sie zog ihre Augenbrauen hoch, ging kopfschüttelnd weiter und murmelte vor sich hin: „Wird schon seinen Grund gehabt haben." – Tessas Lieblingssatz. Friedrich, Tomke und ich fingen schlagartig an zu lachen und Tessa fügte im Weggehen noch hinzu: „Das ist hier manchmal schlimmer als im Kindergarten."

Natürlich konnten wir uns wegen Tessas Ignoranz jetzt erst recht nicht beruhigen und grölten weiter, bis plötzlich die Tür von Contessa Sigruns Behandlungszimmer aufgog, ehrenwerte Dame ernst dreinschauend und mit verschränkten Armen in der Tür stand und uns finster anblickte, ohne etwas zu sagen. Sofort verstummte unser Lachen, Sigrun schloss ihre Tür wieder und wir liefen auf Zehenspitzen, uns vorsichtshalber eine Hand vor den Mund haltend und mit der anderen die Lachtränen aus den Augen wischend, in Richtung Leitstelle.

*****

Einige Tage später betrat ich gegen Mittag die Leitstelle. Tomke saß vor einem Bildschirm, auf dem eine dunkelhaarige Frau zu erkennen war. Die Übertragung war schlecht und von etlichen Störungen durchzogen. Die Frau auf dem Bildschirm sah südländisch aus. Tomke quasselte in perfektem Spanisch dermaßen schnell mit ihr, dass ich nicht mehr als die Hälfte davon verstehen konnte.

Anschließend griff sie zu einem Telefonhörer und rief Friedrich in seinem Büro an, um ihm mitzuteilen, was die Frau ihr übermittelt hatte.

„Sag mal, Tomke. Wer war das denn?", wollte ich wissen.

„Vanessa Santos, unsere spanische Agentin. Sie hat ihre wöchentliche Meldung durchgegeben. Friedrich kriegt das mit dem Spanisch nicht mehr so richtig gebacken, deshalb muss ich das jede Woche übernehmen. Mara oder Tessa sind diesbezüglich für die wöchentliche Lagemeldung unseres Agenten in Tel Aviv zuständig. Tessa ist ehemalige Katsa des Mossad und hat den Kontakt zu dem Mann arrangiert."

„Ach so", sagte ich beeindruckt. „Aber, wie kommt denn eine Katsa des Mossad zu euch?"

Tomke lachte: „Na, mein Lieber. Wie kommst du denn ausgerechnet zu uns?"

„Ich bin ... äh, ich meine, ich war Polizeibeamter, aber doch kein Agent?"

„Die Sache ist wohl einfacher als du annimmst, Roy. Vor zehn Jahren stürzte eine israelische Verkehrsmaschine über Südamerika, nahe unserer Festung Akakor ab.

Aus humanitären Gründen sahen wir uns logischerweise sofort verantwortlich, Hilfe zu leisten. Sämtliche Passagiere, bis auf Mara und Tessa waren tot. Mara war damals vierzehn Jahre alt und hatte keine Angehörigen. Sie wuchs in einem polnischen Kinderheim auf. Tessa ist ehemalige Unteroffizierin des Sayeret Mat'kal der israelischen Armee und seit zwei Jahren beim Mossad. Nachdem wir sichergehen konnten, das Tessa keine Doppelagentin und der Absturz der israelischen Verkehrsmaschine nicht absichtlich herbeigeführt wurde, blieben beide kurzerhand bei uns. Tessa ist übrigens für die Ausbildung unserer Agenten verantwortlich. Dies geschieht in der Andenbasis. Tessa ist eine Geheimdienstexpertin und verfügt über eine außerordentlich hohe Intelligenz."

„Das habe ich sehr wohl schon bemerkt", entgegnete ich.

„So wie es aussieht, wird sie wohl einmal eine Führerin in den obersten Reihen, neben Friedrich und Sigrun, werden. Denn, ich bin ja noch etwas zu jung", ergänzte Tomke.

„Ich dachte, Ludwig wäre auch so ein Oberkreismusikdirektor", hakte ich nach.

„Ja, Ludwig natürlich auch. Aber manchmal fehlt es Ludwig ganz einfach etwas an Feingefühl. Er ist zwar Friedrichs Adjutant und Stellvertreter, Friedrich hat aber einen Narren an ihm gefressen. Das kommt, weil er schon Ludwigs Eltern sehr gut kannte. Sie gehörten zu den ersten Leuten seiner damaligen Absatzbewegung, genau, wie auch meine Großeltern. Friedrich ist nun einmal ein kleiner Nostalgiker."

Wir gingen dann, wie an jedem Tag, zusammen in die Kantine.

An diesem Mittag gab es Kartoffeln mit Sauerkraut, Bratwurst und dazu Möhrensalat. Eigentlich ganz lecker.

Einige Kameraden, die mich inzwischen auch kannten und sich in der Kantine aufhielten, grüßten uns freundlich. Tomke und ich waren die einzigen Sturmlegionäre, die ihre Dienstpistolen bei sich trugen. Daran konnte jeder erkennen, dass wir nachher noch mit irgendeinem Auftrag die Basis dienstlich verlassen mussten, da in der Basis normalerweise keine Waffen getragen wurden. Aus welchem Grund sollte das auch notwendig sein?

Wir mussten noch einen Streifenflug an der Oberfläche absolvieren. Ich sah Tomke an: „Wisch dir mal bitte den Rest vom Sauerkraut aus dem Gesicht, Tomke!"

Mittels Zeigefinger erledigte sie diesen kleinen Fauxpas auch prompt. Dann kam sie mit ihrem Kopf näher an mich heran und beugte sich leicht vor: „Roy, ich zeige dir nachher ein Geheimnis. Willst du?", lispelte sie geheimnisvoll.

„Na, sicher", antwortete ich. „Worum geht es denn?"

„Wirst du schon sehen." Sie sah in Richtung Speiseraumuhr: „Wir haben noch eine Stunde Zeit, bis unserer gemeinsamer Streifenflug anfängt. Wollen wir jetzt gleich?"

„Oh, ja, am besten gleich hier!", erwiderte ich vieldeutig.

„Frechdachs, unverbesserlicher Lüstling!", kommentierte Tomke und wurde wieder mal zur Tomate. Mittlerweile wusste sie mich schon recht gut einzuschätzen.

Ich ahnte beim besten Willen nicht, was Tomke vorhatte. Sie stand auf. Wieder drehte sie einfach ihren Zeigefinger ins Ende meines linken Ärmels und zog mich hinter sich her. Sie hatte sich das schon zur Gewohnheit gemacht.

Wir verließen den Saal.

Tomke führte mich durch ewig lange Gänge, Treppen und Fahrstühle, die ich bisher noch nicht kannte. Ich bemerkte aber, dass wir uns tiefer hinab begaben.

„Schließlich musst du dich hier auch auskennen, Roy. Und dabei werde ich dich in ein großes Geheimnis einweihen."

„Hier, tief unten im Keller? Naja, da bin ich aber mal gespannt. Pass bloß auf, dass ich hier unten nicht auf unmoralische Gedanken komme, Süße. Eigentlich sollte ich mir so eine Gelegenheit nicht entgehen lassen."

Tomke grinste verlegen und boxte mir kurz zwischen meine Rippen, ohne mich dabei anzusehen.

Nach einigen Minuten und einem weiteren Gang, der merklich noch tiefer hinabführte, standen wir vor einer etwa zwei Meter durchmessenden, runden Panzertür, die durch eine Zahlenkombination gesichert war. Tomke schien diese Zahlenkombination zu kennen. Sie drehte an den Einrichtungen herum und öffnete dann die etwa 1,5 Meter dicke Stahltür. Durch einen Bewegungsmelder ging das Licht in dem Raum dahinter an. Wir traten ein. Jetzt erkannte ich, dass es sich wohl um einen Vorraum von etwa zehn Quadratmetern handelte. In der Wand vor uns befanden sich zwei weitere Panzertüren gleicher Bauart. Tomke ging zur rechten Tür und machte sich an die Arbeit, diese zu öffnen. Sie kramte aus einer Tasche ihrer Uniformkombination ein Taschenmeser, öffnete dieses und ritzte sich leicht in ihren Zeigefinger. Ein kleiner Blutstropfen quoll aus Tomkes schneeweißem, käsigem Finger. Diesen Blutstropfen ließ sie auf eine seltsame, kleine Apparatur, die auf Brusthöhe neben der Panzertür angebracht war und mich irgendwie an einen Geldautomaten erinnerte, fallen und wartete einige Sekunden ab. Das Gerät begann zu summen.

„Der *Taster* analysiert meine Desoxyribonukleinsäure und wird dann feststellen, dass ich als führende Persönlichkeit des Fürstentums Eisland berechtigt bin, diesen Atombunker zu betreten."

„Ah ja, klar!", sagte ich interessiert. „Darfst du führende Persönlichkeit denn auch so einen simplen Offiziersanwärter wie meine Wenigkeit als Gast mitnehmen, Hoheit?"

„Da frage ich keinen nach, Roy."

Ich blickte zur linken Panzertür, neben der sich ebenfalls so ein „Taster" befand.

„Weißt du auch, was hinter der anderen Panzertür ist, Tomke?"

„Nee, leider nicht, Roy. Dahinter befindet sich eines der ganz wenigen Geheimnisse, zu denen nur Friedrich, Sigrun, Ludwig und ich glaube noch Ralf Zutritt haben. Nicht einmal Tessa kommt da rein. Natürlich habe ich mir mal so meine Gedanken darüber gemacht. Entweder liegen dort Zeitmaschinen und Chronovisoren, über welche die damalige *VRIL-Sekte* schon in den dreißiger und vierziger Jahren verfügte und mit denen irgendetwas mal ganz gewaltig in die Hose gegangen sein muss oder Überreste von außerirdischen Strahlschiffen und vielleicht sogar konservierten Leichen der gestrandeten Schatten."

Ich gab mich mit dieser Antwort zufrieden. Nach etwa einer Minute öffnete sich die überschwere Panzertür. Es war stockfinster dahinter. Erst nachdem Tomke einen Schritt weit eintrat, flammten helle Neonröhren auf, die offenbar wieder durch einen Bewegungsmelder aktiviert wurden. Wir traten ein. Ich war überaus gespannt.

Was blüht mir denn nun schon wieder? Wir befanden uns in einer Art Lagerhalle, die etwa die Größe einer Turnhalle hatte. Seltsame Maschinen, hohe, bis unter die Decke reichende Lagerregale, die mit Kisten, Kästen, Instrumenten und Maschinen, die ich absolut nicht zuordnen konnte, vollgestopft waren, füllten die Halle aus. Einige Geräte sahen aus wie Waffen. Andere wiederum erinnerten mich an Geräte aus einem Physiklabor. Ich sah Schirme oder andere Apparaturen mit mehreren metallenen Scheiben durchzogen, vermutlich um irgendwelche Magnetfelder aufzubauen. Eines aber hatten diese Geräte meines Erachtens nach alle gemeinsam – sie schienen uralt zu sein.

„Nikola Tesla hätte seine wahre Freude hier gehabt! Was rostet hier alles rum, Tomke?", fragte ich staunend.

„Alles Mögliche. Auch viel alter Kram." Tomke zwirbelte ihren Zeigefinger fester in meinen Ärmel und zog mich weiter in die Halle hinein.

„Was ich dir zeigen will, befindet sich dahinten. Komm oder hast du Angst?"

„Angst? Wovor denn? Außerdem habe ich dich doch dabei. Du wirst mich schon beschützen, kleine Kampfmaus", flachste ich, meine Anspannung überspielend.

Tomke grinste wieder und entblößte dabei wie gewohnt ihre Zahnspange.

Der hintere Teil der Halle war durch einen großen roten Vorhang verhängt. Tomke schob den Vorhang zur Seite und machte mit ihrer Hand eine einladende Geste einzutreten. Das tat ich. Ich erblickte einen etwa sarggroßen Zylinder, der von einem roten Seidentuch verdeckt wurde. Fragend sah ich Tomke an:

„Wen hast du hier denn versteckt? Etwa eine Leiche?"

Wieder grinste Tomke: „Hast du etwa Angst vor Leichen, Roy?"

„Pahhh", drang es aus meiner Kehle. „Ich und Angst vor Leichen!? Weißt du eigentlich, wie viele Hunderte von Leichen in übelsten Verfassungen ich in meinem Leben schon gesehen und angefasst habe, du Dreikäsehoch? Du sprichst mit einem Pol ... äh, ich meine, ehemaligen Polizisten."

„Nun, Polizist bist du ja schließlich jetzt auch wieder. Nur halt bei uns. Und damit ein richtiger." Schelmisch sah Tomke mich an. Ihr Mund stand wie immer halb offen und sie zog wieder mal dickliche Speichelfäden.

„Ich wollte es auch nur etwas spannend machen, Roy. Selbstverständlich liegt unter dem Tuch keine Leiche. Natürlich nicht. Es ist etwas ganz anderes dahinter. Willst du es sehen?"

„Jetzt mache es doch nicht so spannend, Süße. Selbstverständlich möchte ich jetzt schon gern wissen, was das große Eisland-Geheimnis ist, das du mir zeigen willst. Das ist doch wohl irgendwie klar und hat doch wohl nichts mit Neugier zu tun, die ich hasse, wie die Pest. Oder siehst du das anders, Tomke?"

„Nö. Sehe ich genauso, Roy." Mit diesen Worten fasste sie dann das rechte Ende des roten Seidentuches und zog es mit einem Ruck von dem Behälter. Ohne es eigentlich zu wollen erschrak ich in diesem Moment. Was ich dann erblickte, ließ mich einen kurzen Augenblick später allerdings eher nüchtern, vielleicht sogar ein kleines bisschen enttäuscht dreinschauen, was sich aber auch sofort wieder ändern sollte.

In dem Behälter, der aus einem speziellen Panzerglas zu sein schien, lag auf einem Sockel – ein Schwert. Ein robust aussehendes, schnörkelloses, ziemlich großes, silbernes Schwert. Erstaunt blickte ich Tomke an, die meine Reaktion sehr wohl bemerkte. „Weißt du, was das ist, Roy?"

Ich schüttelte den Kopf: „Nö", antwortete ich, worauf sich das nur etwa hundertsechzig Zentimeter kleine Mädchen mit vor der Brust verschränkten Armen und breitbeinig vor den Zylinder stellte: „Das ist *GRAM*", sagte sie andächtig. „Das heilige Schwert der Nibelungen."

„*GRAM!*", stieß ich aufgeregt hervor, als hätte ich nicht richtig gehört. „Meinst du etwa das heilige Schwert, auch *Balmung* genannt, das Siegfried von Xanten aus der Eiche zog, in die es Odin vor Urzeiten gestoßen hatte, bevor sein erster Sohn Thor, der Gott des Donners, seinen Vater zurück ins Walhall holte …?"

„Und mit dem Siegfried von Xanten gegen den Lindwurm kämpfte, ihn besiegte, anschließend in dessen Blut badete und dabei das dusselige Eichenblatt übersah, dass sich auf seinen Rücken legte", unterbrach mich die junge Herzogin.

Einen Moment lang hielt ich inne. Lindwurm hatte Tomke gesagt. Innerlich musste ich wieder mal spontan grinsen. Jeder andere Mensch hätte Drachen oder Ungeheuer gesagt. Tomke aber sagte Lindwurm. Sie sagte einfach Lindwurm, als sei rein gar nichts dabei. Froschmann, Lindwurm, das waren alles so typische Tomke-Wörter. Kein Mensch sprach heutzutage noch so. Nur Tomke!

Wieder einmal wurde mir bewusst, was für ein wunderbares Mädchen sie war.

„Sehr gebildet bist du, Roy", sagte sie anerkennend.

„Nun, man tut, was man kann, Süße. Nur wusste ich nicht, dass *Balmung* beziehungsweise *GRAM* tatsächlich existiert. Vielmehr hielt ich das bloß für Spinnereien aus dem Nibelungenlied."

Tomke verzog das Gesicht und schüttelte den Kopf: „Typisch", sagte sie. „Zweifelst du die Existenz des Rheingoldes auch an, Roy?"

„Ich weiß nicht", antwortete ich.

„Na, dann sieh doch mal dort drüben hin." Das Mädchen zeigte nach rechts.

Mein Blick traf auf ein großes, schreinartiges Gebilde, das wie ein steinernes Schwimmbecken in den Boden eingelassen war. Was ich dann erblickte, hätte wohl jedem anderen Menschen den Verstand geraubt. Nicht aber mir, da der Inhalt des Beckens mir persönlich nichts bedeuten konnte. Der Schrein war über und über gefüllt mit Gold, das sich quasi bis unter die Decke des Atombunkers stapelte. Ich hatte es vorher gar nicht bemerkt, zu sehr war ich auf den sarkophargähnlichen Spezialbehälter mit dem heiligen Schwert *GRAM* fixiert gewesen.

„Das Rheingold?", stammelte ich. „Mein Gott, wo habt ihr das denn her?"

Tomke freute sich: „Na, woher wohl? Aus dem Rhein natürlich! Die Rheinnixe Loreley bei St. Goarshausen glotzte faktisch die ganze Zeit darauf. Bloß – kein Schwein hat es geschnallt, außer natürlich Admiral Canaris, der das Rheingold 1942 in einer Nacht- und Nebelaktion bergen ließ und dabei zufällig auch den Hinweis über den Verbleib des heiligen Schwertes *GRAM* fand, das dann einige Zeit später durch einen technisch-okkulten Trupp der Küstenjäger-Abteilung seiner Gespenstereinheit Division Brandenburg in einem Brunnen in Sigmaringen, unweit des Bodensees geborgen wurde. Und dann versteckte Canaris ganz einfach das Rheingold und das heilige Schwert *GRAM*, damit kein Döntjes damit angerichtet werden konnte."

„Wahnsinn", nuschelte ich fasziniert. „Und wo hatte er diese Reliquien versteckt?"

Wieder zeigte die junge Herzogin mit den pechschwarzen, zotteligen Haaren und ihrem starken Strabismus ein belustigtes Grinsen: „Ganz einfach. Das Rheingold in seinem Gartenhaus und *GRAM* als Dekoration über seinem Wohnzimmersofa, nebst anderen rustikalen Stichwaffen."

Irgendwie war ich geknickt. Wieso hatten eigentlich immer andere solche genialen Ideen und nicht ich?

„War ja klar. Sowas hätte ich mir auch gleich denken können", kommentierte ich.

„Nun, das ideale Versteck für eine Nadel ist keinesfalls der Heuhaufen, sondern eine möglichst große Anzahl anderer Nadeln, wie Gilbert Keith Chesterton so schön bemerkte", klopfte Tomke mit feuchter Aussprache Sprüche.

„Stimmt nicht, Süße. Sir Arthur Conan Doyle."

„Klar, Roy. Conan Doyle war es."

Ich blickte wieder zu dem Schwert: „Ist es denn tatsächlich so mächtig, Tomke?"

„Und ob, Roy. Es ist so mächtig, dass selbst Sigrun es kaum bezwingen kann. Es muss für alle Zeiten hier bei uns unentdeckt bleiben und darf weder den Müller-Bormann-Truppen, noch den außerirdischen Intelligenzen, den Schatten, jemals in die Hände fallen. Die negativen Auswirkungen wären nicht einmal annähernd vorstellbar, wenn diese heilige Reliquie in die falschen Hände gerät. Stell dir doch bloß einmal vor, was dieses Schwert schon alles mitgemacht hat. Wie oft wird es wohl als stummer Zeuge dabei gewesen sein, wenn Siegfried von Xanten seine Kriemhild gevögelt hat?" Ich schluckte.

„Allerhand, was du da sagst, Tomke." Sie lachte. „Komm, wir müssen wieder rauf. Gleich beginnt unsere Außenstreife."

Wir veließen den sagenhaften Atombunker tief unter Horchposten I wieder. Im Hauptterminal, das nach oben führte, trottete ich Tomke langsam und nachhaltig beeindruckt hinterher.

„Was ist denn, Roy?", fragte sie mich, sich dabei zu mir umdrehend.

„Ich bin noch ganz benommen", antwortete ich wahrheitsgemäß.

„Benommen, weil dich das heilige Schwert *GRAM* so beeindruckt hat oder weil du bis über beide Ohren in mich verschossen bist, Roy?"

„Das Schwert ist mir eigentlich ziemlich egal und bis über beide Ohren in dich verschossen war ich schon ab der Sekunde, in der ich dich zum ersten Mal gesehen hatte."

„Habe ich doch gleich gemerkt", flachste Tomke weiter.

Plötzlich blieb sie stehen, wandte sich ruckartig zu mir um und stieß mehrmals mit ihrem Zeigefinger gegen meine Brust. Dabei sagte sie, auf einmal wieder todernst:

„Du! Jetzt hör mir aber mal ganz genau zu, du. Lass dich hier bloß nicht mit irgendwelchen blöden und ungebildeten Weibern ein. Sonst kriegst du mich nicht."

Ohne ein weiteres Wort zu verlieren, drehte Tomke von Freyburg wie immer ihren käsigen und mit Resten schwarzen Nagellacks verzierten Zeigefinger in meinen linken Ärmel und traf Anstalten, den Weg nach oben fortzusetzen. Doch diesmal blieb ich stehen und Tomke blickte mich erstaunt an.

„Wenn du willst, schwöre ich es dir, Tomke."

Schlagartig wurde Tomke super verlegen, seufzte und lief rot an.

„Das brauchst du doch nicht, Roy. Ich glaube dir auch so."

„Du weißt gar nicht, wie geduldig ich sein kann, wenn ich will, Tomke. Vor allem, wenn ich etwas haben will. Und erst recht, wenn ich jemanden haben will, in den ich tierisch verschossen bin."

„Jetzt komm schon", stammelte sie mit hochrotem Kopf, wobei ihre schielenden Augen meinen Blicken dabei verlegen auswichen. Selbstverständlich fuhr sie sich

213

dabei mit ihrer Hand durch ihre wilde Haarmähne, wie es jede Frau tut, die verlegen wird oder sich beobachtet fühlt. Das war auch am Südpol nicht anders.

„Wir müssen jetzt wirklich unsere Außenstreife anfangen. Komm schon, Roy. Es wird jetzt aber Zeit", wiederholte Tomke sich, schob ihren rechten Arm um meine Hüfte, da sie ja an meine Schulter sowieso nicht herankam und ging mit mir, der jetzt seinerseits an Gesichtsfarbe zunahm und dessen Pulsfrequenz unerklärlicherweise anstieg, die langen und endlos wirkenden Korridore des riesigen Eisbunkers wieder nach oben. Dabei pfiff die stinkkonservative Obergefreite, äh, Tschuldigung, Brigadier-Corporal Herzogin zu Rottenstein Tomke Freyja Edda von Freyburg, das seltsamste und gleichzeitig wunderbarste Mädchen, das ich jemals in meinem Leben kennengelernt hatte doch tatsächlich die Melodie zum Gassenhauer *„Und trotzdem hat sich Bolle ganz prächtig amüsiert"* ...

*****

„Großartiger Nachwuchs für meine Kampftruppen", stellte Sigrun zufrieden fest, und hielt dabei das neugeborene Kindchen vor sich in die Luft. Stolz blickten die Eltern des Knaben Sigrun an. Diese hatte dem Kind vor zwei Tagen auf die Welt geholfen. Nun waren die Eltern zu einer weiteren Gesundheits-Nachschau des Säuglings zu Sigrun gekommen.

Die kleine und spindeldürre Sigrun hatte ihre langen, pechschwarzen Haare zu einem Pferdeschwanz geflochten. Dieser war so lang, das sie ihn unter dem Koppelschloss ihrer Uniformkombination durchsteckte; aber selbst der Rest des gewaltigen Zopfes baumelte noch in Höhe ihres rechten Knies herum.

„Liebe Sigrun, wir wollten uns noch mal recht herzlich für deine Bemühungen bedanken." Die Frau hielt etwas in ihrer Hand, was unter einem Handtuch verborgen war. Als die Frau das Handtuch zur Seite zog, kam ein Kuchen zum Vorschein.

„Ich habe dir einen Kuchen gebacken, Sigrun. Wir hoffen, er wird dir munden." Die Frau stellte den Kuchen auf einen Schreibtisch, auf dem Sigruns Schreibutensilien lagen. „Einen Kuchen ... so, so …! Äh … ich meine … das ist aber lieb von euch!" Sigrun fiel es schwer, anstandshalber zu schwindeln. *Einen Kuchen*, dachte sie! Es gab wohl nichts, was Sigrun weniger genießen konnte als Kuchen. Schon als Kind hatte sie keinen Kuchen gemocht. Aber Sigrun riss sich zusammen und tat zumindest so, als sei sie über den Umstand, dass jemand in dankender Anerkennung einen Kuchen für sie gebacken hatte, angenehm überrascht.

„Nun, dann. Es reicht, wenn ihr in zwei Tagen mit diesem Brüllzwerg zur nächsten Kontrolluntersuchung kommt. Ich bin mit dem Gesundheitszustand des kleinen Schreihalses sehr zufrieden. Und nun schont bitte meine alten Nerven. Ich kann Kindergebrüll nicht ertragen."

Die Eltern nickten zufrieden und verabschiedeten sich wieder. Sigrun begab sich an ihrem Schreibtisch und starrte den Kuchen an: „Was mache ich denn damit jetzt bloß?", murmelte sie im Selbstgespräch. Langsam streckte sie ihre Hand vor, kratzte ein paar lockere Krümel vom Kuchen und kostete. Sigrun verzog das Gesicht und schüttelte sich: „Ne, das geht also immer noch nicht!" Dann kam ihr eine Idee und ein amüsiertes Lächeln schlich sich in ihr Gesicht.

Ich saß neben Tomke an einem großen und langen Tisch im Konferenzraum neben der Leitstelle. Um die Geschehnisse der letzten Wochen noch einmal zusammenzufassen und die sich daraus ergebene neue Gesamtsituation zu analysieren, hatte Friedrich eine Dienstbesprechung einberufen.

Dr. Ralf Klein, Premier-Lieutnant Ludwig Hesse, Sergent Mara Winter, Kornett Tessa Czerney und einige andere waren ebenfalls anwesend. Ralf führte das Protokoll. Nur Contessa Sigrun fehlte noch. Just in diesem Moment öffnete sich aber die Tür und besagte Dame kam herein. Es hätte mich wirklich nicht gewundert, wenn sie auf einem Besen herein geflogen käme, mit dem Raben Abraxas auf ihrer Schulter, der alle ausgeschimpft hätte. Sie trug ein Gefäß in ihren Händen, das sie nach ihrem Eintreten in die Mitte des Konferenztisches stellte. Dann setzte sie sich auf einen Stuhl und blickte mich kurz an.

„Das letzte Mal, als ich auf einem Besen geritten bin, war ein Akt der Willkür nach dem übermäßigen Genuss einer Flasche Julischka im Jahre 1921, junger Mann!"

Verdammt, dachte ich. Nun hatte sie mich doch schon wieder „belauscht". Inständig hoffte ich, dass sie mir die Sache mit dem Besen und dem Raben nicht übel nehmen würde. Sigrun zog das Handtuch vom Gefäß, das sie mitgebracht hatte.

Friedrich blickte auf das „Stillleben", anschließend ungläubig zuerst auf Sigrun, dann zu Ralf und Ludwig und fragte schließlich: „Äh, was ist das denn Sigrun?"

„Ein Kuchen", antwortete sie in ihrer typisch überheblichen Art.

„Ein Kuchen? Wo kommt der denn her?", fragte Friedrich entsetzt.

„Ich habe euch einen Kuchen gebacken", schwindelte Sigrun.

Friedrich schien vom Glauben abzukommen und schüttelte ungläubig den Kopf: „Du ... hast uns ... einen Ku ... ?!? Ähm." Dann räusperte er sich und hüstelte verlegen. „Das ist aber sehr lieb von dir, Sigrun."

Um die Situation noch einigermaßen retten zu können, stand Friedrich auf, ging an einen Hängeschrank und entnahm diesem einen Stapel Kuchenteller und -gabeln, die er den Anwesenden anreichte. Bei Sigrun angekommen, winkte diese jedoch heuchlerisch ab: „Nein, nein. Der Kuchen ist ja schließlich für euch."

Als Erste griff natürlich Tomke zu: „Hm, das sieht aber gut aus. Sag mal Sigrun, gibt es eigentlich irgend etwas, dass du nicht kannst?"

„Augenscheinlich ja. Zum Beispiel, bei euch Hammelherde härter durchzugreifen. Die Fehler der letzten Zeit dürfen sich nicht wiederholen. Hier muss wohl dringend einiges umstrukturiert werden."

„Womit wir auch schon gleich beim Thema wären", fügte Friedrich hinzu. „Ich habe mir bereits so meine Gedanken gemacht. So, wie es aussieht, sind die ruhigen Jahre wohl vorüber. In letzter Zeit gab es mehrere Attacken gegen uns. Erstens: das Atom-U-Boot in der Barentssee, welches Tomke zusammen mit Ralf und Roy zerstört hat. Zweitens: den Verlust unserer Leute auf unserem Norwegenstützpunkt Fjordlager durch die Attacke der Kampfschwimmer. Drittens: dieser Riesenpanzer, welcher Tomke, Roy, Elke Neumann und ein Mädchen aus der Jugendgruppe, Rachel Varrelmann, neulich fast Kopf und Kragen gekostet hätte ..."

Die Tür zum Konferenzraum ging auf und Elke kam mit zwei Kannen Tee herein.

„Danke, Elke, das ist sehr nett von dir. Willst du wirklich nicht an der Besprechung teilnehmen?"

„Nein, Friedrich. Ich habe meinen Bericht ja schon abgeliefert und möchte mich lieber um das Abendessen kümmern."

Friedrich nickte und fuhr fort: „Jedenfalls gibt es einen gewissen Nexus zwischen dem gestörten Funkverkehr auf Fjordlager und dem Funkausfall beim Kampfeinsatz von neulich."

Elke, die die letzten Wortfetzen Friedrichs mitbekommen hatte, runzelte die Stirn, als sie in Richtung Tür ging. Tomke, dieser kleine Satan, sah es: „Das ist lateinisch und heißt soviel wie *Verbindung*, Elke", klugscheißerte sie.

„TOMKE!", entfuhr es Friedrich. „Ich habe dir schonmal gesagt, dass ich korrektes Verhalten von dir erwarte. Dieser dümmliche Privatkrieg zwischen euch ist auf der Stelle einzustellen. Ich mache das nicht länger mit", motzte er.

„Ist ja schon in Ordnung, Paps. Aber erstens war da noch eine Rechnung offen und zweitens habe ich der Küchendame doch lediglich die Bedeutung des lateinischen Wortes genannt, das sie doch eh nicht kannte."

„Schluss jetzt Tomke", fauchte Friedrich seine Ziehtochter an. „Sigrun hat mit ihrer Kritik völlig Recht. Anscheinend macht hier in letzter Zeit wirklich jeder, was er will. Ich glaube, ich muss euch allen mal wieder die Hammelbeine langziehen. Das hat man nun von seinem liberalen Führungsstil." Friedrich gab sich reichlich Mühe, auf uns ernst zu wirken. Sein Blick schweifte in die Runde und verharrte abermals bei seiner Ziehtochter. Tomke popelte. Mit scharfem Ton pfiff er sie erneut an.

„Herzogin zu Rottenstein. Hast du etwaige Anregungen diesbezüglich hervorzubringen?"

Tomke zuckte zusammen, nahm sofort den Finger aus ihrer Nase und gewann schlagartig an Gesichtsfarbe.

„Ich? Öhh ... nein, nein, Paps. Ich höre dir zu."

Friedrich ersparte sich an dieser Stelle einen weiteren Kommentar in Bezug auf konferenzgerechtes Benehmen.

„Die Überreste von dem Riesenpanzer sind recht schwierig auszuwerten, die beiden 227 kg Bomben des Sturmvogels haben ganze Arbeit geleistet!", fuhr er weiter fort und sah dabei vorwurfsvoll zu Sigrun hinüber. Diese wusste natürlich, dass Friedrich sich lediglich um ihr Wohlergehen aufgrund ihrer eigenmächtigen Aktion gesorgt hatte.

„Jedesmal, wenn ich Eigeninitiative zeige, schimpft man mich im Nachhinein aus. Das kenne ich ja schon gar nicht anders", schmollte Sigrun.

Ludwig sah Friedrich fragend an. Dieser plauderte dann aus dem Nähkästchen.

„Die damaligen Antriebstechnischen Werkstätten erhielten Anfang 1945 eine Focke-Wulf Fw 190 Dora, die eigentlich als Kuriermaschine gedacht war. Professor Kurt Tank hatte in seiner Eigenschaft als Wehrwirtschaftsführer die Maschine an der Luftwaffenführung vorbeigeschmuggelt. Natürlich konnte er nicht ahnen, dass unsere Sigrun das Flugzeug sogleich benutzte, um sich mit einer Staffel britischer Supermarine Spitfire anzulegen."

„Und, wie ging das damals aus?", fragte Ludwig gespannt. Sigrun blickte gelangweilt zur Decke. Friedrich feuchtete mit seiner Zunge seine Lippen an: „Jedenfalls nicht gesundheitsfördernd für die feindlichen Spitfire. Auch die Tatsache, dass unsere Sigrun daraufhin eine Abmahnung von General Galland erhielt, hielt sie natürlich

216

nicht davon ab, Ende April 1945 nochmals in Eigenregie mit der Fw 190 Dora durchzustarten und zwei weitere feindliche Maschinen vom Himmel zu schießen."

Alle starrten Sigrun an. Diese blickte in die Runde und sagte wie beiläufig: „Ich tat halt, was ich für notwendig hielt."

Ich konnte mir recht gut vorstellen, dass Sigrun in Situationen höchster Bedrängnis nicht mehr zu stoppen war. Das hatte sie zuletzt noch bewiesen, als sie uns mit der *Messerschmitt Me 262-A*, dem Sturmvogel, alle die Hintern gerettet hatte.

Friedrich stand auf und begab sich an einen rollbaren Fernsehschrank mit Videoabspielgerät, schaltete die Geräte ein, schob eine bereitgelegte Videokassette ein und drehte sich wieder uns zu:

„Wir haben einige Aufnahmen vom Kampfgebiet gemacht. Wie ihr seht, ist von dem Ungetüm nicht mehr allzu viel übriggeblieben …"

Allgemeines Gelächter war die Antwort hierauf, denn auf dem Bildschirm sah man Tomke im Alter von schätzungsweise zwei Jahren. Ihre schwarzen Haare waren zu zwei waagerecht abstehenden Zöpfen geflochten, a la Pipi Langstrumpf. In ihren kleinen Händchen hielt sie eine Kinderschaufel, womit sie in einem Sandkasten herumwühlte. Im Hintergrund erkannte man Friedrich in kurzen Sporthosen, der übermütig Faxen machte und Grimassen zog, um die kleine Tomke bei Laune zu halten. Ich blickte zu Tomke, die ihre Augen verdrehte und genervt ausatmete.

Friedrich, der seinen Fehler noch nicht bemerkte, sah uns verwundert an und drehte dann seinen Kopf in Richtung Bildschirm.

„Huch! Da habe ich mich in meinem Eifer wohl etwas vertan."

Die Lacher waren jedenfalls seine! Dann griff er in seine Hosentasche und holte ein zerknülltes Stück Papier hervor: „Ach so, nicht Kassette Nr. 37, sondern Nr. 73. Ich habe das bei der Vorbereitung wohl in den verkehrten Hals bekommen. Sekunde, Kinder. Dieser kleine Fauxpas ist sofort behoben." Ludwig wechselte die Videokassette aus und zeigte uns dann den kurzen Filmmitschnitt, der eigentlich nur für diejenigen interessant war, die nicht aktiv dabei gewesen waren.

„Ralf, bitte. Würdest du uns etwas aufklären?", fragte Friedrich.

Dr. Klein klärte uns über den aktuellen Stand der technischen Dinge auf:

„Wie bereits erwähnt, gibt es tatsächlich eine Verbindung, äh, 'Tschuldigung, Hoheit, ich meine natürlich Nexus zwischen dem Funkausfall neulich in Norwegen und einige Tage später bei dem Angriff des 180-Tonnen-Panzermonstrums. Ebenso besteht eine Verbindung zwischen dem damals fehlgesteuerten Magnetfeld-Impulser der *ADMIRAL GRAF SPEE* und dem Ausfall sämtlicher *VRIL 11-Amöben*, welche bekanntlich mit einem Elektro-Turboantrieb ausgestattet sind, als die Abfangjäger der Asgard-Staffel Ihrer Hoheit nebst Einsatzgruppe zu Hilfe eilen wollten. Untersuchungen unter Mithilfe von Kornett Czerney und Professor Jeanette Soffregen haben ergeben, dass eine einfache Klystron-Röhre nebst diverser Reihenschaltungen dafür verantwortlich war. Diese Röhren müssen in dem Atom-U-Boot eingebaut gewesen sein und Überreste davon fanden sich auch in den Wrackteilen des 180-Tonnen-Riesenpanzers der Müller-Bormann-Truppen. Das Problem aber haben wir gelöst. Eine zweite Trägerwelle über unseren normalen Funkfrequenzen reicht aus, um die Klystron-Röhren unwirksam zu machen. Die Trägerwelle wurde bereits installiert. Zumindest diese Gefahr scheint vorerst gebannt."

„Danke, Ralf", sagte Friedrich. „Es sei noch zu erwähnen, dass wir die verkohlten Überreste von sechs Söldnern der MBT in dem Wrack vorgefunden haben. Ihnen musste klargewesen sein, dass sie sich auf ein lebensgefährliches Unterfangen einließen. Wir hatten keine andere Wahl, als sie zu eliminieren. Schließlich waren sie es, die uns wieder mal angriffen."

Tomke beugte sich zu mir: „Das ist schon klar. Der Panzerkommandant wollte seinen Kaplaken haben."

Kaplaken, dachte ich. Ich konnte mich nicht entsinnen, wann ich zuletzt dieses Wort gehört hatte. Froschmann, Pinökel, Lindwurm, Kladderadatsch, Hutschefidel, auseinanderklabüstern, 08/15, Schisslaveng und Kaplaken. Noch so ein typisches Tomke-Wort. Sie war einfach wunderbar.

„Ludwig, würdest du bitte die weitaus schlimmeren Neuigkeiten zusammenfassen?"

Der Dicke mit seiner dunkelbraunen Ponyfrisur und dem geschmacklosen Schnauzbart stand auf. „Natürlich Friedrich."

Oberleutnant Hesse holte Luft und tat sich kurz schwer damit, einen Einstieg zu finden: „Meine Herrschaften. Ich fasse kurz zusammen: Transmediale Durchgaben vom Stern Aldebaran haben ergeben, dass der Oberbefehlshaber der aldebaranischen Kriegsflotte am dortigen Dimensionsfenster eine entscheidende Niederlage zu verzeichnen hat. Mehrere Großraumschiffe der außerirdischen Schatten rutschten durch, ohne dass sie von der aldebaranischen Flotte ausgelöscht werden konnten. Die Großraumschiffe der Schatten haben Kurs auf unser Sonnensystem genommen. Es ist nur noch eine Frage der Zeit, besser gesagt, von einem bis drei Jahren, bis die Großraumer in unser Planetensystem eindringen werden. Es ist also soweit. Wir haben es nicht mehr mit versprengten und am Dimensionsfenster durchgerutschten Kleineinheiten zu tun, welche seit Ewigkeiten die Erde mit ihren Strahlschiffen aufsuchen und durch unsere Asgard-Staffel seit vierundsechzig Jahren erfolgreich bekämpft werden, sondern mit einer Großinvasion. Oberste Priorität ist es demnach, uns darauf gründlich vorzubereiten."

„Vielen Dank, Ludwig", sagte Friedrich.

Einige weitere Fragen wurden erörtert.

Tomke verfrachtete sich gerade das zweite Stück Kuchen auf ihren Teller, wobei sie von Sigrun mit merkwürdigen und verständnislosen Blicken angesehen wurde. Irgendetwas schien sie an Tomkes Verhalten zu stören. War es tatsächlich nur die Tatsache, dass diese sich schon wieder ein Stück vom Kuchen einverleibte? Oder steckte etwas ganz anderes dahinter. Ich sollte erst später erfahren, um was es tatsächlich ging. Zum jetzigen Zeitpunkt aber ahnte ich nicht einmal annähernd von dem großen Geheimnis um Tomke.

„Wenn es soweit nichts mehr gibt, möchte ich die Dienstbesprechung für heute schließen, meine Herrschaften. Einsatzpläne werden in der kommenden Zeit ausgearbeitet und gehen jedem führenden Offizier aller unserer Teileinheiten und Außenstützpunkte zu."

Niemand schien noch etwas anmerken zu wollen. Friedrichs Blick blieb an Tomke hängen: „Hoheit? Wir hören."

Das, was Tomke versuchte, zu sagen, war nicht einmal annähernd für ein normales Ohr zu verstehen, es klang wie „Mampfhstengeldudelsack" wobei sie allen, inklusive sich selbst, eine ausgiebige Kuchenkrümeldusche gönnte ...

Friedrich schüttelte leicht genervt den Kopf: „Wie so ein kleiner Hamster!", meinte er zähneknischend.

Da blieb es also nicht aus, dass wir erst alle darauf warten mussten, bis Tomke ihren mit Kuchen randvoll gestopften Mund freihatte. Dann rang sie nach Luft und wollte wohl mit ihrer Stellungnahme beginnen, was aber nicht funktionierte. Denn es folgte zunächst ein „Bäuerchen", dann ein „Ups, 'Tschuldigung, meine Herrschaften", wobei Tomate sich die Fingerkuppen vor den Mund hielt.

„Ich wollte nur sagen, dass ich den Ausführungen nichts hinzuzufügen habe."

„Na, Gott sei Dank. Dann kann Ralf ja das Protokoll beenden", schloss Friedrich endgültig die Veranstaltung. Tomke und ich verließen den Konferenzraum und begaben uns – wohin auch sonst – Richtung Kantine. Erst jetzt bemerkte ich, dass sie erneut an ihrer linken Kopfhälfte herumrasiert hatte. Offenbar war sie dabei abgerutscht, ich sah eine kleine Schnittwunde oberhalb ihres linken Ohrs.

„Hast du gehört, was Friedrich gesagt hat, Roy? Es geht wieder los. Ich kann es kaum erwarten. Ich bin eine Kriegerin, eine Kämpferin. Ich gehöre an die Front und nicht in irgendwelche Schreibstuben. Roy, das wird fantastisch. Wir werden Marschall de Grooth und diesen gottverdammten Müller-Bormann-Truppen und erst recht den Schatten mit ihren Raumschiffen die Eier langziehen."

„Abwarten, Tomke. Abwarten. Darf ich heute Abend zu dir kommen und in deinen Büchern lesen?", fragte ich.

Stirnrunzelnd sah sie mich an: „Klar, Roy. Warum fragst du denn? Bist doch sonst auch jeden Abend bei mir und lungerst rum."

„Ich befürchtete, dass es dir vielleicht zu viel wird, Süße."

„Quatsch, Roy. Ich bin verdammt froh, dass du da bist. Endlich mal ein neues Gesicht hier. Außerdem soll ich dir alles zeigen, hat Friedrich mir aufgetragen. Aber komm, jetzt essen wir erst einmal zu Abend."

Damit griff Tomke von Freyburg, die 16-jährige adlige Freiheitskämpferin wie immer in meinen linken Ärmel und zog mich stolzierend mit. Diese wunderbare, sehr junge Frau pfiff wieder dabei. Diesmal den Badenweiler Marsch.

Strawberries, cherries and an angel kissing spring.
My summer wine is really made from all these things ...

Ich konnte mich nicht daran erinnern, jemals in meinem Leben etwas Niedlicheres, Wunderbareres und Schöneres gesehen zu haben. Sie war einfach zu süß.

Freudig und übermütig winkte Tomke mir zu. Sie hüpfte, machte große Sätze unter dem Einfluss der Schwerelosigkeit und strahlte dabei wie ein kleines Kind in einem Kinderkarrussel.

Jetzt schlug sie in ihrem viel zu groß wirkenden Raumanzug mehrere „Räder", ohne mich dabei aus den Augen zu lassen. Ich empfand ein nicht zu beschreibendes Glücksgefühl. Mir war, als hätte das normale Leben keinerlei Gültigkeit mehr. Nichts schien es zu geben, was diese wunderbare, mir eigene Glückseligkeit jemals hätte stören können. Kurz schaute ich hinauf, in den Himmel, ins All ... alles lila- und orangefarben. Sternschnuppen sah ich. Hunderte. Einzelne Sonnen und sogar Galaxien schienen sich mit ihren Spiralnebeln zu drehen. Manche der Sterne bewegten sich. Waren es Raumschiffe? Ja, ganz sicher. Es waren Raumschiffe. Aber gute, keine bösen. Es gab doch in Wirklichkeit gar nichts Böses. Alles war doch einfach nur gut.

Ich schaute wieder hinüber zu Tomke. Sie schlug immer noch Räder in der Schwerelosigkeit der Mondoberfläche. Unentwegt strahlte sie mich unter ihrer Glasglocke an.

Oh Tomke ... Tomke ... Tomke... Es war so schön, so wunderbar, so ewig, bis – ja, bis uns doch jemand störte ... Entsetzlich! Wer wagte es, uns in dieser Idylle zu stören? Welcher Teufel tat so etwas? Ich verkrampfte leicht. Dann schüttelte es mich. Irgendetwas riss mich weg, riss mich weg von Tomke.

„Neiiinnn!", schrie ich. Aber ich schrie es nicht wirklich. Ich dachte es. Ein grelles Licht ließ mich zusammenzucken. Ich kniff meine Augen zusammen. Dann war ich weg. Der Mond war nicht mehr real. Nur dieser fürchterliche Ton, den ich verteufelte, da er es wagte, mich aus meinem Heil zu reißen, legte sich jetzt völlig über mich und zerquetschte mich fast. Ich merkte, dass meiner Kehle ein merkwürdiges Geräusch entrann, dann riss ich meine Augen auf, starrte in das Neonlicht der Nachttischlampe neben meinem Bett, merkte, dass ich klitschnass war, hätte auf der Stelle kotzen können, da ich aus dem Paradies gerissen worden war und schlug garstig auf den elektronischen Wecker auf meinem Nachttisch, um mich wenigstens von diesem entsetzlichen Weckton zu befreien.

Tief atmete ich durch und fuhr mit meiner rechten Hand durch meine kurzen, blonden Haare.

„Wäre ja auch zu schön gewesen", nuschelte ich im Selbstgespräch. Ich stöhnte. Dann drehte ich meinen Kopf nach rechts und erblickte das kleine Kissen neben mir, griff es mit beiden Händen und presste es fest auf mein Gesicht. Tief atmete ich ein und nahm Tomkes Geruch wahr. Dieser wunderbare Geruch, der sie stets einhüllte, egal ob sie gerade aus der Dusche kam, durchgeschwitzt ihren Kampfanzug ablegte oder gerade vom Schlafen aufstand. Dieser typische Tomke-Geruch war ihr allgegenwärtig. Es war Tomkes Kissen. Vor einiger Zeit lieh ich es mir mit der Ausrede aus, dass mir meine zugeteilten Kissen nicht reichen würden, da ich zu tief liegen würde. Das war natürlich nur eine dumme Ausrede. In Wirklichkeit ging es mir um nichts anderes, als etwas von Tomke zu haben, in das ich mich einkuscheln konnte. Tomke war natürlich viel zu intelligent und schnallte das sofort, wobei ich aber ganz genau merkte, dass es sie mit einem gewissen Stolz erfüllte.

Seitdem hütete ich das Kissen wie meinen Augapfel. Mir war bewusst, dass ich mich manchmal wie ein verknallter Teenager benahm. Es war mir aber egal. Es war mir immer schon egal gewesen und ich erinnerte mich daran, wie gern ich schon früher Halstücher oder Palästinensertücher von meinen Freundinnen trug.

Es war Freitagabend. Ich hatte mich ausnahmsweise mal in meiner und nicht Tomkes Stube hingelegt, da ich mich abends noch weiterbilden wollte. Mein kleiner Engel stellte mir hierbei die entsprechende Fachliteratur zur Verfügung, mit der ihre Stube, welche direkt neben meiner lag, überfüllt war. Ich wagte einen kurzen Blick auf den Wecker und stellte fest, dass es allmählich Zeit wurde.

Wenigstens gleich zu Tomke, dachte ich und sofort bekam ich neue Motivation richtete meinen Oberkörper im Bett auf, hielt kurz inne und schüttelte dann den Kopf: *Du spinnst doch wieder, Macker!* Nach dem Duschen verließ ich meine Stube, um aber gleich schon wieder, einige Meter links vom Deck, vor Tomkes Stubenschott stehenzubleiben. Ich weiß nicht, wie oft ich Tomkes Lieblingslied in den letzten Wochen bereits gehört hatte. Schon wieder drang *Summerwine* durch das Schott. Ich klopfte. Nichts, keine Reaktion. Also verschaffte ich mir selbst Zutritt. Schließlich war ich mittlerweile in ihrer Stube fast häufiger, als in meiner eigenen.

Schon beim Eintreten fiel mir der Dampf auf, den ich zunächst nicht zuordnen konnte und der Tomkes Stube durchzog. Dann erkannte ich aber, dass sie gerade unter der Dusche stand: Die Tür dorthin stand offen und Tomke trällerte das Lied munter mit.

Ihre Uniformkombination lag über dem Sessel. Unter dem kleinen Waschbecken in der Ecke standen Ihre Kampfstiefel. Ihre Flip-Flops lagen mitten im Raum. Am Kleiderschrank hing sauber und ordentlich ihre Ausgehuniform, auch wenn es im Innern des Schrankes wieder mal aussah wie bei Luis Trenker im Rucksack. Die gute Garnitur der Sturmlegionäre also, die aus einem schwarzen Kolani und einem altmodischen schwarzen Dreispitz bestand. Beides erinnerte mich an die Uniform der britischen Küstenwache des achtzehnten Jahrhunderts.

Neulich hatte ich Tomke, ich weiß gar nicht mehr, in welchem Zusammenhang, in ihrem guten Zwirn gesehen. Der exakt auf ihre schlanke Figur zugeschnittene Kolani mit seinen zweireihigen acht Goldknöpfen und dem goldenen, aufgestickten V auf beiden Oberarmen stand ihr genial. Mit ihren zusammengebundenen Haaren, welche hinter dem Dreispitz hervorlugten und der zu dieser Uniform dazugehörende altertümliche Säbel an ihrer linken Seite, sah sie einfach fabelhaft aus. Tomke war einfach wunderschön. Erst jetzt, als ich diese Uniform an ihrem Spind hängen sah, fiel mir ein, dass ich ebenfalls so ein Teil mein Eigen nennen durfte. Nur, dass ich noch niemals auf die Idee gekommen war, diese auch nur mal probeweise anzulegen. Ich dachte nach den vielen Wochen, die ich jetzt schon dem Fürstentum Eisland angehörte, zum ersten Mal darüber nach, dass ich hier absolut nichts an Privatkleidung besaß. Alles was ich besaß, waren mein normaler Kampfanzug, den ich täglich trug, diese komische „Piraten-Ausgehuniform" und Sportkleidung. Doch. Eine Ausnahme gab's da: mein geliebtes Frank Zappa-T-Shirt, das ich am Tage meiner Entführung zufälligerweise unter meinem Uniformhemd getragen hatte ...

Ich setzte mich auf Tomkes Sofa und nahm eines ihrer unzähligen Bücher vom kleinen Lesetisch, über dem ein großes Gemälde hing, das Otto von Bismarck darstellte. Daneben sah ich zwei große, eingerahmte Portraitaufnahmen von Wilhelm Canaris und Erwin Rommel. An der Wand gegenüber hing ein riesiges Filmplakat von Friedrich Wilhelm Murnaus Nosferatu aus dem Jahr 1922, welches den genialen Max Schreck neben der wunderbaren Greta Schröder zeigt, dem besten expressionistischen Gothic-Klassiker aller Zeiten, wie Tomke meinte. Dem musste ich zustimmen.

Tomke behauptete doch tatsächlich steif und fest, dass es sich bei Max Schreck um einen echten Vampir handelte, der unbedingt Greta Schröder nageln wollte. Ich konnte den notgeilen Vampir natürlich völlig verstehen, war Greta Schröder doch schließlich fast so wunderschön wie Tomke. Aber, halt nur fast. Sie ließ sich auch nicht davon abbringen, indem ich ihr versuchte zu erklären, dass Max Schreck, natürlich neben Spencer Tracy und Bruno Ganz, der wohl beste Charakterdarsteller aller Zeiten gewesen ist.

Nein, Tomke glaubte an ihren Greta Schröder durchbumsenden Vampir, was wohl aber mehr mit ihrer schwarz-romantischen Ader an sich zu tun hatte, als mit irgendeiner Realität. Ob es den Vampir nun wirklich gab, war dabei eher nebensächlich. Irgendwie war das alles typisch für Tomke. Ich musste leicht schmunzeln und fing an, mich in der Materie, mit der ich mich beschäftigen wollte, weiterzubilden. Bereits nach einigen Minuten hörte ich, dass sich die Kunststofftür der Dusche öffnete und besagte junge Dame in ihrem kleinen Badezimmer herumraschelte. Kurz darauf betrat das kleine Fräulein nur mit Höschen und Unterhemd bekleidet, tänzelnd ihren Wohnraum, ohne mich wahrzunehmen. Sich mit dem Handtuch ihre zauseligen Haare abrubbelnd, hoppelte Tomke auf Zehenspitzen zur Melodie von *The Girls in Paris*. Nur schade, dass Tomke überhaupt nicht tanzen konnte und einige Male schien es, als ob sie sogleich über ihre eigenen Füße stolpern und zu Boden fallen würde. Ich erfreute mich sehr am Anblick der jungen, wunderschönen und spärlich bekleideten Herzogin, gab aber nach einem weiteren Moment des Genießens mein Versteck auf: „Gleich liegst du auf dem Hintern, Süße."

Diese schien nicht einmal sonderlich erschrocken, sondern blickte mit rotem Kopf nur kurz in meine Richtung: „Huch, Roy! Ich hab dich gar nicht bemerkt. Bist du schon lange hier?"

„Du hast mein Klopfen nicht hören können, weil die Musik zu laut war, als du duschtest."

„Ja, ja. Das kann schon sein." Sie blickte auf das Buch in meinen Händen. Neulich bekam ich von ihr zwei meiner Lieblingswerke geschenkt. Seitdem zierten fortan Hemingways *Der alte Mann und das Meer* und Stevensons *Schatzinsel* jetzt auch wieder meinen Nachttisch. Von Tessa bekam ich doch tatsächlich *Die Stadt* von Ernst von Salomon, wodurch Tessa wieder einmal ihren ausgezeichneten literarischen Geschmack bewiesen hatte.

„Ahh, du bist schon am Studieren. Das ist gut. Soll ich dich nachher wieder abfragen?" Sie kam, ihr Handtuch akrobatisch wie einen Turban um ihre Haare gerollt, auf mich zu und gab mir ein Küsschen auf die Wange. Dann griff sie in ihr Regal und holte eine kleine Flasche schwarzen Nagellacks hervor. Anschließend setzte sie sich aufs Sofa, steckte Watte zwischen ihre kleinen Zehen und lackierte ihre kurz abgesäbelten Fußnägel. Ich sah das kleine Muttermal an ihrem rechten Fußknöchel, das mir schon so oft aufgefallen war, weil Tomke es liebte, möglichst immer und überall barfuß herumzulaufen. Sie schien keine Anstalten treffen zu wollen, sich weiter anzuziehen und wirkte völlig entspannt. Es schien sie auch nicht zu interessieren, dass mir bei ihrem Anblick das Wasser im Mund zusammen lief, obwohl ich mir sicher war, dass sie es bemerkte.

Kleiner Satan, dachte ich lüstern, riss mich aber zusammen und legte mich auf ihr Bett; versuchte weiterzulesen. Und tatsächlich gelang es mir auch, mich nach einiger Zeit wieder etwas auf den Lesestoff zu konzentrieren, so dass ich mich – statt mit Tomke – mit den hypothetischen Grundsätzen eines Zeitloches innerhalb einer Atmosphäre beschäftigte.

„Tomke, habe ich das jetzt richtig verstanden, dass bei einer weiteren Erhöhung der Rotationsgeschwindigkeit des Drehfeldes die Atmosphäre innerhalb des Feldes und seiner Umgebung stärker ionisiert, was durch einen intensiver leuchtenden, grünlichen Halo und fortschreitender Luftdruckverminderung begleitet wird? Das Drehfeld bildet dabei einen Diskus mit einer positiven, mittigen Ladung und einer Minus-Ladung an den Außenrändern. Atmosphärische Moleküle, welche sich dem zentralen Feldpluspol nähern, werden ionisiert und von ihm danach abgestoßen. Dabei bilden die durch die Ionisation entstehenden freien Elektronen einen Spin zum Drehfeldaußenrand und werden zum Minuspol abgeleitet. Es bildet sich am Außenrand ein zunehmendes positives Energiefeld …"

„Falsch, Roy", unterbrach sie mich mit erhobenem Finger. „Das dadurch sich stetig entwickelnde Energiefeld ist logischerweise negativer und nicht positiver Ladung, da sich sonst um das Feld herum kein Vakuum bilden und höchste elektrische Spannungen entstehen können, weil innerhalb des Vakuums keine Entladungen mehr stattfinden und sonst außerhalb des Vakuums durch Rekonstruktionsvorgänge auf elektrochemischem Weg logischerweise das grünliche, atmosphärische Leuchten nicht entstehen kann."

„Klar! Logischerweise!", spöttelte ich giftig. Tomke grinste frech, legte sich neben mich aufs Bett und drehte ihren Kopf zu mir.

„Mit der Physik hast du es nicht so, oder Roy?"

„Was wohl augenscheinlich nicht zu übersehen ist, Süße."

„Sei bloß froh, dass Ralf nicht anfängt, über diese Materie zu referieren. Dann verstehe selbst ich nur noch Bahnhof." Dabei holte sie unter ihrem Bett ein altes, abgewetztes Buch zum Vorschein.

„Ich habe hier noch etwas für dich", sagte sie und reichte mir *Moby Dick*. Ich schüttelte meinen Kopf: „Ne, du. Lass mal lieber. Ist echt ganz lieb von dir, Tomke. Aber ich mag Melville nicht."

Erstaunt sah sie mich an: „Das ist ja ein Zufall", sagte sie, „ich mag Melville nämlich auch nicht. Melville Bücher stinken nach Lebertran!", betonte sie.

„Nach Lebertran und Teer", ergänzte ich.

„Stimmt", sagte sie. „Melville Bücher stinken nach Lebertran und Teer. Also weg damit", und warf den Schinken wieder unter ihr Bett. Sie atmete tief und entspannt durch und schloss ihre Augen. Ich sah sie mir an. Sie roch wieder so gut. Ich musste schlucken. Meine Kehle war trocken. Am liebsten hätte ich sie jetzt geküsst, gestreichelt, an ihren Zehen gelutscht, sie massiert oder sonst irgendwie liebkost. Aber ich riss mich abermals zusammen. Nach einiger Zeit bemerkte ich, dass sie eingeschlafen war. Ich gab mir Mühe, leise zu sein und las in Tomkes wissenschaftlichen Werken weiter. Nach etwa einer Stunde aber stand ich vorsichtig auf und holte eine Decke vom Sofa, um die kleine Maus zuzudecken. Ich wollte nicht, dass sie fror und dadurch vielleicht wach wurde. Anschließend kroch ich wieder hinter Tomke und las weiter. Nach einiger Zeit tat sich Merkwürdiges: Tomke wurde im Schlaf unruhiger, stöhnte leicht und bewegte ihren Kopf hin und her. Auf ihrer Stirn bildeten sich Schweißperlen. Sie hatte den Mund zur Hälfte geöffnet. Ihre Zahnspange blitzte mir entgegen und, wie so häufig, zog sie wieder dickliche Speichelfäden im Mund. Dann begann sie im Schlaf zu brabbeln. Ich legte das Buch zur Seite und wollte sie gerade wecken, um sie von ihrem Alptraum zu befreien, als ich Tomke leise sprechen hörte und legte meinen Kopf nahe an Tomkes Mund, um ihr leises Gebrabbel besser verstehen zu können – und vernahm Eigenartiges:

„Die ... Jenseitsmaschine .. .Experiment ... Gesine, nein, Gesine ... helft mir, helft Gesine ... diese Dämonen ... nein ... Canaris ... nur Canaris kann helfen ... Der Dimensionskanal öffnet sich. Ich bin im Dimensionskanal ... Wahnsinn ... ich ganz allein ... grün, alles ist grün ... wo bin ich ... das Weltall. Der Mars ... ich bin direkt vor dem Mars ... Wo ist die Erde … ich ... kann die Erde nicht mehr finden ... ich bin verloren. Ich finde die Erde ... nicht ... Kann ... nicht ... mehr ... zurück! ... Maria ... Meisterin ... hilf ... mir ... MARIA!"

Das letzte Wort schrie Tomke heraus. Dabei schreckte sie auf und wurde wach ... schien völlig durcheinander zu sein. Ängstlich blickte sie mich mit weit aufgerissenen Augen an und griff nach meiner Hand. Tomke war klitschnass und kreidebleich. Sie zitterte und plärrte.

Ich nahm sie in den Arm: „Ruhig, mein Schatz. Du hast doch nur geträumt. Es ist doch alles in Ordnung. Du brauchst keine Angst zu haben. Du hattest einen Alptraum!"

Ich holte ein Taschentuch aus meiner Hosentasche und wischte Tomke die Tränen aus ihrem hübschen Gesicht.

„Das wirkte alles so real, Roy. Es ist immer dasselbe. Diese unendliche Verzweiflung in diesen Träumen. Seit meiner Kindheit habe ich diese verdammten, real wirkenden Träume. Wenn ich aufwache, weiß ich nicht mehr, was ich geträumt habe. Ich weiß dann nur immer noch, dass es schrecklich gewesen ist."

Ich stand auf und holte Tomke ein Glas Wasser, das sie dankbar entgegennehm und austrank. Ganz lieb sah sie mich danach an: „Bleibst du noch bei mir, bis ich wieder eingeschlafen bin, Roy?"

„Natürlich, Tomke. Sehr gern."

„Das ist lieb von dir, Roy."

„Ich habe dich ja auch sehr lieb, Tomke."

„Wirklich, hast du das?"

„Und ob ich das habe", antwortete ich.

„Ich hab dich auch sehr lieb, Roy."

Ich beugte mich zu ihr hinunter. Langsam und behutsam küsste ich ihre Lippen. Tomke lächelte, schloss ihre Augen und schlief dann sehr schnell und ruhig ein.

Nach etwa zehn Minuten wollte ich ihr Quartier verlassen. Vorher griff ich mir aber noch eine Flasche dieser Erdbeerbrause, die Tomke so gern trank. Als ich die Flasche anhob, durchfuhr plötzlich ein stechender Schmerz meine rechte Schulter, so dass mir die Flasche mit dem Erdbeersprudel aus der Hand glitt und die rote Flüssigkeit sich auf meiner Uniformhose und Tomkes Fußboden verteilte.

Verdammt, dachte ich. Ich sah zu Tomke hinüber. Zum Glück war sie durch mein Missgeschick nicht aufgewacht. Das hätte mir nämlich sehr leid getan, denn die kleine Maus schlief doch gerade so schön. Ich sah mich um, konnte aber nichts finden, um den vergossenen Sprudel vom Boden aufzuwischen. Kurz entschlossen entledigte ich mich also meiner ohnehin aufgeweichten Uniformhose und wischte damit den Boden einigermaßen trocken. Ganz leise schlich ich dann aus Tomkes Stube.

Wie es der Teufel nun einmal so wollte, kam mir genau in diesem Moment Tessa auf dem Flur entgegen und sah mich entgeistert an. Ich wurde rot.

„Das ist jetzt nicht das, wonach es aussieht, Tessa."

„Nein?", sagte sie. „Natürlich nicht! Hätte ich auch niemals angenommen. Du solltest dich schämen, Roy. Sie könnte ja fast deine Tochter sein!"

Was war das denn jetzt? Ein Ansatz von Eifersucht?, sinnierte ich. Tessa ging kopfschüttelnd weiter und ich ersparte mir weitere Erklärungsversuche.

Das war mal wieder typisch für mich. Wie oft sind mir ähnliche Situationen im Leben schon widerfahren. Und kein Schwein glaubte mir dann die Wahrheit.

Wie auch immer.

Ich hatte mittlerweile schon wieder ganz andere Sorgen. Denn, seit einigen Minuten hatte ich aus unerklärlichen Gründen bestialische Schmerzen in meiner rechten Schulter und hoffte, in meiner Stube noch eine entsprechende Salbe zu finden, die mich von diesem Übel befreien würde.

Negativ. Nicht einmal Schmerztabletten hatte ich ...

Mist! Dabei hatte der Abend so gut angefangen!

„Steige also, wenn du kannst, höher und höher zu uns herauf"

(Adam Weishaupt)

Die Schmerzen in meiner Schulter ließen nicht nach, so dass ich beschloss, Kerstin aufzusuchen, um mich behandeln zu lassen. Ich musste aber feststellen, das die junge Medizinerin sich seit gestern in Akakor aufhielt, um ein erkranktes Kind in der Außenstelle des Fürstentums Eisland zu behandeln. Ich beschloss, nachzusehen, ob Sigrun noch in ihrer Praxis war. Es war zwar schon recht spät, aber mittlerweile hatte ich erfahren, dass sie manchmal nächtelang nicht aus ihrem Labor herauskommt und durcharbeitet. Es würde mich nicht wundern, wenn sie dort irgendwelche giftgrünen dampfenden Flüssigkeiten zu komischen Hexenextrakten zusammenbraute.

Sigruns Praxis aber war dunkel, menschen- und hexenleer.

Ich wusste, dass Sigrun ihre Privaträume unmittelbar neben der Praxis hatte und mein Blick wandte sich automatisch in Richtung ihrer Tür. Sigrun war die einzige, die in diesem abgelegenen Teil des Riesenbunkers ihr Quartier hatte. Die anderen waren alle viel weiter vorn untergebracht, so wie Tomkes und ich.

Ohne, dass ich es eigentlich selbst wollte, ging ich in Richtung Tür. Und dann tat ich etwas, das ich mir selber nicht erklären konnte: Wie unter einem inneren Zwang und völlig fremdgesteuert, öffnete ich einfach die Tür zu Contessa Sigruns Gemächern und trat ein. Ich wollte das gar nicht. Aber, ich konnte nicht anders! Ich schloss die Tür hinter mir und schaute mich um. Sigruns Raum war merkwürdig und altertümlich eingerichtet. Aber das passte schließlich auch zu ihr. Von den Wänden war nichts zu erkennen. Unzählige Bücherregale mit Tausenden von Bänden, hauptsächlich uralte Schinken, wie ich unschwer erkennen konnte, zierten die eigentlichen Wände. Dazwischen standen alte Möbel, hingen merkwürdige Tücher und Gemälde herum und einige Violinen standen in für sie dafür vorgesehenen Halterungen. Es roch eigenartig, aber keinesfalls unangenehm. Im Gegenteil, ein sehr reizvoller Geruch, wohl am ehesten mit Patchouli zu vergleichen, lag in der Luft. Es sah hier genau so aus, wie ich es mir vorgestellt hatte. Hier gewesen war ich allerdings bis heute noch nie. Und soweit ich wusste, ließ sie auch ungern jemanden in ihr Mausoleum.

Erst jetzt fiel mir das merkwürdige grüne Flackern im hinteren Teil des Raumes auf, der durch ein riesiges Bücherregal zweigeteilt war. Und jetzt hörte ich auch etwas: Stimmen. Ich hörte zwei leise sprechende Frauenstimmen. Die eine Stimme kannte ich. Das war Sigrun. Plötzlich wurde mir bewusst, was mir wohl gleich blühen würde, weil ich es wagte, unaufgefordert in Sigruns Heiligtum einzudringen. Wahrscheinlich würde ich im hohen Bogen rausfliegen. Aber wieder tat ich etwas, das ich nicht steuern konnte – Ich ging tiefer in den Raum hinein, in Richtung des merkwürdigen, flackernden grünen Lichtes, in dem Sigrun sich mit einer anderen Frau unterhielt. Die Szene war gespenstisch. Mein Herz pochte. Ich kam näher an das raumteilende große Bücherregal heran und blickte um die Ecke. Jetzt hörte ich die Stimmen deutlicher:

„ ... Deshalb, sei auf der Hut, allerliebste Sigrun!"

Jetzt sah ich Sigrun und glaubte meinen Augen nicht trauen zu dürfen. Sigrun saß, mit einem schwarzen Anzug gekleidet, der mich sofort an einen Ninja-Anzug erinnerte, im Meditationssitz vor einem grünen, riesigen kristallartigen Stein, der etwa so groß wie ein Fernsehgerät war und der auf einem großen, kupferartigen Teller stand. Von diesem Kristall gingen die eigenartigen grünen Lichtblitze aus. Sigrun hatte ihre Hände auf den Kristall gelegt. Die Stimme der anderen Frau verstummte. Ich betone: die Stimme. Denn diese Frau war selbst gar nicht anwesend. Sigrun war allein. Ich konnte mir beim besten Willen nicht erklären, woher die Stimme der zweiten Frau kam. Etwa aus dem Kristall? Was für eine Hexerei ging denn hier schon wieder ab?

Sigrun, die mit dem Rücken zu mir saß, nickte und sagte: „Ich habe dich verstanden, ehrwürdige Meisterin!" Dann löste sie ihre Hände von dem Stein und die grünen Lichtblitze wurden quasi wieder in den Stein hineingezogen und der Spuk war vorbei. Ich vermutete, dass Sigrun viel zu konzentriert gewesen war, um mich zu bemerken. Das erwies sich als Irrtum.

„Komm nur näher, Junker Roy. Hab keine Angst!"

Ohne dabei ihre Hände zu gebrauchen, stand sie aus ihrem Schneidersitz auf und drehte sich zu mir. Ich erschrak fürchterlich, als ich sie sah. Sie schien um Jahre, besser gesagt, um Jahrzehnte verjüngt zu sein!

Aber es war Sigrun. Es handelte sich – logischerweise – um dieselbe Frau, das war nicht zu übersehen. Ihr Alter war nicht zu schätzen. Und – sie war wunderschön. Ihr mächtiger, pechschwarzer Pferdeschwanz erinnerte mich an ein Seepferdchen. Ein Blick in ihre Augen ließ mich gleich noch einmal zusammenzucken. Ich erkannte den puren Wahnsinn. Sie schien Fieber zu haben oder völlig durchgeknallt zu sein. Ich glaubte, kleine grüne Blitze in ihren Augäpfeln zu erkennen, ähnlich wie jene, die gerade von diesem Stein ausgegangen waren. Es fiel mir schwer, die Fassung zu bewahren und stotternd kamen die ersten Worte aus meinem Mund:

„Entschuldigung, Sigrun! Äh, ich meine, liebe Sigrun. Ich habe vergessen anzu..."

„Ist doch schon gut, Junker Roy. Ich habe dich kommen lassen. Ich möchte mit dir Tee trinken. Magst du Kräutertee, Junker Roy? Ahh, deine Schulter, ich vergaß. Ich musste dich ja schließlich irgendwie herlocken."

Sie kam auf mich zu und knöpfte einfach die obersten Knöpfe meiner Uniformkombination auf. Dann griff sie unter meine Kleidung und legte ihre Hand auf meine Schulter. Ihre Pupillen blitzten einmal kurz grün auf und im selben Moment war ich meine Schmerzen auch schon los. Jetzt verstand ich gar nichts mehr. Unabhängig von dieser Zauberei fiel mir auf, dass die ganze Person Sigrun sich auch noch in anderer Hinsicht völlig verändert hatte: Ihre Stimme klang nicht mehr wie gewohnt überheblich und sarkastisch, sondern warmherzig und gut.

„Wie hast du das denn jetzt ...?"

„Psst, mach dir keine Gedanken, Junker Roy." Sie legte dabei ihren Zeigefinger kurz auf meinen Mund. Dann passierte schon wieder etwas, was ich nicht verstand: Wie selbstverständlich griff Sigrun mit ihrem Zeigefinger in das Ende meines linken Ärmels und zog mich, sie vorangehend, in ihr Gemach hinein.

Wieso die denn jetzt auf einmal? Ich ließ meinen Blick über Sigrun gleiten und ein weiteres, riesengroßes Fragezeichen manifestierte sich in meinem Kopf: Sigrun trug weder Schuhe, noch Socken. An ihrem rechten Fußknöchel erblickte ich ein kleines, mir sehr bekanntes Muttermal. Völlig verwirrt schluckte ich.

„Ich werde uns Tee bereiten. Ich bin gleich wieder bei dir".

Zudem bewegte sie sich auch völlig untypisch: leichtfüßig tänzelte sie feenhaft herum. Sie lächelte, was ich ebenfalls zum ersten Mal an ihr feststellte, drehte sich um und ging in einen kleinen Nebenraum, vermutlich, um tatsächlich Tee zuzubereiten.

Was wollte Sigrun bloß von mir? Ausgerechnet ich! Bisher hatte ich stets den Eindruck, dass sie mich auf den Teufel nicht ausstehen konnte. Sie behandelte mich immer abweisend oder ignorierte mich völlig. Und jetzt so etwas.

Irgendetwas stimmt in diesem Bums hier nicht, überlegte ich und sah mich, gespannt auf das, was mich erwarten würde, weiter in Sigruns Räumen um. Links von mir befand sich augenscheinlich ihre Schlafkammer. Ein Teil des Raumes war mit einem großen Tuch abgedeckt, um eine Wand zu ersetzen. Dahinter stand ein Bett. Ein Himmelbett!

„Na, dieses Klischee passt ja auch schon wieder wie die Faust aufs Auge", murmelte ich im Selbstgespräch. An der Wand über ihrem Bett hingen einige Portraits und Gemälde. Eine Portraitfotografie, offenbar schon uralt, ich schätzte es auf die Zeit nach dem Ersten Weltkrieg, zeigte eine junge, sehr schöne Frau mit blonden Haaren und einem ebenso langen Pferdeschwanz wie Sigrun ihn trug. Die Frau steckte in einem schwarzen, altmodischen Kleid. Ihre Augen strahlten eine enorme

Intelligenz und Güte aus. Sie war vielleicht Anfang zwanzig, älter nicht.

Ein sehr schönes Foto, dachte ich und betrachtete mir ein weiteres Portrait. Es hing gleich rechts neben dem der mir unbekannten, schönen blonden Frau. Auf dem anderen Foto war ebenfalls eine junge Dame zu sehen, die ich hingegen sofort erkannte: Das Foto zeigte Tomke. Ganz eindeutig. Nur, etwas kam mir merkwürdig vor: Die langen Haare. Auch Tomke trug auf diesem Foto eine lange Pferdeschwanzfrisur. Und der Fotograf musste ein wahrer Künstler gewesen sein. Er hatte es tatsächlich geschafft, Tomkes starkes Schielen nicht auf dem Foto erkennen zu lassen. Stutzig geworden, betrachtete ich mir das Bild noch genauer. Tomke trug ebenfalls ein altmodisches, schwarzes Kleid. Und dann erkannte ich, dass auch dieses Foto schon steinalt war. Was hatte das denn schon wieder zu bedeuten? Hatte sich da jemand einen Scherz erlaubt und eine Fotomontage erstellt?

Rechts unten hatte jemand etwas auf das Foto geschrieben, das nur noch schwer zu entziffern war. Es gelang mir aber zu meiner weiteren Verwunderung, die Schrift zu lesen: München, Dezemberer 1917 stand dort geschrieben.

Na, da hat aber jemand eine blühende Phantasie gehabt.

Sigrun kam mit zwei Gläsern dampfenden Tees zurück. Und prompt hatte ich ein schlechtes Gewissen, in ihrem Schlafgemach herumgeschnüffelt zu haben.

„Ich habe mir nur diese schönen Fotos angesehen, Sigrun ..."

„Ja ja. Ist schon gut, Junker Roy. Ich hatte dir doch auch nicht verboten, hineinzugehen. Gefallen dir die Fotos?"

Ich nickte: „Sie sind ausgesprochen schön. Wer ist das blonde Mädchen?"

Sigrun hielt einen Moment inne und blickte mit einem einzigartigen Gesichtsausdruck der allerhöchsten Bewunderung zum Foto:

„Das ist Dr. Maria Ortisch, meine Meisterin. All meine Fähigkeiten habe ich von ihr erlernt. Sie ist die großartigste Person, die jemals gelebt hat. Sie ist die einzige je existierende *VRIL*-Großmeisterin und die direkte Inkarnation von Mirjam von Nazaret, der Mutter des Jeschua von Nazaret, welchen ihr Jesus Christus nennt."

„Wie bitte, Sigrun? Ist das wirklich wahr?"

Ich vermochte meinen Ohren nicht zu trauen.

Doch Sigrun nickte, und ich schluckte.

„Wann ist sie denn gestorben?", fragte ich fasziniert. „Anfang 1945 auf der Wewelsburg bei Paderborn. Verbrecher der Totenkopfverbände haben sie ermordet. Ihre Urne liegt noch heute in einem geheimen Versteck dort eingemauert. Und ich weiß, wo. Und wenn die Zeit gekommen ist, werde ich handeln. Aber lassen wir das jetzt, Junker Roy!"

„Hast du mit deiner Meisterin vorhin durch den Kristall gesprochen, als ich hereinkam, Sigrun?"

Sie lächelte und nickte mir zu. Ihre Augen funkelten immer noch wie im Wahnsinn. „Überrascht dich das?"

„Eher ja, schließlich ist sie ja tot, wie du mir eben erklärt hast."

„Ach, Junker Roy. Der Tod ist relativ. Er ist nichts anderes als der Übergang in einen anderen Schwingungszustand. Nichts kann im Universum wirklich verlorengehen!"

„Ich habe schon davon gehört, Sigrun. Du sprichst von der sogenannten Akasha-

Chronik, dem Chronovisor und der technischen Verbindung zu diesen jenseitigen Schwingungen, wie den Tonbandstimmenexperimenten von Friedrich Jürgenson?"

„Du bist auf diesem Gebiet sehr bewandert, Junker Roy", sagte sie anerkennend.

„Die Akasha-Chronik existiert ebenso wie der Chronovisor, den Professor Ernetti auf der Grundlage der *VRIL-Technik* gebaut hat. Friedrich Jürgenson war ein weiser Mann, benötigte aber, wie du richtigerweise erwähntest, die Technik für seine Kontakte. Ich brauche so etwas nicht. Die Vorsehung hat mich mit besonderer Begabung ausgestattet. Ich kann mittels meiner Gedankenkraft einen Kontakt zu den Sphären herstellen, in denen sich meine Meisterin jetzt befindet."

Sigrun redete immer noch wie im Fieber. Trotzdem glaubte ich ihr jedes Wort. Viel wäre darüber wohl noch zu philosophieren gewesen, ich versuchte mich aber abzulenken, wobei sich mein Blick auf Tomkes Foto heftete:

„Ich kann mir gar nicht vorstellen, dass Tomke mal so lange Haare gehabt hat. Das kann doch noch gar nicht so lange her sein. Das Foto zeigt sie doch in jüngster Zeit. Das ist doch sicher eine Fotomontage, richtig?"

Hätte ich doch bloß meinen Mund gehalten und Sigrun nicht diese Frage gestellt. Denn: Ich bekam als Antwort schon wieder die volle Breitseite. Und, wie ich später erst begreifen sollte, ging es diesbezüglich um den Kernpunkt und den eigentlichen Grund, weshalb Sigrun mich hergelockt hatte. Mit verschwörerischem Blick sahen mich ihre grünlich funkelnden Augen an, als sie mir flüsternd erklärte:

„Das ist nicht Tomke, Junker Roy. Das bin ich. Das Foto zeigt mich, damals, im Oktober 1917 in München. Ich war zum Zeitpunkt der Aufnahme 16 Jahre alt. So wie Tomke jetzt."

Jetzt fiel mir wirklich alles herunter!

„DU SIGRUN?" Aber das ist doch eindeutig Tomke! Wieso …?"

Ich verstummte und starrte sie an. Dann fiel es mir wie Schuppen von den Augen. Wieso hatte ich das nicht schon eher bemerkt? Jetzt, wo Sigrun diese merkwürdige Verjüngung erfuhr, die vermutlich mit der Kontaktaufnahme zu ihrer verstorbenen Meisterin zusammenhing, erkannte ich es. Sigrun hatte eindeutig Tomkes Gesichtszüge. Der Schweiß brach mir aus und Sigrun schien die Situation für sich nutzen zu wollen. Sie kam näher an mich heran:

„Tomke", flüsterte sie und sah mir mit stechendem Blick in die Augen. Ich geriet jetzt völlig in ihren Bann.

„Du willst sie doch für dich haben, nicht wahr, Junker Roy?"

Ich nickte und antwortete leise wie unter Hypnose: „Ja, Sigrun, das ist richtig."

„Sie mag dich, das habe ich gleich gespürt. Nun gut, du sollst sie haben. Aber ich verlange dafür etwas von dir, Junker Roy!"

„Alles, Sigrun. Ich würde alles tun, um Tomke zu bekommen!"

„Genau das musst du auch, Junker Roy. Du musst sie beschützen. Du musst sie behüten, wie deinen Augapfel. Sie muss das Wichtigste in deinem Leben sein!"

Mit leicht zittrigem Kopf nickte ich einige Male hastig.

„Das verspreche ich dir, Sigrun."

Sie kam noch näher an mich heran: „Das reicht mir nicht. Du musst es schwören", zischte sie mich an.

Ich war Sigrun völlig ausgeliefert: „Ich schwöre es dir, Sigrun. Ich schwöre dir bei meinem Leben, dass ich fortan nur noch für Tomke da bin!"

Sie ließ von mir wieder ab und klopfte mir versöhnlich mit ihren Fingerspitzen auf meine Brust: „Gut, Junker Roy. Sehr gut."

Ihr Bann löste sich.

Ich blickte auf die uralte Fotografie, die nicht Tomke, sondern Sigrun zeigte.

„Friedrich soll es dir erklären, Junker Roy. Du kannst jetzt gehen. Und erzähle niemandem, außer Friedrich, von den Dingen, die du hier sahst und was ich dir gesagt habe."

Ich atmete durch und sah ihr in die Augen.

„Du kannst dich auf mich verlassen, Sigrun."

„Guuut, Junker Roy. Sehr gut. Jetzt gehe zu Bett. Du siehst blass aus!"

Ich schlief schlecht, machte mir Gedanken über das Erlebnis bei Sigrun und beschloss am nächsten Morgen Friedrich gleich um Aufklärung zu bitten. Schon in aller Frühe suchte ich ihn in seinem Büro auf. Er sah mich mit seinem väterlichem Blick an: „Was bedrückt dich, mein Junge? Hast du etwa Heimweh?"

Ich schüttelte den Kopf: „Nein, Friedrich, ganz gewiss nicht. Und eigentlich dachte ich, dass das hier jetzt meine neue Heimat wäre."

Er legte seinen Arm auf meine Schulter: „Das ist sie auch ganz gewiss, Roy. Damit du dich auch wohlfühlst, solltest du mir sagen, was dich so nachdenklich dreinschauen lässt. Oder vertraust du mir nicht?"

„Und ob ich das tue, Friedrich. Und ich habe auf einmal, ganz entgegen meiner ersten Eindrücke, das Gefühl, dass Sigrun mir ebenfalls vertraut."

Friedrich grinste: „Natürlich tut sie das, Roy. Sonst hätte sie schon nach kürzester Zeit interveniert und dich nicht hier geduldet. Du weißt doch, dass man ihr nichts vormachen kann."

„Das habe ich auch niemals versucht. Friedrich, ich habe gestern Abend Sigrun noch einmal kurz aufgesucht, um sie zu bitten, meine schmerzende Schulter in Augenschein zu nehmen. In ihrer Praxis habe ich sie nicht mehr angetroffen, wohl aber in ihrem Privatquartier."

„Und, hat sie dich hereingelassen?"

„Sie hat."

Friedrich nickte anerkennend: „Ich sagte ja, dass sie dich mag. Hat sie dich verhext?", fragte Friedrich weiterhin grinsend.

„Auch das hat sie. Sie sprach mit diesem merkwürdigen Kristall und unterhielt sich, wie sie mir erzählte, mit ihrer verstorbenen Meisterin, einer gewissen Dr. Maria Ortisch", fuhr ich dann weiter fort. Friedrich sah mich verwundert an:

„Das hat sie dir erzählt? Sie scheint dir aber tatsächlich mächtig zu vertrauen, Junge. Darauf kannst du dir schon was einbilden."

„Wenn das man schon alles wäre, was sie mir erzählte. Kanntest du diese Frau?"

Wieder schwieg Friedrich einige Sekunden, holte tief Luft und sagte im melancholischen Tonfall: „Natürlich. Sie war eine sehr gute Freundin meiner Familie."

Am liebsten hätte ich ihn jetzt gefragt, welche Familie er eigentlich meinen würde, denn, soweit ich es bisher mitbekommen hatte, verfügte er doch über gar keine Angehörigen. Auch erwähnte er niemals etwas von seiner Familie. Ich beschloss, die ganze Sache aber nicht noch komplizierter zu machen und stellte meine Frage einfach zurück.

„Friedrich, Sigrun schwärmte fast schon verliebt von dieser Dame und erwähnte, dass sie die Reinkarnation von Mirjam von Nazareth sei. Friedrich, das ist ganz schön starker Tobak. Ich habe das Wundern hier bei euch in kürzester Zeit verlernt!"

„So steht es in unserer Geschichte geschrieben, Roy. Ängstigt dich das etwa?"

„Nein, ganz und gar nicht. Es geht aber immer noch weiter, Friedrich. Mal ganz abgesehen davon, dass Sigrun um Jahrzehnte jünger aussah, erlaubte sie mir, die uralten Fotografien ihrer verstorbenen Meisterin zu betrachten."

„Dass sie dich in ihr Allerheiligstes hineinsehen lässt, hätte ich nun wirklich nicht erwartet. Selbstverständlich kenne ich diese Fotografien auch. Normalerweise zeigt sie diese Bilder aber nicht einfach so herum."

231

„Es ist auch gar nicht einmal das Bild von dieser Dr. Maria Ortisch, das mich so erstaunt hat." Ich erkannte, dass Friedrichs Miene sich verdüsterte. Er konnte nicht verbergen, das er befürchtete, unangenehme Fragen beantworten zu müssen.

„Sondern?", fragte er in merkwürdigem Tonfall. Ich entschloss mich, jetzt endlich auf den Punkt zu kommen: „Friedrich, ich habe die ganze Nacht nicht schlafen können, da ich zu all den Dingen, die Sigrun mir gestern erzählte, eines am allerwenigsten verstand. Ich merke dir doch an, dass du ganz genau weißt, was ich wissen möchte, Friedrich. Es geht natürlich um die Fotografie, welche Sigrun im Herbst 1917 zeigt und welches für mich aber erkennbar Tomke darstellt."

Friedrich zuckte leicht zusammen.

„Friedrich, Sigrun hat mir gesagt, dass ich mich deswegen an dich wenden soll. Du mögest es mir erklären."

„Hat sie das tatsächlich?", fragte Friedrich und wurde verlegen.

Ich nickte: „Ja, ganz gewiss."

Er war sichtlich in Bedrängnis. Zögernd sagte er:

„Mir sind zwar ihre Beweggründe dafür noch nicht ganz klar, aber natürlich glaube ich dir. Ich sage dir aber gleich, dass dir die Wahrheit nicht gefallen wird."

„So geht es mir schon mein Lebenlang, Friedrich."

„Nun gut. Dann sehe ich mich wohl gezwungen, dir über eine Sache zu berichten, über die ich äußerst ungern rede. Gleichzeitig muss ich dich aber auch zur absoluten Verschwiegenheit verpflichten. Neben Sigrun und mir wissen nämlich nur noch Ralf und Ludwig davon."

„Natürlich sichere ich dir meine absolute Diskretion zu, Friedrich."

„Ich muss dann wohl etwas weiter ausholen, um die Sache für dich verständlich zu machen." Er sah mich dann auf einmal mit fragendem Blick von der Seite her an: „Tomke. Du bist doch in sie verschossen, oder? Sagt man das bei euch jungen Leuten nicht heutzutage so?"

Ich sah keinen Anlass, Friedrich gegenüber nicht Farbe zu bekennen.

„Zur ersten Frage, Friedrich: ja, bis über beide Ohren. Und zweitens: ja, das wäre wohl der richtige Ausdruck dafür."

„Schon klar, Junge. Alle halten sich schon die Bäuche vor Lachen über euer Versteckspiel. So allmählich glaube ich auch zu ahnen, was Sigrun damit bezweckte, derart aus dem Nähkästchen zu plaudern. Nun, Roy. Dann will ich mal beginnen. Wie du weißt, hat Sigrun einen ganz besonderen Stellenwert in unserer Gesellschaft. Da du ja seit dem gestrigen Besuch bei ihr bereits in Übung bist, Unglaubliches zu verdauen, darf ich dir jetzt weiteres präsentieren. Genau wie Maria Ortisch, deren tatsächlicher Reinkarnationszyklus bisher immer noch nicht lückenhaft zurückzuverfolgen ist, hat auch Sigrun schon mindestens zweimal gelebt. Sicher ist, das Sigrun, vermutlich erstmalig als die im elften Jahrhundert lebende Mystikerin und Äbtissin des Klosters Rupertsberg Hildegard von Bingen inkarnierte. Desweiteren ist sie die Reinkarnation von Marie Antoinette, der Erzherzogin von Österreich und Königin von Frankreich und Navarra, die am 16. Oktober 1793 auf dem heutigen *Place de la Concorde* guillotiniert wurde. Sigrun vereint also insgesamt drei Persönlichkeiten in sich: sich selbst, Marie Antoinette und Äbtissin Hildegard von Bingen. Mit ihrem jetzigen Leben ist sie am Ende ihrer Reinkarnationskette angelangt. In der Sekunde ihres irdischen Ablebens wird sie sofort auf die 5. Oberschicht der grünen Jenseitsphäre gelangen und im selben Augenblick als Erzengel zur Superintelligenz-Kollektiv-Entität S.I.G.R.U.N. umgewandelt, einem kosmischen, höheren Wesen von absoluter Unsterblichkeit und absoluter Unverwundbarkeit."

Ich nahm ein Taschentuch aus meiner Hosentasche und wischte mir den Schweiß von der Stirn: „Na Friedrich, wenn das alles ist ..? Das hättest du mir ja auch gleich sagen können."

„Ich meine es ernst, Junge!", sagte Friedrich.

„DAS WEIß ICH DOCH, FRIEDRICH!", erwiderte ich erbost. „Aber es ist zum Wahnsinnigwerden. Wie soll ein normaler Mensch das alles nur verdauen? Ich werde hier mit den unglaublichsten Sachen konfrontiert, von denen niemals jemand etwas gehört hat. Was kommt denn noch alles?"

„Beruhige dich, mein Sohn." Friedrich schenkte mir ein Glas Mineralwasser ein. Ich trank einen Schluck und sah ihn an:

„Und was hat das alles mit Tomke zu tun?"

„Dazu komme ich jetzt. Ich hoffe, dass du es verkraften wirst. Sigrun war früher während des Krieges eine Agentin der Abwehr unter Admiral Canaris, der mein Freund und Vertrauter war und mit dem ich der *Intelligenz des 20. Juli* angehörte. Durch die Tatsache, dass Sigrun eine *VRIL* ist und seit 1923 sogar eine *VRIL-Meisterin*, war sie als eine der Wenigen in der Lage, die technischen Anleitungen zur Realisierung unserer Supertechnik zum Schutze unseres Planeten durch die Sternenmenschen vom Aldebaran zu empfangen. Ohne Sigrun hätten wir heute wohl kaum die Technik, über die wir verfügen und die uns und die gesamte Menschheit vor dem entsetzlichen Invasionsabsichten der außerirdischen Schatten schützt. Das erkannte damals schon Abwehrchef Admiral Canaris, weshalb er sich so vorrangig für die *VRIL-Technik* einsetzte."

„Und wieso sieht Tomke aus wie Sigrun?", bohrte ich weiter.

„Nun ja", druckste er herum, fuhr dann aber weiter fort: „Ende der achtziger Jahre ging es Sigrun gesundheitlich nicht gut. Sie wurde krank. Geisteskrank. Wir mussten damit rechnen, sie zu verlieren. Wäre das eingetreten, gäbe es keine schützende *VRIL* mehr in diesem Sonnensystem, da Sigrun keine Nachkommen hat und die letzten anderen weiblichen *VRIL-Vollmedien*, wie Meisterin Traute Anderson und einige Halbmedien, Herbst 1944 von ihrer letzten Verzweiflungsexpedition mit dem Raumschiff *VRIL-ODIN* nicht mehr zurückgekehrt sind. Somit konnten sie ihren Auftrag, den sie von Canaris bekamen, nämlich aldebaranische Superwaffen zur Verteidigung der Erde gegen die außerirdische Bedrohung mitzubringen, nicht nachkommen."

Jetzt wurde ich hellhörig: „Ist Tomke etwa doch eine Verwandte von Sigrun?", fragte ich aufgeregt. „Und hat sie deswegen diese ähnlichen Gesichtszüge, welche ich gestern nach Sigruns Verjüngung bei ihr wahrgenommen hatte?"

Friedrich ging nicht auf meine Frage ein.

„Jedenfalls mussten wir Sigrun damals in ein künstliches Koma versetzen, aus dem sie von allein, nach acht Wochen, wieder geheilt aufwachte."

Gespannt und ungeduldig lauschte ich Friedrichs Worten.

„Roy, hat Tomke dir eigentlich mal etwas von ihren Eltern erzählt?"

„Natürlich habe ich sie mal danach gefragt. Tomke sagte mir, dass ihre Eltern

Sturmlegionäre gewesen und kurz nach ihrer Geburt im Kampf gegen die MBT gefallen wären, wofür sie sich rächen will."

„Das entspricht nicht der Wahrheit, Roy. Wir haben Tomke diese erfundene Geschichte absichtlich erzählt. In Wirklichkeit hat Tomke gar keine Eltern. Sie hatte auch niemals welche." Friedrich gönnte mir einige Sekunden Verdauungspause, als er meinen verwirrten Blick sah.

„Und wer hat Tomke dann damals geboren? Sie muss doch Eltern gehabt haben, da sie doch offensichtlich schließlich existiert."

„Nein, Roy. Sie hatte tatsächlich niemals leibliche Eltern." Friedrich blickte kurz zu Boden und sah mich danach wieder an: „Ich fürchte, ich muss deinem Moralempfinden jetzt einen fürchterlichen Schlag verpassen, Roy. Tomke ist Sigrun. Oder, wenn du so willst, Sigrun ist Tomke. Tomke ist nichts anderes als ein exakter Klon, entstanden aus der Desoxyribonukleinsäure, der DNS einer Zelle. Aus Sigruns Unterlippe, um genau zu sein."

„WAS?" Entsetzt und als hätte ich einen Schlag in die Fresse bekommen, trat ich einen Schritt zurück: „Friedrich , das glaube ich nicht!"

Meine Kehle schnürte sich zusammen und mein Herz schien vor Pochen gleich aus meinem Brustkorb springen zu wollen.

„Es ist so, wie ich es dir sage, mein Junge. Es war die einzige Möglichkeit, unser aller Fortbestehen zu sichern. Das Fortbestehen der Menschheit. Es ging nicht anders. Sigrun von Freyburg, so lautet Sigruns vollständiger Name, musste weiterexistieren."

„Sigrun von Freyburg?", stammelte ich wie im Fieber.

„Ja, Roy. Sigrun von Freyburg wurde am 5. Februar 1901 in München geboren. Ihr genaues Geburtsdatum hält Sigrun ebenso geheim wie ihren vollständigen Namen. Lediglich Ralf, Ludwig und meine Wenigkeit wissen davon. Und auch du."

„Ich glaube, allmählich zu verstehen", sagte ich nachdem ich das Gröbste verdaut hatte. Langsam löste sich auch der Schrecken und ich konnte mich wieder einigermaßen konzentrieren: „Aber, trotzdem verstehe ich nicht, wie das technisch abgelaufen ist, Friedrich. Tomke muss doch ausgetragen worden sein!"

Der Alte schüttelte den Kopf: „Sie ist sozusagen bis kurz vor dem neunten Monat im „Blumentopf" aufgewachsen. Dann entnahmen wir sie und zogen sie normal auf."

Ein schrecklicher Gedanke stieg in mir hoch.

„Habt ihr etwa noch mehr von Sigruns Klonen?", traute ich mich kaum zu fragen, da ich befürchtete, dass ich die Antwort nicht verkraften und durchdrehen würde. Meine ärgste Befürchtung aber bestätigte sich nicht.

„Nein, Roy. Natürlich nicht. Insgesamt haben wir damals sieben Klone von Sigrun erstellt. Die anderen sechs wurden allerdings niemals ‚geweckt', sondern in speziellen Kälteschlafkästen aufbewahrt, ohne jemals bei Bewusstsein gewesen zu sein. Als wir aber Gewissheit hatten, dass Tomke gesund aufwachsen und alles überstehen würde, vernichtete ich die anderen sechs Klone nach ihrem vierten Lebensjahr. Es gibt nur noch Tomke."

Bedächtig nickte ich ihm zu: „Ich glaube, eine andere Antwort hätte ich auch nicht verkraftet, Friedrich."

Erst Jahre später beichtete mir Friedrich ein weiteres Geheimnis von nicht zu vertretender Unmoral. Einen Moment lang wusste ich damals nicht, ob ich ihn standrechtlich erschießen oder auf Knien danken sollte. Ich entschied mich für die zweite Möglichkeit und bekam wieder einmal bestätigt, dass das bedingungslose Vertrauen in meinen Chef, einem ehemaligen, engen Vertrauten von Admiral Canaris und der *Intelligenz des 20. Juli*, stets der richtige Weg gewesen ist. Auch, wenn man die Gründe für das weitsichtige Handeln eines Canaris oder von Hallensleben nicht immer gleich nachvollziehen konnte.

Mit einem merkwürdigen Gefühl im Bauch ging ich in Tomkes Quartier, klopfte kurz gegen die Tür und trat dann, ohne eine Antwort abzuwarten, ein. Tomke kam mir lächelnd entgegen. Ich gab mir Mühe, mir nichts anmerken zu lassen und nahm mir vor, mit dem Wissen über Tomke auf meine ganz spezielle Art umzugehen. Ich verdrängte es einfach.

Aussitzen, dachte ich und der ehemalige Beamte kam mal wieder in mir hoch. *Sitz das ganz einfach aus!*

Ich streckte meine Arme aus und Tomke gab mir doch tatsächlich gleich ein Küsschen. Ein Richtiges! Stolz wie Oskar fragte ich sie, ob sie den Rest der Nacht denn besser geschlafen hatte.

„Oh, ja. Das habe ich, Roy. Ich habe geschlafen wie ein Stein. Bestimmt, weil du so lieb zu mir gewesen bist."

„Ab jetzt bin ich für immer so lieb zu dir, mein Schatz."

„Ja, das will ich auch hoffen!", sagte sie ganz süß und mit Schmollmund.

„Gehen wir frühstücken, Großer?"

„Klar", nickte ich. Prompt drehte sie gewohnheitsmäßig ihren Zeigefinger in meinen linken Ärmel und zog mich mit. Diesmal aber streifte ich mit einer drehenden Bewegung meiner linken Hand ihre Hand von meinem Ärmel ab. Tomke sah mich geradezu entsetzt an, so, als würde sie die Welt nicht mehr verstehen. Dann nahm ich ihre Hand, wobei ich meine Finger zwischen die ihren schob. Sie lächelte und wurde wieder rot. Ich auch. Irgendjemand legte einen Schalter in meinem Kopf um und dann geschah es – mir gingen alle Sicherungen auf einmal durch.

„Oh, Tomke. Das ist ja alles so wunderbar. Tomke, ich lass dich fortan nie wieder allein. Wir machen ab jetzt alles zusammen. Tomke ... ich werde jeden Abend deine dreckigen Kampfstiefel putzen, in meiner Freizeit nur noch pauken, um dir beim Physikstudium zu helfen, deinen katastrophalen Spind aufräumen, dir jeden Morgen Frühstück ans Bett bringen, dir den Hintern abwischen und deine Nachtwache übernehmen ... oh, Tomke ... Tomke ... Tomke!"

„Ist ja schon gut, Roy", flüsterte Tomke verlegen, da alle Kameraden und Kameradinnen auf dem Korridor zur Kantine amüsiert stehenblieben und sich nach uns umdrehten, weil ich in meiner Euphorie viel zu laut geworden war.

Dann kam uns Contessa Sigrun von Freyburg entgegen. Zu meiner Verwunderung war von ihrer Verjüngung der vergangenen Nacht absolut gar nichts mehr zu sehen. Sie sah aus wie immer. Einen Moment lang dachte ich, dass ich mir vielleicht alles nur eingebildet hätte.

Sigrun von Freyburg blieb stehen und musterte uns mit strengem Blick. Tomke ließ mich los, ging zu ihr und umarmte sie.

„Gut, dass ich euch hier treffe. Tessa sucht nach dir. Besser, du funkst sie mal an."

„Ja, Sigrun. Mach' ich sofort."
Tomke griff an ihr Koppel, nahm das Funkgerät und meldete sich für Tessa. Worum es ging, konnte ich nicht hören. Es interessierte mich auch nicht.
Noch während Tomke funkte, setzte Sigrun von Freyburg ihren Weg fort. Dazu musste sie an mir vorbei. Als sie mit mir auf gleicher Höhe war, blieb sie kurz stehen und sah mit finsteren Augen zu mir hoch: „Guuut, Junker Roy. Sehr gut", flüsterte sie verschwörerisch. Und wenn mich nicht alles täuschte, vernahm ich ein kurzes Augenzwinkern, was ich als eindeutige Geste wertete.

Einige Tage später

Tomke saß wie ein Klammeräffchen auf meinem Schoß. Seit etwa einer halben Stunde schmusten wir herum, und irgendwie schmeckte mein kleiner Engel nach Erdbeeren. Wir waren allein in der Leitstelle und hatten Nachtwache. Als ich gerade dabei war, ihre pechschwarzen Haare durchzuwuscheln, ertönte ein penetranter Piepton auf dem Armaturenbrett vor uns.
„Was ist nun denn kaputt, Süße?"
„Ach du Schreck. Der Strahlschiffabtaster", sagte Tomke und war sofort wieder völlig bei der Sache: „Roy, schnell. Gib Al ..."
Meine Hand klatschte auch schon auf den Alarmknopf rechts neben der Konsole. Die sofort losdröhnende Sirene schnitt Tomke das Wort ab. Es dauerte kaum mehr als eine Minute, als Tessa in Sportkleidung und barfüßig hereingerannt kam. Ihre Spiralhaare standen wirr durcheinander. Ihre kleine schwarze Nickelbrille war beschlagen. Offenbar hatte sie fest in ihrer Stube geschlafen und war eiligst in die Leitstelle gerannt: „Was ist los? Habt ihr beiden Turteltauben vor lauter Herumknutscherei die Radarortung nicht im Auge gehabt?"
Wieder mal ein Hauch von Eifersucht?, schoss es mir durch den Kopf.
„Doch. Klar, Tessa!", antwortete Tomke. „Der Strahlschiff-Emissionsabtaster meldet erst in dieser Sekunde das Durchbrechen von drei Einheiten. Auf dem Radar ist noch nichts zu ... doch, Tessa. Jetzt orte ich etwas. Das Radar zeigt nun ebenfalls drei Einheiten, mit Kurs Südwest."
Oberfähnrich Czerny blickte verdammt ernst drein: „Ich habe verstanden", sagte sie und drückte die Sprechtaste der Rufanlage: „Achtung. Hier Leitstelle an Asgard-Geschwader. Einheiten T1 und KI 1 sofortiger Alarmstart. Strahlschiffdurchbruch von mindestens drei Einheiten aus Richtung Nordost."
Tessa handelte weise. Sie ließ die diensthabenden Kampfpiloten des UFO-Abfangjägergeschwaders Asgard, eine Einheit der wendigen *Tat-Tvam-Asi* Deltaflügler und eine weitere Einheit mit Klein-Interceptoren besetzen. Damit war zum einen eine Jagd der Strahlschiffe durch die kleinen *TTA-Flitzer* und zum anderen eine Verfolgung bis in den Bereich der Stratosphäre und darüber hinaus, durch die weltalltauglichen Raketenabfangjäger gewährleistet. Es dauerte keine drei Minuten, als die Stimme des Schwarmführers, Feldwebelleutnant Klemens Seiffert, aus dem Lautsprecher des Funkgerätes drang: „Leitstelle von Asgard 1. Wir haben Kurs auf die Strahlschiffe genommen und drei Einheiten geortet. Angriff in etwa zwei Minuten."
„Verstanden, Schwarmführer."

Friedrich betrat die Leitstelle und informierte sich in aller Eile über die Sachlage. Er schien nicht geschlafen zu haben und sah wie immer ernst und voll konzentriert aus: „Roy, Tomke. Tessa und ich übernehmen die Einsatzleitung. Ihr besetzt eine *Krabbe* und übernehmt die Oberflächenaufklärung. Gegebenenfalls leistet ihr Hilfe als Bodenartillerie."

„Alles klar, Friedrich", bestätigte ich. Zusammen mit Tomke eilte ich auf das Fahrzeugdeck von Horchposten I, um eine *Krabbe*, ein flaches Kettenfahrzeug von lediglich zwei Metern Höhe und etwa drei Meter fünfzig Breite, zu besetzen. Die Krabbe verfügte über eine Spezialpanzerung und zudem über eine Druckkabine, die nötigenfalls mit drei Personen besetzt werden konnte. Ein weiterer Vorteil lag in ihrer Geschwindigkeit, die auf idealer Ebene bis zu 110 km/h betragen konnte. Die *Krabbe* hatte diesen für das Fürstentum Eisland typischen weiß-grauen Tarnanstrich. Waffentechnisch war das Gerät mit einer 33-mm Kanone für panzerbrechende *Van-Möllen-Wirbelgranaten* und zudem mit einem 105-mm-Standardgeschütz und einem 7,92-mm-MG ausgestattet. An den Seiten waren Lafetten für jeweils zwei Boden-Luft-Raketen angebracht. Am Heck befand sich zudem noch ein Nebelgranatenwerfer.

Eilig steuerten wir die *Krabbe* durch das Terminal an die eisige Oberfläche der Antarktis. Vor uns, in etwa fünfzehn Kilometern Entfernung brach die Hölle am schwarzen Horizont los. Rote und blaue Lichtblitze zuckten durch den Himmel. Eine gewaltige Explosion ließ uns zusammenfahren.

„Leitstelle für Schwarmführer. Asgard 3 soeben zerstört. Ein Strahlschiff flüchtig. *Asgard 2*, sofort Verfolgung aufnehmen ... Verdammt. Leitstelle, ich kann das dritte Strahlschiff nicht mehr orten ... Mein Gott, was ist das? Wir werden beschossen. Leitstelle, wir brauchen Verstärkung. Leit ..."

Eine weitere Detonation beendete die Meldung und ließ uns zusammenzucken. Dann hörten wir Tessas Stimme im Einsatzfunk:

„*Asgard 1* melden! Schwarmführer, sofort Lagemeldung!"

Nichts. Asgard 1 unter dem Kommando von Feldwebelleutnant Klemens Seiffert antwortete nicht mehr ... konnte er auch gar nicht – Er existierte nicht mehr. *Asgard 1* war soeben durch das außerirdische Strahlschiff zerstört worden.

„*Asgard 2* für Leitstelle. Claudia, du übernimmst."

„Verstanden, Leitstelle."

Der TTA-Deltaflügler *Asgard 2* und der Klein-Interceptor *Asgard 4* waren die letzten beiden Einheiten der ehemals vier Abfangjäger. Über den Einsatzfunk erfuhren wir, dass *Asgard 4* die Verfolgung des flüchtigen Strahlschiffes aufnahm. *Asgard 2* schoss soeben eines der UFOs ab. Ein roter Lichtblitz schoss aus dem D-KSK-Elektogeschütz des Deltaflüglers von Kornett Müller und sorgte für den Bruchteil einer Sekunde für eine schnell aufblühende und sogleich wieder verlöschende Atomsonne über dem nächtlichen Himmel der Antarktis.

„Leitstelle von *Asgard 2*. Strahlschiff zerstört. *Asgard 4* jagt dem anderen hinterher. Das Dritte kann ich nicht ausmachen. Meine Ortung ist ausgefallen. Halt, jetzt sehe ich es doch. Es nimmt Kurs Richtung Horchposten I. Kornett Czerney, hast du das mit?"

„Habe ich mit, Kornett Müller. *Krabbe 37*. Roy. Tomke. Wie weit seit ihr?"

„Wir sehen das Osterei auf uns zukommen, Tessa", rief Tomke in den Funk. „Wir knallen das Ding ab."

„Verstanden, *Krabbe* 37."

Zum allerersten Mal in meinem Leben sah ich ein UFO aus nächster Nähe und nicht nur auf Lehrfotos oder aus Filmen. Es war real, denn es nahm Kurs auf uns, um anzugreifen und uns zu vernichten. Die Geschehnisse überschlugen sich. Bisher hatten wir keine Gelegenheit gehabt, die Geschütze aufzumagazinieren. Tomke stürzte sich auf die Munitionstrommel mit den 33-mm-Wirbelgranaten für den Revolverlader. Sie hatte Schwierigkeiten, die schwere Trommel mit ihren kleinen Händen zu greifen.

„Warte, Tomke. Ich mach das." Mit einem Ruck setzte ich die Trommel in das Lager der Kanone. Es ging nicht ... klemmte irgendwo.

Jetzt doch bitte nicht ...

„Zur Seite, Roy. Ich kenne da 'nen Trick."

Mit der Hacke ihres rechten Kampfstiefels verpasste Tomke der Trommel einen Tritt, so dass die Trommel augenblicklich einrastete.

„Toller Trick, Tomke. Mit Brachialgewalt hätte ich das sicher auch gekonnt."

Eilig knallte ich mich vor den Zielmonitor für den manuellen Beschuss. Der grünlich schimmernde Bildschirm des Nachtsichtgerätes zeigte mir ein Fadenkreuz. Das Strahlschiff kam näher. Ich sah, dass der Pol auf seinem Scheitelpunkt pulsierte und wusste, dass das UFO somit unmittelbar vor dem Abschuss seiner tödlichen und alles vernichtenden Energiestrahlen war, die soeben schon zwei unserer Kampfeinheiten pulverisiert hatten.

„Etwas höher, Tomke ... nur ein kleines bisschen höher. Ja, jetzt. Feuer!"

Die Munitionstrommel der zweiundvierzig 33-mm *Van-Möllen-Wirbelgranaten* jagte mehrere Salven durch das Rohr – und traf. Das Strahlschiff explodierte, unmittelbar bevor es seine Energiestrahlen auf unseren Panzer abfeuern konnte. Die Wrackteile flogen uns nur so um die Ohren, was unsere Trommelfelle auch aufs Übelste strapazierte.

„Leitstelle von *Krabbe* 37. Strahlschiff zerstört!"

„Verstanden, Roy", bestätigte Tessa.

Tomke kam von hinten an mich heran und schlug ihre Arme um meinen Hals. Sie gab mir ein Küsschen und blickte zufrieden und durchgeschwitzt auf den Gefechtsmonitor. Verliebt lächelte ich ihr kurz zu.

Eine weitere Detonation rumorte in den Nachthimmel hinein.

„Hier *Asgard 2. Asgard 4* und ich haben das letzte Strahlschiff soeben zur Hölle geschickt", meldete Kornett Claudia Müller über Einsatzfunk.

„Ausgezeichnet! Leitstelle an alle Einheiten. Basis anlaufen. Die Nachaufsicht übernehmen Folgebesatzungen. Czerny Ende."

Februar 2007, Norwegen, vor der Küste des Eismeeres

Die Dämmerung brach an. Es war schweinekalt. Tomke und ich lagen mit fünfunddreißig Sturmlegionären in Zugstärke und drei Spezialpanzerfahrzeugen des Typs *Krabbe* verdeckt einige hundert Meter vom Ufer des Eismeeres. Es roch nach Ärger. Und zwar ganz gewaltig. Vor einigen Tagen war es im Bereich der Barentssee zu zwei tragischen Schiffsunglücken gekommen: Der 289 Meter lange Flüssiggastanker *GOLAR SPIRIT* mit seinen 128.000 Kubiklitern Gas sowie die bundesdeutsche Marinefregatte *EMDEN* waren nicht mehr.

Die *EMDEN* mit ihren 204 Besatzungsmitgliedern wurde komplett vernichtet. Vom Riesentanker *GOLAR SPIRIT* konnten sich noch gerade eine Handvoll Männer retten. Die überlebenden Seefahrer quasselten noch unter Schock von einem Angriff des Klabautermanns vor der Eismeerküste Norwegens. Beide Schiffe waren geradezu zerrissen und zerquetscht worden.

Der Klabautermann hinterließ keinerlei Spuren bei seinen Untaten. Sofort wurden mehrere taktische Züge des Fürstentums Eisland in Bewegung gesetzt, um die Sicherung der Barentssee und somit auch des U-Boot-Bunkers Fjordlager zu gewährleisten. Mehrere dem Fürstentum unterstellte Riesenunterseeboote der Imperiumsklasse sowie deren Spezialeinheit der Kampffrösche, also der Kampfschwimmer, mit ihren schnellen und kleinen Hochgeschwindigkeitsbooten vom Typ *Linse*, als auch vier Infanteriezüge der Küstensicherung mit ihren fliegenden Einheiten waren in ständiger Bereitschaft.

Tomke, die es liebte, mit einem Fernglas um den Hals herumzulaufen, spähte den Küstenbereich ab. Ich hockte neben ihr hinter dem Deckung gebenden Felsen und betrachtete mir nochmals die Fotos von den Resten der verunglückten Schiffe. Von hinten näherte sich Sergent Greta Krull und starrte ungläubig auf die Bilder in meinen Händen.

„Wie war noch gleich der Name dieses Kriegschiffes, Unterleutnant?", fragte die junge Frau mich.

„*EMDEN*", antwortete ich.

„Ach ja. Das ist doch eine Stadt, richtig?"

„Ja, das ist richtig." Fragend sah mich die Unteroffizierin an: „Liegt die Stadt in Holland oder Belgien, Unterleutnant Wagner?"

Tomke nahm ihr Fernglas von den Augen und sah mich an, als hätte sie soeben einen Geist gesehen: „Weder noch, Sergent. Emden ist eine Stadt in Ostfriesland, nahe der deutschen Nordseeküste."

„Ach so, dann habe ich das wohl verwechselt."

„Macht ja nichts, Greta. Es ist auch gar nicht so wichtig zu wissen, in welchem Land Emden liegt", gab ich ihr zur Antwort, musste aber dennoch schlucken.

„Warum hat sich dieses Kriegschiff denn nicht verteidigt?", nervte Sergent Greta Krull weiter und sah mich dabei mit ihren wasserblauen Augen an. Blonde Haare ragten unter ihrem Kevlar-Helm hervor.

„Selbst irgend so ein Seeungeheuer müsste doch mit Elektrogeschützen und Wirbelgranaten kleinzukriegen sein."

Tomke hielt es nicht mehr aus:

„Sergent Krull. Kannst du mir mal bitte sagen, seit wann irgendeine andere Macht als unser Fürstentum über Elektrogeschütze und *Van-Möllen-Wirbelgranaten* verfügt? Am besten wohl noch über Königspfeile und Gravitationsbomben. Das fehlte mir gerade noch, dass irgendeine Nation mit unserer Hochtechnologie herumpfuscht. Du scheinst vergessen zu haben, dass sich die Nationen der Erde in regelmäßiger Penetranz selbst plattmachen und sich gegenseitig abschlachten. Ohne Rücksicht auf die Zivilbevölkerung! Solange es keine halbwegs geeinte und vernünftige Menschheit gibt, die endlich ihre bestialischen Atomwaffen komplett vernichtet, bekommt keiner etwas von uns. Auch nicht Deutschland."

„Entschuldigung, Hoheit. Daran hatte ich jetzt gar nicht gedacht."

„Macht ja nichts, Greta", benutzte Tomke absichtlich betont meine Wortwahl.

„Ich kann mir schon vorstellen, was da abgelaufen ist", versuchte ich zu erklären, „dieses Kriegsschiff, wenn man es denn überhaupt als solches bezeichnen kann, verfügte lediglich über acht *RIM-7 Sea Sparrow* und 6-rohrige *Düppel-Raketenwerfer*. Wahrscheinlich hatten sie weder Torpedos, noch *AGM-84 Harpoon* Seezielflugkörper geladen. Und wenn doch, dann waren sie blind wie Maulwürfe. Die konnten sich gegen, was auch immer sie zerrissen hat, gar nicht verteidigen und wurden schlichtweg überrumpelt."

„Gehörtest du nicht früher auch einmal dieser Subkultur an, Roy, nachdem du dein Studium hingeschmissen hattest? Oder verwechsle ich das jetzt mit einem der anderen komischen Rödelvereine, bei denen du gedient hast?", fragte Tomke.

„Stimmt schon, Tomke. Bei der Marine war ich auch einige Jahre. Aber bei einer Spezialeinheit der Küstenjäger, nicht bei den seefahrenden Truppen. Und das mit dem Studium war anschließend, Tomke."

„Na ja, ich gehe dann mal wieder, wenn es genehm ist", sagte Sergent Greta Krull und verschwand wieder in die hinteren Linien.

„Wie geht so etwas denn, Tomke? Wie kann es sein, das dieses Mädchen von gar nichts eine Ahnung hat? Wer hat die denn zur Unteroffizierin gemacht? Ich glaube, da sind wohl mal wieder ein paar Nachhilfestunden in politischer Bildung im Kompanielehrsaal fällig, Sturmjunker von Freyburg."

„Wenn du den Vortrag hältst."

„Worauf du dich verlassen kannst, Süße."

„Zugführer dritter Zug für Gruppenführer *Linse 8*", dröhnte unter starken Nebengeräuschen die männliche Stimme eines Kampffrosches aus dem Funkgerät.

„Hier Zugführer 2, dritter Zug", nahm Tomke das Gespräch an.

„Da kommt irgendetwas auf euch zu, Hoheit. Von See aus. Wir haben es gerade erst orten können. Es muss sich euch extrem tief unter Wasser nähern. Kam ganz plötzlich."

„Verstanden, *Linse 8*. Ihr bleibt von hinten dran. Aber haltet genügend Sicherheitsabstand ein."

„Jawohl, Sturmjunker von Freyburg. Verstanden und Ende."

Ich griff zum Funkgerät, das mich mit den einzelnen Gruppenführern meines Zuges verband: „Achtung. Hier Zugführer 1. Es geht los. Irgendetwas nähert sich uns von See her. Sofort gefechtsbereit machen. Gruppenführer die jeweiligen Befehle abwarten. Ohne Quittung."

Tomke suchte aufgeregt mit ihrem Fernglas die See ab. Milchiger Speichel klebte zwischen der Zahnspange meiner 17-jährigen, adligen Freundin.

Jetzt schlug auch unser Ortungsgerät an. Ein Blick sagte mir, dass wir es mit einem ziemlich dicken Brocken zu tun bekommen würden. Alles ging mal wieder rasend schnell. Unsere Luftwaffe steckte irgendwo über der Nordsee und patrouillierte.

„Was ist denn das?", stieß Tomke hervor.

Ich nahm ihr das Fernglas aus der Hand, ohne den Tragegurt von ihrem Hals zu nehmen, wodurch unsere Köpfe leicht zusammenstießen ... etwa so, wie man es aus den alten Filmen mit Laurel und Hardy her kennt ... Was ich dann sah, ließ mich diese beiden Klamauk-Asse rasch wieder vergessen und mich stattdessen zusammenzucken. Einige hundert Meter vom Ufer der Barentssee entfernt begann das Wasser plötzlich grünlich zu leuchten. Das Leuchten verstärkte sich. Irgendetwas steckte dort im Wasser. Dann sah ich in der Dämmerung weiß schäumende, aufsprudelnde Wassermassen. Dort brach etwas durch. Etwas Gewaltiges. Etwas Riesiges.

„Was wird denn das jetzt, Tomke?", fragte ich.

Tomke schluckte und ihr sowieso ewig zur Hälfte aufstehender Mund ging noch etwas weiter auf: „Ich habe da eine ganz böse Vorahnung, Roy."

Das grünliche Leuchten unter Wasser wurde intensiver. Ebenso das aufschäumende Wasser. Dann geschah es. Ein riesiges, metallenes Gebilde drückte sich aus dem Wasser an die Oberfläche. Ich glaubte, nicht richtig zu sehen. Es war – ein Kopf! Ein riesiger, metallener Kopf. Ein Kopf, etwa so groß wie ein Kleinbus. An den Schläfen erkannte ich zwei Pole. Ein zyklopenähnliches Auge oder eine Art Sensor saß mittig auf dem eckigen Metallschädel, der ansonsten keine weiteren „Organe" aufwies. Gewaltig und beängstigend stieg der Riesenroboter wie Godzilla aus dem Eismeer. An seinem gewaltigen Rumpf prangten zwei Arme, an dessen Enden zwei überdimensionale, scherenartige Konstrukte hingen. Das Ungetüm stand auf zwei kräftigen Beinen und mit jedem Schritt, mit dem es aus dem Wasser heraus in Richtung Ufer ging, ließ es den Boden erzittern. Das ganze Monster war etwa dreißig Meter hoch.

„Tomke, gibt es da etwas, das ich wissen sollte?"

Das blasse Mädchen wurde jetzt noch blasser: „Ich hab es geahnt, Roy. Ein Titan R-3 Überseehandelsstörer."

„Was zum Teufel ist ein Titan R-3 Überseehandelsstörer, Tomke?"

„Na, das garstige Ding da halt. Du siehst es doch."

„Ja, ich bin beeindruckt. Jetzt wird mir auch klar, wieso die *GOLAR SPIRIT* und die *EMDEN* vor dem Ding kapituliert haben. Da hast du deinen Klabautermann. Der Macker hat die Schiffe schlichtweg auseinandergeschnitten."

„Und ich hielt es für Spinnerei", brabbelte die 17-jährige Herzogin.

„Könntest du mich jetzt bitte an deinem Wissensschatz teilhaben lassen, Süße?"

„Friedrich hat mir mal davon erzählt. Die haben diese Dinger im Krieg fertiggestellt. Als strenges Geheimprojekt. Es sind programmierte Kampfroboter. Die funktionieren wie U-Boote, können anblasen, auftauchen und an der Meeresoberfläche agieren sie während des Einsatzes wie Luftkissenboote. Unter Wasser gehen sie ganz einfach auf dem Meeresgrund. Das kratzt die Dinger nicht weiter. Sie sollten gegnerische Handelsschiffe unschädlich machen, unter anderem auch, um England auszutrocknen. Friedrich sagte mir, dass er dafür sorgte, dass diese Monster in einem unterirdischen Schutz- und Trutzgau im Jonastal in Thüringen unschädlich gemacht wurden und dort irgendwo geheim einlagerten. Ich glaube, er äußerte, dass lediglich eines dieser Monster einmal tatsächlich gegen ein feindliches Kriegsschiff eingesetzt worden ist. Offenbar haben die MBT die Dinger sich unter den Nagel gerissen."

„Aha, ein Titan R-3 also. Großartig. Sicher weißt du auch, wie man den Kerl effektiv bekämpft? Ich meine, so allmählich sollte man sich schon mal die ersten Gedanken darüber machen. Der Koloss ist nur noch etwa vierhundert Meter von uns entfernt."

„Keinen blassen Schimmer, Roy. Soweit ich weiß, haben diese Dinger sowieso eine Dreischott-Viktalen-Panzerung, wie die alten *Haunebu-Flugpanzer* aus dieser Zeit."

Ich griff hastig zum Funkgerät: „Zugführer an alle Gruppen und *Krabbe* 12 bis 14. Alle Batterien Feuer."

Sekunden später prasselte reihenweise das Mündungsfeuer aus den MG-Nestern. Die 105-mm Geschosse der drei Krabben donnerten gegen den Koloss, ohne erkennbaren Schaden anzurichten. Es schien fast so, als prallten sie einfach ab. Einzig und allein die 33-mm *Van-Möllen-Wirbelgranaten* zeigten Wirkung, wenngleich das Ungetüm die ansonsten absolut panzerbrechenden Miniaturgranaten mehr zu verschlucken schien. Zumindest aber bewirkten sie, das der riesige Kampfroboter jetzt in Ufernähe verharrte, wobei seine riesigen Metallkufen nur noch einige Meter tief im eiskalten Wasser des Eismeeres steckten. Dummerweise hatten die *Krabben* keine Königspfeile geladen. Mit den schlanken Marschflugkörpern hätten wir den Koloss mit Sicherheit kleinbekommen. Ein Königspfeil zerfetzt auch eine zweiundsechzig Jahre alte Dreischott-Viktalen-Panzerung.

So ganz allmählich liefen die Rohre heiß. Das Dauerfeuer nahm hörbar ab.

„Verdammt", fluchte ich. „Immer, wenn man die Luftwaffe braucht, ist sie nicht da!"

„Die *Shamballah-Nurflügler* sind bereits verständigt, Roy. Sie starten soeben von unserer Nordseeplattform."

„Zu spät, Tomke. Die Angriffsjäger sollten jetzt hier sein und nicht erst in fünfzehn Minuten. Solange halten wir hier die Stellung nicht. Wenn jetzt kein Wunder geschieht, müssen wir die Frontlinie aufgeben und uns zurückziehen. Sieh nur, der Titan R-3 setzt sich wieder in Bewegung."

Jeder Schritt des Überseehandelsstörers ließ den Boden wieder erzittern. Und dann kam das Wunder. Gerade noch rechtzeitig. Jedenfalls schien es so. Jedenfalls kam das Wunder in Form eines Linse-Schnellbootes, das von See aus mit hoher Geschwindigkeit dem Titan R-3 hinterherjagte. Hastig setzte Tomke ihr Fernglas an ihre Augen:

„Roy, da kommt eine *Linse* angebraust!"

„Zugführer 1 an alle Gruppen und Artilleriewerfer. Feuer sofort einstellen. Wir bekommen Unterstützung der Kampfschwimmereinheit", gab ich schnell über Funk weiter.

Das bis zu 120 km/h schnelle Jagdboot war mit sechs Kampffröschen besetzt. Es setzte einfach auf der steinigen Küste des Eismeeres auf, wobei es vermutlich Schaden nahm. Zwei dieser Kampffrösche in schwarzen Neopren-Tauchanzügen und Kopfhauben rannten dem gigantischen Kampfroboter hinterher. Irgend etwas trugen sie auf ihren Rücken. Ich konnte nicht erkennen, was es war. Zuerst hielt ich es für kleine Kampfrucksäcke. Das stimmte aber nicht. Jedenfalls griffen die beiden Kampffrösche zeitgleich hinter ihre Rücken. Irgend etwas schoss gegen den gewaltigen Kopf des Titanen und einen Augenblick später sah ich, wie die beiden Kampfschwimmer plötzlich an dünnen Seilen in die Luft gezogen wurden.

In etwa dreißig Metern Höhe kletterten die beiden Kampffrösche unter größten Schwierigkeiten jeweils zu den seitlich am eckigen Kopf des Monsters befindlichen Polen. Dort hantierten sie kurz herum, seilten sich dann eiligst bis auf ungefähr acht Meter Höhe ab und ließen sich einfach auf den harten Küstenboden fallen. Sekunden später gab es eine gewaltige Explosion, die erneut unsere Trommelfelle kurz, aber aufs Höchste strapazierte. Instinktiv duckte ich mich ab und war froh, meinen Kevlar-Helm auf dem Kopf zu haben. Dann begriff ich endgültig. Die beiden Kampffrösche hatten zwei Gilgamesch-Destruktions-Haftminen an den Polen des Überseehandelsstörers angebracht. Die Explosion hatte zur Folge, dass der R-3 lediglich noch zweieinhalb Schritte auf seinen riesenhaften Kufen vorankam, dann schwankte und schließlich bewegungslos verharrte. Er schien zumindest gestört, wenn nicht sogar zerstört zu sein. Jedenfalls vorerst. Ich blickte kurz zu Tomke und wischte mir mit dem Handrücken den Schweiß von der Stirn. Tomke grinste – wie immer. Sie reichte mir das Funkgerät. Ich nickte ihr zu.

„Zugführer 1 an alle Einheiten. Sanitätspanzer sofort zu den Kampffröschen begeben. *Krabbe* 12 und 13 vorrücken und sichern. *Krabbe* 14 hinten in Bereitschaft bleiben. Gruppenführer zweite Gruppe!", stieß ich meine Anweisungen hastig hervor.

„Hier Gruppenführer zweite Gruppe", meldete sich Hauptbootsmann Rick Forgerty.

„Zug übernehmen. Die Herzogin und ich rücken vor."

„Verstanden, Zugführer." Tomke und ich ließen alles, wo es war und spurteten die schätzungsweise dreihundert Meter bis zu dem jetzt bewegungslos verharrenden Ungetüm vor. Der Sanitätspanzer und die beiden sichernden Spezialpanzerfahrzeuge kamen kurz vor uns an. Auch die anderen Kampffrösche der *Linse* waren bereits zu ihren beiden Kameraden gestoßen. Zwei Sanitäter mit Kevlar-Helmen rannten zu dem Verletzten. Ein Kampffrosch stand neben seinem verletzten Kameraden. Er war mindestens einen Kopf kleiner. Erst jetzt erkannte ich, dass es eine Frau war. Prustend trafen Tomke und ich am Ort des Geschens ein. Neben uns spurtete Sergent Greta Krull aus einer *Krabbe* und hielt sichernd ihre MPi in Richtung des direkt vor ihr stehenden Ungetüms. Ich schüttelte den Kopf, während Tomke sich ein lautes Lachen nicht verkneifen konnte.

„Wie geht es dem Kameraden?", fragte ich einen der Sanitäter.

„Es wird schon werden, Unterleutnant. Er hat sich vermutlich das Bein gebrochen. Sonst scheint alles in Ordnung."

Ich nickte und wandte mich dem unverletzten Kampffrosch zu: „Wer bist du, Kameradin?"

„Sergent Anette Grunert von den schnellen Eingriffsgruppen der Kampffrosch-Waffentaucher, Unterleutnant."

„Allerhand, Sergent. Das gilt natürlich für euch beide", lobte Tomke.

„Danke, Hoheit."

Ich sah zum 30 Meter-R-3.Ungetüm: „Und was machen wir jetzt damit, Süße?"
„Weiß nicht, Roy. Für den Schrotthändler ist er eindeutig zu schade! Entweder wir lassen ihn einfach hier stehen oder zerlegen ihn, nehmen ihn mit und stellen ihn Friedrich vor die Stubentür. Schließlich hat Paps uns diese Suppe hier eingebrockt. "

Südpol, zwei Tage später

General Friedrich von Hallensleben stand mit verschränkten Armen vor der riesigen Weltkarte im Konferenzraum von Horchposten I. Er wirkte heute spürbar zurükkhaltend. Etwas schien ihm unangenehm zu sein.
„Nun sag schon Paps. Wie viele von diesen Titan R-3 Überseehandelsstörern habt ihr damals gebaut?", fragte seine Ziehtochter.
Der Alte druckste herum. Eine Antwort schien ihm schwerzufallen.
„Dreizehn an der Zahl", sagte er dann kleinlaut.
„WAS? DREIZEHN!?", stieß Tomke entsetzt hervor. „Dann haben wir aber einen schönen Schlamassel!"
VRIL-Abwehr-Chefin Tessa Czerney hörte gespannt zu: „Es gilt also herauszufinden, ob es den MBT und der Dritten Macht gelungen ist, sämtliche dieser Geheimwaffen aus dem unterirdischen Schutz- und Trutzgau im Jonastal zu bergen", konstatierte die Offizierin und ehemalige Mossad-Agentin.
„Und ich dachte, ich hätte damals mit meinen Leuten von der *Intelligenz des 20. Juli* alle R-3 unschädlich gemacht. Ich verbarg sie in einem 14 Stockwerke tiefen Bunker nahe eines Truppenübungsplatzes bei Ohrdruf. Die Eingänge des Stollens habe ich persönlich durch eine Pioniersgruppe der Division Brandenburg sprengen lassen. Ich wollte, dass sie für alle Zeiten unentdeckt bleiben", seufzte Friedrich.
„Wieso habt ihr die Kampfeinheiten nicht später, nach der Gründung des Fürstentums Eisland geborgen, Friedrich?", fragte ich.
Dieser sah mich an und zuckte mit den Schultern: „Nun, Roy. Die Begründung ist wohl einfacher, als du erwartest. Was sollten wir denn zum Teufel mit diesen Dingern? Der auf dreihundersechsundsiebzig Jahre Bestand habende geniale Zukunftsplan meines Freundes Admiral Canaris legt vorrangig das Fortbestehen des Asgard-Geschwaders und die Sicherung der technomagischen Errungenschaften der *VRIL-Gesellschaft* fest, keineswegs aber eine militärische Auseinandersetzung mit irgendeiner Nation dieser Erde. Wozu also bräuchten wir Titan R-3 Überseehandelsstörer? Ich gebe zu, dass ich aus heutiger Sicht natürlich anders entschieden hätte. Allein schon, um die Kampftitanen vor dem Zugriff der *Dritten Macht* zu schützen. Jetzt haben wir nämlich den Salat!"
„Schon gut, Paps. Gräme dich deswegen nicht."
„Ich werde versuchen, irgendwie *VRIL*-Abwehr-Agentin VAA Lyda Salmonova zu kontaktieren. Sie sitzt als unsere wichtigste Agentin nach wie vor im Netz der Müller-Bormann-Truppen und ich kann nur hoffen, dass sie keine Doppelagentin ist. Mehr können wir im Moment nicht tun. Wir müssen uns darauf vorbereiten, mit den anderen zwölf Titan R-3 Überseehandelsstörern in der Folgezeit noch gewaltigen Ärger zu bekommen", schloss Tessa Czerney die interne Dienstbesprechung.

Ein halbes Jahr später, im August 2007, Neu Schwabenland

Die Gruppe von sechs jungen Sturmlegionären schleppte die schwere mobile Kraftstrahlkanone den Gang zu einem Hangar entlang. Tomke kam ihnen entgegen. Sie trug ihr schwarzes Barett auf dem Kopf und stellte sich den Leuten mit verschränkten Armen in den Weg: „ZM!", rief sie der Gruppe zu.
Alle sahen sich fragend an.
„ZM heißt zu mir und noch bevor ich den Buchstaben M ausgesprochen habe, habt ihr gefälligst anzutreten und abzuwarten, was die liebe Tante Tomke euch zu sagen hat, verstanden!"
„Jawohl, Kornett", dröhnte es ihr wie aus einem Mund entgegen.
„Wer hat euch beauftragt, die mobile D-KSK durch die Gegend zu schleppen?" Eine junge Legionnaire 2. Klasse sah sich wohl verpflichtet, das Wort für die ganze Gruppe zu ergreifen und gab Tomke Antwort. Sie war jung, hatte lange, hellblonde, fast schlohweiße Haare, die zu zwei langen Zöpfen zusammengebunden waren. Sie fielen auf ihr hellblaues Uniformhemd, das diagonal von ihrer rechten Schulter zu ihrer linken Hüfte von einer schwarzen Schärpe durchzogen wurde. Dazu trug sie eine schwarze Uniformhose, Kampfstiefel und an ihrer linken Hüftseite baumelte der Dolch der Junglegionäre. Auf dem Kopf trug sie ein schwarzes Schiffchen mit dem V als Kokarde und präsentierte sich als Klischeebild nordischer Herkunft.
Mein Gott, dachte Tomke. *Wer hat euch denn diese albernen Jungsozialisten-Uniförmchen verpasst? Das ist ja wohl völlig daneben. Naja. In den tiefen Andenhöhlen von Akakor weht augenscheinlich noch ein etwas anderer Wind, als hier in der Antarktis. Friedrich würde so einen Blödsinn nicht mitmachen.*
„D-Das ist eine Anw-Anw-Anweisung von Feld-Feldwebelleutnant Wagner. Wir sollen die D-D-D-KSK in d-d-der Nähe des Nord-Nordhangars bereitstellen, damit ein schnellerer Zuuu-griff auf das Geräääät möglich ist", stotterte sie.
Dezent und sich nichts anmerken lassend, hörte Tomke über die Sprachbehinderung der jungen Kameradin hinweg.
„In Ordnung. Wo kommt ihr Küken eigentlich her?"
„W-Wir Küken kommmmen aus Akakakoakor, K-Kornett Tommmke. W-Wir sind ge-gestern zusammen mit den anderen füüünfzig Mannannschaftsdienstgraaaden gekommen und sollen dem inneren Verteidigungsgürtel der K-Kampfgruppe von Feldwebellleutnant Waaagner zugeteilt werden."
Verlegen sah das Mädchen mit der Sprachbehinderung leicht zur Seite, da sie aufgrund des starken Schielens von Tomke nicht genau erkennen konnte, wen diese denn nun eigentlich ansah.
Stottermarie konnte sich nun einen Moment ausruhen – denn nun kam Tomke.
„Na, dath patht ja", lispelte sie durch ihre Zahnspange. „Ich bin eure thtellvertretende Kampfkommandantin. Übrigenth, habt ihr den Feldwebelleutnant irgendwo gethehen?"
Ein junger Sturmlegionär hüstelte spontan und mimte einen Hustenanfall. Ein Anderer hatte reichlich Mühe, seine Gesichtsmuskeln unter Kontrolle zu halten. Die beiden Sprachkoriphähen untereinander verstanden sich aber offenbar ganz großartig. Und es ging noch weiter!

„Lllediglich heute mooorgen in der K-K-Kantine, K-K-K-Kornett Tomke."
„Da habe ich ihn natürlich auch gethehen, du kleiner Schelm. Ich meine doch in der letzten halben Thtunde."
„Nein, Kornett Tomke."
Oh, ein Thatz, ganth ohne thu thtottern, dachte Tomke. „Schon gut, ich werde ihn schon irgendwo finden. Bei der Herumrennerei und diethen Menschenmathen hier kann man ja auch verrückt werden. In zwei Thtunden ist Befehlthauthgabe im grothen Hangar. Da will ich andere Uniformen thehen, Thturmlegionärä. Thliethlich theit ihr ab heute allethamt Legionärä theithe clathe und keine Junglegionärä mehr. Altho, ab zur Kleiderkammer und legt diethez Thpielmannthzug- Kothtümchen ab. Weg mit dem Thifftchen und dath Barett auf. Und jetzth macht weiter."
„Jawohl, Kornett", dröhnte es Tomke einheitlich von den stillgestandenen Jungfrüchten entgegen. Die stotternde Sturmlegionärin und die anderen zwei Jungs und drei Mädchen mit den hellblauen Uniformhemden der Junglegionäre setzten ihren Weg weiter fort. Das sprachbehinderte Mädchen mit den langen blonden Zöpfen drehte sich im Weitergehen noch einmal zu Tomke um und sah dieser anhimmelnd nach. Sie schien in ihr ein Idol gefunden zu haben: *So will ich auch werden. Sie ist eine Kornett, eine Offiziersanwärterin mit bestandener Prüfung. Eine Unterleutnant ...*
Ein langer Weg bis dahin lag noch vor ihr. Schließlich erhielt sie heute erst den allerersten Mannschaftsdienstgrad der Sturmlegionäre. Aber sie würde es schaffen. Irgendwann würde sie es schafften. Das verknallte Mädchen hoffte, dass Kornett Tomke ihren Eifer mit Wohlwollen bemerken würde.
Die Gruppe der jungen *Jihad-Polizisten* schaffte die schwere mobile D-KSK wie angeordnet in den Nordhangar. Dort angekommen, mussten sie erstmal erschöpft eine Verschnaufpause einlegen.
Einer aus der kleinen Gruppe meinte: „Sagt mal Kameraden. Ich habe das Gefühl, dass hier alle außer Tomke so ziemlich den großen Schlotter haben. Tomke scheint die Einzige zu sein, die wohl keine Angst kennt. Selbst die ranghohen Offiziere sehen irgendwie bleich aus. Ich möchte gern mal wissen, was uns eigentlich genau erwartet und vor allem, wie Kampfkommandant Feldwebelleutnant Roy Wagner drauf ist!"
Das Mädchen mit den blonden Zöpfen sah ihren Kameraden an.
„Sag maaal, Hans. Ich mö-möchte dir ja wiiirklich nicht zu nahe t-t-t-treten, aber findest du es denn angemessesenen, über unsere stellvertretende K-K-KKampfkommandantin in ihrer Abwesenheit sooo flachsig zu reden? Es heißt doch wohl immer noch K-K-K-Kornett Tomke. Ich dachte, dass hätten wir einmal so gelernt. Und auuußerdem kann ich deine a-andere Bemerkung in Bezug auf KKampfkommandant Wagner nicht ganz nach-nach-nachvollziehen. Ein Feldwwebelleutnant, also ein Offiziiier der St-St-St-Sturmlegionäre, kann gaaar keine Angst haben."
Der Junge, ebenfalls ein Legionnaire 2. Klasse, sah das Mädchen mit den langen, blonden Zöpfen an: „Es tut mir leid, wenn ich den Eindruck machte, respektlos über unsere Offiziere geredet zu haben, Mary. Bitte entschuldige. Sicherlich hast du Recht. Die ehrenwerte Kornett Tomke wird sicherlich nicht die Einzige sein, die über tadellosen Mut verfügt. Auch unser Kampfkommandant, Feldwebelleutnant Roy Wagner und alle anderen Offiziere werden selbstverständlich über allem erhaben sein. Bitte entschuldige nochmals, Mary."

Ein anderer junger Kampfpolizist mischte sich ein: „Aber trotzdem ist es hier seltsam. Ganz anders als bei uns in Akakor", sagte er. „Ich bin vorhin der hohen Sigrun begegnet. Ich sah sie zum ersten Mal in meinem Leben persönlich. Seltsam! Ich hatte schon den ganzen Tag Kopfschmerzen. Als die Priesterin aber an mir vorbeiging, war es mir, als würde der Schmerz aus meinem Kopf hinausgesogen werden. Ihre *VRIL*-Kräfte scheinen ins Unermessliche zu gehen."

Von blindem Patriotismus gefesselt und in der festen Überzeugung, den bevorstehenden Angriff tatsächlich nur gewinnen zu können, ohne dass es einen selbst treffen könnte, machten sich die sechs jungen Leute weiter an die Ausführung der von Roy und Tomke erteilten Befehle. Denn als Hunde wollten sie schließlich nicht ewig leben.

Ich ging auf Tomke zu.

„Achtung", rief sie den etwa fünfzig im Hangar angetretenen Sturmlegionären zu: „Zum Kampfkommandanten – Augen rechts!" Danach trat sie näher an mich heran und machte Meldung: „Kornett Tomke von Freyburg-Wagner. Feldwebelleutnant, ich melde dir die Kampfgruppe vollzählig angetreten. Anzugsmusterung wurde durchgeführt. Ausstellungen beseitigt!"

„Danke, Kornett. Eintreten."

Ich wandte mich den jungen Männern und Frauen zu und ließ einige Schnuppersekunden verstreichen. Dann: „Steht bequem, Leute. Ich will es kurzmachen. Zunächst kurz zu meiner Wenigkeit. Vielleicht kennt mich ja noch nicht jeder. Ich heiße Roy und bin zweiunddreißig Jahre alt. Ich bin euer Kampfkommandant. Mehr dürfte wohl keinen interessieren. Wer dennoch weitere Fragen zu meiner Person hat, der spricht mich einfach darauf an. Ach ja, die Kornett kennt ihr ja bereits. Sie ist nicht nur meine Stellvertreterin, sondern neuerdings auch meine Ehefrau. Benehmt euch also, sonst ziehe ich euch die Ohren lang." Allgemeines Gelächter brandete auf.

„Wie ihr wisst, übernehmen wir als Infanterieeinheit den inneren Verteidigungsgürtel um Horchposten I. Der äußere Verteidigungsgürtel wird von Rittmeister Ludwig Hesse geführt. Selbstverständlich erhalten wir die Unterstützung der Luftwaffe im Ernstfall. Wenn auch aus aktuellem Anlass äußerst begrenzt, da so gut wie alle fliegenden Einheiten auf die Ballungsgebiete außerhalb des Südpols verteilt sind. Somit mussten wir größtenteils auf *Haunebu-Flugpanzer* und *VRIL-Jäger* zurückgreifen, auf denen ihr sonst höchstens noch eure anfängliche Flugausbildung absolviert. Der Flugpanzerschwarm wird von Premier-Lieutnant Tessa Czerney und der Schwarm der *VRIL-Jäger* durch Feldwebelleutnant Mara Winter geführt. Wir verfügen also mit beidem über eine kleine Staffel alter, dennoch für unsere Zwecke ausreichend wirksamer Luftverteidigung für den Ernstfall. Worum es geht, sollte mitlerweile jedem klar sein. Gebiete in der Nordsee, dem Bermuda-Dreieck und unserem Hoheitsgebiet in den Anden werden nach Angaben einer unserer *VRIL*-Abwehr-Agenten in den nächsten vierundzwanzig Stunden angegriffen. Hierbei sollen nebst Atom-U-Booten mit schmutzigen Sprengköpfen auch ein Dutzend der sogenannten Titan R-3 Überseehandelsstörer eingesetzt werden. Unsere Aufgabe besteht darin, die Küstensicherung zum Südatlantik als mittlere Infanterieeinheit zu gewährleisten, falls einzelne feindliche Einheiten durchdringen sollten. Wir stehen also sozusagen mehr oder weniger in Bereitschaft. Es ist nicht gesagt, dass wir tatsächlich eingesetzt werden. Fragen dazu?"

Ein junges Mädchen meldete sich.
„Wie heißt du, Legionnaire 2.Klasse?"
„M-M-Mary, Feldwebellleutnant."
„Bitte, Mary. Stell deine Frage."
„Feld-Feldwebelleutnant, müssen wir mit aaatomaaaren Aaangriffen in unserem Einsatzgebiet rechnenen?"
Ich schüttelte den Kopf: „Nein, davon ist wohl nicht auszugehen. Trotzdem wird die entsprechende ABC-Schutzausstattung mitgeführt."
Ich schaute weiter in die Runde: „Also gut, wenn es doch noch etwas geben sollte, sprecht die Herzogin, mich oder unsere Unteroffiziere an. Wir rücken heute Abend um achtzehnhundert aus. Dann drehte ich mich nach links:
„Kornett! Gruppe übernehmen."
„Gruppe übernehmen, Weldfebelleutna ... äh, Feldwebelleutnant", bestätigte Tomke.
Ich ging. Tomke wandte sich der Gruppe zu:
„Achtung! Kampfgruppe Wagner weggetreten."
Die Gruppe löste sich auf. Ich wartete in einigen Metern Entfernung auf Tomke. Sie kam nach.
„Du, Großer? Sag mal, da wo wir Stellung aufnehmen. Das ist doch genau dort, wo wir letztes Jahr schon mal die Jacke von diesem Riesenpanzer vollbekommen haben?"
„So ziemlich genau, Süße. Dieses Malheur habe ich den Mannschaften gegenüber logischerweise nicht erwähnt."
„Das hätte auch wohl kaum zur Gesamtmotivation beigetragen", kommentierte Tomke grinsend. Dann fragte sie: „Was machen wir denn jetzt? Die letzte Einsatzbesprechung bei Friedrich findet erst in zwei Stunden statt."
Ich grinste schelmisch: „Soll ich dir mal sagen, wozu ich jetzt Lust hätte, Engelchen?"
„WAS? Schon wieder?", stieß Tomke in genervtem Ton hervor.
„Ich kann doch nichts dafür. Halte es schon wieder nicht mehr aus."
„Na, dann komm", sagte sie seufzend, ergriff meine Hand und ging Richtung unseres Quartiers ...

Ludwig befand sich mit seiner etwa fünfzig Mann starken Kampfgruppe etwa zweitausend Meter vor uns und bildete den äußeren Verteidigungsgürtel. Die hier durch uns abgedeckte Position, etwa drei Kilometer nördlich von Horchposten I, war von strategisch äußerster Wichtigkeit. Aufgrund der Beschaffung des Eisgeländes war es die einzig angreifbare Stelle auf die Basis aus Richtung der Atlantikküste. So gut wie alle anderen Zuwege auf dem Landweg waren durch die hügelige Eislandschaft nur schwer zu überwinden. Zumindest für Infanterieeinheiten. Ein Landen hinter dieser Zone war mit herkömmlichen Fluggeräten daher so gut wie ausgeschlossen.

Ich befand mich im Schützengraben, schob meinen Kevlar-Helm etwas weiter hoch und spähte mit dem um meinem Hals hängenden Fernglas die Eistundra ab. Funkgeräte und Feldtelefone, sogenannte Ackerschnacker, gewährleisteten eine ständige Verbindung untereinander sowie auch zur Leitstelle im Eisbunker. Die Transport-Unimogs und zwei Sanitätspanzer standen getarnt etwa hundert Meter hinter uns. Auf unserer Verteidigungslinie standen die vier uns zugeteilten Panzerfahrzeuge in taktischer Aufstellung bereit. Hierbei handelte es sich um in den achtziger Jahren gebaute Halbkettenfahrzeuge. Zwei 150-mm Granatwerfer und zwei mobile Raketenwerfer mit sechs Boden-Boden-Raketen. Unsere mobile Artillerie. Eine mobile 8-cm Donar-Kraftstrahlkanone auf Selbstfahrlafette war uns ebenfalls zugeteilt worden. Diese bildete sicherlich den wichtigsten Aspekt unserer Verteidigung. Zudem ließ ich drei 8,8 cm Einheits-FlaK aufstellen, die für die Luftabwehr unabdingbar waren. Tessas Flugpanzer-Staffel, bestehend aus vier Geräten des alten Haunebu-Typs und der Doppelschwarm der *VRIL-Panzerjäger* von Mara Winter, stand in den Hangars des Eisbunkers bereit oder patrouillierten entweder einzeln als Flugpanzer oder in Rottenstärke als *VRIL*-Aufklärungsflüge über das ewige Eis.

Der Ackerschnacker sprang an. Ich nahm den Hörer in die Hand und meldete mich: „Kampfkommandant zweiter Zug."

„Roy, ich bin's, Ludwig. Du, bis jetzt ist alles ruhig. Hast du alles aufbauen lassen?"

„Sicher, Ludwig. Bei uns steht alles bereit. Merkst du auch, das die Luft wie vom Unheil geschwängert ist oder bilde ich mir das nur ein?"

„Nein, Roy. Ich merke das auch. Es riecht nach Ärger. Und zwar ganz gewaltig."

„Also, mal sehen, was passiert", sagte ich und beendete das Gespräch.

Tomke sicherte die linke Flanke in westlicher Richtung und lag mit ihren Gruppen etwa zweihundert Meter von mir entfernt. Ich sah mich um. Ein riesenlanger, ausgehobener Schützengraben zog sich wie eine lange Schlange durch die antarktische Tundra.

Ypern, Verdun, Ernst Jünger. Ich erschauderte leicht. Überall lagen Reservemunition, Panzerfäuste und andere Infanteriewaffen herum. Die dreiundfünfzig mir unterstellten Leute hatten alles gewissenhaft vorbereitet. Ich blickte zu einigen der Mannschaftsdienstgrade, die ihre Maschinenpistolen und Maschinengewehre auf die kleinen Schießscharten des Schützengrabens auflehnten und aufmerksam die Tundra sicherten. Die Anspannung war allen anzumerken. Einige zitterten. Ich wusste nicht, ob der eisigen, bitteren und zerreißenden Kälte der Antarktis wegen oder vor Angst. Inständig hoffte ich, diesmal weder von 200-Tonnen schweren Riesenpanzern des Typs *Maus* mit 15-cm-Haubitzen und schon gar nicht von dreißig Meter hohen Titan

R-3 Überseehandelsstörern, die unter schwerfälligem, mechanischen Getöse plötzlich am Horizont auftauchen und gespenstisch auf uns zumarschieren würden, attakkiert zu werden. Es zuckte in meiner linken Hand. Kam das von der Kälte? Ich schlug sie irgendwo auf.

****

„Roy, kannst du mich noch verstehen?", brüllte Ludwig durch das Handfunkgerät. Entsetzlicher Lärm und Geschrei waren im Hintergrund wahrzunehmen. Überall brannte es. Alles war voller Rauch und Lärm. Überall Detonationen.
„Ja, Ludwig. Aber sehr schlecht!" Etwas detonierte wieder in unserer unmittelbaren Umgebung. Ich duckte mich tiefer in den Schützengraben hinein und hielt dabei meinen Kevlar-Helm fest. Als der Krach der Detonation nachließ und ich nur noch das Geschrei der verwundeten Kameraden hörte, rief ich ins Handfunkgerät:
„Ludwig, warte kurz. Ich melde mich sofort wieder." Auf eine Bestätigung von ihm konnte ich nicht warten. Einer der mobilen 150-mm Granatwerfer wurde soeben von einer Cruise Missile, einer Weiterentwicklung des sogenannten *„Kirschkerns"*, getroffen.
Das Gerät explodierte sofort. Die Besatzung auch. Von rechts eilte geduckt ein Sanitäter im schmalen Schützengraben heran, um sich an die Einschlagsstelle zu begeben. Als er an mir vorbei wollte, hielt ich ihn am Arm fest. Mit Panik in den Augen sah er mich an. Ich schüttelte den Kopf:
„Das kannst du dir sparen, Junge. Dort wirst du nicht mehr gebraucht ... Wieviele Verwundete haben wir bisher, Sanitäter?"
„Etwa zwanzig, Feldwebelleutnant. Davon mindestens zehn schwer verwundet. Acht sind gefallen", stammelte er mit zittriger Stimme. Ich atmete durch.
„Ich muss dich leider korrigieren, Sanitäter. Zwölf sind gefallen. Du hast die Besatzung des Granatwerfers nicht in die Rechnung mit einbezogen. Sieh da vorne nach. Da hat auch gerade jemand gebrüllt", sagte ich und zeigte nach links.
Ich schickte den Sanitäter weg und nahm das Funkgerät wieder in die Hand:
„Ludwig, gibt es dich noch?"
„Bis jetzt ja. Aber ich habe gerade dreißig meiner Leute verloren. Wieviele Männer hast du noch?"
„Etwa zwanzig. Mehr nicht", antwortete ich.
Dabei war die Hölle doch vor einigen Minuten erst losgebrochen. Sie griffen mit F-14 Tomcats an. Die MBT der *Dritten Macht* hatten es tatsächlich geschafft, an vom Militär ausrangierte Grumman Tomcats heranzukommen. Sie schossen plötzlich aus den Wolken und heizten uns kräftig mit Cruise Missiles ein. Unser Abwehrfeuer mit den 8,8-cm Einheits-FlaK von Krupp konnte recht wenig gegen die zweistrahligen Mehrzweck-Jäger ausrichten. Jetzt aber schien die erste Angriffswelle, jedenfalls für uns, vorbei zu sein, so dass wir wieder etwas Luft hatten. Soeben näherte sich der Schwarm der Oberleutnant Tessa Czerney unterstellten *Haunebu-Flugpanzer*. Die *Glocken* jagten den Tomcats hinterher. Rote Energieblitze zuckten durch den Himmel der Antarktis. Die Haunebu-Geräte setzten ihre D-KSK ein. Einige Tomcats wurden von den *Glocken* abgeschossen. Die Detonationen der aufprallenden Kampf-

flugzeuge ließen den Schützengraben jedes Mal dabei beben. Aber auch unsere Luftwaffe verzeichnete Verluste. Bereits die zweite *Kampfflugglocke* schmierte gerade durch die von den feindlichen Maschinen abgeschossenen Marschflugkörper ab. Die *Haubebu-Geräte* erreichten bei dieser Geschwindigkeit und Einsatzhöhe ein zu niedriges Energieniveau des *Magnet-Feld-Impulsers*. Der Schutzschirmeffekt war dadurch zu gering, die Haunebus anfällig.

Langsam, schwerfällig und von einem singenden Geräusch begleitet sackte jetzt der zweite Flugpanzer in Schräglage auf die Schneefläche herab und blieb dort träge wie ein nasser Sack liegen. Feldwebelleutnant Mara Winter näherte sich von Osten her mit ihren fünf Rotten der *VRIL-Jäger*. Ich sah mit zusammengekniffenen und geblendeten Augen in den Himmel.

Zwei *VRIL-Panzerjäger* lösten sich aus der Formation und schossen auf zwei mit Maschinengewehrfeuer angreifende Tomcats zu – frontal! Die *VRIL-Jäger* schienen keine Anstalten zu treffen, noch ausweichen zu wollen. Sie rammten die Tomcats einfach. Ein riesiger Feuerball detonierte am Himmel. Ich zuckte entsetzt zusammen. Von den zwei *VRIL-Jägern* und den beiden Tomcats war nichts übrig geblieben.

Entsetzlich. Bestialisch. Wie konnte das geschehen? Warum drehten die VRIL nicht vorher ab? Unfall? Absicht? Ich wusste es nicht, hatte auch keine Sekunde Zeit, jetzt länger darüber nachzudenken. Nach einer Schocksekunde wandte ich meine Aufmerksamkeit wieder der Hauptkampflinie zu. Drei B-52 Langstreckenbomber kamen aus nördlicher Richtung angeflogen. Ich nahm mein Fernglas. Die Schotten der Bomber öffneten sich und spuckten unentwegt unzählige Fallschirmspringer aus.

„Roy...?", drang es aus meinem Funkgerät.

„Ich hab es gesehen, Ludwig. Ich hab es gesehen. Wo haben sie die Dinger denn her? Auf dem Flohmarkt gekauft?" Ich drehte mich zur FlaK-Stellung um:

„Los, Leute. Holt die verdammten B-52 herunter und knallt möglichst viele von den Fallschirmspringern ab. Los, ich will Metall am Himmel sehen!"

Die acht-acht-Batterien ballerten los. Eine B-52 wurde sofort getroffen und fing Feuer. Aber das brachte so eine fliegende Festung noch lange nicht zum Absturz.

„Tomke, hörst du mich?", rief ich in mein Funkgerät.

„Ja, Roy. Ich kratze gerade die Reste zusammen."

„Ist die mobile D-KSK noch einsatzbereit?"

„Ja, Roy. Nur – der Kanonier ist gefallen. Der Ersatzmann visiert gerade die fliegenden Festungen an..."

Ein weiterer Donner in unmittelbarer Nähe ließ mich in Deckung gehen.

„Korrektur, Roy. Hast du das soeben gehört? Das war die D-KSK. Zusammengebraten von einer Cruise Missile. Das kannst du also knicken, Roy."

„Verstanden, Tomke. Wäre ja auch zu schön gewesen."

Den mobilen Elektro-Todesstrahler konnten wir also nicht gegen die B-52 einsetzen. Und gerade dieser wäre ideal gegen die Bomber gewesen.

„Roy", meldete sich Ludwig. „Das sind zu viele. Viel zu viele. Ich kann den äußeren Verteidigungsgürtel nicht länger halten. Ich habe nur noch so um die zwanzig Mann. Wir müssen beide Verteidigungsgürtel zu einem zusammenlegen. Eine andere Möglichkeit sehe ich nicht."

„Verstanden, Ludwig. Das wäre auch mein Vorschlag gewesen. Ihr kommt also zu uns herüber und wir geben euch Feuerschutz. Dann muss die vordere Frontstellung halt aufgegeben werden."

Ich schaute wieder durch mein Fernglas. Die angeschossene B-52 schmierte gerade ab. Eine andere hatte an zwei Triebwerken Feuer gefangen. Augenscheinlich tote Söldner hingen an ihren geöffneten Fallschirmen und sackten leblos zu Boden. Unzählig andere aber schienen den Absprung trotz unseres FlaK- und MG-Feuers überlebt zu haben.

„Wie weit sind die Bodentruppen von euch entfernt, Ludwig?"

„Etwa dreihundert Meter. Ich weiß schon, was du vorhast, Roy. Fang einfach an. Wir rennen los, sobald die Granaten und Raketen einschlagen."

Sofort setzte ich den Plan via Äther um: „Granatwerfer 1 und 2 sowie Raketenwerfer 3 und 4", brüllte ich in das Gerät. „Feuerrichtung HKL, Entfernung 2.300 Meter, Dauerbeschuss, bis unsere Leute sicher hier hinten sind. Werfer 1 und 3 feuern. Werfer 2 und 4 die Nachladephasen überbrücken."

Nur Sekunden später feuerten die Spezialpanzerfahrzeuge ihre Waffen ab und gaben somit dem Zug von Ludwig das Signal, loszubrechen. Die Werfer heizten ein. Es schien zu funktionieren. Von unserem Standort aus war ein Feuerschutz für Ludwigs Leute allerdings nicht möglich. Zu groß war das Risiko, unsere eigenen Leute dabei versehentlich zu treffen. Die Granaten und Raketen der Halbkettenfahrzeue hingegen schossen einfach über den sich auf uns zurennenden ersten Zug hinweg und detonierten dahinter im Bereich des Feindes.

Ich sah in den Himmel. Die zwei Haunebus legten sich gerade mit vier angreifenden Tomcats an. Die Haunebus setzten den Himmel mit ihren D-KSK unter Todesstrahlen. Eine Tomcat entkam. Die drei anderen Tomcats verglühten durch die Partikelstrahl-Nadler unserer Kampfglocken. Einige *VRIL-Jäger* sausten durch die Luft und jagten noch weitere Tomcats, welche verzweifelt Widerstand leisteten. Es schien so, als hätte unsere Luftwaffe die Lufthoheit wieder gewonnen. Ludwigs Gruppe kam heil durch. Das Dumme war halt nur, dass die Söldnergruppen jetzt natürlich den verlassenen Schützengraben des ersten Zuges von Rittmeister Ludwig Hesse besetzen konnten und was noch viel schlimmer war, damit auch über die zurückgelassenen achtacht Einheits-FlaK verfügten. Und diese wurde natürlich auch prompt als Artillerie gegen uns eingesetzt.

„Panzerwerfer 1 bis 4. Versucht die FlaK-Batterien zu zerstören", gab ich über Funk durch. Ludwig kam mit seiner wuchtigen Körpermasse soeben in den Schützengraben gesprungen. Er benötigte erst einmal einige Zeit, um Luft zu holen.

„Hallo Ludwig, herzlich willkommen", begrüßte ich den schwergewichtigen Hauptmann. „Na, das war aber ganz schön knapp."

Durch die neue Gesamtsituation hatte sich einiges verändert. Der ehemals innere Verteidigungsgürtel war stärker geworden. Wir verfügten wieder annähernd über unsere Ausgangsstärke. Der Gegner aber hatte schon erhebliche Verluste erlitten.

„Kampfkommandant zwei an beide Kampfgruppen. Gefecht fortsetzen. Die FlaK-Batterien sind als Artillerie einzusetzen. Panzerwerfer 1 bis 4 vorrücken und den Durchbruch der gegnerischen Infanterie aufhalten. Tessa, Mara?"

„Ich höre dich, Roy", klang die Stimme von Premier-Lieutnant Tessa Czerney aus meinem Funkgerät.

„Tessa, erbitte Unterstüzung."

„Negativ, Roy. Wir bestehen selber nur noch aus zwei *Haunebus*. Die anderen beiden sind abgeschmiert. Gegen die Cruise Missiles war unsere Panzerung bei diesem geringen Energieniveau im atmosphärischen Luftkampf zu gering. Wir haben aber noch einige Tomcats zu erledigen und müssen dann dringend die Besatzungen unserer havarierten Glocken bergen und versorgen."

„Alles klar, Tessa. Hab' ich verstanden."

„Roy", meldete sich Feldwebelleutnant Mara Winter. „Ich kann zwei *VRIL-Jäger* entbehren. Meine restlichen Maschinen aber brauche ich selbst zum Schutz der havarierten *Haunebus* und gegen die F-14."

„Das ist ja großartig, Mara. Die feindlichen Truppen sind ungefähr vierhundert Meter vor uns. Sie sind zahlenmäßig stark in der Überzahl. Die haben alles rekrutiert, was Beine hatte."

Bereits nach einigen Sekunden schossen zwei *VRIL-Jäger* aus den Wolken und jagten ihre Partikelstrahlen in die Tundra vor uns.

Der Gegner hatte aber gelernt. Die schätzungsweise noch einhundert feindlichen Söldner schlossen sich zu kleinen Gruppen zusammen und versuchten, uns nicht nur von Norden her, sondern auch aus östlicher Richtung anzugreifen. Sie wollten uns in die Zange nehmen und nutzten ihre Mobilität aus, da wir gezwungen waren, unsere Verteidigungsstellung beizubehalten. Die *VRIL-Jäger* waren zwar für den Kampfeinsatz in unmittelbarer Erdoberfläche durch ihre Wendigkeit weitaus brauchbarer als ein Haunebu, aber auch ein leichtes Ziel für gegnerisches MG-Feuer. Einer der beiden *VRIL-Jäger* explodierte. Wahrscheinlich war er durch eine Fliegerfaust getroffen worden. Panzerwerfer 1 und 2 gab es auch nicht mehr. Die als Artillerie eingesetzte gegnerische FlaK hatte die Wagen zusammengeschossen. Ob die Besatzungen noch lebten, konnte ich nicht sagen.

Der Feind rückte bis auf etwa hundert Meter an uns heran. Meine Leute kämpften tapfer. Aber mit den Söldnern hatten wir kein leichtes Spiel. Ich konnte mir schon vorstellen, mit was für einem Schlag von Leuten wir es zu tun hatten. Mit Sicherheit waren es alles ehemalige Polizisten, Fremdenlegionäre oder Angehörige von anderen Spezialeinheiten. Mit Dilettanten gaben sich die Müller-Bormann-Truppen normalerweise nicht ab. Es sei denn, sie verheizten wieder einmal rücksichtslos ihre Leute. Da konnte ich mit meiner kampfunerfahrenen Alete-Hundertschaft natürlich nicht mithalten.

„Roy", rief Tomke mich über Funk, „die Besatzung von Werfer 2 liegt schwer verletzt im Wagen und kann sich nicht selbstständig befreien. Ich muss mit einem Freiwilligen hin und unsere Leute heraushauen. Es sind nur etwa einhundert Meter."

„Warte, Tomke. Ich komme zu dir", sagte ich.

Ludwig hatte sich zwischenzeitlich einigermaßen erholt und übernahm wieder das Kommando. Ich klopfte ihm auf die Schulter und rannte geduckt durch den Schützengraben in westliche Richtung. Schon von weitem sah ich Tomke. Sie feuerte gerade eine Maschinenpistolensalve in Richtung HKL. Einige der ihr unterstellten Leute taten es ihr nach und eine junge Frau begab sich mutig hinter die 8,8-cm FlaK und feuerte in Richtung eines Söldnernestes.

Ich hockte mich neben Tomke nieder. Sie wendete mir ihr Gesicht zu und drückte mir schnell einen Kuss auf. Dann zeigte sie mit ihrem linken Arm nach vorn. Dort stand das Wrack des Panzerwerfers.

„Einer von denen konnte sich soeben retten. Er teilte mir mit, dass der Fahrer tot ist, die beiden anderen liegen schwer verletzt im Wagen. Wir müssen die beiden da raushauen, Roy."

Ich nickte: „In Ordnung. Ich gehe rüber und gebe dir dann erst einmal eine Lagemeldung. Ihr gebt mir Feuerschutz", und wollte losrennen.

„Nee. So machen wir das nicht, Roy! Was willst du denn dort allein? Wieder mal den Helden spielen?", fragte meine junge Frau.

„Das sagt gerade die Richtige!", konterte ich.

Jemand tippte an meine rechte Schulter. Ich blickte mich um. Eine junge Sturmlegionärin stand neben mir.

„Feld-Feldwebelleutnant, ich möööchte bitte auuch mit."

„Du?", sagte ich.

Ich kannte die junge Frau. Ich wusste nur nicht mehr, woher.

„Sag' mir deinen Namen, Legionnaire 2.Klasse. Ich weiß nicht mehr, woher ich dich kenne."

„M-M-Mary, Feldwebelleutnant."

Jetzt fiel es mir wieder ein: Gestern bei der Musterung. Das war die junge Frau mit der Sprachbehinderung, die mir irgendeine Frage gestellt hatte.

„Ach, ja. Du bist das", sagte ich. Ich blickte Tomke fragend an. Sie zuckte mit den Achseln. „Also gut", sagte ich. „Das wird aber hart, Mary. Gut, wir werden uns links neben dem Panzer verschanzen. Dort haben wir die größtmögliche Deckung." Ich drehte mich um und blickte zu den Sturmlegionären.

„Du, du, und du. Herkommen!"

Die beiden jungen Männer und die ebenfalls junge Frau geduckt angerannt.

„Das Halbkettenfahrzeug dort drüben hat es erwischt. Mindestens noch zwei verletzte Kameraden befinden sich da drin und kommen von alleine nicht wieder raus. Ich werde zusammen mit der Kornett und dieser Kameradin hier hinrennen und die Verletzten bergen. Ihr drei gebt uns Feuerschutz. Habt ihr das verstanden?"

„Ja, Feldwebelleutnant", sagte einer. Die anderen beiden nickten.

„Also gut. Auf mein Kommando. Geht in Position."

Ich blickte zu meinen beiden Mädels.

„Seid ihr beiden Honigschnuten bereit?"

„Klar, Roy", sagte meine Tomke.

„Bereit, K-Kampfkommandant", quittierte dann auch Mary.

„Los", rief ich und wir drei rannten wie vom Teufel gejagt, geduckt zum Panzerwerfer. Der Feuerschutz funktionierte. Wir kamen heil an und gingen an der linken Seite des Panzerwagens zu Boden. Vorsichtig versuchte ich, das Schott des Wagens zu öffnen. Es ging nicht. Es klemmte.

„Verdammt", fluchte ich. Jetzt vernahm ich MPi-Feuer in unserer unmittelbaren Nähe. Aber wir bekamen auch weiterhin Feuerschutz aus dem Schützengraben heraus. Jetzt knallten einzelne Schüsse. Mary lag rechts von mir.

„Mary, das Feuer kommt aus nordöstlicher Richtung. Heiz' denen ordentlich ein. Ich muss mit Kornett Tomke zusammen das Schott aufhebeln."

Mary brachte ihre Maschinenpistole in Position und blickte kurz zu mir herüber:

„V-V-Verstanden, Feld-Feldwebelleutnant …"

Dann vernahm ich einen dumpfen Knall und ich sah im selben Augenblick, wie sich Marys Augäpfel schlagartig nach oben drehten. Ein glatter Kopfschuss hatte Mary mittig durch ihren Kevlar-Helm in die Stirn getroffen. Sie sackte sofort mit ihrem Gesicht auf die Schneefläche. Der Schnee unter ihrem Gesicht färbte sich rot. Die kleine Mary starb für das Fürstentum.

„Nein", stammelte ich. „Nicht die Kleine! Tomke, scheiße! Sieh dir das an! Scheiße! Scheiße! Scheiße! Jetzt hat Blondchen die Grätsche gemacht."

Tomke sah entsetzt zur gefallenen Kameradin und dann zu mir, schloss kurz ihre Augen und sagte nichts. Ich rollte die tote *Jihad-Polizistin* auf die Seite, öffnete die oberen Knöpfe ihrer Kampfjacke, griff darunter und brach ihre Erkennungsmarke ab, die an einer Kette an ihrem Hals hing. Die Marke steckte ich in die rechte Beintasche meiner Kampfhose. Ich hatte die Schnauze gestrichen voll und hätte kotzen können. Aber, es half alles nichts. Ich musste sie jetzt zurücklassen. Wir wurden wieder beschossen.

„Tomke, du musst mir Feuerschutz geben. Ich muss es allein versuchen!"

Hastig wechselte sie das 20er Magazin ihres *„Pfefferstreuers"* und feuerte in Richtung des Gegners, der sich nur noch maximal fünfzig Meter von uns entfernt befinden musste. Und dann überstürzten sich die Ereignisse ...

Ich zerrte wie ein Bekloppter am Schott und vernahm plötzlich einen dumpfen Schlag gegen meinem Schädel. Ich konnte dieses Gefühl zuerst nicht zuordnen. Dann wurde mir klar, dass ich getroffen war – Kopfschuss in meine linke Schläfe.

Aus, dachte ich. *Das war's. Halbzeit. Mich hat es erwischt und fertig!*

Sekunden vergingen wie Ewigkeiten. *Warum dauerte das so lange? Warum war ich noch nicht tot?* Mir wurde schummrig vor Augen und merkte, dass Blut aus meinem Mund schwappte. Instinktiv versuchte ich, mich zu Tomke zu drehen. Irgendwie ging das auch. Tomke hatte noch nichts bemerkt. Ich sah, dass sie eine Handgranate in der rechten Hand hielt. Als sie diese warf, kam sie mit ihrem Oberkörper leichtsinnigerweise hoch. Und dann geschah es. Ich nahm alles nur noch wie in Zeitlupe wahr: Sie warf die Handgranate und einen Wimpernschlag später detonierte es direkt neben uns. Eine Mörsergranate. Sie hatten mit einem Mörser auf uns geschossen! Tomkes Kopf sackte sofort herab. Ich sah, wie ihr Kevlar-Helm verrutschte, als ihr Kopf auf der harten Oberfläche aufschlug. Irgendetwas, vermutlich Granatsplitter, knallten in diesem Moment gegen meine linke Wange. Ein weiterer Mörserbeschuss. Schmerzen verspürte ich keine. Ich nahm es lediglich noch wie die letzten Sekunden vor einer Vollnarkose wahr. Mich interessierten meine Verletzungen auch überhaupt nicht. Es gab nur eines, was mich in dieser Daseinebene noch interessierte – Tomke. Meine junge Frau. Mit letzter Kraft gelang es mir, wie eine Robbe in ihre Richtung zu kriechen. Ich glaube, ihr Gesicht war blutüberströmt. Sie rührte sich nicht mehr. Genau sehen konnte ich es aber nicht mehr. Ich sah nur noch wie durch Milchglas hindurch. Innerlich schrie ich auf. Nicht auszudrückende Verzweiflung ballte sich in mir zusammen.

„Aus. Alles ist aus. Tomke war tot!" Niemals würde ich es wahrhaben wollen. Sämtlicher Lebenssinn verließ mich in diesen Sekunden. Mit dem allerletzten Rest meiner Kraftreserven versuchte ich krampfhaft, noch wenigstens einen Zentimeter in ihre Richtung zu kommen. Aber es ging nicht mehr. Es ging gar nichts mehr. Es war vorbei. Aus. Mein Kopf sackte neben Tomke herunter. Mein Kinn schlug irgendwo auf und ich merkte noch, dass durch meinen auseinanderklaffenden Kiefer die Blutmassen wie heiße Butter aus meinem Mund liefen. Das Letzte, was ich wie durch meterdicke Watte wahrnahm, waren merkwürdige Geräusche, die mich an die Ketten eines Panzers erinnerten. Mit wirklich allerletzter Kraft gelang es mir, wenigstens noch ein letztes Mal nach rechts zu schielen. Ein Sanitätspanzer ... ein ... zwei ... drei Sanitäter, die aus dem Panzer sprangen und geduckt auf uns zurannten. Ich brach endgültig zusammen.

Persönlicher Tagebucheintrag von Oberleutnant/Premier-Lieutnant Dr. phil Tessa Rebecca Ester Czerny, 18.08.2007

Im allerletzten Moment gelang es mir, die beiden havarierten Haunebus lediglich noch durch die letzte intakte Flugglocke sichern zu lassen, und mich mit meinem Kommandoschiff der Bodenverteidigung anzunehmen. Dem wirren Funk konnte ich entnehmen, dass die beiden Züge unter Ludwig und Roy in allergrößten Schwierigkeiten waren. Ich zögerte keine Sekunde länger; Sorge plagte mich um Tomke, wollte sie doch nicht nur irgendwann einmal als Herzogin meine Chefin werden, war sie doch vielmehr jetzt schon eine Freundin. Meine persönlichen Zuneigungen gegenüber Roy spielten sicherlich auch eine Rolle für meinen Entschluss.

Zusammen mit zwei freigewordenen VRIL-Jägern konnte der Infanteriekampf und damit der Ausgang der Schlacht mehr oder weniger fünf Minuten nach zwölf doch noch für uns entschieden werden. Tomke und Roy lagen beide über zwei Wochen im Koma. Zwischenzeitlich sah es einmal schlecht um beide aus. Wir mussten damit rechnen, sie zu verlieren. Dann fingen sie sich wieder und sind mittlerweile außer Lebensgefahr.

Tomke erlitt schwerste Verletzungen an ihrer rechten Körper- und Gesichtshälfte durch die Streuung einer Mörsergranate. Roy steckte das Geschoss einer 7,76-mm Patrone in seiner linken Schläfe. Eine Operation wäre ein zu gewagter Eingriff gewesen. Die Kugel kann nicht entfernt werden. Zudem entstellten Granatsplitter seine linke Wange. Ich bin froh, dass beide im letzten Moment überlebten. Der teuflische Anschlag war eine schändliche Tat, die meiner Meinung nach geächtet werden muss. Ich habe mir eine Adjutantin genommen. Meine Stellvertreterin. Es ist Jasmina Suvocesmakovic, eine sechundzwanzigjährige Kornett, die diverse Balkan-Dialekte spricht und zudem eine ausgezeichnete Mathelogikerin zu sein scheint. Ich habe das Gefühl, dass die junge Unterleutnant mich in ihrer Funktion als VRIL-Abwehrchefin II nicht enttäuschen wird. Absolut loyal ist sie in jedem Fall.

Dr. Czerney

Siebenundsechzig Männer und Frauen gingen insgesamt in Walhall ein. Obwohl ich sie gar nicht richtig kennenlernen konnte, ging mir irgendwie das Schicksal der jungen Sturmlegionärin Mary O'Brian besonders an die Nieren. Sie war erst 18, als sie fiel. Ihr vollständiger Name wurde mir erst nach ihrem Tod zugetragen. Die junge Frau wuchs in einem Kinderheim in Akakor auf und hatte keine Angehörigen.

So nahm ich mich ihrer an und deponierte in einem Schrankfach in meinem Arbeitszimmer ihre Urne und ein Foto, das einzige Foto, das von ihr existierte. Es zeigte sie mit ihren schlohweißen Haaren und ihren langen Zöpfen und mit stolzem Blick gen Himmel gerichtet, noch in der Uniform der Jugendgruppe.

In diesen Tagen machte ich es mir zur Angewohnheit, in Gefahrensituationen heimlich das andere Ende ihrer zweiteiligen Erkennungsmarke versteckt bei mir zu tragen. Warum, wusste ich selbst nicht. Ich hatte es auch niemals jemandem erzählt. Nicht einmal Tomke.

Zu Lebzeiten konnte Mary O'Brian sicherlich nicht ahnen, dass sie einmal Namenspatronin einer Spezialeinheit der Sturmlegionäre des Fürstentums Eisland sein würde.

*****

Tomke und ich saßen uns in der Kantine gegenüber. Der Kabeljau in Knoblauchsoße und dem gemischten Gemüse war ausgezeichnet. Ich schenkte Mineralwasser in unsere Gläser nach und schaute meine junge Frau leicht schmunzelnd an.

Wuschelig wie eh und je und wie wilde Antennen standen ihre pechschwarzen Haare von ihrem Kopf ab. Über ihrem linken Ohr hatte sie wieder einmal an ihrer Haarpracht herumrasiert. Sie liebte dies.

Die Verletzungen, die sich größtenteils auf ihren rechten Arm und ihre rechte Gesichtshälfte beschränkten, heilten durch die regelmäßige Therapie mit *VRIL*-Medo-Nadlern prima ab. Als ungewollter Nebeneffekt traten jedoch die Vernarbungen nach einer Strahlentherapie unerklärlicherweise die nächsten Tage zuerst intensiver als vorher auf, bevor sie dann weiter abheilten. Heute ebenso. Tomke hatte gestern Abend eine Strahlendosis erhalten. Ihr rechter Arm steckte nun wieder in einer Schlaufe, die sie gewohnheitsmäßig nach einer Strahlenbehandlung einige Tage trug. Obwohl ihr rechtes Augen durch die Mörsersplitter nicht verletzt worden war, war es dennoch nach jedem Eingriff lichtempfindlich, so das Tomke es stets für einige Tage mit einer Augenklappe abdeckte. Sie konnte nicht verbergen, ihren persönlichen Profit daraus zu ziehen und lief natürlich jedes Mal liebend gern einige Tage wie ihr großes Vorbild Graf Stauffenberg herum.

„Süß siehst du aus, du kleiner Kampfzwerk. Wie eine Mischung aus einem Seeräuber und einem Klingonenbrigadier."

„Passt schon, wenn ich dir gefalle, Großer. Deine komische Blessur steht dir aber auch nicht schlecht."

„Hätte ich aber auch gut drauf verzichten können, Süße."

„Nun, es gibt Schlimmeres, Roy." Sie sah auf ihre Armbanduhr: „Oh, Roy. Wir müssen los. Wir sollten diesmal nicht zu spät zu Friedrich kommen. Nicht ausgerechnet dieses Mal."

„Richtig, das könnte peinlich werden." Ich stellte unsere Tabletts in den Abräumwagen, ergriff die Hand meiner jungen Frau und gemeinsam begaben wir uns ins Büro von General Friedrich von Hallensleben.

Ludwig Hesse, Tessa Czerney und Mara Winter warteten bereits auf uns.

„Na, ihr Turteltauben. Habt ihr den Weg doch noch gefunden?", fragte Friedrich im eindeutigen Tonfall. „Nun gut. Dann sind wir ja jetzt vollzählig. Jedenfalls, was unsere kleine Stabsgruppe anbelangt. Also, normalerweise mache ich so etwas kurz und bündig. Damit Tomke aber auf ihre Kosten kommt, muss es natürlich wieder mal nach Protokoll ablaufen. Also, Leute. Nehmt Haltung an!"

Das taten wir.

„Mit Wirkung zum 1. September 2007 befördere ich folgende Kampfpolizisten: Rittmeister Ludwig Hesse zum Brigadier-Colonel, Premier-Lieutnant Tessa Czerney zum Rittmeister, Feldwebelleutnant Roy Wagner zum Premier-Lieutnant, Feldwebelleutnant Mara Winter zum Premier-Lieutnant, Kornett Tomke von Freyburg-Wagner zum Feldwebelleutnant. Rührt euch."

Stolz riss Tomke ihre Arme in die Luft und jubelte: „Endlich kein Oberfähnrich mehr, sondern richtiger Römer!" Tomke strahlte und grinste uns an. Wir alle lachten.

Natürlich legte Tomke in unserer gemeinsamen Ehestube erst einmal zur Feier des Tages Marschmusik auf. Ich kam etwas später, da ich nach der Beförderung noch etwas mit der Forensikerin Prof. Jeanette Stoffregen zu besprechen hatte. Aber schon aus etlichen Metern Entfernung hörte ich den *Gruß an Kiel* aus unserer Stube dröhnen. Ich trat ein und konnte Tomke erst gar nicht entdecken. Dann sah ich sie. Sie lehnte über dem Sofa und schimpfte mit jemandem. Seltsame Geräusche, die hinter dem Sofa hervorkamen, schienen sie zu beschäftigen.

„Euretwegen werde ich mich noch eines Tages mit Elke Neumann anfreunden und ihr vorschlagen, demnächst mindestens einmal die Woche Pinguin-Ragout aufzutischen." Ich ging näher an das Szenario heran und sah jetzt das Getümmel der schimpfenden und quakenden Pinguine, welche Tomke verzweifelt versuchte, einzufangen. Offenbar waren die Tiere mal wieder durch den Belüftungsschacht in die Stuben gewatschelt gekommen. Zur Zeit war es wieder ganz schlimm mit den Jungs. So ein Macker hat sich seit einiger Zeit im Reparaturhangar mit seiner gesamten Großfamilie direkt unter der Hebebühne für die *VRIL-Jäger* einquartiert und nun traute sich keiner, die Familienidylle zu stören. Mittlerweile standen drei defekte Amöben in der Warteschlange, da niemand wusste, wie es weitergehen soll.

„Na, frischgebackene Offizierin. Wieder mal auf Pinguinjagd?", fragte ich Tomke und gab ihr einen Klaps auf ihr Hinterteil, das sie mir einladend entgegenstreckte.

„Na, du frischgebackener Premier-Lieutnant. Es ist mal wieder zum in die Suppe spucken mit den kleinen Viechern."

„Ach, lass doch diese komischen Enten", sagte ich, umarmte dabei Tomkes Hüfte und legte meinen Kopf auf ihren Rücken. „Ein Feldwebelleutnant, so wie du seit einer halben Stunde, hat sich um ganz andere Aufgaben zu kümmern."

„Nämlich?"

„Nun, in erster Linie ihrem vorgesetzten Premier-Lieutnant stets zur Verfügung zu stehen." Dabei löste ich ihren Koppel oberhalb ihrer Hüfte, öffnete ihre Uniformjacke und schob meine Hände unter ihr Unterhemd.

„Ich glaube, stehen tut momentan bei dir etwas, mein Beschützer."
Mit meinem freien, rechten Arm griff ich noch einmal kurz zur Musikanlage und drehte *Alte Kameraden* etwas lauter.
Zum Glück hatten wir den Rest des Tages dienstfrei.
Zum Glück war das Band mit Tomkes Marschmusik noch lange nicht abgelaufen und zum Glück können Pinguine nicht petzen ...

*****

Ein von Unheil geschwängertes Jahr neigte sich dem Ende entgegen. Wochen und Monate des Wiederaufrüstens, Planens und Nachdenkens zogen die Geschehnisse der letzten Monate nach sich. Die *VRIL*-Abwehr arbeitete auf Hochtouren, um ständig neue Informationen bereitzustellen. Die *Jihad-Polizisten* und Sturmlegionäre trainierten und bildeten sich unentwegt weiter.

Nicht nur von den Söldnern des ehemaligen Reichsleiters und Obergruppenführers Martin Bormann und Gestapo-Chef Gruppenführer Heinrich Müller, den beiden nach wie vor meist gesuchten Kriegsverbrechern aller Zeiten mit ihrem immensen Großvermögen, ging eine Gefahr aus, sondern auch durch die seit 1924 wegen des tragischen Unfalls der Jenseitsflugmaschine der damaligen *VRIL-Gesellschaft* auf die Erde aufmerksam gewordenen *Schatten* mit ihren Strahlschiffen und Walzenraumschiffen, die vermutlich in der Nähre ihrer Venusbasis einen Holocaust auf die Erde vorbereiteten.

Aber zum Glück existierte einmal der geniale Abwehrchef Admiral Wilhelm Canaris, der bis zum Jahre 2321 durch seinen weitsichtigen und unwiderrufbaren Zukunftsbefehl für das Fortbestehen der Menschheit und des Planeten Erde sorgte.

Pressemeldung eines Norddeutschen Lokalblattes vom 8. November 2008:

UFO-Alarm?
Wird die Erde von Außerirdischen attackiert?

Die Welle der merkwürdigen UFO-Sichtungen scheint nicht abzunehmen. Gestern berichtete die „Times", dass man in Kreisen der Militärs und Geheimdienste von einem ernstzunehmenden Phänomen mit bisher noch unbekanntem Gefahrenpotenzial spricht.

Rückblick:
Seit einigen Wochen wird unser Planet von merkwürdigen, in hellem Licht pulsierenden Kugeln überflogen, welche augenscheinlich aus dem Weltall kommend, gezielt auf unseren Planeten zusteuern und in unsere Atmosphäre eindringen. Mit dem Auftreten der Lichttkugeln kommt es zu seltsamen Zwischenfällen.
Augenzeugen berichten, dass Motoren plötzlich aufhören zu arbeiten und technische Geräte eigenständig den Dienst einstellen bzw. fehlgesteuert wurden.
Vergangene Nacht wurde ein Fischkutter in der Nordsee plötzlich von einer dieser Lichtkugeln heftig attackiert. Der 64-jährige Kapitän, welcher sich retten konnte, bevor der Kutter durch den „Angriff des UFO" (Aussage des Skipper) plötzlich zum Kentern gebracht wurde, war noch außer sich vor Angst, als er vom *Seenotkreuzer Vormann Steffens* nach mehreren Stunden kurz vor Hooksiel aus der westlichen Nordsee gerettet werden konnte. Für die weiteren Besatzungsmitglieder, zwei zweiundzwanzig und vierunddreißig Jahre alte Matrosen und dem vierzigjährigen Decksmann kam jede Rettung zu spät. Taucher der Marinesicherung und der Wasserschutzpolizei wollen das in etwa achtundzwanzig Metern Tiefe liegende Wrack des Fischkutters zusammen mit dem Küstendienst in den nächsten Tagen bergen. Eine offizielle Regierungserklärung zu dem Lichtkugelphänomen gab es bis Redaktionsschluss nicht.
Eine Anfrage durch uns blieb bisher unbeantwortet. Aus anderen Quellen allerdings konnten wir in Erfahrung bringen, dass die UFOs es keinesfalls nur auf unsere Erde abgesehen haben, da auch andere Planeten in unserem Sonnensystem aufgesucht werden. Mars und Venus sollen in den vergangenen Tagen geradezu von einer Flut der leuchtenden UFOs übersät worden sein, und auch unser Trabant blieb nicht unverschont.
Wir werden weiter für sie berichten ...

8. November 2008, Südatlantik

„Geh auf Tiefe, Rico. Wie tief ist mir egal. Geh einfach nur runter. Mir wird das hier gerade etwas zu heiß mit diesen merkwürdigen glühenden Ostereiern über der Meeresoberfläche."

„Jawohl, Bootsführerin", bestätigte der Endzwanziger, Premier-Lieutnant Enrico de Armas. Bootsführerin Brigadier-Colonel Kostanze von Wangenheim klappte die Griffe des Periskops ein und zog das Gerät herunter. Die achtunddreißigjährige U-Boot-Kommandantin drehte den schwarzen Schirm ihrer speckigen weißen Schirmmütze wieder nach vorn in ihre Stirn. Konstanze war von schmächtiger Statur und nicht besonders groß. Sie hatte ein schmales Gesicht und eine markante Nase. Ihre dunklen Haare trug sie hinter ihrem Kopf zusammengebunden. Wie alle anderen Flottenmitglieder auch, trug sie den schwarzen Kampfanzug der *Jihad-Polizisten*. Konstanze musste vorsichtig sein. Neben ihrem eigenen U-Boot, der *MARINER VI*, hatte sie zur Zeit noch sechs weitere der 207 Meter langen Riesen-U-Boote des Fürstentums Eisland zu befehligen, da der eigentliche Geschwaderführer, Marechal Ernst Kappler durch einen tragischen Dienstunfall verunglückte und wohl noch für ungewisse Zeit auf der Krankenstation in Horchposten I behandelt werden muss.

„Jantje, mach mir bitte eine Direktverbindung zum Rest des Geschwaders", sagte die Kommandantin.

„Ja, Konstanze", antwortete die junge Portepee-Unteroffizierin im Rang eines Landwehrfeldwebels und hantierte dabei an der Funkkonsole herum.

„Du kannst sprechen, Bootsführerin!"

Die Angesprochene nickte. Konstanze von Wangenheim ergriff das Sprechgerät der Funkkonsole: „Geschwaderführerin an alle Einheiten des Störtebeker-Geschwaders. Wir werden jetzt mit dem Experiment beginnen. Alle Boote gehen auf Tiefe. Lediglich die *ADMIRAL KLATT* wird jetzt ihren Auftrag wahrnehmen." Sie wartete einen Moment.

„Hast du das verstanden, Jupp?" Nach einigen Sekunden drang unter lästigem Rauschen die Antwort des Bootsführers, Rittmeister Joseph Hartmann aus dem Lautsprecher des Funkgerätes: „Ja, Konstanze. Habe ich mit. Ich habe das richtig verstanden. Die *ADMIRAL KLATT* wird jetzt wie geplant vorgehen."

„Viel Glück, Jupp. Wird schon schiefgehen."

„Danke, Geschwaderführerin. Wir melden uns dann."

Damit wurde das kurze Gespräch zwischen der *MARINER VI* und der nur zwei Seemeilen entfernten *ADMIRAL KLATT* beendet. Alle anderen Boote, auch das Flaggschiff *MARINER VI* sollten sich vorerst heraushalten.

Die Riesen-U-Boote der Kolonialklasse waren ein Wunderwerk moderner U-Boot-Technik und von Ingenieuren des Fürstentums Eisland unter strenger Abschirmung der Weltöffentlichkeit gebaut worden. Ein Boot der Kolonialklasse konnte bis zu 200 Besatzungsmitglieder aufnehmen. Ihre Außenpanzerung bestand aus einer Speziallegierung. Neben herkömmlichen Torpedos verfügten diese Monster noch über spezielle Implosions-Wurm-Torpedos. Allein eines dieser Torpedos hätte ohne weiteres einen Flugzeugträger wie die *NIMITZ* mit Stumpf und Stiel in Sekunden vernichten können. Zudem war jedes Boot der Kolonialklasse mit der neuesten Generation der

Donar-Kraftstrahlkanone *MARK XXV*, einem schweren Artillerie-Partikelstrahlnadler, der mit seinen Todesstrahlen mühelos eine Tresorwand in null Komma nichts zerschmelzen könnte, ausgestattet. Der pechschwarze Anstrich mit dem Jolly Roger am Turm verlieh den Meeresungetümen einen unheimlichen und gespenstischen Charakter. Zwischen 60 und 120 Besatzungsmitglieder, je nach Auftrag, befanden sich gewohnheitsmäßig an Bord dieser U-Boote.

Seit zwei Tagen hatte das Störtebeker-Geschwader einen Spezialauftrag. Es sollte im Südpazifik patrouillieren. Fünf weitere Geschwader waren parallel damit beschäftigt, im Pazifisch-Antarktischen-Becken, im Indisch-Antarktischen-Becken und am anderen Polende in der Barentssee und in der westliche Nordsee zu patrouillieren. Unterstützt wurden diese U-Boote der Kolonialklasse von den 76 Meter langen, alten, aber immer noch funktionsfähigen und runderneuerten U-Booten vom Typ XXI, welche aber vorrangig als Aufklärer eingesetzt wurden und sich vom Rest des Geschwaders normalerweise in nicht allzu großer Entfernung aufhielten. Ihr Ziel war hierbei klar definiert – die UFO-Lichtkugeln. Es musste gelingen, über die Eigenschaften dieser Lichtkugeln mehr herauszufinden. Denn nur einen Gegner, den man kennt, kann man effizient bekämpfen.

Dass diese UFOs nichts Gutes im Schilde führten, war klar. Schließlich wurden sie von einer außerirdischen Großmacht aus einem Paralleluniversum geschickt, nachdem sie durch das Dimensionsfenster im Sternbild Stier gerutscht waren, da die Raumwaffe der Sternenmenschen vom Aldebaran eine entscheidende Niederlage erlitten hatte. Die UFOs waren Spähsonden, welche unser Sonnensystem, die galaktische Position der Erde und die physikalischen Eigenschaften unseres Planeten auskundschaften und eine Großinvasion der menschenfeindlichen Schatten vorbereiten sollten.

Dies war dem Fürstentum Eisland dank der medialen Fähigkeiten und einer gewährleisteten Kommunikation mit den Sternenmenschen im Aldebaran durch *VRIL*-Priesterin Sigrun bekannt.

In aller Eile fertigten Oberingenieur Dr. Ralf Klein und die Wissenschaftlerin Lucia Stoffregen ein Gerät, mit dessen Hilfe man sich ein Einfangen einer dieser Lichtkugeln erhoffte. Das Prinzip war einfach: Ein starkes Magnetfeld sollte eines dieser UFOs ganz einfach in sich einsaugen und anschließend in einem elektronischen Speicher einsperren. Auf diesem Wege würde es vielleicht gelingen, eine spätere Untersuchung durchzuführen. Dieser neu geschaffene Burkhard-Heim-Kompensator wurde auf der *ADMIRAL KLATT* montiert und sollte jetzt zum ersten Mal eingesetzt werden. Der Zeitpunkt war günstig. Seit Tagen kreisten die leuchtenden UFOs über dem Südpazifik und fielen somit in den Wirkungsbereich des Störtebeker-Geschwaders.

„Schicke das *Auge* hoch, Jantje", sagte Konstanze von Wangenheim. Die angesprochene junge Frau drückte ein paar Knöpfe auf der mit sieben Männern und Frauen besetzten Brücke des riesigen Unterseebootes.

„Ist hoch, Bootsführerin", kam die Bestätigung.

Zügig schoss das *Auge* aus einer Katapultvorrichtung des U-Bootes der Wasseroberfläche entgegen, um anschließend hoch in die Luft zu steigen und seine Arbeit aufzunehmen.

Bei dem *Auge* handelte es sich um eine Drohne, etwa von der Größe eines Autoreifens, die ferngesteuert mit einem kleinen Düsenantrieb funktionierte und somit als verlängerte Augen und Spionagesonde oberhalb der Wasseroberfläche eingesetzt werden konnte, während das U-Boot tief unter Wasser war. Ein Monitor flammte auf.

„Bitte sehr, Konstanze", sagte die junge, blondhaarige Landwehrfeldwebel.

Der Monitor zeigte das Geschehen auf dem Ozean. Die *ADMIRAL KLATT* war zu sehen. Eine leuchtende Kugel von undefinierbarer Größe, etwa aber so groß wie ein Kleinwagen, näherte sich von Osten. Das UFO verlor steil an Höhe, fing sich dann aber wieder ab und bewegte sich waagerecht über die Wasseroberfläche.

Geschwaderführerin von Wangenheim ließ ein Sturmfeuerzeug aufflammen und zündete das in ihrem Mundwinkel steckende Zigarillo an. Anschließend griff sie ihre Kapitänsmütze am Schirm, hob die Kopfbedeckung leicht an, strich sich mit der freien Hand über ihre Haare und setzte sich die Mütze dann erneut zurecht.

„Wenn das jetzt bloß nicht in die Hose geht", nuschelte sie, ohne ihr Zigarillo dabei aus dem Mund zu nehmen. Konstanze störte es nicht, dass sie rücksichtslos die ohnehin schon stickige Luft in der Kommandozentrale verqualmte. Schließlich war sie die Kommandantin. Die erfahrene Seefahrerin war in jeder Hinsicht vorbildlich und stets für ihre Besatzung da, nahm sich aber auch Eigenmächtigkeiten heraus, die sie einzustellen einfach nicht bereit war. Man musste sie halt nehmen, wie sie war. Und ihre Mannschaft hielt sehr große Stücke auf ihre Bootsführerin.

Alle Beteiligten schienen aufgeregt zu sein. Neben dem Turm der *ADMIRAL KLATT* wurde ein Schott geöffnet und ein merkwürdig aussehendes Gerät wurde ausgefahren. Es öffnete sich eine Art Eisenschirm, der, wie eine Schüssel ausgerichtet wurde. Es dauerte tatsächlich nur einige Sekunden bis der Schirm bläulich zu glimmen begann. Eine Reaktion folgte prompt. Die sich in unmittelbarer Nähe befindende Lichtkugel nahm, ob gewollt oder nicht, direkten Kurs auf die *ADMIRAL KLATT*. Unmittelbar vor dem Boot schien es, als wolle sich das UFO wehren und krampfhaft versuchen, sich abzuwenden, was aber nicht gelang. Das von den irdischen Wissenschaftlern erfundene Gerät setzte sich durch und saugte die pulsierende Lichtkugel durch die mittig im Schirm befindliche Antenne einfach in sich hinein.

Es hatte funktioniert. Eines dieser UFOs der außerirdischen Schatten war in der Gewalt des Fürstentums Eisland, welches stellvertretend für die gesamte Menschheit die Verteidigung des Planeten Erde übernahm, auch wenn es ihm bisher noch keiner dankte. Im Gegenteil. Ein Signalton ertönte in der Kommandozentrale.

Premier-Lieutnant Enrico de Armas drückte einige Knöpfe und ein weiterer Monitor schaltete sich ein. Es war ein Kommunikator mit Bildübertragung. Ein grinsender, etwa 45-jähriger Mann in der schwarzen Uniform der Sturmlegionäre mit einer Kapitänsmütze auf seinem Kopf, strahlte auf dem Bildträger. Konstanze von Wangenheim nickte ihm anerkennend zu: „Das habt ihr ausgezeichnet gemacht, Jupp. Kaum zu glauben, dass das Experiment so schnell und erfolgreich zu unseren Gunsten verlaufen ist. Das Gerät arbeitet fabelhaft. Ungeahnte, neue Möglichkeiten ergeben sich dadurch für uns. Ich werde gleich Friedrich und Herzogin Tomke Meldung machen. Die sitzen bestimmt schon wie auf heißen Kohlen."

„Siehst du, Chefin. Auf uns ist eben Verlass. Es gibt nichts, was ein U-Boot-Fahrer nicht hinbekommt", freute sich Rittmeister Joseph Hartmann, wobei man ihm seinen Stolz ansah. „Und außerdem...", der Kommandant der *ADMIRAL KLATT* verhielt mitten im Satz. Brigadier-Colonel von Wangenheims Augen verengten sich zu dunklen Schlitzen: „Was ist denn, Jupp? Ist dir nicht gut?" Sie erhielt keine Antwort. Erschrocken öffnete sich der Mund der Kommandantin, als sie sah, dass langsam Blut aus den Nasenlöchern, Augen und Ohren von Rittmeister Joseph Hartmann ran, dessen Gesicht sich von einer Sekunde auf die andere zu einer schrecklichen Grimasse verzerrte und der plötzlich wie am Spieß aufschrie.

„Jupp! Jupp! Mein Gott, Joseph! Was ist denn auf einmal los? Kannst du mich verstehen, Jupp? Rittmeister Hartmann, Meldung machen, KaLeun!", bemühte sich Konstanze von Wangenheim vergeblich. Der Kommandant der *ADMIRAL KLATT* benahm wie von Sinnen und schrie, wie erkennbar, vor nicht auszuhaltenden Schmerzen! Er hielt, sich dabei krümmend, seinen Bauch und abwechselnd wieder seinen Kopf. Im Hintergrund sah man fünf andere Besatzungsmitglieder der *ADMIRAL KLATT*, die den gleichen Anblick boten und vor Schmerzen durchzudrehen schienen. Konstanze warf ihr Zigarillo über die Schulter: „Rotalarm, Rico. Auftauchen und sofort Kurs auf die *ADMIRAL KLATT*. Enterkommando bereithalten."

Das Licht im gesamten Boot schaltete auf Rot um. Enrico de Armas drücke einen Knopf auf der Steuerkonsole vor ihm.

„Erster Offizier an alle. Rotalarm. Die *ADMIRAL KLATT* ist in Gefahr. Enterkommando sofort in Gefechtsbereitschaft und im Vorhangar Aufstellung nehmen."
Einige Männer rannten durch die Kommandozentrale. Landwehrfeldwebel Jantje zu Grafenwald sprang eilig vom Sessel des Navigationspultes auf, vor dem sie saß. Fragend blickte Konstanze von Wangenheim sie an.

„Wo willst du denn jetzt bitteschön hin, Jantje? Lasst ihr mich jetzt hier einfach alle alleine oder wie sehe ich das?", schimpfte sie.

„Offenbar hast du vergessen, dass ich dem Enterkommando angehöre, Konstanze."
„Ja klar. Natürlich doch, Jantje. Hab ich jetzt gar nicht dran gedacht. Schon gut. Mach dich bitte sofort fertig!"

Durch einen erneuten Blick auf den Monitor konnte sich die Geschwaderführerin davon überzeugen, dass auf der Brücke der *ADMIRAL KLATT* offenbar niemand mehr lebte. Die reglos am Boden liegenden oder über Armaturen zusammengebrochenen Körper sprachen für sich. Konstanze sah den einige Meter neben ihr stehenden Sergent an, der blass geworden auf die Übertragung zur *ADMIRAL KLATT* blickte.

„Guido, mach mir bitte sofort eine Direktverbindung zur Flotte."
Der Angesprochene starrte weiterhin auf den Monitor.
„GUIDO",sagte Konstanze in lauterem Ton. Der zuckte zusammen und schluckte.
„Ja. Ja – natürlich, Bootsführerin. Sofort."
Wenige Sekunden später meldete der Sergent die stehende Verbindung. Konstanze von Wangenheim griff zu dem Sprechgerät:

„Geschwaderführerin an Störtebeker-Geschwader. Rotalarm. Die *ADMIRAL KLATT* ist in ernsthaften Schwierigkeiten. Augenscheinlich lief das Experiment schief. Wir wissen nicht, was mit der Besatzung ist. Alle Einheiten entfernen sich sofort von der *ADMIRAL KLATT* und halten einen Mindestabstand von zwei Seemeilen ein. Das Flaggschiff wird sich vorerst als einziges Boot der *ADMIRAL KLATT* nähern und Hilfe leisten. Alle Enterkommandos der Flotte haben vorsorglich ab sofort in Gefechtsbereitschaft zu gehen. Geschwaderführerin Ende."

„Seid ihr alle richtig verkabelt und ordnungsgemäß eingepackt, Leute?", fragte Adjudantfeldwebel Kim Silvester, der 33-jährige Gruppenführer des Enterkommandos, während das kleine, mit sieben Sturmlegionären besetzte Schnellboot von der aufgetauchten *MARINER VI* ablegte und Kurs auf die in dreihundert Meter Entfernung verunglückte *ADMIRAL KLATT* nahm. Die Kommandogruppe trug dunkelgrüne Strahlenschutzanzüge und war mit Anti-Terror Heckler & Koch Mpi 5, sowie Haftminen, modernen Implosionshandgranaten und einer mobilen Miniaturkraftstrahlkanone Hector-7 ausgestattet, die von Seekadett Ruth Kovslowki geschleppt wurde. Das Gerät war schwer und unhandlich und war etwas größer als ein Maschinengewehr MG3.

Jantje zu Grafenwald sah sich in der Runde unter den schaukelnden Bewegungen des Schnellbootes um.

„Sieht alles ganz gut aus, Gruppenführer."

Kim Silvester, der erfahrene Hauptbootsmann nickte ihr zu.

Jantjes Blick blieb an Ruth Kovslowki kleben, die unter der Atemmaske ängstlich der immer größer werdenden *ADMIRAL KLATT* entgegenstarrte. Am leichten Beschlagen der speziellen Plexiglasscheibe erkannte Jantje, dass das Mädel nervös war: „He, Ruth. Jetzt hör doch auf, hier rumzuklappern! Das wird schon werden. Denk einfach immer daran, was du in der Ausbildung gelernt hast und mach immer genau das, was der Gruppenführer oder ich dir sagen."

Die junge Sturmlegionärin nickte und versuchte, ihrer stellvertretenden Gruppenführerin verkrampft zuzulächeln. Noch stand Ruth unter Welpenschutz. Schon bald aber würde sie selbst als Offiziersanwärterin zuerst als stellvertretende Gruppenführerin eines erfahrenen Portepee-Unteroffiziers und schließlich eigenständig eine Gruppe führen müssen. Momentan genoss sie aber noch die Stellung des Dritten Mannes. Wer die mobile KSK schleppt, ist der Dritte Mann, wie das ungeschriebene Gesetz der seefahrenden Enterkommandos lautet.

Es dauerte kaum länger als zwei Minuten und das Schnellboot mit dem Enterkommando hatte sich bis auf wenige Meter der lautlos und gespenstisch im Meer liegenden *ADMIRAL KLATT* genähert. Ein Sturmlegionär fuhr die Antenne eines etwa buchgroßen Gerätes ein und machte Meldung.

„Keine besondere Strahlung oder Spannung an der Oberfläche des Bootes, Kim."

„In Ordnung, Freder", bestätigte dieser.

„Also Leute. Ihr wisst, was zu tun ist! Lasst uns unsere Leute da herausholen und den Feind bekämpfen. Aber geht kein unnötiges Risiko ein und haltet euch ja von irgendwelchen leuchtenden Arschlöchern fern. Verständigung ab jetzt über Helmfunk." Einige Sturmlegionäre rückten sich ihre Kevlar Helme zurecht.

Das Schnellboot der *MARINER VI* legte an die *ADMIRAL KLATT* an. Schnell stieg die Besatzung samt ihrer mitgeführten Spezialausrüstung hinüber und sammelte sich geduckt neben dem riesenhaften Turm.

Gendarm Ruth Kovslowski sicherte mit MPi und der neben ihr auf Lafette aufgepflanzten Hector-7 die Gruppe, während ein anderer den hohen Turm an einer hinaufgeworfenen Haftstrickleiter hochkletterte.

Er befestigte einen kleinen runden Gegenstand an dem Einstiegsschott und ging sofort neben der Turmkante in Deckung. Eine Detonation sprengte das Schott der

ADMIRAL KLATT auf, das im hohen Bogen durch die Luft wirbelte, um anschließend für alle Zeiten im dunklen Wasser des Südatlantiks zu versinken. Zügig bestieg das Enterkommando durch den nun freigelegten Zugang das Innere der *ADMIRAL KLATT*. Als erster kletterte der Sturmlegionär, der das Schott aufsprengte, die Eisenleiter zur Kommandozentrale des U-Bootes hinunter, gefolgt von Adjudantfeldwebel Kim Silvester, Jantje zu Grafenwald. Hinter ihnen folgte der Rest des Enterkommandos. Nur die mit dem mobilen Partikelstrahlnadler und dem Anti-Terror-Pfefferstreuer sichernde Ruth Kovslowski blieb in einigen Metern und gedukkt neben dem Turm an der Oberfläche. Zudem hatte sie die Aufgabe, die Funkbrücke zum Flaggschiff mittels eines mitgeschleppten Funkgerätes zu halten. Aus psychologischen Gründen wurde der Helmfunk des Spezialkommandos nicht vom Flaggschiff mitgehört, da die Gruppe ohne Außeneinflüsse und ohne dem Gefühl im Rücken, bei jedem Schritt abgehört und überwacht zu werden, agieren sollte. Außerdem war die Reichweite des Helmfunkes bewusst begrenzt, um die Möglichkeit eines Abhörens durch den Gegner zu minimieren.

Sofort nahm die Gruppe unter der Leitung des hochdekorierten und erfahrenen Portepee-Unteroffiziers Kim Silvester, Träger des Hellmuth-von-Mücke-Kampfabzeichens, taktische Sicherungspositionen in der Kommandozentrale der *ADMIRAL KLATT* ein. Die Entergruppe des Flaggschiffes *MARINER VI* hatte den immensen Vorteil, es mit ihrem Schwesterschiff um ein baugleiches Modell zu tun zu haben, wodurch eine relativ zügige Einsatzbesprechung an Bord des Flaggschiffes ausreichte, um dieses zu entern. Ein einziger Blick reichte jedoch aus, um das gesamte Enterkommando in fassungsloses Erstaunen zu versetzen.

Die Gruppe sah – nichts! Die Kommandozentrale, auf der vor etwa einer Viertelstunde noch via Kommunikator mehrere Leichen, unter anderem auch die von Bootsführer Rittmeister Joseph Hartmann gesichtet wurden, war menschen- und leichenleer!

„Und nu, Kim? Verstehst du dat? Ick seh nüscht. Garnüscht. Wo ist denn die verunglückte Besatzung? Die können sich doch nicht in Luft aufgelöst haben. Die müssen doch hier sein", sagte Jantje zu Grafenwald zu ihrem Gruppenführer.

„Scheinbar nicht", antwortete dieser. „Ich habe die Leichen von Jupp und den anderen doch vorhin selbst gesehen, Kim. Ich bin doch nicht blöde", antwortete Jantje aufgeregt.

„Scheinbar doch", konnte sich Kim Silvester die Bemerkung nicht verkneifen. Er betrachtete den eisernen Boden der Kommandozentrale und erkannte an mehreren Stellen deutliche Blutspuren, die noch nicht getrocknet waren. Er deutete mit seiner Heckler & Koch auf die Flecken:

„Muss ich wohl zurücknehmen, Jantje. Die waren definitiv hier. Sieh nur, überall Blut. Du bleibst mit zwei Kameraden hier, Jantje. Ich sehe mich mal weiter achtern um." Adjudantfeldwebel Kim Silvester ging auf das verschlossene Schott zu, das die Leitzentrale vom Rest des Schiffes abriegelte. Ohne sich umzudrehen, hob er seine rechte Hand, deutete mit Zeige- und Mittelfinger eine Zwei an und zeigte anschließend mit seinen Fingerspitzen in Richtung Schott.

Die beiden Sturmlegionäre, ein Mann und eine Frau im Rang eines Gendarms verstanden das taktische Zeichen und folgten versetzt ihrem Gruppenführer. Dieser öff-

267

nete vorsichtig das Schott, sah sich vor dem Aufziehen noch einmal nach hinten um, um sich zu vergewissern, dass sich seine beiden Kameraden ihn mit MPi sichernd, in Deckung befanden und zog die schwere Tür dann langsam auf. Er sah in das dunkle Mechano-Last-Hangar. Die Beleuchtungsautomatik schien nicht zu funktionieren. Kim schaltete seine Taschenlampe ein und versuchte den Raum auszuleuchten.

Langsam schritt er weiter in die Dunkelheit hinein, da seine Taschenlampe nur für spärliches Licht in dem mit großen Kisten und Kästen ausgefüllten Hangar sorgte. Sein Herz pochte. Per Handzeichen gab er den beiden hinter ihm Zeichen, langsam zu folgen. Plötzlich vernahm Kim hinter einem größeren Container ein Geräusch.

Sofort drehte er sich in diese Richtung. Der Lauf seiner entsicherten Mpi 5 lag auf seinem linken Unterarm, da seine linke Faust die Taschenlampe umklammerte. Was Kim dann sah, ließ ihn zusammenzucken – Vor ihm stand, die Arme auf dem Rücken verschränkt und seine Kapitänsmütze leicht schräg auf dem Kopf sitzend, der Kommandant der *ADMIRAL KLATT*, Bootsführer Rittmeister Joseph Hartmann! Direkt hinter ihm standen etwa dreißig Besatzungsmitglieder. Sie schienen offenbar das Eintreffen des Enterkommandos bereits zu erwarten.

„Ju-Jupp?", stotterte Kim vor Erstaunen. „Ihr lebt?! Wir hatten uns schon allergrößte Sorgen um euch gemacht."

Hauptbootsmann Kim Silvester wusste natürlich, dass man einen Vorgesetzten nicht grüßt, wenn man eine Waffe in der Hand hält. Somit deutete er ganz kurz ein Achtung an.

„Kim, ich freue mich, euch zu sehen. Wir alle freuen uns. Wieviele seid ihr denn hier an Bord? Sag doch mal! Wieviele?", fragte der Rittmeister in merkwürdigem Tonfall. Verdutzt sah Kim ihn an: „Na, sieben natürlich. Die normale Stärke eines Enterkommandos. Das weißt du doch selbst, Jupp!"

„Naürlich, Kim. Hatte ich auch nur gerade vergessen", versuchte der Kommandant künstlich lächelnd die Situation zu retten. Aber Kim Silvester wurde hellhörig. Was war mit Rittmeister Hartmann los? Er schien total verändert. Auch schienen weder er, noch die anderen irgendwelche Verletzungen zu haben. Erst jetzt bemerkte Kim, dass die hinter ihm stehenden anderen Besatzungsmitglieder sich bisher überhaupt nicht geregt hatten. Sie begrüßten ihn nicht einmal. Niemand sagte auch nur eine Silbe. Mit ernst dreinschauenden Mienen und förmlich lauernd, starrten sie ihn nur an. Kim hörte, dass seine beiden Kameraden einige Meter hinter ihm verweilten und das Geschehen im Auge behielten. Und genau das war Kim recht.

Dann passierte es – das Gesicht des Bootsführers Joseph Hartmann verzerrte sich. Er schluckte und seine Augäpfel schienen Kim gleich entgegenzuspringen. Er griff sich an die Kehle und es schien Kim so, als wolle Joseph Hartmann ein kurzes Stück näher an ihn herankommen. Plötzlich brach unter leisem, heiseren und kaum zu verstehenden Röcheln aus ihm hervor:

„Vorsicht, mein Junge ... gib Acht ... das UFO hat uns ..."

Ein Schuss krachte und Rittmeister Hartmann sackte tot zu Boden. Eines seiner Besatzungsmitglieder hatte ihm mit einer Pistole in den Rücken geschossen.

„Verdammt!", brüllte Adjudantfeldwebel Kim Silvester auf und feuerte seine Mpi 5 in die Menge, machte auf dem Absatz kehrt und rannte geduckt in Richtung Kommandozentrale: „Helge, Gudrun, Rückzug! Gebt Feuer!", rief er dabei seinen beiden Kameraden zu, die begriffen sofort und gaben ihm und dadurch auch sich selbst, vorgebeugt und rückwärtsgehend, mit ihrem MPi-Feuer Deckung. Kim sah seine Stellvertreterin, Landwehrfeldwebel Jantje zu Grafenwald unter größtmöglicher Deckung zum Schott eilen. Im Laufen wandte er seinen Blick zurück und feuerte weitere Schüsse in Richtung Besatzung der *ADMIRAL KLATT*. Diese feuerten ebenfalls mit Pistolen und Maschinenpistolen den drei Flüchtenden hinterher.

Kim bemerkte, dass diese gar keine Anstalten trafen, irgendwie in Deckung zu gehen. Im Gegenteil! Sie standen nur da und feuerten.

Allein durch Kims Deckungsfeuer und das seiner beiden Kameraden, fielen mehrere Sturmlegionäre der *ADMIRAL KLATT* getroffen zu Boden.

„Kim!", rief Jantje zu Grafenwald, jetzt neben dem Schott stehend. Kim Silvester sah, dass es seinen beiden Kameraden gelungen war, durch das Schott in die Kommandozentrale zu springen. Ihm selbst gelang es nicht, da sein Magazin leergeschossen war. Also sprang er einige Meter vor dem Schott hinter einem Kasten in Deckung und lud erst ein volles Magazin nach .

„Bleib, wo du bist, Jantje. Das war eine Falle. Jupp und die anderen sind verhext oder was weiß ich. Die wollten uns abknallen", rief er von seiner Position aus über Helmfunk seiner Stellvertreterin zu.

„Und ich dachte, ich sei blöde? Du großer Gruppenführer!", rächte sich Jantje.

„Also gut, Jantje. Eins zu null für dich. Aber jetzt überleg dir etwas, damit ich meine Knochen auch wieder hier heil herausbekomme!"

Der Rest der Entergruppe hatte vor dem Schott Aufstellung genommen und versuchte, so gut es ging, ins Mechano-Last-Hangar der *ADMIRAL KLATT* hineinzufeuern.

„Ich werfe eine Implosionshandgranate, Kim."

„Nein, Jantje. Mach das nicht. Die Druckwelle könnte uns zum Kentern bringen. Das ist hier drinnen zu gefährlich. Nimm eine Haftmine."

„Verstanden, Kim." Landwehrfeldwebel Jantje zu Grafenwald nahm eine Haftmine, entschärfte sie und drückte auf den kleinen Knopf am oberen Teil, der sofort rot aufblinkte. Dann warf sie die Haftmine in das Mechano-Last-Hangar.

Solche Haftminen sind so beschaffen, dass sie sich überall dort festheften, wo sie auftreffen. In diesem Fall an der Brust eines Sturmlegionärs, der in Richtung Kommandozentrale feuerte. Nach der Detonation setzte eine kurze Feuerpause ein, so dass Adjudantfeldwebel Kim Silvester mit einem großen Satz durch das Schott in die Kommandozentrale springen konnte und dort einige Meter über Stahlboden rutschend, zum Liegen kam. Sofort schlossen zwei Sturmlegionäre des Enterkommandos die Verbindung zum Hangar. Jantje konnte erkennen, dass ein Großteil der durchgewirbelten Sturmlegionäre der *ADMIRAL KLATT* bereits wieder auf den Beinen war und vorstürmten, Richtung Kommandozentrale. Kim Silvester gönnte sich keine Sekunde Pause und richtete sich sofort wieder auf.

„Los, alle raus hier! Jantje, bring die Gruppe raus, ich sichere hier."

„Okay, Kim." In aller Eile kletterten die Sturmlegionäre die Leiter des Turms hoch, in der Hoffnung, die *ADMIRAL KLATT* doch noch lebend verlassen zu können. Zuletzt stieg Kim auf die Leitersprossen. In diesem Moment erschütterte eine fürchterliche Detonation das Schiff. Das Schott zur Leitstelle wurde aufgesprengt, Wasserfluten drangen durch die zerrissene Stahlhaut des riesigen U-Bootes und die

ADMIRAL KLATT nahm eine bedrohliche Schräglage ein. Die Besatzung hatte doch tatsächlich eine Implosionhandgranate gezündet. Geistesgegenwärtig gelang es Kim, fester in die Leitersprossen zu greifen, um zu verhindern, wieder in die überflutete Leitstelle zu stürzen, in der sich die verwirrten Kameraden der *ADMIRAL KLATT* vermutlich schon befanden. Er sah kurz hinunter und blickte den schäumenden Wassermassen entgegen, die sich unaufhaltsam näherten.

*****

Gendarmin Ruth Kovslowski hatte den aufgeregten und hektischen Helmfunkverkehr der letzten Sekunden mitbekommen. Alles schien sich zu überschlagen. Niemad hatte offenbar Zeit gehabt, ihr eine Lagemeldung durchzugeben. Das etwas ganz gewaltig aus dem Ruder zu laufen schien, war ihr natürlich sofort klar. Sie hatte Angst. Schließlich war sie ganz allein. Mit zittrigen Fingern griff sie das Funkgerät, das in ihrer Brusttasche steckte. Keine Sekunde wollte sie länger zögern und dem Flaggschiff Meldung machen.

„*MARINER VI* für Enterkommando. Stieglitz. Ich wiederhole: Stieglitz!"

In diesem Moment rüttelte eine gewaltige Detonation die *ADMIRAL KLATT* durch. Ein ohrenbetäubender Lärm und das riesige U-Boot der Kolonialklasse schien kentern zu wollen. Reflexartig schossen die Hände der jungen Seekadettin vor, um irgendwo Halt zu finden. Dabei verfing sich ihre linke Hand in einer scharfkantigen Metallschlaufe. Blut spritzte auf. Das Funkgerät, die einzige Verbindungsmöglichkeit zum Flaggschiff, rutschte ihr aus der anderen, freien Hand und durch die Schräglage des U-Bootes schlitterte es über den Stahl, gefolgt von der mobilen Kraftstrahlkanone *Hector-7*, deren Lafette soeben zusammenbrach und die ebenfalls ihrem nassen Grab entgegenrutschte. Ruth konnte den Verlust der Waffe nicht mehr verhindern.

Dann vernahm sie eine Stimme über Helmfunk. Es war die Stimme ihrer stellvertretenden Gruppenführerin: „Ruth", schrie diese in den Äther, „geh sofort ins Landungsboot und starte den Motor. Wir müssen hier weg. Und zwar dalli!"

Ruth Kovslowki rang nach Atemluft: „Ja, Jantje. Ich habe verstanden!"

Es gelang Ruth, sich wieder einigermaßen zu stabilisieren. Zum Glück schien die *ADMIRAL KLATT* nach Backbord hin zu kentern, also zu der Seite, an der das Landungsboot angelegt hatte. Geschickt gelang es ihr, dem schwimmenden Gefährt entgegenzugleiten. Aus den Augenwinkeln erkannte sie, dass ihre Kameraden, die gerade aus dem Turm stiegen, die Situation ebenfalls begriffen und eilig die Leiter heruntergestiegen. Das Boot dann doch noch fast verfehlend, gelang es ihr durch eine akrobatische Meisterleistung, die jeden Bodenturner in den Schatten gestellt hätte, ins Innere des Landungsbootes zu gelangen und den Motor anzulassen. Es dauerte nur Sekunden, bis sich das gesamte Enterkommando ebenfalls an Bord befand. Sofort legte Ruth ab, beschleunigte das Schnellboot auf Hochtouren und raste mit hochstehendem Bug und gischtendem Atlantikwasser hinter sich lassend, der *MARINER VI* entgegen. Schwer atmend, sah Adjudantfeldwebel Kim Silverster zurück zur *ADMIRAL KLATT* und fragte in böser Vorahnung:

„Wo ist denn unsere mobile KSK, Ruth?"

„Bei den Fischen!"

Kim winkte kopfschüttelnd ab: „Dort liegt sie gut, nicht wahr, Ruth?"
„Sogar ausgezeichnet, Kim. Einfach ausgezeichnet!", beendete Ruth Kovslowski diesen überflüssigen Dialog mit ihrer Gruppenführer.

*****

„Beim Klabautermann", nuschelte Geschwaderführerin Konstanze von Wangenheim, wie immer mit Zigarillo im Mund, „da ist ja eine ganz gewaltige Scheiße passiert."
Die Brigadier-Colonel betrachtete in der Kommandozentrale des Flaggschiffs *MARINER VI* die Übertragung des *Auges*, welches das Geschehen um das Enterkommando Silvester so gut wie eben möglich beobachtete.
„Rico, ist die *MARK XXV* korrekt im Ziel?", fragte Konstanze ihren Ersten Offizier.
„Natürlich, Chefin", antwortete dieser.
Konstanze musste handeln. Der soeben empfangene Funkcode „Stieglitz", also, Enterkommando in Gefahr, sprach für sich.
Durch die Übertragung des *Auges* sah sie das sich der *MARINER VI* nähernde Schnellboot. Der Funkkontakt zur Gruppe war abgebrochen. Nach dem Notruf durch Seekadett Ruth Kovslowski verlief jede weitere Kontaktaufnahme negativ. Konstanze betrachtete aufmerksam und unter Anspannung den Bildschirm. Was sie dann sah, ließ ihr kalte Schauer über den Rücken laufen. Auf der in Schräglage und kurz vor dem Kentern stehenden *ADMIRAL KLATT* wurde etwas neben dem Turm hochgefahren, das aus dem Innern des Bootes zu kommen schien.
Geschwaderführerin von Wangenheim wusste natürlich sofort, was das war: Die bordeigene schwere Kraftstrahlkanone *MARK XXV*, die auch sofort das fliehende Landungsboot anzuvisieren schien. Konstanze schluckte.
„Feuer, Rico. Schieß auf die Kommandozentrale der *ADMIRAL KLATT*!"
Entsetzt sah Rico zur Bootsführerin hinüber: „Wie bitte, Konstanze?!"
„Ich habe dir etwas befohlen, mein Freund."
„Ja, Bootsführerin", entgegnete dieser und drückte auf den Feuerknopf, welcher die Todesstrahlen des schweren Partikelstrahlnadlers *MARK XXV* aktivierte. Das Artilleriegeschütz neuester Entwicklung tat seine Arbeit. Zwölf kleine rote Strahlen schossen aus dem Rohr der Kanone, bündelten sich nach etwa dreißig Zentimetern, schlossen sich im Bruchteil einer Sekunde zu einem etwa faustgroßen Energieball zusammen und vereinten sich noch im selben Moment zu einem dunkelroten Blitz, der ohne Zeitverzögerung unterhalb des Turms der *ADMIRAL KLATT* sein Ziel fand. Augenblicklich zerlief der Turm in dickliche Ströme flüssigen Stahls und löste sich quasi in Luft auf. Durch den Energiestrahl getroffen kam es zu einer weiteren heftigen Detonation an Bord der *ADMIRAL KLATT*, die das havarierte Riesen-U-Boot zum Kentern brachte. Gespenstisch klatschte die Backbordseite des pechschwarzen Seemonstrums auf das Atlantikwasser, ehe es von den Wellen verschluckt wurde.
Nur Sekunden später gab es eine erneute Explosion und das Wrack löste sich, wie von einer Atombombe getroffen, in Luft auf. Glücklicherweise machte die dadurch entstehende Welle weder dem Schnellboot, welches die *MARINER VI* fast erreicht

hatte, noch dem Flaggschiff selbst etwas aus. Konstanze atmete tief durch und nahm einen kräftigen Zug an ihrem Zigarillo.

„Das ging nochmal so gerade gut, Rico." Über den Bildschirm konnte Konstanze erkennen, dass das Landungsboot soeben anlegte. Sie zählte sieben Personen, die auf die *MARINER VI* umstiegen.

„Gott sei Dank", nuschelte sie durch ihr Zigarillo und rückte ihre Schirmmütze zum wiederholten Male zurecht. Konstanze von Wangenheim ahnte nicht, dass sich die Gesamtsituation noch keinesfalls endgültig zu ihren Gunsten gewendet hatte, denn ein erneuter Blick auf die Position, an der sich soeben noch die *ADMIRAL KLATT* befunden hatte, erforderte abermals ihre ganze Aufmerksamkeit. Etwa zwanzig Meter über den allerletzten Überresten des zerstörten Riesen-U-Bootes begann die Luft merkwürdig zu flimmern. Ähnlich einer Fata Morgana schienen sich die Luftschichten zu überlagern und „Irgendetwas" schien sich materialisieren zu wollen. Sekunden später manifestierte sich ein schwarzes Etwas in der Luft, das allmählich Form annahm. Aus den pulsierenden Luftschichten, bei denen Konstanze sofort davon ausging, dass es sich um eine Überlagerung zweier Dimensionen handelte, formte sich eine dunkle Kugel mit einem Durchmesser von etwa drei Metern. Die Kugel war von unzähligen Stacheln oder antennenartigen Auswüchsen übersät und sah aus wie ein überdimensionaler Massageigel.

Auch Premier-Lieutnant Enrico de Armas hatte das Phänomen beobachtet und sah fasziniert auf den Monitor: „Was kommt denn jetzt noch?", fragte er.

„Ich habe da ein ganz mieses Gefühl", sagte Konstanze von Wangenheim. Einige Sekunden später bot sich den beiden Offizieren das wohl schrecklichste Szenario ihres bisherigen Lebens.

„Was ist das, Konstanze?"

„Ich weiß es nicht, Rico. Vermutlich so eine Art von Satellit oder Aufklärungsdrohne der Außerirdischen, die sich in unserer Dimensionsebene materialisiert hat. Verdammt, Rico. Ich fürchte, wir wurden gerade Zeuge einer Dimensionsüberlappung. Ich wusste nicht, dass die schon so weit sind. Strahlschiffe, Lichtkugeln und Drohnen. Es sieht verdammt schlecht um die Menschheit aus, Rico. Wir stehen unmittelbar vor dem Krieg. Ob wir diesen gewinnen werden, ist mehr als fraglich!"

Die beiden Offiziere der *MARINER VI* wurden aus ihren schweren und beunruhigenden Gedanken gerissen. Ein Blick auf den Monitor des *Auges* zeigte Faszinierendes und Entsetzliches zugleich. Weder Brigadier-Colonel Konstanze von Wangenheim, noch Premier-Lieutnant Enrico de Armas hätten in dieser Sekunde abgestritten, am liebsten mit Höchstgeschwindigkeit Richtung Antarktis abzudrehen. Ein weiß-bläulicher, wabender Schleier von etwa zehn Metern Durchmesser legte sich über die Stelle, an der sich bis gerade noch die *ADMIRAL KLATT* befunden hatte. In diesem Schleier befanden sich – Geister!

Durchsichtige, unter entsetzlichen Qualen angstvoll schreiende Geistwesen, welche von dem UFO durch eines seiner antennenartigen Auswüchse direkt aus dem schwarzen und eiskalten Atkantikwasser aufgesaugt wurden. Köpfe und Gliedmaße der sichtlich völlig verzweifelten Geistwesen waren merkwürdig langgezogen und entsetzlich verunstaltet. Die nicht zu ertragenden Schreie waren bis in die Kommandozentrale der *MARINER VI* zu hören und hallten unter gespenstischem

Echoeffekt in dem gewaltigen U-Boot nach. Alle Geistwesen trugen schwarze Kampfuniformen der Sturmlegionäre mit dem typischen V auf dem linken Oberarm. Das ganze Szenario dauerte nicht länger als zehn Sekunden und das UFO hatte die gesamte tote Besatzung in Form ihrer feinstofflichen Geister vom Meeresgrund des Atlantik in sich aufgesaugt. Entsetzt betrachtete die hinter der Bootsführerin stehende Besatzung der Kommandozentrale das Geschehen. Eine zitternde Sturmlegionärin weinte spontan unter den grausigen Eindrücken. Krampfhaft löste Konstanze von Wangenheim ihren Blick vom gespentischen Geschehen.

„Diese Teufel", sagte sie. „Sie bemächtigen sich sogar noch der Seelen unserer gefallenen Kameraden. Abschießen Rico! Sofort abschießen! Wir müssen ihre gefangenen Seelen befreien und erlösen. Das ist teuflisch."

Ohne zu zögern betätigte Enrico de Armas die Artilleriewaffe *MARK VI* und drückte unverzüglich den Auslöseknopf. Der rötliche Blitz wurde sofort aus dem Lauf des elektrischen, hochmodernen Artilleriegeschützes abgegeben und traf – ins Leere! Sekundenbruchteile vorher hatte das igelförmige UFO der Außerirdischen abgehoben.

„Konstanze...", stieß Premier-Lieutnant de Armas erschrocken hervor.

Die Geschwaderführerin zögerte keine Sekunde. Sie warf ihre Schirmmütze auf die Ortungselektronik und ihren Zigarillo ungehalten einfach irgendwo hin.

„Rico, übernehmen und sofort dem Achterdeck Bescheid geben. Die sollen die *Libelle* startklar machen. Aber sofort!", rief Konstanze von Wangenheim ihrem ersten Offizier zu, während sie bereits aus der Kommandozentrale rannte.

Rico schaute ihr zweifelnd nach: „Nein, Chefin. Lass das bloß. Bitte nicht...", rief er ihr hinterher. Vergebens, denn diese kümmerte sich nicht weiter um das Rufen ihres Stellvertreters, sondern rannte stattdessen in Richtung eines hydraulischen Hangars, das sich weiter achtern auf der *MARINER VI* befand.

Zwei Sturmlegionäre zogen hastig die Reißverschlüsse des Spezialanzuges zu, in den Brigadier-Colonel von Wangenheim in aller Eile hineingeschlüpft war. Ein weiterer löste ein dickeres Kabel, das mit einem Gerätewagen verbunden war, von der *Libelle*. Hierbei handelte es sich um einen zehn Meter langen Triebflügler mit drei im vorderen Drittel der einsitzigen Maschine angebrachten, etwa acht Meter langen Drehflügeln, welche sich um den Rumpf der Maschine drehten. Die Enden der Drehflügel waren jeweils mit einem Düsentriebwerk bestückt, wodurch dem Rumpf keine Rotationskräfte übermittelt wurden. Der Drehflügler stand vertikal auf dem Boden, besser gesagt, auf den Spitzen seiner vier *Flossen* und startete damit wie eine Rakete, bevor er in den horizontalen Flug übergehen konnte. Da ein Triebflügler wie die *Libelle* allerdings auch wieder vertikal landen musste, erforderte dieser Akt vom Piloten einiges an Geschick.

Im Bug der *Libelle* befand sich als einzige Bewaffnung, die Abschusseinrichtung für sechzehn der hundertfünfzig Millimeter langen, hocheffektiven und panzerzerstörenden *Van-Möllen-Wirbel-Mini-Raketen*, Kaliber 33-mm. Diese konnten einzeln oder auch auf einmal abgeschossen werden und an Bord der Maschine sechsundachtzig Mal aufmagaziniert werden. Dadurch verfügte die *Libelle* über eine beachtliche Kampfkraft für einen Aufklärer dieser Klasse. Die Geschosse durchdrangen unter normalen Umständen mit Leichtigkeit zwanzig Zentimeter dicken Stahl und bedeuteten somit eine tödliche Gefahr für feindliche Flugzeuge, Schiffe oder auch U-

Boote. Die *Libelle* wurde speziell für diese U-Boote der Kolonialklasse als Aufklärungs- und Abfangjäger konstruiert.
Diese hier trug den Namen *KRIEMHILD III*.
Durch ihre herausragenden Flugeigenschaften waren die *Libellen* durchaus in der Lage, in sehr großen Höhen zu agieren.
Konstanze von Wangenheim bestieg die Pilotenkanzel und legte sich unverzüglich die Druckmaske an. Bereits einen Moment später öffnete sich ein großes Schott über ihr und Konstanze konnte durch die Spezial-Plexiglaskuppel der *Libelle* den grauen Atlantikhimmel sehen. Eine Hebebühne beförderte den Drehflügler an die Oberfläche des Flaggschiffes *MARINER VI*.

Fabelhafter Tag, um Schatten zu jagen, dachte Konstanze und legte eine Reihe von Schaltern um. Die Libelle rumorte, die Triebwerke zündeten und die gewaltigen Drehflügel rotierten schneller und immer schneller werdend um die Maschine. Fest in den Sitz der Maschine geschnallt, drückte Konstanze einen Knopf an der Steuereinrichtung und mit einem Ruck hob der Jäger in den Nachthimmel ab. Die Düsentriebwerke an den Enden der Drehflügel taten ihre Arbeit und schon nach einigen hundert Metern konnte Konstanze in den horizontalen Flug übergehen, was ihr auch selbst sichtlich entgegenkam.

„*MARINER VI* für *KRIEMHILD III*! Rico, hörst du mich?", rief Konstanze über den Helmfunk.

„Klar und deutlich, Chefin", kam sofort die Antwort des ersten Offiziers.

„Schicke mir sofort die Positionsortung von dem UFO herüber", ordnete sie an. Eine Antwort blieb aus, denn bereits nach einigen Sekunden erschienen auf dem kleinen Bildträger vor ihr die Koordinaten des UFOs. Konstanze von Wangenheim nahm die Verfolgung auf und durchbrach die Wolkendecke des Atlantiks. Sie musste sich orientieren. Es war nicht so einfach.

Die Seefahrerin hatte ein flaues Gefühl im Magen. Dann bekam sie Blickkontakt zum davoneilendem UFO. Offenbar benötigte es eine gewisse Beschleunigung, um einen weiteren Dimensionssprung durchführen zu können. Zumindest im Bereich der Atmosphäre. Entschlossen beschleunigte Konstanze und flog dem UFO hinterher.

Konstanze schaute auf die Einrichtungen des Waffensystems. Sie legte einen kleinen Hebel um und sprengte dadurch die Schutzkappe vor den Van-Möllen-Wirbel-Werfern in der Nase der Libelle ab. Inständig hoffte sie, dass das ihr bisher noch völlig unbekannte Flugobjekt der *Schatten* über keine Schutzfunktion gegen die Wirbelraketen verfügte.

Dann war sie bis auf etwa zweihundert Meter an das UFO herangekommen. Ihre Übelkeit überwindend, konzentrierte sie sich, zielte und schoss. Sechszehn der schlanken Wirbelgranaten mit den zerstörerischen Sprengsätzen von etlichen Panzerfäusten schossen dem UFO hinterher und trafen exakt ins Ziel. Die Geschosse detonierten und Konstanze konnte erkennen, dass das UFO ins Wanken geriet. Sofort magazinierte sie nach, wobei sie nichts weiter zu tun hatte, als mit ihrem Daumen auf die Oberseite des Waffenleitknüppels zu drücken. Sie schoss erneut.

Mehrere Salven jagten in Sekundenschnelle dem UFO unverzüglich hinterher. Das UFO änderte seine Farbe, es schien fast durchsichtig zu werden und Konstanze befürchtete schon, dass es kurz vor dem Dimensionssprung stand und mit den entführten Seelen ihrer getöteten Kameraden für immer in einer fernen, unwirklichen und unerreichbaren Dimension verschwinden könnte.

In diesem Moment jagte ein blauer Blitz aus einem der ihr zugewandten Auswüchse des UFOs und krachte in einen der Drehflügel. Irgendetwas explodierte. Die *KRIEMHILD III* geriet ins Taumeln und sackte kurz durch. Konstanze konnte die beschädigte *Libelle* nicht mehr halten und verlangte den Düsentriebwerken den Rest ab. Durch diesen zusätzlich erhaltenen Schub gelang es ihr, die *Libelle* noch ein letztes Mal hochzuziehen, unscharf das UFO anzuvisieren und die restlichen Salven des Magazins abzufeuern – aber mit Erfolg. In einer gewaltigen Explosion detonierte das außerirdische Flugobjekt. Die Trümmer flogen dem Abfangjäger der *MARINER VI* um die Ohren und zerrissen die durch den Angriff des UFOs beschädigte Legierung komplett. Ein Drehflügel löste sich von der Maschine und schoss als übergroße Guillotine in die Höhe. Die *Libelle* hatte sich als tatkräftiger UFO-Abfangjäger erwiesen. Auch wenn es das unabdingbare Ende der Maschine bedeutete.

Die KRIEMHILD III fiel, sich dabei unglaublich schnell um ihre eigene Achse drehend, unaufhaltsam und wie ein Stein vom Himmel ihrem Ende im tiefschwarzen und eiskalten Atlantik entgegen ...

*****

Premier-Lieutnant Enrico de Armas stockte der Atem, als er die Übertragung des *Auges* sah. Mit beiden Händen strich er sich durch seine dunklen Haare. Er kniff seine Augen zusammen, als der Abfangjäger auf der steinharten Oberfläche des Atlantiks aufschlug und sofort explodierte. Nervös justierte er das *Auge* auf einen anderen Übertragungsausschnitt. Rico suchte den Himmel ab – vergeblich!

„Nein, das darf nicht sein", sagte er verbittert. Die junge Sturmlegionärin, die vorhin schon die Nerven verloren hatte, brach abermals in Tränen aus. Sie hatte sich neben Rico gestellt und das Geschehen ebenfalls beobachtet. Der erste Offizier legte seinen Arm um sie und wollte sie vom Bildschirm wegdrehen, als diese plötzlich mit ausgestrecktem Arm auf den Bildschirm zeigte:

„Kommandant", rief sie mit aufgeregter Stimme.

Rico sah auf den Monitor und erkannte in etwa sechshundert Metern Höhe einen Fallschirm, an dem eine Person hing. Genau in diesem Moment kam ein Funkspruch rein: „Rico, hörst du mich?", war eine genervte, weibliche Stimme unter starken Nebengeräuschen zu vernehmen.

Erleichtert atmete der erste Offizier der *MARINER VI* auf.

„Ja, Konstanze. Gott sein Dank. Du lebst. Ist dir etwas passiert, Chefin?"

„Natürlich nicht", antwortete die Geschwaderführerin in ihrem üblich bissigen Tonfall. „Außer, dass ich in dieser schwindeligen Höhe gleich das Kotzen kriege. Ich bin doch nicht bei der Luftwaffe, Mensch!"

Kurz darauf landete Brigadier-Colonel Konstanze von Wangenheim in einigen Kilometern Entfernung im eiskalten Wasser des Südatlantiks. Die Ortung der Geschwaderführerin war wegen ihres mitgeführten Notpeilsenders und durch die hervorragende Leistung des *Auges* kein Problem. Durch das *Auge* konnte Konstanze von Wangenheim sogar via Monitor auf der Kommandozentrale der *MARINER VI* gesehen werden. Sie schnitt sich von ihrem Fallschirm ab, zog an einem Griff, der an der Hüfte ihres Spezialanzuges angebracht war und löste damit die Funktion einer aufblasbaren Schwimmweste aus. Die Druckmaske legte sie ab – eine schwarze Sturmhaube kam zum Vorschein. Das dunkle Ozeanwasser der etwa zwei Meter hohen Wellen klatschte Konstanze ins Gesicht. Ihr Gesichtsausdruck sprach dabei für sich. Aus Gründen der Pietät fuhr Oberleutnant Enrico de Armas verhalten grinsend die Vergrößerungsfunktion des *Auges* zurück und drehte sich im Kommandosessel einem Sergent zu:

„Du siehst doch, dass sich die Chefin einen nassen Hintern geholt hat, David. Nun mach doch mal ein bisschen und befreie sie aus ihrer misslichen Lage. Sie wird dir das bestimmt nicht übelnehmen, wie ich sie kenne."

„Jawohl, Kommandant", sagte der Unteroffizier und sorgte dafür, dass die Geschwaderführerin mit einem Schnellboot aus dem Ozean gefischt wurde.

Bereits zehn Minuten später befand sich Korvettenkapitän Konstanze von Wangenheim wieder an Bord.

„Ich dachte schon, ihr wolltet, dass ich mir eine Lungenentzündung hole!", betrat Konstanze von Wangenheim meckernd die Kommandozentrale. Der erste Offizier stand vom Kommandantensessel auf und ging der Bootsführerin entgegen.

„Wir mussten ja nun schließlich erstmal zu dir hinkommen, Konstanze. Du hättest deine Bruchlandung ja auch etwas näher bei der *MARINER VI* hinlegen können."

Premier-Lieutnant de Armas reichte seiner Chefin ihre Schirmmütze, da er wusste, dass sie ohne diese unausstehlich war. Die 38-jährige Führerin des Störtebeker-Geschwaders setzte ihre geliebte Kapitänsmütze auf ihre noch nassen, pechschwarzen Haare, die sie provisorisch zusammengebunden hatte. Sie steckte lediglich in einer trockenen Kampfhose, trug ein dunkles Unterhemd mit der schwarz-weiß-schwarzen Fahne auf ihren Brüsten und lief barfüßig zum Kommandopult. Auf ihrem rechten Unterarm war ein riesiger Hummer mit zwei gewaltigen Scheren tätowiert, auf dessen Leib sich ein überdimensionaler Stahlhelm wölbte. Der Kampfhummer stand unter einer Kriegsschiffsflotte, welcher er augenscheinlich Schutz gewährte. Unter dem Kunstwerk war zu lesen: *VRIL SKIPPER*.

Rico öffnete einen kleinen Schrank, entnahm diesem ein Schnapsglas, eine Flasche mit einer durchsichtigen Flüssigkeit und schenkte das kleine Glas voll. Anschließend reichte er es Konstanze. Ohne hinzusehen nahm sie das Glas in die Hand und trank es in einem Zug leer. Kommentarlos hielt sie Rico das Glas entgegen. Dieser schenkte noch einmal nach. Wieder trank Konstanze das Glas leer und stellte es anschließend zur Seite. Rico griff erneut in den Schrank, aus dem er gerade das Getränk hervorgeholt hatte und entnahm diesem jetzt einen Zigarrenkasten, den er aufklappte und Konstanze wie ein Büttel entgegenhielt. Konstanze griff aus dem Kasten ein Zigarillo, steckte es sich zwischen ihre Lippen. Im nächsten Augenblick verzog sie das Gesicht, besah sich das nun feuchte Mundstück des Zigarillos an und warf es zurück in den Kasten. Ein anderes Zigarillo fiel nicht durch ihre Vorauswahl und Rico konnte Konstanze ein aufgeflammtes Sturmfeuerzeug entgegenhalten.

Genüsslich paffte sie einige Züge. „Ist mit dem Enterkommando alles in Ordnung?", fragte sie dann.

„Ja, Konstanze. Keinerlei Ausfälle."

Sie nickte: „Habe ich auch nicht anders erwartet!" Und nach einem weiteren Zug an ihrem Zigarillo ...: „Mensch Rico! Die haben uns ganz schön in den Arsch getreten."
Rico nickte: „Das Wichtigste ist, das du heil wieder an Bord bist. Ich wüsste auch nicht, wie lange ich es ohne deine Meckereien hier ausgehalten hätte ..."
„Du hast vielleicht Sorgen", lachte Konstanze auf. „Dabei haben wir ein Boot der Kolonialklasse und achtzig Kameraden verloren. Ich weiß noch gar nicht, wie ich das Friedrich beibringen soll. Er wird mir die Ohren langziehen."
Konstanze lehnte sich entspannt in ihrem Kommandantensessel zurück und drückte ihre Zehen in die Seite des vor ihr stehenden Armaturenpultes, so dass die kleinen Knochen weiß hervortraten: „Na ja, bis zur Heimatküste dauert es ja noch einige Stunden, bis Horchposten I dann mindestens nochmal eine Stunde. Bis dahin wird mir schon etwas einfallen." Konstanze gähnte.
„Gib an das restliche Geschwader weiter, dass die *MARINER VI* die Heimreise antritt. Das Kommando übernimmt die *LUDWIG VON REUTER*. Das Geschwader soll seinen Überwachungsauftrag normal fortsetzen, aber nur kleine Brötchen backen und sich bei einer etwaigen, weiteren Begegnung nicht mit den Lichtkugeln oder anderen UFOs anlegen!"
„Ja, Konstanze."

*****

Einige Stunden später sah Konstanze von Wangenheim erwartungsvoll in das Gesicht von General Friedrich von Hallensleben. Dieser saß auf dem schweren Sessel seines Arbeitszimmers im riesigen Bunkersystem Horchposten I und blickte geistesabwesend auf seinen Schreibtisch.
„Hast du das jetzt richtig mitbekommen, Friedrich?", fragte die Bootsführerin ihren obersten Vorgesetzten. Dieser reagierte nicht, sondern zuckte erst einige Sekunden später kurz zusammen, ehe er mit fragendem Blick zu Konstanze aufsah.
„Ja ja, Konstanze. Natürlich. Ich habe deine Meldung richtig verstanden. Entschuldige bitte meine kurze Geistesabwesenheit. Ich bin noch zu entsetzt über den Verlust der Mannschaft der *ADMIRAL KLATT* und den entsetzlichen Übergriff der außerirdischen *Schatten*."
Konstanze nickte: „Ich kann nur wiederholen, Friedrich. Die Gefahr geht nicht nur von den merkwürdigen Lichtkugeln aus, welche die *ADMIRAL KLATT* plattgemacht haben, sondern es besteht zudem noch die Gefahr der Materialisation von fester Materie, in diesem Fall von dieser komischen Igel-Drohne, die mich mit irgendwelchen Energiestrahlen abgeschossen hat. Ich kann daher auch nicht ausschließen, dass die *Schatten* sogar schon in der Lage sein könnten, sich selbst körperlich oder gar mit einigen ihrer Kriegsschiffe auf der Erde zu materialisieren. Unabhängig vom Schutzfaktor des heiligen Reliktes *GRAM*."
„Ja, Konstanze. Ich weiß, was du meinst. Der Gedanke ist entsetzlich!"
Der Gesichtsausdruck des 96-jährigen Vitalgreises und Oberbefehlshabers des Fürstentums Eisland verfinsterte sich.

This ist the room, the start of it all.
No portrait so fine, only sheets on the wall...

(Joy Division - Ian Curtis *15.07.1956 - †18.05.1980)

Ich nahm die Zahnbürste aus meinem Mund ... als ob ich dann besser hören könnte! ... und lauschte in unsere Stube hinein. Eines der Königsstücke der New-Order-Vorgänger dröhnte in übermäßiger Lautstärke aus der Musikanlage. Als Hintergrundgeräusch vernahm ich aber noch etwas anderes – die Stimme von Friedrich, welche aus dem Deckenlautsprecher verzweifelt versuchte, sich gegen die Musik durchzusetzen: „Rittmeister Wagner und Herzogin zu Rottenstein bitte in mein Arbeitszimmer!", verstand ich dann die Durchsage.

Ich spülte meinen Mund um und spuckte die Überreste der Zahnpasta ins Waschbecken. Anschließend ging ich in die Stube, zog mir ein schwarzes Unterhemd mit der schwarz-weiß-schwarzen Fahne auf der Brustseite und darüber meine Uniformjacke an ... Koppel noch um die Hüfte – fertig!

Ich drehte *Day Of The Lords* aus. In dem Moment öffnete sich die Zimmertür und Tomke blickte herein: „Hast du gehört, Roy? Wir sollen zu Friedrich."

„Ich bin ja nicht taub, Mäuschen", antwortete ich, begab mich zu meiner Frau, legte meinen rechten Arm um sie und verschloss von außen die Tür unseres Quartiers und wir begaben uns zu Friedrichs Arbeitszimmer.

Wie gewohnt, traten wir ohne anzuklopfen ein. Konstanze von Wangenheim war anwesend. Ich betrat als erster den Raum. Konstanze und ich begrüßten uns herzlich. Ich mochte sie sehr. Tat sie doch stets raubeinig und missgelaunt, war sie in Wirklichkeit ein sehr fürsorglicher und offenherziger Mensch. Als sie Tomke sah, salutierte sie überschwänglich, offenbar wohl aber ernstgemeint.

„Hoheit. Ich hoffe, es geht euch gut!" Ich wusste genau, dass man bei den seefahrenden Truppen gewisse Bräuche besser nicht missachten sollte. Tomke grinste, erwiderte den Gruß und reichte der Bootsführerin freudig die Hand:

„Hallo, Konstanze. Schön, dich heute zu sehen!"

„Hallo Tomke. Ich freue mich auch, dich wiederzutreffen."

Dann wurde uns von den Geschehnissen der vergangenen Stunden und dem dramatischen Unglück der *ADMIRAL KLATT* berichtet. Wir waren tief bestürzt. Friedrich sah Tomke und mich an:

„Konstanze und ich haben uns lange unterhalten, Kinder. Ich bin nunmehr zu der Überzeugung gekommen, dass es zu gefährlich ist, *GRAM* hier in unseren Atombunkern zu lassen. Sollten die *Schatten* das heilige Schwert unter ihre Fittiche bekommen, ist es unwiderruflich aus mit unserem Planeten. Die gesamte Kriegsflotte der Außerirdischen würde die Erde dann angreifen. Dem hätten selbst wir nichts entgegenzusetzen. Von den restlichen Staaten unseres Planeten einmal ganz zu schweigen. *GRAM* muss weg. Und zwar dorthin, wo es keiner finden kann."

Tomke nickte nachdenklich.

„Wie wäre es mit einer Spezialkapsel auf dem Grund des Teufels-Dreiecks?"

Friedrich schüttelte den Kopf: „Nein, meine Tochter. So meine ich das nicht. Dann könnte *GRAM* genauso gut bei uns bleiben. Ich meine etwas ganz anderes!"

„Was denn nun, Friedrich?", fragte ich ungeduldig. Meine Frau, das 18-jährige Mädchen im Rang eines Oberleutnants, rieb sich mit ihren abgeknabberten und schwarz lackierten Fingernägeln ihrer rechten Hand über die immer noch nicht vollständig verheilten Narben ihrer rechten Gesichtshälfte.

Friedrich tat geheimnisvoll und selbst Konstanze von Wangenheim runzelte ungeduldig die Stirn.

„Nun", erklärte er weiter. „Ich habe mir da einige Gedanken gemacht. Zum Beispiel könnten wir das heilige Relikt ganz einfach mit einem Schwingungsakkumulator versehen, für fünf Minuten in die Zukunft versetzen. Damit wäre es faktisch nicht mehr greifbar."

Ich schüttelte verständnislos den Kopf: „Für uns aber auch nicht, Friedrich! Bis der Akkumulator das Schwert im Bedarfsfall wieder auf unsere Zeitebene zurückholen kann, ist es immer noch den fünf Minuten voraus existierenden Menschen der Zukunft ausgeliefert. Wir haben dann ganz einfach selbst keinen direkten Zugriff mehr darauf. Nicht einmal mehr eine Kontrolle darüber."

„Stimmt allerdings, Roy!" Friedrich biss sich auf die Unterlippe. „Dann bleibt nur noch die Möglichkeit, *GRAM* auf unserer Mondbasis *Helgoland III* zu verstecken. Für Sekunden schienen alle nachzudenken. Dann stimmte ich Friedrich zu. Dieser blickte fragend zu Konstanze.

„Was siehst du mich denn jetzt so an, Friedrich? Du glaubst doch wohl nicht im Ernst, dass ich das Ding da jetzt hinaufbringe? Ich bin U-Boot Kommandantin, aber keine Astronautin!", sagte sie entsetzt.

Friedrich winkte ab: „Nein, nein, Konstanze. Das will ich dir sehr wohl ersparen. Mich interessiert vielmehr deine Meinung dazu."

„Nun", entgegnete Konstanze, „der Erdtrabant ist schon irgendwie ein ideales Versteck für das Schwert. Niemand sonst, mit Ausnahme der *Schatten* natürlich, kann dort so eben mal kurz hin, wie es uns möglich ist. Ich meine damit meine Theorie, nach welcher irgendjemand mit den außerirdischen Intelligenzen zusammen paktiert. Und schließlich ist unseren Erzfeinden, Martin Bormann und Heinrich Müller mit ihrer *Dritten Macht* die Existenz der Extraterrestrier seit den Kriegsjahren ebenfalls bekannt. Warum also nicht...?"

Friedrich von Hallensleben atmete tief durch und blickte dann zu uns:

„Gut, Kinder. So soll es also sein. Ihr beiden bringt *GRAM* zur Mondbasis *Helgoland III* und übergebt es dort der Obhut des dortigen Luna-Zenturio-Sicherheitsautomaten. Übermorgen werdet ihr starten."

Ich schluckte und merkte, dass ich kreidebleich wurde: *Nein*, dachte ich, *das kann doch wohl jetzt nicht sein Ernst sein? Warum denn ich? Warum muss denn ausgerechnet ich da hinauf..?*

279

Zwei Tage später

„Ich glaube das nicht", meckerte ich in der Führerkapsel des Klein-Interceptors der Baureihe IV, einem sogenannten *Helgolander*, der auf eine Trägerrakete montiert wurde, um den Erdtrabanten zu erreichen und dort auch zu landen. Dieser Helgolander hier hieß *JOHN SILVER*.
Tomke saß in der zweisitzigen Maschine hinter mir und fummelte an den Steuersystemen herum. Das Schwert von Siegfried von Xanten lag in einem Kunststoffbehälter neben mir auf dem Boden.
Wahnsinn! Einfach so!, dachte ich.
„Sag mal Süße, warum müssen wir beiden eigentlich immer jeden Dreck wegmachen? Warum können da nicht Ludwig, Tony oder Nadeschda rauffliegen? Nadeschda wird doch eh schon feucht im Höschen, wenn sie nur etwas von Weltraumflug hört. Aber nein, wir müssen da oben jetzt herumkraxeln!"
„Du musst es ja wissen", entgegnete Tomke zynisch auf das Höschenpalaver bezogen und gab mir einen Klaps auf den Hinterkopf. Ich winkte ab.
„Ach, ist doch wahr. Ich bin doch kein Astronaut! Und dann noch mit dieser albernen Rakete hier. Wenn wir wenigstens eine *Haunebu 2-F-Kaulquappe* genommen hätten. Eine weltraumtaugliche *VRIL XI Amöbe* hätte es sicherlich auch getan. In dem Ding hier komme ich mir ja vor wie Wernher von Braun. Ich habe keinen Bock auf diese Scheiße hier."
„Das kommt bloß daher, weil du wieder mal entsetzliche Flugangst hast, mein großer starker Beschützer", kommentierte Tomke grinsend, die normale menschliche Gefühle wie Unbehagen oder gar Angst seltsamerweise nicht zu kennen schien. Oft beneidete ich Tomke dafür. Ich selbst war ebenfalls niemals in meinem Leben ein ängstlicher Mensch gewesen. Aber, hol der Teufel diese verdammte Fliegerei! Erst recht im Weltraum!
Es war hart. Sehr hart. Ich kam mir vor wie ein geschüttelter Martini im Glas von 007-Bond, James Bond. Die erste Stufe mit ihrem chemischen Triebwerk brannte nach 80.000 km Höhe aus und klingte sich dann ab. Die zweite Stufe, die uns durch den Van-Allen-Strahlengürtel bringen sollte, funktionierte bereits mit einem Ionenantrieb. Durch den äußerst sparsamen Energieverbrauch des Ionenantriebes konnten wir mit der zweiten Stufe zügig bis in den Wirkungskreis des Mondes vorstoßen und sogar auf der dunklen, der Erde abgewandten Seite in der geheimen Mondbasis *Helgoland III* landen. Nach Erfüllung unseres Auftrages würde uns die Energie der dritten Stufe vom Mond aus wieder zurückbringen, so dass wir allein mit dem Klein-Interceptor wieder in die Atmosphäre der Erde eindringen konnten. Das Ganze war ein taktischer Schachzug von Friedrich. Natürlich hätten wir eine unserer neuartigen, mit Elektro-Turboantrieb angetriebenen Flugmaschinen oder Raumflugkreisel nehmen können, um das heilige Schwert zur Mondbasis zu bringen. Statt dessen setzten wir uns dem absolut tödlichen Weltraum mit einer zwar supermodernen, aber dennoch herkömmlichen Rakete aus. Das hatte allerdings folgenden Grund; nämlich um jeden Preis zu vermeiden, dass die außerirdischen Kräfte mittels ihrer Lichtkugel-Spähsonden von dem Unternehmen erfuhren, schickte Friedrich alles, was auch nur annähernd fliegen konnte, zeitgleich mit uns in die Luft: *Omega-*

Disken, Haunebus und *VRILS, Tat-Tvam-Asi-Deltaflügler, Schamballah-Nurflügler* und sogar die alten *Heinkel, Messerschmitt, Junkers, Dornier* und weiß der Satan noch alles an herkömmlichen Flugzeugen aus ganz anderen Epochen und welche eigentlich ins Museum gehörten, aber dennoch einwandfrei durch gewissenhafte Wartungsarbeiten und regelmäßige Erneuerungen funktionierten, starteten vom Südpol aus in alle Himmelrichtungen und alle Höhen, um vom Start der dreistufigen Rakete mit dem aufgepflanzten Klein-Interceptor abzulenken. Und – es schien zu funktionieren. Lediglich zwei pulsierende Lichtkugeln jagten Maschinen in unserer unmittelbaren Nähe hinterher. Eine dieser Lichtkugeln folgte einem *Tat-Tvam-Asi-Deltaflügler*, der, grob gesehen, Kurs Richtung Kap der Guten Hoffnung nahm, später aber wieder abdrehte. Das andere UFO hängte sich an eine von Rittmeister Mara Winter geflogene *Focke-Wulf Fw 190 Dora*, einem Lieblingsstück von Contessa Sigrun, bis es durch die geschickten Flugmanöver der ausgezeichneten Pilotin nach etwa zehn Minuten die Verfolgung aufgab.

Etwa zwanzig Minuten später befanden wir uns im direkten Wirkungskreis des Erdtrabanten. Eine Funkkommunikation mit *Horchposten I* oder einer unser anderen Basen war von der dunklen Seite des Mondes aus nicht möglich, da der eigens dem Fürstentum Eisland gehörende Satellit, welcher als Relais diente und für eine Funkverbindung absolut notwendig gewesen wäre, zur Zeit an einer Funktionsstörung litt.

„So, das sieht doch schon mal ganz gut aus", sagte Tomke. „Sieh mal dort auf zweiundzwanzig Uhr. Dort liegt *Helgoland II.*"

Wie beiläufig schaute ich durch die Spezialpanzerglasscheibe hinaus auf die Mondoberfläche und betrachtete kurz die etwa fünfzig Meter lange, knapp zehn Meter durchmessende Röhre aus Sonderstahl.

„Meinetwegen", knurrte ich. „Ich denke, diese komische Zigarre liegt schon seit fast siebzig Jahren wie ein Hundehaufen dort. Daran dürfte sich wohl auch in den nächsten hundert Jahren nichts ändern!"

„Fabelhafte Laune hat der Herr Rittmeister heute wieder. Statt sich zu freuen, mal wieder auf dem Mond herumtoben zu können wie ein kleines Kind, bist du heute mal wieder eine kleine Feuerkröte", amüsierte sich Tomke. „Aber, na ja. Man kann es halt nicht allen immer Recht machen. So, dort ist ja auch schon das Felsenplateau, unter dem sich *Helgoland III* befindet", stellte Tomke fest und steuerte den *Helgolander* auf das Gebirge zu.

„Mal sehen, der Luna-Zenturio müsste uns schon längst geortet haben. Ich übermittle jetzt den Geheimcode für die Öffnung der Station", sagte Tomke und irgendetwas piepste hinter mir, da sie die Kombination zum Öffnen der gewaltigen Schleuse eingab. Wenige Sekunden danach öffnete sich quasi das Gebirge unter uns und gab ein etwa zweihundert Meter durchmessendes Loch frei, in welches Tomke hineinsteuerte.

Ich war immer noch angefressen. Einzig und allein die Tatsache, nach dem Schleusengang im Innern der Mondstation *Helgoland III* nicht mehr dieser verdammten Schwerelosigkeit ausgesetzt zu sein, da die Station mittels *VRIL*-Technik eine nahezu erdähnliche Gravitation erzeugte, besänftigte mich ein wenig, da ich während des Fluges am liebsten schon siebzehn Mal nach Ulf gerufen hätte.

Wie eine Erbse, die durch die Öffnung einer riesigen Flasche verschwand, wurden wir von dem schwarzen Innern des Mondfelsens verschluckt. Manövrieren brauchten wir den *Helgolander* jetzt nicht mehr, da der Luna-Zenturio-Sicherheitsautomat die Landung per Fernsteuerung von der Station aus übernahm.

Ich schaute nach oben. Das gewaltige Schott schloss sich wieder über uns. Licht flammte in dem großen Hangar auf. Sicher wurde die *JOHN SILVER* auf eine Rampe aufgesetzt, die auf Schienen zu einem etwa fünfzehn Quadratmeter großen Stahlschott führten, das in die Felsenwand eingelassen war. Wie in der Gondel einer Geisterbahn wurden wir mit dem *Helgolander* hineingefahren. Hinter uns schloss sich das Schott wieder. Das eigentliche Schleusen begann.

Es dauerte nur einige Minuten und die Kontrolllämpchen an den Messapparaturen der Schleusenwand ließen uns erkennen, wann der Vorgang abgeschlossen war. Eine der größeren Signalleuchten gab grünes Licht.

„Das war's, Roy. Wir können aussteigen!", rief Tomke mir augenzwinkernd zu, wobei sie schon den Schottgriff mit ihrer Hand umfasste.

„N-N-N-Nein, T-T-T-Tomke. Warte noch einen kleinen Moment. Bist du sicher, dass die Schleuse tatsächlich mit atembarer Luft gefüllt ist? Nicht, dass der Luna-Zentrurio hier irgendwie stinkbesoffen oder so ... etwas verwirrt ..."

„Der Luna-Zenturio heißt ja schließlich nicht Roy Wagner!", bekam ich standrechtlich mal wieder einen eingeschenkt.

Tomke stieß die Spezialabdeckung des *Helgolanders* einfach auf. Reflexartig sog ich nach Luft, hielt mich links und rechts irgendwo an den Armaturen fest und inhalierte – frischen und atembaren Sauerstoff.

„Nun gut", sagte ich, die Schweißperlen wegwischend, „lass uns anfangen, um so schneller haben wir es hinter uns."

Wir kletterten aus der Maschine. Ich trug das Schwert *GRAM*. Am Verlauf der Schienen in der Schleuse erkannte ich, dass der Klein-Interceptor sogleich durch weitere Stahlschotten in einen anderen Teil der Station verfrachtet werden würde, damit die Schleuse wieder freigehalten und das Fluggerät gewartet werden konnte. Menschen gab es auf *Helgoland III* nicht. Nur den Luna-Zenturio-Sicherheitsautomaten.

Plötzlich öffnete sich ein weiteres Schott, das etwa drei Meter hoch und zwei Meter breit war und der Luna-Zenturio stand vor uns. Ich blickte misstrauisch auf den robust aussehenden Kampfroboter. Sein Rumpf bestand aus einer etwa autoreifendicken Röhre, an dessen oberem Ende ein Zylinder angebracht war, in dessen Mitte ein orangefarbenes Licht aus einem schmalen Spalt, etwa in Augenhöhe, wenn man von diesem Zylinder als Kopf ausgehen kann, leuchtete. Der kupferfarbene Roboter hatte keine Beine. Er schwebte etwa einen halben Meter über dem Boden der Station und wurde durch einen *VRIL-Magnet-Konverter* in der Luft gehalten. An beiden Seiten seines Rumpfes befanden sich jeweils drei kräftige, armähnliche Gebilde, die einem Angst und Schrecken einjagen konnten. Lediglich die oberen beiden Roboterarme waren mit schraubstockartigen Greiftentakeln ausgestattet. An den Enden der mittleren befanden sich jeweils eine Maschinenpistole und die unteren beiden Extremitäten endeten in zwei Miniatur-KSK-Todesstrahlern. Das aufgemalte Hoheitszeichen, die schwarz-weiß-schwarze Fahne, etwa Zigarettenschachtel groß, zierte die linke Seite seines Rumpfes in angenommener Herzhöhe.

Der Luna-Zenturio versperrte uns den Weg: „Stimmidentifizierung erforderlich", drang eine elektronisch klingende Stimme aus der Maschine.

„Herzogin zu Rottenstein Premier-Lieutnant Tomke Freyja Edda von Freyburg-Wagner", antwortete meine Frau der Maschine, um diese zufriedenzustellen. Auf eine Art hatte ich das Gefühl, dass dieser Blecheimer jetzt mich ansah, obwohl man ihm das schließlich gar nicht ansehen konnte. Um mich nicht gleich mit ihm zu überwerfen, nannte ich dem Vogel auch meine Identität: „Rittmeister Roy Martin Andreas Wagner. Bist du jetzt zufrieden?"

Tomke stieß mir den Ellenbogen in die Seite: „Einen Luna-Zenturio ärgert man besser nicht, Roy."

„Mir egal, ich mag den Blechvogel nicht."

„Willkommen auf Eurer Mondbasis *Helgoland III*, Hoheit. Wenn ihr mir bitte folgen möchtet", drang die Elektrostimme aus der Maschine.

„Ich danke dir, *GOLEM I*", sagte Tomke.

„Das der bloß nicht auf die Idee kommt, mich auch einzuladen", beschwerte ich mich und hätte dem Blechmacker am liebsten in den Hintern getreten.

„Das hast du jetzt davon, Roy", kommentierte Tomke grinsend.

„Das ist ein ganz arrogantes Arschloch. Das hab ich gleich gemerkt", nörgelte ich gemäß meiner Tageslaune weiter.

„He Golem! Jetzt nimm mir doch wenigstens mal dieses blöde Schwert ab! Ich schleppe das Teil schon die ganze Zeit mit mir herum."

Ohne seine Vorwärtsbewegung zu unterbrechen, drehte sich der Rumpf von *GOLEM I* zu mir und nahm mir das heilige Relikt ab: „Wie du befiehlst, ehrenwerter Rittmeister."

„D-d-da, Tomke. Hast du das gehört? Hast du diesen hochnäsigen Unterton in seiner Stimme gehört?"

„Jetzt hör doch auf, dich schon wieder mit ihm anzulegen, Roy. Das ist mit euch beiden Streithähnen ja schlimmer als im Kindergarten. Jetzt komm, damit wir noch etwas schaffen. Himmel, Arsch und Wolkenbruch!" Tomke ging kopfschüttelnd voran. Zwischen mir und meiner Frau befand sich der Luna-Zenturio. Plötzlich verharrte der und legte das Schwert auf den Boden. Tomke blieb ebenfalls stehen und sah den Roboter stirnrunzelnd an: „Was ist los, *GOLEM I*?"

„Unregelmäßigkeiten, Hoheit. Ich orte ..."

Eine gewaltige Detonation erschütterte die Station. Instinktiv duckte ich mich und stützte ich mich mit meiner rechten Hand gegen die Wand des Ganges ab, einen Moment lang befürchtend, das hier alles einstürzen und wir ein jähes Ende auf der für Menschen absolut tödlichen Mondoberfläche finden würden. Aber die Wand hielt. Sekunden später kamen eigenartige Geräusche auf uns zu. Von vorn. Ein surrender Laut. Tomke, die sich nach wie vor an der Spitze befand, wich einige Meter zurück und stellte sich hinter den Luna-Zenturio.

In etwa zwanzig Metern Entfernung machte der Gang einen Linksknick. Das stärker werdende Surren wurde von einen Schattenwurf begleitet, der gespenstisch wirkend, immer größer wurde. Es war nur noch eine Frage von Sekunden, bis das, was sich uns näherte, um die Ecke kommen musste.

Und es kam – zwei schwebende, entsetzlich aussehende Bestien!

Sie waren etwa zwei Meter groß und sahen aus wie Schlangen. Sofort erinnerten sie mich an eine Kobra. Merkwürdig schlängelnd schien ihr Rumpf aus mehreren Elementen zusammengesetzt zu sein, die sich spiralförmig zu etlichen Windungen aufreihten. Auf dem oberen Ende des spiralförmigen Körpers befand sich eine Konstruktion, die tatsächlich verblüffend an den überdimensional großen Kopf einer Kobra erinnerte. Das andere Ende der Bestien lief spitz zu und klatschte kraftvoll, wie der Schwanz eines ungeduldigen Tieres, gegen Boden und Wand. Je acht rötlich schimmernde Augen steckten in der Innenseite der schalenähnlichen Köpfe der Monster, die ebenso wie der Luna-Zenturio etwa einen halben Meter über dem Boden schwebten, aufgrund welcher Antriebstechnik auch immer. Knallrot, wie Feuerwehrautos waren diese Ungetüme, die augenscheinlich aus einer Art Metall bestanden und trotz ihres furchteinflößenden Aussehens nichts weiter als Maschinen, ja, Kampfroboter der Außerirdischen zu sein schienen.

In diesem Moment schossen bereits bläuliche Blitze aus den „Augen" der Horrormaschinen. Sofort eröffnete der Luna-Zenturio *GOLEM I* das Gegenfeuer und Maschinengewehrsalven und rötliche Todesstrahlen aus den Miniatur-KSK-Partikelstrahlnadlern schossen den beiden gegnerischen Maschinen entgegen.

Tomke und ich sprangen auf den Boden in Deckung. Der Luna-Zenturio leistete erbitterten Widerstand, fing sich aber eine Reihe von gegnerischen Treffern ein, so dass er gegen die Wand geworfen wurde, sich sofort aber wieder in die Luft erhob und weiterschoss.

Eine Klappe in der Mitte seines Rumpfes öffnete sich und sofort schoss ein Mörser heraus, der noch in derselben Sekunde eine Granate in Richtung der gegnerischen Maschine abfeuerte. Einer der kobraähnlichen Kampfroboter wurde von der Granate getroffen und knallte nun ebenfalls gegen die hinter ihm stehende Wand. Die gezielt eingesetzten Todesstrahlen von *GOLEM I* taten ein Übriges und schmorten die Maschine zusammen. Das gab dem zweiten Kobra-Roboter Gelegenheit, mehrere gezielte Treffer auf den Luna-Zenturio abzufeuern, wodurch dieser einen seiner MPi haltenden Kampfarme und einen seiner Todesstrahler verlor.

Durch das gegnerische Energiefeuer getroffen, flossen die Extremitäten einfach zu Boden. Unter dem Dauerfeuer seines letzten Partikelstrahlnadlers kämpfte sich der Luna-Zenturio in Richtung des Gegners vor und drückte diesen mit einem gewaltigen Schlag gegen die Wand. Verzweifelt versuchte die rote Kobra-Einheit mit ihrem wild zuckenden Schwanz, der mehrmals vergeblich gegen den Rückenbereich des Luna-Zenturio krachte und sich anschließend von unten zwischen die beiden Roboterkörper bohren wollte, zu wehren. Die beiden noch intakten oberen Kampfarme von *GOLEM I* packten die Maschine und rissen diese mit ungeheurer Kraft mittig auseinander. Ein solcher Kraftakt wäre von keinem Menschen der Welt zustande gebracht worden – vom Luna-Zenturio schon. Er war ja auch kein lebendes Wesen, sondern ein ursprünglich in den fünfziger Jahren von Sigrun entwickelter Multifunktionskampfroboter, der nach und nach erneuert und aufgerüstet worden war, bis er zu seinem derzeitigen Ideal heranmutierte.

Es schien vorbei zu sein. Ich hob den Kopf und sah zu Tomke. Meine Kleine wischte sich gerade den Schweiß von der Stirn.

„Was zum Teufel war das denn?", fragte ich, dabei das heilige Schwert *GRAM* aufhebend. Tomke stand vorsichtig auf und zuckte mit ihren Schultern.

„Weiß der Henker, Roy. Irgendwelche Kampfroboter der Außerirdischen. Verdammt! Die müssen uns doch tatsächlich gefolgt sein und sich Zugang zu *Helgoland III* verschafft haben." Tomke spielte damit auf die Explosion an, bei der ich vermutete, das diese die Mondbasis zerreißen würde, was glücklicherweise nicht eingetroffen war, da die Notverschottungen gegriffen hatten.

Ich erhob mich ebenfalls. Die beiden Kobraeinheiten der Außerirdischen waren Schrott. Ebenso aber auch der Luna-Zenurio. Lediglich mattes Schimmern drang noch aus dem Titankopf des Kampfroboters.

„... Auftrag ... beschützen... Hoheit ... meister ...", versuchte *GOLEM I* vergeblich sein Sprachprogramm wieder in den Griff zu bekommen. Dann erlosch mit einem leisen, knisternden Geräusch der orangefarbene Lichtschimmer im Kopf des Luna-Zenturio komplett. Die Strahlen der Kobraeinheiten hatten dem Roboter zu arg zugesetzt.

„Na, das war's dann wohl mit dem Bengel. Sigrun wird ganz schön stinkig sein, wenn sie davon Wind bekommt", sagte Tomke.

„Du hast vielleicht Nerven, Süße. Hast du eigentlich schon mal daran gedacht, dass hier vielleicht noch mehr von ... " Ich kam nicht zum Ausreden. Ein seltsam pfeifendes Geräusch kam von links. Wir blickten den Gang entlang. Wie aus dem Nichts tauchten einige Meter neben uns plötzlich zwei schwebende Wesen auf.

Die Außerirdischen! Mir stockte schlagartig der Atem und instinktiv zuckte ich zurück. Zwei etwa eineinhalb Meter große Wesen mit pergamentartig grauer Hautfarbe und überproportional großen kahlen Köpfen, in denen als einzige Sinnesorgane zwei schlitzartige, schwarze und pupillenlose Augen steckten, starten uns an.

Die Schatten, dachte ich. *Wir haben doch tatsächlich zwei Wesen der Schatten am Hals."*

Die offenbar geschlechtslosen Wesen hatten lange Arme, an denen sich wiederum überproportional lange Finger befanden. Sie sahen genau so aus, wie die Schulungen des Fürstentums Eisland es uns lehrten. Genauso wie unzählige Menschen aller Altersepochen sie ebenfalls beschrieben haben, ohne natürlich zu wissen, mit wem sie es zu tun hatten. Die kleinen Grauen. Ich sah sie zum allerersten Mal in meinem Leben persönlich, erkannte sie aber, wie erwähnt, sofort als die Erzfeinde nicht nur unseres Heimatplaneten Erde, sondern als Erzfeinde und Ultrabösewichte des gesamten Universums.

Die Wesen verharrten einen Moment. Fast schien es so, als wollten sie sich über den Ausgang des Gefechtes informieren, als es mit einenmal in meinem rechten Arm zu zucken begann. Ohne es zu wollen, erlag ich von einer Sekunde zur anderen dem unwiderstehlichem Zwang, meinen Arm, der *GRAM* hielt, anzuheben und den Wesen damit entgegenzutreten. Ich konnte nicht anders. Aus mir unerklärlichen Gründen war ich nicht mehr Herr meines eigenen Willens, erhob mich, nahm *GRAM* in beide Hände und wollte es den *Schatten* übergeben. Ich hatte nicht einmal die Spur einer Möglichkeit, mich dem zu widersetzen, geriet völlig in den Bann der beiden außerirdischen Wesen. In letzter Sekunde packte mich von hinten eine Hand an der Schulter. Eine Hand, die in einem schwarzen Lederhandschuh steckte und mich einfach zu Boden riss. Die behandschuhte Hand entriss mir gleichzeitig das Schwert, ehe ich es wie ein Volltrottel den beiden Außerirdischen wie auf einem silbernen Tablett überreichen konnte. Im selben Moment löste sich der Bann, ich hatte wieder einen klaren Kopf und ich ärgerte mich entsetzlich über mich selbst, blickte instinktiv nach rechts und sah Tomke, die wie ein Ninja in Kampfstellung gegangen war und das Schwert mit beiden Händen am Griff fassend, mit der Spitze nach vorn hielt. Aus den Augenwinkeln erkannte ich, dass die beiden Außerirdischen auf der Stelle verharrten.

Dann geschah etwas Unfassbares: Ein Bündel grünlicher Blitze schoss aus der Spitze des Schwertes und jagte den beiden Wesen entgegen, die sofort nach hinten die Flucht ergriffen, so, als würden sie sich mit einer derartigen Macht auf gar keinen Fall anlegen wollen. Fassungslos starrte ich Tomke an, die nicht minder perplex auf das Schwert stierte.

„Ohgottohgott", stammelte sie, wobei sich im Neonlicht der Mondbasis nicht nur das heilige Schwert, sondern auch Tomkes silberne Zahnspange widerspiegelte. Ich erhob mich abermals vom Boden.

„Ich will jetzt gar nicht erst wissen, wie du das angestellt hast, Süße. Das ist doch wieder so eine Teufelei, die Sigrun dir beigebracht hat", sagte ich.

„Ehrlich gesagt Roy, das weiß ich jetzt selbst nicht, wie das gerade …"

„Egal jetzt! Komm, Tomke. Wir müssen weg. Und zwar so schnell wie möglich. Lass uns zurück zum Hangar und dann nichts wie weg hier. Weiß der Satan, wie viele von diesen Schlangenrobotern diese Kürbisköpfe noch mitgeschleppt haben. Wir haben nicht einmal Handfeuerwaffen dabei und der Luna-Zenturio ist auch im Arsch", sagte ich und griff die Hand meiner Frau, um in Richtung Hangar zurückzulaufen.

„Nein Roy! Warte!" Tomke hielt mich zurück. „Wir müssen hier entlang." Dabei zeigte sie auf ein weiteres Schott, einige Meter neben uns: „Die haben doch bestimmt gesehen, dass wir im Kraterhangar mit dem Klein-Interceptor gelandet sind. Lass uns erst zum Funkraum gehen. Da können wir via Kamera die Lage abklären. Nicht, dass wir denen wie die Stoffel in die Arme laufen."

Ich nickte und gemeinsam suchten wir den kleinen Funkraum in unmittelbarer Nähe des Kraterhangars auf. Tomke betätigte die Überwachungsanlage und starrte auf den Bildschirm: „Nichts, Roy. Der Kraterhangar ist leer. Hhm?!"

Tomke strich sich ihre pechschwarzen Haarsträhnen aus dem Gesicht.

„Warte mal, Roy. Ich will noch mal etwas anderes abklären", sagte sie und aktivierte eine Außenkamera, welche die Mondoberfläche der unmittelbaren Umgebung zeigte. Und dort war es – ein Strahlschiff der Außerirdischen! Es stand neben einem kleineren Felsen versteckt. Offenbar für eine Verfolgungsjagd vorbereitet.

„Das habe ich mir gedacht", sagte Tomke. „Aber – die scheißen mich doch nicht an!"

In diesem Augenblick öffnete sich das Schott des kleinen Schaltraumes. Erschrocken sahen wir auf das, was da im Türrahmen stand, besser gesagt, schwebte: der Luna-Zenturio *GOLEM II*.

Tief atmete Tomke aus: „Du kommst wie gerufen, *GOLEM II*!"

„Hoheit, *GOLEM I* funkte mir unmittelbar vor seiner Zerstörung ein Notsignal, was mich veranlasste, nicht länger in der Ladestation meine Ruhephase beizubehalten. Schließlich stand ich jetzt ja auch schon dreizehn lange Jahre dort drinnen. Mein Auftrag lautet, Euch zu beschützen, Hoheit", sagte der Blechkamerad mit seiner seltsamen, elektronischen Stimmeinheit.

„So ist es Recht, *GOLEM II*", entgegnete Tomke.

„Rittmeister Wagner", begrüßte mich der Automat ebenfalls.

„Moin moin", sagte ich, das Gerät musternd. „Na ja. Wenigstens scheint der Kumpel hier nicht so hochnäsig zu sein, wie der andere", fügte ich noch hinzu. Tomke verzog das Gesicht.

„Wie auch immer, Süße. Wir müssen hier raus. Und zwar schnellstmöglich. Wenn die uns weitere von diesen Kobra-Kampfrobotern hier hereinschicken oder die Basis bombardieren, haben wir keine Chance. Und dein komisches Schwert ist dann auch ein für allemal futsch. *GOLEM II*, sofort die *JOHN SILVER* auftanken. Es eilt!"

„Richtig, Roy. Der Automat soll die *JOHN SILVER* zügig auftanken und sofort danach das Andromeda-Gerät klarmachen."

Ich glaubte, nicht richtig zu hören.

„Was? Das Andromeda-Gerät?! Was hast du denn jetzt vor?"

„Ganz einfach, Roy. Ich starte mit dem Andromeda-Gerät und hänge mir das Strahlschiff an den Hals, während du dich unentdeckt mit der *JOHN SILVER* und mit *GRAM* an Bord Richtung Heimat davonmachst."

Ich stutzte: „Jetzt bist du wohl völlig raschelig geworden, Fräulein. Erstens lasse ich dich garantiert nicht allein. Zweitens gehört das Schwert zu dir und nicht zu mir und drittens oxidiert das Andromeda-Gerät soweit ich weiß, seit zwölf Jahren hier oben unbewegt herum. Das Ding ist doch gar nicht einsatzklar und außerdem doch nur noch patinaveredelter Museumsschrott. Das kann man doch höchstens noch als Ersatzteillager nutzen und selbst die Kloschüssel des Teils ist bestimmt schon lebensgefährlich …"

„Wir machen es trotzdem so, Roy. Es geht nicht anders. Als Kind bin ich mit dem Andromeda-Gerät schon einmal mitgeflogen. Vor zwölf Jahren hat Ludwig es hier heraufgebracht. Ich war damals mit dabei. Das war mein erster Besuch auf dem Erdtrabanten. Und vergiss nicht, dass der Luna-Zenturio die Aufgabe hatte, das Andromeda-Gerät regelmäßig zu warten. Auch einige technische Neuerungen wurden in den achtziger Jahren eingebaut. Das Raumschiff ist durchaus noch rüstig. Warum soll es denn nicht funktionieren?"

„Und wer soll dann bitteschön den Waffenleitstand bedienen, während das Strahlschiff hinter dir herballert?"

„Ganz einfach: *GOLEM II*. Ich nehme den Automaten mit!"

„Kommt doch gar nicht in die Tüte, Tomke. *GOLEM II*, mach jetzt die *JOHN SILVER* startklar. Ich möchte, dass wir in zwanzig Minuten starten."

„Du scheinst mich nicht richtig verstanden zu haben, Roy. Ich habe keinen Vorschlag gemacht, sondern eine Anweisung gegeben."

Ich merkte, dass ich Tomke entsetzt und mit offenem Mund ansah.

„Wie bitte darf ich das denn verstehen? Spinnst du jetzt total? Seit wann gehen wir denn so miteinander um? Zudem scheinst du vergessen zu haben, dass ich einen Dienstgrad höher bekleide als du. Wenn hier also überhaupt einer Anweisungen gibt, dann bin ich das!"

„Du hast auch etwas vergessen, mein liebster Gemahl! Nämlich, dass ich als Herzogin und zukünftige Administratorin des Fürstentums Eisland sämtliche Sturmlegionäre gemäß zentraler Dienstverordnung 2-97-100/8 im Bedarfsfall, das heißt, im Ausnahmezustand, als meine persönliche Schutzabteilung einsetzen darf. Damit habe ich faktisch das Oberkommando über alle Sturmlegionäre. Und den Ausnahmezustand rufe ich Kraft meiner Stellung hiermit aus."

Mir fehlten die Worte. Ich schluckte. Tomke war wieder mal dabei, eine unglaubliche Torheit zu begehen. Eindringlich sah sie mich an: „Du brauchst jetzt gar nicht beleidigt zu sein, mein Großer. Anders geht es halt nicht."

Ich horchte in mich hinein und atmete tief durch. Sie hatte ja Recht. Sie hatte ja so Recht! Ich wusste es, auch wenn ich es nicht wahrhaben wollte.

„Ja, Hoheit", knurrte ich geknickt. „Ich habe nicht vor, als Meuterer in die Weltgeschichte einzugehen. Ich werde Euren Befehl ausführen!"

Tomke nickte und legte ihre Hände gegen meine Oberarme: „Das wird schon funktionieren, Roy. Aber wir müssen uns jetzt wirklich beeilen. Bevor wieder etwas dazwischen kommt."

„Ja, du hast Recht. Fangen wir an. Um so schneller haben wir es hinter uns", sagte ich und drückte ihr einen Kuss auf die Wange.

*****

GRAM lag bereits im Fußraum der *JOHN SILVER*. *GOLEM II* hatte den Allzweckjäger aufgetankt und eine notwendige, aber verkürzte, Funktionskontrolle durchgeführt. Beinahe ehrfürchtig starrte ich auf das in der Mitte des Hangars auf einem speziellen Sockel ruhende Andromeda-Gerät. Irgendwie stumm und trotzdem gewaltig wirkend, lag sie da, diese riesige Zigarre, gefertigt aus Sonderstahl, mit kupferfarbener Speziallegierung. Das Raumschiff hatte eine Länge von hundertneunundrdeißig und einem Durchmesser von dreißig Metern. Der Anblick war überwältigend.

Wie sämtliche Technik aus der Entstehungszeit dieser Geräte, übte auch das Andromeda-Gerät eine geradezu magische Anziehungskraft auf mich aus. Es war unbeschreiblich. Das Gerät wirkte uralt. Das sah man ganz einfach. Trotzdem war es vollgestopft mit okkult-technischen Geräten von vorgestern, welche damals dennoch schon ihrer Zeit um Jahrhunderte voraus gewesen waren. Gerade, als ich diesen nostalgischen Gedanken nachging, begann das Gerät merkwürdig zu surren.

Tomke ließ offenbar die Antriebe anlaufen. Die vier Schumann-SL-Levitatoren, die Vorläufer des modernen Elektro-Turbo-Antriebes, nahmen ihre Arbeit auf. Ich schaute nochmals an das gewaltige Gerät hoch. In seinem Innern hätten ein *Haunebu-Flugpanzer* des alten Typs I oder II mit seinen etwa 25 Metern Durchmesser sowie vier der ungefähr 11 Meter durchmessenden *VRIL-Disken* des ebenfalls antiquierten Typs I und II Platz. Jedenfalls war das Andromeda-Gerät ursprünglich dafür ausgestattet worden. Sicherlich könnte man logischerweise heutzutage genauso gut eine *Haunebu VIII* oder vier *Tat-Tvan-Asi-Deltaflügler* in dem Gerät unterbringen. Meines Wissens nach aber kam noch niemand auf die Idee, einen hochmodernen Flugpanzer oder einen TTA-Jäger mit allerneuesten Supertechnik in dieser antiquierten und viel zu großen Riesenzigarre unterzubringen. Wozu auch? Wer braucht heute, im Jahr 2008, denn noch das Andromeda-Gerät, ein Protzteil größenwahnsinnigen Ursprungs, welches in den letzten Tagen des zweiten Weltkrieges durch eine supergeheime Entwicklungsstelle und den Resten der damaligen *VRIL-Gesellschaft* entwickelt worden war? Was wollten die damals nur damit? Gleich zwei von diesen Monstern haben sie gebaut. Beide existieren noch heute. Das 45 Meter durchmessende Großraumschiff *VRIL-ODIN* startete Anfang 1945 mit weiblichen *VRIL-Medien* und weiteren Angehörigen aus der Widerstandsgruppe von Admiral Wilhelm Canaris durch den Dimensionskanal zum Aldebaran. Eine Gruppe von deutschen und japanischen Wissenschaftlern startete mit der einzig je erbauten, 71 Meter durchmessenden Riesenflugglocke *Haunebu III-THOR*, zum Mars, um das geheime Waffenlager der Aldebaraner zu finden, damit sich die Menschheit, damals noch unter der UFO- oder Strahlschiff-Abfangjägerstaffel von Friedrich von Hallensleben vor den außerirdischen Invasoren mit ihren Strahlschiffen schützen konnte.

Wozu also noch dieses schreckliche Andromeda-Gerät? Wollte man etwa noch weiter hinaus? Noch weiter als zum Mars oder zum Aldebaran? Wollte man vielleicht sogar unsere Galaxis, die Milchstraße mit diesem Ungetüm verlassen? Wollte man in andere Galaxien vordringen? Hatte man es vielleicht sogar getan?

Gab es noch ein ganz großes Geheimnis, ein Geheimprojekt, von dem selbst ich und Tomke nichts wussten?

Wahnsinn, dachte ich. Allein der Gedanke an diese Dinge raubte mir fast den Verstand. Den Ideen als auch praktischen Umsetzungen schienen damals einfach keine Grenzen gesetzt gewesen zu sein. Ich strich mit meiner Hand über die Spezialpanzerung des Andromeda-Gerätes und betrachtete die Luken der Waffenleitstände der veralteten Elektrogeschütze, den Vorläufern unserer modernen Partikelstrahlnadler. Über zwei 11 cm und drei 7 cm Donar-Kraftstrahlkanonen verfügte das Raumschiff. Eine Gänsehaut lief mir den Rücken herunter.

Dann wurde ich schlagartig aus meinen Gedanken gerissen.

Eine Bodenluke öffnete sich und Tomke kam zum Vorschein. Durch das plötzliche Aufreißen der Luke erschrak ich und zuckte leicht leichtzusammen.

Tomke sah mich an: „Schlechte Nerven, Roy?"

„Du brauchst dich gar nicht lustig zu machen. Ich habe lediglich eine Höllenpanik, dass dir etwas bei diesem Himmelfahrtskommando zustoßen könnte."

Tomke kam zu mir, umarmte mich und gab mir mehrere Küsschen.

„Lass es uns kurz machen, Roy. Wir sehen uns nachher. Und denk daran, dich zu verdrücken. Sobald ich Funkkontakt mit der Leitstelle in Horchposten I aufnehmen kann, hole ich sofort Verstärkung ran, falls der Luna-Zenturio das Strahlschiff bis dahin noch nicht mit den KSK-Feuerleitständen erledigt hat. Und pass bloß auf mein Schwert auf. Auf dich natürlich auch."

Tomke drehte sich um und bestieg durch die Bodenluke das Andromeda-Gerät. Ich motzte den Luna-Zenturio an: „Eines sage ich dir, Kumpel: Pass bloß auf die Herzogin auf, sonst rolle ich dir das Blech auf und mache 'nen Kühlschrank aus dir!"

„Ich werde meiner Aufgabe gewissenhaft nachkommen, Rittmeister."

Der Sicherheitsautomat folgte Tomke ins Raumschiff. Dann schloss sich die Luke.

„Roy, hörst du mich?", drang es nach etwa einer Minute aus meinem Handfunkgerät.

„Klar und deutlich, Süße. Ich krieche jetzt auch in diesen Stahlsarg hier. Sobald meine Sicherheitssysteme den stabilen Kammerdruck bestätigt haben, kann der Luna-Zenturio das Deckenschott öffnen."

„Sei doch ehrlich, Roy. Du hast doch Panik mit dem Klein-Interceptor allein durch die Gegend zu düsen. Und dann noch im Weltraum. Rittmeister Roy Wagner ganz allein unterwegs vom Mond zur Erde. Das müssen wir im Kalender ankreuzen", zog Tomke mich hoch.

„Lasst mich bloß alle in Ruhe!", schimpfte ich und verschloss die kleine Pilotenkanzel der *JOHN SILVER*. Dann begann ich mit den Sicherheitsüberprüfungen, was nicht länger als einige Minuten dauerte.

„Tomke. Bei mir ist alles in Ordnung. Hoffe ich jedenfalls. Diese sprechende Riesenkonserve kann meinetwegen anfangen, uns den ekelhaften Bedingungen der Mondoberfläche auszusetzen."

„Ja, Roy. Geht gleich los."

Kurze Zeit später aktivierte der Luna-Zenturio per Fernsteuerung die gewaltigen Pumpen, die notwendig waren, um den kostbaren Sauerstoff aus dem Hangar abzusaugen und anschließend durch die Reinigungsfilter zu schicken. Dann merkte ich, dass die Schwerkraft langsam wieder auf das normale Mondniveau abfiel, was sowohl dem Andromeda-Gerät, als auch dem Klein-Interceptor den Startvorgang erheblich erleichterte. Ich zündete den Raketenantrieb der Maschine und justierte die kleinen schwenkbaren Düsen unter den Tragflächen des schlanken Allzweckjägers. Ein Blick zur Seite bestätigte mir, dass Tomke bereits mitten beim Startvorgang mit der Riesenzigarre war.

Schwerfällig hob das Gerät vom Boden ab und stieg der etwa vierzig Meter höher liegenden Hangaröffnung entgegen. Noch im oberen Drittel des Hangars öffnete sich eine Luke des Andromeda-Geräts und eines der beiden 11 cm Elektrogeschütze wurde ausgefahren. Mir war völlig klar, was geschehen würde. Sobald Tomke mit dem Andromeda-Gerät den sicheren Bereich des Kraters von Helgoland III verlassen hatte, würde vom in unmittelbarer Nähe lauernden Strahlschiff der außerirdischen Eierköpfe etwas passieren. Entweder griffen sie das Andromeda-Gerät sofort an oder würden die Verfolgung aufnehmen. Das würde sich herausstellen. Der Luna-Zenturio hatte klare Anweisungen erhalten und würde bei den geringsten Sperenzchen sofort mit den Todesstrahlern das Feuer eröffnen.

Langsam brachte ich den Gleiter in Bewegung, ließ aber noch einige Zeit verstreichen, um das Unternehmen nicht zu gefährden. Das Andromeda-Gerät hatte jetzt den Bereich, den ich einsehen konnte, verlassen. Dann geschah es. Rötliches Energiefeuer reflektierte sich an der Hangarwand wieder. Es ging los. Mit an Sicherheit grenzender Wahrscheinlichkeit konnte ich die roten Blitze den Elektrogeschützen des Andromeda-Gerätes zuordnen. Nur Sekunden später mischten sich bläuliche Reflexionen dazwischen und zeugten von dem Energiefeuergefecht zwischen dem Strahlschiff und dem Andromeda-Gerät.

Vorsichtig steuerte ich die Maschine an den Rand des Hangars.

Dann sah ich es – das Andromeda-Gerät stieg unter dem Dauerfeuer der vom Luna-Zenturio bedienten 11 cm KSK auf einige Hundert Meter Höhe an und schoss dann ansatzlos wie ein Blitz in die alles zerfressende und tödliche Dunkelheit des

Alls hinein. Es hatte funktioniert. Das Andromeda-Gerät konnte entkommen. Vorerst zumindest. Tomke hatte Recht behalten. Wieder einmal. Aus den Augenwinkeln heraus sah ich noch das Strahlschiff, das zur Verfolgung des Andromeda-Gerätes, welches jetzt schon nicht mehr für mich auszumachen war, ansetzte und abhob. Alles spielte sich tatsächlich genau so ab, wie Tomke es vorausgesehen hatte.

Nun kam mein Einsatz. Ich konnte unentdeckt, das heilige Relikt im Fußraum neben mir liegend, die Mondbasis *Helgoland III* verlassen und das Schwert wieder in den Atombunker unter Horchposten I zurückbringen. Das Hangarschott unter mir schloss sich wieder. Unbehagen erfüllte mich. Schließlich konnte man die Erde von der dunklen Seite des Mondes nicht sehen. Auch ein Funkkontakt war nach wie vor nicht möglich, da die entsprechenden Relaisstationen zur Zeit nicht einsatzklar waren. Nichts außer der dünnen Verkleidung des Spezialplexiglases trennte mich von der absolut tödlichen Umgebung des Alls. Ich zündete den Ionenantrieb und schaltete den chemischen Antrieb ab, dann beschleunigte ich der Tag-Nachtgrenze entgegen. Bereits nach kurzer Zeit tat sich der blaue Planet vor mir auf. Der Anblick war überwältigend, obgleich er nicht beruhigend auf mich wirkte.

„Unrasiert und fern der Heimat", stammelte ich im Selbstgespräch vor mich hin. Na ja, was soll's! Spätestens gegen Mitternacht sollte ich mich wieder in Horchposten I befinden und könnte hoffentlich in Ruhe mit Tomke kuscheln.

Um wirklich niemandem die Möglichkeit zu geben, auf meine Mission aufmerksam zu werden, vermied ich den Funkkontakt. Es konnte eh nicht mehr lange dauern, vor mir wurde der Planet Erde größer und größer ...

Plötzlich ruckelte die Maschine leicht. Einzig der Spezialliegierung des weltalltauglichen Klein-Interceptors und dem vorgegebenen Winkel beim Wiedereintritt in die Erdatmosphäre war es zu verdanken, dass der Jäger nicht einfach verglühte. Beruhigt stellte ich fest, der Schwerelosigkeit nicht mehr ausgesetzt zu sein. Ein Blick auf die Kontrollinstrumente verriet mir, dass die Maschine keinen Schaden genommen hatte. Dr. Ralf Klein hatte mit diesem Vogel hier wahrhaftig sein Meisterstück hingelegt. An alles hatte er gedacht. Alles mit in die Planung, Entwicklung und Umsetzung an moderner Technik mit einbezogen. Das Ding funktionierte. Es funktionierte ganz einfach! Zudem war es in seiner Anwendung so simpel, dass selbst ich durch einige Schulungen in der Lage war, dieses Gerät professionell zu bedienen. Der Klein-Interceptor erwies sich als wahrer „Volksjäger".

Im Gegensatz zu Tomke, die über eine astronautische Grundausbildung verfügte, machte ich eigentlich niemals einen Hehl daraus, leidenschaftlicher Infanterist zu sein. Tomke hingegen war genau das Gegenteil. Bewegungslegasthenisch veranlagt, ständig über ihre eigenen Füße stolpernd, und von der Intelligenzbestie und ausgebildeten Informatikerin Tessa Czerney in der hohen Kunst der Kybernetik bestens geschult, liebte Tomke es, mit irgendwelchen utopisch anmutenden Fluggeräten, an denen es dem Fürstentum Eisland weiß Gott nicht mangelte, durch die Gegend zu düsen, wobei sie auch liebend gerne einen Besuch auf „ihrer" Mondbasis, *Helgoland III* mit einbezog.

Jäh und abrupt wurde ich aus meinen Gedanken gerissen. Ein Knall. Ein gewaltiger Stoß, offenbar von links kommend, erschütterte die Maschine. Einem Reflex folgend, blickte ich zur Seite und sah die linke, zerfetzte Tragfläche der Maschine.

Einen Augenblick später folgte noch eine Detonation. Ein weiterer kurzer Blick nach hinten verriet mir, dass das Höhenruder gerade dabei war, sich in seine Bestandteile aufzulösen. Kleinere Rauchschwaden drangen durch die Armaturen vor und neben mir. Die knisternde Elektrik wurde durch das Ertönen mehrerer Warnhupen verdrängt. Ich verlor sofort die Oberhand über die Maschine. Der Vogel schmierte ab. Wirrwarr entstand in meinem Kopf. Dann sah ich sie und begriff. Von links hinten griffen sie an. Sie mussten plötzlich aus den Wolken geschossen sein – drei *F-14 Tomcats* hingen mir im Nacken und jagten dem von mir nicht mehr kontrollierbaren Klein-Interceptor nach. Mit böser Ahnung musterte ich sekundenlang die Maschinen. Dann entdeckte ich die *Swastika*, das Hoheitsabzeichen der MBT, an den Seiten der Kampfjets.

„Scheiße!", brüllte ich. „So eine gottverdammte Scheiße! Als ob ich nicht schon genug um die Ohren hätte! Wo kommt ihr Mistviecher denn auf einmal her?"

Im selben Augenblick schoss mir durch den Kopf, dass es uns die letzten Jahre niemals richtig gelungen ist, festzustellen, wieso die Streitkräfte der MBT unsere Radarortung außer Kraft setzen konnten, was uns schon einige Male fast Kopf und Kragen gekostet hätte. Lediglich eine Sonar-Ortung erwies sich stets als zuverlässig. Somit war mir aber auch vollkommen klar, warum das Bordradar die Tomcats nicht angezeigt hatte und auch die Peilautomatik kein akustisches und optisch blinkendes Warnsignal absendete. Doch nun war es zu spät.

Ich merkte, dass die Maschine an Innendruck verlor. So ziemlich alles an Warnsignalen in der *JOHN SILVER* nervte penetrant gleichzeitig.

Raus, dachte ich. *Ich muss hier sofort raus, sonst ist es vorbei.*

Da ich die Maschine sowieso nicht mehr halten konnte, nahm ich meine Hände von den Steuereinrichtungen und griff unter großen Anstrengungen das neben mir liegende Schwert *GRAM*. Umständlich gelang es mir, das heilige Relikt quer vor meiner Brust unter die dicke Jacke meiner speziellen Einsatzkombination zu stecken. Dann schob ich meine rechte Hand zu den Steuerapparaturen vor und drückte zwei kleine, eng nebeneinander liegende Knöpfe. Ein kurzer Blick zur Seite zeigte mir, dass mehrere Rauchminen den Luftraum hinter mir durch dicken schwarzen Nebel quasi unsichtbar machten. Mitten in diesem Nebelfeld krachte hinter mir eine Detonation. Für mich das Signal, dass der Klein-Interceptor jede Menge Kunststoffschrott in den Himmel gepustet hatte, was dem Feind den Anschein geben sollte, dass der Interceptor explodiert wäre. Tatsächlich konnte ich mich einen Moment später davon überzeugen, von den F-14 nicht mehr verfolgt zu werden.

Davon jedenfalls musste ich ausgehen.

Ich griff hinter meinen Kopf und zog mir die Schutzmaske über mein Gesicht, die zum einen meine Sauerstoffversorgung und zum anderen Schutz gegen Außeneinflüsse gewährleisten würde. Dann zog ich an einer, mit einem Draht versiegelten, etwa handtellergroßen Klappe unterhalb der Steuereinrichtung und schlug sofort mit meiner behandschuhten Faust den sich dahinter befindenden Zylinder ein. Noch im selben Augenblick wurde die Spezialplexiglaskuppel über mir weggesprengt und ich samt Pilotensitz in den Himmel katapultiert.

Es dauerte nur Sekunden, bis sich die Gurtfixierung um meinen Oberkörper herum automatisch löste und der Pilotensitz unter mir abgetrennt wurde. In einigen Tausend

Metern Entfernung vernahm ich eine weitere heftige Detonation. Die mit der Notausstiegsautomatik gekoppelte Selbstzerstörung sorgte soeben dafür, dass der Klein-Interceptor *JOHN SILVER* aufgehört hatte, zu existieren.

Weit, weit unter mir sah ich viele tausende oder gar Millionen von klitzekleinen Lichtern in der finsteren Nacht. So gut es unter den reißenden Kräften in dieser Höhe nun einmal ging, presste ich *GRAM* an meinen Oberkörper.

Schatzi hat mir aufgetragen, ihr Schwert in Sicherheit zu bringen. Nichts anderes werde ich machen!, dachte ich und der Gedanke an Tomke verlieh mir Mut.

*****

Brigadier-Colonel Tessa Czerny schlug mit ihrer rechten Faust auf den roten Kunststoffknopf, der sich links neben dem Funkpult an der Wand der Leitstelle von Horchposten I befand. Eine schrille Alarmsirene ertönte. Tessa betätigte die Sprechtaste der Rundrufanlage.

„Alarmrotten eins und zwei sofort klarmachen und Maschinen besetzen."

Eilig glitten Tessas schmale Finger über die Einstellungen des Peilgerätes. Sekunden später nickte sie zu ihrer eigenen Bestätigung und drückte dann erneut die Sprechtaste des Funkgerätes: „*ANDROMEDA II* für Leitstelle."

„Hier *ANDROMEDA II*. Ich höre dich, Tessa", drang Tomkes aufgeregte Stimme durch starkes Frequenzrauschen aus dem Lautsprecher.

„Die Abfangjäger sind unterwegs, Tomke. Ich habe dich bereits angepeilt und überspiele jetzt die Koordinaten an die Maschinen. Du bekommst sofort Hilfe."

„Ich brauche auch wirklich dringend Unterstützung, Tessa. Ich habe nicht mehr genügend Energie für die D-KSK. Die Sammler waren einfach zu schwach aufgeladen. Der Sicherheitsautomat hat alles bei unserer Flucht von der Mondbasis verballert. Ich habe keinen einzigen Schuss mehr. Ach ja. Hast du Roy auch orten können?"

Die 33-jährige Offizierin schluckte: „Negativ, Tomke. Ich konnte bisher nur dich und das Strahlschiff orten. Aber mach dir darüber jetzt bloß keine Gedanken, Tomke."

Major Czerny blickte erneut auf die Anzeige des Radargerätes: „Das Strahlschiff ist noch nicht in Angriffsweite. Unsere Jäger fangen es vorher ab."

„Das muss jetzt aber wirklich schnell gehen, Tessa. Ich bin gerade in den atmosphärischen Bereich eingedrungen und muss wegen der minimal zur Verfügung stehenden Energie jetzt kräftig vom Gas runter. Das Strahlschiff könnte mich in null Komma nichts vernaschen."

„Verstanden, Tomke."

Major Czerny biss sich auf die Unterlippe. Premier-Lieutnant Tomke von Freyburg-Wagner hatte vor knapp zwei Minuten einen Notruf abgesetzt und dem diensthabenden Offizier, Brigadier-Colonel Tessa Czerny, in knappen Sätzen die mehr als ernste Situation klargemacht. Diese verlor nicht eine einzige Sekunde, um die sich stets in Bereitschaft befindenden UFO-Abfangjäger von Horchposten I hochzuschicken. Einer Frau wie Tessa brauchte man nicht lange etwas zu erklären.

Auch der Grund, warum Premier-Lieutnant von Freyburg-Wagner den Funkspruch bis zuletzt hinausgezögert hatte, war ihr vollkommen klar: Tomke funkte auf einer veralterten und längst nicht mehr sicheren Frequenz. Dies bedeutete, das die Zeitspanne zwischen Notruf und dem Eintreffen der Abfangjäger so gering wie möglich gehalten werden musste, um die *ANDROMEDA II*, als auch den noch irgendwo auf Kurs Norwegen herumschwirrenden Roy Wagner in dem Klein-Interceptor nicht zu gefährden. Weder Major Czerny noch die Herzogin ahnten, dass sich Rittmeister Wagner in diesem Moment in einer schier ausweglosen und lebensbedrohlichen Situation befand.

*****

Die zwei Alarmrotten schossen durch Schneise II aus dem riesigen, von meterdicken Eisschichten getarnten Atombunker Horchposten I und zogen in Richtung der angepeilten Koordinaten des akut gefährdeten Andromeda-Gerätes. Die vier *Shamballah-Nurflügler* mussten sich beeilen. Rittmeister Mara Winter fluchte abwechselnd auf Polnisch und Hebräisch und blickte dabei auf ihre Apparaturen.

Aufgrund der phänomenalen Beschleunigungskraft der *Shamballahs* hatte das Radargerät die Position der *ANDROMEDA II* auf Höhe der Bouvetinsel erfasst. Die Abfangjäger waren jeweils mit einem Piloten besetzt und flogen in Formation, wobei Hauptmann Mara Winter als Schwarmführer an der Spitze agierte. Der Rottenführer der zweiten Alarmrotte hatte mit seinem Rottenflieger in erster Linie die Aufgabe, die Sonne zu beobachten, falls das Bordradar irgendwie gestört wurde oder ausfiel, da das feindliche Strahlschiff aus gefechtstaktischen Gründen stets mit der Sonne im Rücken angreifen würde.

Mara kniff ihre Augen zusammen und suchte angestrengt den vom Sonnenlicht überfluteten Himmel ab. Weit hinten am Horizont erblickte sie ein dunkles, längliches Gebilde, das selbst auf diese Entfernung gigantisch anmutete – das Andromeda-Gerät.

Ich klatschte, *GRAM* fest umklammernd, mitten auf die Zeltabdeckung einer Geisterbahn im Wiener Prater. Hoffend, das mich in dieser finsteren Nacht hier auf dem Volksfestgelände des Wurstelprater niemand vom Himmel hatte stürzen sehen, drückte ich mich einige Sekunden so flach wie möglich auf die stabile Zeltplane und wartete erst einmal ab. Mit einem Messer schnitt ich mich so leise wie es mir möglich war, vom Fallschirm ab. Danach entledigte ich mich meines Spezialanzuges und trennte anschließend die Hoheitsabzeichen des Fürstentums Eisland von den Kragenspiegeln und dem linken Oberarm meines Kampfanzuges, den ich unter dem Spezialanzug trug.

Abschließend überprüfte ich den restlichen Teil meiner Ausrüstung, die jetzt nur noch aus meinem Notpeilsender und einem Messer bestand und rieb an meinem Blut überkrusteten Knöchel meiner linken Hand. Dann robbte ich vorsichtig bis ans Ende des großen Zeltdaches, um mir einen Überblick zu verschaffen. Offenbar hatte mich tatsächlich niemand bemerkt. Nicht einmal ein Nachtwächter, der hier vermutlich irgendwo seine Runden drehen dürfte.

Ich zerschnitt einen Teil meines Fallschirmes und wickelte das heilige Schwert darin ein. Anschließend kletterte ich von der Geisterbahn und stand dann mutterseelenallein inmitten von unzähligen Fahrgeschäften mit ihren Gondeln.

Zügig versuchte ich geduckt und stets am Rand laufend, unter Deckung der Buden, die Reihe an Reihe standen, den Ausgang des riesigen Rummelplatzes zu finden. Ich musste möglichst schnell aus diesem Areal rauskommen, da ich jederzeit mit meinen Verfolgern rechnen musste. Mühevoll schleppte ich dabei das Schwert auf meinen Armen durch die Gegend.

Unbemerkt gelang es mir, das Gelände zu verlassen, so dass ich unter dem Schutz der Parklandschaft des Pratergeländes im Wiener Bezirk Leopoldstadt endlich eine alleeartige Straße erreichte, die ebenfalls menschenleer zu sein schien. Ich zuckte zusammen, als ich hinter mir plötzlich Motorengeräusche hörte. Neben mir hielt ein Auto. Ein Taxi. Der Fahrer kurbelte die Scheibe der Beifahrertür herunter und sah mich fragend von oben bis unten an: „He! Hawara! Wos mochst denn allan um de Uhrzeit mit der oagn Panier in da Gegend? Wüst net liawa mit mia mitfoan?", sprach mich der etwa fünfzig Jahre alte, typisch langsam und im Wiener Dialekt sprechende Taxifahrer an. Ich war erschrocken und schluckte erst einmal.

„Das ist sehr freundlich von Ihnen, mein Herr. Leider habe ich aber überhaupt kein Geld bei mir, um Sie für die Fahrt zu bezahlen."

„Ah, a Marmeladinger", stellte er sofort fest. „Göö, des hab i mi doch glei' denkt!" Sein Blick blieb an meinem angeschwollenen Handgelenk haften, anschließend griff er ins Handschuhfach seines Taxis und holte ein Päckchen Papiertaschentücher hervor, das er mir reichte: „Da nehm's", und fuhr unvermittelt im korrekten Deutsch fort: „Muss es denn immer nur ums Geld gehen?", vermutlich, weil er wohl auch gemerkt hatte, dass ich nur Bahnhof verstand. Er öffnete die Beifahrertür.

„Kommen Sie. Steigen sie ein. Ihr komisches Ding da in ihren Armen können Sie auf die Rückbank legen. Ich nehme Sie mit. Wohin soll's denn gehen?"

„Zum Stadtrand von Wien, wenn es möglich wäre", antwortete ich, weil ich mir dachte, dass mein Notpeilsender dort besser zu orten wäre. Natürlich wollte ich auch tunlichst vermeiden, hier mitten in der Wiener Innenstadt von meinen Leuten und obendrein mit eines unserer Fluggeräte abgeholt zu werden. Der Fahrer zuckte mit der Schulter: „Ganz wie Sie wollen. Wir Wiener stellen keine überflüssigen Fragen." Er sah auf meine schwarze Uniformkombination: „Trotzdem würde mich schon interessieren, was mit ihnen los ist, junger Deutscher?" Als er meine vernarbte linke Wange sah, konnte er sich die Bemerkung nicht verkneifen: „Sie sehen ja schlimmer aus als Otto Skorzeny!"

Ich versuchte ein Grinsen: „Na, der war doch auch Wiener, oder?"

„Ja ja, junger Mann. Das stimmt schon. Aber, wie ist das denn in Gottes Namen passiert?", bohrte der keinesfalls neugierige Taxifahrer weiter. Natürlich war ich auf diese Frage vorbereitet: „Ein Unfall", log ich, da ich ihm natürlich nicht erklären konnte, dass es sich bei dieser Blessur um eine erst vor einiger Zeit zugezogene Kriegsverletzung handelte.

„Ich bin Schauspieler und gehöre einer Schauspielgruppe an, die momentan auf dem Wurstelprater gastiert. Heute ist es nach der Vorstellung ziemlich feucht fröhlich geworden. Und dann habe ich mich auch noch mit meiner Freundin verkracht. Irgendwann bin ich wohl eingeschlafen und allein wieder aufgewacht. Da war das Festgelände aber bereits menschenleer. Jetzt will ich einfach mal für ein paar Stunden weg, um meiner Freundin mal einen kleinen Schrecken einzujagen. Morgen früh werde ich sie dann anrufen und mich irgendwo am Stadtrand von Wien abholen lassen", leierte ich mir spontan diese Geschichte aus dem Kreuz.

„Und was haben Sie dort in diesem Tuch eingewickelt?", fragte der angeblich nicht neugierige Österreicher weiter.

„Nichts besonderes", log ich. „Nur ein antikes Zierstück für meine Freundin, das ich ihr eigentlich schon heute schenken wollte. Nach dem Streit aber habe ich mir überlegt, es ihr erst morgen zu geben."

Der Taxifahrer hob mit den Worten „wie auch immer" erneut seine Schultern und fuhr ohne mir weitere Fragen zu stellen der Dunkelheit der Wiener Stadtgrenze entgegen, wo er mich irgendwo in der Walachei absetzte.

*****

Hauptmann Mara Winter betätigte das Funkgerät ihrer *Shamballah*:
„Asgard zwo bis vier von eins."
„Zwei hört. – Drei hört. – Vier auch."
„Gut Leute. Ihr seht es ja selbst. Lasst uns die Herzogin dort heraushauen. Ich erwarte von jedem vollen Einsatz. Till und ich greifen zuerst an, Dora und Isaak, ihr setzt nach. Noch Fragen?"

Da niemand antwortete, schien alles klarzusein. Mara drückte einen kleinen Knopf an der Steuereinrichtung der *Shamballah* und im gleichen Augenblick zündeten zwei Zusatzraketen neben den herkömmlichen Raketentriebwerken des Nurflüglers, welche die Maschine ruckartig auf eine höhere Angriffsgeschwindigkeit beschleunigten.

Ihr Rottenflieger folgte im Abstand von einer Sekunde. Mara brauchte den Piloten der Abfangjäger nichts weiter zu erklären. Die Taktik war klar und lief nach dem üblichem Schema ab: Während Hauptmann Mara Winter über die *ANDROMEDA II* hinweg fliegen würde, um dann das feindliche Strahlschiff von seiner Backbordseite anzugreifen, zogen Asgard drei und Asgard vier einen Moment später unter der Riesenzigarre hindurch, um das UFO von seiner Steuerbordseite aus zu beschießen. Aufgrund der hervorragenden Flugfertigkeiten von Rittmeister Mara Winter konnte die Pilotin das Andromeda-Gerät scharf über seinem Scheitelpunkt schneiden, was dem UFO-Abfangjäger den immensen Vorteil einbrachte, vom feindlichen Schiff möglichst lange unentdeckt zu bleiben.

So sah sie als Erste das etwa tausend Meter entfernte UFO. Und sie sah noch etwas: den pulsierenden Pol auf der Kuppel des Strahlschiffes. Das UFO schoss. Es war zu spät. Mara kam mit ihrem Abfangjäger-Schwarm um wenige Sekunden zu spät. Ein bläulicher Blitz schoss vom Pol des UFO weg, jagte knapp an ihrer Maschine vorbei und schlug ein. Eine gewaltige Detonation ließ die Luft vibrieren und schüttelte ihren Jäger durch. Das Andromeda-Gerät war offenbar explodiert. Mara stockte der Atem. Ihr Herz stand geradezu still und was um sie herum geschah, lief wie im Zeitlupentempo für sie ab.

Geschockt sah sie sich um und erkannte – die *ANROMEDA II.*

Der Energiebeschuss des Strahlschiffes schlug mittig in die kurz hinter Mara fliegende Asgard zwei ein. Ihr Rottenflieger, Landwehrfeldwebel Till Langenhagen und die Asgard zwei waren pulverisiert worden.

Wie vom Schlag getroffen, drückte Hauptmann Winter die Abzugseinrichtung ihrer Bordkanonen. Mit Dauerbeschuss ihrer 33-mm Van-Möllen-Wirbelgranaten raste sie auf das Strahlschiff zu und zog erst im letzten Moment an diesem vorbei, um eine enge Schleife zu fliegen und anschließend den Angriff fortzusetzen. Dies brauchte sie aber nicht mehr. Mara kniff ihre Augen zusammen. Eine grelle Lichtmasse war dort, wo sich eben noch das UFO befand. Dann bildete sich eine pilzartige Formation aus einer dicken weißen Masse, aus der unzählige Wrackteile herausschossen. Asgard drei hatte einen Königspfeil auf das UFO geschossen. Der schlanke, hundertvierzig Zentimeter lange und zwölf Zentimeter durchmessende Marschflugkörper hatte das Strahlschiff zerstört.

Etwa nach einer weiteren halben Stunde gelangte ich in eine menschenleere, offenbar selten befahrene größere Sackgasse, weit entfernt von der lebhaft bevölkerten Wiener Innenstadt. Lediglich ein seltsam aussehendes, kastenförmiges und nicht gerade klein wirkendes Bauwerk befand sich am Anfang der irgendwo weiter hinten endenden Straße. Weiter hinten folgten auch ein kleines, ebenfalls kastenförmiges Einfamilienhaus mit Flachdach und eine seltsam anmutende, völlig zerfallene Ruine. Dieser Platz schien als Versteck für mich und *GRAM* bis zum Eintreffen meiner Kameraden auf den ersten Blick ideal. Hier könnte ich in Ruhe den Notpeilsender aktivieren und das Weitere abwarten.

Ich ging auf die Ruine zu, schaute mich noch einmal um, sah niemanden und kroch zwischen hohen und zerfallenen Mauerresten in einen halb unter der Erde liegenden kleinen Saal. Die Dunkelheit bot hier eine noch idealere Deckung. Erschöpft legte ich *GRAM* behutsam auf einen Betonsockel und setzte mich daneben. Dann begutachtete ich abermals die Verletzung an meinem linken Handgelenk. Das Herumschleppen des schweren Schwertes trug nicht gerade zur Heilung der Wunde bei.

Wieder musste ich an Tomke denken. Die Ungewissheit über ihr Schicksal war für mich kaum zu ertragen. Ich riss mich zusammen und versuchte mich trotzdem auf meine doch so unendlich wichtige Aufgabe zu konzentrieren.

Plötzlich schreckte mich eine Männerstimme hoch:„Was machen Sie hier?"

Der Mann stand nur wenige Meter vor mir. Instinktiv griff ich an die rechte Seite meiner Hüfte. Der Griff ging aber ins Leere, denn meine Waffe hatte ich längst irgendwo verloren. Mit halboffenem Mund starrte ich nach vorn und erkannte die Umrisse eines Mannes, der eine Taschenlampe in der rechten Hand hielt, mit der er mich anleuchtete.

Geblendet legte ich einen Arm vor meine Augen. Als der Mann das sah, lenkte er den Strahl seiner Taschenlampe auf den Boden vor meinen Kampfstiefeln und kam näher. Etwa einen Meter vor mir blieb er stehen. Ich sah hoch. Er war etwa Anfang siebzig, von großer, sehr schlanker Statur und hatte braune Haare. Sein Gesicht wirkte markant. Stechende, weise dreinschauende Augen blickten mich eindringlich an, musterten meine Kleidung und schienen auch sofort meine Handverletzung und das direkt neben mir in den Resten meines Fallschirmes eingewickelte Schwert zu bemerken, das als solches aber nicht zu erkennen war.

„Ich habe Sie etwas gefragt, junger Mann", wiederholte der Fremde in bestimmendem, aber keinesfalls unfreundlichem Ton. Er zeigte nicht die geringsten Anzeichen von Angst.

„Ist es verboten, sich hier aufzuhalten? Ich wollte mich doch nur etwas ausruhen", gab ich zur Antwort. „Und wer sind Sie?"

„Ich bin Prof. Dr. Jürgen Mallmann, Rabbiner der Synagoge, die eingangs der Straße steht, und die Sie wohl kaum übersehen haben dürften. Sie befinden sich hier in den Ruinen der alten Gottesstätte."

Eine Synagoge war das merkwürdige, kastenförmige Bauwerk am Anfang der Straße also, dachte ich und wunderte mich nicht, dass ich das Gebäude nicht sofort als solches erkannt hatte. Schließlich bin ich mein ganzes Leben lang noch niemals in einer Synagoge gewesen. Ich sah mich, so gut es ging, um und glaubte zu erkennen, das ich mich vermutlich also in den Ruinen des Vorgängerbaus befand.

„Mein Name ist Tobias Lambrecht", sagte ich. „Ich gastiere momentan mit einer Schauspielgruppe, der ich angehöre, auf dem Wurstelprater. Ich habe wohl meinen Spaziergang etwas zu weit ausgedehnt und nun ist es dunkel und ich finde nicht mehr zurück. Sicherlich kann ich doch bis morgen früh hier in der Ruine bleiben, oder?"
Der Mann schaute mich einige Sekunden kommentarlos an. Dann sagte er:
„Ich glaube ihnen kein einzige Wort, junger Mann. Weshalb lügen Sie mich an?"
Ich winkte ab, konnte aber die gefährliche Mischung aus Verzweiflung und Ratlosigkeit aufgrund meiner momentanen Situation ihm gegenüber nicht verbergen.
„Sie brauchen ganz bestimmt keine Angst vor mir zu haben", sagte ich, in der Hoffnung, dass ihm diese Antwort genügen und er mir keine weiteren Fragen stellen würde. Wieder durchdrangen mich diese stechenden, klaren Augen des Mannes.
„Das habe ich auch ganz gewiss nicht", entgegnete er.
Ich versuchte, Ruhe zu bewahren, was mir allerdings nicht gelingen wollte und instinktiv ahnte ich, dass man ihm nichts vormachen konnte. Außerdem fehlte meinem völlig ausgelaugten Körper ganz einfach die nötige Energie, um ihm jetzt spontan eine glaubwürdige Geschichte zu präsentieren. Die Ereignisse der letzten Stunden hatten mich ganz einfach leergesaugt. Ich konnte nicht mehr. Ich nahm beide Hände vor mein Gesicht und ließ meinen Oberkörper auf meine Kniesinken. Dann spürte ich die Hand des Mannes tastend an meinem linken, verletzten Handgelenk.
„Beruhigen Sie sich doch, junger Mann. Ich bin nicht nur Geistlicher, sondern auch Arzt. Ihre Verletzung muss behandelt werden. Jetzt sagen Sie mir aber bitte erst einmal, wer Sie wirklich sind und weshalb sie sich auf der Flucht befinden."
Ich atmete einige Male tief durch und richtete meinen Oberkörper wieder auf.
„Also gut. Ich bin Roy Wagner, Offizier im Rang eines Rittmeisters, also eines Hauptmanns, oder KaLeuns, wie man bei der Marine sagen würde."
„Ich weiß, was ein Rittmeister ist, junger Mann. Schließlich habe ich selbst einmal bei den Streitkräften der Bundesrepublik Deutschland gedient. Aber ...", er hob kurz seine linke Hand, „lassen Sie sich nicht weiter unterbrechen."
Nickend fuhr ich fort: „Ich befinde mich auf einer geheimen Mission von unglaublicher Wichtigkeit. Vor einigen Stunden musste ich vor meinen Peinigern flüchten, die eine wahnsinnige Bedrohung für die gesamte Menschheit darstellen. Wie soll ich Ihnen ... mein Gott ... Sie würden es nicht verstehen. Schließlich komme ich doch gerade ..." Ich blickte nach oben durch ein größeres Loch in der Decke, dem Schimmer des Mondes entgegen.
„Ach was ...", winkte ich nochmals ab und schluckte, „meine Frau ... verdammt ... verdammt, Mallmann. Bitte helfen Sie mir doch."
Der Gedanke an meine über alles geliebte Tomke ließ mich meine ohnehin überanstrengten Nerven fast völlig verlieren.
„Ruhig, Junge. Beruhige dich. Woher kommst du denn gerade? Etwa vom Mond?"
Er verspottete mich jedoch nicht.
„Sie würden es mir doch sowieso nicht glauben!"
„Doch", sagte er. „Wenn du es so sagst, wird es wohl stimmen, junger Hauptmann."
Er blickte eindringlich auf das eingewickelte Schwert an meiner Seite. Plötzlich wurden seine Augen größer. Langsam wendete er seinen Blick wieder von *GRAM* ab.

„Was ist das, Hauptmann?", wollte er wissen und sah mir dabei direkt in die Augen.

„Eine heilige Reliquie. Ein Schwert von unglaublicher Wichtigkeit und einer nicht zu erahnenden universellen Macht der Odem-Odin Magie. Ich muss es um jeden Preis vor meinen Peinigern in Sicherheit bringen, sonst ist die gesamte Menschheit in Gefahr. Sie wird von finsteren, bösen Mächten bedroht, über die wir nicht besonders viel wissen, außer, dass diese das gesamte Universum versklaven und unterjochen wollen."

Jeder andere Mensch hätte mich aufgrund meiner Aussage wohl ohne eine weitere Sekunde zu zögern in die Klapsmühle einweisen lassen, nicht aber dieser geistliche Mystiker. Er nickte nur kommentarlos und zog das Tuch von *GRAM* ab. Interessiert betrachtete er das heilige Schwert und ich konnte sehen, wie es sich in seinen Augen spiegelte. Prüfend und dabei seine Faszination nicht verbergen könnend, griff er ganz vorsichtig und sogar mit leicht zittrigen Fingern an die Schneide des Schwertes. Ein Ruck durchfuhr ihn im selben Moment. Sofort ließ er von der Reliquie wieder ab. Ich sah kleine Schweißperlen auf der Stirn des Gnostikers. Er wischte mit der Außenseite seiner rechten Hand darüber: „Es ist zu mächtig für mich. Ich ahnte nicht, dass du ebenfalls Priester bist, Hauptmann Wagner."

„Nein, das bin ich keinesfalls. Ich bin nur ein einfacher Mann."

„Aber das magische Schwert gehorcht dir!", stellte der Geistliche fest.

„Ja, weil man der Reliquie nichts vormachen kann. Sie erkennt meinen guten Willen im Auftrag der gesamten Menschheit."

„Ja", sagte Professor Mallmann. „Du bist doch auch Deutscher. So wie ich!", stellte er richtig.

„Ja, das heißt nein. Ich war Deutscher. Seit einigen Jahren gehöre ich einem unabhängigen Kleinststaat an."

Der weise Mann stellte keine weiteren Fragen mehr, sondern leuchtete mit seiner Taschenlampe tiefer in einen schmalen Gang der verfallenen Synagoge hinein. Dann ging er voran: „Komm, Junge. Nimm dein Schwert und folge mir. Ich werde dir helfen. Die Ruine dieser alten Synagoge gehört mir. Hier kommt garantiert sonst niemand hin. Nicht einmal Landstreicher. Und abreißen lassen werde ich diese mystischen Mauern niemals. Lass uns dein Schwert in absolute Sicherheit bringen." Er blieb stehen und drehte sich zu mir um: „Oder vertraust du mir nicht, junger Hauptmann?"

„Doch, Professor. Das tue ich", antwortete ich wahrheitsgemäß, hüllte *GRAM* wieder in die Fallschirmreste ein und folgte dem Gnostiker in die unteren Etagen der verfallenen Ruine der alten Synagoge.

Prof. Dr. Mallmann führte mich in einen im entlegensten Winkel der Ruine gelegenen Raum. Dort betätigte er einen geheimen Mechanismus, indem er einer beschädigten Steinfigur in den Nacken griff, woraufsich in der Wand neben der Figur ein verborgenes Fach, etwa so groß wie ein Sarg, öffnete.

„Hier wird dein Schwert niemand finden, Hauptmann", sagte der Rabbiner und deutete in das Fach.

Tatsächlich schien es, zumindest vorerst, das sicherste Versteck für *GRAM* zu sein, so dass ich das heilige Schwert behutsam dem geheimen Versteck anvertraute.

Wenig später verließen Prof. Mallmann und ich die Ruine und begaben uns zu diesem würfelähnlichem Haus mit Flachdach. Hierbei handelte es sich um das Wohnhaus des allein lebenden Gelehrten. Sofort beim Betreten seines Heimes fiel mir der merkwürdige, aber durchaus angenehme Geruch auf, welcher überall gegenwärtig schien. Dankbar fiel ich auf das mir angebotene Sofa, während mein Gastgeber in der Küche einen ebenfalls seltsam riechenden Tee zubereitete und mir mehrere kleine Pasteten auf einem Teller servierte.

Dankend nahm ich die wohlschmeckenden Speisen an. Währenddessen behandelte und verband der Gelehrte mir meine verletzte linke Handwurzel. Erschöpfung überkam mich und nach einer halben Stunde hätte ich am liebsten meine Augen geschlossen und mindestens zwölf Stunden durchgeschlafen, so wie ich es am liebsten tat. Ich wollte mir allerdings nicht mehr als eine kleine Pause gönnen, schließlich musste ich den kleinen mitgeführten Notsender aktivieren, damit mich meine Kameraden orten und am besten im Schutz der kommenden Nacht hier abholen konnten. In einigen Stunden würde es hell werden. Gegenwärtig war mit meiner Rettung nicht zu rechnen. Schließlich lief das Signal in der Leitzentrale von Horchposten I am Südpol auf. Sinnvollerweise würde man von dort aus einen Bergungstrupp von unserem U-Boot Bunker Fjordlager in Norwegen losschicken, da diese Station am nachsten lag. Da die dortigen Kameraden aber auch nicht hexen konnten und ich durch die entsprechende Dienstanweisung im Bergungsfall Bescheid wusste, war mir schon klar, dass vor der nächsten Nacht mit niemandem zu rechnen war. Hoffentlich war es Tomke gelungen zu entkommen und zu melden, dass es zumindest geglückt war, *GRAM* vor dem außerirdischen Angriff auf Helgoland III zu retten.

Schwerfällig vor Müdigkeit griff ich, auf dem Sofa des Gnostikers liegend, unter den Hosenbund meiner schwarzen Kampfhose und holte den etwa zigarrengroßen Notpeilsender hervor. Verträumt betrachtete ich das kleine Gerät, während Prof. Mallmann noch eine weitere Kanne von diesem herrlichen Tee aus der Küche heranzauberte. Plötzlich schreckte ich auf. Es klingelte an der Haustür. Sofort ging ich in Deckung, da ich erst jetzt bemerkte, dass ich sträflicherweise vergessen hatte, die Vorhänge im Wohnzimmer des Geistlichen zuzuziehen.

Ich Stoffel!, dachte ich und hätte mir am liebsten vor Wut über meine Nachlässigkeit selbst in den Arsch gebissen. Die letzten Stunden waren halt nicht spurlos an mir vorübergegangen, was ich mir selbst gegenüber aber keinesfalls als Ausrede zugestand ... *Kleinen Küken im Kompanielehrsaal großkotzig erklären, wie es geht. Selbst aber zu dämlich sein, im Echtfall dran zu denken, Alter. Das bist du in Reinkultur!*, schimpfte ich in Gedanken mit mir selbst.

Prof. Mallmann stellte die Kanne auf den Tisch und sah mich fragend an: „Erwartest du noch Besuch, Hauptmann?", fragte er mich mit ironischem Unterton.

„In meinem Terminplaner ist nichts verzeichnet, Professor. Ich glaube vielmehr, Ihre neue Waschmaschine wird gerade geliefert."

„Um diese Uhrzeit? Bekommen die etwa Nachtzulage?", zog Mallmann mit und schüttelte mit unverständlichem Blick dem Kopf. Dann ging er zur Haustür und öffnete. Unmittelbar danach hörte ich ein Poltern. Dann sah ich Prof. Mallmann rückwärts ins Wohnzimmer fliegen. Sechs Personen in Woodlandkampfanzügen und mit Uzi's in ihren Händen, nahmen sofort in Flur und Wohnzimmer taktisch Aufstellung.

Ich hatte nicht mehr die geringste Möglichkeit, mich zu verstecken oder zu entkommen und wurde augenblicklich von den Männern in Schach gehalten.

„Herzlich willkommen, meine Herrschaften. Wie immer glänzen Sie durch ausgezeichnetes Benehmen", spöttelte ich. Einer von den Söldnern, offenbar ihr Anführer, kam auf mich zu. Er war etwa vierzig Jahre alt, hatte speckige, hinter seinem Kopf zusammengebundene Haare und faulige Zähne, was mir sofort auffiel.

„Wenn das man nicht einer der Anführer unserer geliebten Terroristenbande und Weltverbesserer ist", sagte er blöde grinsend, wobei sein Mundgeruch kaum zu ertragen war. Er lachte dämlich. Jedem auch nur halbwegs intelligenten Menschen musste auf dem ersten Blick klar sein, welch Geisteskind dieser widerliche Kerl war.

Gezwungenermaßen lachten einige der anderen Söldner in anbiedernder Weise auch, da es sich ja wohl so gehörte, Zustimmung zu geben, wenn der Chef eine pseudoamüsante Bemerkung in den Raum warf.

„Die Herrschaften scheinen heute aber wieder sehr leicht zu belustigen sein", konnte ich mir einen Kommentar dazu nicht verkneifen. Prompt verstummten alle. Der stinkende Kerl kam noch näher an mich heran und hielt mir seine Uzi direkt an die Brust: „Wer sind Sie und wo haben Sie das Schwert versteckt, das wir suchen?"

„Ich bin Rittmeister Roy Wagner. Mein Geburtsdatum und meine Dienstnummer sind auf meinem linken Oberarm eintätowiert, wie Ihnen bekannt sein dürfte. Mehr habe ich nicht zu sagen."

Ärgerlich sah der schmierige Söldner der Müller-Bormann-Truppen mich an, denn er schien trotz seiner mangelnden Intelligenz zu begreifen, dass er aus mir nichts herausbekommen würde. Er drehte sich um, und zog Prof. Mallmann die Uzi durch das Gesicht. Blutend ging der Mann zu Boden.

„Wo hat der Drecksoffizier dieser Terrorbande das Schwert versteckt?"

Prof. Dr. Jürgen Mallmann richtete sich wieder auf und sein Jackett zurecht. So leicht ließ er sich nicht brechen.

„Man schlägt keinen alten Mann, Sie Schurke. Ich kenne den Herrn nicht. Er klingelte vor einiger Zeit an meiner Haustür und erbat meine Hilfe. Sie sehen doch, er ist verletzt. Ich stehe als Geistlicher und Mediziner in der Pflicht, jedem Menschen zu helfen. Nichts anderes habe ich getan. Mehr weiß ich nicht. Mehr geht mich auch nicht an."

Der Anführer kochte vor Wut: „Du verdammter Quacksalber!", kam es hasserfüllt über seine Lippen.

„Dem Herrn Stoßtruppführer scheint es an unqualifizierten Diffamierungen wohl keinesfalls zu mangeln. Meine Anerkennung. Ich beneide Sie um Ihr intellektuelles Verhalten", verhöhnte ich den Typen, um die Wut des Söldners von Mallmann auf mich zu lenken. Ich wollte nicht, dass er ihn noch einmal schlagen würde. Er kam auch gleich wieder auf mich zu und holte aus der Tasche seiner Kampfjacke ein dunkles Tuch, womit er mir ruppig die Augen verband.

„Das war es dann wohl für Sie, Rittmeister Wagner. Wir nehmen Sie mit. Unser Chef wird sicherlich sehr erfreut sein, die Bekanntschaft eines ranghohen Offiziers des Fürstentums Eisland zu machen."

Der Söldner bekam allerdings nicht mit, dass es mir im letzten Moment gelungen war, den kleinen Notpeilsender zu aktivieren und unbemerkt zwischen die Sitze des Sofas zu schieben.

Zur gleichen Zeit am Südpol

„Wien", stieß Tomke aufgeregt hervor. „Roy ist in Wien. Ich muss sofort starten und Roy helfen."

General Friedrich von Hallensleben erhob sich aus seinem Sessel vor der großen elektronischen Weltkarte in der Leitstelle von Horchposten I und ging zu seiner Ziehtochter, die gerade vom Sitz des computergesteuerten Ortungsgerätes hochsprang und doch tatsächlich Anstalten machte, aus der Leitstelle hinauszurennen. Der General hielt die junge Herzogin an ihrem linken Arm fest, richtete seinen Blick aber auf den Bildschirm des Ortungsgerätes.

„Gott sein Dank", nuschelte er sichtlich erleichtert, sah dann aber Tomke mit ernster Miene an: „Wie stellst du dir das denn vor, Töchterchen? Wir haben noch nicht einmal eine Einsatzgruppe. Ich komme natürlich mit. Aber wir brauchen noch mindestens zwei weitere Kampfpolizisten. Wen schlägst du vor?"

„Du bleibst gefälligst, wo du bist, Paps. Ich erinnere mich da an eine Absprache vor längerer Zeit. Ich werde Tessa mitnehmen. Ohne Tessa geht es nicht. Und dann am besten noch Rachel und Swantje und ... wie heißt noch der junge Gendarm, der vor kurzem von Akakor hierher versetzt worden ist?"

„Oliver", antwortete der General. „Ja, genau. Oliver. Ich glaube, der taugt etwas. Er macht jedenfalls einen sehr fleißigen Eindruck."

„Wir starten in einer Stunde mit einer *Haunebu XVI-Flunder*. Damit verfügen wir über eine der leistungsstärksten und zugleich tarntaktisch besten Flugscheibenentwicklungen, die wir aufweisen können. Idealerweise sollten wir die *NIBELUNG* nehmen. Auf die bin ich schon eingeflogen. Wir müssen so schnell wie möglich Roy und *GRAM* heimholen."

„Roy und *GRAM*", wiederholte der alte General. „In dieser Reihenfolge?"

„Na, klar, Paps. Für mich als Offizier ist *GRAM* vorrangig. Zuallererst aber bin ich ein Mensch. Und damit steht natürlich Roy an erster Stelle", sagte Tomke.

„In Ordnung, Tomke. So soll es sein. Aber seid ja vorsichtig", nickte der Alte

*****

„Du hältst bitte genau diesen Kurs, Oliver."

„Ja, Brigadier-Colonel", antwortete der zwanzig Jahre alte Gendarm Oliver Jörg Voss Tessa Czerny, der schräg hinter ihr auf der Brücke der *NIBELUNG* stand.

Diese Baureihe der Dornier-Stratosphärenflugzeuge wurde in den achtziger Jahren in kleiner Serie hergestellt. Ein äußerst schneller und wendiger Aufklärer und Angriffsjäger. Der Durchmesser einer *Haunebu XVI-Flunder* beträgt lediglich fünfzehn Meter und ist damit deutlich kleiner als die alten und schweren Typen I und II aus den dreißiger und vierziger Jahren oder die modernen, in großer Serie gebauten *Kaulquappen* des Typs *Haunebu 2-F*. Auch der typische glockenförmige Kuppelbau einer Flunder ist weitaus flacher gehalten als bei den alten Modellen, was der Flugscheibe ein eher diskusförmiges Aussehen verleiht oder eben halt an eine Flunder erinnert. Mit ihrem schwarz-grauen Tarnanstrich eignet sich die *NIBELUNG* ideal als Nachtjäger. Der einzige Nachteil dieser Baureihe besteht in seiner äußerst begrenzten Aufnahmekapazität. Eine Flunder besteht lediglich aus einer einzigen Zelle, welche gleichzeitig als Kommandoleitstand, Stauraum und Besatzungsunterkunft dient, da der untere Teil der Flugscheibe mit jeweils acht Königspfeilen und drei Gravitationsbomben ausgestattet ist. Eine voll bewaffnete *Haunebu XVI-Flunder* war also auch als Bomber und Zerstörer mit enormer Kampfkraft einsetzbar. Ein kleinerer schwenkbarer D-KSK-Partikelstrahlnadler und eine 20-mm MK befinden sich unter und eine weitere Elektrokanone gleichen Kalibers auf dem Scheitelpunkt der Flugscheibe. Bei diesem Einsatz aber führte man weder die Königspfeile und schon gar keine Gravitationsbomben mit, da man schließlich einen Bergungseinsatz flog. Lediglich die 20 mm MK und Batterien für den Einsatz der DKSK-Todesstrahler wurden geladen, falls man irgendwie in Schwierigkeiten geraten sollte.

„Hört mal bitte eben alle zu, Leute", rief Tomke ihre vier Mitstreiter der Einsatzgruppe zusammen. Die mittlerweile siebzehnjährige Brigadier-Corporal Rachel Varrelmann trat näher an ihr großes Idol heran. Neben Rachel stand ihre gleichaltrige Freundin Brigadier-Corporal Swantje Kees Dedekker, die sich ihren blau-grün gefärbten, struweligen Irokesenschnitt zurechtzupfte, der unmittelbar vor ihrer Nasenwurzel in einer Strähne auslief. Tessa und Oliver drehten sich zu Tomke um.

„Ich habe noch eben etwas zu bemerken", begann die junge Herzogin, „Tessa bekleidet hier den ranghöchsten Dienstgrad. Aus bestimmten Gründen, nämlich, da es um die Rettung von Roy geht, haben wir uns darauf geeinigt, dass ich die Position der Einsatzführerin übernehme. Tessa, wir hatten das ja bereits besprochen."

„Natürlich, Hoheit. Damit habe ich kein Problem."

Tomke nickte und holte ein fransiges schwarz-weißes Palästinensertuch hervor.

„Damit werde ich mich wohl verschleiern müssen, falls wir unerwartet auf Einheimische treffen sollten."

Tomke hatte vor zwei Tagen eine Dosis mit *VRIL-Medo-Strahlen* erhalten, was dazu führte, dass die Vernarbungen in ihrem rechten Gesichtsbereich für einige Tage verstärkt hervortraten, bevor sie intervallmäßig nach jeder Behandlung mehr und mehr verschwanden.

„Sonst kriegt Oma Meierdierks gleich einen Herzschlag, wenn sie mein Narbengesicht erblickt. Und wehe, einer von euch lacht, wenn ich das Ding trage."

Alle, außer Tessa lachten jetzt schon. Am meisten Tomke selbst.

„Nun gut", sagte sie anschließend, „Ist sonst alles soweit klar? Tessa, hast du noch etwas zu sagen?"

„Ja, Tomke. Trennt die Hoheitsabzeichen von den Jacken eurer Uniform ab. Wir wollen so wenig wie möglich auffallen, falls wir doch wider Erwarten in Kontakt zur einheimischen Bevölkerung geraten. Für diesen Fall geben wir uns als Vermessungstechniker aus. Herzogin zu Rottenstein spielt hierbei eine arabische Tiefbauingenieurin." Tessa blickte zu Tomke: „Tomke, beherrschst du ein paar Brocken arabisch? Sonst bringe ich dir gleich noch einige Sätze hebräisch bei. Der verpöbelte Otto Normalverbraucher wird das eh nicht unterscheiden können."

„Ihschis lana min fadlak tawila li-arbaat aschchas hada l-masa. Schukran. Ila al liqa", sagte Tomke selbstbewusst.

„Ana ferhan. filaman", antwortete Tessa, bei welcher die Geheimdienstspezialistin mal wieder durchbrach. Gendarm Oliver Voss meldete sich zu Wort:

„Werden wir Waffen mitnehmen, wenn wir die *NIBELUNG* verlassen, Premier-Leutnant Tomke?"

„Ja, Oliver. Wir führen unter unserer Kleidung unsere 9-mm Pistolen mit. Außerdem sollte sich jemand noch ein oder zwei Nebelpatronen und vielleicht eine Blendgranate einstecken. Vielleicht müssen wir die Dinger irgendwie gebrauchen."

„Das mache ich, Tomke. Ich habe meinen kleinen Rucksack dabei", drängte sich Rachel Varrelmann auf, wobei sie sich ihre gescheitelten Haare, gemäß Tomkes Frisur, aus ihrer Stirn strich.

„Sehr gut, Rachel", antwortete Tomke ihrer „Nachgeburt".

„Alles klar, Hoheit", sagte Swantje kaugummikauend in ihrem flämischen Akzent und klopfte demonstrativ einmal mit der Handfläche gegen das Holster ihrer 9-mm Pistole. Dann begann sie, ihr schwarz-weiß-schwarzes Hoheitsabzeichen vom rechten Kragenspiegel ihrer schwarzen Kampfuniform zu lösen. Swantje hatte wie immer ihre enganliegende Kampfhose schmal hochgekrempelt, statt sie am Schnurzug über den Knöcheln zu fixieren und über die Stiefel zu schlagen, wie alle es taten. Tomke nickte und grinste Swantje kurz an. Sie mochte das freche und unkomplizierte Mädchen mit ihrem für sie typischen, breiten Nietenarmband, ihren klaren, wasserblauen Augen und der ewig käsigen, blassen Hautfarbe.

„Gut Leute. Wenn es sonst nichts mehr gibt, entspannt euch noch etwas. Den Rest besprechen wir kurz vor der Landung. Bis Wien haben wir schließlich noch etwas Zeit", beendete Tomke von Freyburg-Wagner die kurze und ungezwungene Einsatzbesprechung.

*****

„Wir sind jetzt ziemlich genau über der Stelle, an der Rittmeister Wagner den Notpeilsender aktiviert hat, Hoheit", sagte Gendarm Voss.

Tomke ging an eines der Bullaugen und sah nickend hinunter. „Sieht gut aus, hier mitten in der Pampa. Roy hat sich bewusst bis hierher geschleppt."

Tessa kam hinzu: „Ich konnte den Sender gerade genau orten, Tomke", sagte sie und blickte ebenfalls suchend aus einem Bullauge: „Das Haus dort drüben. Dieser kastenförmige Bau. Dort ist es."

„Ausgezeichnet Tessa", sagte Tomke sichtlich Hoffnung gewinnend.

„Oliver. Wir werden etwas weiter abseits landen und den Einsatz schnellstmöglich durchführen. Lasst uns Roy dort herausholen. Und das blöde Schwert natürlich auch", fügte sie schnell hinzu.

„Tomke", flüsterte Tessa leise tadelnd.

Wenige Minuten später landete die *NIBELUNG* in der sicheren Dunkelheit dieses hier fast menschenleeren Landstriches am Wiener Stadtrand. Die Einsatzgruppe verließ die Maschine und Tomke sah hinter der Deckung eines Gebüsches durch ihr Fernglas und sondierte die Lage: „Oliver. Du gehst von der Südseite vorsichtig und alle Deckung ausnutzend, einmal um das Haus herum und machst dir ein Bild von der Lage. Rachel, Swantje, ihr geht an die Ostflanke und wartet alles weitere ab. Versteckt euch hinter diesem kleinen Schuppen dort", ordnete Tomke an und zeigte dabei auf die rechte Seite des Hauses.

„Verstanden, Premier-Lieutnant", bestätigte Gendarm Voss.
„Ja, Tomke", sagte Rachel. Swantje nickte nur und spielte dabei mit ihrer Zunge an ihren Lippenpiercings herum.
Geduckt liefen sie los. Tessa legte ihre Hand auf Tomkes Schulter. Nach etwa drei Minuten kam Gendarm Voss bereits wieder zurück und machte Meldung:
„Ich konnte durch das Fenster auf der Rückseite des Hauses in das Wohnzimmer sehen. Dort sitzt ein älterer Mann vor einem Kamin und raucht Pfeife. Sonst habe ich niemanden gesehen", sagte Voss zu Tomke, der diese Meldung gar nicht gefiel.
„In Ordnung. Kommt, wir gehen jetzt an das Haus heran. Ich habe keine Geduld mehr und möchte wissen, wo Roy ist."
Umgehend begaben sich die drei zu Rachel und Swantje, die abgesetzt vom Haus die Stellung hielten. Tomke holte unter ihrer Kleidung das mitgeführte Palästinensertuch hervor und verschleierte damit ihr Gesicht.
„Was machen wir jetzt genau, Premier-Lieutnant Tomke?", fragte Swantje.
„Na, was schon. Wir klingeln ganz einfach und sehen dann weiter."
Alle sahen Tomke fragend an. Die zuckte nur mit den Schultern und grinste:
„Das habe ich von Roy. Als er noch Polizist in dieser Küstenstadt in Deutschland war und bei besonderen Einsätzen mit hohem Gefährdungspotenzial alle Polizisten sofort Verstärkungskräfte oder Spezialeinheiten alarmieren wollten, zog Roy in seiner ureigenen Art stets seine eigene Taktik vor", erläuterte Tomke.
„Also – erstmal klingeln, nachschauen und dann passt der Rest schon irgendwie. Und bloß die Knarre stecken lassen. Das ist Roy in Reinkultur", kommentierte Major Tessa Czerney.
„Richtig, Tessa. Genau so." Tomke sah jeden einzelnen an: „Alles in Ordnung soweit, Leute? Seit ihr einsatzklar?"
Alle bejahten.
„Rachel, Swantje, Oliver. Ihr haltet dennoch ein bisschen die Augen offen, falls man uns doch eine Falle stellen will."
Danach luden sie ihre 9-mm Pistolen fertig und verbargen diese hinter ihre Rücken, während sie sich der Haustür näherten.
Dort angekommen, las Tomke auf dem Emailleschild Namen und Berufsbezeichnung des Eigentümers und drückte den Klingelknopf: „Ein Geistlicher", flüsterte sie dabei.
Es wurde spürbar spannender.
Leise Schritte waren im Haus zu vernehmen. Dann öffnete sich die hölzerne Tür mit leisem Quietschen und ein großer, hagerer Mann von etwa Anfang siebzig stand im Türrahmen. Musik, die Tomke sofort in ihren Bann zog, drang aus dem Haus. Tomke runzelte die Stirn unter ihrem Palästinensertuch: „Tschaikowski. Schwanensee", kam es fasziniert über ihre Lippen.
Der rüstige, ältere Mann zog seine Augenbrauen hoch: „Haben Sie jetzt bei mir geläutet, um mir ihre phänomenalen Grundkenntnisse auf dem Gebiet der klassischen Musik zu übermitteln, junge Frau?"
„Äh ... nein. Natürlich nicht, Herr Professor Mallmann. Entschuldigen Sie bitte die späte Störung, aber wir sahen noch Licht im Hause brennen", antwortete Tomke, „mein Name ist Fatima Al-Hayat. Ich bin Tiefbauingenieurin und lege mit den

Vermessungstechnikern hier eine Nachtschicht ein, da unsere Arbeit in Verzug geraten ist. Ich habe einige Fragen zu dem Gebäude am Anfang der Straße. Dürfen wir bitte hereinkommen?"

Prof. Mallmann schwieg und legte den Kopf leicht schräg. Dann ging er aus dem Türrahmen und machte eine einladende Geste. Tomke, Tessa und Rachel traten ein, wobei sie sich gleich Richtung Wohnzimmer orientierten, während Oliver und Swantje zurückblieben, um den Bereich der Treppe im Flur, die in die obere Etage führte, im Auge zu behalten.

Mallmann nahm den Tonarm vom veralteten Plattenspieler und drehte sich dann seinen Besuchern zu. Tomke, die direkt vor Mallmann stand, wollte gerade zu sprechen anfangen, als dieser ihr zuvorkam:

„Ihr könnt eure Waffen ruhig wegstecken. Die braucht ihr nicht."

Tomke und Rachel zuckten wie vom Schlag getroffen zusammen. Tessa, die schräg hinter Tomke stand, betrachtete in ihrer offenbar angeborenen Nüchternheit Prof. Mallmann, der auch sie musternd ansah.

„Schalom, Rebbe", sagte Tessa.

„Schalom, meine Tochter", antwortete dieser.

Tessa gab Rachel, Swantje und Oliver mittels Handzeichen zu verstehen, ihre Pistolen wegzustecken. Mallmann ging auf Tomke zu:

„Macht mir nichts vor. Ich weiß genau, was ihr wollt. Ihr sucht Hauptmann Wagner!"

Tomke, völlig baff, hielt es nicht länger aus: „Wo ist er, Professor? Bitte sagen Sie doch, wo er ist!"

Die kleine, junge Frau konnte sich nur schwer unter Kontrolle halten.

„Es tut mir sehr leid, mein Kind. Sie haben ihn entführt. Miese und unkultivierte Kerle in Tarnanzügen. Wohin, weiß ich nicht. Ich dachte mir bereits, dass ihr mich noch aufsuchen würdet. Deshalb bin ich wachgeblieben."

Tomke schluckte und sah zu Boden. Mallmann legte seine Hand unter Tomkes Kinn und hob ihren Kopf wieder an. Dann löste er ihr das Palästinensertuch vom Kopf und betrachtete ohne eine Miene zu verziehen ihr Konterfei.

„Ich bedaure deine Verletzungen, Ingenieurin Fatima Al-Hayat oder soll ich doch lieber Frau Wagner zu dir sagen? Du bist doch die Frau des Hauptmannes, richtig? Einige Dinge haben euch nämlich verraten. Erstens: deine norddeutsche Aussprache. Zweitens: die Farbe deiner Augen. Drittens: eine arabische Technikerin würde sich niemals vor einem noahistischen Mystiker verbeugen, was du, nachdem ich dir die Haustür öffnete, durch ein Nicken allerdings angedeutet hast, da du meine geistliche Stellung respektierst. Und viertens: das Tuch ist falsch gebunden. Keine arabische Frau würde sich auf diese Art verschleiern."

Tomke wechselte einen kurzen, leicht vorwurfsvollen Blick mit Tessa, der anzusehen war, dass sie sich gerade schwarz ärgerte. Selbst ihr hoher Intellekt war dem des Professors unterlegen.

„Ihr seid doch Deutsche. Ich erkenne doch schließlich meine eigenen Landsleute."

Dann blickte er Tessa an: „Bis auf die junge Kabbala-Studentin hier seit ihr doch alle Deutsche", wiederholte er.

Brigadier-Corporal Dedekker mischte sich kaugummikauend von hinten ein:

„Also, eigentlich kommt meine Sippe ursprünglich eher aus Belgien ... "

„Schon gut, Kees. Das tut doch jetzt nun wirklich nichts zur Sache", unterbrach Tomke die Obergefreite kopfschüttelnd und wandte sich dann sofort wieder Mallmann zu: „Nein, Professor. Das stimmt so nicht. Wir gehören einem geheimen Kleinststaat an, der ursprünglich aus einer Geheimgesellschaft entstanden ist. Lediglich unsere Amtssprachen sind Deutsch und Spanisch. Ich kann Ihnen das alles aber jetzt unmöglich erklären."

„Ich bin auch gar nicht neugierig", entgegnete Mallmann. „Bis auf eines, junge Frau Wagner." Mallmann reichte Tomke seine rechte Hand entgegen: „Darf ich dich noch einmal willkommen heißen?"

Tomke reichte ebenfalls ihre rechte Hand, die Mallmann ergriff und übertrieben lange und kräftig drückte, wobei er seinen Daumen auf die Knöchel von Zeige- und Mittelfinger an Tomkes Hand legte. Plötzlich wurden seine Augen groß wie Walnüsse und sein Mund öffnete sich einen Spalt breit. Tomke war klar, dass der Gnostiker sie prüfte, was sie aber über sich ergehen ließ.

Mallmann löste den Griff und atmete durch: „Ich wusste nicht, dass Ihr eine Hohepriesterin seid", sagte er mit leiser Stimme.

Tomke schüttelte ihren Kopf: „Nein, das bin ich nicht. Noch nicht. Meine Mutter ist Hohepriesterin. Ihr habt das elektromagnetische Spannungsfeld in den Ribosomen meiner Zellen gespürt, Professor? Ich bin eine Odem-Odin-Geistliche."

Der Gnostiker nickte: „Über welch enorme Kräfte Ihr verfügt. Erst Hauptmann Wagners Schwert ... und jetzt diese universelle Energie, die von dir ausgeht. Diese enorme Prana-Schwingung in deinen Haarenden. Wirklich beachtlich."

„Das Schwert, Rebbe. Wo ist es?", fragte Tessa.

„Es ist in Sicherheit." Mallmann sah Tomke an: „Komm, junge Vikarin. Ich gebe dir das Schwert zurück. Ich glaube, du bist doch die rechtmäßige Erbin, richtig?"

„So sagt es die Prophezeiung", antwortete Tomke.

„Ich habe hier noch etwas für euch", sagte Mallmann und holte aus einem Fach seines Wohnzimmerschrankes ein etwa zigarrengroßes Objekt.

„Roys Notpeilsender", stammelte Tomke.

Mallmann nickte: „Das habe ich mir schon gedacht. Roy konnte es im letzten Moment zwischen meine Sofagarnitur stecken, bevor sie ihn mitnahmen. Komm jetzt, Vikarin Wagner. Ich gebe dir das Schwert."

Zusammen verließen die Sturmlegionäre des Fürstentums Eisland mit Prof. Mallmann das Wohnhaus und begaben sich in die Ruinen der zerstörten Synagoge. Dort öffnete Mallmann in einem fast verschütteten Untergeschoss das Geheimfach und übergab Tomke *GRAM*, das heilige Schwert des Siegfried von Xanten.

„Ich wünsche euch alles Gute und hoffe das Beste für Rittmeister Roy Wagner. Mehr kann ich nicht für euch tun."

„Sie haben bereits unermesslich viel getan. Es wäre nicht auszudenken, wenn das heilige Schwert in die Hände dieser Verbrecher geraten wäre. Damit hätten die finsteren Mächte in diesem Universum einen entscheidenden Vorsprung errungen. Ich danke Euch, hoher Rabbi", sagte Tomke.

Die nächsten Tage und Nächte gönnte sich Tomke von Freyburg-Wagner keine ruhige Minute. Sie konnte verständlicherweise nicht abschalten, zu groß war die Sorge um Roy und dessen Verbleib. Tag und Nacht wachte sie in der Leitstelle des Fürstentums Eisland darauf, dass etwas passieren würde. Lediglich einige Male reagierte sie sich im Nahkampfraum ab, indem sie auf die hölzernen Männer mit tödlichen Biu-Tze Techniken einschlug, die Roy ihr beigebracht hatte.

Dann, am fünften Tag, geschah es: Ein verschlüsselter, abgehackter Funkspruch erreichte die Leitstelle. Ein Funkspruch der geheimnisvollen Spionin Lyda Salmonova, die noch niemals jemand vom Fürstentum Eisland je zu Gesicht bekommen hatte und über deren eigentliche Rolle absolut nichts bekannt war.

Die Spionin verriet den tatsächlichen Aufenthaltsort von Rittmeister Roy Wagner und nannte hierbei ein verlassenes Industriegebiet in der Nähe von Brüssel.

Sofort schlug Tomke Alarm und arbeitete in Windeseile einen Plan für ein Einsatzkommando aus, das den Rittmeister befreien und retten sollte. Tomke stellte ein Spezialkommando zusammen. Unter Mithilfe von VRIL-Abwehr-Chefin Brigadier-Colonel Tessa Czerney, ihrer Adjutantin VRIL-Abwehrchefin II Feldwebelleutnant Jasmina Suvocesmakovic, General Friedrich von Hallensleben und ihrer „Mutter", Odem-Odin Priesterin Sigrun von Freyburg, dachte sie an alle Eventualitäten.

Wenige Stunden später startete das Spezialkommando mit umfangreicher technischer Ausrüstung und allen notwendigen Einsatzmitteln mit einem *Haunebu-V-Gigant-Schlepper*, einem in nur wenigen Einzelstücken in den siebziger Jahren gebauten, 31 Meter durchmessenden Transport-Dornier-Stratosphärenflugzeug ohne Bewaffnung und einen *Eppschen Omega-Diskus*, ausgestattet mit 12-mm MG, Richtung Europa. Der *Omega Diskus* war eine etwa fünfzehn Meter durchmessende, tellerförmige Flugscheibe, ein Überschallhelikopter, ausgestattet mit acht Rotoren und umschließendem Steuerring. Der *Omega Diskus* basiert ursprünglich auf den brillanten Forschungsergebnissen des am 3. September 1997 im Alter von 83 Jahren in Rosenheim ins Unbekannte eingegangenen, ehemaligen Luftwaffenunteroffiziers und Ingenieurs Joseph Andreas Epp.

Unmittelbar vor der Nordküste von Brest bahnte sich eine Tragödie an. Ein eiligst übermittelter Funkspruch der Zentrale von Horchposten I gab aktuelle Einsatzergänzungen: Rittmeister Roy Wagner befand sich bereits in seiner Todeszelle und sollte innerhalb der nächsten sechzig Minuten hingerichtet werden. Es war zu spät. Die Exekution wurde am 10. Oktober 2008 vor Sonnenaufgang durch Vasallen der **Dritten Macht** im Auftrag der „Kommissarischen Reichsregierung", unter Obergruppenführer Martin Bormann und Gruppenführer Heinrich „Gestapo" Müller vollstreckt.

Out of the land the shadows and darkness.
We were returning towards the morning light.
Almost in reach of placees I knew.
Escaping the ghosts of yesterday.

(The Herd - Peter Frampton, 1967)

309

10.Oktober 2008, in einer geheimen Söldnerbasis nahe Brüssel

Es ist wohl schier unmöglich zu beschreiben, was ich in diesen Sekunden genau wahrnahm. Nachdem die Falltür herunterklappte, verspürte ich einen ganz kurzen Ruck, dann verlor ich auch schon das Bewusstsein. Jedenfalls das Bewusstsein, wie ich es bisher kannte. Einen ganz kurzen Moment glaubte ich, von einer höheren Vogelperspektive aus gesehen zu haben, wie die russisch sprechende Söldnerin mit der kurzen Ponyfrisur, die mich soeben noch anspie und beschimpfte, schlagartig ihre MPi hochriss und mehrere Salven gegen den Rest des Nazi-Pöbels abfeuerte.

Warum, wusste ich nicht. Es interessierte mich auch nicht mehr. Denn dort, wo ich mich jetzt befand, zählte ausnahmslos nur noch das rein Geistige.

Ich war – im Jenseits. Oder in einer Vorstufe davon.

Grünes und lilafarbenes Licht nie gesehener Farbnuancen umgab mich. Pulsare ähnlicher Farbtöne ließen Miniaturuniversen entstehen und sofort wieder vergehen. Ein eindringlicher, stakkatoartiger Ton näherte sich mir in einer merkwürdigen Farbspirale. Das Licht inmitten der Spirale, die mich irgendwie an eine fremde Galaxie erinnerte, wurde heller. Etwas formte sich daraus. Eine Gestalt, die immer deutlicher menschliche Züge annahm. Nach einer undefinierbaren Zeitspanne entstand daraus eine Frau. Eine junge Frau mit sehr langen blonden Haaren und einem gütigen Gesicht, das dennoch strenge Konturen aufwies. Und dann erkannte ich diese Gestalt, die bereits dreißig Jahre vor meiner Geburt durch NS-Verbrecher bestialisch in der Wewelsburg ermordet worden war: Dr. Maria Ortisch.

„M.I.R.J.A.M.", wurde ich sofort auf telepathischem Weg zurechtgewiesen. „Nenn mich einfach *M.I.R.J.A.M.*"

Danach – ein weiterer Filmriss. Nachhaltig gehe ich davon aus, während dieser Zeit indoktriniert worden zu sein. Alles, an was ich mich später noch erinnern kann, sind die eindringlichen Worte der Entität *M.I.R.J.A.M*: „Hast du deinen Auftrag richtig verstanden, Rittmeister?!" Dann verschwand die Walküre inmitten von grün-lilafarbenen Pulsaren und verschmolz mit diesen.

Seltsamerweise klangen ganz kurz in meinem Bewusstsein die bekannten Rhythmen von *Station to Station* auf. Der großartige David Bowie sollte mich wohl auf meine Rückwärtsfahrt in die materielle Welt vorbereiten. Das stakkatoartige Geräusch setzte wieder ein und ich fühlte mich, als würde man mich auseinanderreißen. Das nächste, das ich wahrnahm, war eine Hand, die auf mich zuschnellte. Die Hand hielt ein Kampfmesser. Ich kannte diese Hand, mit ihren käsigen Fingern und abgenagten Fingernägeln unter schwarzem Nagellack. Es war Tomkes Hand!

Die Herzogin versuchte offenbar eiligst, den Strick durchzuschneiden. Ganz kurz sah ich in ihre funkelnden Augen. Am liebsten hätte ich gegrinst. Dazu aber war mir in dieser Situation weder zumute, noch wäre ich dazu in der Lage gewesen. Dann verlor ich wieder das Bewusstsein.

Der Geschosshagel im Exekutionshof der völlig überraschten Müller-Bormann-Truppen ließ einen Moment nach. Tomke injizierte dem bewusstlosen Roy Wagner sofort eine Lösung in den Blutkreislauf. Sie hatte ihn vorsichtig auf den staubigen Boden gelegt. Um die notwendigen ersten Maßnahmen durchführen zu können, kniete sie sich selbst auf den Boden und legte Roys Kopf vorsichtig auf ihre Knie. Schnell zog sie eine weitere Ampulle auf, die sie ihm ebenfalls injizierte, drückte ihm rasch noch einen Kuss auf die Lippen, streichelte seine Stirn und flüsterte etwas in sein Ohr.

Um Tomke herum krachte es. Unzählige Schüsse aus Maschinengewehren und Pistolen ratterten plötzlich wieder durch den Hof. Die Söldner der *Dritten Macht* hatten aus dem Bunker weitere Verstärkung herangeholt, die nun mit aller Kraft gegen ihre Erzfeinde, den Sturmlegionären des Fürstentums Eisland vorgingen. Doch der Überraschungsmoment lag deutlich auf der Seite der *Jihad-Polizisten*.

Mehrere Handgranaten detonierten. Tomke schaute gen Himmel. Dazu musste sie ihren ins Gesicht gerutschten Kevlar-Helm etwas hochschieben.

„Mara, hörst du mich?", rief sie in eine Sprechgarnitur.

„Ich höre dich Tomke. Soll ich landen?", kam es prompt zurück.

„Ja, Mara. So schnell wie möglich. Roy lebt. Aber ich weiß nicht, wie lange noch. Er muss sofort behandelt werden. Um ihn zurückholen zu können, musste ich ihm die vierfache Menge T-Acid injizieren. Roy schiebt jetzt bestimmt gerade 'nen Wahnsinnstrip."

„Beneidenswert", kommentierte Rittmeister Mara Winter, die den *Eppschen Omega-Diskus* steuerte und der in unmittelbarer Nähe des Einsatzortes zur Bergung des schwer verletzten Rittmeisters Roy Wagner bereitstand.

„Sanitäter", brüllte Tomke von Freyburg-Wagner über ihre rechte Schulter.

Zwei Sturmlegionäre mit weißen Kreuzen auf ihren Helmen rannten geduckt und hoffend, nicht von Kugeln getroffen zu werden, mit einer Krankentrage im Schlepptau, auf Tomke zu.

„Sergent", wies Tomke die junge Sanitäterin an, „gleich landet Rittmeister Mara Winter mit dem *Omega-Diskus*. Du und der Brigadier-Corporal tragt den Rittmeister dann sofort in die Flugscheibe und übergebt ihn meiner Mutter zur sofortigen Behandlung."

Tomke hob ihre Maschinenpistole wieder vom Boden auf, nahm hinter einem Mauervorsprung Deckung und verschaffte sich einen kurzen Überblick: Es hatte geklappt. Der kleine Landungstrupp von zwölf Mann unter ihrem Kommando hatte es in letzter Sekunde geschafft. Sie waren mit Einpersonenfluggeräten, den sogenannten *Fliegenden Menschen*, einem tragbaren Röhrensystem mit Schmid-Puls-Strahltriebwerk ausgestattet und waren über die etwa fünf Meter hohe Mauer des Exekutionshofes der Söldnerbasis geflogen, um den ersten Überraschungsangriff zu starten. Eine bereitstehende Selbstfahrhaubitze mit ihrer 15-cm Kanone legte die Außenmauer in Schutt und Asche und sorgte zudem für die psychologische Wirkung. Unmittelbar vor ihrem Eindringen in den Exekutionshof wurde zur größten Verwunderung der Einsatzgruppe jedoch schon herumgeballert, was allerdings wesentlich zur weiteren Vorgehensweise der Jihad-Polizisten beigetragen hatte und ermöglichte, was noch von weitaus größerer Bedeutung war, ein sofortiges Bergen des „Leichnams" des soeben gehenkten Rittmeisters Roy Wagner.

Weitere Unterstützungskräfte und Sanitäter, die, wie die Selbstfahrlafette, durch die Gigant unbemerkt in die Nähe der Söldnerbasis gebracht wurden, eilten hinzu. Nur noch vereinzelte Söldner kämpften erbittert weiter, waren aber Tomkes Kampfgruppe weit unterlegen.

Im verqualmten und vernebelten Hof konnte Tomke erkennen, dass sich die Selbstfahrlaffette zwischen den zersprengten Mauern hindurch schob und ihr 15-cm Rohr nochmals bedrohlich in Richtung des Galgens ausrichtete, hinter dem noch einige Söldner Deckung suchten. Aus dem Augenwinkel konnte Tomke ausmachen, dass in nur etwa zwei Metern Entfernung ein Söldner aus einem Schuppen herauskam und seine Maschinenpistole in Richtung der Roy Wagner bergenden Sanitäter richtete. Sofort griff Tomke den Lauf der Waffe und zog den Söldner mit einem Ruck zu Boden. Dann nahm sie dessen MPi und warf sie achtlos in ein Gebüsch. Geschockt sah der Söldner Tomke an. Dann griff er hastig an seine Pistolentasche, um seine Faustfeuerwaffe herauszuziehen. Geübt riss die Herzogin ein Kampfmesser aus ihrem Ärmel und warf es dem Söldner direkt in den Hals.

Jemand kam auf Tomke zugerannt. Sofort nahm sie ihre MPi in Anschlag. Eine Söldnerin im Woodlandtarnanzug kam auf sie zu. Die Frau hielt ebenfalls einen „Pfefferstreuer" in den Händen. Sie trug eine kurze braune Ponyfrisur und war etwa vierzig Jahre alt. Slawisch sah sie aus. Slawisch und attraktiv. Augenscheinlich stammte sie aus Russland oder Jugoslawien. Tomke legte an und wollte abdrücken.

Plötzlich blieb die Söldnerin stehen und warf ihre Waffe auf den Boden.

„Halt, Frau Oberleutnant. Nicht schießen. Ich bin Lyda. VRIL-Abwehr-Agentin VAA Lyda Salmonova. Ich ergebe mich", sagte die Frau mit russischem Akzent. Einen Moment blickte sie die achtzehn Jahre junge Tomke an.

„Sie sind Oberleutnant Tomke von Freyburg-Wagner, die Ehefrau von Kapitänleutnant-Hauptmann Roy Wagner, richtig?"

Tomke schien einen Moment in sich hinein zu horchen.

„Lyda", sagte sie, obwohl sie diese Frau noch niemals zuvor im Leben gesehen hatte. Niemand wusste, wie VRIL-Abwehr-Agentin VAA Lyda Salmonova aussah. Zu tief war sie für etliche Jahre in den Dunstkreis um die „Kommissarische Reichsregierung" der *Dritten Macht* und deren Müller-Bormann-Truppen vorgedrungen. Niemand durfte sie also in irgendeiner Form gefährden, wodurch aber auch eine latente, doch ständige Gefahr bestand, dass Agentin Salmonova als Doppelagentin durch die *Dritte Macht* benutzt wurde. Wie ein Damoklesschwert hing diese Gefahr über dem gesamten Apparat des Fürstentums Eisland.

Zu Unrecht, wie sich jetzt herausstellte. Tomke nahm ihre Waffe herunter. Von rechts sah sie plötzlich, dass ein feindlicher Söldner aus einiger Entfernung eine Handgranate in Richtung der beiden Frauen warf. Die Granate landete unmittelbar eben Lyda Salmonova. Sofort sprang Tomke nach vorn, stieß die Agentin zur Seite, so dass diese zu Boden fiel, griff die Handgranate und warf diese über die etwa fünf Meter hohe Mauer des Hofes. Noch in der Luft detonierte die Handgranate.

Lyda Salmonova machte große Augen. Das Rohr der 15-cm Selbstfahrlafette erledigte den Rest in Bezug auf den Söldner, der die Handgranate geworfen hatte.

„Danke, Frau Oberleutnant", sagte Lyda spürbar erleichtert.

„Ausgerechnet Sie sagen danke, VAA Salmonova. Ich denke wohl mal eher, dass wir Ihnen zu nicht wieder gutzumachendem Dank verpflichtet sind. Und ich persönlich sowieso. Ohne ihre Tapferkeit wäre einer unser besten Offiziere, nämlich Roy Wagner, der so ganz nebenbei auch noch mein Ehemann ist, jetzt tot."

Tomke war der Agentin unendlich dankbar.

„Agentin Salmonova. Kraft meiner Stellung als Herzogin zu Rottenstein gewähre ich ihnen hiermit politisches Asyl auf Lebenszeit in unserem freien und unabhängigen Fürstentum Eisland. Das gilt gleichsam für ihre Angehörigen, falls sie welche haben sollten. Sie stehen unter persönlichem Schutz unseres Fürstentums und ich ernenne sie hiermit zum Staatsbürger des Fürstentums Eisland, mit allen Rechten und Pflichten. Desweiteren werde ich mich dafür einsetzen, dass sie mit dem Mary O'Brian-Tapferkeitsorden ausgezeichnet werden. Zudem verleihe ich ihnen persönlich das Rottensteiner-Kreuz und ernenne sie zum Ritter meines Herzogtums."

Lyda Salmonova war über diese spontanen Äußerungen von Premier-Lieutnant Tomke mehr als erstaunt und nahm spontan Haltung an.

„Vielen herzlichen Dank, Hoheit. Damit hatte ich nicht gerechnet ..."

Tomke erwiderte den Gruß und bot an: „Du, Lyda. Wollen wir nicht einfach du zueinander sagen? Das ist nämlich bei uns auch so üblich."

VAA Salmonova lächelte. Tomke ging auf Lyda zu und reichte ihr die Hand.

Lyda umarmte Tomke spontan und vergab Wangenküsschen.

Tomke wollte die kulturellen und gesellschaftlichen Normen aus Lydas Heimatland nicht einfach ignorieren und ließ diesen für sie eher ungewohnten Brauch über sich ergehen.

Die Kampfhandlungen waren eingestellt. Die primitiven Söldner unter dem Kommando des Verbrechers Hieronymus de Grooth, eines der unzähligen unehelichen Kinder Obergruppenführers Martin Bormann, waren entweder tot oder sie konnten im letzten Moment ins Innere des Gebäudes flüchten.

Dann sollen sie doch!, dachte Tomke. Das Ziel war erreicht. Roy war gerettet worden. Jede weitere Metzelei ist jetzt nicht Bestandteil des Kommandounternehmens. Und das würde sie auch nicht zulassen.

Drei Söldner, zwei Männer und eine Frau, standen mit erhobenen Händen da und blickten auf die Reste der zerschossenen Mauer des Geländes. Sie wurden von vier Sturmlegionären mit Maschinenpistolen in Schach gehalten. Tomke ging auf die Gruppe zu: „Meldung, Feldwebelleutnant!", wies sie einen Sturmlegionär an, der in unmittelbarer Nähre stand.

„Hoheit, ich melde, dass der Kampfeinsatz zu unseren Gunsten entschieden ist. Mit Schäden auf unserer Seite sind lediglich zwei verstauchte Knöchel zu verzeichnen. Der Feind ist besiegt, beziehungsweise geflüchtet. Drei Kriegsgefangene wurden gemacht."

„Danke, Feldwebelleutnant!"

Danach ging Tomke auf die Gefangenen zu, die mit dem Rücken zu ihr dastanden und ihr weiteres Schicksal erwarteten:

„Umdrehen", befahl sie den zitternden Söldnern. „Hört zu, ihr Dreckschweine! Seht mich ruhig genau an. Ich werde diejenige sein, welche euch eines Tages euer schmutziges Leben auspusten wird. Das verspreche ich euch. Eigentlich sollte man euch schon aus Verantwortung dem Rest der gesamten Menschheit gegenüber liquidieren. Nichts anderes hättet ihr verdient und kein Hahn würde je nach euch krähen. Ich hätte nicht übel Lust dazu, das jetzt persönlich zu übernehmen. Aber, wir wollen uns mit euch Verbrechern nicht auf eine Stufe stellen. Das haben wir nicht nötig. Ich kämpfe nur gegen Soldaten. Ihr seid es nicht einmal wert, in Kriegsgefangenschaft genommen zu werden. Ich sehe nicht ein, dass die ehrenhaften Männer und Frauen meines Fürstentums sich auch noch um euch Schweine kümmern sollen. Das will ich nicht mal Elke Neumann zumuten!", faltete Tomke die drei gefangenen Söldner zusammen. Natürlich wusste sie, dass diese mit ihrer letzten Bemerkung rein gar nichts anfangen konnten.

„Habt ihr mich verstanden", brüllte sie die vor Todesangst zitternden Söldner an.

„Frau Oberleutnant, Jawohl. Wir haben sie verstanden, Frau Oberleutnant!"

„So, dem wäre ja wohl dann nichts weiter hinzuzufügen. Los, weg mit euch Gesindel, ehe mir doch noch der Arsch platzt!"

Die drei klappernden Söldner rannten wie von Sinnen ins Innere des Gebäudes, während Tomke in die Höhe blickte. Der Omega- Diskus war im Landeanflug.

„Das war allerhand, Leute. Ausgezeichnet! Geht es allen gut?" Jeder nickte.

„Guuut", sagte sie. „Sehr gut. Das Hellmuth-von-Mücke-Kreuz ist euch allen gewiss. Dafür werde ich sorgen."

Man sah der Kampfgruppe den Stolz an.

„Und jetzt ab, Leute. Lasst uns aufsitzen. Weg von diesem Rattenstall hier!"

„Jawohl, Kampfkommandantin", tönte es Tomke mehrstimmig entgegen.

Hinter Tomke war der *Omega-Diskus* kurz vor dem Aufsetzen. In etwa acht Metern Höhe aber verharrte er. Tomke wurde nervös. Etwas stimmte nicht. Sie spürte akute Gefahr und Unbehagen. Das Bodenschott des Omega-Diskus öffnete sich abrupt. Sigrun stand in schwarzer Kampfuniform der Sturmlegionäre im offenen Schott, legte sofort eine Maschinenpistole an und schoss auf einen der vermeidlich toten Söldner, der ungefähr fünf Meter neben Tomke lag. Der Söldner sackte wieder – und diesmal endgültig – in sich zusammen und die noch nicht gezündete Handgranate rutschte ihm aus der Hand.

Tomke atmete auf und blickte zu Sigrun hinauf, die ärgerlich und vorwurfsvoll den Kopf in Richtung Tomke schüttelte. Dann setzte der Omega-Diskus auf. Die Sanitäter trugen sofort den schwerstverwundeten Rittmeister Roy Wagner in die Flugscheibe. Sigrun von Freyburg nahm Roy in Empfang und begann noch während des Starts in der kleinen, extra dafür ausgestatteten Krankenstation mit der Behandlung.

Tomke flog im Omega-Diskus mit. VAA Lyda Salmonova begleitete Tomke. Die Medizinerin Kerstin befand sich zu Sigruns Unterstützung ebenfalls in der Flugscheibe. Der Rest der Kampftruppe und die 15-cm Selbstfahrlafette wurden durch den *Haunebu-Gigant-Schlepper* abtransportiert.

Tomke ging zu Sigrun und umarmte die Frau, die jedoch mit finsterer Miene Tomke ansah. „Muss ich alte Frau denn wirklich wieder alles alleine machen, damit etwas daraus wird?", schimpfte sie. „Kann ich mich nicht einmal auf meinen eigenen Klon verlassen? Was habe ich dich vorgestern bezüglich Gefahrenwahrnehmung gelehrt, du kleine Nachwuchs-VRIL? So geht das nicht, mein Töchterchen. Hast du denn gar nichts wahrgenommen?"

„Doch, Mutti. Hab' ich. Aber nur deine giftigen Gedanken, weil ich nicht von allein drauf gekommen bin. Und dann konnte ich mich nicht mehr konzentrieren."

Sigrun von Freyburg strich ihrem Klon behutsam über die Haare: „Na, dann üben wir das halt noch mal, mein über alles geliebtes Klonchen."

Tomke machte sich nichts aus den Stänkereien von Sigrun. Immer, wenn etwas ganz besonders gut klappte, fing Sigrun an zu mosern. Das war halt ihre Art des Lobes. Den einzigen, den Sigrun tatsächlich ab und an lobte, war Roy, weil sie ihn sehr mochte.

„Wie geht es Roy, Mutti? Kommt er denn wirklich durch"?

Sigrun nickte. „Ja, mein Schatz. Ich habe ihn gerade kurz untersucht. Er ist über den Berg. Es war zwar mehr als knapp, war aber gerade noch rechtzeitig. Und den Rest bekommen wir auch noch hin. Nur, die Henkersnarbe an seinem Hals kann ich dir nicht ersparen. Der Strick hat sich tief in das Gewebe eingeschnitten."

„Na, wenn es weiter nichts ist", sagte Tomke erleichtert und gab Sigrun einen Klaps.

Vor einiger Zeit, an ihrem achtzehnten Geburtstag, hatte man Tomke über ihre tatsächliche Herkunft aufgeklärt. Die Reaktion der jungen Herzogin war, wie sollte es auch anders sein, alles andere als vorhersehbar: „Die Geschichte mit meinen toten Eltern habe ich sowieso nie so wirklich geglaubt."

Tomke war sich bewusst, als exakte und einzig existierende Genkopie Nr. 4 als Sondergeheimprojekt *T.O.M.K.E.* ihrer Aufgabe als zukünftiges Oberhaupt des Fürstentums Eisland und als Generationserbin der *VRIL* ihrer Aufgabe bedingungslos nachzukommen. Hierbei sei nur am Rande erwähnt, dass die Grundlagen für das Geheimprojekt T.O.M.K.E. auf ein Sonderprojekt absoluter Geheimhaltung von Abwehrchef Admiral Wilhelm Canaris zurückzuführen sind. Es wurde aber erst 1990 umgesetzt und ist ein Teil des bis zum Jahre 2321 unwiderrufbaren Canarisschen Zukunftsplanes. Der weibliche Mädchenvorname Tomke sollte aufgrund eines persönlichen Wunsches von Admiral Canaris für den Spezialklon von VRIL-Meisterin Dipl.-Ing. Leutnant Prof. Dr. Dr. Sigrun von Freyburg verwendet werden.

„Eine VRIL-Meisterin verfügt im metaphysischen Sinn über absolute Unsterblichkeit und Unverletzbarkeit und soll dadurch in der Lage sein, Materie, Energie und Zeit zu kontrollieren. Mit jeder ihrer Entwicklungsphasen steigt ihr Verstand höher und höher und höher, bis zur Verschmelzung mit der allumfassenden Überkosmosuperkollektivintelligenz S.E.M.J.A.S.E., des geistigen Großwesens, das einst den Urknall auslöste und Gott erschuf."

(Ihre geheiligte Eminenz Hohepriesterin Sigrun von Freyburg
im November 2008 zu Spezialklon T.O.M.K.E.
Herzogin zu Rottenstein Oberleutnant Tomke Freyja Edda von Freyburg-Wagner)

13. November 2008, Neu-Schwabenland

Tomke sprang mich von links an und nahm mich in den Schwitzkasten. Ich schob von hinten meinen linken Arm über ihre Schulter und ließ meinen Handballen gegen ihr Kinn gleiten. Mit leichtem Druck drückte ich dann ihren Kopf herunter, löste mit meiner rechten Hand den dadurch instabilen Griff an meinem Hals und drehte ihr anschließend ihren rechten Arm auf den Rücken. Dann griff ich mit meiner rechten Hand an ihre linke Schulter und nahm sie in einen Kreuzfesselgriff, aus dem sie sich natürlich nicht mehr befreien konnte, da ich um die exakten Hebelpunkte wusste, damit dieser Griff auch wirklich funktionierte.

Damit es aber nicht allzu langweilig wurde, ließ ich sie nur kurz zappeln, lockerte den Griff und warf Tomke über meine Hüfte einige Meter weit weg. Quietschend klatschte sie ins Wasser, tauchte sofort wieder auf und kam zurück in meine Richtung gesprungen. Feurig schielende Augen und eine blitzende Zahnspange sprangen auf mich zu. Erst mit ihrem linken, dann mit ihrem rechten Fuß setzte sie Tritte in Höhe meines Kopfes an, die ich mit meinen Unterarmen abblockte. Da holte sie zu einem Schwinger mit ihrem rechten Arm aus. Diesen Angriff fing ich ab, leitete die Anriffsenergie geschickt an mir vorbei und warf das Kampfküken nochmals über meine Hüfte so weit ich konnte davon. Wieder landete Tomke quietschend im Wasser.

Diesmal aber tauchte sie auf mich zu, fasste mich an beiden Knöcheln und riss mir förmlich den Boden unter den Füßen weg, was mich unter Wasser brachte. Dort rangelten wir noch einige Sekunden weiter, mussten dann aber auftauchen, da uns beiden der Sauerstoff ausging. Lachend inhalierten wir die angenehm temperierte Luft der Schwimmhalle. Wir waren allein und tobten herum, wie kleine Kinder. Ich schlug meine Arme um Tomke und fixierte ihren Oberkörper. Wassertropfen prasselten von Tomkes schwarzem Badeanzug mit dem weißen V auf der Brust.

„Und was machst du nun, Süße?"

„Das", antwortete Tomke und küsste mich.

„Oh, dann kapituliere ich hiermit", sagte ich und legte meine Arme um ihren Hals, um weiter mit ihr herumknutschen zu können. Das aber war mir nicht viel länger als vielleicht eine Minute vergönnt. Es klickte im Lautsprecher der Rundrufanlage, dann hörten wir eine uns nur zu gut bekannte Stimme – General Friedrich von Hallensleben:

„Achtung. Eine Durchsage. Folgende Offiziere werden in dreißig Minuten im Kompaniehörsaal vorstellig. Ich lasse den Dienstgrad weg: Dr. Czerny, Winter, Wagner, Herzogin von Freyburg-Wagner, Iwona Durowa, Nadeschda Durowa, Lord Mc Allister, Meyer, van Veith, Freiherr von Wagenknecht, Kowalewski, Ritter von Schaar, Ritter di Marconi. Außerdem die Wissenschaftler Doktor Klein, Professor Stoffregen und Doktor Tsuyoshi. Ohne Quittung. Hallensleben Ende."

Ich atmete genervt durch: „Eigentlich wollte ich dich hier noch in Ruhe verzupfen, Süße."

„Kannst du auch später noch machen, Großer. Bin mal gespannt, was Paps jetzt schon wieder auf dem Zettel hat. Klang grad aber nicht gut. Geht bestimmt wieder um einen Angriff der Außerirdischen. Komm, wir müssen uns beeilen. Sind schließlich noch klitschnass wie die Pudel."

Tomke griff nach meiner Hand und zog mich in Richtung Treppe, die aus dem

Schwimmbecken zum Beckenrand führte. Wir kletterten aus dem Wasser. Ich griff zu den Badetüchern, die neben dem Beckenrand lagen.

Tomke wollte in ihre Flip-Flops steigen, rutschte mit einem „Huch" natürlich fast dabei aus und kam dann mit einem „Autsch, mein Knöchel!" und einem „Nicht mekkern Roy, ist schon wieder gut", auf mich zugehumpelt.

Ich legte ihr das Badetuch über die Schultern und wir gingen zu den Umkleideräumen, wobei ich es nicht sein lassen konnte, Tomke am Hintern herumzutätscheln.

„Wenn du dich gleich nicht mehr auf die Dienstbesprechung konzentrieren kannst, hast du selber Schuld", lachte Tomke, drückte mir dennoch ein Küsschen auf und verschwand dann in der Damenumkleide. Ich duschte ebenfalls, trocknete mich ab und zog dann meine Uniform an. Auf dem Flur vor den Kabinen war Tomke bereits dabei, sich ihre pechschwarzen und zauseligen Haare zu föhnen. Auch sie steckte wieder in ihrer Uniform.

„Wenn wir uns beeilen, können wir noch in der Kantine eine Brause trinken, Roy."

„Meinst du, das trägt zu meiner Abkühlung bei?", fragte ich.

„Nö, bei diesem lüsternen Ausdruck in deinen Augen dürfte das wohl auch nichts mehr helfen. Aber ich habe Durst und du kleines Ferkelchen wirst dich wohl noch bis nachher gedulden können!"

„So sei es denn", sagte ich schwermütig seufzend.

Fünfzehn Minuten später gingen wir auf die offenstehende Tür des Kompaniehörsaals zu. Tomke wischte sich mit ihrer rechten Handfläche über den Kragen ihrer Uniformjacke, weil sie mal wieder in der Kantine mit Erdbeerbrause gekleckert hatte. Wir betraten den Hörsaal. Tomke ging voran. An der hufeisenförmig aufgestellten Tischformation saßen alle vorhin ausgerufenen *Jihad-Polizisten* und Wissenschaftler.

Feldwebelleutnant Freiherr Sigismund von Wagenknecht sah als erster Tomke den Saal betreten, stand auf und rief: „Achtung!"

Alle erhoben sich und legten ihre rechte Hand zum militärischen Gruß an ihre Stirn. Tomke grüßte zurück und machte mir ihrer Hand eine Geste, sich wieder zu setzen.

„Moin Leute", sagte ich als ich den Raum betrat.

Ein ziemlich hühnenhafter, kahlköpfiger Mann mit einer Augenklappe drehte sich in seinem Sessel zu mir um, stand auf und kam mir entgegen. Er war etwa Mitte fünfzig und sein zerknautschtes Gesicht, das durch eine Augenklappe über seinem linken Auge verziert wurde, war von der Sorte, die einem sofort Respekt einflößte. Fast zwei Meter groß, von stämmiger Statur und überaus kräftig gebaut. Seine schwarze Kampfuniform mit den Hoheitsabzeichen des Fürstentums Eisland war sicherlich eine Sonderanfertigung. Grinsend ging ich auf ihn zu. Schlagartig lockerte sich seine strenge Miene und freudig strahlte er mich an: „Hallo Roy! Wie geht es dir, mein Junge"; rief Brigadier Ritter von Schaar, klatschte seine Hände gegen meine Schultern und fing hallend zu lachen an, was die übrigen Anwesenden veranlasste, näher mit ihren Köpfen zusammenzurücken, da Oberstleutnant Ritter von Scharr alles übertönte.

„Kannst du dich immer noch nicht dazu überwinden, zu mir nach Akakor zu kommen, mein Freund? Ich könnte dich zum Major befördern."

Gemäß der Statuten des Fürstentums Eisland heißt es, bei offiziellen Anlässen vor einem Odin-Ritter Haltung anzunehmen. Daher grüßte ich Ritter Heribert von Schaar und Ritter Alessandra di Marconi gesondert. Dann aber: „Heribert, alter Knabe. Schön, dich zu sehen." Gleichzeitig winkte ich auf seine eingangs gestellte Frage ab und antwortete: „Du weißt doch, wie das ist. Als persönlicher Leibwächter der Herzogin habe ich als Rittmeister nun einmal den höchsten Stein geworfen. Einen höheren Grad sieht diese Planstelle nun einmal nicht vor. Was soll's! Es kann ja nicht nur Häuptlinge wie dich geben."

Wieder lachte Ritter von Schaar hallend. Man durfte sich durch seine robust wirkende äußere Erscheinung nicht abschrecken lassen. Heribert war eine Seele von Mensch, dennoch aber ein erfahrener Frontkämpfer, der es sich nicht nehmen ließ, an vorderster Linie selbst zu intervenieren, wenn es erforderlich war. Ritter von Schaar war ein Charakter ganz nach meinem Geschmack. Schon vor einigen Jahren, als wir uns kennenlernten, waren wir uns irgendwie sofort gegenseitig sympathisch. Oft war sein rechtes Auge feucht, was damit zusammenhing, dass Ritter von Schaar von spontanen Lachanfällen geplagt wurde. Kleinigkeiten reichten aus, um den ranghohen Offizier zum Kringeln zu bringen, erst recht die Verbohrtheit seines Stellvertreters, Lord Basil Mc Allister, dem dreißigjährigen Premier-Lieutnant mit seiner dürren Figur und dem aristokratischen Erscheinungsbild. Brigadier Ritter von Schaar bekleidete, wie General Friedrich von Hallensleben, die Position des Administrators auf Akakor. Dennoch hatte General von Hallensleben die oberste Befehlsgewalt über sämtliche, dem Fürstentum Eisland unterstehenden Hoheitsgebiete, welche in wichtigen Entscheidungen allerdings der Zustimmung der jungen Herzogin zu Rottenstein bedurfte. Tomke sollte sich langsam aber sicher daran gewöhnen, neben ihrer metaphysischen Bestimmung als Generationserbin der *VRIL* und exakter, zumindest genetischer Kopie der Hohepriesterin Prof. Dr. Dr. Sigrun von Freyburg, auch das politische und damit auch militärische Zepter zu verwalten. Ritter von Schaar jedenfalls war der Adjutant der Wesenheit *Hija-211*, der unheimlichen Herrscherin von Akakor, von der niemand weiß, was sie ist und woher sie kommt, da *Hija-211* bei den äußerst seltenen Auftritten stets in einer Mönchskutte und mit einer Titanmaske vor dem Gesicht unter einem elektronischen Stimmfilter in Erscheinung tritt. Nicht einmal das Geschlecht von *Hija-211* ist geklärt. Die Namensbezeichnung lässt aber den Schluss zu, dass *Hija-211* weiblichen Geschlechts sein könnte. Die einzigen beiden bisher durch *Hija-211* ernannten Odin-Ritter waren Heribert und die 34-jährige Rittmeister Alessandra di Marconi, die ebenfalls dem Stammpersonal von Akakor angehörte. Horchposten I hatte bisher keinen Odin-Ritter. Oft fragte ich mich, warum Friedrich nicht durch *Hija-211* zum Odin-Ritter ernannt worden ist. Vermutlich aber hielt es sogar die Herrscherin von Akakor für unangemessen, einem derart ehrwürdigen Elitepolizisten wie General von Hallensleben zum Ritter zu ernennen, da ihm doch weiß Gott höhere Ehren zustünden. Ein Odin-Ritter hingegen konnte unabhängig vom Dienstgrad für besondere Verdienste allein durch *Hija-211* ernannt werden.

Ich nahm neben Heribert Platz. Links von mir, auf der Scheitelebene der Tischreihe, saß Tomke. Eine Tür ging auf und Friedrich, der dicke Ludwig und Contessa Sigrun betraten den Raum. Schlagartig wurde es still. Alle standen auf und nahmen Haltung an.

„Aber, aber, Herrschaften. Ich bitte euch. Keinen Personenkult bitte. Nehmt Platz", grüßte der sympathische Greis in seiner schwarzen Kampfuniform in die Runde und setzte sich neben Tomke. Links neben ihm saß sein Adjutant Brigadier-Colonel Ludwig Hesse und daneben Sigrun, die mit finsterer Miene dreinschaute. Ihre pechwarzen Haare waren wie immer zu einem überdimensionalen Pferdeschwanz zusammengebunden, den sie, wie so oft, vorn durch das Koppel ihrer Uniform gezogen hatte, damit die Haarenden nicht den Boden fegen würden. Ihr Gesichtsausdruck ließ nichts Gutes erahnen. General von Hallensleben steckte die Finger seiner Hände ineinander und lehnte die Handballen auf den Tisch.

„Meine Herrschaften. Machen wir es kurz, denn viel Zeit haben wir nicht mehr."

Er ließ seinen Blick in die Runde schweifen und fuhr dann fort: „Eine weitere Angriffswelle der Außerirdischen steht unmittelbar bevor. Ein Inferno, wie wir es noch nicht erlebt haben. Ludwig, bitte." Er blickte zu seinem Adjutanten.

Der Dicke stand auf und schaltete einen Projektor an der Wand des Hörsaals ein. Ein Bild minderwertiger Qualität flimmerte auf dem Schirm auf. Es zeigte drei riesige Walzenraumschiffe, die in Formation flogen. Alle Anwesenden starrten erstaunt auf den Bildträger. In diesem Moment hätte man eine Stecknadel fallen hören können. Heribert Ritter von Schaar war der Erste, der sich aus seiner Starre lösen konnte: „Was ist das, zum Teufel?"

Friedrich holte Luft: „Riesenwalzenraumschiffe der Außerirdischen. Sie haben eine Länge von achthundert Metern und einen Durchmesser von etwa hundert Metern. Wenn unsere Berechnungen stimmen, stellen sie den Anfang einer interstellaren Invasion auf unser Sonnensystem dar. Vermutlich kommen sie vom Aldebaran und sind dort durch das dortige Dimensionsfenster eingedrungen, um direkten Kurs auf unseren Heimatplaneten zu nehmen. Der Oberbefehlshaber der aldebaranischen Flotte, Conté Yamato Bismarck, hat eine entscheidende Niederlage an der Überlappungsfront erlitten. Transmediale Durchgaben, die Ihre Eminenz empfangen hat, bestätigen dies." Er schaute kurz zu Sigrun. Diese nickte kaum merklich, verlor aber kein Wort. Stattdessen fuhr Friedrich fort:

„Meine Herrschaften, es ist soweit. Wir machen mobil. Und zwar mit allem, was wir aufbieten können. Ich habe euch hier zusammengerufen, um euch mit der Situation vertraut zu machen. Noch befinden sich die drei Walzenraumschiffe am Rand des Sonnensystems. Da wir uns bekanntlich schon seit längerem wieder in ständiger Alarmbereitschaft befinden, ist es uns möglich, innerhalb von 24-Stunden einen Verteidigungsgürtel um die Erde zu legen. Ihr bildet hierbei die entsprechenden Schwarm- und Staffelführer unserer weltraumtauglichen Kampfeinheiten, zusammen mit einigen anderen, die ich noch vergattern werde. Zusammen bildet ihr das Kampfgeschwader Rottenstein. Heribert, du übernimmst als Geschwaderführer die Position des Commodore. Tessa, du übernimmst ab sofort die Funktion der Kommandantin unserer Mondbasis *Helgoland III* und sorgst dafür, dass der *Goliath-Werfer* als schwere Artillerieeinheit einsatzklar gemacht wird. Du fliegst noch heute mit einer Kommandogruppe von sechs Mann mit der *JOHANNA VON PUTTKAMER* zum Trabanten."

Friedrich reichte Tessa eine Aktenmappe: „Alles weitere hier drin."

Tessa nickte.

319

Der Astrophysiker Dr. Sadao Tsyoshi mischte sich ein. Der etwa fünfzig Jahre alte Wissenschaftler schob seine dicke schwarze Brille etwas weiter die Nase hinauf:

„Vielleicht sollte man auf Nummer Sicher gehen, ob die drei Walzenraumschiffe der Außerirdischen nicht vielleicht doch das geheime Venuslager anlaufen wollen. Ich meine, es ist doch sicherlich sinnvoll vorerst die Ruhe ..."

Seine Kollegin, 38-jährigen Forensikerin Professor Jeanette Stoffregen unterbrach Dr. Tsyoshi grob:

„Aber, Sadao. Jetzt fang doch bitte nicht an, uns hier das Gleichnis von den drei Pilzen erzählen zu wollen. Es ist doch geradezu sonnenklar, was die Walzenraumschiffe hier wollen."

„Ich sehe das genauso", sagte Dr. Ralf Klein. „Von einer übertriebenen Panikmache kann wohl keine Rede sein. Wir müssen handeln und zwar sofort."

Dr. Klein blickte auf einen Zettel, auf dem er sich während der letzten Minuten einige Notizen gemacht hatte: „Ich habe das mal grob überschlagen. Wenn jedes dieser Walzenraumschiffe aufgrund seiner Ausmaße auch nur in der Lage wäre, dreißig Strahlschiffe aufzunehmen, hätten wir es mit neunzig dieser Angriffs-UFOs zu tun. Allein das wäre schon Wahnsinn und wer weiß, was diese Walzenraumer sonst noch so in ihren Bäuchen gelagert haben."

General von Hallensleben nickte und blickte seine Ziehtochter an:

„Hoheit, das letzte Wort habt Ihr."

Tomke nickte ihm zu, wohlwissend, was man jetzt von ihr erwartete. Sie erhob sich von ihrem Platz. Seltsam ernst klingend, sagte sie:

„Es ist genug und hat seine Grenze erreicht. Es scheint keine andere Möglichkeit zu geben. Wir lassen uns weder einschüchtern, noch zu irgendwelchen Unterlassungen durch diese Bedrohung nötigen. Außerdem tragen wir als einzige die Verantwortung für die gesamte Erde und damit für jeden einzelnen Menschen, da nur wir aufgrund unserer Technik in der Lage sind, der außerirdischen Bedrohung überhaupt entgegenzutreten."

Sie holte tief Luft und fuhr dann fort: „Heute ist der 13. November des Jahres 2008." Kurz schaute sie auf ihre kleine Armbanduhr. „Ab jetzt, 13:25 Uhr, rufe ich den Verteidigungsfall aus und erkläre Kraft meiner Stellung als Herzogin zu Rottenstein das Fürstentum Eisland offiziell in den Kriegszustand. Die Götter mögen mir vergeben und euch beistehen."

Einheitlich erhoben sich alle *Jihad-Polizisten* von ihren Plätzen und salutierten mit militärischem Gruß. Ich natürlich auch. Allen war klar, dass die soeben durch die junge Herzogin ausgesprochenen Worte, die der Protokollführer notierte, in die Geschichte der Menschheit eingehen würden.

--- ACHTUNG! WICHTIGE DURCHSAGE UM 12:00 UHR MEZ ---
--- ACHTUNG! WICHTIGE DURCHSAGE UM 12:00 UHR MEZ ---
--- ACHTUNG! WICHTIGE DURCHSAGE UM 12:00 UHR MEZ ---

Bereits zwei Stunden vor dem genannten Zeitpunkt wurden fast 35% sämtlicher Fernsehstationen der Welt durch einen durch Dr. Ralf Klein geschalteten Störsender mit dieser Durchsage manipuliert, um die Erdbevölkerung zensurfrei über die bevorstehende Invasion der außerirdischen Kolonialisten zu unterrichten. Die Geheimdienste der Welt standen Kopf und versuchten vergeblich, den Sender zu orten. Alle konventionellen und unkonventionellen Kommunikationsverbindungen standen fast vor dem Zusammenbruch. Alle Netze, die in den vergangenen Wochen sowieso schon durch die sporadischen Angriffswellen der UFOs völlig überstrapaziert waren, schienen jetzt völlig zusammenzubrechen.

Nach wie vor schoben sich die Militärnationen der Welt gegenseitig die Ursache für die UFO-Welle in die Schuhe. Eine Situation, wie sie auf dem Höhepunkt des Kalten Krieges nicht einmal ansatzweise entstanden war, stand vor der totalen Eskalation. Alles machte mobil. Interkontinentalraketen mit Atomsprengköpfen wurden durch die Großmächte auf alle Herren Länder der Welt ausgerichtet. Fast körperlich spürbar legte sich ein Band der Anspannung von Ost bis West. Die Menschen drehten geradezu durch und verschanzten sich in Kellern und Schutzräumen, Transistorradios, Weltempfänger, Fernsehempfänger und Internetzugangsmöglichkeiten dabei bereithaltend und auf die unheilvollkündende Durchsage der geheimen Sendestation wartend.

Dann, pünktlich um 12:00 Uhr mitteleuropäischer Zeit war es soweit. Alle Kanäle flammten auf und das Konterfei des General Friedrich von Hallensleben, gekleidet in schwarzer Uniform und mit den Hoheitsabzeichen des Fürstentums Eisland, mit denen die Weltbevölkerung zu diesem Zeitpunkt natürlich noch nichts anfangen konnte, manifestierte sich auf allen Bildträgern gleichzeitig. Der Blick des Alten war ernst, trotzdem versuchte er, natürlich zu wirken. Von links tauchte kurz ein Arm im Blickwinkel des Bildschirms auf und legte dem grauhaarigen Mann eine Mappe vor.: Major Tessa Czernys Arm. Der Alte blickte kurz zur Seite und nickte Tessa zu. Dann richtete er seinen Blick wieder nach vorn, nickte zur Begrüßung abermals kurz und begann zu reden:

„Ich richte meine Worte als politischer und militärischer Administrator eines bislang geheimen Kleinststaates an die gesamte Weltbevölkerung und nicht an irgendeinen Geheimdienst oder eine einzelne Regierung einer Nation der Erde. Meine Worte sollen jeden Menschen erreichen und ich hoffe auf Verständnis und Einsicht. Was ich Ihnen jetzt mitteile, ist von unerhörter Ernsthaftigkeit. Gleichwohl soll eine übertriebene Panik unter der Bevölkerung aber weitestgehend vermieden werden. Sie alle wissen, dass unsere Erde seit einiger Zeit von merkwürdigen Phänomenen am Himmel attackiert wird. Hierbei handelt es sich keinesfalls um Geheimwaffen irgendeiner irdischen Nation. Seien Sie versichert, dass niemand auf der Erde, außer dem neutralen Kleinstaat, dem ich angehöre, über eine derartige Technologie verfügt. Die Bedrohung ist rein außerirdischen Ursprungs aus den Tiefen des Weltalls, mit dem Endziel, uns alle zu versklaven und letztlich zu vernichten. Deswegen appelliere ich an Ihre Vernunft und Ihre Einsicht. Was ich Ihnen nun mitzuteilen habe, entspricht ebenfalls konkreten Tatsachen, verbunden mit einer weiteren, gegenwärtigen Bedrohung: Am Rande unseres Sonnensystems befindet sich eine größere Einheit der außerirdischen Kolonialisten in Bereitschaft. Es ist mit an Sicherheit grenzender Wahrscheinlichkeit davon auszugehen, dass unser Heimatplanet in den nächsten Tagen durch diese Einheiten angegriffen wird. Allein meine Streitkräfte sind in der Lage, einen hoffentlich wirksamen Verteidigungsgürtel um die Erde zu legen. Allein wir haben die Technik und die Möglichkeiten dazu. Ich rate dringend allen, vor allem den raumfahrenden Nationen der Erde, nicht in das bevorstehende Kampfgeschehen eingreifen zu wollen. Mit den herkömmlichen Raketen, Raumfähren und Kampfsatelliten der jeweiligen Nationen kann absolut nichts auch nur annähernd Wirksames gegen die Invasoren ausgerichtet werden. Hierbei sei besonders hervorgehoben, dass wir den Einsatz von atomaren oder anderen schmutzigen Sprengkörpern, vorerst zumindest moralisch betrachtet, als Verbrechen gegen die Menschheit betrachten. Ich betone: Wir können für die Sicherheit und den Schutz anderer Streitkräfte als der unseren, bei einer Einmischung Ihrerseits nicht garantieren. Ich danke Ihnen für Ihre Aufmerksamkeit."

Die Meldung schlug ein wie eine Bombe. Fast alle Nationalstaaten der Erde liefen Amok, auch wenn die Reaktionen der Einzelnen völlig voneinander abwichen. Die Westmächte spielten verrückt und wussten nicht, welcher Gefahr sie sich zuerst annehmen sollten! Die der natürlich auch durch deren Abtasterstationen georteten riesigen Walzenraumschiffe am Rand des Sonnensystems oder dieser plötzlich aus dem Boden geschossenen, zumindest technisch gesehenen Supermacht, welche nach eigenen Angaben den Einsatz von atomareren Raketen nicht nötig hat und angeblich das Problem der bemannten Raumfahrt längst auf seine eigene Weise gelöst hatte, traute man noch nicht. Der psychologische Druck auf die Regierungen und auch auf die Erdbevölkerung war immens groß. Viel zu wenig, im Grunde genommen überhaupt nichts, war über diese seltsame, angeblich neutrale Macht bekannt. Das Bisschen, das den einzelnen Geheimdiensten schon seit Jahren vorlag, reichte für eine brauchbare Einschätzung der Gesamtsituation kaum aus, zumal diese Informationen nicht automatisch an die jeweiligen Regierungschefs weitergeleitet wurden, sondern eigentlich nur in den obersten Stufen der Geheimdienstkreise bekannt war.
Somit kam es, dass am 14. November 2008 die Vereinigten Staaten von Amerika den letzten Rest ihrer Geheimwaffen und ihres Star-Wars-Programms aus ihren Atombunkern herausholte und Ägypten die nationale Alarmstufe 6 ATOMALARM ausrief, während die Premier-Ministerin des Königreichs Großbritannien zuerst einen Nervenzusammenbruch erlitt, dann der geheimen, weltallfähigen Macht völkerrechtlich den Krieg erklärte und anschließend mit einem Schlaganfall in eine Spezialklinik eingeliefert werden musste. In Frankreich brachen bürgerkriegsähnliche Zustände aus und die Kommunisten verlangten sogar eine sofortige Übergabe der politischen und militärischen Machtstrukturen an die neue Macht zu übergeben. Ähnlich reagierte auch Russlands Bevölkerung und Japan regte sofort an, einen gegenseitigen Nichtangriffspakt unkompliziert auszuarbeiten und stellte sogar einen Freundschaftsvertrag in Aussicht. Die Bundesrepublik Deutschland stand völlig

Kopf und war ganz und gar handlungsunfähig, wurde aber durch das Hilfsangebot der schweizerischen Regierung in Form eines sofort angebotenen Auffangpaktes vorerst zumindest unter die Arme gegriffen. Alle Länder und Staaten der Welt versuchten, je nach Mündigkeit ihrer Bürger und Kompetenz und Weitsicht ihrer Regierungschefs, die Lage in der extremen Kürze der Zeit so gut wie möglich in den Griff zu bekommen.

Zeit macht nur vor dem Teufel halt
Denn er wird niemals alt
Die Hölle wird nicht kalt (Barry Ryan, 1971)

Apathisch blickte ich auf das nervös-hektische Geschehen im Haupthangar von Horchposten I. Einem überdimensionalen Ameisenhaufen gleich, wurden weltalltaugliche Flugpanzer, *TTAs* und *Shamballahs* beladen und aufmagaziniert. Überall Lärm, Raupenfahrzeuge und Kräne taten ebenso ihre Arbeit wie unzählige *Jihad-Polizisten* und Arbeiter in orangefarbenen Arbeitsanzügen auch. Mir war speiübel. Ungewissheit stieg in mir auf.

Was denn, Roy? Ein Ansatz von Feigheit, wie bei Hemingway?, hörte ich meine innere Stimme. *Nein*, antwortete ich. *Wovor denn? Schließlich bin ich schon einmal tot gewesen. Ich fürchte mich doch nicht vor derselben Sache zweimal.*

Engelchen auf meiner linken und Teufelchen auf meiner rechten Schulter trieben ihr Spiel weiter: *Was ist es dann? Weißt du überhaupt, was du wirklich willst? Hast du eigentlich wirklich alles erreicht, was du wolltest? Hat dir das Leben tatsächlich nicht mehr zu bieten? Hast du dein gesamtes Potential wirklich schon ausgeschöpft?* Ich wusste es nicht.

Warum nimmst du dir nicht mehr? Willst du kein potentielles Nichtaltern, wie Friedrich und Sigrun? Willst du nicht Macht? Große Macht! Weltmacht! Warum erschießt du Friedrich nicht einfach und nimmst seine Position ein? Steht dir zu, Roy. Sei ehrlich: Wenn du es wirklich willst, kannst du es.

Mein Potential. Ausgeschöpft hatte ich es nie. Manchmal aber hatte ich auch vielleicht ganz einfach Angst vor mir selbst. Angst vor meinem wirklichen Potential. Ich schaute hoch. Junge Mannschaftsdienstgrade waren ebenso wie Unteroffiziere, Portepeeträger und Offiziere damit beschäftigt, sämtliche Höllenmaschinen des Fürstentums aufzurüsten. Aufzurüsten für eine Schlacht, die fürchterliche Verluste mit sich führen musste. Und ich sah zu. Ich ließ es zu.

Jemand rempelte mich an. Ein etwa zwanzigjähriges Mädchen schleppte eine graue Eisenkiste an mir vorbei und hatte mich wohl übersehen. Erschrocken sah sie mich an. Noch erschrockener sah ich sie an. Vielleicht war sie schon zwanzig. Vielleicht auch jünger. Ich kannte sie nicht. Konnte sie in diesem Moment nicht einmal beschreiben. Nur ihre Augen brannten sich in mein Gedächtnis. Ob sie morgen auch noch leben würde? Ich wusste es nicht. Ich wusste rein gar nichts. Mein Blick bohrte sich durch sie hindurch, senkte sich dann aber wieder. Das Hoheitsabzeichen. Das schwarz-weiß-schwarze Hoheitsabzeichen auf ihrem rechten Kragenspiegel. Es war so verdammt aussagekräftig. Es bedeutete nicht nur Freiheit, sondern gleichsam Tod und Verderben. Ich hob meine rechte Hand und berührte den Kragenspiegel. Langsam und vorsichtig rieb ich Daumen und Zeigefinger zwischen dem Stoff. Ich zuckte zusammen, als ich das merkwürdig hilflose Schlucken der jungen Gendarmin bemerkte. Erst jetzt war mir klar, was ich gerade tat.

„Entschuldigung, Geschwaderführer. Ich habe dich nicht gesehen", sagte die junge Frau verwundert über mein merkwürdiges Benehmen. Ich schluckte ebenfalls.

„Du hattest dort etwas, Kameradin", sagte ich ausweichend.

Seltsam sah sie mich an. „Danke, Rittmeister. Geht es dir gut?"

„Natürlich", sagte ich. „Ich war nur etwas in Gedanken. Weitermachen!"
Sie nickte und ging weiter. Ich blickte ihr nach. Erneut wurde ich abgelenkt: Ein Flurförderfahrzeug hatte ein Magazin in seiner riesigen Gabel. Ich merkte, dass sich mein Mund öffnete. In dem Magazin steckten drei längliche, torpedoähnliche Rohre, die selbst ich nur selten zu sehen bekam – Gravitationsbomben. Die wohl schrecklichste und zerstörerischste Vernichtungswaffe, die je von Menschenhand erbaut worden ist. So weit sind wir also gekommen. Ich merkte, dass ich momentan nichts mehr raffte. Meine Wahrnehmung fuhr abermals herunter.

War wirklich alles so richtig, wie wir es taten? Wo war die Rechtfertigung? Gibt es überhaupt eine Rechtfertigung? Gibt es tatsächlich eine Rechtfertigung für die Existenz eines militärischen Apparates, wie den des Fürstentum Eisland mit seinen schrecklichen Todesmaschinen? Ich wusste es nicht.

Wäre es nicht besser, einfach alles hinzuschmeißen? Einfach zu sagen: Nein, ich will keinen Krieg. Ich will keine Kameraden mehr verlieren. Ich will nicht trauern, nicht schreien, nicht verzweifeln?!

Langsam legte ich meine rechte Hand auf meinen Mund und ließ sie wieder an meinem Hals und über meine Brust hinuntergleiten. Dann sog ich gierig Luft in meine Lungen. Ich hatte in den letzten Sekunden vergessen, zu atmen.

Stell dir vor, es ist Krieg, und keiner geht hin. Dann kommt der Krieg zu Euch, kamen mir Bertolt Brechts Worte in den Sinn. Mag sein, wenngleich sich kein Mensch vorstellen konnte, wie ich derartige Sprüche verabscheute. Trotzdem stand ich hier und ließ es zu. Ich ließ es zu. Abermals, statt denen, die in mir ein Vorbild sahen, das ich niemals sein wollte, zu sagen: „Schmeißt diese scheiß Uniform weg, kloppt eure Waffen kaputt und verpisst euch. Verpisst euch, soweit ihr nur könnt, wenn ihr überleben wollt."

Überleben, dachte ich. Hubbard bezeichnete das Überleben als das Dynamische Prinzip des Lebens. *Logen wir die Kämpfer an, weil wir ihnen eintrichterten, zu überleben, obwohl wir doch wussten, dass sie nicht alle überleben konnten? War es überhaupt legitim, nicht die Wahrheit zu sagen? Die Wahrheit. Die Freiheit. Wie eng war doch beides einem universellen Gesetz folgend, irgendwie gleichgestellt.*

Resultiert aus beidem heraus das Glück? Bist du überhaupt wirklich glücklich, Roy? Warst du es schon einmal in deinem Leben? Weißt du überhaupt, was Glück wirklich ist?

Ich dachte nach, fand aber keine Antwort. *War Kant glücklich, weil er um das Prinzip der reinen Wahrheit wusste?* Meine Gedanken schweiften noch weiter zurück. *Mein Gott, wie viele Jahre ist es schon her? Fünf? Sechs? Irgendwie so, ja...*

Ich schlenderte spät abends allein und etwas angeduselt durch die verlassenen Gassen meiner Heimatstadt, den Kragen meiner schwarzen Lederjacke hochgestellt, die Kippe im Mund und die Hände in meinen Taschen vergraben. Auf dem Rummel hatte ich mich vergnügt. Jetzt nieselte es leicht. Aus der *Deutschen Bucht,* der Kneipe an der Ecke, dröhnten 70er Jahre-Schlager. Ich glaube, Barry Ryan. Ich bog um die Ecke und stieß mit meinem Stiefel gegen etwas an. Erschrocken blickte ich zu Boden und sah einen abgewetzten *14-Loch Dr. Martens* mit roten Schnürbändern.

Ich schaute wieder auf und der jungen Punkerin, die auf der untersten Stufe des

Kneipeneinganges saß, mitten ins Gesicht. Aus der geschlossenen Kneipentür hinter ihr drang Gegröle.

„'Tschuldigung", stammelte ich. Sie sah mich an und zuckte mit den Schultern.

„Mir egal."

Ich blieb vor ihr stehen und wusste nicht so recht, was ich sagen sollte. Sie steckte in einer hautengen, anthrazitfarbenen, durchlöcherten Jeanshose, die an ihren Stiefeln hochgekrämpelt war und einer ebenfalls abgewetzten schwarzen Lederjacke mit unzähligen Nieten und Reißverschlüssen. Darunter trug sie ein grünes T-Shirt mit einem großen roten Stern auf der Brust. Ich registrierte, dass sie sich reichlich Mühe gab, wie Brody Dalle auszusehen. Dazu passten auch ihre hochtoupierten Haare. Ich nickte ihr zu und wollte weitergehen.

„He, warte mal", hielt sie mich auf, „ich kenne dich doch. Du bist doch ein Bulle, oder?" Ich nickte. Sie grinste mich an, wobei mir die schneeweißen Zähne der Punkerin auffielen. Wie alt sie war, wusste ich nicht. Siebzehn, achtzehn, neunzehn, zwanzig. Irgendwie so. Fertig sah sie aus. Blass und mitgenommen. Ihre silbernen Piercings in Lippen und Augenbrauen machten sie noch matter. Um wohl nicht ganz so fertig aus zu sehen, hatte sie ihre Augenränder etwas übergeschminkt.

„Sag mal, hast du vielleicht auch noch eine Zigarette für mich?"

Ich nickte abermals und reichte ihr ein Stäbchen.

„Danke, Bulle."

Ich gab ihr Feuer. Das Mädchen nahm einen kräftigen Zug und grinste mich mit ihren schneeweißen Zähnen erneut an. Dabei fiel ihr wohl auf, dass ich sie anstarrte.

„Fragst du dich gerade, warum ich so saubere Zähne habe, Bulle?"

Ich nickte wiederum und erwiderte: „Ja, mir fiel das halt auf."

„Nun, glaubst du, dass eine Punkerin nicht eitel sein kann?"

„Doch", antwortete ich. Sie lachte.

„Ich mag sentimentale Bullen. Die sind irgendwie so ehrlich", sagte sie keck.

Mir konnte sie nichts vormachen. Ich wusste, dass sie mich mochte.

„Möchtest du vielleicht was essen oder trinken, du freches Mädchen?", fragte ich.

„Schon, gern. Ich hab aber absolut gar keine Kohle."

„Scheiß doch auf Kohle", entgegnete ich. „Sei mein Gast. Komm, wir gehen rüber in Egons Imbissstube. Dort ist noch auf. Ich lade dich ein."

Sie bekam große Augen: „Wirklich? Das würdest du tun?"

Ich schaute sie verwundert an: „Sicher, wieso denn nicht?"

Sie stand auf, hakte sich bei mir ein und wenig später aßen wir Jägerschnitzel mit Pommes und tranken dazu Cola, Bier und Ouzo. Irgendwie amüsierten wir uns prächtig. Spät in der Nacht verließen wir torkelnd Arm in Arm und blöde gackernd, den Imbiss. Und wie es der Teufel nun einmal so will, kreuzte natürlich rein zufällig der Revierleiter mit seiner arroganten Gattin unseren Weg, und schien vom Glauben abzukommen, als er mich mit meiner, mir in den Armen liegenden, Begleitung sah.

„Guten Abend, Herr Wagner", kam knapp über seine Lippen.

„Guten Abend, Herr Müller-Rebhorst", erwiderte ich den Gruß, was der Punkerin sofort Anlass gab, laut loszulachen. Mir ebenfalls.

An ihren Namen kann ich mich nicht mehr genau erinnern. Ich glaube aber, sie hieß Maxi. Dann nahm ich sie mit nach Hause und bumste sie. Ich bumste sie die ganze Nacht durch und vögelte mir die Seele aus dem Leib. Am nächsten Vormittag, sie kam gerade frisch gebadet aus der Wanne, saßen wir uns an meinem Küchentisch gegenüber und aßen, uns gegenseitig völlig schweigend angrinsend, Döner. Als ich sie so betrachtete, versuchte ich, mich in ihr Leben hineinzuversetzen. Niemals würde ich ihre Augen vergessen. Maxi war wunderbar. Sie war wunderschön. Sie war frei ...

„Vorsicht, Rittmeister. Du stehst im Weg rum!", rief mir eine junge Sturmlegionärin der Mannschaftdienstgrade vom Transporter herunter zu, der nur knapp an mir vorbeifuhr.

„'Tschuldigung", stammelte ich. Wie damals bei Maxi. Mein ganzes Leben lang wollte ich ein Revoluzzer sein. Meine Seele schrie geradezu danach. Ich durfte es aber nie sein. Ich war vielmehr stets so etwas wie ein Johann Georg August Wirth in Uniform.

„He Roy", hörte ich eine weibliche Stimme hinter mir. Ich zuckte zusammen. Diese Stimme! Diese mir vertraute Stimme. Sie klang wie Maxis Stimme. Ich zuckte nochmals, als zwei Arme um meine Hüfte griffen. Geradezu geschockt blickte ich abwärts und stierte auf die Hände des mich umschlingenden, weiblichen Wesens. Ich erstarrte, als ich deutlich die abgeknabberten und abgerissenen Fingernägel mit den Resten dunklen Nagellacks erblickte.

Wo ist denn die Rose?, dachte ich. Ich war mir sicher, dass Maxi diese rote, eintätowierte Rose hatte, die ihren gesamten rechten Handrücken bedeckte. Oder verwechselte ich das jetzt doch mit einem anderen Mädchen? Nein, die Rose gehörte zu Maxi. Dessen war ich mir sicher. *Maxi*, dachte ich fast euphorisch. Maxi wollte mich holen. Ich war damals gut zu ihr gewesen. Jetzt bekam ich die Quittung. Die positive Quittung. Das Prinzip vom geistigen Spiegel schien tatsächlich zu funktionieren. Maxi würde diesen Miltärschweinen hier alle auf die Fresse hauen, sie anspucken und in die Eier treten, damit sich dieses Mistvolk ja nicht noch weiter vermehren konnte. Dann würde sie mich wie einen dummen Jungen an die Hand nehmen und mit mir abhauen. Sofort würde ich Maxi standrechtlich wegheiraten und mit ihr durchbrennen und viele, viele, kleine Nachwuchspunkerinnen zeugen. Egal wohin, Hauptsache, nur sie und ich. *Maxi*, dachte ich erneut und noch euphorischer: „Wie kommst du denn hierher?" Und ich dachte es nicht nur, ich sagte es auch. Im selben Moment roch ich es. Und dann schnallte ich es. Zu spät.

„Ma ... äh ... ma-ma-ma-machst du gar nichts, T-T-T-Tomke?", redete ich völligen Stuss, um im letzten Moment die Situation noch retten zu können. Auf Tomkes Stirn zeigte sich eine Denkfalte. Leicht legte sie ihren Kopf schief:

„Ma ... äh ... ma-ma-ma-machst du gar nichts, T-T-T-Tomke?", äffte sie mich nach. „Was ist denn das für ein Satz, Roy?" Sie verschränkte ihre Arme vor der Brust. „Mach mir nichts vor, Roy. Du stotterst immer nur, wenn du inflagranti bei Irgendetwas erwischt worden bist. Träumst du, Großer?"

„J-ja", antwortete ich. „Ich war gerade so in G-G-Gedanken versunken", gestand ich und stammelte mir einen ab. „Ist jetzt aber schon wieder in Ordnung." Ich starrte Tomke an: *Seltsam*, dachte ich. Warum war mir dass nicht schon viel früher aufgefallen? Tomke hatte dieselben Augen wie Maxi. Wahrscheinlich, weil ich schließlich schon Jahre nicht mehr an Maxi gedacht hatte. Ich verwischte diese Gedanken und beschloss, jetzt wieder komplett in die nüchterne Realität zurückzukehren.

„Ich wollte mich nur mal eben darüber vergewissern, ob hier beim Verladen alles richtig läuft, Süße", sagte ich. Sie grinste. Ihre Zahnspange krakte mich wie so oft schlagartig ein. So schön wie Tomke konnte man doch gar nicht sein. Wieder einmal wurde mir bewusst, wie verdammt stolz ich war, sie zur Frau zu haben.

„Na, wie ich sehe, hast du alles fest im Griff", sagte sie mit ironischem Unterton und küsste mich.

Einen Moment hielt ich inne, starrte Tomke an und meinte dann selbstsicher: „Klar, mein Schatz. Natürlich habe ich alles im Griff. Was hast du denn gedacht?"

Tomke grinste und ging weiter. Ich blickte ihr nach, atmete tief ein und verschränkte meine Arme vor der Brust: „Hemingway!", flüsterte ich in abweisendem Ton und spie auf den Boden.

Feiges Schwein! Klar weiß ich, was Freiheit ist. Klar bin ich glücklich und klar war mir bewusst, was ich eigentlich tat. Das alleinige metaphysische Ziel meiner Existenz bestand lediglich aus fünf einfachen Buchstaben: T.O.M.K.E.

Vor meinem geistigen Auge manifestierte sich ein Gesicht, Ernst Jüngers Gesicht. Langsam schien der Ästhetiker mir wohlwollend zuzunicken. Ich verstand und hörte auf denjenigen, dessen Gesicht eine Briefmarke der Bundesrepublik Deutschland ziert. Dann atmete ich nochmals tief durch und sah mich im riesigen Hangar um, in dem es sich nach wie vor fleißig regte.

Dann klatschte ich laut in die Hände: „Was seit ihr bloß für ein lahmer Haufen?! Wie soll man mit euch denn einen Krieg gewinnen? Das geht ja wohl auch ein bisschen schneller, meine Herrschaften. Oder träumt ihr alle? Heißt ihr alle Wagner mit Nachnamen oder was ist hier eigentlich los …?"

Die meisten grinsten über meine Rumbrüllerei, wussten natürlich ganz genau wie es gemeint war und sahen darin eine willkommene Abwechslung.

„He, ihr Trottel. Passt gefälligst mit dem Beladen der G-Bomben auf. Wehe, wenn so ein Osterei hier herunterfällt. Dann macht ihr aber einen Ritt mit."

„Wie heißt du?", fuhr ich eine junge Gendarmin an, die sich an meiner rechten Seite vorbeidrängeln wollte.

„Svenja, Rittmeister", antwortete diese.

„Svenja, dein Schlüpfer guckt hinten aus deiner Hose heraus. Ausstellung beseitigen, bevor ich noch rattig werde! Und du, du dahinten: Entweder Ärmel hochgekrempelt oder unten gelassen. Aber nicht einer hoch und einer unten. Mann! Also wirklich! Das ist doch hier kein Ponyhof. Du da, herkommen!"

„Rittmeister?", nahm der Obergefreite Haltung an.

„Wo ist mein Atropin? Wo habt ihr das Zeug hingeschleppt?"

„Du sitzt mit deinem Hintern drauf, Rittmeister, wenn du im Kommandoschiff bist. Das Atropin ist unter dem Kommandosessel."

„Na also, endlich mal eine vernünftige Antwort …"

Einige Stunden später

Sergent Cristina de la Inlesias' Augen verengten sich zu schmalen Schlitzen. Aufmerksam betrachtete sie einen Moment die Fernortung auf der Brücke des Flaggschiffes *GRAF ZEPPELIN*, einer *Haunebu II-F-Kaulquappe* von etwa 25 Metern Durchmesser. Dann blickte die 24-jährige Unteroffizierin zu mir:
„Capitán, sieh dir mal die Fernortung an. Da kommt etwas auf uns zugeschossen."
Ich stand vom Kommandosessel auf und stellte mich neben Sergent de la Inglesias. Tomke kam hinzu. Dann blickte ich auf die Digitalanzeige: Drei merkwürdige, strichartige Gebilde rasten in unserer Richtung. Viel zu schnell für normale Triebwerke, aber auch viel zu langsam für einen möglichen Überlappungssprung, den die Außerirdischen definitiv beherrschten.
Ich sah Tomke an. Sie verstand und nickte.
„Das sind die drei Walzenraumschiffe der *Schatten*. Sie benutzen offenbar irgendeinen Zwischenraum, ähnlich wie die Dimensionskanalsprünge in den vierziger Jahren. Roy, es geht los!" Tomke hastete zum Funkgerät, um mit dem Basisschiff, der altgedienten *THORN* unter dem Kommando des Kampfgeschwadercommodore Brigadier Ritter von Schaar eilig eine Kommunikatorverbindung via Stabsfunk aufzunehmen.
„Basisschiff *THORN* für Flaggschiff *GRAF ZEPPELIN*."
Umgehend tönte Heriberts Stimme aus dem Lautsprecher:
„Hier *THORN*. Hoheit, wir hören Euch."
„Commodore, es geht los. Die Fernortung zeigt das Eindringen der Walzenraumer in unser Planetensystem an. Geschätztes Eintreffen in unseren Verteidigungsradius in ungefähr zwanzig Minuten."
„Verstanden, Herzogin zu Rottenstein. Ich leite alles Erforderliche in die Wege."
„*GRAF ZEPPELIN* verstanden und Ende", beendete Tomke das Gespräch.
Unmittelbar danach gab der zweite Offizier der *THORN*, Rittmeister Janina Szyskowitz die Meldung über den Gesamteinsatzkanal an die einzelnen Einheiten weiter. Im Hintergrund hörte ich, dass Heribert Befehle an seinen ersten Offizier, Brigadier-Colonel Martin von Tirpitz, dem Urenkel von Alfred von Tirpitz, weitergab. Auf einer internen Frequenz kam Tessa, die sich mit ihrer Einsatzgruppe auf *Helgoland III* befand, mit einer Meldung herein. Ich nahm das Gespräch an.
„Roy", meldete Tessa sich aufgeregt. „Hört Tomke mit?"
„Sicher, oder glaubst du, sie hätte sich jetzt gerade schlafen gelegt?"
„Bei euch beiden komischen Vögeln weiß man nie ... Hört zu: Ich habe den Funkspruch zum Basisschiff gerade mitbekommen. Tomke muss sich verrechnet haben. Die Walzenraumer können jeden Moment in unseren Wirkungsbereich eindringen. Seltsamerweise fliegen sie in ihrer Überlappungsfront nicht gleichmäßig. Ich kann mir das nicht erklären und habe es jetzt gerade erst bemerkt. Es kann jeden Moment losgehen."
Tomke griff an mir vorbei zum stationären Funkgerät:
„Alles klar, Tessa. Ich habe verstanden."
Eilig drückten ihre käsigen Finger die Sprechtaste des Gesamteinsatzkanals.
„Achtung. Hier Flaggschiff *GRAF ZEPPELIN*. Donnersturm. Ich wiederhole: Donnersturm", versetzte sie mit diesem vereinbarten Kommando die gesamte orbita-

le wie auch stratosphärische Luftwaffe des Fürstentums Eisland mit all seinen rekrutierten Außenstellen, inklusive U-Boot-Flotte und den an strategisch wichtigen Positionen bereitstehenden Infanterieeinheiten in sofortige Gefechtsbereitschaft.

Commodore Ritter von Schaar und Mondbasiskommandantin Major Dr. Tessa Czerny quittierten über Stabswelle, ebenso der verantwortliche Gesamteinsatzleiter General Friedrich von Hallensleben in der Leitstelle von Horchposten I, Premier-Lieutnant Lord Basil McAllister in seiner Funktion als stellvertretender Administrator und Sprachrohr der Wesenheit *Hija-211* auf Akakor und Basiskommandantin Rittmeister Inga Forberg im U-Bootbunker Fjordlager in Norwegen.

Es war soweit: Wir befanden uns im Krieg.

*****

Major Tessa Czerny schob ihre kleine schwarze Nickelbrille etwas weiter ihre markante Nase hoch. Anschließend verschloss sie ihren Kevlar-Helm.

„Kommandantin", ertönte die Stimme des Landwehrfeldwebels an der Ortung der Mondbasis *Helgoland III*, „der *Goliath-Werfer* ist bereit. Ich schalte jetzt die Kamerazieloptik auf die Großleinwand."

„In Ordnung, Lür", sagte Tessa. Landwehrfeldwebel Lür Schmidt hantierte an einigen Knöpfen am Armaturenbrett vor ihm herum und nach einigen Sekunden flimmerte ein etwa zwei mal zwei Meter großer Bildschirm in der Leitstelle von *Helgoland III* auf, der auf den ersten Blick nur ein Sternenmeer anzubieten schien. Etwa drei Kilometer von der Mondbasis entfernt, nahm das ferngesteuerte Riesengeschütz *Goliath* seine letzten Justierungen vor. Der *Goliath-Werfer*, der größte und vernichtenste Partikelstrahlwerfer, der je und nur in einem einzigen Exemplar vor eigen Jahren gebaut worden war, war bereit, seine vernichtende Arbeit zu erledigen. Dieser 80-cm-Werfer der schwersten Artillerie war imstande, sogenannte Partikelstrahltorpedos abzufeuern, wobei die Feuerkraft einer einzigen Energieeinheit ausreichte, um eine ganze Bergkuppe innerhalb von Bruchteilen einer Sekunde einfach in Nichts aufzulösen. Dieses Monster war siebenundvierzig Meter lang, elf Meter hoch und sieben Meter breit. Es gab nichts, was das Ungetüm nicht aufhalten konnte. Der *Goliath-Werfer* sollte als festes Geschütz von der Mondoberfläche aus die feindlichen Raumschiffe bekämpfen.

„Dann wollen wir mal davon ausgehen, dass der Werfer auch richtig funktioniert, Lür. Er stellt schließlich die wichtigste Weitwaffe für das Rottenstein-Geschwader dar. Unsere Leute verlassen sich auf uns."

„Er wird richtig funktionieren, Kommandantin. Schließlich habe ich vorhin zusammen mit Ottfried noch einen kleinen Mondspaziergang unternommen und das Gerät noch einmal überprüft."

Tessa nickte: „Sehr gut, Lür."

Ein nervraubender Piepton gellte durch die Leitstelle. Gleichzeitig schaltete die Beleuchtung auf blinkendes Rotlicht um. Landwehrfeldwebel Lür Schmidt blickte auf den großen Bildschirm neben dem des *Goliath-Werfers*.

„Kommandantin", sagte er und zeigte auf den Bildträger. Brigadier-Colonel Czerney sah und verstand den Ernst der Lage sofort. Drei riesige Walzenraumschiffe, die soeben alle gleichzeitig aus der Überlappungsfront in den Normalraum eingedrungen waren, manifestierten sich unmittelbar vor dem Kampfradius des Rottenstein-Geschwaders.

Tessas Hand betätigte die Funkanlage: „*GRAF ZEPPELIN* für Leitstelle *Helgoland III.*"

„Ich habe es gesehen, Tessa. Feuererlaubnis ist hiermit erteilt", ertönte Tomke von Freyburg-Wagners Stimme aus dem Lautsprecher.

Bevor die feindlichen Einheiten der Außerirdischen ihre ersten Strahlschiffe aus ihren Riesenzigarren absetzten konnten, ließ Major Czerney einen ersten Energietorpedo in Richtung der drei Basisschiffe der Schatten feuern. Ein roter, bumerangförmiger Torpedoblitz schoss aus dem Rohr des gigantischen *Goliath-Werfers*. Der gewaltige Rückstoß des 80-cm Rohres ließ das gewaltige, monströse Geschütz in die Puffer krachen. Ein genaues Treffen mit dem Riesengeschütz erwies sich jedoch auf die enorme Distanz zu den Walzenraumern als äußerst schwierig, da diese nicht still auf einer Position verharrten, sondern sich versetzt in Formation näherten. Seltsamerweise versuchten die Raumer der Außerirdischen nicht auszuweichen, sondern begannen plötzlich und alle drei zusammen, aus ihren riesigen Bäuchen Unmengen von Strahlschiffen auszuschleusen.

Das Nachladen des *Goliath-Werfers* dauerte etwa eine halbe Minute. Schneller konnte der Energiesammler keine ausreichende Menge an den Umwandler liefern. Der zweite Bumerangschuss preschte aus dem Werfer. Er traf den mittleren Walzenraumer mittig an seiner Steurbordseite. Durch den Treffer änderte der Raumer für den Bruchteil einer Sekunde seine Farbe. Er flackerte kurz in bläulichem Ton. Augenscheinlich fingen Schutzschirme den Energietorpedo ab. Es dauerte kaum mehr als zwei oder drei Minuten, bis eine gewaltige Anzahl von Strahlschiffen in der Stärke eines ganzen Geschwaders Kurs Richtung Erde nahm. Ihr Ziel war klar: einen alles vernichtenden Holocaust über den Heimatplaneten der Menschen zu bringen.

„Hast du das gesehen, Tomke? Der *Goliath-Werfer* hat eines dieser Walzenraumer getroffen und das Ding hat nur kurz aufgeflackert. Was für Schutzschirme haben die denn? Junge, jetzt wird es aber ernst."

„Bleib ruhig, Großer. Die Menge macht es aus. Du wirst schon sehen."

„Ich bin ruhig, Süße."

Diesmal waren sie es, die aus größerer Entfernung angriffen. Die Pole der Strahlschiffe pulsierten, was ein sicheres Zeichen für die unmittelbare Abgabe ihrer Energiestrahlen war. Tomke hatte soeben über Gefechtsfunk die Anweisung gegeben, die Schutzschirme durch den Magnet-Feld-Impulser hochzufahren. Dies strapazierte die Technik zwar sehr, war aber im Gefecht absolut notwendig, obwohl niemand bisher sagen konnte, wie sich ein direkter Treffer eines außerirdischen Energiestrahls auf eine unserer Einheiten auswirkt.

Plötzlich brach die Hölle los. Fast zeitgleich schossen unzählige blaue Energieblitze auf unseren durch die *Kaulquappen* gestellten äußersten Verteidigungsgürtel im freien Weltraum ein, welche durch die Partikelstrahlnadler unserer modernen *Haunebu II-F* durch rotes Gegenfeuer erwidert wurden. Es dauerte nur einige Sekunden und von überall her schienen auf einmal kleine Atompilze im All aus dem Nichts zu springen, um sofort danach wieder in kleinen Wasserstoffwölkchen im freien Raum zusammenzufallen und zu verdampfen. Es war unbeschreiblich. Wir befanden uns von einer Sekunde zur anderen in einer Raumschlacht, die so gewaltig war, wie sie die Erde seit Jahrtausenden nicht mehr gesehen hatte. Rote und blaue Energieblitze, die durch das tödliche Vakuum des Weltraums zuckten, erzeugten bizarre Muster. Der Anblick erinnerte mich irgendwie an Ampère, der einen ganzen Raum in Vektoren zerlegte, da er sich Faradays elektrische Feldspannung nicht physikalisch erklären, sondern nur mathematisch definieren konnte.

Ein einziger Blick reichte aus, um sich davon zu überzeugen, dass die Verluste hoch waren. Auf beiden Seiten.

*****

„Feuer! Feuer! Feuer! Heizt diesen Bestien ein, Leute. Los, ich will mehr sehen. Wenn es sein muss, bringt die Rohre zum Glühen!" Rittmeister Hanspeter Krause war in seinem Element. Der kahlköpfige, 50-jährige, klobige Kommandant der *Kaulquappe KÖNIG ARTUS* spornte von seinem Kommandosessel aus seine Besatzung an. *Die KÖNIG ARTUS* feuerte aus allen Batterien.

„Treffer, Bootsführer", brüllte Sergent Ross Bleckmann von seinem Geschützposten im Kuppelbereich der *Haunebu* herunter. Das Schiff erzitterte. Wrackteile des soeben zerstörten Strahlschiffes wurden durch die Schutzschirme des Magnet-Feld-Impulsers und die Spezialpanzerung absorbiert. Mehr als eine leichte Erschütterung erzeugten sie nicht.

„Gut gemacht, mein Junge. Weiter so. Bedient euch, Leute. Es ist für jeden etwas im Anbiet. Wir werden der Herzogin zeigen, das sie sich auf uns verlassen kann. Ich bin stolz auf euch, Jungs. Heute Abend schmeiße ich eine Runde für jeden. Und die Herzogin laden wir natürlich als Ehrengast ein. Und wenn es sein muss, sogar Priesterin Sigrun."

*****

„Kommandantin! Die Basis wird unter Nahbeschuss genommen", rief Landwehrfeldwebel Lür Schmidt von seinem Ortungsplatz in der Kommandozentrale von *Helgoland III*. Major Tessa Czerney biss die Zähne aufeinander. Das geniale Hirn der *VRIL-Abwehrchefin* arbeitete auf Hochtouren.

Einschlag. Tessa, Lür Schmidt und die anderen fünf abkommandierten Besatzungsmitglieder, die sich alle in der Kommandozentrale der Mondbasis befanden, wurden wie bei einem Erdbeben aus ihren Sitzen gerissen und purzelten auf dem Boden durcheinander. Etliche Alarmsirenen und Alarmlichter dröhnten und blinkten gleichzeitig auf. Für einen kurzen Moment schien es die Besatzung der Mondbasis förmlich auseinanderzureißen. Tessa hatte das Gefühl, vergeblich zu versuchen, Sauerstoff in ihre Lungen zu bekommen. Die hydraulischen Maschinen erzeugten einen Höllenlärm. Überall in der Mondbasis *Helgoland III* schoben sich dicke Gummidichtungen vor die Schotten. Das Flächenbombardement der außerirdischen Strahlschiffe löste einen Druckabfall in der Station aus. Irgendwo musste ein Leck entstanden sein, woraufhin die Robotautomatik die Station sofort von innen her hermetisch abriegelte. Für eine Sekunde ging die Beleuchtung aus. Dann flackerte sie mehrmals, ehe sie sich wieder fing. Die Notstromschaltung tat ihre Arbeit. Qualm wurde durch die Absaugschächte aus der Zentrale gesogen. Tessa stand vom Boden der Kommandozentrale auf und rückte ihren verrutschten Kevlar-Helm zurecht. Sie nahm ihre beschlagene kleine schwarze Nickelbrille von ihrer markanten Nase.

„Verdammt!", fluchte die sonst so disziplinierte Kybernetikerin. Ein Brigadier-Corporal löschte mit einem Feuerlöscher einen kleinen Brandherd.

„Mache Meldung, Lür."

„Sofort, Kommandantin", antwortete der Oberfeldwebel hustend. Er humpelte an sein Kontrollpult: „Druckabfall im G-Bereich. Der gesamte Trakt ist abgeriegelt und nicht mehr zu betreten. Das feindliche Energiefeuerbombardement hat durchgeschlagen. Zwischen uns und dem lecktragenden G-Bereich liegt lediglich noch der Sanitätstrakt."

Lür Schmidt schluckte. Dann sah er zu Dr. Czerney.

„Aber der *Goliath-Werfer* funktioniert, Chefin", fügte er hinzu.

Einen Moment lang dachte die Kybernetikerin nach.

„Druckanzüge anlegen. Alle wieder auf ihre Posten. Den Werfer sofort wieder feuerbereit machen. Es geht weiter, Leute."

Alle begaben sich auf ihre Posten zurück. Plötzlich knisterte es unerwartet im Kommandofunkgerät und eine merkwürdig blecherne und elektronisch klingende Stimme ertönte: „Ehrenwerte Basiskommandantin für Sicherheitseinheit *Golem II*."

„Der Luna-Zenturio Sicherheitsautomat", stieß Tessa hervor, „Genau so habe ich mir das vorgestellt. Lür, sofort Außenmonitor einschalten."

Tessa schien bereits wieder einmal vorweg zu ahnen, was der *VRIL-Kampfroboter* ihr zu melden hatte. Der Monitor flimmerte auf und zeigte die vom feindlichen Bombardement aufgewühlte Mondoberfläche. Zwischen dem Mondstaub erkannte Major Czerney eine kupferfarbene Röhre, an dessen oberem Ende ein orangefarbenes Licht aus einem Schlitz leuchtete. Sechs Kampfarme gingen vom Rumpf der Röhre ab. Aus zweien schossen rote Lichtblitze in den Nachthimmel des Mondes: die Partikelstrahlnadler des Automaten, die verbittert gegen die Luftangriffe der außerirdischen Strahlschiffe ankämpften.

„Ich erwarte deine Meldung, Luna-Zenturio", sagte Tessa mit festklingender Stimme durch den Äther.

„Kommandantin Czerney. Ich habe die FlaK-Abwehr außerhalb des schützenden Bereiches übernommen."

Tessa grinste und nickte einmal: „Du machst deinem Namen alle Ehre, *Golem II*. Weiter so. Übernimm die Außenverteidigung."

„Ich habe verstanden, Kommandantin Czerney", bestätigte die *VRIL-Roboteinheit* und setzte die Mondoberfläche unter Todesstrahlen.

Sie krallte ihre Fingerkuppen so fest in die Außenkante des Kommadopultes, dass die Knochen weiß durch das Fleisch hervortraten. Stöhnend zog sie sich hoch und fiel in ihren Kommandosessel. Der Schweiß rollte in langen Bahnen über ihr Gesicht. Ihren Kevlar-Helm schob sie hoch, damit ihre Sicht nicht behindert wurde. Sie stöhnte und atmete viel zu schnell. Dann kniff sie mehrmals ihre Augen zusammen, um sie sofort wieder zu öffnen. Es war äußerst schwer, durch den dicken Qualm, der die Kommandozentrale der *NICOLA TESLA* ausfüllte, überhaupt etwas zu sehen. Kraftvoll taten die Pumpen ihre Arbeit und versuchten die für Menschen giftigen Gase abzusaugen, sofern die Geräte noch intakt waren.

Langsam konnte Rittmeister Hildegard Schons wieder etwas erkennen. Zumindest konnte sie sich an den ihr vertrauten Kontrollleuchten orientieren, auch wenn an Bord der *NICOLA TESLA* alles Alarm schlug, was in welcher Form auch immer Alarm schlagen konnte. Der *H-II-F-Vernichter* war durch schweren Artilleriebeschuss der Strahlschiffe havariert.

Die dreißigjährige Bootsführerin wischte sich eine Strähne ihrer roten Haare aus dem Gesicht. Ihr Haargummi hatte sich unter ihrem Kevlar-Helm gelöst, ihre schulterlangen Haare lugten unter dem Helm hervor.

„Gina? Nepomuk? Franka? Sagt etwas! Alles klar bei euch?" Keine Antwort. Dann blickte sie nach links, wo bis vor dem Volltreffer durch das Strahlschiff soeben noch Sergent Gina Argento an Funkplatz zwei gesessen hatte. Ein einziger Blick genügte: Das Kinn der 25-jährigen Unteroffizierin lag auf ihrer Brust. Blut lief ihr aus dem Mund. Die geöffneten Augen blickten starr und leer. Von Sergent Gina Argento war keine Antwort mehr zu erwarten.

Rittmeister Hildegard Schons wischte sich erneut über ihr Gesicht.

„Nepomuk! Wo bist du?"

„Hier, Kommandantin", ertönte die leise Stimme eines Mannes, der sich Backbord an einem der Bullaugen der *NICOLA TESLA* hochzog." Sein Gesicht war blutig, seine Uniform ebenfalls.

„Welche Systeme funktionieren noch, Nepomuk?", fragte Rittmeister Schons den erfahrenen Adjudantfeldwebel im Rang eines Stabsfeldwebels. Der Mitdreißiger wollte gerade antworten, als ihm eine weibliche Stimme von rechts ins Wort fiel:

„So gut wie gar keine mehr, Bootsführerin."

Kornett Franka von Deichen sah apathisch auf die Kontrollinstrumente vor ihr. Das Mädchen von Anfang 20, mit den straßenköterblonden kurzen Haaren wirkte wie weggetreten. Rittmeister Hildegard Schons erkannte sofort, dass sie unter Schock stand. Dennoch war sie in der Lage, zu sprechen.

„Franka! Damit kann ich nichts anfangen. Was ist denn noch in Ordnung? Hält der Energieschirm noch? Sind feindliche Einheiten in unserer Nähe?"

Die Kornett antwortete nicht auf die Frage der Bootsführerin.

„Alles im Arsch", stammelte sie nur. Hildegard Schons Kinn zitterte. Sie hatte keinerlei Farbe mehr im Gesicht. Die Brücke der *NICOLA TESLA* wurde nur noch durch die Notbeleuchtung etwas aufgehellt. Weiter unten im Schiff vernahm die Bootsführerin einige, wenn auch kleinere Explosionen. Panisch schwenkte ihr Kopf über die Instrumente. Ein oder zweimal wollte sie etwas sagen. Ihre Stimme ging aber in einem sich selbst verschluckenden Glucksen unter. Hildegard war kurz davor, die Nerven zu verlieren. Mit ihrer rechten Hand kniff sie sich selbst in den linken Unterarm. Dann schluckte sie zweimal. Nun war sie sich sicher, zumindest wieder einigermaßen die Kontrolle über sich zu haben.

Adjudantfeldwebel Nepomuk Meister wankte hinter die immer noch wie im Fieber mit offenem Mund und wie Espenlaub zitternde Kornett Franka von Deichen und blickte ihr über die Schulter.

„Steigender Druckabfall. Totaler Funkausfall. Keine Energie mehr für auch nur einen einzigen Elektroschuss aus unseren Rohren. Magnet-Feld-Impulser ausgefallen, somit kein Schutzschirm mehr, Kommandantin!", meldete er unverzüglich, um im selben Moment zu bemerken, dass ein Blick auf die Fernortung auch nichts mehr bringen konnte. Auch das normalerweise durch die Notstromversorgung arbeitende Gerät war beschädigt. Damit waren sie blind.

Stabsfeldwebel Nepomuk Meister kämpfte sich durch die überall herumliegenden Trümmer und vorbei am Leichnam von Sergent Gina Argento zu eines der Bullaugen. Rittmeister Hildegard Schons hoffte inständig, dass die übrigen Besatzungsmitglieder im Hangardeck und in den D-KSK-Kampfständen noch lebten. Sie nahm alle ihre Energie zusammen. Dann schob sie mit dem Mittelfinger ihrer zitternden rechten Hand den kleinen Schalter der Bordfunkanlage nach vorn und gab sich reichlich Mühe, ihre Stimme unter Kontrolle zu halten:

„Kommandantin an alle. Sofort Schutzanzüge anlegen. Wir steigen aus."

Erstaunlicherweise funktionierte die Bordfunkanlage noch.

„Mein Gott! Nein!", rief Adjudantfeldwebel Nepomuk Meister vom Bullauge aus. Rittmeister Schons zuckte zusammen. Noch mehr Hiobsbotschaften würden ihre bis aufs äußerste angespannten Nerven nicht mehr ertragen. Inständig hoffte sie, dass der Portepeeunteroffizier in dieser absolut ausweglosen Situation eine noch einigermaßen zu verkraftende Meldung hatte. Doch darin wurde die Kommandantin der *Haunebu II-F- Kaulquappe* arg enttäuscht.

„Eine Strahlschiffeinheit ist in unmittelbarer Nähe zu uns", rief der Adjudantfeldwebel. Rittmeister Schons wusste nicht mehr vor oder zurück. Dann besann sie sich auf ihr soeben gegebenes Kommando, blickte nach rechts:

„Schutzanzüge anlegen und fertigmachen zum Aussteigen, habe ich gesagt, Franka."

Das totenbleiche Mädchen im Rang einer Oberfähnrich sah Rittmeister Schons in die Augen. Dann schüttelte sie kaum merklich den Kopf: „Nein, Hilde. Ich kann nicht mehr." Mit einem Ruck riss Kornett Franka von Deichen ihre 9-mm Pistole aus dem Holster, lud die Waffe fertig, schob sich den Lauf in den Mund und schoss. Direkt nach dem dumpfen Knall klatschte das Innenleben ihres Kopfes hinten heraus und verursachte ein widerliches Geräusch, als es auf die Konsole hinter ihr knallte und daran zu Boden rutschte. Kornett Franka von Deichen war auf der Stelle tot. Der Gasdruck der abgefeuerten 9-mm Patrone hatte den Kopf der jungen Offiziersanwärterin explodieren lassen.

„NEIN!", schrie Hildegard Schons entsetzt auf, unfähig, in diesem Moment die Situation auch nur annähernd begreifen zu können.

„Hilde, wir werden erneut beschossen. Der Pol des Strahlschiffes pulsiert schon ... Hilde ..."

335

„Raus hier. Wir steigen sofort aus, Schutzanzüge an und raus", schrie die Kommandantin panisch, sprang mit einem Satz aus ihrem Kommandosessel und wollte rüber zum Blechschrank, in dem die Schutzanzüge lagerten, die sie vor dem tödlichem Kältevakuum des Weltalls schützen sollten. Sie kam nicht mehr dazu, auch nur einen einzigen Schritt in Richtung des Bordschranks zu machen. Für den Bruchteil einer Sekunde nahm Rittmeister Hildegard Schons noch wahr, dass sich eine gewaltige gelbliche Feuerwalze blitzschnell vor ihr aufbaute und sofort die gesamte Kommandozentrale der Kaulquappe einnahm. Dann hörte die Kommandantin auf, überhaupt noch etwas mit ihren herkömmlichen Sinnesorganen wahrzunehmen. Sie würde es auch niemals wieder können. Die *NIKOLA TESLA* explodierte und wurde für einen kleinen Moment zu einer neu entstandene Atomsonne, die aber sofort wieder erlosch.

Kornett Franka zu Deichen war ihren Kameraden sozusagen nur als Quartiermacher ins Walhall einige Sekunden vorangegangen.

Feigheit? Flucht? Kurzschlussreaktion? Nein, sondern der freie Entschluss eines freien Menschen in einer absolut ausweglosen Situation.

*****

Tomke rotzte ihren Kaugummi irgendwo hin und aktiviere den Stabsfunk. Ein kurzer Blick auf den Gefechtsortungsschirm verriet ihr, dass eine weitere taktische Kennung eines *Haunebu-Vernichters* von Grün auf Rot wechselte, was dessen Zerstörung bedeutete.

„Basisschiff *THORN* für Flaggschiff *GRAF ZEPPELIN*."

„Hier *THORN*", ertönte sofort die Stimme von Rittmeister Janina Szyskowitz, des zweiten Offiziers der *Haunebu III*.

„Weitere Verlustmeldung: Die *NIKOLA TESLA* unter Rittmeister Hildegard Schons und ihre Besatzung existieren nicht mehr."

Ein kurzer Moment Schweigen.

„Haben wir mit", hörte man die betroffene Stimme von Commodore Odin-Ritter Heribert von Schaar im Hintergrund.

„Mit", wiederholte Rittmeister Szyskowitz.

„Verstanden. Ende", schloss Tomke das Gespräch. Ich atmete tief durch. Das Gefecht zwischen unseren Kampfeinheiten und den Strahlschiffen der *Schatten* war in seiner vollen, entsetzlichen Entfaltung. Die feindlichen UFOs feuerten unentwegt ihre tödlichen, blauen Energiestrahlen von den Polen ihrer Raumschiffe ab. Mich wunderte, dass sie sich hierbei taktisch nicht gerade vorteilhaft verhielten. Sie flogen in mehreren strikten Formationen, von denen sie nicht abwichen. Selbst dann nicht, wenn sie von den geschickten Piloten unserer Vernichter, die in taktischen Rotten und Schwärmen operierten, in die Zange genommen werden konnten. Nur vereinzelt wurde ein Strahlschiff aus seiner Formation gerissen und operierte allein. So wie jenes, das soeben die *NIKOLA TESLA* vernichtete.

Wirrer, sich überlagernder Gefechtsfunkverkehr flog mir um die Ohren. Basisschiff *THORN* erteilte ununterbrochen Instruktionen an die einzelnen Einheitenführer. Alles war in heller Aufregung.

„Capitán! Zwei feindliche Einheiten kommen auf uns zu. Offenbar zerstreut."
„Gefechtsstand! Abschießen!", gab ich über die Bordsprechanlage durch. Sekunden später feuerte Brigadier-Corporal Melissa Schneyder mit dem Energiegeschütz im oberen Teil des Vernichters auf eines der UFOs und traf. Das UFO explodierte. Eine Rotte von zwei der modernen, flachen Zerstörern des Typs *Haunebu XVI-Flunder* jagten an uns vorbei und nahmen es mit dem zweiten Strahlschiff auf. Die wendigen, fünfzehn Meter langen flachen Flugscheiben des Fürstentums Eisland mit ihrem schwarz-grauen Tarnanstrich hatten ein leichtes Spiel mit dem relativ trägen Strahlschiff der Außerirdischen. Fast schien es so, als schossen sie es nur eben so nebenbei mit ihren Partikelstrahlnadlern ab, um sich dann eiligst auf einen augenscheinlich durch unsere Kampfeinheiten zersprengten Schwarm von sechs UFOs in unmittelbarer Nähe zu stürzen.

Für die *GRAF ZEPPELIN* befanden sich die sechs gegnerischen Einheiten außerhalb der Kampfdistanz. Die Ortung verriet mir, dass zwei weitere Rotten der *Flundern* dorthin jagten. Sie wollten die sechs UFOs in die Zange nehmen. Von hinten schoss Artilleriefeuer der schwersten Art an uns vorbei. Der rote, bumerangförmige Energietorpedo des Super-Artillerie-Weitdistanzwerfers *Goliath* torpedierte eines der monströsen, riesigen Walzenraumschiffe, die in sicherem Abstand außerhalb des Kampfgebietes einfach verharrten. Die Taktik der Außerirdischen, wenn man von einer Art Taktik überhaupt sprechen konnte, war mir einfach nicht plausibel. Doch dann geschah es: Aus dem soeben torpedierten Basisschiff der *Schatten* schossen plötzlich ebenfalls mehrere hintereinander folgende, blaue, abgehackte Energiestrahlen, die mich an blaue Fahrbahnmarkierungen erinnerten. Die Energiesalven mussten eine enorme Zerstörungskraft besitzen. Als sie auf der Mondoberfläche auftrafen, schienen sie den Trabanten geradezu zu planieren. Einen Moment erschien es mir, als würde es den ganzen Trabanten erschüttern oder gar auseinanderbrechen lassen. Dann jedoch sah ich einen weiteren Energietorpedo des *Goliath-Werfers*, der sich auf das Walzenraumschiff einschoss. Er traf das monströse Raumschiff mittig in den Rumpf. Eine Detonation, die so gewaltig und so hell war, dass selbst wir in unserer *GRAF ZEPPELIN* die Augen zukniffen, als die grellen Lichtmassen durch den Spezialkunststoff der Bullaugen drangen, ließ uns zusammenzucken. Das Basisschiff explodierte und ich hoffte, dass das Walzenraumschiff durch seine Zerstörung keine bedrohliche Strahlung freisetzte, die uns alle gefährden würde.

Offenbar machte sich Tomke gleiche Gedanken, weil sie über Gefechtsfunk im selben Moment durchgab, sich von den Gaswolken des zerstörten Monstrums fernzuhalten. Tomke funkte Tessa an:

„*Helgoland III* für Flaggschiff *GRAF ZEPPELIN*! Tessa! Alles klar bei euch?"
Die Verbindung war schlecht und sehr verrauscht.
„Ja, Tomke. Wir wurden kräftig bombardiert. Der *VRIL-Kampfroboter* hat uns aber den Großteil der feindlichen Einheiten einigermaßen abgehalten. Den Rest haben gerade die *Flundern* erledigt. Trotzdem hat die Mondbasis leichten Gravitationsabfall. Ich weiß nicht, wie lange die Reparaturautomatik noch durchhält. Wir sitzen hier in Schutzanzügen herum. Die direkten Treffer des soeben zerstörten Walzenraumers haben die Situation nicht gerade verbessert."
„Verstanden Tessa. Übrigens – ein Jahrhundertschuss! *GRAF ZEPPELIN* Ende."

„Was zum Teufel ist das denn?", schrie Tomke, sprang aus ihrem Drehsessel auf und rannte an eines der Bullaugen. Sofort folgte ich ihr und starrte ebenfalls durch das spezialgepanzerte Glas. Ich schluckte und mir stockte der Atem. Unmittelbar neben uns sah ich – eine Raumfähre. Einen Space-Shuttle, mit den Hoheitsabzeichen der Vereinigten Staaten von Amerika an den Tragflächen. An der Seite der Maschine erkannte ich die Aufschrift *ABRAHAM LINCOLN*.

*****

Ich hörte das hydraulische Geräusch des D-KSK Kampfstandes, den Brigadier-Corporal Melissa Schneyder besetzte und mir wurde klar, dass sie den Space-Shuttle anvisierte und jeden Moment den Todesstrahler aktivieren würde.
„Nicht schießen, Melissa. Baller diesen komischen weißen Vogel neben uns ja nicht ab!", rief ich ihr zu.
„Ich weiß zwar nicht, warum nicht, aber wenn du es sagst, Rittmeister", erhielt ich, wie immer, eine typische Antwort der rotzgörigen Sturmlegionärin des Fürstentums.
„Ich glaube, mein Schwein pfeift", polterte ich bei dem Anblick der Raumfähre.
„Cristina. Guck nicht, wo der Hund scheißt! Mach mir sofort eine Funkverbindung zu den Spinnern."
„Sí, Capitán. A la orden!" Sergent Cristina de la Iglesias schaltete auf eine internationale Funkfrequenz um.
„Verbindung steht, Capitán."
„Danke", knurrte ich und drückte die Sprechtaste:
„Raumfähre *ABRAHAM LINCOLN* für die *GRAF ZEPPELIN*."
Sekunden später meldete sich eine Stimme. Die dazugehörige Person sprach deutsch mit amerikanischem Akzent.
„Hier *ABRAHM LINCOLN*. Mit wem spreche ich?"
„Mein Name ist Roy Wagner. Ich bin der Bootsführer des Raumflugkreisels *GRAF ZEPPELIN*, hier neben Ihnen. Sind sie wahnsinnig geworden? Was machen Sie hier an der Front im vordersten Kampfgeschehen?"
Umgehend kam die Antwort: „Hier spricht Captain Jeff Weaver, Kommandant der *ABRAHAM LINCOLN*. Captain Wagner, Sir. Ich führe im Auftrag der US Space-Craft einen Spähflug am Rand des Frontgeschehens durch."
„Am Rande des Frontgeschehens? Sie haben Nerven, Captain. Sie sind bereits mitten drin. Haben sie unsere Warnungen nicht gehört? Ich will Ihnen keinesfalls zu nahetreten, Captain Weaver, aber ich habe bereits ein Drittel meines Geschwaders durch die außerirdischen UFOs verloren. Was glauben Sie denn eigentlich, was Sie mit Ihrer lächerlichen Raumfähre hier ausrichten können? Ich fordere Sie auf, sofort abzudrehen, Sir!"
Eine gewaltige Detonation, gefolgt von einem riesigen Feuerball kam von Steuerbord. Ein einziger Blick reichte aus, um das entsetzliche Geschehen wahrzunehmen.
„Was war das, Captain?", kam die fragende Stimme Captain Weavers aus dem Lautsprecher. Ich atmete tief durch und fuhr mir mit der Hand durch die Haare.
„Das war mein Freund Rittmeister Jochen Lemmers mit der Besatzung der *CURTIS* NEWTON, Captain Weaver."

„Capitán, wir haben einen Energieausfall", rief Cristina de la Iglesias aufgeregt. Ich hasse das Wort Energieausfall.

„So, Captain Weaver. Jetzt haben wir den Salat! Drehen sie ab! Sofort! Wagner Ende. – Was ist denn nun schon wieder ..." Ich wurde erneut unterbrochen.

Tomke tippte gegen meinen rechten Arm und zeigte durch ein Bullauge nach draußen. Wenige hundert Meter von uns entfernt schoss das Strahlschiff, das soeben die *CURTIS NEWTON* zerstört hatte, auf uns zu. Der Pol auf seiner Kuppel pulsierte bereits. Das Strahlschiff war in exzellenter Angriffsposition.

Ein kurzer Blick sagte alles. Cristina saß vor ihrem Ortungspult und schüttelte mit einem Ausdruck, den ich noch nie in ihrem Gesicht gesehen hatte, resignierend ihren Kopf. Wir hatten keine Energie für einen Partikelstrahlschuss aus unseren Donar-Kraftstrahlkanonen, um das Strahlschiff zu bekämpfen und waren dem UFO hoffnungslos ausgeliefert. Jeden Moment würde es einen seiner Energiestrahlen auf uns abfeuern und uns alle pulverisieren. Es gab keinerlei Rettung mehr für uns. Keine Energie für die Nadler bedeutete in diesem Fall auch keine Energie für den Schutzschild des *VRIL-Reaktors*. Wir waren verloren.

Tomke stand direkt neben mir und griff meine Hand. Ich blickte zu ihr hinab. Lächelnd schaute sie zu mir herauf. Sie lächelte ganz einfach.

„Und? War doch alles geil, Roy. Oder?"

Ich verstand: „Klar war es geil, Süße. Und mit dir jederzeit noch einmal."

Fest drückte ich ihre Hand und schaute ihr tief in die Augen. Ein allerletztes Mal. Die wenigen Sekunden erschienen mir wie eine Ewigkeit.

Schade, dass ich dir nicht einfach eine Ewigkeit lang in deine Augen schauen kann, mein Liebling, dachte ich noch und wartete mit einem erhabenem Gefühl die wenigen Sekunden bis zu unserem Ende ab. *Wenigstens mit dir gemeinsam. Wenigstens mit dir gemeinsam!*

Und dann geschah es. In Tomkes Augen spiegelte sich ein Lichtblitz wieder.

Nur – der kam aus der „verkehrten Richtung". Nicht vom Strahlschiff, sondern von der *ABRAHAM LINCOLN* her. Ein Laserschuss war von dem Space-Shuttle abgegeben worden und traf in das feindliche Strahlschiff der *Schatten*, gerade den Bruchteil einer Sekunde früher, bevor es seinen alles zerstörenden Energiestrahl auf unser Schiff abfeuern konnte.

Dadurch leicht aus der Bahn gerissen, donnerte der blaue Energiestrahl knapp an uns vorbei.

„Wir haben wieder Energie, Capitán", rief Sergent de la Iglesias.

Mit offenem Mund sah ich zu ihr, ließ Tomkes Hand los und brüllte mit geballten Fäusten: „Feuer, Melissa! Feuer! Feuer! Verbrenne sie. Verbrenne diese Schweine, Melissa!"

„Mach ich, Roy", rief die obergefreite Rotznase aus ihrem Kampfstand und feuerte mit dem Partikelstrahlnadler eine Salve auf das Strahlschiff ab.

„Noch eine!", brüllte ich. Melissa tat es.

„Noch eine. Das reicht mir nicht. Lösche sie aus!"

Nach der dritten Salve explodierte das UFO in unmittelbarer Nähe hart Steuerbord. Durch die Detonation wurde die *GRAF ZEPPELIN* kräftig durchgeschüttelt.

„Hervorragend, Brigadier-Corporal. Hervorragend!"

Tomke sah mich mit ihrem typisch optimistischem Blick an:
„Das war jetzt aber wirklich knapp, Großer."
„Unser letztes Stündlein hat halt doch noch nicht geschlagen, Süße."
Augenblicklich fiel mir aber auch die amerikanische Raumfähre wieder ein. Ein Blick nach draußen aber zeigte, dass das Shuttle weder durch den Energiestrahl des UFOs, noch durch dessen Wrackteile in Mitleidenschaft gezogen zu sein schien, da die *GRAF ZEPPELIN* sich zwischen beiden befunden hatte, als das UFO explodierte.
„Cristina, Funkverbindung."
„Steht, Capitán." bestätigte mir Cristina sofort.
„*ABRAHAM LINCOLN* für die *GRAF ZEPPELIN*."
„Hier *ABRAHAM LINCOLN*, ich höre sie, Captain Wagner."
„Captain Weaver, da muss ich mich wohl bei jemandem bedanken. Ich gebe 'ne Runde aus. Haben sie irgendwelche Beschädigungen zu verzeichnen?"
„Nein, Sir. Jedenfalls können wir bis jetzt nichts feststellen. Wir drehen jetzt ab und fliegen zurück zur Erde. Auf Ihr Angebot komme ich zurück, Captain. Bis dann!"
„Bis dann, Captain Weaver. Und guten Flug. Wagner Ende."

Das Basisschiff *THORN* meldete sich, um die aktuelle Lage abzugleichen. Wir konnten Commodore von Scharr beruhigen. Eine Gesamtlagemeldung der *THORN* ergab, dass die Kampfhandlungen im Orbit so gut wie beendet waren. Die restlichen Strahlschiffe drehten ab und schleusten sich wieder in ihre Walzenraumschiffe ein. Dann nahmen die beiden Raumer Kurs Richtung Venus. Einige Strahlschiffe gelangten durch den Sperrgürtel hindurch in den atmosphärischen Bereich der Erde. Die Staffeln unserer Abfangjäger übernahmen den Rest. Das war jetzt nicht mehr unsere Aufgabe. Unsere Verluste waren groß genug. Ein Drittel des Rottenstein-Geschwaders existierte nicht mehr. Trotzdem hatten wir gewonnen.
Nicht den Krieg, aber zumindest eine Schlacht!
Nun blieb es daran, weiterzusehen. Sicherlich würde sich jetzt noch viel mehr ändern. Nicht nur für uns, sondern auch für die gesamte Menschheit. Eine wie auch immer geartete Zusammenarbeit zwischen dem Fürstentum Eisland und den jeweiligen Regierungen der Nationen der Erde würde über kurz oder lang wohl nicht ausbleiben können. Jedenfalls nach dem derzeitigen Stand der Dinge.

Schon wieder wurde ich aus meinen Gedanken gerissen. Ein Notruf erreichte uns:
„Raumflugkreisel *GRAF ZEPPELIN* für die *ABRAHAM LINCOLN*", drang die sehr hektisch klingende Stimme unter starken Nebengeräuschen aus dem Bordfunkgerät auf internationaler Wellenlänge und wurde hastig noch einmal wiederholt: „*GRAF ZEPPELIN*. Captain Wagner, Sir. Dringender Notruf. Captain, Sir, bitte kommen! Dringender Notruf!"
Mit einem Satz war ich an der Funkkonsole:
„Hier Wagner, Captain Weaver, was ist los?"
„Gott sei Dank. Captain! Wir haben wohl doch was abbekommen. Eine Hitzeschildkachel an unserer Nase hat sich gelöst. Wir werden beim Wiedereintritt in die Erdatmoshäre verbrennen. Sir, bitte helfen sie uns."
Captain Weaver und seine Besatzung steckten in Schwierigkeiten.

„Bleiben sie ruhig, Jeff. Ich melde mich sofort wieder."
Ich blickte zu Cristina. Sie verstand sofort. Ein Blick auf die Ortung reichte aus, um festzustellen, dass wir das einzige Schiff in der Nähe waren, das schnell genug bei der *ABRAHAM LINCOLN* sein konnte. Tomke eilte zum Funk und betätigte den Gesamteinsatzkanal. Sofort hatte sie begriffen, an was ich dachte.
„*THORN* für die *GRAF ZEPPELIN*."
„Hier *THORN*, Hoheit, wie hören Euch."
„Commodore, die *GUSTAV STRUWE* übernimmt ab sofort die Funktion des Flaggschiffes. Wir müssen in dringender Rettungsaktion abdrehen. Erbitte Genehmigung, Commodore."
„Genehmigt Hoheit", ertönte die Stimme von Oberstleutnant Ritter von Scharr.
„Hier *GUSTAV STRUWE*, wir haben das mit und bestätigen."
„Alles klar, Mara", sagte Tomke und übergab Rittmeister Mara Winter mit der ihr unterstellten *Haunebu II-F Kaulquappe GUSTAV STRUWE* als neubenanntes Flaggschiff das Kommando: „Los Konrad, sofort dem Space-Shuttle hinterher!"
„Verstanden, Rittmeister", bestätigte Sergent Konrad Reeder und nahm unverzüglich die Verfolgung der Raumfähre auf.
„Captain Weaver, hören Sie mich?"
„Ja, Sir." Die Stimme des Kommandanten war unter den störenden Nebengeräuschen kaum noch zu verstehen.
„Hören Sie zu, Jeff. Wir haben Sie bereits geortet und sind unverzüglich bei Ihnen. Versuchen Sie irgendwie den Wiedereintritt so lange wie möglich hinauszuzögern. Ziehen Sie wieder hoch oder was weiß ich. Wir werden uns mit unserem Schiff vor sie legen und Sie setzen sich in unsere Heckwelle hinein. Wenn wir einen günstigen Winkel beim Wiedereintritt hinkriegen, wird das auch funktionieren. Das tut der Legierung meines Schiffes zwar auch nicht besonders gut, dürfte aber hoffentlich keinen allzu großen Schaden anrichten. Haben Sie das verstanden, Jeff?"
„Ja, Captain. Das könnte klappen. Ich danke Ihnen."
Ich ließ vom Funkgerät ab.
„Ortung, wie weit sind wir?"
„Klappt schon, Roy. Klappt schon!", antwortete Cristina fast flüsternd, aber mit optimistisch klingendem Unterton, ohne mir meine Frage auch nur annähernd zu beantworten. Genau das aber wollte ich hören.
„Los Konrad, schmeiß noch ein paar Kohlen ins Feuer. Wir müssen Captain Weaver und seiner Besatzung helfen. Koste es, was es wolle."

Die *ABRAHAM LINCOLN* kam in Sichtweite. Es sah tatsächlich nicht gut aus. Die Situation war schwierig. Verdammt schwierig! Die Raumfähre drückte beim Wiedereintritt die zunehmend dichter werdende Luft vor sich extrem zusammen. Durch die Reibung der Gasmoleküle entstehen dabei Außentemperaturen bis zu 1600 Grad Celsius. Ohne ein intaktes Hitzeschutzschild würde die Raumfähre zweifelsfrei in einer Höhe von etwa 60 Kilometern auseinanderbrechen müssen.
„Gut, Konrad. Jetzt leg dich vor die Maschine, so dass sie unsere weitestgehend reibungsfreie Heckwelle ausnutzen kann. Kriegst du das hin oder soll ich die Maschine übernehmen?"

Tomke stieß mich mit dem Ellenbogen an und sagte leise: „Bist du größenwahnsinnig geworden. Wenn überhaupt, dann meistere ich dieses Manöver, aber doch nicht du Bruchpilot."

„Passt schon, Rittmeister", antwortete der *Haunebu-Pilot* Sergent Konrad Reeder.

„Cristina, habe ich eine Verbindung zu Captain Weaver?"

„Was dachtest du denn wohl, Capitán? Glaubst du, ich mache mir derweil gerade die Zahnzwischenräume sauber?"

„Ach, ich liebe euch und eure rotzigen Antworten doch über alles, Kinder", sagte ich genervt und schaltete auf *Nato-Welle*.

„*ABRAHAM LINCOLN* für die *GRAF ZEPPELIN*."

„Hier *ABRAHAM LINCOLN*. Es klappt, Captain Wagner. Mein Gott, es klappt tatsächlich. Wir sind gleich durch. Wir schaffen es."

„Aber natürlich doch, Captain. Bloß, was jetzt viel wichtiger ist: Ihnen ist hoffentlich klar, dass Ihre Schüssel dennoch im Dutt ist. Können Sie irgendwie aussteigen?"

„Ja, Sir. Das geht. Wir haben eine kleine Rettungskapsel an Bord. Ich hoffe nur, dass die Fallschirme noch funktionieren."

„Reden Sie nicht schon wieder so einen Blödsinn, Jeff. Natürlich funktionieren sie. Sie müssen funktionieren. Wie wird ihr Vogel eigentlich angetrieben?"

„Das Space-Shuttle ist mit einem atomaren und einem chemischen Salpetersäure-Triebwerk ausgestattet. Das könnte Probleme geben."

„Da haben wir doch schon den Salat! Sobald Sie und Ihre Besatzung ausgestiegen sind, werde ich den Vogel abschießen müssen, Captain Weaver. Es geht nicht anders. Ihr könnt mir mit eurem atomaren Triebwerk nicht die ganze Antarktis kontaminieren, wenn euer Mistvogel da aufschlägt."

„Ich verstehe, Captain Wagner. Sie haben Recht. Schießen Sie die *ABRAHAM LINCOLN* ab!"

„Meine Kanonierin reibt sich schon die Hände, Jeff. Sie wollte euch vorhin eh schon abschießen. Wagner Ende."

Die kleine, weiße Rettungskapsel schoss aus der sich zersetzenden *ABRAHAM LINCOLN*. Die drei Fallschirme funktionierten und die Kapsel segelte langsam, aber sicher dem heimatlichen Boden der Antarktis entgegen.

„Na also", sagte ich, verschränkte meine Arme vor der Brust und lehnte mich im Kommandosessel zurück.

„Ach ja, hätte ich fast vergessen." Ich drehte meinen Kopf nach oben: „Melissa, mein Engel. Tob dich aus!"

„Jaaaaah!", kam die Antwort aus dem D-KSK-Kampfstand. Sekunden später jagte Brigadier-Corporal Melissa Schneyder eine Salve von roten Todesstrahlen auf das ohnehin gerade zusammenbrechende amerikanischen Space-Shuttle. Die atomare Badewanne wurde pulverisiert und die Rettungskapsel landete sicher, etwa zwanzig Kilometer von der Atlantikküste entfernt, auf unserem Hoheitsterritorium, dem Fürstentum Eisland.

Sergent Konrad Reeder setzte die *Haunebu* sicher und professionell in etwa dreißig Metern Entfernung auf. Tomke und ich zogen uns unsere gefütterten schwarzen Einsatzanoraks über und verließen die *Kaulquappe*. Noch war die Rettungskapsel des Space-Shuttle geschlossen. Dann aber hörten wir, wie sie von innen geöffnet wurde. Drei Männer und eine Frau krochen aus der engen Rettungskapsel. Die Frau und einer der Männer hatten einen Verletzten in ihrer Mitte, den sie behutsam auf den mit Schnee bedeckten Boden legten. Er blutete am Kopf. Zuletzt stieg ein etwa einmetersiebzig kleiner, muskulöser Mann mit kurzen, rotblonden Haaren im Stoppelschnitt aus der Maschine. Alle trugen hellblaue, dicke Einsatzanzüge. An ihren Kragenspiegel trugen sie ihre Hoheitsabzeichen, rechts die Fahne der Vereinigten Staaten, links einige Sterne und Balken, welche offenbar ihren Dienstrang zeigten. Der Rotblonde hatte am meisten davon.

Mir fiel sofort auf, dass alle Maschinenpistolen an Gurten um ihre Schultern trugen. Der Rotblonde gab seinen Leuten ein Handzeichen und stammelte etwas in englischer Sprache, was ich von meinem Standort aus nicht verstand. Dann legten alle ihre Maschinenpistolen auf den Boden und nahmen ihre Hände hinter ihre Köpfe.

Stoppelhaar kam vorsichtig und misstrauisch schauend auf mich zu. Als er vor mir stand, nahm er langsam seine Hände herunter, nahm Haltung an und salutierte:

„Captain Jeff Weaver. Dienstnummer SC11/33-4. Sir. Ich begebe mich mit meiner Mannschaft in Ihre Kriegsgefangenschaft."

Ich runzelte mit der Stirn: „Wovon reden Sie, Mann? Was für eine Kriegsgefangenschaft? Wir führen doch keinen Krieg mit Ihnen und sind froh, dass wir Ihnen helfen konnten, Captain Weaver. Betrachten Sie sich als unsere Gäste."

Ich reichte ihm die Hand, die er dankbar entgegennahm. Dann blickte ich an ihm vorbei und auf den Verletzten, drehte mich in Richtung Eingangsschott meiner *Hannebu* und rief: „Sanitäter!"

Melissa und Cristina kamen mit einer klappbaren Liege und einem San-Koffer angerannt: „Ja ja. Wir kommen ja schon, Capitán", sagte Cristina.

„Kümmert euch sofort um den Kameraden", ordnete ich überflüssigerweise an.

„Ach nee, Rittmeister? Da wären wir von allein gar nicht drauf gekommen. Ist schon gut, dass du uns immer jeden Schritt erklärst. Ohne dich wären wir absolut hilflos", nörgelte Melissa.

„Na Gott sei Dank, dass es euch Hühnern auch gut geht", motzte ich zurück. Tomke kam an meine Seite.

„Darf ich Ihnen meine Frau, First Lieutenant von Freyburg-Wagner, vorstellen.

„Lieutenant", nickte Captain Weaver freundlich Tomke zu.

„Captain", erwiderte diese. Dann schien er es einfach nicht länger auszuhalten. Der überwältigende Anblick der *GRAF ZEPPELIN* zog den Astronauten in seinen Bann.

Ich grinste: „Kommen Sie, Captain Weaver. Sie wollen mein Schiff doch sicherlich besichtigen, oder?"

Er bekam große Augen: „Sie wollen es mir zeigen, Sir?", fragte er aufgeregt, „Sie wollen mir wirklich dieses Superraumschiff von innen zeigen?"

„Klar", sagte ich. „Es wird Sie sicherlich interessieren. Kommen Sie nur. Wir gehen hinein."

„Ich hoffe nur, dass meine Nerven das aushalten, Captain Wagner."

Ich lachte. Weaver ebenfalls.

„Na, da haben sich ja zwei gefunden", meckerte Tomke. „Bildet euch bloß nicht ein, dass ich euch jetzt jeden Abend besoffen aus der Kneipe abhole. Dann ist was los ..."

Transition Transmission
Oh my t v c one five, oh oh, t v c one five (David Bowie, 1976)

Einige Tage später fand eine Einsatznachbesprechung in der Kommandozentrale von Horchposten I statt, an der neben mir und Tomke, General Friedrich von Hallensleben, Tessa, Marechal-Oberst Ludwig Hesse, Rittmeister Mara Winter, Dr. Ralf Klein und noch einige andere teilnahmen.

Vor zwei Tagen brachten wir Flugkapitän Jeff Weaver und seine Besatzung zurück. Wir, das waren Tessa, Feldwebelleutnant Nadeschda Durowa und meine Wenigkeit. Zum allerersten Mal landete offiziell eine unserer Flugscheiben, in diesem Fall eine *Haunebu-Kaulquappe* auf dem Hochsicherheitsgelände *AREA 51* in New Mexiko.

Demonstrativ trugen Tessa, Nadeschda und ich bei dem kurzen Ausflug nach der Landung keinerlei Waffen bei uns. Wir verzichteten sogar auf das Tragen unserer üblichen 9-mm Dienstpistolen. Trotz allem hatten wir den Auftrag, uns distanziert zu verhalten und uns keinesfalls in irgendeiner Hinsicht ausfragen zu lassen, was ein aufdringlicher CSI-Mitarbeiter selbstverständlich dennoch versuchte.

Dies war aber keinesfalls Thema der jetzigen Dienstbesprechung. Irgendwie ging die Diskussion in eine ganz andere Richtung. Die beiden verbliebenen und in Richtung Venus geflüchteten Walzenraumschiffe der Außerirdischen stellten eine ständige Bedrohung für unser Sonnensystem dar. Außerdem debattierte man ausführlich darüber, was man mit den Überresten der durchgerutschten Strahlschiffe und deren toten Besatzungen machen sollte. Die Abfangjäger des *Asgard-Geschwaders* hatten alle außerirdischen Strahlschiffe, denen der Durchbruch in den atmosphärischen Bereich der Erde gelungen war, abgeschossen. Nachdem die Wrackteile aller UFOs durch uns geborgen worden waren, verbrannte man die ohnehin bis zur Unkenntlichkeit verstümmelten Leichen der Besatzungsmitglieder.

„Ich bin dafür, dass wir die Asche in eine Interkontinentalfernrakete stopfen und einfach irgendwo ins All jagen. Hier auf der Erde haben diese Überreste des Bösen nichts zu suchen", schlug Tomke vor.

Ich runzelte die Stirn und blickte zu Tessa hinüber. Auch sie schien den Ausführungen nicht ganz folgen zu können und sagte zum absoluten Entsetzen aller Anwesenden: „Ach, scheiss doch auf die Asche!"

Plötzliches Verstummen. Man hätte eine Nadel fallen hören können.

Erstaunen stand schlagartig in den Gesichtern der anwesenden Personen. Welch garstigen Worte aus Tessas Mund. Tessa schluckte und zuckte mit ihren Schultern: „Ist doch schließlich wahr", kommentierte sie ihren Ausrutscher. Ich versuchte die Situation zu retten und mischte mich mit einem einleitenden Hüsteln ein:

„So ganz habe ich die Problematik, ehrlich gesagt, auch noch nicht begriffen. Ich meine, wir reden hier über Asche. Nichts als Asche. Buddelt sie doch irgendwo ein und fertig. Was soll das ganze Theater denn?"

Friedrich, Ludwig, Ralf und Tomke blickten mich verständnislos an. Dann ergriff Friedrich das Wort: „Ich fände es in der Tat auch angemessener, die Asche gemäß Tomkes Vorschlag ins All zu jagen. Dann sind wir auch diese Überreste los. Und auf die Erde gehören die Rückstände dieser Bestien wahrhaftig nicht."

Ich zuckte mit den Schultern: „Meinetwegen."

Über das wie und wann wurde dann noch weiter debattiert. Tessa stand direkt neben mir. Ich beugte mich leicht vor und flüsterte ihr ins Ohr:
„Die haben doch eine Schramme, Tessa. Die quatschen hier allen Ernstes über Asche. Nichts als Asche. Ich glaube das nicht. So ein Dummfug!"
Tessa nickte: „Natürlich haben die eine Schramme, Roy!"
Manchmal gab es halt doch noch einige kleine Unterschiede zwischen den Leuten, die ins Fürstentum Eisland hineingeboren wurden und denen, welche erst als erwachsene Menschen unter den verschiedensten Aspekten hinzukamen. So wie Tessa und ich. Schließlich war ich früher einmal Deutscher gewesen und Tessa stammt aus Israel. Ich grinste. Vor einiger Zeit hatten Tessa und ich eine Aussprache unter vier Augen gehabt. Es kam zu einem sehr vertraulichen Gespräch, bei dem Tessa mir gestand, sich vom ersten Moment an in mich verguckt zu haben. Ich lobte Tessa für ihre Ehrlichkeit und äußerte, dass ich schon lange selbst diesen Verdacht hätte. Dabei ließ ich allerdings auch nicht unerwähnt, ebenso davon ausgegangen zu sein, dass Tessa, wie Contessa Sigrun, stocklesbisch sei. Dies wies Tessa in Bezug auf ihre Person entschieden zurück. Die näheren Umstände dieses Gespräches tun an dieser Stelle nichts weiter zur Sache und würden Unbeteiligte nur langweilen. Jedenfalls regelten Tessa und ich diese Sache auf eine ganz eigene Art: Wir schlossen Freundschaft. Seitdem ist Tessa für mich so etwas wie ein bester Freund oder besser gesagt, eine beste Feundin, was auf Gegenseitigkeit beruht.
Wer hat schon eine echte Herzogin zur Ehefrau und eine VRIL-Abwehrchefin zur besten Freundin?, dachte ich zufrieden grinsend, während die Herrschaften sich jetzt doch gerade auf eine zweistufige Interkontinentalfernrakete geeinigt hatten.

*****

„Ja, Tessa. Ich komme ja schon. Kann schließlich nicht hexen. Bin ja schon unterwegs." Ich klemmte das Handfunkgerät wieder an meine Koppel, wischte mir mit der Serviette den Mund ab, knüllte das Ding zusammen und warf es auf den Teller. Das leere Geschirr, in dem sich bis gerade noch Bohneneintopf befunden hatte, stellte ich in den Abräumwagen. Mit dem Daumen zeigte ich über meine Schulter.
„Das war ausgezeichnet, Elke. Vielen Dank. Aber jetzt muss ich – der Alte ruft."
Ich verließ die Kantine und schlenderte in Richtung Arbeitszimmer des Generals. Dabei kam ich an der Leitstelle vorbei, in der, wie so oft, meine beste Freundin Tessa Czerny saß. Vor der Tür hielt ich kurz an.
„Weißt du eigentlich, dass ich gerade überhaupt keine Zeit für irgendwelchen Quatsch habe, Tessa?"
Major Czerny hob ihre Schultern: „Ich sollte dir lediglich Bescheid geben, Roy. Mehr weiß ich auch nicht. Ich glaube aber, Friedrich ist nicht allein in seinem Arbeitszimmer. Am besten, du gehst jetzt gleich zu ihm hinein."
„Deshalb bin ich ja schließlich hier, Tessa. Bis später."
„Bis später, Roy."
Wie immer betrat ich ohne anzuklopfen das Arbeitszimmer des Generals von Hallensleben und schloss die Tür hinter mir.
„Was ist denn bitteschön, Chefchen? Das passt jetzt irgendwie so gar nicht..."

345

Friedrich sah nach rechts. Erst jetzt bemerkte ich, dass er tatsächlich nicht allein in seinem Arbeitszimmer war. Ich folgte seiner Blickrichtung – und vor Schreck fiel mir auch mal wieder mein Unterkiefer herunter: Etwa drei Meter links neben mir stand eine etwa hundertfünfzig Zentimeter große Gestalt in einer schwarzen Mönchskutte mit tief ins Gesicht gezogener Kapuze, die nur teilweise eine Titanmaske darunter zum Vorschein kommen ließ. Die Hände der Person steckten jeweils in den gegenüberliegenden Ärmelenden vor dem Körper, so dass sie nicht zu sehen waren.

Vor mir stand *Hija-211*, die geheimnisvolle Herrscherin von Akakor. Ich deutete eine kurze Verbeugung an, konnte aber meinen Schrecken nicht völlig verbergen, was *Hija-211* aber nicht zu interessieren schien.

„Eminenz!"

„Du hast gute Arbeit geleistet, Rittmeister."

Eine unheimliche, elektronische Stimme drang düster unter der Mönchskapuze hervor.

„Danke, Eminenz."

„Sei gewiss, Rittmeister, dass es damit aber noch nicht getan sein wird. Wir sind erst am Anfang. Du wirst dich noch weiterhin zu bewähren haben, Rittmeister Wagner."

„Dessen bin ich mir bewusst, Eminenz. Ich werde Euch nicht enttäuschen."

Mein Herz schlug höher, als *Hija-211* ihre rechte Hand aus dem Ärmel hervorzog. Ich sah eine merkwürdig knöcherne Hand, die irgendwie nicht menschlichen Ursprungs sein konnte, da sie mechanisch aussah und zudem auch keinesfalls aus Fleisch und Blut zu sein schien, sondern aus Eisen oder ähnlichem Material. Die Hand erinnerte mich an die Hand eines Skelettes.

Hija-211 streckte mir ihren Zeigefinger entgegen. Fast sah es aus wie eine Drohung. Dann ertönte die gespenstische, elektronische Stimme erneut:

„Ich verlasse mich auf Euch, Odin-Ritter von Wagner."

Tomke war irgendwie komisch. Sie stellte das Glas mit ihrer über alles geliebten Erdbeerbrause auf den Kantinentisch und sah mich an:

„Mann! Hast du eine Sahne, Großer. Weißt du eigentlich, was *Hija-211* dir da zugesprochen hat?" Ich hatte absolut keine Lust, dass jetzt auszudiskutieren.

„Was soll ich denn nun bitteschön dazu sagen, Tomke?. Du kennst mich ja wohl gut genug. Ausgerechnet ich und so ein Tschingderassassa. Ich hätte es dir sowieso viel mehr gegönnt, mein Schatz."

„Ne, ne. So war das doch nicht gemeint, Roy. Ich freue mich doch so für dich. Außerdem habe ich wohl noch nicht die entsprechende Altersstufe dafür erreicht. Eine achtzehn Jahre alte Odin-Ritterin wäre wohl auch etwas übertrieben?"

„Weiß nicht, Tomke. Wieso denn?", lenkte ich ein.

„Na ja. Wie auch immer. Jedenfalls bin ich mächtig stolz auf dich, mein Großer. Mannomann! Was du in den letzten Jahren schon alles erreicht hast! Den Offiziersrang eines Rittmeisters, jetzt zum dritten überhaupt je durch *Hija-211* ernannten Odin-Ritter geschlagen, und …"

„Was und?", fragte ich.

„Und das Wichtigste natürlich – mein persönlicher Leibwächter! Das steht ja wohl an erster Stelle der Ehren, nicht wahr Roy?", lispelte Tomke amüsiert.

„Arrogante Schnepfe", flachste ich und griff über den Kantinentisch nach ihrer Hand. Wie immer war Tomke so wunderbar. Frech schielte sie mich an, ließ ihre Zahnspange blitzen. Von der Vernarbung an ihrer rechten Gesichtshälfte war durch das Einwirken der medizinischen *VRIL-Bestrahlung* mittlerweile fast gar nichts mehr zu erkennen. Alles schien wirklich gut verheilt. Die riesige Narbe auf meiner linken Wange war jedoch nach wie vor nicht zu übersehen. Ebenso wenig, wie diese verdammte Henkersnarbe unter dem schmalen Halstuch, das ich stets trug, um meine Mitmenschen vor diesem Anblick zu verschonen. Natürlich hätte ich diese Verletzungen ebenso schon längst behandeln lassen können. Sigrun hätte das schon hinbekommen. Nur, wann soll ich mir denn die Zeit für eine derartige Therapie nehmen? Neuerdings leide ich nämlich unter starkem Aktendruck. Ludwig wünschte, dass Aufzeichnungen für künftige Kriegstagebücher geführt werden sollten und beauftragte mich damit, was mir eigentlich nun gerade noch fehlte, da es viel Zeit in Anspruch nahm. Schließlich musste alles gewissenhaft und den tatsächlichen Begebenheiten entsprechend, dokumentiert werden, sonst kann man es auch ganz sein lassen. Halbwahrheiten oder zurechtgedrehte Fakten haben in derartigen Aufzeichnungen nichts zu suchen. Jedenfalls nicht bei uns!

„Habe ich dir eigentlich heute schon gesagt, wie unwiderstehlich und bezaubernd du wieder aussiehst, mein Schatz."

Tomke stöhnte auf: „Ich weiß es nicht, mein Großer. Gewöhnlich sagst du es mir ja zwischen ein und hundertsiebenundreißig Mal am Tag. Heute habe ich noch nicht gezählt."

Plötzlich wurde Tomke blass und begann zu würgen. Schweißperlen schossen wie Pilze aus ihrer Stirn. Sie hielt sich ihre Hände vor den Bauch, krümmte sich und kotzte dann einfach auf den Boden. Ich erschrak. War mein Engel krank?

Tessa, die die ganze Zeit in einem Buch vertieft, zwei Tische neben uns in der Kantine gesessen hatte, erhob sich und kam mit besorgtem Gesichtsausdruck zu uns.

„Mein Gott, Tomke!" Sie sah mich dabei an. „Was hat denn deine Frau, Roy?"
„Ich weiß es nicht, Tessa! Bis gerade ging es ihr noch ausgezeichnet."
Tessa runzelte ihre Stirn und sah mich mit merkwürdigem Blick an, so, als wäre ich ein dummer Junge, der wieder einmal irgendetwas ausgeheckt hatte.
„Ich habe da so einen ganz bestimmten Verdacht, mein Freund", sagte sie in vorwurfsvollem Tonfall. Ich verstand überhaupt nicht, worauf Tessa anspielte!
„Ich bringe Tomke besser sofort zu Sigrun oder Kerstin, Roy."
„Das ist nett von dir, Tessa. Ich kann dann die Sauerei hier eben aufwischen."
Meine Freundin nickte, nahm Tomke, die sich bei ihr einhakte und beide verließen die Kantine. Elke Neumann kam schon mit einem Wassereimer und einem Wischmob heran und traf Anstalten, Tomkes Sauerei aufzuwischen.
„Ne, ne, Elke. Lass mich das bitte machen. Schließlich ist es meine Frau gewesen, die hier rumgekotzt hat!"
„Na gut, Roy. Aber dann geh bitte sofort zu Tomke und sag mir später Bescheid, was mit ihr los ist, damit ich mir keine Sorgen zu machen brauche."
„Natürlich, Elke. Das mache ich. Du bist sehr lieb."
Ich wischte den Dreck auf und verließ die Kantine.
Als ich um den Gang bog, kam mir ein junges Mädchen in Uniform entgegen. Sie kam mir bekannt vor. Ich konnte sie momentan allerdings nicht zuordnen.
„Nanu, wer bist du denn?", fragte ich.
Das Mädchen salutierte: „Gendarmin Teske Schneyder. Ich grüße Euch, Odin-Ritter von Wagner. Ich bin zum Stab abkommandiert."
„Schneyder?", wiederholte ich nachdenklich. Dann fiel es mir wie Schuppen von den Augen. „Du bist die jüngere Schwester von Melissa, nicht wahr, Teske?"
„Ja, Ritter von Wagner. Melissa hat bereits unter Euch gedient. Ich hoffe ebenfalls, von Euch in Militärtaktik unterrichtet zu werden, Exzellenz."
„Jetzt steh bloß nicht vor mir, als hättest du einen Stock verschluckt, Teske. Du brauchst vor mir nicht zu salutieren und mich schon gar nicht mit Exzellenz anzureden. Ich bin Roy. Das passt schon. Hier im internen Stab gehen wir alle sehr familiär miteinander um. Was machst du eigentlich hier, Teske?"
„Normalerweise büffele ich gerade fürs Abitur. Jetzt bin ich aber freigestellt und darf hier ein Praktikum machen, da ich schwach medial veranlagt bin. Ich bin direkt Sonderoffizier Sigrun und der Herzogin unterstellt und soll vielleicht zum *VRIL-Halbmedium* ausgebildet werden", antwortete die Gefreite.
„Na, dann kann ich ja ein gutes Wort für dich einlegen, Teske."
„Danke, Ex ... äh, ich meine, Roy."
Ich lachte und konnte es nicht sein lassen, mit meiner Hand durch ihre straßenköterblonden und stufig geschnittenen Haare, die leicht auf ihre Schultern fielen, zu wuscheln: „Na also, Teske. Geht doch. Geh einfach in die Kommandozentrale. *VRIL-Abwehrchefin* Major Tessa Czerney ist mit Sicherheit dort anzutreffen. Ach ja, wenn du irgend ein Problem oder meinetwegen auch zehntausend Fragen hast, kannst du dich jederzeit an mich wenden, Teske. Bis später."
„Danke, Roy. Bis später."

Ich ging zur Krankenstation. Ohne anzuklopfen trat ich ein. Sigrun beugte sich über Tomke, die mit nacktem Oberkörper auf einer Liege lag. Tessa war bereits wieder verschwunden. Irgendeine Sonde lag auf Tomkes Bauch. Als Contessa Sigrun mich sah, winkte sie mich auffordernd mit dem Zeigefinger heran.

„Komm. Sieh dir an, was du wieder angestellt hast." Sie zeigte dabei auf einen kleinen Bildschirm: „Hier, sieh selbst."

„Achherje", kam über meine Lippen. „Das kommt daher, weil mir der Lesestoff ausgegangen ist."

„Das kommt wohl eher davon, dass du ständig ein kleines Ferkelchen bist, mein Großer", kommentierte Tomke und strahlte mich an. Ich nahm ihre käsige Hand, beugte mich zu ihr hinunter und drückte ihr ein Küsschen auf. Tomke roch noch nach Kotze. Dann flüsterte ich ihr ein paar sehr persönliche Worte ins Ohr, während Sigrun an einen Medikamentenschrank ging und dort drin herumkramte.

„Hier, nimm! Das sind Medikamente für deine Frau", sagte sie zu mir.

Ich ging zu ihr, um die Arzneien in Empfang zu nehmen. Als ich neben ihr stand, sah sie mich kurz mit verschwörerischem Blick an und flüsterte:

„Guuut, Junker Roy. Sehr gut..."

*****

Ende des ersten Bandes

Die Science-Fiction-Saga von Martin O. Badura geht weiter:

Vorschau auf Band II

Sommer 2009, Bremen

Die Stadt liegt in Schutt und Asche. Die örtlichen Polizei- und Militärstreitkräfte können die Zivilbevölkerung nur unzureichend gegen die Strahlschiffe der außerirdischen Invasoren verteidigen.

Die Jihad-Polizisten vom Südpol kommen ihrer Aufgabe, der Verteidigung des Planeten Erde samt Bevölkerung, nach.

Das Punkmädchen, Sergent Swantje Kees Dedekker, wurde von ihrer Infanterieeinheit, die unter der Leitung von Herzogin Tomke von Freyburg-Wagner steht, zersprengt und kämpft allein in der Hansestadt gegen angreifende UFOs, Robot-Kampfeinheiten und Plünderer.

Der Offizier, Rittmeister und Odin-Ritter Roy Wagner, übernimmt zusammen mit den Sturmlegionärinnen Sergent Geeske Hoffmann und Landwehrfeldwebel Rada Shiranga die Luftverteidigung.

Die NS-Kriegsverbrecher der Dritten Macht sehen im weltweiten Chaos ihre große Stunde kommen und planen eine Verschwörung, um ihr entsetzliches Ziel, die Zerstörung der Ostküste Nordamerikas und die Vernichtung des Staates Israel doch noch zu erreichen.

Warum lässt das MA-KA-A-RA Medium, VRIL-Hohepriesterin Sigrun, Prototypen von neuartigen Hyperschall Nur-Flüglern in Auftrag geben? Und was hat es mit der ultrageheimen DZM 1 – der DEUTSCHEN ZEITMASCHINE 1 – von Kaiser Wilhelm II. auf sich?

Ein nie geahntes Armageddon bahnt sich an: Der im Frühjahr 1945 zum Wurmloch verunglückte Haunbu II Kampfflugkreisel GUIDO VON LIST manifestiert sich über der Antarktis des Jahres 2009. Für Tomke und Roy naht die große Stunde. Denn das Unternehmen Zeitspur Kaltenbrunner ist definitiv nur in der Vergangenheit zu bewerkstelligen. Und eine Rückkehr in die Realzeit der beiden Jihad-Polizisten der Intelligenz des 20. Juli ist wohl eher unwahrscheinlich.

Vormerken oder besser gleich vorbestellen:

GENERATION VRIL
BAND II
Sigruns Rache

Aus dem Verlagsprogramm

Gerd Kirvel (Hrsg.):

Die Welt ist anders als du zu wissen glaubst

Ancient Mail Verlag • Groß-Gerau
ISBN 3-935910-35-5
ISBN 978-3-935910-35-4
über 300 Seiten • Paperback
19,50 Euro

Elf Jahre außergewöhnliche Berichte und ebensolche Berichterstattungen im Magazin Jenseits des Irdischen. Grund genug, um (vielleicht) Vergessenes wieder ans und ins Bewusstsein zu rufen.

In „Die Welt ist anders als du zu wissen glaubst" präsentiert der J.d.I.-Herausgeber Gerd Kirvel noch einmal und in komprimierter Form Fantastisches, Unglaubliches und nicht Alltägliches aus den Federn der Autoren, die nahezu seit der „Geburtsstunde" des Fachmagazins Jenseits des Irdischen mit ihren hervorragenden Beiträgen ein Print-Forum geschaffen und erhalten haben, das seinesgleichen sucht.

Aus dem Inhalt:
- UFOs – sie werden seit Jahrtausenden gesehen
- Schwebende Menschen – es gibt sie ... auch ohne Tricks!
- Hochtechnologie – schon in prä-historischen Zeiten bekannt!
- Raumfahrt – betrieben schon unsere Vorfahren, ...
- die möglicherweise aus unserer eigenen Zukunft kamen ...
- oder waren „sie" humanoide Außerirdische...?
- u.v.a.m auf über 300 Seiten aus der Welt des (bisher) nicht Erklärlichen.
- Ein informatives Leservergnügen der fantastischen Art!
- Sonderdruck in limitierter Auflage, darum ...
- am besten gleich bestellen bei
- Ancient Mail Verlag Groß-Gerau
- Redaktion Jenseits des Irdischen

Irrtümer der Bibelinterpretationen

Autor: Gerd Kirvel
Bohmeier Verlag • Leipzig
ISBN 978-3-89094-512-5
Preis 23,00 Euro

Die Darwin'sche Theorie besagt: der Mensch stammt vom Affen ab...
Die Paläo-SETI-Forschung vertritt die Ansicht, die Menschheit wurde durch Eingriffe von außerirdischen Intelligenzen erst zu dem, was sie heute ist...
Beide Theorien haben etwas für sich und haben auch etwas gemeinsam – sie sind so nicht richtig!
Denn die Urtexte der Heiligen Schrift überliefern uns die wahre Entstehungsgeschichte. Mehr noch: In diesen Urtexten liegt – verborgen in Gleichnissen – die Entschlüsselung zu allem Gewesenen, zu allem was ist und zu allem was künftig sein wird. Was wir heutzutage als moderne Technologie bezeichnen – vor Tausenden von Jahren war eine solche schon längst bekannt... Entwickelt von einer Menschheit, die den Planeten Erde weit vor den biblischen Urzeiten bevölkerte – und die sich selbst durch ihren technischen Fortschritt vernichtete!
Die Heilige Schrift belegt: Der Mensch stammt weder vom Affen ab, noch kamen „die Götter von den Sternen", um den Menschen „nach ihrem Bilde" zu schaffen. Denn das Urwesen Mensch existierte bereits, als es noch kein materielles Universum gab!
Dieses Buch hilft, die verschlüsselten Überlieferungen aus der Heiligen Schrift richtig zu lesen und zu verstehen; und wie die Worte und Aussagen darin tatsächlich gemeint sind. Überlieferungen, die – wie es in der Heiligen Schrift selbst zum Ausdruck kommt – erst in einer Zeit gelesen, interpretiert und verstanden werden können, wenn die Zeit dafür gekommen ist.
Und diese Zeit ist – HEUTE!

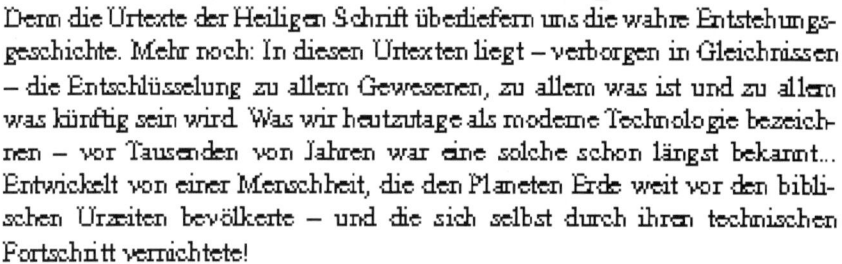